魅丽文化
心晴坊
女性新阅读

青山见我多妩媚

伊人睽睽·著

【少年遇】

江苏凤凰文艺出版社
JIANGSU PHOENIX LITERATURE AND ART PUBLISHING, LTD

图书在版编目（CIP）数据

青山见我多妩媚 / 伊人睽睽著. -- 南京 : 江苏凤凰文艺出版社，2018.4

ISBN 978-7-5594-1427-4

Ⅰ. ①青… Ⅱ. ①伊… Ⅲ. ①长篇小说一中国一当代 Ⅳ. ①I247.5

中国版本图书馆CIP数据核字(2017)第290340号

书　名　青山见我多妩媚

作　者　伊人睽睽
出版统筹　黄小初 邹立勋
选题策划　石　颖 唐　婷
责任编辑　胡小河 姚　丽
文字编辑　唐　婷
责任监制　刘　巍 江伟明
出版发行　凤凰出版传媒股份有限公司
　　　　　江苏凤凰文艺出版社
经　销　江苏省新华发行集团有限公司
印　刷　湖南凌宇纸品有限公司
开　本　710×1000毫米 1/16
字　数　260千字
印　张　21.5
版　次　2018年4月第1版，2018年4月第1次印刷
标准书号　ISBN 978-7-5594-1427-4
定　价　39.80元

目录

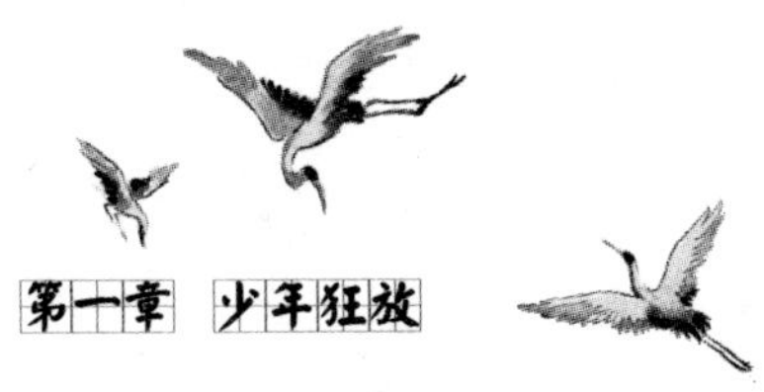

第一章 少年狂放

下第一场雪的时候，闻蝉和四婶在去会稽的马车上。

漫山雪雾风霜，深一道素白，浅一道暗黄。天地界线飘虚，寥寥一队车马，顶着铅色垂云，在山路上蜿蜒，行路艰难。

“还有一日就到会稽了。之前给你五姑父去了信，他的人在山下的驿站等我们，”马车上，戴着抹额、着兔绒深衣的年长妇人，给对面少女整理好衣袖，怜爱地摸了摸少女的脸，“雪下得太大了，没法在中途停，只好抄近路走，希望一路平安吧……冷不冷？”

对坐的少女十四岁大小，窄袖绕襟深衣，跽坐在茱萸纹金丝绒氍毯上。她乌发低垂，由一根比翼玉簪束着，发尾坠腰。绯红色的碧玺石耳坠，随晃动车马摇曳。雪天亮色，流在少女玉莹莹的肌肤上。

此女骨相甚美，长眉秀目，眼瞳黑亮，小嘴嫣红。她抿唇而笑，稚嫩而秀丽，宛若花之初绽，内流转一种独特的风情。

年长妇人看得恍神，感慨上天厚爱自己这个侄女——

父亲是曲周侯，母亲是宣平长公主。大兄是侯世子，二姊是宁王妃，自己也有舞阳翁主的封号。

这个得天独厚的小翁主闻蝉，是曲周侯家最小的女孩儿，颇得闻家人宠爱。

就像此时，即便小翁主是离家出走，韩氏也收到曲周侯的手书，请她代为看管小女儿。

闻蝉听四婶这么说，黑而大的眼珠在眼眶中转了那么一圈。明明是端庄的闺秀模样，她眼中，却带了那么一抹狡黠灵动。她趴在窗上，掀开厚帘，想要看外面的世界。被韩氏瞪一眼后，闻蝉声音娇软而绵，如小女孩儿的撒娇：“四婶，我不怕冷。”

韩氏将她拉入怀中，手抚着小姑娘细软的乌发：“小蝉，听四婶说，等到了会稽，见了你大姑姑，你就听四婶的话，乖乖回家去。你父母在家，等你等得多着急啊。”

“话不能这样说，五姑姑生了重病，我父母也很挂念。我是代他们走一趟的。”

闻蝉的五姑姑闻蓉，嫁人后，随夫君居住汝阴。多年除节假日的正常走动，少与娘家兄妹见面。

闻蝉尚记得幼时，五姑姑来家中做客，温婉矜持，世家作风；少人时，会偷偷把她抱在怀中，哄着她叫“姑姑”。她叫一声“姑姑”，闻蓉就给她一颗绵糖。

姑姑的呼吸轻轻喷在她的额发上，她趴在姑姑怀中，揉着惺忪睡眼，慢慢地入睡。

在闻蝉眼中，那个哄着她说话睡觉的妇人，清晰得宛如昨日。

近日，从父母那里听到五姑姑病重的消息，闻蝉一下子，就想到了小时候的那个人。

同时，她还抱有一点儿自己的小心思：

先独个儿带着侍女，到雒阳找四叔。在四叔那里，被四婶领走，一起上会稽这边。离会稽越近，离她的那个目标，便越近——

少女趴在窗口，扒着厚帘看窗外雪景。韩氏给自己倒一杯茶，笑眯眯看着她，突然慢悠悠地说道："哦，只是为了看你五姑姑，不是为了躲人？我听说，三月三的时候，丞相府上大郎，在你放纸鸢时，送了玉佩给你？"

闻蝉镇定道："不知道。我没有听说此事啊。这以讹传讹，也太假了些。"

韩氏低头吹着细白茶沫，不再提此事了。

小蝉生得美，气场也有些怪，自小便容易招惹一些桃花。虽然自己觉得丞相家大郎的身份，和小蝉也算般配。然少女有自己的想法，她父母都不在意，韩氏虽然好奇，却也不多问了。

只此行漫漫，自己的子女未曾跟随，身边只有一个闻蝉。韩氏难免，会多与闻蝉聊两句。

马车悠悠缓缓地行着，闻蝉渐有些困顿，下巴磕在矮几上，一下一下。突然，马车剧烈地晃了一下，少女身形不受控制地随惯性往车门的方向倒去。

韩氏惊叫一声"小蝉"，见闻蝉眼疾手快地扶住扶手，止住了摔出去的势头。

而马车外，已经乱了。

有武器磕碰的声音，高昂混乱的男人吼声，伴随着扈从们"你们是何人，快快让开"的质疑声，韩氏与闻蝉对视一眼，心中咯噔，明白此行失算：她们约莫是遇到劫匪了。

果然，在有此猜测后，车外就有几个男人在乱糟糟中，吼叫道："管你们是谁？！要从茅山过，留下买路钱！兄弟们，他们马车这么多，咱们抢过来自己用！"

"你们敢！我们府上是……"

"呸！"

大打出手。

闻蝉扶着扶手，侧耳倾听车外动静。韩氏紧紧抓住她的手，因发慌而用力。

流年不利，旱涝泛滥，这几年，劫匪山贼比往常多很多。本是下雪天行路难，韩氏想着马上就到了姑姊夫的地盘，走小路赶一赶也没什么。谁知人算不如天算，居然遇到了劫匪！这可怎么办？

车外在打斗声后，几道匆匆的脚步声往这辆马车边过来，侍女在外敲了敲车门："女君、翁主，我们怎么办？"

韩氏唇还在发抖，没来得及说话，就听小侄女已经定定神，开了口："青竹在么？"

青竹，是舞阳翁主闻蝉的贴身侍女之一。

立即有一个清晰女声答："婢子在。"

"他们要什么，就给他们什么。哪怕把几辆马车都送给他们呢，"闻蝉不把对方当回事，一点也不怕，"放我们走就行。跟他们说我们的身份，除非他们敢造反！"

"唯。"主子一点都不紧张，还这么镇定地发话，让人心也定了下来。下人们有了主心骨，缓一缓，便要去与那些劫匪交接。

韩氏先是被劫匪的到来惊，再是被小侄女的豪放惊到——“慢慢慢！别告诉他们我们的身份，”闻蝉到底是个小孩子，不晓得财不外露的道理，他们的身份太高，那些劫匪忌惮还好，可还有一种可能，匪贼无法无天，起了歹意，恐怕就不好了。沉吟片刻，韩氏吩咐，“就说，我们是一家富商的妻女，赶着回去与家人团聚。车上货物都可以给他们，留我们性命便可。”

后来想想，还不如照闻蝉所说，一开始就点名身份呢。

闻蝉与韩氏侧耳倾听外面的声音。青竹的声音最为沉静：“你们的头领是谁？我有话跟你们商量。”

一个流里流气的少年声从高处传来：“小娘子口气不小。有话跟我们说就行了，你管我们头领是谁？”

听声音很年轻，闻蝉怔了一怔，掀开帘子一角，想看高处的那个少年。雪珠子飞洒，她很好奇，然手才碰到帘子，就被韩氏打了一下。韩氏警告看她，示意她不要露头。

青竹似愣了一下，才继续交谈。四处乱哄哄的，交流却还算顺利。听到对方答应只要把东西送出去、就放行放人，车中的两人松了口气。多怕对方是杀人不眨眼的恶徒，然此时看，对方并未灭绝人性。

不过那个少年声又道：“放你们走可以。但你们得所有人下车，让我确保车上什么都没有藏。”

“……不行，我们女君……”青竹努力争取。

对方轻蔑一笑，又刺啦一声过，车内听到青竹急促的呼吸。好一会儿，才听到那少年懒洋洋的后话：“都下车。”

于此，已经没有商量余地了。韩氏稳稳神，拉着闻蝉的手，安慰她：“他们只是要搜车，怕我们事后告官。别反抗，没什么的。”

叮一声！一把匕首破了车壁，那锋刃，差点刺着车中二人。两人面色煞白，有一瞬僵着不敢动。

片刻后，车门打开，闻蝉与韩氏，一前一后地下了马车。

寒风凛冽，大雪扑面。少女款款下了马车，湖兰色深衣浅裾，脖颈微曲。她扶着侍女的手骨，纤洁，细长，玉笋般玲珑可亲。

一片雪花落在眼睫上，她伸出手，擦去眼睫上沾着的水雾。抬头的瞬间，香腮胜雪，云鬓玉容。长长的裙裾托着少女婀娜的腰身，飞雪之皑皑，面容之妍妍，让围观劫匪窒息。

同时，闻蝉看到，坐在凸起山石上，短褐少年贴在面颊上的发丝有些卷曲，他眉眼浓郁，低着眼眼底幽黑。在看到她后，他手里玩着的匕首停了停，眉目扬起来，定定看着她。

高高的山石上，慵懒漫坐的小郎君，所有劫匪中，就他，让人觉得不一样。

闻蝉立在人前，清清亮亮。目中的骄矜，也让人觉得很不一样。

少年忽而起身，雪簌簌落，他从高处跳了下来。一纵六七丈，吓了闻蝉一跳。

他直直走向她。

看他站到她面前，转着手中匕首："我改主意了。不劫财，劫色。"

啊？！

闻蝉看他笑容更开，俯身，面容在她僵硬的清澈眼瞳中放大——

"我叫李信。小娘子嫁我吧。"

飞雪长衣，丽眉连娟。因为少年的突然凑近和口出狂言，闻蝉的眼眸瞪大，满满的惊愕与不可置信。她的眼睛清澈纯美，星光璀璨，就是蓦然大睁时，都有一种难以言说的美。

看起来不觉得是生气，倒像是娇嗔一般。

李信再逼近一步。

闻蝉白着脸后退，在她后面下车的妇人搂住少女的肩，将小女孩儿护在身后。妇人看着少年的目光，几分仓皇与警惕，又努力镇静，与他细说："这位小郎君，你若有困难……"

少年笑了，微卷发丝贴着面，随着呼吸和寒风扬落。他睫毛和眼睛生得漂亮，一笑起来，给平淡无奇的相貌增光不少。

闻蝉心想，这人也就眼睛能看了。

李信冲韩氏扬下巴，眼睛却看闻蝉："知道我想杀她吗？"

侍女倒抽一口气。

他眼睛也不眨、就下这种命令，看来就是见惯生死的。韩氏攥着袖子的手握得紧，两股战战，几乎晕过去。她心中后悔再后悔，想她出身大族，出行时，夫君细细叮嘱让她小心，前面都无事，她放松警惕，没想到临了会稽，竟发生这种事。

闻蝉鼓起勇气，从四婶的背后抬起脸。她同样害怕，却看着少年，说："你不要杀我四婶，我跟你们走。"

"答应嫁我了？"他转着手中匕首，笑起来的那股戏谑和肆意，盯着她的眼神，让闻蝉厌恶至极。

闻蝉目中骄矜之色收起，试探说："……我可以考虑考虑吗？"

自称李信的少年偏头："好，你慢慢考虑吧。"

一行人被这些劫匪领着七拐八拐，被押进了一个寨子里。寨子埋在深山，又因下雪而被隐埋。如果不是这帮劫匪领着，寻常人都找不到这个地方。跟着韩氏和闻蝉的扈从，真论起来，也不一定就不如这些劫匪厉害。然到底吃了下雪和不熟悉路的亏，哪怕跟着一个向导。现在，那向导也被领走了。

大雪天遇到这种肥羊，对劫匪们是个好消息。

被押的人憋屈而丧气，那帮贼人，却搬着马车上的好东西，说说笑笑——一人手里抱着一个滚圆玉器，从没见到过般惊喜，不愿撒手："这富商家里，也太有钱了。"

"是啊，咱们兄弟辛苦奔波，他们倒是富得流油。不劫他们劫谁？"

“哈哈，给阿信找了老婆，阿信这次该高兴了吧？”

“那可不是！没看到阿信见到那小娘子，眼睛都直了吗哈哈？说起来，那小娘子真邪门的好看啊。老子看啊，那皇帝的女儿，都不如她好看。”

“以后就是咱们的人咯！”

劫匪个个欢天喜地，被劫的人，却都惶惶然，又怒又恨。尤其是听到他们辱及自家翁主，恨不得啐一口，告诉他们这帮有眼无珠的贼人，舞阳翁主是何等身份，也是他们敢肖想的？然现在，大家——

孤立无援。

但是没关系。

闻蝉安慰自己：四婶说，姑父的人在驿站等着他们。如果他们不能如期到，姑父应该会察觉，派人来找他们。这些贼子，不过是乌合之众，哪里能与朝廷的兵马对抗呢？

所以，只要自己撑过一两日，事情就会有转机。

到了这个鬼地方，闻蝉的侍女们都被关了起来，她更无法见到四婶。坐在一个屋子里，门窗都被关死，闻蝉试着叩了叩，没有人回应。闻蝉望望屋中摆设，费力地搬过一个小几，踩上小几，试着去推那扇木窗。

她提着裙裾趴在窗上时，门被推开，扭头，看到站立在门口的少年，还有三四个男人。

几人一路走来，正在说笑：“阿信，你小子运气不错，劫个色就劫个这么美的。”“难为咱们阿信开了窍！”“阿信放心，咱们肯定让你大喜之日风风光光……呃。”

推开门，几人看到以不雅姿势跪在窗栏口的少女。

几个人面色怪异——美人这般不讲究。

闻蝉小脸刷地染上绯红，却装作什么都没有般，将小腿从木缘挪下，振振衣袂，从矮几上娉娉袅袅地走下来。丽人睁着明亮的水眸，好像他们的大惊小怪，是对她的亵渎一样。

李信玩味地看着佳人，佳人却不看他。

“哈哈，阿信，你跟小美人聊吧，兄弟们先走了。”诡异的沉默后，身后三人反应快，在少女故作无事后，及时关上门走了。出去后，兄弟间是怎么传闻蝉那个粗俗动作的，就不得而知了。

闻蝉忽视之前的窘然，跪坐在案几边，乌发如坠，目光低垂，裙裾下，露出素白的鞋袜。

李信目光在屋中扫了一圈后，趺坐到少女对面。他盘腿而坐，很放松的坐姿，盯着她低低的发顶看。这样的小美人，垂着眼睫装矜持，面颊雪白染霞，胭脂一般动人。小巧的耳珠隐在乌发下，隐约能看到通红的耳垂。

李信手放置在案几上，撑着下巴，放肆地、无所顾忌地打量对面少女——

闻蝉低着头，能感觉到少年落在自己身上的目光。她一动不敢动，唯恐刺激他。她在长安时，连丞相府上的郎君都不给好脸色。轻视、不喜、不睬，她愿意怎样都没关系。那些人一样看中她美色，但她是翁主，没有人敢欺负她。

可是现在……这个乡巴佬，知道翁主是什么吗？

闻蝉甚至觉得，恐怕她说出自己的身份，对方也因为没见识，而不懂她是不能得罪的人。

那怎么办？

嫁他？

长安的大好儿郎们她一个都看不上，能看上这个乡巴佬才有鬼……

胡思乱想之际，听到少年开口：“小娘子叫什么？”

闻蝉装死不应。

李信扬声：“来人，把跟她一起来的那个妇人的手砍了……”

“闻蝉。”闻蝉飞快答少年的话。

抬目，她隐晦地瞪他一眼。

李信继续欣赏她的美貌。看她明明怕他、还不得不装作不怕，也挺有意思的。

她说她叫什么来着？

李信拢了下眉：“文我知道。哪个蝉字？”

其实他连“闻”都错了。

少女朱唇翕动：“就是‘袅袅兮秋风，山蝉鸣兮宫树红’里面的‘蝉’字。”

李信：“听不懂。我没念过书，不知道你在说什么。简单点。”

闻蝉无言。

她心中鄙夷：乡巴佬。

她再一次抬头，悄悄瞪他。少年倒是目色坦然。闻蝉心想，好厚的脸皮，说自己没读过书，就跟说没吃过饭一样，一点都不知道害臊。

似猜到她心中嫌恶，少年眸子冷下，锐意顿现。

闻蝉无法，怕惹恼了这贼人，只好叫了两声：“知了，知了。”

李信静默半晌后扬眉，没听懂：“你说什么？”

闻蝉心中难堪，闭着眼，勉强再开口：“知了，知了。”

她被他逼得，手紧紧抓着袖口，握得指骨发白，受辱一般咬着贝齿，快速道：“就是‘知了知了’的那个蝉。”

李信手搓了搓案面：“……噗。”

什么倒霉父母，给女儿取这么个名字，还不如叫小妞二丫呢。

闻蝉被他笑得很生气，眸下微红，唇抿了抿。李信心中觉得她可爱，有些想跟她说话。但屋外的人喊了声“阿信”，他应一声后，站了起来。同样听到外面的催促，闻蝉松口气，睁开眼。一睁眼，就发现少年俯下身，面孔几乎贴着她的脸。闻蝉身子僵硬后倾——

“听好了。你嫁我，你们一行人带的所有东西，我一样不动，全都还给你作嫁妆，还送你那一堆谁谁谁离开。你不嫁，这些，可都是没有了。”

闻蝉懵懵的：“……你不是说让我考虑吗？”

“我让你考虑一辈子了么？”

这人，痞起来真痞，冷起来又真冷。

闻蝉呆呆看着他凑近的面孔，在他漆黑的眼睛里，看到一个凄凄惶惶的可怜女孩儿。

门外的人再次喊一声，李信冷眉冷眼：“快说。说嫁我！”

闻蝉被他这样欺负，有些发恼，有些着急。他一副威胁她的样子，步步靠近，硬是不给闻蝉找借口的时间。催得少女靠着墙壁，咬牙说了实话——“东西都给你，人你也留着，反正我不嫁！”

李信猛地站起身。

他上上下下地看她，不知何时，他手中出现了一块玉佩。闻蝉看他手中那块玉佩太眼熟，忙低头，果然发现自己腰间的玉佩不见了。她瞪大眼，伸手想夺回。他往后退开，笑容又凉又坏，晃得她眼晕：“定情信物。”

出了门，三四个人同伴等着少年。

众人的调笑起哄下，少年的脸淡了下去，说：“这可真是麻烦。”

“阿信你说什么？”

李信晃晃手中玉佩：“他们的身份，绝不是富商那么简单。”

十来个人在寨中走，踩在雪上，发出嘎吱嘎吱的声音。四面雪白，松柏覆压，一行人，像是白绢上的几道墨点。

李信在这十来人里，年龄算是最小的一拨，只有十五岁。论相貌，论才学，都不出色。他走在一群青年中年老年中，挺不打眼的。

他们走向一间屋子，槅扇外站着两个小郎聊天。其中一位少年，缩着脖子，笑起来映着雪，煞是明朗。此少年眉清目秀，在一群五大三粗的汉子中，颇称得上“惊艳”。看到众头头过来，他机灵地拉开门，给老大们问好。

有人看到讨喜的开门少年，咂一下舌：“李小郎，你这是弄啥？咱都是匪窝了，不兴你这拜天皇老子的架势啊。”

被称为李小郎的少年，大名李江。闻言嘿嘿一笑，少年赧然中，隐晦地看一眼李信：“兄长别开我玩笑了，我就是想有朝一日，能像阿信哥这样，跟你们一起商量大事，多威风啊。”他停顿一下，“怎么说我和阿信哥，八百年前还是一家呢。”

李信当着透明，百无聊赖地跟在众兄弟间。莫名其妙被提一嗓子，他扯下嘴角：“那行了。威风到做了山匪，咱老李家祖宗有灵的话，脸早被丢光了。”

李江及众人：“……”

守门的李小郎看几人哈哈笑过，纷纷拍拍自己的肩，给自己无声安慰。人进了屋后，李江方才的笑收了回去，只看着李信，目光阴下去——混混出来当山匪。虽说李信是个街头混混，但会稽郡中，又有几个像阿信这么厉害的混混呢？然他羡慕李信，李信自己却不在意。

同样姓李，同样年少，甚至同为混混，人和人的机遇，真是比不得。

而进了屋的众人，不再关心守门少年的小心事，关上门后，就继续说起绑回来的一行赶路富商妻女。

李信将自己从闻蝉那里顺来的玉佩，展示给几人看："这玉佩的成色，比我们以前见到的，要好很多。还刻着字，花纹似有某种规律。那自称富商家的妻女，不管是那女君，还是小娘子，气质都比我们以往见到的人好很多。恐怕真不是什么富商。"

玉佩被人传着看，上面刻着好几个字，但这个屋子的人，也就是普通的平民百姓。此年代的平凡民众，根本没有识字的机会。众人大眼瞪小眼半天，茫然问："阿信，你知道这写的什么字吗？"

"我认识'舞阳'二字。其他字不认得。"

李信认得简单的字，但他常对人说的，直接就是不识字。

他让人去找朱砂，又在玉佩传回手中时，刺啦一声，撕下袖上一块布条，用玉佩重重压上朱砂，把朱砂上烙出的刻痕，印在了撕下的布条上。众位围观，看到李信已经在布条上印下了几个篆文大字，听他道："阿南拿着这个布条，明天下山，找识字的人问一下，这玉佩上写的到底是什么字。"

他语调清晰，逻辑分明，一屋子的人都听他说话，纷纷点头。

有不解的问："那'舞阳'又是什么意思？"

李信笑一下："一个县名。"

众人继续疑惑讨论，不懂为什么要把一个县名刻玉佩上。

一人突想起："对了，我从这些人手里，搜出好多竹简来。"

李信"嗯"一声："那把有字的都带下山，让人看看写的是什么。"

陈朗是所有人里，书读得最多的一个青年了。可就是他，看到那些字都有些不认识。他也就是半白丁而已——他原想去长安投卷挣一点功名，然父亲糊涂，迷上赌博，输了家业。二老去后，家徒四壁，陈朗家中却还有一妻一女等着养活。陈朗走投无路，只好偶尔做做劫匪，接济自己的家室。在所有大老粗中，陈朗一直是军师型人物，此时便感叹："之前阿木看到那行车马，非说咱们一个多月没遇上肥羊，想高兴高兴。没想到等来的，也许不是羊，而是狼。"

屋中众人交谈，呆头呆脑的罗木津津有味地听着各位兄长的分析。陈朗一批评他，罗木便不高兴道："劫都劫了，阿信还找了老婆呢，你事后抱怨什么啊？"

李信靠墙："是啊，劫了就劫了。会稽郡中又能有多大的人物呢，兄长不必忧心。"

一众愣头青中，陈朗就觉得李信稍有头脑。然听少年此心不在焉的话，陈朗摇头：未曾读过书的人，果然见识少很多，想事情也是大大咧咧，什么都不怕，真不是好事啊。

他忧心忡忡："阿信你既然已经猜到咱们劫的人身份恐怕高，要不要装作故意，现在就放了他们啊？"

李信不动声色地观察一屋子人的眼神：有的不服气，觉得既然抢了，就是该享受；有的心怯，怕惹来后患，他们也就是小混混而已；有的无动于衷，不觉得放了如何，也不觉得不放就如何。

李信心想，不清楚对手是谁，就自乱阵脚，倒是很可笑。

在一众人望着他时，少年坐姿挺直："放是肯定要放的。但现在谈放人，为时尚早，且让他们以为我们怕了，招来后患。不如等阿南下山多打听打听，看城中近日可有哪位贵人上门。到时，再看能不能惹好了。”

陈朗仍然皱着眉。

李信看着这个总是过度担心的青年，声音抬高了些，自信之心，一径传给屋中众人：“兄长到底怕什么？咱们又没什么值得失去，一不杀人，二不放火，城中郡守、长史等，都是多年打交道的熟人，做得小心些，火也烧不到我们身上。”

他这么一说，众人心神一放，想确实是这个道理，又开始说笑：“既然如此，阿信，让阿南下山打听情况时，多带几个弟兄，咱们拿劫来的东西换些铸币。”

李信微笑：“不行。这次劫来的东西不能碰，我要留给知知做嫁妆。”

脑中，自然想起当他推门进屋，那正在爬窗、又矜持走下来的貌美小娘子。

“知知是谁？”

李信笑而不语。

众人却纷纷挤眉弄眼，懂了。

陈朗更加忧愁了——“阿信，你明知道对方也许不好惹，还敢抢娶人家？”

李信天不怕地不怕，在陈朗眉头皱成川字时，他还摸了摸光滑的下巴：“敢啊。”

少年意气风发，无所顾忌。

陈朗安静如鸡。

要完。一帮混混，一个比一个胆大，没法沟通了。他真想赶紧下山逃命去！

众人商量完要事，轻松很多，勾肩搭背出了屋子。好几个人追上去跟李信搭着肩，闲闲跟少年说话：“阿信，我家中没粮了，你那里有五铢钱，借借我？等下个月，我再还你？”

“好啊，”李信答，“要多少？”

“阿信，还记得我昨天跟张东的赌吗？我俩有点忘了。”

“一对三。你不加把劲，就输了。”

在这群兄弟中，李信与谁都能说到一块儿去。他性格大方，不拘小节，于小处，又不揭人短，又公正。虽然这帮兄弟没定真正的老大是谁，但大部分人都隐隐把李信当作老大，即使李信从来不认。

这次劫车事件，是众人瞒着李信做的。想给李信一个惊喜，送一个大肥羊给李信。

李信最后才赶到。

赶到时，他坐在山石上，与从车上走下的少女打了照面。这一眼，让他改了主意，想求娶那少女。

等他们再说笑出来时，门口守着的李江，再次见识到了众人对李信的喜欢。心头又升起强烈的嫉妒情绪，焚得他眼底发红。

李信感觉到有人看自己，猛回头。李江忙收起面上的表情，对少年露出一个讨好的笑来。李信回过头去，李江才垂下眼，深深吸气，想着：我要怎么做，才能像李信那样，让一干人信服呢？

就算是土匪，就算是混混，他也想像李信这样人见人爱啊。

李信才不是人见人爱。

大雪下了一整天，闻蝉夜中沉睡，忽从梦中醒来，揉着眼睛坐起。被窗外雪光映着，少女身量单薄，着宽大素禅，长发披散如青缎，眉梢细软，眸子水润，又是肤白如玉，在暗中生光。娇弱中，带着一种难以明说的艳色。

一室清寒，有些冷。照进来的光又亮得让人睡不着。

闻蝉半睡半醒，抬起脸来，冷不丁看到一个黑影坐在床头，吓得一声尖叫，连连拥被后退。

少年被她的尖叫声吓得肩膀动了下："知知，别怕，是我。"

"……！"谁是"知知"啊？！

为什么她只是睡一觉，就多了一个"知知"的小名？！

闻蝉坐在床上，拥着被衾，茫茫然看着坐在床头的少年。暗光照着李信，他深邃的眉目在她适应夜光后，越来越清晰。

李信坦荡得理直气壮，闻蝉有种自己尖叫显得大惊小怪的感觉。

私心论，闻蝉并没有多么害怕李信。

她没有遇到过李信这种少年，但追慕她的人，却是多了。闻蝉在经历过白日的心惊胆跳后，现在把李信当做慕她的少年郎，心中居然就不那么紧张了。

闻蝉心想：这个乡巴佬，到底看中我什么呢？

李信原本在看沉睡中的丽人，丽人醒后，仿若微弱幽光中，梨花静静初绽，空气中香气都浓郁了些。他心中酥痒，不自觉靠前，少女警惕后退。手指攒着被褥，眼珠子乱转，少女脸上肤色更加白了。李信心中生怜，想她是害怕吧？

是了。寻常小娘子，夜里被男的坐床头，都会害怕的。

李信把身上的坏人标签藏了藏："怕什么？"

闻蝉愣了下，既然李信觉得她是害怕，并且还因为她害怕而心生怜意，闻蝉并不介意伪装下去。她反应快，立刻肩膀缩起，垂下头，秀长乌发披散在身，眼虚虚地向上撩，很有几分胆怯的意思。

一床大小，少女紧紧地贴墙缩在里面，提防着不怀好意的小郎君。

有那么一段时间，李信沉浸在闻蝉的美丽中，说不出话。

她又清新，又艳丽，又楚楚可怜。

春水映梨花一样娇美。

大约就是他喜欢的那样温柔怜弱吧。

闻蝉看他眼睛渐渐亮起，盯着自己，像是狼盯着羊羔一般。她心中发毛，随便找了个话题："我不叫'知知'。"

李信一愣，看她咬唇说出这么几个字，就慌忙重新低下了头，怕他察觉般偷偷用余光看她。他真怕闻蝉被他半夜突袭给吓哭，他就算没见过，也大概猜得到她这样的小娘子，必然从没有被男人这样偷袭过。他要娶最漂亮的娘子，自然是为了疼她宠她，而不是吓坏她。

为了缓解闻蝉的"惊乱"，李信唇角噙笑，顺着她的话与她聊天——"你是不是一到夏天，就特别害怕？”

就算在照着李信喜欢的样子伪装，闻蝉仍然觉得莫名其妙：“我为什么要害怕？”

鼻尖全是少女馥郁的体香，热流上袭又下涌，陌生的感觉，让李信全身僵硬。但他手撑木板而坐，仍维持着面上的轻松惬意，至少让闻蝉看不出他心中饿狼的那一面。这个少年郎还在努力装温柔：“夏天到处是‘知了’。你不就叫‘知了’吗？一群声音喊你的名字，你不害怕？”

闻蝉瞪他。

他是在讽刺她的名字吧？他这个乡巴佬懂什么叫寓意么！

闻蝉怒：“胡说！”

从来没骂过人，她脸憋得通红，又骂了一句：“胡说八道！”

李信：“哈哈哈！”

少年弯下腰，肩膀颤抖，按在床上的手背青筋大跳，被她逗得乐不可支。

他笑成这个样子，跟羊癫疯似的，闻蝉看得好生气。恶向胆边生，也忘了他是歹徒，她抓起枕头就砸向他！

他一手就接住了少女怒冲冲扔过来的枕头，乐坏了的脸从枕头后冒出来，笑容里的邪气没掩藏住：“生气了？知知，这有什么好气的。知了们叫得，一个大活人反而叫不得？”

闻蝉头好疼。

血涌上脸，她快被少年的无赖气死。原本还有点儿顾忌，现在乱七八糟的，不拘于什么东西，都往他身上砸：“我不叫‘知了’，也不叫‘知知’！”

李信不还手，只手忙脚乱地躲避，被褥飞来时，他闻到她身上更清晰的香气，让他血液疯狂逆流。他不动声色地逗着她：“知知，知知，知知……”

“滚滚滚！”

终于！

哐一声，床头油灯盏被手边已经没有了可砸之物的少女抓过，看都没看，就扔向了李信。且也不知道怎么回事，这个身手好的少年，居然没有躲过迎面罩来的灯盏。先是被一床被子闷在了地上，他刚从里面挣出来，又被一个硬实的灯砸中脑袋。

那声音响的！

李信坐在地上，只来得及掩住命门，却躲不过凶器。他硬生生挨了这么一下，手捂住迅速红起来的额头，脸上笑容消失，眼底阴鸷之色抬起。

冷锐阴沉，寒气渗人。

他手一抹额头，黏腻潮湿，雪光照进床帐前，他看到手上的血。

额头被砸破了，李信心知肚明。

同时，闻蝉呆呆傻傻地看着坐在地上的少年：李信看不到，但是闻蝉清楚地看到血从头顶流下，向他眼睛流去。他原本笑嘻嘻地逗着她，可他现在的样子真可怕。

一脸的血，一身的寒。

本来他就长一张坏人脸，现在更像煞神了。

闻蝉心中咯噔，重新想起了白天初见时，少年坐在山石上那副睥睨天下的样子。

李信挥开快把他埋了的棉被，站起来，也不擦额上的血，就向床边走来。闻蝉被他的架势吓住，转身想逃。不过就这么一张床，李信堵在床外侧，一腿压上了床板，闻蝉能躲到哪里去？

女孩儿发出短促的一声尖叫。

她的嘴被人堵住。

李信一手捂着她的嘴，一手箍着她的小腹，就把床上想逃走的女孩儿，抓到了自己怀中。闻蝉被他的大力制住，后背靠上他的胸，瑟瑟发抖，眼珠乱转。一抬头，她看到他满脸的血，被骇得泪眼婆娑。

李信无语。

她这么看了他一眼，就被他吓哭了？

听到少女急促的呼吸声，李信心很硬："现在知道怕了？刚才不是很横吗？还敢砸我？"

闻蝉被他手捂着嘴，呜呜咽咽地挣扎，大约是说类似求饶的话吧。

听李信说："我出了血，你也得出点血，不然难消我心中之恨。"

闻蝉在他怀里挣得更厉害了，眼泪一滴滴溅落，豆大似的。那"出血"，太过刺激她。她肩膀被少年扳住，被迫面向了李信。看李信额上的血已经流到了眼睛上，顺着眼角往下滴。他还面无表情，一点点向她埋下头来。

闻蝉僵硬地等待着：这个大胆狂徒，是不是也要让她额头出血啊？

心中做着建设，闻蝉闭上了眼，长睫颤颤，梗着脖子迎接即将到来的命运。

直到李信说："睁开眼给我看着！不然我就杀了你阿母！"

李信口中的"你阿母"，就是闻蝉的四婶韩氏。反正自从闻蝉落到李信手中，韩氏就是李信用来威胁闻蝉的手段。

闻蝉心里恨他，可又不敢表现。她鼓着勇气做足一番心理建设后，颤巍巍地眨着长睫，睁开了眼，作胆怯状。睁开眼，对上李信凑近的面孔。

他离她好近，面孔几乎贴上他捂着她嘴的手。呼吸快要喷到她面上，灼热滚烫。这么近的距离，雪色寒光中，闻蝉看到他的眼睛，真的好黑。

子夜一样，吸魂夺魄。

他扬唇一笑。

笑得闻蝉眨着睫毛，心脏疾跳，快被吓死。

就见他俯身，靠得更近了……呼吸交错间，在闻蝉不敢相信的瞪视下，李信的唇，贴上他的手背。

他轻轻地吻上他自己的手背。

可是如果没有他的手背隔在中间，他就是直接亲上了她的唇。

"……！"

血色，飞快地上涌。不知是怒还是羞，是恨还是恼，是震惊还是惊恐。总之，小美人的长发贴着凉透的面孔，满面飞霞，在被少年放开后，她全身冒冷汗，仍然回不过神。

他在、在、在……调戏她呢，还是亵渎她呢？

她是该拼命打死这个狂狼之徒呢，还是庆幸他说的“出血”，只是这样而已？

看到闻蝉傻了一般，李信轻轻一笑，抬起她下巴，哄她一般：“傻。”

他站起来，垂眼看她一会儿，手放在她头顶，“别怕。我是坏人，但我不会伤害你。”

月光照在他身上。

少年身上有旁人没有的味道。

引人沉沦。

闻蝉一怔，没想到他有突然认真的时候。他静静的样子，惹她心慌……

心慌中，看少年一挑眉，重新变得痞坏了：“有愿意嫁我了么？”

闻蝉一腔感动被喂狗：“……走开！”

一脸血的李信笑得张扬可怕：“哈哈哈！”

他大笑着跳上窗，扬长而去。

心情愉快，想这个叫“文蝉”的小娘子，他要定了。

但他其实连人家的名字都没有弄清楚。

但其实山下的会稽大户李家家主，即舞阳翁主的五姑父，李怀安，在与侄女失联后，已经发现了问题，准备上山寻人了。

被抓走当俘虏是什么样的感觉呢？

应该是很害怕，提心吊胆的感觉。担心对方撕票，又担心对方所图甚大。然舞阳翁主闻蝉，她每天只有一样烦恼——如何拒绝李信，还不惹怒李信。

真的，所有的山匪坏人中，好像谁都忙得要命，只有李信，时不时来鼓励她一番，诱惑她一番，威胁她一番。

“知知，今天有没有想通啊？”

——不，想不通，无论如何都想不通。她如此貌美，如此身份，她凭什么要委屈自己？

“知知，我知道你嫌弃我是山贼劫匪。但我真不是……好吧我和你保证，只要你嫁了我，你要我做什么我就做什么。我绝不会委屈你的，放心。”

——不，她不放心。她不关心李信身份是什么，她就觉得只要是和李信扯上关系，无论如何，她都是委屈的。

“知知，饿了么？孤独么？想人陪伴么？想要你的侍女过来伺候你么？嫁给我，我就把人都还你。”

——不稀罕！反正时间拖得越久，越容易被她五姑父察觉。等她五姑父发现她出了事，这帮坏人等着被剿吧！

“知知，粗茶淡饭，你是不是吃得味同嚼蜡？你这小脸瘦的，我看着真心疼啊。应了我，锦衣玉食，我全都还给你。”

——呸！不就是几顿饭么，能饿死谁啊？她是有气节的！

不……等等！吃饭？

闻蝉陡然想到了一个主意。

做俘虏的日子，是和李信斗智斗勇的日子。李信太强势，闻蝉觉得李信的那些同伴们都被衬成了小透明，跟不存在似的。闻蝉一开始特别惶恐，后来发现李信的所有行为，都在意图讨她欢心后，她就放心开始跟他周旋了。

闻蝉的拒绝很温柔很体贴，说是拒绝，倒更像是欲迎还拒。李信乐得陪她玩。

少年从外头打探完情况回来，思索着这两天会稽郡安静得不同寻常，颇有山雨欲来之势。他回到这个被大风雪完美遮掩的寨子里，几个年轻人从旮旯里窜出来，跟在他后面。

因其中一少年眉清目秀，李信抬眼，多看了一眼。

原是与他同姓的李江。所有同伴，李信都叫得出名，更何况是容貌最为出色的少年。

壮士们愁苦地跟李信汇报：“阿信（哥），那个你专门吩咐过的小娘子，闹绝食呢。咱们送了两顿饭她都不吃，非要见她自己的人！咱们真让她见啊？”

叫罗木的少年苦着脸：“阿信，这个小美人，娇滴滴的，脾气还这么大。我觉得娶了是大麻烦……你真不怕啊？”

李信扬起眉。

眼前自然浮现出女孩儿秀丽的、刻意敛着的眉眼。

他忍不住摸着下巴，嘿嘿笑了两声：“这叫什么麻烦？我就喜欢看她凶巴巴、想打我又拿我没办法的样子。”

罗木告状：“她拿你没办法，她可劲儿折腾我们啊！动不动拍门，动不动喊人……烦死了！”

李信乐：“这么识时务啊？我欣赏。”

罗木：“……”

李信前两天额头不知怎么受了伤，现在还包扎着。让罗木冒寒气的是，少年平凡的长相里，带着一股说不清的味道。尤其是他笑起来，邪、阴、厉，将他疏朗的眉眼一下子打开。

罗木狠推了李信一把：“笑得真恶心……反正你快去应付你的小美人！再这么关下去，咱们自己都快断粮了还得养别人，兄弟们都要闹意见！”

李江好脾气地笑道：“阿信哥娶媳妇，咱们委屈点没什么。”

罗木翻了个白眼。

又其他几人起哄。

李信跟大伙儿一通胡闹，才顺应民意去看闻蝉。

他走后，李江眺目而望，自言自语：“难怪能这么多人向着他……明明想要美人，还跟兄弟装模作样，这番心机，我真是不如他。”

他旁边突有一人低喝：“李江，你说什么？！”

李江骇了一跳，猛回头，看到是文质彬彬的穷书生陈朗。陈朗一直不赞同众人这么胡闹，听闻闻蝉闹绝食，就过来劝李信。他没有劝动李信，不气馁，准备以后碰面继续劝。陈朗长吁短叹时，听到了李江的自言自语。

李江看是他，心里松口气，并不怕这个书生："我没说什么啊，就是觉得阿信哥运气好嘛。兄长，不会这都不能说吧？"

少年心大，恐非我类。

陈朗隐晦地看了他一眼，又怕自己是多心，便在少年天然无辜的表情中，转过了脸去，心中决定以后得多观察观察这个总是过度关注李信的少年。

而少年李信，这时候，正倚着木门，撕着一只鸡。他慢悠悠地撕鸡吃，目光，带着强烈暗示性，看着跽坐的端丽女孩儿。木窗仍然紧闭，屋子收拾得干净。因光线昏暗，桌上点着铜灯。女孩儿坐在案头灯下，姿势娴雅地给自己倒茶喝。烛光照着她雪嫩的脸蛋，玉莹莹一片。

但仔细看，她握着茶壶的手指微微发抖，明显被气的。

气她的少年很夸张，一边吃一边啧啧："多香的肉啊，刚煮了的，撒上盐，好吃得不得了。一共五只，回来就被抢光了。我心疼你，专给你留了一只……原来你不吃啊，真可惜。"

闻蝉手指颤抖，可仍然稳稳地倒茶给自己，眼皮都不抬一下。

到这时候，才能看出她翁主仪态的冰山一角来。

她波澜不惊，高贵如雪山明月，将李信衬得土鸡瓦狗一样。

李信并没有生气，反而笑盈盈问她："真的不吃？"几步到了她跟前，吓了人一跳。他衣摆一飞，人就蹲了下来，那只油腻腻的手眼看着要掐住女孩儿下巴。

闻蝉平静的表情裂了："住住住手！不许碰我！离我远一点！"

她的优雅不要了，跳起来，身子后倾，远离他的手；且因太惶恐，裙裾不方便，爬起来时，被自己绊住。眼看要强摔，李信中途愕然一下后，又伸手要来扶她。闻蝉盯着他泛着油的手，满目绝望。

少年痞痞的面孔，在她眼前无限放大。那只咸猪手，快要碰到她了……突见少年手指一弹，他没有碰到她，她腰肢却像被气流扶了一把一样，姿势狼狈地摔坐在地。

李信笑倒，趴在案上，手捶木案，发出咚咚咚声。

他快被她笑死了！

闻蝉："……"

不知该庆幸他终究没有碰她，还是庆幸他只是吓唬她而已。

这个人太讨厌了，每次吓唬她，都跟真的似的，她次次都被他吓掉半条命！这种人怎么能嫁？嫁了她得短命啊！何况他也配不上高贵的她！

趴在案上的少年笑意浓浓。他笑起来眉眼灵飞，气息肆意，让人看得面红耳赤。

李信笑够了，下巴抵着案头，笑眯眯："还敢不敢跟我闹绝食了？再绝下去，我现在就摸你一把。"他当然早看出来她对于他油手的嫌弃了。

闻蝉委屈哒哒地看他一眼，敢怒不敢反："……兄长，你别碰我。我不闹了，这就吃饭。"

委曲求全地居然喊上"兄长"了，舞阳翁主也当得上能伸能缩了。

李信温柔款款："乖。"他伸出手，想摸一摸她的头。在闻蝉惶恐的瞪大眼神中，李信顿一下，遗憾收回手，不想把她吓哭。

真是好玩儿。他想到。

他心里虽知道她瞧不上他，却并未气馁。他想着，碰到一个如此貌美还戳他点的女孩儿不容易，娶了她，她要什么，他都给她。她就是瞧不上他身份，他都愿为她争一把……男人追女人，就得使尽浑身解数啊。

为了讨小美人欢心，李信又下了山。他去城中集市，想买一些有趣的小玩意，逗小美人笑一笑。她看到他就皱眉，他倒是不生气，就是挺想她笑的。

从东市挑到西市，一上午的时间，都被浪费在了这些惟妙惟肖的小工艺上。想到闻蝉会如何开心，他就觉得钱花得很值。直到中午，还在跟一个老伯讨价还价时，有人从后拍了他肩一下，声音很着急："阿信！出事了！"

李信回头，见是兄弟间负责联络消息的少年阿南。阿南恐为了寻他，跑遍了会稽。站在李信面前的小郎君，冬日凛寒，却出了一身汗，拉着李信就往回走："不好了，我得到消息，官寺的人上山，要剿匪！"

"李郡守亲自出马……阿信，咱们可从来不跟官寺对着干啊……那个小娘子看起来身份就是不一样，咱们惹到不能惹的人了。兄弟们眼看有难，怎么办？"

李郡守，出自会稽大户李家，曾任职汝阴，目前是会稽郡最大的长官。

李信这帮人，现在说是山贼劫匪，其实也说不上。流年不好，百姓日子过得艰辛，很多人生计都很难。李信他们，顶多算是混混之类的人物。他们自来长在会稽，算是这边的地头蛇。便是李郡守初来此地任职时，都是拜了山头，手下互相见过面的。

李信等人一不杀人，二常劫富救贫，再加上朝廷纷争让人沮丧，会稽郡这边的官吏们，和这帮混混关系一直挺不错。李郡守在会稽待了一年，从来没有过要赶尽杀绝的念头。

这也是这帮混混们明明在李信的分析下，看出闻蝉身份不一般，却依然敢囚禁对方的原因。

而现在！

李郡守却要剿匪！

还是亲自带兵上山！

日头下，怀里还抱着一堆泥人雕塑的少年，听到阿南焦急的汇报，唇角慵懒的笑意，渐渐收了。

大事当头，李信毫不含糊，纵起轻功，如烟尘浮掠，寻最近的方向赶路。他一迭声问阿南："你看到官寺上山了？那帮平时玩得好的小吏们，没有提前通知你官寺的行动？"

李信轻功太好，阿南小跑着追，气喘吁吁，满心焦灼。

但是抬头，日光刺目，他看到李信少年平静的侧脸、泛金的眉眼，阿南的心，又定了下去。兄弟中，陈朗虽是常出主意的，但最能丁人心的，反是年纪尚小的李信。

阿南组织下语言："就是有认识的小吏，吞吞吐吐，被我觉得不正常。追问下，我又亲眼看到他们调兵……现在，恐怕真的上山了！”

“多少人马？是李郡守亲自指挥？只有这一拨人？他们可有带兵器？”李信问。

李信这么冷静，阿南更放心了，一一回答了他的话。

两人行程很快，阿南看李信没说什么，就满心希望问：“咱们现在是不是要上山，布置战略，带兄弟们跟官寺开战？”因为都是小混混，平时看官寺也就是那个样，根本不觉得如何怕。只在一开始慌了下……

李信侧头看他，露出很诧异的表情。

阿南：“怎么了？我说得不对？我们这么匆匆上山，难道不是为了准备大打一场吗？”

李信：“你脑子没病吧？跟官寺打？等着真被剿匪？你这是要造反？阿南，平时没见你有这么宏伟的志向啊。我真是小看了你。赶紧的，跟我说说你的计划。要是合情合理，我投奔你也成啊。”

阿南：“……”

他被李信说得面红耳赤。

造反？

他腿都被阿信吓软了啊！

阿南恼羞成怒：“都是那个女的！我们这几个月什么都没干，就抓了个女的，李郡守就要剿匪……老子宰了她！”

李信向他侧头，阿南迷茫回视。李信笑：“你当我是死的？”

阿南愣了下，才想起来李信对闻蝉的过度关注。他一直在山下打探消息，对李信和闻蝉的纠葛了解得不清楚。待李信讽刺了他一句，脑子不好使的少年，才想起了这么一茬。

少年纠结：阿信当真看上那女公子了？印象中是挺好看的，可是——

“这也不行，那也不行，我们到底要怎样？总不能真眼睁睁看着官寺打上门吧？！”

“……着什么急。打不过，还跑不过么？咱们这不是就要上山通知兄弟们藏起来嘛。”

阿南愣了下，脚步稍缓，被李姓少年甩了一大截。阿南很快追上去，他脑子不好，却觉得，阿信说的有些道理。这场祸事，躲起来，比对着干要好。

可真说起来，这场祸事，又是谁带来的呢？

这场祸事，不能怪到李信头上。

一开始的山道劫路，和李信无关。李信充其量，是知情后，才过去围观的。

李信真正感兴趣的，只有一个闻蝉。

恐怕这场劫道，若从头到尾按李信的思路走，真不一定能跟李郡守对上。现在得罪了李郡守，众人才想到，那个身份高贵的女公子，恐怕和李郡守有千丝万缕的联系，才让对他们向来睁只眼闭只眼的李郡守大怒，出手就是大招。

厅房中，众兄弟们得知了消息，和李信围在一起，蹲在地上，看李信画了沙图，听少年布置撤退方案：“……如此如此，我们这般离开就好。这里的东西都不要拿了，得给官寺卖个好。那些抓的人，到时候趁乱放了就好。官寺追得急的话，就拿他们当烟雾弹一用好了……我预计李郡守一行人，该很紧张咱们的人质才对。”

陈朗欣慰：“阿信说的不错，咱们不能跟官寺为敌，躲起来就好……”

李信咬着笔头，抬头，笑眯眯地看又准备说大道理的陈朗：“也不能全躲，还是得打一打的。不然官寺当我们是病猫，以后真没了活路了。来来来，咱们这样打……”

一众人全觉得有道理，听李信部署去了。

陈朗心塞。他真是傻，怎么会觉得阿信懂事内敛了呢？！明明还是那个唯恐天下不乱的张扬坏蛋啊！

有李信做主心骨，安排完后，跟官寺抢时间，大家纷纷去忙了。乱糟糟中，李信突然想起一事：“知知还好吧？我去看看她。”抬步就要晃过去。

却见几人脸色怪异。

李信挑眉：“怎么了？你们动她了？我走前怎么说的？”

对面人脸色更慌。

少年露出笑，牙齿森白，眼尾细长。他笑眯眯的，却让人硬生生往后退一步：“动我的人，别怪我和你们反目哦。”

少年强大而不羁，你不要触他逆鳞，永远只能顺着毛摸。你要是触他逆鳞，就要做好他报复的准备。

“是、是我……”人后，一个少年，低着头、红着眼站了出来，“阿信哥，我没有动那位女公子。我是见她可怜，放走了她……”

李信很吃惊，好一会儿没说话。

一是吃惊跟他说话的人，是那个叫李江的少年。李江很有勇气，敢来面对他；

二是李江有气魄，放走了闻蝉。

他李信都没做出来的事，被一个李江做了……

李信低着眼，长睫覆着眼睛。

他静而不语，让人心慌。所有兄弟中，李信虽年少，却是武功最高的一位。这位武功的高，还和他们这些野路子出身不一样。据说李信的武功，是有高人指点过。如果李江因这么件事惹怒了李信，大伙儿得不偿失。

女人和兄弟，总是很难选择的。

原来觉得李信会选兄弟。

但现在看……李信被那个闻蝉小娘子，迷得不轻啊。

李江低着头认错，等李信的反应。他心中甚至有一种快感，想要看李信和这帮兄弟们决裂。

脑海中，不由浮现半个时辰前，自己看到的那张千娇百媚的面孔。

当时劫道，李江没有去。他只知道闻蝉很好看，让薄情寡义的少年春心大动，千方百计想要得到。李江没想过，他偶尔经过，听到人叫唤，开门时，看到女孩儿那张抬起来的面孔，会有恍神的错觉。

山穷水复、柳暗花明的美丽。

她娇弱而清明，楚楚可怜地向他求助，恳求他放了她。

闻蝉实在太好看。无怪乎李信心动。

李江不敢动李信的女人，他心中，却在看到女孩儿的一瞬间，产生了一个绝妙的主意。

人生短短一瞬，佳人去不再得。李信在闻蝉和兄弟间，到底会如何选择呢？哪怕只是一个小小罅隙，李江都想趁机埋下去。日后，日后……总有发酵的时候。

不想，在李江做出惶恐不安模样的时候，在众兄弟纷纷的劝说中，李信慢慢笑起来了。他很满意地摸了摸下巴，赞赏地拍了拍李江的肩："放她走了？你这个主意真不错。比我想的要好。反正都是要放她走的，你这样，很好很好。"

李江："……"

他被李信夸得莫名其妙。

听李信随口问他："你放她多久了？她往哪个方向逃了？"

这是又要捉回来的意思吧？

李江懵懵地回答了李信。

李信很高兴地出去了。

看到少年没有生气，兄弟们重新轻松起来，忙着应付即将到来的官兵们。

但这时候的闻蝉，继逃离虎口后，正迎来她十四年来又一大生存危机。

美人天生在某些方面很有优势。闻蝉更是其中翘首。

她被关起来后，辗转反侧，坐立不安，好容易找到一个突破口，在有人经过时，喊住了那个一脸沉思的俊美少年。

便是李江。

当是时，官寺出兵剿匪的消息，经由别的途径传回了山寨。寨中一片大乱，众说纷纭，讨论着如何应对官寺。

李江心事重重的时候，被隔着一扇门的闻蝉喊住。

闻蝉带着一种审度的心情看这位少年郎君。在前有李信那般豺狼人物的衬托下，李江像森中小鹿一样简单清爽。也确实，这些天中，闻蝉遇到的所有贼子里，这名少年，是最好看的那一个。

眉清目秀，笑容明朗。

也许是相貌出色的人天生互相有好感，闻蝉靠在门口，生出了亲近之心。她低头，弄乱了耳边发丝，又在面上小掐了把，让自己狼狈些、憔悴些。总是在昏暗光线下，在到来少年的眼中，她已经是一个楚楚可怜的女孩儿。

女孩儿脸色过白，形容脆弱，抬起眸子，乌黑清澈中，水光凝聚。她的眼睛真漂亮，像夜空下的湖水，幽黑的底子，澄澈的魂魄。

她弱弱看李江一眼，李江的心，再次为之一动。这个叫闻蝉的女公子，可怜而委屈地小声道："郎君，你能帮帮我么？我不想一直被关在这里。没有吃没有穿，我受不了这种苦……"

实则她一点也不苦。

除了没人陪她说话，吃穿用度，没少了她。

李江自不会揭露这点。他怀着异样的心思，在女孩儿期盼的柔弱目光中，点下了那个沉重的头，并问："我该如何帮你？"

闻蝉很惊诧地看他。

似没想到李江会这么好说话。

原本的试探，看起来不像试探，倒是真有了可行性。

少女浑身冷凉的血液，在李江等着她回应的一瞬间，被点燃，热烈流淌了起来。她的眼睛，迸发出前所未有的神采。

互有利用心思下，李江竟真的引开了人，帮闻蝉逃出了寨子。李江没法帮闻蝉救出她的所有人来，他没有那种本事，不能在众人严格看押下放走闻蝉的四婶和仆从们。但是没关系，闻蝉自由了。

闻蝉也没有要求其他人和她一样被放出。她光是逃出这个寨子，就已经心惊胆战，唯恐还没出去时，迎面就走来李信。

好在，闻蝉运气不错，李江运气也不错。寨子里因为官寺出兵的事人心惶惶，闻蝉又是李信吩咐过的"不要欺负她"，少人过来查看。路上偶有遇到人，都被李江机智化解。

李江把闻蝉送出了寨子，闻蝉卸下了手中玉镯给他："这位郎君，我不知你姓甚名谁，怕你也不肯说……若你日后有难，拿这枚镯子下山，去李郡守府上求助，或另有机缘。"

李江心中一动，直直地看着面前娇弱的女孩儿。

李郡守！

她知不知道，即将派兵来捉拿他们这帮山贼的官寺人马，可能就是李郡守指派的呢？！她知不知道李郡守是会稽最大的官？

闻蝉不知道前者，但她当然知道后者。

少年握紧手镯、眸子骤缩的表态，让闻蝉很满意——她赌对了。这个少年，并非和李信一条心。

日头灼热，女孩儿笑得清雅骄矜。李江望着她艳艳的笑靥，风拂发丝，深衣掠弧。他心口滚烫，握紧被塞入怀中的玉镯，看女孩儿左右旁观一下，就匆匆提着裙裾跟他告别，往丛林深处去了。

李江遥望着女孩儿的身形消失在视线中，他满心都是她的动人风韵，和她塞给他的玉镯。

听说李信讨这位女公子的欢心，这位女公子却心硬如铁，始终不曾向李信屈服。

这区别对待，让自来备受冷落的李江少年，嘴角上翘，觉得她真是可爱，真会讨人欢心。他深吸口气，将玉镯贴身收好，把这当做自己的救命符，然后回身，往寨子深处走去。

他即将应对得知闻蝉失踪后、暴怒的众兄弟，还有……李信。

闻蝉不关心李江放了她后，打算如何和贼子劫匪们交待。那是他们的事，她一个小女子，能凭过硬的心理素质，从李江那里钻了空子，当然绝不会给自己留下再被抓回去的机会！

逃！

只有她逃得出去，自己这边的人，才有重见天日的机会。

天地浩渺，残雪不消，山路崎岖，闻蝉跌跌撞撞，在山路上匍匐，张皇无比。想她翁主身份，这一辈子的狼狈，大概都用在这段时候了。

地上的雪铺盖一层，又有丛木枝杈拦路，每一步远离，都走得艰难无比。闻蝉咬着那口气不肯松，竟真慢慢离寨子远了。一直没有人追来，虽然疑惑，却也到底松口气。

但是松气太早了。

冬日雪后，循着本能逃，越走越远，常能看到动物的残肢躯干。闻蝉没有山林逃生的经验，她不知道这意味着野兽山狼的存在。她看到那些动物残躯，只觉得狰狞可怖，心里发毛，离得远一点。

她从天大亮，一直走到天色昏黄。渐走渐偏，人迹也越来越少，前景慢慢变得荒芜。站在原地，感觉到身后太过安静，有徐徐风过肩，吹着面颊。

同时，还有……近在耳后的粗重呼吸声。

吞咽声。

闻蝉停住了步子，她隐约听到了山谷间的嘶嚎声，背后灵一样跟在她身后。出了一层鸡皮疙瘩，少女额上渗了汗，不太敢走下去了。她心中给自己安慰，眼看天要黑了，看来下不了山，必须得找个地方夜宿。

闻蝉一回头，猛闭气，脸色惨白——她站在山路口，一侧是嶙峋崖壁，一侧是万丈深渊。而她回头一瞬，看到山头几处，出现了棕色皮毛的兽类。

发涩的视线里，映出一头大狼，带着三匹小狼，就站在山石几处，俯眼看着她。

“嗷——”领头狼仰脖子一声嗥叫，三匹小狼也一起仰头跟着嚎起来。

那叫声震颤，漫山遍野，山木跟着齐齐抖动。

绿眼森森，狼身子紧绷，充满渴望地盯着山道上的这个小女孩儿。

又清瘦，又羸弱。

虽不够塞牙缝，但是猎捕起来，也容易很多。

闻蝉根本不敢跟它们对抗，她视线胡乱往四周看，看能不能找到什么趁手的工具。她看到一块山石后，有被雪埋了一半的树枝。闻蝉一步步，往那里退去。

头狼眼中闪现戏谑之色，看着她后退，抖抖一身毛，慢悠悠地跟着上前，然后陡然发力，呜呜一声，跳起来亮出爪子，向下抓去。闻蝉扭头就跑，又滚又爬，扑向那处山石。

利爪纵来，女孩儿扬起手中一把雪往后撒，又蜷着身子滚开。她在那短短一瞬间，清晰地感受到了耳后灼灼的呼吸。跌在地上，手心擦破了，闻蝉沉着脸，瞪大眼，抓紧手中树枝，与高处的头狼相对。

头狼飞扑向下，窜起扑向闻蝉！

天边红霞尽头，少年影子晃出。站在山头，他抓起一把雪往下砸！雪霰飞开，半空中的头狼警惕退开。

闻蝉看呆了。

看少年从山头露出半张脸，神采张扬地跟她打个招呼："知知！"

"李信！"闻蝉惊叫。

心都凉了。

悲从中来，眼泪哗的一下，就砸了下去，越掉越多。

李信："……"

她见到狼匹都没有被吓哭，见到他的脸，居然被吓哭了？他竟这么不招人待见？

闻蝉震撼于无法逃脱的命运。

她被野狼所惊，坐在地上，仰头看着高处的少年。还是第一次见面那样，他在高处，雪落山峰，白皑皑映着他幽黑的眸子。

李信天生一张坏人脸，人那么往前一站，挑挑眉，扯扯嘴，他周身那种不服于世、我自能狂的气质，就掩藏不住。

当然，他也没想遮掩。

他大大方方地、充满邪气地看着闻蝉掉眼泪。

闻蝉满脑子都是被李信重新抓回去后、李信如何把她大卸八块、先奸后杀的狰狞可怖场面……

一头狼领着三小狼还在旁边虎视眈眈，都没能让闻蝉的注意力，从李信身上挪开。

李信从山头跃下来后，踩上蓬松雪地，落到了闻蝉身前。他蹲下身，目光从女孩儿的脸上、脖颈、长衣一一掠过，才放下心，确定她并没有受伤。

身后有狼嚎声，不甘示弱地吸引这自大少年的注意力。

李信不放在心上，而是捏起闻蝉的下巴："看到我，有必要这样感动吗？都掉眼泪了，你也太容易感动了。我就算把你从狼口中救出，也没有想你以身相许为回报的意思啊。"

闻蝉心说：鬼才跟你以身相许！

她下巴被李信粗糙的指腹抬着，任由他打量，她心中，反而在惊惶之后，变得很平静。

她逃了一下午，腿软脚软，几次摔倒，身上肯定受了伤。然李信追得这么轻松，且是没有旁人插手，只他一人前来。想也知道。追一个小娘子，对李信来说，何等轻松。恐怕他心里，还有猫抓耗子的兴味感呢。

但闻蝉不愿意当那只耗子，陪他玩！

她封号舞阳，她乃堂堂舞阳翁主。虎落平阳是很倒霉，可以放下身份跟一个觊觎她美色的郎君周旋，但她已经看出双方实力不对等，对方在引着她，就没必要自取其辱了吧。

闻蝉其实误会了。只有李信一人，只是因为其他人，都在忙着和官寺人马捉迷藏而已。如果可能，李信还真挺想吓吓她呢。

闻蝉眼睛还是湿漉漉的，脸上就已经挂上了独属于舞阳翁主的不容亵渎的神情，破罐子破摔般："李信，你饶了我吧。"

李信青眉压眼，被她弄得措手不及。

看这个女孩儿，在一瞬间，就变得很不一样。如同第一次相见，她没有被他所惊时，所展现出来的那般自我风采——“我就是不想被你困在贼窝里一辈子！今天，你要么杀了我，要么放我走。我不会跟你回去的！”

李信看她半天，长睫垂下，让人看不出他的真实想法：“你不管你的阿母和仆从了？”

闻蝉冷笑：“我人都要死了，哪里管得了那么多！”姑父会为她报仇的！阿父阿母、四叔他们知道了，也会派兵踏平这里！所有人都赔命吧！

李信很惊讶看她，没想到她还有这种骨气。

舞阳翁主啊……

他已经知道闻蝉是舞阳翁主。阿南在山下找识字的人，早就解读了闻蝉那块玉佩上的字。为了不让兄弟们惶惶，李信让阿南瞒了这个消息。

他这两日，常看着闻蝉。

翁主。

竟然是翁主。

在他们这样的人眼中，翁主的身份之高，和皇帝公主也差不多了。并不清楚他们那些大人物的划分区别，反正都是他们一辈子不可能碰触到的大人物。

好笑的是，他李信对一个小娘子一见钟情，钟情的对象，居然身份那么高。

真是麻烦啊。李信心想。

可他左看右看，都看不出闻蝉哪里像个翁主样。她温温柔柔，委委屈屈，可怜兮兮，就是他所满意的那种听话女孩儿啊。

不惹麻烦，不找事。偶有亮爪，也挠痒痒一样，无伤大雅。

李信最烦麻烦，可自他碰上闻蝉，麻烦就找上门了……

现在，看着一脸刚烈、似乎他说个“不”字、她就要撞山而死的女孩儿：神色那样疏离、高高在上，可算有点“不与尔等同列”的高贵翁主样了……李信发现，他居然还是挺喜欢她的。

闻蝉就看这个少年眼瞳黑沉沉的，深渊一般望不到底，一看就是心机深沉的坏胚子。她怀着一腔大无畏精神，等着李信对自己命运的宣判。

就见李信笑了。

笑起来还是那么生动，那么……气场微妙。

李信蹲在她面前，怜爱无比的神情，让闻蝉起了一身鸡皮疙瘩。听少年声音清朗地和气道：“知知，你知道，我是很舍不得你的。”

闻蝉紧绷的脸色，微微舒缓。藏在袖中用力攥着的手，也在这一瞬间颤抖。

她心中的小人，浮现一个得意的神情来——男人迷恋女人。李信迷恋于她。

她赌赢了。

李信回头，看了看身后始终不肯离去的狼。狼真是聪明的动物，一直摇着尾巴、徘徊左右，寻找机会，不肯放弃这里的猎物。李信很诚恳地问闻蝉：“我是愿意放你走的。你心不在我，我强留着你也没意思……但是我放你走，你敢走吗？”

顺着少年意味深长的眼神望过去，闻蝉脸色发白地看到眼冒绿光的四只狼——它们居然还在等着她！

是看她好欺负，等着她落单么！

闻蝉咬了下唇，眼中水光更浓了，快要晕成一片湖。星光落在湖心，碎光明耀，点点滴滴。她小声问李信："你不好人做到底，帮我把狼赶走吗？"

"傻，"少年慈爱地放开了她的下巴，怜惜地对她笑，"你不肯做我女人，我何必对一个心不在我的女人操心呢？我可是从不三心二意、拈花惹草的。"

闻蝉："……"

三心二意、拈花惹草，是这种用法吗？

没文化！

乡巴佬！

想靠区区几只狼驯服她？她才不屈服于他！

闻蝉再赌——

她柔弱地垂头，自怜又刚强道："那算了。我宁可死在狼口，也不跟你走。"李信没有扶她，她破了皮的手，扶着地，忍痛站起来。

余光，一直在看李信。

让她失望了，少年很淡定地蹲在地上看她艰难起身，根本没有要帮忙的意思。

闻蝉一时真搞不懂他：他这个心硬如铁的态度，还指望追女人？他能追上一根草不？

自来舞阳翁主因为貌美，因为身份，走到哪里，都是前簇后拥。不一定是她的仆从，也包括她的爱慕者。

李信爱慕她，她一点都不意外。

她意外的是这个少年说放手就放手，连扶她一把的好心都没有。

李信欣赏她的美貌半天，才同站起来。少女注视着他，身后便是群狼。她看着他，像在等待什么。

等待什么呢？

李信眨眼："有缘再见？"

闻蝉："……"

扭头往相反方向走。

在她背后，看到她脸色小变的瞬间，李信笑得肠子都快打结了。她背影僵直、四只狼立刻兴奋地跟上她。李信吹个口哨，转头走上与之相反的方向。

一步。

两步。

三步。

虽然仪姿端庄，腰杆挺直，闻蝉却每一步都迈得甚为艰辛。她每走一步，就能感觉到跟着她的群狼的兴奋感。

狼群看她弱小，只跟着她。明明后面有个李信，它们却看都不看。寒风吹上发梢，每走出一步，都好像在往被群狼撕碎的命运走。

冷汗浮上后背。

后衫湿透。

心中有巨石压着，能看到上方山道跟随的野狼影子。在林木中，时隐时现。簌簌声中，却从不曾离开。

尖锐的牙齿、饥渴的眼神、矫健的身体、十足的耐性……

而身后，除了少年一声嘹亮的口哨声，再没有别的动静。

李信始终不曾低头，向她认输。他高高兴兴地转头就走，放她一个弱女子去狼群中冒险……

他刷新了闻蝉对于男女之情的认识。

原来男女之情，不仅有男人时时刻刻想对心上人发春，还有李信这样干脆利索毫无涵养、随时能抛下女孩儿的。

前者让闻蝉不胜其烦。后者让闻蝉咬牙切齿。

李信！

她记住他了！她记他一辈子！

在狼兴奋的嚎声中，少女再走不下去了。她停下了步子，垮下肩——她输了。

男女博弈，她输了。

“喂！”闻蝉回过头，冲后方背身的少年喊。

山是雪色的，夕阳是红色的。

一边是陡高的山壁，一边是空落的悬崖。

少年走在其中。

雾从崖下升起，沉沉弥漫。

少年两手放在脑后，吹一声嘹亮的口哨。那口哨声没有惊动闻蝉，却惊动了山中的鸟群。尚未冬眠、未曾南去的鸟群，扑棱着翅膀，从绵延山谷中飞起。

密密麻麻。

他又哼起了小曲。怡然自得。步调悠缓闲然。

大片红色霞光蔓延追逐，从闻蝉的方向，从闻蝉身后远很多的方向，向李信追逐而去。

雾霭、霞光、鸟群，莽莽苍苍，竞相追逐。

无山不飞云，无云不向他。

绚烂无比的晚霞，与山中丛雪遥遥相照。

都在追着李信。

从闻蝉的方向，看到的，便是层层叠叠的霞光下，少年何等耀眼。他走在金红色的万丈光华中，曲声清扬，山中精华都在追着他。

闻蝉被这一奇景看呆。被绚丽的日影天光簇拥的少年，简直不像人……

李信哼着小曲，唇角挂着自得的笑。心里默数着数。

他预计闻蝉不会彻底与他反目，就这么一根筋地和狼群去相亲相爱。她那么惜命，在寨中尚和他虚与委蛇，逃了出来，又怎么愿意在临门一脚的时候前功尽弃呢?

他所讨好的少女，是他心目中温柔可爱娇俏乖巧的模样。但同时，她也识时务。李信还是喜欢。

他算着时间，想她什么时候会来……听到身后停顿很久后，少女密密追来的脚步声，还有她并不算久违的扭捏声音：“哎……李信……”

李信抬头，看到霞光如红纱，铺天盖地。他露出笑来：知知回来了。

在他遍出手段的等待后。

在之前有那样硬碰硬的争执后，处于弱势的女孩儿向少年屈服。闻蝉心中很尴尬，面上也不知该摆以什么样的神情。

步伐凌乱，蓦地转头，气喘吁吁地去追人。闻蝉跟上李信，舞阳翁主能伸能缩，也是奇人。

她诚恳问：“你能送我下山么？”

李信无言。

侧头看她。

女孩儿因走动而长衣领口飞扬，腰带轻舞，娉娉袅袅。面容秀美，仪姿甚好。她长睫又浓又翘，乌黑眸子一眨不眨地看着他。又纯洁，又无辜。

闻蝉求救求得理直气壮。

李信眉眼弯一下，比闻蝉的态度更诚恳：“那你能嫁我吗？”在女孩儿一脸无语的表情中，他乐不可支，放肆大笑：“你能嫁我，我就能‘亲自’送你下山！”

闻蝉无话可说。

看少年笑着，从她身边经过，继续沿着山路往下走。山路曲折，雪光映人。李信口中道：“真跟我走啊？跟着我，你回去就没清白了。”

闻蝉：“……”

李信：“咱们今晚大婚！”

闻蝉：“……”

李信：“明年生子，三年抱俩！”

闻蝉：“……”

红色霞雾在天边铺展，纱幔一样扬洒开，云雾层叠，照出大片大片的光华明耀。而山道间的少年侃得天花乱坠，说得乱七八糟。最后说够了，他扭过脸，逗趣般问旁边一脸隐忍的少女：“你觉得怎么样？”

闻蝉声音清清婉婉，还是那个娇滴滴的样子：“我觉得，你能闭嘴吗？”

被堵话，李信哑然。

人给人的印象，特别奇怪。你觉得她什么样，她未必那个样。你连她的真实映像都未能捕捉到，已她倾倒。日后，待她清清楚楚地全部展示给你……李信微懵。

闻蝉做好了最坏打算，想要如何如何跟李信斗智斗勇。不过向来压着她的李信，好像突然学会了慈悲怜悯宽容一类的词。闻蝉一路战战兢兢，然李信嘴上说得那么坏，实际上，他并没有带闻蝉回去山寨。

有李信在，那几匹狼在外圈徘徊良久，到底寻不到下口的机会，恋恋不舍地离开。

天黑前，李信寻了山洞，生了火。闻蝉自觉跟上他，乖乖进了山洞。坐在山洞中，抱着双臂，偷看那个蹲在木柴前生火的少年，闻蝉心中产生了温暖：李信嘴巴坏，但人其实还挺好的。

这真是美丽的误会。

少年胸有成章，早就有放闻蝉走的打算。

反正对方是官寺势力，李信并不想造反，他只能乖乖低头。然而李信一点都不想太太平平地放闻蝉走，他要从自己手中，放闻蝉走。他要闻蝉念着他的好，想到他，就心情复杂，就不能痛快舍去。

少年狂放。

身份、地位、才能，一切一切，在他想要得到的东西面前，都不能阻拦他。他披荆斩棘，忍辱负重，心机深沉，他总有得到他想要之物的那一天。

天渐渐黑了，李信陪闻蝉在山洞里休憩，他寨中却起了大火，兄弟们齐心协力，对抗朝廷兵马。且战且退，很有章程地按照之前的策略逃跑，往生路上走。

心中有事，闻蝉一晚上都没有睡好。

一直不停地做噩梦。

即使在睡梦中，都隐约感觉到地表在震动。好像在山上的另一个方向，有人放火打仗一样。想要睁开眼，却又困顿地睁不开。

直到闻蝉感觉到凉丝丝的空气扑面。

有光照在眼皮上。

闻蝉睁开眼。

她睁开眼，被眼前景象刺激得浑身一哆嗦，几乎以为自己还在做梦——

天还有些暗，日光就在天头的云幕后，微光淡淡，等着从山的那头一跃而出。

闻蝉两脚悬空，靠着李信，坐在悬崖口。对面山涧是一竖被冰封住的瀑布，下方云雾笼罩，隐约可见冰雪之地。闻蝉在睡梦中，靠坐在李信身边，头挨着他的肩，借他的力气，睡得很不安稳。而她一醒来，被扑面的冷风寒气一吹，再被脚下悬空刺激，差点摔下去。

闻蝉慌张拽住身边的唯一依靠物——李信的胳膊。

哐。哐。哐。

她听到声音。

看过去，李信手中一柄开鞘的小刀。他同样悬空而坐，坐得挺直，目光专注地望着云深后的冰封瀑布。他手里转着的小刀，被他一次次抛出去，抛向山对面的瀑布，向着那层坚厚的冰雪。

刀锋刺入冰雪瀑布。

李信的力道太准了。才那么一碰，小刀又自动弹回了他手中。大约目测，两峰相隔将近十丈的距离。

他百无聊赖般的，闲得没事干般的，把手里的小刀抛过扔去。小风吹拂着他的发丝，他的眉眼沾上了早上清露。朦朦胧胧中，平凡无比的面貌都变得好看了几分。

然而山上风好大！悬崖数十丈！

他就在闻蝉睡梦时，强迫带闻蝉坐在悬崖口，陪他扔小刀玩！

闻蝉看到眼下的世界，头就开始晕。女孩儿一口气卡在喉咙里，上不上下不下，见狰狞可怕的少年扭头，对她扬唇一笑。

那种意味不明的笑……

他在日光熹微间，握住了闻蝉的手，看着她，温柔无比："知知，你醒了？一会儿，我就送你下山。"

闻蝉到口的"你哪里有病"咽了下去，她看着少年的面孔，平复自己激动的心情，回以羞赧一笑，温温软软地应了一声"嗯"。

她低头看李信紧抓着自己的手一眼：……李信人这么好，那就让他抓一会儿手吧。

李信紧握着她的手，看她半天。不甚亮的光照下，他的眼睛如同镶进了全部夜色，深深若海，幽幽静静，从她的一眉一眼错去。他看得这么仔细，像要把她深深记入心中。他的目光火热直接，毫不回避。看的时间太长，闻蝉都有些不自然了，才听他说："知知，我很喜欢你。"

闻蝉尴尬："……"

恰在这时，两人听到马蹄声阵阵。

头没有完全回看过去，闻蝉就听到了熟悉的声音——

"翁主！"

"千万不要被那个坏人骗了！他是想诳你嫁他的！"

"翁主，李郡守（您姑父）来了！"

前方是冰雪封冻的大瀑布，脚下悬空是万里之深的未知深渊。日光从云层溢出，闻蝉和李信一起回头，看到是扈从一行人。

粗略一扫，只有这些扈从们义愤填膺地徒步追来，而四婶、侍女他们……闻蝉心中一想，觉得如果扈从们都得救了，那四婶她们弱女子，大概也得救了。

莫非是姑父？

李信完蛋了！

李信忽而起身，手箍着闻蝉的肩膀，将她纤弱的身子跟着一同提了起来。往前一步就是深渊，大风刮面，女孩儿摇摇欲坠，幸而被少年扯着。

李信坏笑："哟，追来了啊。不过你们小心，靠得太近的话，你们翁主的安全就……"

他这么大胆，到这时候还不见棺材不掉泪。扈从们投鼠忌器，眼看翁主还在那少年的手中，而自己这方没有万全准备，不敢逆着上前。他们去看翁主的脸色，翁主平平静静的，也看不出什么来。

对于扈从的斥骂，李信掏掏耳朵，当没听见，反低头去看闻蝉："之前说到哪里了？

对了，说我喜欢你。”

闻蝉：“……”

什么叫泰山崩于前而面不改色？

这就是。

只要她稍微给个眼色，扈从就会扑上来撕碎李信。毕竟之前被擒，完全是不识路和意外的缘故。而只要想一想，都知道五姑父的朝廷兵马这时候，定然在和李信那些同伴们生死相搏。只待收拾了那帮贼人，朝廷兵马也会过来救自己。

李信绝无胜算。

而就这样，李信还脸色无异、笑嘻嘻地继续跟闻蝉讨论之前的“喜不喜欢”这个话题。

闻蝉看向李信的目光，充满了敬仰。

这敬仰让少年误会了。

他抓着女孩儿的手，想了下：“你是不是觉得我们才认识三天，我就向你告白，有点太急了？但我是有理由的。”

闻蝉长睫毛颤了颤。

东边红霞染尽，有大轮圆日从云翳后升起。

少年的眼睛，在光芒下，织满清愁：“我向你告白，有三个理由——”

“第一，我想让你知道，我从见到你第一眼，就深深被你折服。我没有见过比你更美好的女孩儿，你的一眉一眼、一颦一笑，我无法忘掉。且越想，越喜欢。

“第二，我想让你知道，我不是强盗。我从头到尾求娶你，但我没有真的强迫你。我想娶你，只是因为我喜欢你，并不是因为强取豪夺的匪徒精神。

“第三，我想让你记住我。你这么漂亮，讨好你、爱慕你的儿郎必然很多。我如果不早早向你告白，恐怕你根本记不住我。而我要你深深记得，知道我喜欢你。”

闻蝉惊讶地听他这么认真地说喜欢她。

红霞在天边，少年比她高一点，却低着头。他看她的目光，专注而真挚。他诚实无比地向她告白，在即将到来的生死抉择前。

爱慕她的儿郎很多，站在她面前，坦坦荡荡地在初见第三天就向她告白的郎君，真的不多。

闻蝉咬下唇：“……你知道你很难逃脱吗？”

“我知道。”

“你知道只要我一声令下……”

“你为什么要一声令下？难道你不在我手里吗？”

闻蝉一腔复杂的感动之情，瞬时喂了狗。

呵呵，是了。李信还抓着她肩膀呢。只要那边有异动，李信解决不了其他人，解决她还是很容易的。

什么大无畏的告白，只是她的幻觉罢了。

李信扑哧乐了。在她莹白娇嫩的小脸上摸了一把，少年笑：“好啦，不逗你了。昨天说放你走，我不会言而无信。既然你的人都到了，说明你我此次缘分已尽，你走吧。”

少女的眼中，迸发出无比绚烂的亮光：“你说真的？！”

他真的肯放了她？不拿她当个威胁什么的？

李信真是好……

李信说：“假的。”

闻蝉：“……”心里那个“好人”的称赞到一半，就咽了下去。舞阳翁主自小被教导容止淑雅，现在却特别想骂脏字。

世上有没有一个词，能精确形容出李信的浑蛋呢？！

李信再次被逗笑：“真的，我放你走。”

李信强调：“没骗你，这次是真的。”看女孩儿还死鱼眼，李信忍着胸腔中笑意，咳嗽一声，“我真的愿意放你走，但我又实在喜欢你。这可怎么办？所以我决定与你定个婚约，你这次可以走，但下次再见面，说明我们缘分未尽，你就要考虑嫁我的事情了。”

闻蝉吓呆了：“婚婚婚约？”

李信手里匕首抛起又下落，尖锐的刀锋看得人眼皮直抽、怕他手滑：“是啊，只要你跟我签了婚约，我就放你走。你要是不跟我签这个约定，今天就陪我做对亡命鸳鸯吧。”

李信一言出，四堂惊。悬崖口盯着他们的扈从们又开始骚动，若不是看李信的手就放在翁主肩上，他们真就出手了……

李信闲闲地看着闻蝉的反应，心中颇为得意。婚约嘛……他觉得闻蝉肯定不会签的。闻蝉要是愿意嫁他，愿意给他机会，早就给了。不过谈判嘛，本来就是要一开始狮子大开口，条件再慢慢往下降。

而他对闻蝉的要求，不过是……

李信还没有想完，就见对面女孩儿笑了。

她笑起来，如清晨日光下的霜花，朦朦胧胧，有白微的光。阳光荡在她脸上，清澈的流光，细腻的薄雾，少女乌眸里漾着晶莹的光泽。

世间她最美。

少年胸中一汪热血，在她的笑容中，再次沸腾。

就听闻蝉轻松笑后：“好呀。”

李信：“……”

惊疑不定地看着她。

他没记错的话，她是拼死都不想嫁他吧？

李信细细想来，想了一番后，笑：“莫非你是觉得，即便你签了这个字，你家人也不会把你嫁给我？”

闻蝉矜持而自得地一笑。

李信也笑了：“那就是我的事了，绝不怪到你身上。不过你当真敢和我定约定？”

闻蝉：“敢啊。”

不过她说：“可惜没有竹简。”

李信抬手，刺啦一声从袖口撕了一块粗布下来。他蹲在一脚之外的悬崖边，把粗布平摊放在地上。不远处扈从们的反对声，更加强烈了。而既然有扈从的反对，闻蝉便只作不情不愿状。

她跟着李信蹲下去，再次推脱："你不是不识字吗？"

少年语气耐心，充满诱哄味道："这点儿字，我还是认得的。"

闻蝉特别想问他你到底识的几个字，不过她忍住了，继续委婉道："然而我们没有笔墨啊。"

就在她说话的同一时刻，李信食指放在唇边，张口咬破了手指。滴滴红血渗出，少年抬头，对闻蝉一笑。

闻蝉无话可说。

看他开始洋洋洒洒地就着他自己的血，开始手书。手指上那点血根本不够用，粗布质量不好，要把字印上去，又需要比平常多得多的血。少年的力气很大，指尖一撮，渗出更多的血。

清晨山间的风，拂过少年的眉目和黑发。

镀上一层金色。

他脸上断无疼痛之色，他的字，也像个样子。字体飞扬，疏朗开放，像飘浮在布上。他写的那几个字，没有缺笔少画，他居然真的能写出字来。

闻蝉蹲在李信身边，山风将血腥味传向她。她怔怔然地看着李信，出神地看着他。

他好不一样。

甚至在他低头写字的这一刻，闻蝉的心，咚地跳了一下。

她觉得、她觉得……假以时日，李信一定不会只是个劫匪，他会成为很强大的人。到时候，他还会这么对她追着不放?

"写好了，签吧……"李信突然抬头，看女孩儿怔忡的神情，"恋上我了？"

闻蝉答："恋上你放我走的好心啦。"

李信一愣，然后放声大笑，双肩颤抖，笑得差点滚下悬崖。

闻蝉心想：怎么不笑死你啊?

她低头看他递过来的粗布上斑斑血迹。那血迹，伴着少年苍白的容颜……看得闻蝉心里不舒服。

她看了一会儿，李信以为她又不情愿，将指尖递过来，哄她道："知知，不用你咬破手指头，用我的血就好。"

闻蝉静静地看他一瞬。再次低下头去。

模糊的熹光中，她乌发垂耳，纤白的手指头，擦过少年指上的血。郑重无比地，在李信的大名旁，签上自己的名——"文婵。"

文也不对。婵也不对。

然李信欢喜又眷恋地看着少女，一无所觉。

到现在这一步，盖因翁主从头到尾在扮可怜装无辜、连眼神都没有给自己等人，扈从们已经无话可说，乖乖站在山壁边等候。

闻蝉望去时，看到扈从长官给她一个眼色，示意朝廷兵马很快到达，翁主不必担心。

闻蝉撇过脸，倒真不担心这个。

她收回目光，看到少年捧起写在粗布上的所谓婚约。少年金色染就的眉目，意气风发，充满了蓬勃之气。李信将誓约重读一遍，重点落在最后的“李信”和“文婵”名字上。他写的字摇头摆尾，浮着一层雾一样；而闻蝉的字娟秀文气，让人想到朝露。

李信心爱地摸了摸血字：知知的脸长得好；写的字也好；她哪哪都好。

确保无误，又放下心中猜忌，李信将粗布上的婚约一撕为二，交给怔愣的女孩儿一份，自己留一份。他最后将文字细细欣赏一遍后，珍重无比地叠起粗布，收到怀中衣襟里。

李信：“那么，就此别过？”

闻蝉站着不动。

李信低头，脸几乎挨上她雪白的面孔，闻蝉的脸被他的热气拂上，迅速红了。少年喃声：“脸这么红，舍不得我？”

闻蝉偏头看他一眼，见他落落拓拓地站着，对自己咧嘴笑。他少年身形，却已经肩宽腿长，逆着光站在红日下。也许是平凡的脸看不清了，他显得多了好多风采。

闻蝉又看了他一眼，才攥紧手中被强塞过来的婚约书，磨磨蹭蹭地往自己的扈从那里走去。而李信站在她背后，大大方方地目送她离开，一点儿别的意思都没有。

闻蝉扭头，想跟他说什么，例如我是骗你的之类，然李信迅速接她的口：“哦哦哦，回头这么快，你果然还是舍不得我。知知，我懂你的心！”

闻蝉心里呸一声。

忽然，她听到了重叠在一起的马蹄声。震声如雷，轰轰在耳。当即抬头看去，见到一大批朝廷官兵打扮的人士策马而来。

若有所觉，闻蝉仰起脸，看到山间各处，灌木后，山石后，在一刹那间，才窜出了无数兵马。掩藏在山间的朝廷儿郎后，在领头人一声令下后，铠甲摩擦兵器横出，一个个儿郎们，举起了手中的弓弩，对准了闻蝉身后的方向——悬崖的方向——李信的方向。

黑色锋头如电，直接而锐利。看过去，黑压压一排人，遮住了阳光，而目标，只有一个人。

“李李李李……”闻蝉心口重重跳起，飞快地扭头，往身后看去。

少年还站在原地，一脚之外就是悬崖深渊。他悠悠闲闲地站着，面对一瞬间的场景变化，好像一点儿也没感觉。倒是闻蝉扭头看他，让他挑了下眉。

闻蝉心提到了嗓子眼，她该不该救李信一命呢？

虽然李信强掳她，可到后来，他也没做什么……还这么喜欢她，这么被她哄骗而不自知。

纠结中，见李信对她眨眨眼，笑意满满，温情款款：“知知，不要结巴。我变戏法给你看，好不好？”

身前众人欲拿他问罪，支支锋头锐寒。无数人等着取走他的性命，他老闲得自在，就望着舞阳翁主一个人。

闻蝉用奇异的目光看着他。

不等她开口，身后熟悉又陌生的声音下令：“射——！”

刹那间，千万支箭，在天边密织成一片黑压压的箭雨，向着李信。

“翁主！”脚步声在后，熟悉的女声紧跟，余光有青绿色衣影。

都出来了。

姑父的人到了，取李信的性命。

自己的人也到了，青竹扶住了她。

青竹还担忧她害怕，又恨李信可恶。啐一口，她扶着翁主，往人群后走：“翁主，那狂徒实在可恶……咱们去后面歇一歇，刀剑无眼，莫伤了您。”

闻蝉不动，眼也不眨地看着前方：“我看一看。”

“这也有什么好看的……呀！”青竹震惊无比地叫出来。

在万道箭影相迫下，李信眼睛都只盯着闻蝉一个人。在少女并不退避的回视下，少年偏头，轻微一笑。

他往后退去。

在众人震撼的目光中，他脚踩空，身后倾，向悬崖下坠去。

闻蝉不自觉追了一步。

箭光冲向半空，少年后退着踩下悬崖。然后，他身子灵活矫健，在半空中一旋，避开了大半未曾改变方向的密雨般的箭支，往斜下方冲撞而去。

有敏锐的射手，箭支仍直直飞向堕身半空的少年。

李信手中匕首往上一抛，身子曲起成圆，两手劈开刺向他的箭支。低头仰头间，匕首掉落，少年张口，用嘴叼住了冰冷的匕首。

长发被锋利的刀口划落，从少年幽黑的眼前掠下。

而他身子伸张开，一纵之下，冲着那冰雪封着的瀑布。口中叼着的匕首，角度刁钻无比地向着天地间白雾茫茫上的垂直白练。在众人惊骇的目光下，他口中的匕首撞上雪壁，苍白的脸，与冷冰擦过。

咚地撞了上去。

有骇然的侍女，心口悬着，在看到少年撞上去的一瞬，几乎抑制不住地惊叫了出来。

而不可置信的是，当匕首刺刺划过、当少年身子撞过去时，那冰坚瀑布，哐哐哐不断，裂痕一道道向四周划开。

哗！巨大的水流喷薄而出。

绚烂天色中，水压极大，在裂缝和匕首的双重压迫下，水流哗哗哗向下飞溅。气势磅礴，水声哗哗，一汽水雾，向外弥漫。水光中，瀑布前，七色彩虹凝聚。

少年跃入了裂开的瀑布中，顺水向下，很快入了云深雾绕间。他回头，对着崖口哑然无声的一众人，挑衅一笑。

阳光和水光打在他身上，彩虹的斑斓映在他眼中。他轻松自如，跳入瀑布间。回头时那潇洒肆意的笑容，映入闻蝉的心尖。

她看呆了。

变戏法……这就是变戏法啊。眼睁睁的，李信从十面埋伏下，鱼儿一样地逃走了。

而围堵的众人往前一追，站在悬崖边往下看，只看到水流哗哗，下方白雾缭绕，那强大无比的少年郎，早已寻不到踪迹。

“翁主，李信那厮实在猖狂，万不能让他活……”扈从长深叹口气，回头欲和翁主细说，就先被翁主亮晶晶的眼睛闪了一瞎。

闻蝉眼睛亮亮的，唇角带着赞叹般的笑。她和众人一道站在悬崖口往下看，与众人忧心忡忡的神情不一样，闻蝉眼里写满了“好厉害”“好崇拜”“好羡慕”“好迷恋”的字眼。

青竹咳一声，提醒：“翁主……”

闻蝉手里攥着婚书，在众人一言难尽的目光下，应了一声后，目光还恋恋不舍地望着白云深处的瀑布，自言自语道：“……然而，他还是配不上我的。”

……所以说，翁主您刚才心动得想以身相许，幸而及时醒悟?

……等心情平静后，闻蝉才能想明白，一切都是迷惑人的手段。恰恰李信迷惑的对象，是她而已。

他早早拉她坐在悬崖边，一下一下地用匕首去刺对面山上的瀑布。他必然已经确信再一刀，厚冰就会出现裂痕。所以，他才闲闲地坐下来，引她说话，跟她耍心眼。

就像她身后野狼追逐，回头的刹那光景，看到的万千飞霞追逐于少年一样。

李信算准了角度，算准了方位，就等着闻蝉的惊艳回望。

……马车中，女孩儿低下头，闷闷一笑，指甲轻轻擦过那粗布婚书，心想：李信真了不起。

她又乐观想：不过他迷恋我，我还是比他厉害的。

山路不稳，马车摇晃，对面再加上四婶审度的目光，女孩儿有些坐立不安，掀开帘子，看到骑在高头大马上的姑父。

姑父李怀安，是会稽郡郡守。文士打扮，书生气概，却亲自带队，把一干匪贼打得落花流水，解救了闻蝉与四婶。

而他们即将下山入会稽郡，与闻蝉的姑姑闻蓉相会。

闻蝉一想到自己的小心思，本开始平静的心脏，又狂跳了起来——

她就要见到他了！

她定能让他娶她！

第二章 少年自大

雪粉漫扬天地，青山如墨，车中垂帘，晃动中，韩氏心中颇为自责。

整整三天，女孩儿被关起来，与那可恶少年之间发生了什么，众人一无所知。即使是想问，都不知该从何问起。

韩氏此时，就忧心忡忡地看着对面撩车帘往外看的少女，满心想着——

小蝉是否被那恶人欺辱了？

一介翁主，被恶人掳走三天，传出去，大伯一家得急疯吧？

尤其是回来的时候，小蝉手里多了一份婚约！差点吓晕韩氏。幸亏后来得知那婚约无效，韩氏才勉强镇定。

然现在……小蝉也不跟他们这些亲人说说那些天她身上发生了什么事，闲闲地旁听了姑父对匪贼们的宽松处理手段后，还能没心没肺地看风景。殊不知她四婶心中的煎熬。

摇晃马车中，韩氏望着闻蝉的目光，愈发愧疚了：小蝉定是不想众人担忧，才表现出无关紧要的样子来。小蝉真是好孩子。

闻蝉当然是好孩子。

姑父李怀安分析利弊，说为了会稽郡的安稳，对那些地痞混混们，只能驱，不能杀。闻蝉旁听了一下，并没有发表反对意见。

她是直接受害者！

闻蝉认为，她对李信，已经仁至义尽了。李信应该感动感激感谢……如果他跳崖后没死的话。不过他肯定没死，就他当时那胸有成竹的样儿……

什么婚约啊……乡巴佬慢慢做梦去吧，她在会稽住段日子，就会回长安。她身边千万扈从相随相候，她再不会遇到李信了！

下午的时候，车队进了会稽郡。又小半个时辰，郡守府上大门开启，闻蝉下了马车，在众侍女姆妈的领路下，抬头，看到府门上锈迹斑斑的牌匾。

“女君、翁主，这边走。”府上的姆妈欠身行礼过，过来领翁主入府。

李怀安作为会稽郡守，又是闻蝉的五姑父，他迎侄女下山后，先行一步，吩咐府上众人好生招待远来贵客，便去处理那帮匪贼的后续事件了。

一路跟随入府，闻蝉先跟四婶一起去拜了府上老县君。老县君留了四婶韩氏说话，闻蝉被领去和府上的年轻人见面。

刚出了门，先见面的，是一着绿罗衣的年少女孩儿，容貌娇娇俏俏，打量人的眼神有些害羞，匆匆与闻蝉见了礼。

“表姊。”女孩儿小声道。

侍女青竹在耳边提醒，闻蝉才知道，这位看起来不过十二三岁的女公子，正是她姑姑闻蓉膝下的女孩儿，李伊宁。

李家大房这一脉，走的走，散的散，到现在，竟只留下了李伊宁这么一个孩子。

世事也实在让人唏嘘。

闻蝉站在廊口发呆半天，“嗯”一声后，受了表妹的礼，目光才转向李伊宁身后的其他人。

李家二房、李家宗室，各家女孩儿、儿郎们，听闻舞阳翁主亲临驾到，都被家中长辈要求过来见礼。李家老宅偏居江南，新朝开后族中后辈不曾渡江北上。大约四五代的时间，李家的后辈们，没有去过长安，没有见识过长安的风华人物。

而现在，大伯母娘家的女孩儿，舞阳翁主，从长安前来府上拜会，李家少年们听说后，都颇为新奇。

李伊宁娓娓介绍——

“表姊，我在家中排名四，你叫我‘伊宁’或‘四妹’都可以。”

“表姊，这位是我三哥，李晔。三哥学问好，常教我读书的。”

“这位是五郎，李昭。五郎还在玩的年龄，不过挺乖的。”

“这是……”

李家的孩子们挺多，闻蝉听李伊宁介绍，一一相见，谁也记不住。

然她在李家少年们眼中，宛如明珠一样夺目耀眼。

日光浮照下的少女，素绢绕襟深衣，长眉秀目，站姿如竹如玉。只看一眼，便恍觉流丽夺目，一整个院子的精华，都到了她一人身上。

这是一个骨相美、皮相更美的少女。

舞阳翁主闻蝉的到来，让院中众多二郎们满目惊艳，女郎们自惭形秽。各人神色几变，心思难言。纵李家在会稽是名门望族，但家中长辈多年的打压，让这些少年们，面对长安来的舞阳翁主，充满了自愧不如感。

闻蝉呼吸着新鲜空气，淡定地接受众人的拜礼。

看吧。

这才是她应该享受的正常待遇!

锦衣玉食，前簇后拥。伸一伸手，抬一抬眼，就一众人俯首。她在长安时被人讨好，现在到了会稽，一样被人捧着。李信那种野路子，怎么会懂她的矜傲清贵?

李信就不要耽误她了。

闻蝉愤愤不平地在心里，怨了李信一排。

转了一圈，闻蝉洗去了在李信那里饱受的狼狈困窘，恢复了翁主的高贵架子，心情很不错。她才想起来自己到会稽的明面理由：“姑姑呢？带我去见姑姑吧！”

李伊宁知道这位是舞阳翁主，就算大家是亲戚，也不能得罪。她作为大房待字闺中的唯一女孩儿，肩负着拉拢长安曲周侯与会稽李家关系的重任，从头到尾察言观色，讨好这位翁主表姊。

听闻蝉问起自己的阿母，之前侃侃而谈介绍族中兄妹给翁主的小女孩儿，在这一瞬间，眸子里染上了忧郁，强笑一声："阿母早盼着表姊来，一直等着呢。我带表姊过去吧。"

"好啊！"

闻蝉已经很多年没见过姑姑了。姑父写信说姑姑病重，可是到底病重到什么程度呢?

穿廊绕山，冬日园中清寂，两个少女一前一后地在侍女的领路下，往大房的后宅行去。湖上封了一层冰，亭子四角也有飞霜凝上。

黄昏余晖撒向天地，金红色的光芒照耀清冷的园林几许温暖。万物将歇，众鸟归睡。寂静园中，一行人，离长廊后的屋舍越来越近……

上了长廊，风从去向过来，听到前方的骚动声——

"快去找郎中！"

"女君又魔怔了！"

已经离屋舍很近的闻蝉和李伊宁一惊，再顾不上欣赏园中风景，提起裙裾，一前一后地往那处扈从进出的方向跑去。

"姆妈，我阿母怎么样了？"看到一个姆妈站在门口，李伊宁上前便问。

嘴角纹痕很深的姆妈不动声色地给翁主请安后，才叹气："……女君又犯了痴，不停喊'二郎'，跟以前一样……"

"这可怎么办？"李伊宁的眼圈红了。

独闻蝉不知情："什么'二郎'？"

李伊宁回头，看向一无所知的表姊，眼圈更红了："是我二哥呀。"

闻蝉算了算。

李家有这么号人吗?

直到李伊宁解释："说起来，如果他还活着，表姊你也该喊他一声'二表哥'呢。"

"啊？！"

"说来话长……"

数里之外的茅山下寒冰湖水中，冰封的湖面上突然间，裂缝嚓嚓嚓，细线向四面划拉开来，一个大洞破开。

水花四溅，眉目染着冰霜的少年郎君，从雪白水雾中跃起，破水而出。

清清瘦瘦的小郎君，青眉俊目，湿漉漉的，仰起脸。

正是之前跳下悬崖的李信。

少年擦了擦眼睫上挂着的霜雪，露出一个痞极了的笑来。他撮手唇边，吹起一个嘹亮的口哨。

幽森金粉山林，漫山遍野，荡如潮来，纷纷响起此起彼伏的回应哨声！

李信擦把脸上的水，满不在乎地甩了甩。谷底四面青山，湖上寒冰被破开后，分成了一块块，李信绕开这些冰往岸上走。光线本就不亮，头顶互有暗影当头罩下。

时机直面，当机立断！

李信反应已是很快，但沉重衣物拖着他，那网罩又是从上往下兜，他只来得及抬起手，却并没有拦住被罩住的命运。四个方向，出现了朝廷的兵马。一队身材结实的卫士，兜着网罩，从几个方向，向站在水里的李信围去。

“自尽吧，”一个男人的声音说，“我留你一个全尸。”

李信侧身，看到是个身材高大、面孔刚硬的中年男人。

少年手抓着网纱，不急不缓地笑一声：“常长史，你为了杀我，找内应和你瞧不上眼的小混混合作，李郡守知道吗？”说话间，寒光一现，网罩上匕首划过，少年向上纵起。

围着他的人吃惊之下，网罩略松了松。但那网纱质地坚硬，并没有被划破。李信重新被压打下去，数人这才回神，心里后怕。李信也很惊讶，却并不慌乱，与网缠着的手向外一推一抓，离他近的小兵，一个被击中胸口倒下，一个被拉入冰水里灌了几大口水，冻得嘴角颤抖。

被李信称呼“常长史”的男人，没想到李信还敢突围，幸好绳索没有被他割开。常长史连眼神都不想给这个小子：“李信是这帮混混的头领，拿了他，生死勿论，郡守大大有赏。”

一语掷下，数百人直冲李信而去。

纱网里的李信站在水里，又被网兜着，目光凛冽，盯着向他冲来的众人。猛一提气，手中匕首再次划向那罩着他的网纱。同时，有人从后撞开，少年反手按住那人的头，一拧之下往外推去，当即听一声水花，扑通，那人落了水。

少年武力高强，对方千军万马，从四面围捕向他。黑压压的，蝗虫一样席卷向少年。李信即使被困在网罩里，一次次地试探突破，他的身手因环境而迟钝很多，却仍然与对方周旋。

出手迅疾，不留情面。

血融入湖水里，鲜红色晕染开来。

常长史远远负手站着围看，看前方大规模的杀伤。他眼睛也不眨，淡淡刺激李信：“知道你明明跳了崖，又从水下选了别的方向，为什么我们还能找到你吗？多亏你的哨声传递给你的同伙，你的同伙把你的下落告知了我们。不光我们希望你落马，你的同伙也有人希望你落马。李信，你是众叛亲离啊。”

他说话间，少年正近身与身前数人搏杀。所有人围着他一个人，空气已经被血腥味染浓。目前没有死人，但双方杀红了眼，谁也不在乎死人。人扑来，李信用身上的绳子相缠相绞，水花四溅！

常长史不把少年放在眼中：“李信，背叛何如？！”

水声、兵器声、血肉碰撞声，混在一起，让他的话显得不甚清晰。

大风卷起，反手匕首从一人脖颈过，血色照着少年深邃的眼和矫健的身：“背叛就背叛，不如何！”

话音未了，亮色光芒从他手里飞出，嘣的一声，很细微的声音，只见到那光照亮了少年英锐的眼睛。绳索脱落，网罩松开，李信将扯在手上、身上的绳子拽拉下来，对着四周之人，寒气森森地笑了一声。

大势可破！

常长史淡定的面色，终于有些变了。看着李信的目光抖一下，他在会稽为长史，见多了街头混混们。无赖成不了大事，但李信有勇有谋，却是其中异类。这些年，真让官寺焦头烂额。好容易等到新任郡守上任，郡守想了想，居然也决定不管……

难道任由这帮恶人想来就来，想走就走，蔑视王法？！

“杀！拿下李信！”他吼道。

天上，开始陆陆续续下起了雪，伴着官吏的嘶吼声。

同时，还有少年张狂笑声：“那就与我一战！”

在众人惊怕的目光下，少年拔地而起，往常长史的方向踏水而走。然常长史不过是个文官，哪里能和李信这等武功高手相抗？

常长史往后退了两步：“射！射箭！”

天上黑云重重，纷纷扬扬的雪粒下，黑色的箭矢从暗处飞出，笔直地向着众围下的李信。李信不得不在半空中侧了身狼狈躲开，这一躲，又重新落入了包围中。

“杀啊！”所有人都杀红了眼，怒吼道。

李信抬头，前方、身后、左侧、右边，千军万马。他站在中间，雪粒扬撒，手里只有一把染红了手的匕首，与数百对着他的弓刀对抗。

天之将晚，雪之将大，洋洋洒洒，飞向这片往无人烟的谷底。

山峰耸立如剑，人势浩大如鼓。

万千人流涌向李信，不断有人说起内应，聊起背叛，怂恿他投降，劝他只是进牢房而已。然李信无动于衷，只凭一把匕首，与大部队站在一起。

漫天的雪和湖上的血混在一起，常长史用复杂的眼神看着那颜色苍白、却英勇不屈的少年，耳边，再次响起临行前李郡守告诫的话——

“当今世道，灾患不绝。百姓各寻生路，这些混混不曾奴役平民，不曾杀人放火，我等不必赶尽杀绝。你杀了他们，反倒会逼反更多的人……”

以前的郡守无作为。现任的郡守，依然采取休养生息、无为而治的政策。

然常长史不能理解。他至今不能理解。

却是在看到少年染尽鲜血的漆黑眼眸时，那其中的寒意，冰封千里——他开始明白，如果不用人头来堆，他杀不了李信。

不过一个街头混混！

墨黑天色下，云压着云，大雪如沙雾飞扬，浩浩荡荡，雪白色飘落在天地间，飘落在静谧的青山间，飘落在谷底厮杀的人头顶。

就在一片空茫茫中，山头响起海潮般卷来的声音——“阿信！”

李信抬起眼，看到四面，出现了他熟悉的那些同伴们：向他招着手，从高处跳下，迎向这片厮杀地——

“阿信，没事吧？”

“咱们来了！”

“让这帮老狗们见鬼去吧！”

乱七八糟的说话声，各不相同的面孔，却一个个站了出来，并没有四散而逃。

这、这是要造反？！

在对方铁青的面色下，李信并没有把战场交出去，他一身血、一身水，脸色苍白，眸子却明亮异常。四面皆敌，敌外皆友人。少年静静地抬着脸，看四面围来的同伴。

他一人当关，瞳眸幽静，看了半晌，又想了半晌。

风雪飘在少年的眉目上。

他慢慢扭过脸，向脸色铁青的常长史，露出一个古怪讥诮的笑来——“李郡守恐怕不想闹成现在的局面吧？”

常长史脸色微变。

少年随口道：“今日之局，算我一人头上。生死由命，咱们划下个章程来……事后，我不与李郡守相告，你放过我的兄弟。常长史，可敢与我一战？”

常长史面色青白交加，看着这个嚣张的、放肆的、满不在乎的少年。

时局不稳，官逼民反，有能人揭竿。

然李信……没有揭。

雪下得更大了，狂风怒号，谷底对峙双方，尽数沉默着，气氛压抑。

雪覆盖会稽郡城。

从数里外的茅山，到翁主下榻的李郡守府上。

白茫茫一片，幽夜宁静，高宅清冷。

舞阳翁主在李家女公子婉婉的讲故事声中，沉入了梦乡。她在睡梦中，翻个身，到了李伊宁讲述的那个故事里——

李家曾有二郎，乃姑姑闻蓉的长子。幼年丢失，多年无踪。

闻蓉落了心病，李家凄凄冷冷，李家二郎，却生死不明。

“你该叫他一声‘二表哥’。”

二表哥？

闻蝉在梦里，看到了少年的身影。她追着那位二表哥，想找回他。找到了他，就能治好姑姑的心病了。

“二表哥？”她在雾蒙蒙中喃喃自语。

前方亮白，少年沉入黑暗中的清薄背影，现在了她面前。

天地几多苍茫，少年回过头来，眼睛清明，笑意不明，有说不出的勾人味道，“……表妹？”

黑云压天，大雪苍苍浩浩，谷底拉开阵势，卫士和年轻儿郎们分拨而站，喝声如雷。划开的空地中对阵的，是常长史选的十名武功好手，对面贼匪们的代表，则只有李信一人。

少年自大，在经历了之前的厮杀后，用手背擦了擦嘴角的血，又再次给自己接下重担，要以一己之力，化解双方的矛盾。官寺那边同意了，李信这边赶来助阵的兄弟们，心里却不是滋味，嚷着自己也可以上阵，李信不必一人勉强。

看这些乌合之众争论不休，常长史心里鄙弃：蛮子，不知天高地厚。

然常长史不敢小瞧李信。

李信怕一堆兄弟全关进牢里，但常长史同样也怕——郡守交代他办差，结果他把人给办得造反了，回头他得上郡守通缉名单。

所以，李信提出这个解决方案，常长史在维护了官寺的自尊后，点头同意了。

但李信的同伴们，自责于李信为他们一众人、去和官寺卫士搏斗，大约并不理解少年的真正用意。

常长史看他们吵，心想：李信是这帮混混的老大，为了服众，为了凝聚人心，定会隐晦地把自己做的牺牲相告……

结果他听到少年随口道，“别扯我后腿。”

常长史：“……”

李信看到常长史的表情，一本正经道：“长史为何这么深情地看着我？是想上场跟我打，却不好意思说？长史太害羞了，何至于此呢？”

常长史：“……”

李信一人与十人，一一对决。他之前又是跳崖又是打架的，外里内里不知道受了多少伤。但少年自有章程，无论休息时如何慵懒，一面对对手，就眼神锐利、身子紧绷、头脑敏疾，那神采奕奕的样子，似随时可以背上炸药包去轰碉堡。

每赢一场，他的那帮同伙就大声喝彩：“好！”

“阿信，打他，别怂！”

官寺这边的士气则低落很多，打得很憋屈。卫士小吏们，都是平凡百姓出身。接触刀枪，是平时长官训练有素的结果。他们讲的是团体战、配合战，单打独斗，对手还是武功高手，一般人真应付不来。

况且，李信这帮混混，是会稽郡的地头蛇。多年来，除了常长史这种嫉恶如仇的异类，大部分小官小吏和他们交往频繁，关系都挺不错。从头到尾，大家一直打得挺尴尬的。

小混混们每为李信喝彩一声，官寺这边派出的卫士，头就矮一分。

等李信连打九场，眼看即要大获全胜，官寺这边最后一位上场的，却空席着。少年在场中站了半天，等了半天，看官寺那头有卫士一脸焦急地跟常长史汇报，他懒懒问：“人呢？”

常长史刚听手下一脸为难，言之前安排好的卫士，非说李信曾接济过他家，再加上本来也打不过李信，死活不肯上。常长史已经气饱了。他沉默半天，抬头看场中那嚣张的少年，叹口气：“不打了。今日，算你们赢。”

他目光，若有若无地往匪贼们中间一个位置望了下，停顿一瞬。

李信笑眯眯地看着常长史，并没有受激去回望。心理战术嘛……常长史故意暗示他同伙中有内应，李信也知道，但他当然不会相信常长史会好心提点自己。常长史往人中看，多半是为了引起他的猜忌。

李信不上当。

常长史很失望。

打斗就此结束，众混混们一愣后，齐齐欢呼。

纷纷跑向李信，嘘寒问暖。

李信却不笑，还盯着常长史看。常长史知道他的意思，倒有些佩服他，便给了他承诺："既然已经说好，你赢了，那你便带着你的兄弟们走吧，我等不加阻拦。不过只此一次，下次见面，可不留情面了。"

少年笑了，手中亮光一掠，收好了寒酸的匕首。少年向常长史拱手行了一礼，不复之前嬉皮笑脸的样子，郑重的模样，挺像那么回事，让常长史别扭的心情，舒服了些。

大雪不知何时已经停了。

空中一只雄鹰飞过，和暗下的天幕几乎融为一起。

李信已经领着他的同伴们，大大方方地走了，越走越远中，能听到少年人之间的说笑中。那苍鹰在空，常长史仰头看着，某个瞬间，竟将李信身影与那高空飞过的鹰重叠。

次日，李信与众人在山中议事，提议大家离开会稽另谋生路，让刚刚和官寺兵马对了一场、还小胜的众人错愕不已。众粗人里唯一的书生陈朗很激动李信居然有此觉悟："不错，不能再在会稽待下去了！你们以为劫持翁主的事情这么容易过吗？"

李信替陈朗补充："我估计会稽郡接下来很长一段时间，会找各种借口，打压咱们。把咱们当通缉犯，贴到公告上，人人喊打。"

他这么说，名唤罗木的少年就很愧疚地低头："……怪我。如果不是我一开始，非背着阿信，要劫那马车，惹上什么翁主，咱们也不会被逼得背井离乡。"

李信随口道："我不也和你狼狈为奸了？"谁让他确实看上知知了呢。明知道不是什么好路，还是走了下去。

陈朗抽嘴角：狼狈为奸……这话说得真难听。

阿南倒是火气旺盛，重重往山石上一拍，顿时石头崩裂，众人齐齐看他。少年面孔坚毅，眼睛里跳着火焰："阿信，你怎这样怕事？得罪官寺又怎样？咱们直接杀出去，占了会稽，谁能奈何咱们！"

阿南这话，实在很符合大家的口味——

"对啊阿信，干吗总怕什么通缉？咱们难道是吓大的吗？"

"徐州广怀村郑宏郑山王不就聚拢一批人，反了朝廷，占山为王，在徐州混得风生水起？老皇帝天天炼丹当神仙，不都根本没管过吗？"

"阿信，咱们可以去投奔郑山王！呸，鬼朝廷，反了就反了！"

一说起徐州那边现在乱糟糟的情况，原本对官寺还有些敬畏的混混们，生起了豪心壮志。

陈朗："……"

他小小一个书生，听这帮山大王要造反，两股战战，快要被吓死。

少年李江站在众人中，听他们讨论反朝廷的事，眼皮跳了跳。他摸摸怀中闻蝉曾给他的玉手镯，暗自想着，是否该去跟常长史告密呢？说不定，自己飞黄腾达的机会，就在这一刻啊。

他想：我做梦都想飞黄腾达。

李信很正经的声音，把李江从美梦里唤醒——“好样的！就是要反朝廷，咱们也得摸摸底。就去郑山王那里吧，你们趁机看看，造反的话，谁给武器？要不要雄厚的资产供应？需不需要跟当地的士族们通气？多学学经验。”

众人：“……”

为什么觉得李信在说反话？为什么觉得李信瞧不上什么造反？

在李信的分析下，一众人，纷纷被劝服，打算离开会稽。大伙合计去投奔郑山王，连书生陈朗为了妻儿，都打算离开这边，和众人一起去闯。然一回头，李信说：“我不走。”

罗木：“……你为什么不走？”

李信笑眯眯：“帮各位兄长积累造反资本，照应后路。”

众：“……说实话好么？”

“我家知知还在会稽等着我啊。”

众人惊倒——“……你这时候还肖想那什么翁主啊？！”

到最后，仍然因为一些原因，有不到十个兄弟准备留下来。阿南一心跟着李信混，打算留下。再其他的，还有个眉清目秀的李江，让李信多看了一眼，也没说什么。

混混们这边商量着未来出路，郡守府中，舞阳翁主闻蝉，也正面临着大难题。

在瘟症过后，姑姑闻蓉终于清醒了过来。天亮时分，闻蝉听说姑姑想见她，紧接着的一个时辰，她木然地接受姑姑的劝导——

“小蝉，你小时候，和你二表哥差点定亲，你知道么？”

“……！”

“如果不是三哥（你阿父）说太小不合适，你和二郎，现在就是未婚夫妻了。”

“……”

“所以，你和你二表哥是很有缘分的。他命不好，就该多沾沾你的光才是。”

“……”

“小蝉，你帮姑姑一个忙，让跳大神的大师们借你做个法事，请神招魂，找找你二表哥吧！”

“……！”

天空深蓝，冷风吹廊，院中景致冷清。冬日下的薄雾中，舞阳翁主站在廊子口观景观得认真。

离她不远的灌木丛边，李家四娘子李伊宁探头缩脑，时不时小心地往翁主的方向看一眼。她一脸忧色，欲言又止，可就是怕惹翁主不高兴，不敢过来。

闻蝉看她都看得累，她也猜得到李伊宁想说什么。

不过想劝她从了姑姑的意愿，去跳大神请表哥罢了。

但是跳大神?

闻蝉一开始以为是自己误会了，没有见识过世上的能人，姑姑说不定请来的是哪位隐居深山的神秘巫师，真有些本事。她怀着敬畏之心，在姑姑身边姆妈的带领下，去瞧了所谓巫师后，就绝望了。

一群巧舌如簧的异族骗子。

领头的，居然还是个一脸精明相的汉人!

这么一支不靠谱队伍，姑姑还磨着她去当笑话。

实话说，闻蝉有些失望。

她很少能见到五姑姑闻蓉。

她对五姑姑不多的印象，来源于幼时那会哄着她睡觉的妇人。她对自己姑姑的想法，一直是温和，雅致，世家风范。想姑姑如何能不世家风范呢?姑姑在李家那么多年，如果没有风范，如何当好一家主母?

然而事实不是那样的。

姑姑病重，不管事。姑父忙碌，很少沾家。府上一应事务，皆是二房在管。四婶看了看府上状况，也只能叹气摇头。扶不上的阿斗，帮都没处下手。

这也便算了。个人有缘法，不能强求。然再不能强求，姑姑也不能把骗子巫师养到家里吧?

“翁主在想跳大神的事吗?”冷不丁，身后不紧不慢走过来一个声音。

闻蝉回头，见侍女们纷纷屈膝请安，看去时，乃是李家三郎，李晔。李家人相貌不能说漂亮，但都是有气质的。这位三郎也就比闻蝉大一两岁，面容温润，走来就说了话提醒他，家教甚好。

三郎是二房的长子。

闻蝉偏了偏头，客气又疏离：“三表哥。”

三郎喊她“翁主”，是对她身份的尊重。闻蝉叫一声“三表哥”，也是全了三郎的面子。大家客客气气，往来交流会方便很多。

李晔站到了她旁边，藏住心中的惊艳，目光从少女的面上移开。女孩儿是块璞玉，十分的清艳，带着对男人独有的诱惑之色。她无知无觉，却不知男儿心里每一次见到她时的惊涛骇浪。

李晔压下去了心里一瞬间乱糟糟的想法，与闻蝉一起看风景：“翁主，你若是为跳大神的事烦恼，我建议你，还是答应了伯母好。”

闻蝉蹙眉。

少年清澈的眼睛，倒映着院中凋零的草木。寒风过，又是一年冬至。在少女的疑惑中，他缓缓说道：“堂哥是伯母的心病，也是李家的心病。伯母已经疯了，李家也快要疯了……互相怪罪，互相仇恨。再演绎下去，简直要家破人亡。”

李晔陷入回忆中。

那位堂哥，幼年时就已丢失。李晔与他年纪相仿，然过了这么多年，印象也早已模糊。

他只记得一个公认的陈述说法，大伯父一家去汝南任职时，因家中幼子年纪太小不适合长途劳顿，便把幼子留在了老家会稽。之后某一日，大母（祖母）临时起了兴致，领一家老小，去郊外踏春。熙熙攘攘中，大伯父一家留下的幼子遗失了。

出事后，大伯母连夜回来会稽，与大母怒吵，与李家众人争论。李家又托关系，去求郡中校尉派兵找人。伯母为此与伯父闹了意气，一直留在会稽找人，不肯回去汝南伯父身边。

伯母怀着那微渺的希望，在人海茫茫中，期待找回丢失的小子。

直到她再次怀孕，不得不去汝南，留在伯父身边。

之后近十年，李家一直在找那个孩子，伯母也在找。时日久了，希望也越来越渺茫。然如果放弃，便等于承认那个孩子已经在乱世中死了。

再到六郎夭折，再次摧毁伯母的意志，她终于病倒，浑浑噩噩。近十年的心病缠着她，让她混沌中，连刚夭折的幺子也不太记得，只记得一个“二郎”。

伯父回来会稽，当了郡守，何尝不是为了帮伯母治病呢?

时光荏苒，岁月无情。他们站在茫茫人海中，站在漫天大雾中，哀声呼唤着曾经的二郎。一重重人过，一层层景衰，大雾归去又复来。默然静立，在午夜梦回时无数次回头，然浓浓的夜色中，故人却再也看不到了。

李晔有些可怜伯母。却也深深记得这么多年，一直被压在那个孩子的阴影下，喘不过气——

“小子驽钝！如果二郎还在，定早早有了出息，万不像你们这样不知所谓！”

“二郎自幼聪明，学什么都快，李家的希望本在他身上，谁知造化弄人，哎。”

“要是二郎在……”

李家一众儿郎们，头顶总是压着一个所谓“二郎”，激励着他们。传言那位丢失的幼子，三岁就能背不少书、习不少字，走丢前，他已经是李家公认的神童了。

人见人爱。

人见人夸。

李晔常想，也许那位堂哥，并没有长辈口中说的那么聪明。长辈可惜他，不过是遗憾曾经的错误。错误不能再犯，却也无法挽回。也许那位堂兄长大，泯然众人，不比自己强多少。

也许……

“三表哥？”闻蝉疑惑地看着他。

李晔目中闪了闪，回过了神，颇为不好意思地冲闻蝉笑了笑，觉得失礼。

闻蝉看他半天，想了一会儿，大度地原谅了他的走神。她想，这就是李家的心病吧?为了一个不知是生是死的孩子，伯母病了，李晔看起来，病得也不轻。

她想着这些事。

李晔以为还不能说服她，又玩笑般地加一句："翁主实在不用多虑。其实，我们家能用到的人，都被伯母拉去跳过大神。你慢慢的，就习惯了。"

"是真的，"李晔看闻蝉表情，笑着补充，"我跳过，四妹跳过，连五郎也跳过。就是伯父，也被伯母撺掇着跳过大神。府上上上下下，都被伯母折腾了个遍。想想有这么多人陪着你，有没有好受点？"

闻蝉惊呆了："……"

她长在长安，自来被父母保护得很好。大约怕她多想，父母从不在她跟前说姑姑一家的事。她到现在，才知道姑姑病得有多严重，不觉忧心。

却也不想做出悲春伤秋状。

闻蝉偏头问："那老县君（你家祖母）跳过没？"

她一笑，当真是满园冬意中的唯一暖色，明明亮亮，酥酥软软，让人一径过电般，醉到心坎中去。

李晔心跳快两拍，勉强定了定神。他想逗她开心，便道："都跳过，可惜你没有早来两年，不然就能看到大母跳大神的盛况了。"

闻蝉果然被逗笑。

笑得李晔跟着心中快活，盼着她的美丽多多停留。

闻蝉侧头看到还躲着她的灌木丛后的李伊宁，下定决心回去找姑母，说愿意跳大神去。同时，她还要往长安去信，央求阿母进宫，求陛下派几名侍医，过来给姑姑诊诊。

闻蝉怀着满腔心愿，打算回去找正在吃药的姑姑。但她反身走了一半，想起一事，又扭过脸来，问李晔："除了跳大神，你们平时怎么找二表哥啊？是拿的信物还是什么？"

李晔怔了下，猜测闻蝉是想帮忙，然而……少年眸子躲闪了一下："这个，翁主还是不要知道的好，知道了，也没什么办法。"

闻蝉侧立而望，徐风吹拂她的面颊，和她清亮的眸子，星辰一样熠熠夺目。

李晔败下阵下，走向她，很小声地说："是这样。堂哥的后腰间，有火焰样的胎记。"少年看着女孩儿，调侃道，"你就算知道，也没什么用啊，不是吗？"

闻蝉："……"是的，知道了也没用。

她总不能见到一个郎君，就让人脱衣服，看人家的后腰吧。

闻蝉脸微热，心跳了两下，面上却作若无其事状，转身淡定离开。让身后的李晔，也分不清她到底有没有听懂。

跳大神乏善可陈。

大早上，闻蝉被戴着面具的巫师们领去了大后院，被一众人围在中间。尚没有弄清楚什么意思，巫师就手举火把，开始围着她转。咣的一声响锣，闻蝉吓了一跳，围着她的巫师们就开始手舞足蹈地跳了。

每张面具狰狞可怖。

高殿外摆置了炉鼎，烟雾缭绕，徐徐升上高空。而就在缈缈烟霞中，少女听着四面八方的歌声，曲调奇怪，声音也怪，听得她头都要炸了。

这些巫师们真是不消停，不光在后院唱跳，还要跑前院去，把李家的每个角落跑了个遍。李家是会稽本地的老牌名门，本朝开前，就已存在。这么百年下来，李家占地之广之大，一听说要跑遍，闻蝉脸就黑了。

常有窃窃私语的笑声，在中间间隙时被她听到。然闻蝉无动于衷，淡着一张脸，什么也不说，硬是熬了下去。

折腾了一上午后，中午时，闻蝉去姑姑院子里用膳。在窗口，一从花木后，看到妇人低垂的姣好面容，闻蝉晃了一下神。

日光斜垂，坐在窗下的女郎云鬓松绾，纤长的手放在手中一本书上，低头看得出神。她端端坐在那处，深衣婉婉，气质淑雅，谁见都要赞一声好风采。

这正是闻蝉的姑姑闻蓉。

闻蝉刚到门口，环佩相撞、扈从簇拥，被屋中的妇人听到了声音。隔着窗，闻蓉抬起苍白的面孔，对这个侄女和善一笑，招她进屋。

闻蝉见她今日竟能起了床，看眉眼间的神韵，精神也很不错。

然才刚被闻蓉招到她身边坐下，就见闻蓉拉着她的手，亲切和气地问："小蝉，今天跳大神时，大师和神灵沟通，你有见到你二表哥吗？"

闻蝉："……"

闻蓉见她不应，有些着急，对着女孩儿精致的容颜，又追问："那你听到你二表哥的声音了吗？"

旁边姆妈咳嗽了一声，提醒女君注意，莫吓坏了小翁主。

闻蝉猜得不错，闻蓉今日，精神确实比往常好，至少她没有恍惚，能正常跟人沟通。闻蝉没有带来她想听到的消息，她略有失望，却也没有崩溃："看来这个法子不成啊。"

"姑姑，你真的相信请大神有用？"闻蝉想了下，提醒她姑姑，"我听人家说，跳大神招魂，都是招死人的。招来活的，那都是妖物啊。"

她说得很委婉，其实闻蝉心里想的是，那就是骗子。

闻蓉觉得闻蝉说得有理。

她紧握住闻蝉的手，眼睛发亮："你果然与你二表哥有缘……先前都没有人提醒我这个的。你说的很对，我想的狭隘了。"

闻蝉干笑两声：没人提醒，是怕你发痴犯傻吧？

精神抖擞的闻蓉，在思索片刻后，又生起了新的想法："既然跳大神没用，那咱们去请仙下凡问路吧。"

闻蝉："……"

"小蝉，你和你二表哥这样有缘。这法事，还得你来。"

闻蝉："……"

"对了对了，天竺不是传来什么教吗？好像是什么佛的……小蝉，你跟姑姑一起去庙里捐些香火钱，让那什么佛保佑你二表哥平平安安！"闻蓉扭头问一边姆妈，"拿我的名帖，去支些钱币来。"

闻蝉："……姑姑，你认真的么？"

闻蓉有了新的动力，已经不理会这个做客的侄女了。她拉着姆妈的手，商量去寺庙、去道观，去各种能让她挥霍钱财的地方。她觉得跳大神没用了，但她觉得还有很多其他法子，她要继续奋斗在装神弄鬼的第一战线上。

她很焦虑。

她迫切地想找回丢失的二子。

她的生命显得很枯燥，她没有旁的事可做，她心里，只剩下这一件事了。

闻蝉转向窗口，吐了口郁气。她这才真正意识到，姑姑已经病入膏肓。除非真的找到二表哥，姑姑的病就不会好。

可是这么多年过去了，已经不是小时候的那个人了。所有人的心，心里其实都有个猜测——幼年走丢，未能找回，李家二郎，恐怕早就不在了。

当夜，闻蝉回房，侍女在前提了灯，照亮前行的幽沉路径。下午翁主和闻蓉的谈心，侍女青竹也听到了。此时她侧头去看翁主在幽暗中清雅如许的面孔："翁主真的要和李夫人去拜佛？"

青竹说得委婉，闻蓉哪里是准备拜佛呢，闻蓉是打算去寺庙撒钱。

闻蝉想到姑姑狂热的样子，笑了一下："不去。"其实照顾姑姑的人很多，她在不在，也不打紧。即使她在……反正姑姑也只记得一个虚无缥缈的表哥而已。

青竹向她投去疑问眼神。

闻蝉突地向她眨了眨眼，语气变得很活泼了："青竹，莫非咱们在李家待得久了，你真觉得咱们是在这里做客，没有旁的事了？"

青竹微愣，提着灯的手晃了下。看旁边突而娇羞起来的女孩儿，她明白了。

然青竹还是有顾虑："……翁主，你这样不太好吧？"

"男婚女嫁，阴阳和谐，本就是人之常情，"舞阳翁主振振有词，推了青竹的腰一把，"让你们去打听消息，有没有打听到啊？别等我二姊来抓我回家了，你们还没探听到消息！"

青竹眸中闪出了笑意："婢子回去帮您问问，已经好几天了，想来扈从那边该有消息的。"

而晚上入睡前，闻蝉终于从青竹那里，得到了自己想听的消息。青竹跪坐在翁主身后，帮翁主梳发，余光里，看到竹简上的字样。

青竹不识字，此年代，寻常百姓，都是没资格习字的。然即使她不识字，她也大略知道，最上面的那几个字，必然是"江照白"。

江家三郎江照白。

翁主追那人，从长安，一路追到会稽来。

江家郎君自是风采卓然，让翁主十分欢喜。翁主自来会稽，便吩咐扈从打探江郎的消息，问江郎是否真的在会稽，日常都做些什么，人情往来如何。女儿家慕少艾，大都如此。

扈从说，江三郎在会稽西城边，盖了竹屋，似是去当讲席了。闻蝉搞不懂他在干什么，但起码她知道，每天傍晚的某个时刻，江三郎都会出来打一壶酒，经过一个巷子。

计划了三两天后，闻蝉特意梳妆打扮，明明已是美人，却硬是细细点妆。她出府时，明丽大方，门卫看得心脏狂跳。

青竹小声说："翁主，江三郎似乎对容貌并不关注……"不然您也不至于大老远地追过来。

闻蝉羞涩一笑："当然，江三郎自不是以貌取人之人。他品性高雅，当是芝兰玉树，非一般人所能比。"

青竹说的不是那个意思……不过算了，翁主高兴就好。

傍晚时分，一辆马车停在了某道巷口。闻蝉娉娉袅袅地下了车，接过青竹提前为她准备的一包糕点，进了巷子里。

扈从们都守在巷外，舞阳翁主则在少人经过的巷中徘徊。

手中提着糕点，当做是自己买来的；一会儿江郎经过时，便可惊喜地与他打招呼，与他"他乡遇故交"。

闻蝉走入巷中，捂捂疾跳的心脏，有些迫不及待。

夕阳余光照入巷子，照在女孩儿纤长的身影上。她忽而有所感，一回头，看到巷头，走进来一位宽袍缓带的紫衣郎君。

那郎君逆着光，容貌看不清。但他身形颀长，玉带长绦，行走间沉静的步调、手中提着的酒，都宣示着他的身份。

丛木葳蕤，岁月幽静，他慢慢走近。初冬的巷子里，少女低下头，余光看到他袍边翻滚的金色云海纹饰，渐渐放大，扑卷而来，这一切让她感到一种紧张的窒息感。

定定神，闻蝉摆出自己最好的仪姿，向他走去。

她不知道，在同一时间，一少年郎爬上墙头，意外而惊喜地看到了她。

李信坐在墙头，笑眯眯地迎接这天降的缘分。

日暮西陲，巷子深处幽幽静静。那些闲杂人等，早在一开始，就被翁主的扈从们客气地请了出去，改走旁的路。闻蝉以为，这条清幽的、深长的、望不到尽头的巷子，现在，只有自己和向自己走来的江三郎。

她心怀激荡，一目不敢错，盯着对面在日影移动中、渐渐清晰的郎君。

风拂长身，袍袖若飞。他有清远如山的眉、宁静若湖的眼，他鼻子挺直，唇瓣红润。他看人时，总带着审度思量的神情，让人觉得有些严肃；可是他笑起来，眉目婉起，又有冬日阳光一样的熏暖灿然，无有烦恼。

江家三郎江照白，是江家最出色的儿郎，也是长安出众儿郎中的其中翘首。他策马走在长安玄武大街上，行事奔放的女儿们，都纷纷跑出去围观，丢花丢果给他。多少家的女儿，盼着江三郎回首，去聘了她们。

君子如兰，行事却算不得温润若水。他在长安时，曾任廷尉正，银印青绶，掌刑狱审判之事。纨绔子弟们只听到他大名，就腿软。

几个月前，江家因事遭厌，举家迁往岭南。江照白的廷尉正官职也未能保住。闻蝉听说江三郎没有跟家人去岭南，而是沿途，留在了会稽。闻蝉翻着自家的家族谱，总算想起，姑姑嫁的李家，似乎就是会稽名门。

十步……

九步……

五步……

江照白的面容，在少女澄澈的眼中，越来越清晰。她心脏咚咚跳，她计划了好久今天的“重逢”，她容貌最美，仪态最端，她要扬起自己最好看的笑容，要露出最适合的讶然表情，问他一声，“江三郎？”

青年俊秀的脸孔，已经在一步距离了。

闻蝉故作一个无意的抬头，露出嘴角几分吃惊的笑，想向他打个招呼。她才刚露出微笑，青年袍袖从平行的一步外擦过，走过了她。

擦肩而过……

闻蝉僵硬了。她当机立断，扭过身要喊人。然她刚扭过头，就被头顶一个声音吓一跳。那声音，与她打招呼：“知知！”

闻蝉僵硬一如前。

天地失色，少女抬起脸，看到墙头上坐得随意的少年，李信。少年招手，低下来的眼中倒映着女孩儿干净的面孔，只有她一个。他笑起来，还是带着那么一股子说不出的勾人味道：“知知，这么长的巷子，只有我们两个人。多大的缘分，你感动吗？”

闻蝉：“……”

是不是天下男儿，全是瞎子？

江照白眼中，看不到她，巷子里只有他一个人在走；而李信眼中，又没有江照白，只看到她一个人孤零零地立在巷子里。

李信见她只顾傻傻地仰脸看他，却不说话，呆呆的样子甚有趣。他笑问：“看呆了？没必要这么热情啊。”

闻蝉哪里热情呢？她看到李信惊呆了，一是没想到他会突然冒出来；二是她原本欢喜地与江照白相逢的美好画面，因为多出来一个人，被打破了；三是她本以为这辈子都不会遇到李信了，他正应该被官寺追杀，他不该有时间来烦她的。

然人已经来了。

闻蝉现在没最开始那么怕他了：“看你看呆了，是没见过这么……”

李信打断她的话，“知知，好好说话。你要知道，这里只有你一个人。我把你怎么样，你都是没办法的。”

闻蝉：“……”余光看到另一头渐行渐远的青年，连回头观望的意思都没有，不知在想什么，这么大的动静，他也没听到；而再远的巷尾，扈从倒是在，可是他们赶过来，好像没有李信动手快？

少女于是说：“我没见过你这么独特的人。”

李信满意一笑。

少年少女一坐在墙头，一站在巷中，都在猜着对方的想法。过一会儿，闻蝉假惺惺地试探问：“你为什么在这里呢？我听说官寺贴了通告抓你，你不怕吗？”心里寻思着她的扈从呢？为什么听到她高声说话，还不赶来？

“通告你建议的？知道得这么清楚？”李信不在意，“这世上，我不情愿，还没有拿得住我的。”

闻蝉佩服这种狂傲之徒：“总有人把你绳之以法的。”

李信：“……”

这边，李信考虑着与闻蝉多待一会儿，闻蝉思量着如何摆脱李信的纠缠，然另一头，突响起一道少年的声音：“阿信！你快出来！咱们还有要事，你莫非忘了？”

是跟随李信的少年阿南的声音。

李信轻功高，几下就蹿入了巷子里。阿南爬上一棵树，坐树上半天，就看李信光顾着欣赏心上人，完全把他们之前说好的事忘到了脑后。阿南心里郁闷：舞阳翁主真是扫把星。出门办个事，随便走一走，都能让阿信遇上。

闻蝉也觉得他们是扫把星，晦气。

阿南在巷外喊李信的声音很高，闻蝉估计另一头自己的扈从，肯定听到了。她马上就要摆脱李信了！她很高兴，看少年皱了下眉，就掩饰心中欢喜，故意问他：“你有要事忙啊？”

李信一脸严肃：“对啊，准备晚上去抢你当压寨娘子。做好准备。”

闻蝉惊惧地往后大大退一步。

墙头的少年捶墙大笑。

“翁主！”身后脚步声乱糟糟，扈从们终于赶来了。护在闻蝉身前，警惕墙头笑得羊癫疯似的少年。

有了扈从，闻蝉就有了底气。然她才要下令捉拿李信，就见少年在墙头上站了起来，冲远方吹了声呼哨回应后，对她道：“好了，我要走了。走之前，我先送你回府吧。”

闻蝉权衡了一下，看李信自信满满的样子，不知双方打起来，能不能拿下他。他既然已经决定走了，大家又能分开了，闻蝉还是愿意的。

闻蝉清傲地“嗯”一声，扭头，就往自己巷尾停着的马车走去。这时候，她早忘记了江三郎，她只想摆脱李信。

然她扶着侍女的手，上了马车，才坐下，帘子就掀开，李信噙着笑的眼，明晃晃地映在她眼前。而车外都乱了——“李信你干什么？！”“休得冒犯翁主！”

闻蝉死鱼眼看李信。

李信露出一口白牙：“说好送你回府，你上马车，我自然也上马车啊。”

他话音一落，少女突地身子倾前，清香袭来，让他贴着车壁本能让道，不知她要干什么。闻蝉掀开帘子，从开着的车门，在所有人的惊呼中，跳下了车。

回头，对上车上少年惊愕的表情，闻蝉扬下巴：“我不坐马车了！我走着回府！”

为了不与他同车而行，又不想在街上大动干戈，舞阳翁主决定走路回去，意志力挺强大的。

李信愣了下后，摸摸下巴，同样跳下了马车。他看着前面女孩儿的背影，露出了更为欣赏、更为兴味的目光。

闻蝉不愿与李信同行，她宁可走着回去。侍女们跟后劝说，她却理也不理，快步走向了大街，又拐入巷子里。一开始心浮气躁，厌烦今日的倒霉，然走了一会儿，心情就平静下来了。

扈从们从来都是不远不近地跟着的，怕翁主嫌他们碍事。

现在依然如故。

闻蝉走在两面高墙相夹的巷中，风声徐徐，只听到自己的脚步声。回头看看，除了后面不远处的扈从，巷子里只有她一个人。

曲折无尽头，巷子很深，翁主有点儿胆怯了。她开始疑惑："李信呢？"怎么只有自己一个人？

莫非他知道她不高兴，已经走了？

可是他走了……巷子就她一个人，她又不好意思喊扈从走近一点。

踌躇中，听到头顶一个懒洋洋的声音："怎么不走了？知知，你们大户人家，走路都像你这样，走一步，停三步？"

少女又惊又骇又喜，抬起头看：

上方夜空浩瀚，月色濛濛，一轮硕大在后。人间烟火阑珊，变得遥远，偶而听到两声狗吠。风吹着少年黑色的影子，李信蹲在墙上，一脸促狭，又很认真地看着她。因有月光映照，幽色光影中，他看起来，别有一番俊俏。

明月清风，闻蝉走在清宁的巷子里。扈从们不知道翁主的心思，只照原来那样，不远不近地吊在后面跟随。舞阳翁主像是独自一人在走深巷一样。不过她已经不需要那些没有眼力见儿的扈从了，她知道自己不是一个人。

李信就在上方，陪着她一起走。

夜间轻微的声音，沙沙沙。闻蝉忍不住去想象，那个狂妄无比、自大无比的少年，这时候，是不紧不慢地跟在自己头顶上方呢，还是已经走快了几步，无聊地蹲着等自己。

雾色茫重，风从正面吹来，冬夜本来就凉，然此时此刻，这番冷凉中，闻蝉品出了几分"相依相许"的味道。她不觉露出笑容来，心中快活。

头顶就有声音问她："笑什么？"

李信一开口，就把闻蝉从想象的美好中打回了现实。对啦，与她同行的人是李信，李信还打着她的主意呢。闻蝉的脸就垮了下去。

头顶少年问："你又悲什么？"

闻蝉觉得自己成了他眼中的笑话了，不想理他，快步往前几步。又听到熟悉的沙沙声，李信定还是不着急地跟着她。老实说，有个看似了不起的少年陪着她走夜路，确实觉得安全好多。

很快出了小巷，入了夜市的街。她从灯火中穿越，市集热闹，和长安的夜市别有不同。小贩在叫卖，妇人在讨价，老人背着手指指点点……闻蝉走得慢了一些，眼花缭乱，她一一看过去。

身边也没有人吭气打扰，很长一段时间，闻蝉都忘了还有李信跟着她。

她挤出了夜市，整整衣襟，留恋不舍地将目光从身后移开，重新走入了巷子里时，耳边仍能听到一墙之外的喧哗声。李信陡然说："知知，你已经走了小半个时辰了。"

闻蝉正心情愉快，于是"啊"了一声。

头顶的少年很惊讶："你不累么？像你这样的小娘子，走这么多路，一般都会累的啊。"他语气里充满了遗憾。如果知知累了，走不动了……不就给他提供机会了吗？

结果李信冷眼看着，闻蝉看夜市看得很开心，走路也走得不知疲倦，根本没有累的意思。

闻蝉眼珠一转，就知道李信打的什么主意了。实在她天天被打主意，打得她已经很有经验了。心里嗤一声，闻蝉不理他。

李信对她冷淡的态度一无所觉："看来你走了不少地方？"才这么有精力。

闻蝉叹口气，觉得再不吭声，李信能一直说下去。她摸摸仰得酸楚的脖子，心情复杂又充满向往地叹口气："并没有啊。我阿父说，黄沙弥漫、马革裹尸的塞北，绿水萦回、青山环绕的大妍厢，还有阳光明媚、异域风情的川西……世上漂亮的地方有很多，但我是女儿家，我一辈子都走不到那些地方去。"

李信低下头，看着巷子里走着的少女："为什么你一辈子都去不了？"停顿一下，"你想去，随时可以去。"

闻蝉心想你懂什么，她阿父阿母已经很疼她了，但现在战乱连年，她最好乖乖待长安，哪里都不要去。

李信说："我带你去。"

闻蝉再次抬头看他："……"

他说："知知，你开心做什么，就去做什么。想要什么，就去争取什么。我随时听候你差遣。"

闻蝉："……！"

她停住了步子，很吃惊、很震撼地仰脖子，去看墙上蹲下来看她的少年。

少女心中涌起异动，她从小长到大，没有人跟她说过这样的话。李信狂妄，他的话不能信。可是他描述的那个世界，又让人心动。

李信眸中染笑，俯低身子，一伸手，就把呆愣中的少女，拉上了墙头。

"啊！"闻蝉惊叫一声，无知无觉、身形轻盈，被少年一拽就拽了上去。

他不光拽她上墙，他还站了起来。

身后扈从们看到了这边的动静，看到翁主被那个少年欺负，连忙赶过来，斥责李信放开翁主。

闻蝉现在已经恨极了那些扈从的没有眼力见儿，从来到得不及时，从来不能在李信欺负她的前一刻，准确看出来。总是她被李信拽上墙，衣袂被风吹着，站得摇摇欲晃。

而李信还那么浑蛋，他一把她拽上去，就站了起来不管她了。

他要松开手，轻松地侧了下身。

要放开的手，被闻蝉一把紧紧抓住。

少女站得不稳，往前扑去，一下子扑入了少年混着青草阳光气息的怀抱。她被李信身上的骨骼撞到，扑面都是他身上的味道，可是她都不敢放手，紧紧拽住他，抱住他，怕他把她扔下去。

浑蛋李信！她就不该信他！

一放松，她就被欺负！

李信倒是愣了下，没料到闻蝉怕成这个样。怀里的女孩儿大力抱住他，掐着他的手，抬起来的脸，又是惊恐，又是哀求，苍白无比，泪光在眼中打转。

好像他要怎么了她似的……

李信觉得真冤枉，然而盈香满怀，像是夜花静静绽放，在她抱住他的那一刻，李信身子确确实实地僵硬了一下，血液冻结，大脑空白。

“李李李信……”闻蝉哆嗦着。

大脑空白的少年，看眼委屈可怜、敢怒不敢言的女孩儿，他还是不自在，还是僵硬，还是不知所措。但是他从来就不表现出来，在闻蝉眼中的李信，嘴角露出痞笑，托住她的腰身，让她一点点转过身去，站在墙头，看四方世界。

迷雾浓浓，清风四面。

余光，看到少年的下巴。

腰被他滚烫的手托着。

李信才十五岁吧？

他还没有完全长大，他个子才比她高一点。他未来会比她高很多……但是他已经有青色胡楂了，男儿郎正在长大……他从后抱着她，她的发丝被他贴着……

满面灯火，在眼前点亮。

灯火是金色的，身后的少年，指给她看——“你看，你想要看什么，去哪里，我都可以带给你。”

那晚，闻蝉印象深刻。

满脑子，都是人间灯火热烈绚丽的景象。火树银花不夜天，那么的明亮，如一条亘古宽广的长河，通向四面八方，宁静而悠久，浩瀚如星辰。人人熙熙攘攘，在这片灯火中穿梭。

而她，高高站在墙头，把这一切，都看到了眼里。

背后是李信……她似乎不用怕被他摔下去。

心跳如雷。

乱七八糟。

有些不知所措。

闻蝉低下眼，接下来一路，却再不肯和李信说话了。而因为有前车之鉴，扈从们再不敢远远跟着，现在紧随翁主身后，提防着墙上走着的那个少年。闻蝉没吭气，此路幽长，她竟真的闷头走了下去，回到郡守府。

这恐怕，真的是她一辈子走过的最长的路了。

进了郡守府大门，也没有回头看，没有跟李信打招呼，直接进去。

而李信也一点声音都没有发出。很快的，闻蝉坐在屋中，喝了盏茶，听扈从报道：“……那个叫阿南的一直跟着咱们，翁主进府后，他就把李信硬拽走了。翁主，要不要派人跟去看看，看他们到底做什么？”

闻蝉抬眼：“我管他做什么？！我很闲吗？！”

“……”翁主哪来这么大火气啊？

少女跽坐靠窗，突听外面几声遥遥猫叫，不由去看。侍女青竹过来，跪坐于翁主身畔，笑着答：“是李家四娘子养了只猫，取名‘雪团’，给府上女君解闷的。现在大概是猫跑到咱们院子里来了，四娘子过来捉猫。翁主要去看看吗？”

闻蝉说：“我晚上走了那么长的路，你还要我出去？”

青竹低头一笑，不说话了。

然她不说话，闻蝉又寂寞了，问：“姑姑今天病还不好吗？”

青竹询问似的看眼身后其他几个侍女，得到答案后回答翁主：“又糊涂了，所以四娘子才找了只猫……”看眼翁主，突发奇想，“对了翁主，你与李信交好的话，不如请他帮忙啊。他不是会稽郡里有名的地头蛇吗，三教五流，好像都沾边。府上二郎失踪多年，就是在会稽这边。请他这样的人帮助，找到了二郎，府上女君的病，不就好了吗？”

闻蝉：“……”

她捧着茶盏的手发抖，震惊地看青竹：“我为什么要请李信帮忙？！我和他什么关系？！你不要污蔑我！”

青竹奇怪地自言自语：“翁主和他，不是朋友吗？”今晚聊得挺好的啊。

清晨，院中朝露去后，诸景潮湿。李伊宁抱着猫过来，给翁主表姊认个脸时，门敞开，见舞阳翁主跪坐于席上毡罽，裙裾平整，露出其下雪袜。少女手撑着额头，手肘置于方案上，看起来烦恼多多。

而翁主身前，站着四五个扈从样子的男人。

李伊宁只探头瞧了一眼，看到闻蝉表姊在和她的扈从们说话，便没有再脱鞋进屋，打扰表姊。她坐在屋外檐下，抱着雪团似的小猫玩，猫懒洋洋的，眼睛都半眯，小小一围，十分漂亮，引得翁主身边的侍女们都过来和小猫玩。

而屋中，闻蝉正在打量自己的扈从：“你们武功好么？”

扈从们互相看看，为首的答：“属下等人早前曾在君侯麾下任职，跟随君侯南征北战。待君侯歇下来，见我等无处可去，才收留了我等。”

他口中的“君侯”，指的自然是闻蝉的父亲，曲周侯。大楚尚公主一例，向来是男凭女贵。但闻家不是这样的。闻家如今在长安望族中占有一席之力，靠的是闻家三子，闻蝉的父亲，闻平。闻平是先因战功被封曲周侯，才聘了长公主。大楚名门世家，有养私兵的传统。跟着闻蝉来会稽的这些扈从，其实就是闻家的私兵。

翁主问他们武功好不好，大家做不来自夸，只能委婉告诉翁主，自家的本事。

闻蝉不以为然：“那当天我被李信掳走的时候，也没见你们有什么大作为。”

她这么一说，众人就脸红了。以为翁主终于想起来要秋后算账了，却忍不住为自己辩一辩："那天大雪，急着赶路，属下等不识路，再加上那帮匪贼跳出的太意外，又人多势众……"

闻蝉摆了摆手，不跟他们计较这个。她只抬起脸，很认真地问："你们的武功，能对付得了李信吗？能帮我干掉李信吗？"

众人略迷茫，闻蝉却没有开玩笑，她很严肃。

做了一晚上噩梦，想了一晚上，还是觉得李信得除。

她还有一张假的、无效的婚约，被捏在李信手里。这个隐患，必须除掉。

还有江三郎江照白。闻蝉出来一趟不容易，过几个月就过年了，到时候二姊和她夫君宁王进京面圣，顺道会路过会稽。二姊肯定会把她带回去的。如果不能在过年前得到江三郎承诺，闻蝉基本就不可能再有机会打动江三郎了。闻蝉如果日日疲于应对李信，她怎么追江三郎啊？

所以，必须干掉李信！

官寺干不掉，她干！

"翁主，是要李信死吗？"

闻蝉好奇："你们杀得了他啊？"

扈从："……大概，可能……不太能……"

闻蝉白一眼："那还问我什么？！你们拿下他，想办法把他赶出会稽，派人看着他，在我走之前，不许他见到我。这样就行了。"

然而翁主经过绑票事件后，对他们真的很不信任："真的能拿下李信？"

"他不过是一个小混混，年龄又小。估计就是跟哪个跑江湖的学过两三招，但一个小混混的水平，也高不到哪里去。制住他，绰绰有余。"

闻蝉还是不放心："这两天，不出门了，你们好好练武功，我让青竹派人监督你们。"

众扈从："……"

闻蝉又敲了敲窗子，推开窗棂，问屋外坐着与猫玩耍的李家四娘子："伊宁，你府上有没有阵法之类的书简？我有急用。"

李伊宁惊讶了一下，她父亲是文官，平时真不碰这些。她想了想："三哥上次从常长史那里借过几卷，我读书时见到过，我帮表妹去借吧。"

闻蝉笑着道了好，回头示意自家扈从，跟上李伊宁，拿阵法去。

众扈从心痛，翁主这是多不信任他们的水平啊？不就一个小混混吗？这阵势，和昔日君侯上战场打仗前的准备也差不多了啊。

闻蝉回答他们："李信那厮多狡诈，心眼多，不可掉以轻心。"

余下几日，闻蝉日日在府上，空闲了就去探望姑母，也认识了李伊宁抱来的那只叫"雪团"的猫。闻蓉病得昏昏沉沉，这只小猫倒让她很喜欢。有时候披星戴月回去院子，会看到侍女们，还在监督扈从们练武。

闻蝉压下心里的一点点惭愧，大慰他们的用功。

时间慢慢到了十一月上旬，再没有下过雪。此地本就不易下雪，也不知为什么初来会稽时，会碰上那么大的雪。

扈从们已经把阵法练得融会贯通，闻蝉被憋了小半个月，终于敢出门玩耍了。这半个月，她日日关注江三郎的行为，却怕给江三郎惹麻烦，不敢去找人。即使现在出了府，也是为了钓李信，而不是与江三郎私会。

闻蝉鼓励自己：等解决了李信，我就可以一心与江三郎"重逢"了。

闻蝉领着步步紧跟的扈从们，把会稽好玩的地方，逛了好几天。她不知道李信在哪里，几天里心不在焉，一直等着不知会从哪里冒出来的李信。

然李信像失踪了一样，没有消息。

坐在酒舍里，闻蝉忧虑几天后，心中雀跃：莫非李信终于知难而退，不再缠着她了？他终于认清现实，不着迷于她的美貌了？

真是、真是……如此不看重美貌的好儿郎，日后必有大作为！

祝李信离她远远的，去成就一番和她一点干系都没有的大事业！

舞阳翁主将桌上的酒一饮而尽，愉快下了楼，思量是回府好，还是直接去城西寻江照白好。她走到舍门口，冷不丁一扫，看到了楼下正打酒的两位少年郎君。

其中一个郎君，手肘撑着柜台与掌柜闲话，衣袄上绒毛飞絮露出，破了大洞也没有去补。一身脏陋，就那样大方方地站着，侧脸有那么股子张扬的味道。

青竹"啊"一声，手被翁主用力握住，赶紧闭嘴。闻蝉扭头就走，扈从紧随。

身后却传来少年声音："知知，好久不见。"

闻蝉当做没听到。

一柄小刀从后快速飞来，擦过力道极锐。幸有紧随扈从立刻去挡那刀，旁的扈从拉了翁主一把，没有伤到闻蝉。闻蝉僵立原地半晌后，扭过脸，忍着怒意，去看柜台边的少年："你想杀我？！"

李信安慰她："我算准了力道，不会伤到你。谁让你的人没眼力，去拦了呢。不然你可以试试看。"

闻蝉不想跟他试这个，她就看着那个脸色有些憔悴、笑容却星辰一样烂烂的少年。又看到他旁边跟着的同样衣着破烂的少年阿南……阿南对上翁主的目光，撇撇嘴摊手："你们聊，我先走了。"他提起掌柜给打好的酒，冲李信点了点头，就出门走了。

李信闲闲地靠着柜台："知知，有没有想我啊？"

闻蝉扬唇："我们出去谈。"

李信对她尚显温和的脸色愣了下，没料到这次见面她脾气这么好。美人扭脸就往外走，少年按把衣袍下受伤的手臂后，龇了龇嘴，欣然跟去。

知知对他和颜悦色，自然是李信最希望看到的。

他慢悠悠的，跟上闻蝉一行人，跟着他们进了一个狭窄的小巷。

李信依然漫不经心，眼睛只绕过那些无关人等，盯着走在中间的闻蝉看。闻蝉回头看他，他回以一笑。女孩儿的目光却躲闪了开，没与他对视。

某一刻，一个扈从，低头跟闻蝉说了句话，闻蝉点点头，青竹等侍女跟着她，往旁侧一个方向退开。扈从们行走的阵形开始变化……

敏锐的观察能力，让李信淡然的神情突变。

横刀从侧飞来，少年跃空而起，向后倾退。在半空躲开杀招，少年郎君一步跳上了墙头，冷眼看着下方已经变阵的布局。

舞阳翁主在远远地、冷眼旁观地看着他。她还是那么美，站在人后，长身玉立，聚集了天地间的秀逸气韵。

眼下，却是一个杀局。

少年的眸子，盯着那女孩儿，慢慢地变寒了。他开始呼吸困难，喉咙像是被卡住一样。手臂上的伤口，并没有好全的内伤，一瞬间，好像全都爆发了。

洪水一样滔滔而至，将他淹没。

天空阴冷，一片雪花，落在了李信的眉梢上。

比不上心头的凉意。

巷子两边高墙林立，天空又阴又冷，扈从们摆好阵势、做好准备，手中刀枪对着墙上站立的少年郎君。

扈从中的头领看着李信，他对李信感情复杂，一时想到这人劫持翁主，一时又想到那晚少年与翁主相伴同行的场景。高个男人闪烁了一下神情，劝道："李信，认输吧。你在这里讨不得好处，不如投降，少得纷争。"

李信一言不发，从墙上跳下，落入阵中。他这么果决的姿态、凌厉的身手，让众人惊了一跳，一度时间以为他有很多成算。围着李信的圈子收缩，向他招呼而去。

闻蝉盯得也一阵紧张，手心里出了汗。

十数名扈从与李信缠斗，用的又是专门演练过的阵法，一人挤出，另一人立刻顶替。阵型变幻万千，少年气势凶猛，埋头四冲，但刀枪总是能及时堵住他的出路，让他无法。

扈从们水流一样起伏，少年在其中奋勇欲出，皱着眉。

他目光盯着闻蝉，并不凶恶，却自带一股威慑力。一人独自缠于众人间，仍一步步走向闻蝉，哪怕刀剑无眼，遍身是伤。

刀光剑影，雪花簌簌飘落，与李信的平凡面孔相交映，形成一种偏冷感的阴郁感。少年面孔苍白，好几次脚步趔趄。被众扈从围得步步后退，用手臂去挡，袄上飞絮乱撒，与空中雪粒交融一处。

"翁主，李信似乎被制住了……"青竹握着舞阳翁主的手发着抖，哆哆嗦嗦地说道。

"嗯，我知道。"闻蝉的声音同样紧绷，发抖。

她最害怕，最担忧。

怕这么多扈从，仍拿不住李信。

如果李信占上风，倒霉的，就是她，只有她。李信不会在乎别人，他只会找她一人麻烦。

索性，扈从们总算没让她一次次失望。

闻蝉与青竹交握的手松了松，嘴角带上了略轻松的笑：成了。只消李信远远离开，不要再和她产生龃龉就行。

但很快，闻蝉的眉又蹙了起来。

少年被一众人包围，拼杀中，他处于下方，可他身上气势太凶太厉，眸子里神情太狠。他一人周旋其中，却好像有使不完的分身一样，不认输，不疲惫。猎豹一样，隐忍，凶狠，等待暴起。

他盯着每一次阵法变化的机会，随时打算冲出去。

在他不肯认输的时候，更多的刀剑招呼到他身上。哪怕他眉头也不皱，除了脸色白一点、动作都没有迟缓一分，可是闻蝉，眼睁睁地看到他身上有了红色血迹……

他穿着青黑色短褐。

闻蝉看到了他微粗一圈的手臂上的血，透过衣袍，渗了出来。

闻蝉呆呆地看着他，一时想到他坐在山石上肆意地笑，想到他走在夕阳中、万千红霞相逐身后……最后定格到那天晚上，他与她站在墙上，风吹来，在灯火影海里，她看到少年线条软和的下巴。

……这是在干什么呢？！

少女忍不住了，开口："李信，你走吧！你离我远远的，我就不为难你！"

打斗中，少年一个鹞子翻落，踢开一横刺，反手与一人格挡，抬起头，看向最前方的女孩儿。他用平静至极的眼神看着闻蝉，看得女孩儿往后退了一步，声音才紧跟而上："……为难我？莫非从头到尾，你都在和我虚与委蛇？你从不曾对我有一分真心？！"

闻蝉被他那种眼神吓住，好像被一条藏在潮冷中的阴鸷毒蛇盯上，四肢百骸都僵得不敢动。

李信从来没有用过这种眼神看她……他现在看她的样子，像是要杀了她一样！

李信现在，一定恨极了她吧？

应该的。闻蝉想，他就不应该对她抱有好感。他越讨厌她，跟她打交道的可能性越小。他就该走得远，不要再出现在她面前。

胜券在握，祛除了脑海里那点柔软，闻蝉镇定下来，很无情地回答李信："我当然对你从来没有真心了！我从头到尾都在逗着你玩！你以为你对我说两句好话，就配得上我了？我根本没把你当回事儿。"

腰被一人从后踢中，少年侧身拧开。在听到女孩儿话语后，他瞳眸骤缩。

没把他当回事……逗他玩……

在闻蝉想象中，李信该颓然认输了。

然事实上，李信倒不曾被闻蝉的冷酷无情打击死。他抽空中，冷静问："这么说，你实际上恨我恨不得我死？"

他全心全意地讨好她。

怕她在山寨中害怕，常日守着她，逗她，讲笑话给她；她跟他支吾，他也给她时间考虑；她总是小白兔一样容易被他吓住，他就尽量见到她，笑得春风细雨般温柔……

他做了很多。

她也温温软软地应了，会被他逗笑，也会拿话挤对他，还会紧紧抱着他不放手，与他写了承诺。

却大约都是做戏吧。

扈从保护的后方，少女一扬下巴，痛快说道："不错！"

说完话，她就怀疑自己说错了话。

因为她看到李信，居然笑了。她看到他的笑容，在冷气压中骤然起来。充满着邪气，慵懒，意味深长。

那种坏坏的、诱惑的、让人有力无处使的味道，再次在少年身上出现了。

场中之象突变。

刚才还被扈从们压着打的李信，好像突然间气势陡拔，武功大涨。回手一招展臂长勾，切中身后人的脖颈，放倒后，踏步踩上，又纵向斜对方发愣的扈从。速度快了，武功高了，气场也变了……一瞬间，他好像伸了个懒腰，全身的部位都舒展放松开，大展身手。

与之前判若两人。

闻蝉愣愣看着眼前这一切：莫莫莫非，她刺激到了李信？才让李信忽然间这么有爆发力？

一眨眼的时候，打斗场上，少年就变得游刃有余。他武功之精妙，让数名扈从都渐渐开始困不住他。他只在一开始弱了下，熟悉对手后，很快重新占了上风。他竟徒手，与拿着武器的扈从开打。他不再是被压着的那个，反而因为他目标明确地朝着向前的方向去，如一把尖刀无情捅出，让惜命的扈从们受到了牵制。

闻蝉有些手足无措，快一次次被李信的可怕吓哭：他的武功有这么高吗？他怎么总这么厉害？

与李信的眼睛一对视，大脑空白一下，闻蝉登时觉得不妥。到底之前，李信是在故意诈她说实话，才选择憋屈地被扈从们压着打；还是说他一开始没有破阵，后来在打斗中，才慢慢破了阵？

雪下大了。风卷着雪，打个旋儿，从巷口啸来，呼声若有实质。

众人打个寒战。

"翁主……"青竹等侍女也慌了。

而舞阳翁主更是果决。

几乎是凭着一股直觉般的危机感，闻蝉一言不发，扭头就往巷子深处跑去。她在这几步距离，听到身后哐当不绝的声响，雪花纷扬，鹅毛一样包卷着她。裙裾绊了一下，身后有风紧迫相追，听到侍女惊呼"翁主"声。

腰肢被身后的滚烫一把握住。

脖颈也被绕住。

身子被人后倾箍住，脚下一轻，竟轻飘飘的雪花一样，被身后少年一把提了起来。

眼前视线突变，向上飘去。眨眼的距离，闻蝉就离开了地面，脚下再次踩到实处时，熟悉的无法站稳的感觉再次席卷她。少女被勒得喉咙疼，猛一阵咳嗽，泪眼婆娑，侧头，看到扶着她腰的一身血的少年。

李信冲她一笑，露出雪白森森的牙齿。

闻蝉开始发抖。

少年搂着少女站在墙上，女孩儿被风吹得摇摇欲晃，少年却站得很稳，很满不在乎。

“放开翁主！”

“李信，你莫要胡来！”

闻蝉与李信面对面，禁不住颤抖。他灼热又冰冷的呼吸，喷在她面上。他眼睛噙笑看着她，他还这么轻松。他越这样，闻蝉越无措。

李信冲她邪气满满地一笑，打个响指，众人听到一声嘹亮的马鸣声，蹄声四溅，一匹马在巷子墙头的另一边越来越近。少年抱着少女，顺着墙一阵飞掠，在追随扈从眼中，只看到他二人往下俯冲，跳下了墙面，跳入了另一个巷中。

等暗道不妙的扈从们赶过去，天暗了，巷中清幽深静，雪花落在青砖石上，一片白，一片湿。这里路很长，却既没有李信的影子，也没看到闻蝉。

第三章 再次遇劫

这一日快到傍晚时，天飘起了鹅毛大雪。很短的时间，天地间染上霜白之色，雪又慢慢下小了。

官寺中，诸位官吏拢手站在檐下，忧心忡忡地讨论着天降大雪，连说今年才刚入冬，就下了好几场大雪，天气变化无常，实让人心头惶恐。

又说起徐州的平民造反事件，徐州州郡长官当着缩头乌龟，装聋作哑不管事，上报长安，陛下又忙着炼丹飞升当神仙，民间没有出大乱子，陛下不耐烦管。徐州情况不明，周围郡国遥遥观望。

再说起会稽这边，官吏们围着常长史，劝说长史撤下对那些混混们的追杀令。要是把会稽变成第二个徐州，大家老子小子全在这里，得玩脱啊。长史冷笑，训斥正是因为他们这种消极思想，才让混混们无法无天。

外头讨论得乱糟糟，屋中点上了灯烛，李怀安还在翻阅会稽的地理志等资料。

他是在看往年人流出入、统计情况。

一个个名字看过去，一个个记录查观。书阁里堆满了竹简，中年男人捧着竹卷逐字对照，光线昏暗，有一瞬灯影摇晃，看到他鬓角的白发。

他在找当年的记录。

找那个或许无缘、或许已死的二子存在过的一丁点儿痕迹……

看得时间长了，眼睛酸痛，放下书简，听到门外叩门声，笃笃笃，很急切。

李怀安靠着书架歇了会儿，把书简放回原处后，才叹口气去开门。想来又是那一帮大官小吏争论不休，吵到他面前评理来了。一个个全是老油条，各种试探……然开了门，却看到几位肩上落着雪、神色仓促的扈从。

对方见到他面，当即拱手致歉，又急切道：“府君，我们翁主被那李信拐走了！”

李怀安一时没反应过来。

小蝉？

她不是已经被自己带兵救了回来，回府陪她姑姑去了吗？再说那李信，常长史不是已经贴了通告，满郡城地去捉人了吗？

扈从见李郡守无言，知道他不信，忙急急说了事情经过：“……就这样，那厮搞了匹马，掳走了我们翁主。下了雪，我等实在寻不到他的踪迹。恐他伤害我家翁主，求府君做主，找回我们翁主！”

李郡守的脸色，在扈从汇报事情经过时，变得很凝重——“简直胡闹！”

“我尚不想与那些混混硬碰硬，你们比我更了解会稽情况？”

“小蝉年纪小不懂事也罢了，你们也不知道拦着？！”

李郡守是身形矍瘦的文人，平时看上去和颜悦色，不怎么说话，也不怎么提要求。旁人眼中，他实在是一个比较好相处的人。然此时发起怒来，颜色冷峻，一言一语，声音倒不高，却让众人羞愧低头。

一众人神色惶惶。

李怀安见他们这样当不得事，忍不住闭了闭眼，心中长叹口气。

小蝉来会稽，就是背着她父母偷来的。这些扈从侍女们要是拦得住她，也不会稀里糊涂地走到这一步了。小蝉是有些小聪明，可是自小锦衣玉食，她哪里懂世道的险恶、男人的危险。

一次就算了，居然还来两次……

李怀安心里发寒。

这个娇生惯养的侄女实在是身份尊贵，如果在自己这里出了什么事，曲周侯撕了他们的心，恐怕都有了。更不提长公主的雷霆之怒。一个两个，全都不能得罪。

然而，李信那小郎君，活蹦乱跳这么多年，又是能得罪的吗?

小蝉真惹了他，等自己派兵找到人，黄花菜都要凉了……可是又非找不可。

虽然心中觉得已经晚了，李郡守还是召人吩咐：“把城门关了，挨家挨户地搜查，就说有恶贼行凶，请诸君配合。”

天一点点黑了，雪也缓缓住了。风又寒又冷，天幕阴沉沉的，看得让人心头害怕。

让人忐忑不安。

闻蝉如今，正是这般情况。

李郡守猜对了，这时候才关城门，已经晚了。因为少年已经策马，早早带闻蝉出了城。一路越来越暗，冷风灌面扑来，年少女孩儿被抱坐在马面，马跑得极快，她被颠簸得头晕眼花，贴着马身的大腿肌肉，被磨破了皮。然身后便是少年滚烫的身体，低下眼，能看到他握着缰绳的修长手背，因用力而青筋突出。

他的呼吸灼热，肌肉紧绷。

在风中，一股子血腥之味在后面贴着她。

这个天色苍莽的夜晚，被少年骑着马掳走出城，闻蝉惶惑不安。

李信却一直没有开口说话。

闻蝉一路被颠得七荤八素，不知道跑了多远，只能一苦苦捱着。等不知道过了多久，骏马前身跳起，尘土溅起时，一声长嘶，止了步子。

李信翻身下马，缰绳一扔，他大约是判断了一下眼下情况，往一个方向走去。

还骑在马上的闻蝉心乱，往四下一看，群山黑黝黝的，山路陡峭，空中无月。四野荒荒无尽头，山雾映着雪光，将少年的背影，照得极为修长。偶听到山间几声野兽磨牙嘶吼声。

有了上次被野狼追的经验，闻蝉清楚，就这种情况，人生地不熟，还是不知名的山上，逃走的活命机会，还没有跟着李信大。

闻蝉紧张地跳下了马，回头，与马匹长睫毛下的眼珠对视。她也不知道拿这匹马怎么办，然一扭头，李信都快走得没影了。女孩儿当机立断，放开了手中绳子，一瘸一拐地追少年去了。

“李……”才开了一个音，就被风呛住了。

少年的身影不见了。

闻蝉泪眼汪汪、一脸惊怕、不断咳嗽地紧跟其后。少年走得并不快，慢悠悠的，足以让她跟得上。

李信听到她不住的咳嗽声，回头匪夷所思地看了她一眼。然女孩儿才想堆起一个讨好的笑，就见少年冷哼一声，撇过了脸，让她的话堵在了喉咙口。

李信寻了一个山洞，从外面搬了树枝进来，用火折子生火。他跪在地上张罗火苗，好容易让火生了起来，不至于被外面的风吹灭。抬起头，他看到闻蝉站在洞门口，垂着眼，小心翼翼地看着他。

对上他的神情，她那双漂亮的眼睛，一下子就红了，水光濛濛。

少女生得高贵无双，眼下脸上却因哭泣沾了污渍，用簪子束着的乌发也乱了，一绺垂在脸畔。鼻子也红，脸也红。皮肤娇嫩破皮，走路姿势别扭……她湖水一样的眼睛，无声地说着话，说着她的娇弱。

李信不动声色地欣赏她的美貌，欣赏她的心情变化。

实话说，生气嘛，有一点儿，但也并不强烈。

至少没有强烈到，让他想跟闻蝉反目。

他非常清楚自己是什么样的人，也非常清楚闻蝉对自己的感受。他一心一意地讨好她，希望熨帖她的心，让她感受到自己的诚意。却不料，闻蝉如此薄情，如此不领他的好意。

李信有点儿惊讶：他以为的乖巧听话的女孩儿，一点点露出爪齿后，与他最开始的既定印象，那么不一样。

李信在一开始怒了下，失望了下，很快就不生气。他大脑转得快，出逃的一路，闻蝉惶惶不安时，他已经想通了，想明白了自己输在哪里。

输在他的身份上——

“然我有一身本事，机会还多得很。吾心不死，终将有成。”

洞外刚停了雪，山中风又大，闻蝉站在那里，有些冷。被少年看不出神情的目光打量着，身子僵硬再僵硬。闻蝉冷得哆嗦，又怕得哆嗦，好一会儿，心一横：管他呢！我再这么站下去，就要冻死了。必须进去……

她蜗牛一样磨进了山洞中，坐到了离李信最远的地方。抬起眼，看到少年直接果断、肆无忌惮的目光。与她眸子一对视，李信凉凉道：“知知，地狱无门，这可是你选的。”

闻蝉：“……？”

下一瞬，她瞪大眼，见少年嘴角不自知地一弯，忽而跳起，眼中充满了邪恶神色，将她扑到了身下。

“你干什么？！”火影在山壁上晃动，少女被摁在身下，发出一声短促的尖叫，被撞得眼前冒星光。

会稽郡城，城门已关。各处肆、置之类的场所，都被卫士们搜查一番。灯火成一条蜿蜒长龙，在城中穿梭。灯与雪相照，夜雾重重行行，卷起一层白霜。

千里之外，地域僻静。天地荒雪无边，洞中火光一星。

少年将少女压在身下，手笼着她巴掌大的小脸，呼吸与她交错，俯身便要亲吻。闻蝉手忙脚乱、心头大慌，反应又前所未有的灵敏，在李信凑过来时，伸出手，紧紧捂住他的嘴。

闻蝉使上自己最大的力气，手捂着他的嘴，还要努力挣脱他的控制。李信看她那么辛苦，简直想帮她对付自己得了。

哂然一笑，李信拉开她的手，压于闻蝉肩膀两边。他的手，与她抵扣住。两人憋着气，他仍是邪气森然的、意味不明的，灼烫的呼吸喷在闻蝉扭开的耳根上。玉白的耳尖被染红，雪亮色的面孔也变得绯红。

长发凌乱，衣衫纠缠。

山壁上映着“霸王硬上弓”的经典戏码。

女孩儿寒毛直竖，求生的本能让她挣得很厉害。她几次都有跳起的架势，又被少年轻而易举地拽回去。他都没用什么力气，伸手一拽她，她整个人都埋入了他怀里。

温香暖玉。

少年们在搏斗，身体不可避免地碰触，坚硬与柔软，一次次的，又追又躲。天应该很冷的，身上却出了汗，十指相扣间，也渗了水。面颊通红，异样的感觉划上心头，让心脏疾跳、血液奔放逆流，喷在对方面上的呼吸，也变得滚烫。

李信与她逗弄着，戏弄于她，看她害怕。他就想让她怕，让她知道惹怒自己的后果。

李信还是少年，十五岁大的小郎君。他有一腔旺盛蓬勃的精力与情感，比成熟的青年，更加炽热、强烈。少年时候的喜欢，很纯真、很干净、很热烈，却不夹杂目的性。李信喜欢闻蝉，就是想和她玩，想欺负她。

并不是另一种意义上的“欺负”。他没有那种经历，也没有那种需求渴望。懵懂不解，常常觉得心头燥热，宣泄无解，却只是拉一拉女孩儿的手，就能得到满足。

然而此时，把女孩儿搂在怀里，看她在身下发抖。玉一样，雪一样，朦朦胧胧。乌黑长发撒在他臂弯间，水灵眸子楚楚可怜地望着他。

李信的手指头，开始出汗。

他静静地看着她，寒夜中，某种本能开始苏醒。让他盯着她，全身血液颤抖，眼眸一点点变暗……

得停下来。

李信想。

身上伏趴的少年静了这么一瞬，可是这一瞬，让闻蝉比之前更怕他。他的眼睛暗下去，看她的眼光，像是一头狼、饥渴难耐地求着上好五花肉……女孩儿与生俱来的本能，羞耻与惶恐同时袭来，让她知道自己必须做点什么。

做点什么呢？

对了，李信为什么欺负她？

因为她说对他没感情，说骗他。

心头极乱中，听到少年微哑的、有些忍耐的声音："知知，你不说点什么？"

说点什么，转移下他的注意力吧。

不然……望着身下骨架纤细的女孩儿，花一般地绽放。李信僵硬着，真有蹂躏毁灭的冲动。心头茫然，少年握紧拳头，要很用力，才能克制住那种破坏欲。

说点什么？

闻蝉抬头，看着他，眨巴着眼睛，很小声、很柔弱地说："如果我说我没有利用你的感情，你还相信我吗？"

李信嘴角弯了弯："说说看。"

这是闻蝉很危险的时期。

少年抬着她窄小的下巴，让她与自己对视。羽毛般的呼吸，若有若无地喷在她面上。这么近的距离，闻蝉颤抖地，看到少年秀丽的眉眼。

一阵恍惚。

她心想，他眼睛真好看。

小心地打量他的神色，闻蝉不习惯这个被压的姿势，好在他不动，让她能支支吾吾把话说完："我其实……就是试探一下，你是否对我的喜爱很坚贞。我不是真的想抓你杀你赶你的。"

闻蝉勇敢仰视李信。她坚定得都快把自己说服了——"事实证明，你是很坚贞的。"

李信面无表情。

闻蝉不知道他信不信，心情又忐忑又紧张。她小心地动了下肩，看到他眼睛更暗了，连忙僵着不敢乱动了。

李信带着粗茧的手，摸着她精致的面孔。他正经得不得了："那你对感情坚贞吗？"

李信帮她回答："不坚贞。"

闻蝉："……"

李信："非但不坚贞，还总想谋杀亲夫，毁掉婚约。"

李信在少女的心虚中，温柔地笑了一下，笑得闻蝉毛骨悚然。还要听他说："你知道我原本对你做的什么打算吗？"停顿一下，颇有些故意的味道，"我会顾忌你的感受，在你点头后，才照我们约定的那样，娶你为妻。再之后，才与你生儿育女。"

娶娶娶娶娶？！

闻蝉满面苍白：……她不要！

她做这么多，就是为了跟他撇清关系！

李信很强大，但是……她不喜欢他，也不要喜欢他。她是舞阳翁主，她的未来夫君，只能是江三郎那样才华高绝的人，绝不是李信这种无赖之徒！

李信看她那副心神不宁的鬼样子，就知道她又在心里骂自己了。扯下嘴角，少年一本正经地说："但你这么薄情寡义，实在让我伤心，我反悔了。"

闻蝉："……？"

看他坏笑着把她抱在怀中，手指缠着她耳畔落下的发丝，跟她咬耳朵，"知知，咱们今晚，就成就好事吧？"

闻蝉迷茫不解。

少年想要亲她，她又去躲。李信也不强求，不去管那个了，膝盖压着她的腿，解放双手，就开始扯弄她的腰带。

"不要！"

"由不得你不要！"

布料摩擦中，他将她压在身下，面孔凑向她的脖颈、胸口。

他来真的了么……

闻蝉躲不开，眼中升起绝望感，掉了眼泪。在这片幽寂的天地间，她被一个人欺负。她百般挣扎，拖延时间，可是一点办法都没有……那覆灭一般的命运，重砖一样，砸到她身上。她的眼泪，落在少年手上。

少年手一抖。犹如当头棒喝，大脑清醒过来。

他俯下眼。看她潸然泪下。如一把尖刀刺入心脏，让他喘不上气。

李信僵冷着：他没想欺负她，他就想逗一逗她，让她知道自己不是好惹的。但是似乎玩过火了，真的吓着了知知。

她从来没哭成这样过……哪怕她想杀他，可是她那点本事，也杀不了他啊。他一点影响也没有受到，又何必非要她受伤还他呢？

李信当即想算了吧，这种手段太狠绝，知知承受不住……他不能真的把她吓得崩溃。

他喜爱她，并不是仇视她啊。

少年的手抖着，有后退之势。他想寻个理由，却不料身下哭泣的女孩儿，忽然间看开一样，红着眼，抬起头，反握住他的手："来吧！"

李信以为自己听错了："来什么？"

身下女孩儿眼睛里还噙着泪，却定定地看着他，目光直接干脆。她的眼睛很亮，温婉起来真温婉，豁出去时，又是真放得下。闻蝉这个样子，让李信深深疑惑。

闻蝉态度消沉又明确："你非要这样来报复我是吧？我配合你，你慢慢来，别伤我。"

李信："……"

少年沉默不语，闻蝉以为他在考虑怎么下手，她是骄傲的，她不愿把主动权给别人。就像李信挟持她，她就不喜欢他一样。少女心一狠，闭上眼，抬起手臂，将上方罩着她的李信，紧紧抱住了。

被拉得跌在她身上，李信的脸，一点点涨红了。

骑虎难下。尴尬无比。又……心动无比。

火光照在女孩儿的眼皮上，模模糊糊，感觉到昏暗的影子。还能感受到，少年贴着她面颊时灼烫的呼吸，听到他剧烈的心跳声。

风呼呼在外。

拥抱中，身子在发抖，闻到对方身上的气息。很清澈，很干净。

他们这样年少，在离家千里外的山中兽洞里，命运被意外地牵扯到一起……很奇怪的感觉，进退为难。心脏跳得沉甸甸，也不知道要怎么办才好。

火苗荜拨一声，影子在山石上晃过，打断了这种长时间的沉默。

闻蝉感觉身上压着的少年惊醒了一般，松开了围着她的手臂，坐了起来。她睁开眼，茫茫然看过去。

一抬头，便看到少年赤裸的、健硕的肌肉。

他跪坐于前，在解外袍袄子。衣袍半解，露出少年流水一样线条直畅的肌肤来。他背对着她，后背伤痕累累，露出的肌肤在火光中发出莹润的明黄色泽。精瘦又干练，像华丽舒展的缎子。

紧仄的空间，闻蝉的脸，刷地通红。她呆呆地看着少年的后背，喉口发干，听到自己一声急促过一声的心跳。

少年身架修长，肌骨嶙峋料峭，从背影看很诱人。手臂上粗一圈，随便包扎着绷带。衣袍散开时，绷带上的血迹也照在了闻蝉眼中。

闻蝉看直了眼。

而他一回过头。

望着那张普通的脸……闻蝉心如止水。

衣袍隔空抛来，眼前一黑，带着少年体味的袄子，盖住了她的视线。闻蝉被罩得一懵，拉下李信扔在她脸上的衣服。她偷看他，被他揶揄的眼神捕捉。

李信淡然而超脱："擦擦口水。"

她流口水？对着他的脸？开玩笑。闻蝉不动。她不光不动，还批判他："不知廉耻，伤风败俗。"

李信没反应。

闻蝉以为他连这么简单的四字词语都听不懂，心里诽谤他：乡巴佬，目不识丁！

李信站了起来，劲瘦的上身晃得闻蝉眼晕、心脏又开始狂跳。听李信笑道："不逗你了。天晚了，你盖着我的衣服睡吧。"

啊？

闻蝉愣了下。

再愣一下，他的衣服裹在她衣衫外，确实让她感觉到暖意。但是她还没有搞清楚："你不和我……"

未说完，看到李信的眼神，就后悔自己多话了。

他用眼神评价她：啧啧。

闻蝉不甘示弱，用眼神骂他：孬种。

她以为李信看不懂她的眼神，她都不知道她眼睛会说话。反正李信脸色一变就要过来，闻蝉忙慌慌地低下头装无辜。一会儿，少年一声嗤笑后，站起来，晃悠悠的似乎要往洞外走。闻蝉"哎"了一声，一是担心他这个样子出去不太好，二是他丢下她走了，荒郊野外的，她可怎么办?

闻蝉跟在他后面：“你不穿衣服，去哪里？”

李信随口道：“遛弯。”对她扯下嘴角，补充说明，“不知廉耻、伤风败俗地去遛弯。你去不去？”

闻蝉：“……”

看少年的身影从洞中出去，雪光映照，他的背影又单薄，又秀颀。闻蝉站洞中，披着少年给她暖身的衣服。她又坐了下来，拢着膝盖，靠近火堆，捧着腮，露出一个笑后，才不甚舒服地睡了过去。

而夜半三更，少年出了山洞，赤着上身，抓住上方垂下的树枝干条，几步踩上，往上方跃去。幽黑的夜，白茫的雪，光着上身的少年。如果闻蝉在此，看到他轻松畅然的飞跃动作，就会明白，李信的武功，确实很高。

他在黑夜中闪电一般穿梭，爬上一棵树，手脚并用，往上蹿得极快，几下就到了最高处。树梢在风中摇摇欲晃，雪簌簌落，李信坐在其上，随着一起晃，招摇又自在。

万籁俱寂，天地苍苍，万里雪埋。

少年高高地坐在山中树上，一览众山小。他坐得高，孤独而骄傲，在这片静谧的天地间，像一位隐秘的王者。

这位少年王者，现在，却震撼于方才的所观所感。

女孩儿明媚的面孔、洁白的肌肤……她像一捧落到他眼底的明耀的雪，夺走他的目光，也夺走他其他的感受。

少年面红耳热，身子靠着树干，头枕着双手，眼睛明亮又幽暗，子夜一般。有些兴奋、有些懵懂，还很向往。陌生情愫在血液中流淌，属于男儿的本能在苏醒。他有些知道想要什么，又还是迷瞪。

李信跳起来，在枝上一踩，抓住垂绦轻轻一荡，就荡入了云海深处。他手放在口边，吹了一个悠长的唿哨，惊醒了山中走兽鸟群。

哨声响遍山野，风摇树晃雪飞花落，哗哗一派。

他再翻了个筋斗，血液中的激荡，让他放声大笑，哨声吹得更响。

在山洞中，闻蝉翁主才刚有朦胧睡意，就被山间清哨吵醒。她忍无可忍地双手捂耳，快崩溃了：她受够李信了！她真是受够李信了！

要甩了他！

必须甩开他！

然第二天睡醒，闻蝉醒来，看到李信蹲在边上看她，不知道看了她多久。少年兴致盎然的眼神，看得闻蝉心底发寒。难怪她一晚上跟鬼压床似的，噩梦不绝。

闻蝉一看到他精光的上身，就忍不住去看……他身材真好……

李信坏笑：“你到底是喜欢我的衣服呢，还是喜欢我光着膀子？”

闻蝉赶紧把披着的衣服甩给他，逃离他的魔爪。

由是匆匆洗漱一番，不得不跟着李信走。昨晚那匹马居然还在，李信牵着马带路，闻蝉在后头磨磨叽叽地想着逃跑理由。

根据昨晚情况来看，李信还是喜欢她。他喜欢她，就是她最大的依仗。闻蝉敬佩李信：她那么骗他，他都不气恼，到底是心性宽大，还是满不在乎呢？

这么厉害的人，看上自己，舞阳翁主诚惶诚恐，想跪求他放过。

闻蝉追几步，探他的口风："你武功这么好，是不是有高人教过你啊？你以前，肯定有很多不为人知的故事吧？"

"你都说不为人知了，还问？"

"你这么强，"闻蝉夸他，"我阿父亲选的扈从，都不是你的对手。"

李信说："那是因为他们受到的训练，和武功关系不大。像这样的卫士，大多身体强壮，配合良好。如果事先不准备，很难攻破。但是习武就不一样了，讲的是个人水平。目的不一样，不能说我比他们强。"

闻蝉惊讶地看他。牵着马走在山路上，少年虽然漫不经心，却居然很认真地回答了她的问题。她都没想到他会详细回答。让她想恭维他的话，都不知道怎么说。

闻蝉又说："李信，你肯定不是普通人吧？寻常的，哪有你这么厉害？你的一身本事，不应该只是个混混啊。你就没什么想干的吗？"

李信用手挡阳光，懒洋洋的没骨头一样："干什么？"

"你武功好，可以当个卫士啊。有人推举的话，当武官也行啊。"闻蝉谆谆善诱，"你要是需要人举荐的话，我可以让我姑父帮你。不然你拜到我阿父门下，我阿父也能帮你。你老跟着我，算什么啊？"

其实翁主也能养门客，但闻蝉肯定不会告诉李信的。她以权势撼少年对她紧追不放的行为。

李信被逗笑："当卫士？当门客？我？"

闻蝉看看他的样子，一手扶腰，一手牵马，眉眼间有天生的桀骜不屈。好吧，就他这副"天下我最大"的张狂劲儿，谁敢留他啊。

"那你可以从军建功业去嘛。"

"从军？受气吗？不跟外人打，也不跟自己人打，去军营养一身膘子？这么轻松，我喜欢！"李信一脸正经。

闻蝉想挠他一脸："……"

她恼羞成怒："反正我的意思是你很强，你干什么不好啊。你干什么都会有出路的！我就希望看你第一眼，你是山匪；第二眼，你在官寺手下来去自如；第三眼，你连我姑父也不放眼底了……每一次见到你，你都不一样，都更强大，更厉害！最后说不定能捞个将军来着！"

李信无声看她半天，手拖住她，将她拢于胸前，在女孩儿挣扎中，他问："哟，知知是想当将军夫人？不早说？拐弯抹角的，亏我听得懂。"

闻蝉脸涨红：你听懂个屁！

他把她气的，都想爆粗口了。

却突然间，少年神色正经了些。日光下，他不看她，而是抬起头，眺望远方青山大雾：“其实于我来说，那些都不是什么好出路。不过有一个事，出路却无比好，让我心动。我一直在犹豫。”

闻蝉哼一声，心想你居然还有愿想啊？别是搬块瓦砖当新房、娶个女贼生孩子吧？

李信说：“造反。”

两人在山路上缓慢走着，闻蝉消化着自己听到的那两个字——造反？！他说的是造反吧？他怎么有勇气说啊！

闻蝉第一反应就是想去告发他！

然荒野茫茫，她身边只有一个一不高兴就冷笑的李信。

走过水洼，穿过林木，山野的秀丽与干枯同时呈现。听到人声，两人停步，见到下方山道上，有三三两两的山户背着篓子，篓中堆满薪柴，想是上山打柴。

闻蝉没见过人背柴，就好奇看了看。她安静的时候，李信也不说话。等过了片刻，李信乍然开口：“知知，你说我能干什么呢？仕途之路，被名门望族垄断。高高在上的人，瞧不起下方的人。士族们只希望百姓过得浑浑噩噩，连识字，也不愿意腌臜之人玷污。”

闻蝉扭头去看李信。

阳光浮在少年清俊的眉眼间，他淡然说话的时候，也许是太过专注，闻蝉在他眼中，看到清愁如织的目光。

不过她很快就知道这是自己的错觉了。

因为李信一声冷笑，打碎了闻蝉心目中那个忧愁少年的形象：“你说当武士？那也是给有地位的人当佣工使唤。像我们这类人，在你们眼中，只配干粗活，混口饭吃。瞧不起我们，不给我们机会……天生的自大啊。”

闻蝉想：哪有您老人家自大？

“知知，大楚的大人物，和小人物之间，被画出了一条清晰的界限。上方人士假同情地给出一条生路，却不愿意我们出头。不然你去算算，大楚自建国，有几个穷人，能走到你们上流社会去呢？”

闻蝉不动声色往离他远的、安全的地方退一退，怕这个少年嫉恶如仇起来，突然想起她也是他口里厌恶的人群，过来伤害她。

但李信没有。

在闻蝉将他定义为危险人物时，他又随意般地跟她说话了：“打仗也不好。别看世道不好，将士其实无仗可打。蛮族人多年侵犯大楚边境，大楚只守不攻，热爱和亲。国内灾患多，官逼民反，百姓聚众起义，上面也不派人震慑，只靠地方郡国的兵力。长安盛世太平，哪知道地方和边疆，早就水深火热了。”

闻蝉走在李信后面，呆傻了一样，看着他的背影。他在她眼中，一下子变得很高大。一个小混混，居然能这么了解时世，还说得头头是道。

闻蝉小声：“那你也不能想着造反啊。”

阳光跳跃在少年的笑容里，他笑起来，因充满邪气，又好像在认真跟她分析，又好像在胡说八道：“其实造反也不好。一群乌合之众聚起来，凭着一腔激愤闹事，太乱。朝廷如果有心镇压的话，实在很容易。毕竟一群大字不识的混混山贼，起义兵器从哪里来？后方有没有雄厚的资金支持？又有没有完整明确的目的？到底是要自己占山当土皇帝呢，还是被招安被收买，一点钱财一点地位就能打发？”

“什么都没想清楚，到后期，也不过是被人骗被人打杀的下场。”

闻蝉：“……”

她不是故意的，但是她心脏怦怦跳，明知道李信是坏人，可是又忍不住崇拜李信。造个反，他都能想这么多……她忍不住夸他：“但是是你的话，你肯定想得很清楚啊。其他人不成，你肯定成的。”

李信眯着眼，笑得意味深长。

那种带着钩子的笑容，让闻蝉红了脸：她居然鼓励李信造反……她枉为翁主！阿父辛苦打下盛世江山，听到她的话，一定会打断她的腿！

幸好李信没有被她蛊惑住。

他随意道：“可是造反干什么？大多数人一开始只是为了吃饱饭啊。最后造反的人眼一闭，要么招安了，要么死了。中间受苦的，却还是混沌迷糊的普通百姓。民心没有散到一定程度，谋生的法子还有很多，而造反成功，世道不改，不过另一个轮回罢了。”

李信回头看她静默不语，挑高眉，“你不说点什么？”

闻蝉羞愧：“……我没太听得懂。”

李信愣一下后，就忍俊不禁，笑得一脸坏蛋相，气得闻蝉想打他，被他跳开躲避。

两人竟这般一边说一边下山，李信开起口时，头头是道，什么都能评价一二。闻蝉自觉才学不错，然和李信的眼界比，她就像草包一样。于是舞阳翁主乖乖闭嘴，不暴露自家的愚蠢。少年与他说话，她回以微笑，两人相处，竟难得的气氛不错。

山中雪消，少年大无畏地在前方开路，闻蝉跟在他身后。和他在一起，她不用担心别的危险，毕竟谁也不如他危险。

湖水泠泠，碧绿深幽，清冷中带着寒气。雾气弥漫，那水面镜子一样，映着山清水秀。

两方山脉连绵，入冬了，也仍有点滴绿意点缀。时而一只孤鸟高飞，在万丈光澜中冲上青天，振云拍翅，羽翼青白。

下了山，山下不远，是一方田垄。一片片方块，有妇人壮士蹲在田地间查看土壤。不像春夏时充满绿意生机，这时候的田地略枯涩，单调。然那种静谧祥和的美，仍打动人心。

李信在田地前站半天。他突然回头，对闻蝉一笑：“饿了。”

闻蝉不吭气，她早饿了。

李信手托着下巴，看看他牵着的那匹耷拉着脑袋的马，再看看闻蝉。他又说了一声：“好饿啊。”

闻蝉全身汗毛竖起，警惕后退：“……你饿了，看我干什么？我告诉你，人肉不能吃！”

少年嘴一翘，不看她了，又去看那匹马。闻蝉瞪他，发现没有威慑力后，她扑过去抱住马身，以身抢救："马也不能吃！官寺规定马匹贵重，你吃了要坐大牢！"

闻蝉生气勃勃，还有勇气推人，李信就笑不停。他不喜欢看她沉静雅致端方，她端了一早上，实在让他看得累。现在看她这样，李信抱着手臂笑："谁说我看你们，是要吃了？我只是在想，没有钱币，就没法吃饭。到底是卖了知知换钱呢，还是卖了老马换钱？"

闻蝉别扭道："……知知不能卖。"

她这样娇，让李信哈哈大笑，顺着田垄的方向，转头就走。有田地，自然有人家。有人家，就能解决他卖东西的爱好了。闻蝉牵着马，一时踟蹰，疑神疑鬼：他不会真的打算卖她吧？

不，他肯定舍不得！

闻蝉忐忑又自信地给自己打气，看眼身后的马，心想：马儿，卖了你是好事呢。毕竟李信这么浑蛋，我是没办法才跟他，你要是有能力，有多远就跑多远吧。

如是，当李信真的寻到愿意买马的人家，把马卖出去后，闻蝉还有一种古怪的自豪感。李信在马和人之间，到底选了她……啊不对！他本就应该选她！她是活生生的人，她还那么讨他喜欢，他再浑，也应该选她！

李信卖了马后，请女孩儿吃顿热食后，又去买了驴。驴比马、牛要便宜很多，舞阳翁主忍着嫌弃，居然还要学骑驴。

少年们骑着驴，一路往北走。过山渡水，穿云走月，明华满目。在山上看过日出，也在野地里跟星星作伴，还近距离围观过野兽捕食。晃荡着，看到很多以前没见过的江南风光。

闻蝉仗着李信对自己的喜欢，越来越有勇气——

"李信，你到底要带我去哪里？"

"去徐州，看看朋友。"

"我不想去，我想回家。我姑父姑母肯定特别着急，肯定都在找我。你放我回去吧，你拐我有什么意思呢？"

李信充耳不闻。

闻蝉就更加努力地磨他，磨得李信心烦。他脾气其实挺大的，她总拿相同的问题烦他，李信冲她吼，吼得女孩儿面色惨白，却硬是在他的怒吼中存活下来，继续央求："你放我走吧！"

李信："……"

恨不得以头抢地！

一路磨蹭到了徐州边界，进了一个小村，闻蝉又开始每日一磨。夕阳余晖已散，暗夜初始，星光几点，村口老树桩前，少年一手叉腰，在嚣张之后，被她折腾得筋疲力尽："知知，你真的看不出来吗？"

闻蝉眨着眼。

听到李信说："我从来不是挟持你。我是带你看风景，带你玩！"

“……”

她呆愣地看他。

看他面容温和了一瞬：“你不是想去很多地方吗？我跟你说过，你随时可走，我随时护行。”

“知知，就是现在。”

“你随时可走，我随时护行。”

星夜下，少年转过身，对着女孩儿有些嗔怨的眼睛，说了这么一句。

胳膊上生了一层鸡皮疙瘩。

闻蝉想说那是因为天太冷了，但是她心里知道，是李信说的话太动听。

闻蝉闷不吭声，一个字也没有回给等待的李信，她神色镇定，面容平婉，和平常一般无二。几让李信觉得她铁石心肠……他很快释然：知知当然铁石心肠了。就她对他做的那些事，说出去，哪家良心未泯的小娘子做得出来？

但是闻蝉只非常淡定地迈出步子，往前走了几步，李信没来得及提醒，她被脚下藤丛缠着的一具“尸体”给绊倒了。

扑通一声身子往前。

摔得很彻底。

正黯然神伤于对方太无情的李信简直看呆了。

女孩儿坐在地上，面上沾了土渍，还没有回过神。闻蝉抬起水灵的眼睛，看眼绊倒自己的到底是什么东西。她看到和泥土一个颜色下，直挺挺地躺着一个尸体模样的人。

这处是村口角落，李信和闻蝉是绕过古树桩走，树桩旁有一堆野草，是村人事后用来烧火的。这个人，就奄奄一息地躺在角落里的枯草堆下。闻蝉探头过去看，看到人满身血，脸也被血染得模糊一团，看不清脸。穿着倒是普通的大楚男儿风格，闻蝉去碰他的手，他的手又冷又硬，石头一样。

“是人！”闻蝉去扒拉那人身上的草屑，想看清楚一些。

李信收了笑，走过来，蹲在旁边，探手摸了下这个人的脉搏。两人忙活的时候，听到渐近的脚步声和说话声。扭过头，看到是几个村民从村外来，路过他们，很惊讶。

在众人的帮助下，闻蝉和李信救了这个一身血的路人，且借住在了一户久无人迹的民宅。李信其实还好，算正常救人。相比于他，闻蝉就显得太过热情，进进出出地张罗，很耐心地送水擦血，很期待地等着救的人醒过来。

李信嫉妒地想：大约我受伤了，知知看都不看一眼，就会走过去。

天晚了，两个少年守在一间破窗漏风的屋子里，闻蝉跪在承载着陌生人的木板边，旁边放着一盆清水，她用帕子沾了水，小心翼翼地，给脸上血肉模糊的人擦脸。

一点点地擦干净。

看到是个高鼻深目薄唇的青年男人。

长得很英俊，最讨小女孩儿的欢心。

李信站在门边，望着这个男人，陷入沉思。结果他还没思索一会儿，闻蝉又捣鼓开了：“我要给他找点水喝，他嘴皮那么干……”走过李信身边，被李信一把拽了回去。

李信鼻子不是鼻子眼睛不是眼睛："大晚上多危险，你乖乖坐下。"

"那你去给他找水啊。"

"哼。"

闻蝉眼皮只轻轻一撩，瞟了比她高半个头的少年一眼，就坐回去了。闻蝉这么柔顺乖巧，让李信很惊讶。毕竟，基本上，她很少听他的话。都是他说什么，她故意跟他别着干。

李信高贵的头颅低下，不可一世的目光扫到木板上那青年俊秀的面孔，顿了一下，再顿了一下：他觉得自己知道为什么了。再看眼闻蝉，挺腰跽坐的女孩儿，面容干干净净的，在月光下，发着朦胧的玉白的光，脸上细小的绒毛都隐约可见。

她正看着她救的人发呆……

李信嘴角一扯：她真是只关注人的脸啊。长得好看的她就看，不好看的她就不待见。想来自己在她心里，就是那种特别不想理的一类？

李信出了一会儿神，心情一言难尽。

被李信认为只看脸的闻蝉，现在坐在陌生男人身边，却是在发呆。她心里乱糟糟的，摔倒也没有打乱她的思绪。她一直在想李信跟她说的话。

李信并不完全是为了掳走她。有一部分原因，是想带她出去玩儿。因为她没走过很多地方，她非常向往。所以李信听进去了她以前说的话，就带她走了。

"你随时可走，我随时护行。"

好像又看到说这句话时，少年那种又不耐烦、又温柔的眼神。她在月光下看他，心脏火热，鼻子酸楚，觉得他那么不一样……

思绪激荡之时，一个讨厌的声音打断了她的冥想："你是不是就喜欢捡破烂儿？"

闻蝉抓着帕子胡乱擦的手一抖，转过脸，看到李信皱着眉蹲在她身边，盯着那昏迷不醒的人看。他本来就长得不像好人，这个样子，黑影一团，凶神恶煞，更像是欲行不轨的坏人。

闻蝉有点不敢看李信的眼睛，她满脑子都是他的情话，想不通，更怕他看出来。于是，女孩儿低着头，专心致志地给陌生人擦脸："他不是破烂儿，他是人。"

她那一脸深情样，恶心到了李信。少年固执道："他是破烂的人儿。"

闻蝉当做没听见。

一会儿，李信又说："你爱他还是恨他？"

"啊？"

"人脸没毁，就你这擦法，都要被你擦得毁了。"

闻蝉红着脸收回了帕子，她坐了一会儿，突然抬头看李信。她很费解地望着他，又哀求他道："李信，你到底喜欢我什么样啊？你放过我好不好？你不了解我，我也不了解你啊。"

李信回答她这种问题，简直驾轻就熟。他蹲在她边上，一边想事情，一边漫不经心地哄闻蝉："你不了解我，是因为你不喜欢我，等你喜欢上我，你就了解我了。所以想要了解我，你就快快喜欢我吧。"

闻蝉目瞪口呆，被他一连串的话绕晕了。她蹙着细眉，抱怨一句：“你喜欢我，其实就是喜欢我的脸而已。”

李信眉梢抖了一下。他不再想事情了，抬起头，面色平静地看着一脸愁苦的闻蝉。他冷笑：“那你刮花你的脸啊。”

闻蝉瞪向他。

李信从来不受她威胁：“是，我承认我看上你，最开始是你的脸，但谁一见钟情，是从性格钟情的，你给我找个出来？找出来，我就放过你。”

闻蝉被他噎得说不出话。她扭过脸，不肯再看他了。

不过闻蝉也不算完全被李信压得喘不过气。两人开诚布公，李信承认他并不是非要困着她后，闻蝉就积极地去和会稽的人马联络了，想告知自己这边的情况，让他们来找自己。李信看到了她的所作所为，并没有阻拦。闻蝉就更放心了。

因为救了一个伤得很重的男人，没办法拖着这么个人上路，两人就留在村子里，照顾这个伤患。一连数日，那昏迷伤患始终不曾醒来，却先迎来了村中某家娶新嫁娘。当晚村子十分热闹，在村中的空地，众人载歌载舞地庆祝，又一同灌醉新婚小夫妻，一杯杯地灌酒。

当夜月朗星明，天如海蓝，无数陌生人在面前扭摆着身子，兴奋地跳着舞。有热心的，过来邀请害羞的少年少女。

闻蝉端坐在酒案前，被热闹过分的宴席，弄得手足无措。而李信，在一开始被灌了一大碗酒后，被人一邀，他就豪爽地放下陶碗，跳入了场中，与村人厮混玩闹去了。

“小郎君跳错了，哈哈哈，罚酒！”

“好！”少年爽快，人一送来酒，他一饮而尽。

酒液清冽，映着少年星光一样明亮的眼睛，和冬日暖阳一样灿烂的笑容。

闻蝉坐在暗处，细嚼慢咽地咬着麻饼，眼睛盯着场中的李信看，心中啧啧：手脚不搭，韵感不足，跳得那么烂，还继续跳，脸皮真厚。

李信玩得那么开，闻蝉又开始担忧——

他一碗接一碗地喝酒……他喝醉了，她怎么办啊……他那么笨，跳个舞都跳不好……她要不要教他……可她是翁主，她从不在人前跳舞给别人看的……但是李信又被罚酒了，他步子都开始晃了……

太笨了！

闻蝉吃饭吃得味同嚼蜡，纠结着是否该起身，做点不应该是她身份做的事。

同一时间，同一村子，那个被他们救了的“尸体”，睁开了眼，活动着躺得僵硬的身体，蹒跚着从屋中摸出来。他顺着声音走来这片村中空地，并一眼，看到角落中，最为明艳的那个年轻女孩儿。

同一时间，千里之外，收到了舞阳翁主的信件后，诸位卫士结集人马，配上长刀、骑上大马，训练有素地出行，前去接应翁主。

李信长得不起眼，可就是闻蝉都得承认，他的眼睛好看。眼尾飞，形状好，睫毛浓。

他平时看人时，就像钩子一样吊着人。他现在看人，水洗过一样的黑亮眸子，那似撩非撩的味道，让小娘子们纷纷面红耳赤，心跳极快。

敬酒敬得更勤了。

舞也跳得更乱了。

而闻蝉坐在角落里，简直看呆了。

她肯定不是嫉妒。

她就是觉得，他不是追自己追得很起劲么，怎么一转眼，眼光下降这么多啊？这不是凭白把她和其他娘子们放到一块儿比了么……李信这是在侮辱她！

舞阳翁主重重地把一碗酒水磕在桌案上，让身边，一直在偷偷打量她、琢磨着献殷勤的年轻小伙子们，骇了一跳。看去，小美人面颊白中透红，眉目秀雅，鼓着腮帮子，唇瓣水红。她就是生气，都这么漂亮，一点儿也不难看。

“小娘子，你真的不下场跳舞吗？”村中长得最英俊的郎君，被众人推搡着，过来勾搭小美人了。

舞阳翁主将酒碗一摔，站了起来，指着场中喝酒喝得有点头晕、在休息的李信——“我找他跳！”

失望的年轻儿郎们，在心里暗骂：一朵鲜花插在了牛粪上。

牛粪李小郎：“……”

莫名其妙，那个矜持着不肯来玩的知知就突然想开了，站起来，直冲着他过来。

身后还跟着想争取一把的村中儿郎们：“小娘子不再想想？他不会跳我们的舞，你也不会跳。你们两个在一起，只会更乱啊。”

她不会跳？

笑话。

闻蝉也不多言，手抬起成莲花状，举过半肩，手指纤长，形状半屈，乃是此舞的起手之势。美目轻轻那样一流转，两手微转，身边围着的郎君们，便被迷晕了。

少女步伐轻盈，与李信的笨手笨脚完全不同。曲声还在耳畔，她脚一点，便能点中重心。腰肢纤细柔软，踩着乐声旋转。兰衣乌发交旋，衣裾若飞。闻蝉几下就转到了李信身边，手虚虚搭上了少年的手腕。

众人眼神变来变去，最失望的当属村中长得最好的郎君：看来这位小美人口味独特，不爱俏，就爱丑。

当然李信不丑。不过一般人和闻蝉站在一起，都会被衬托得很丑。

这些村民也实在有趣，最好看的郎君不管用了，一个长得巨丑的小伙子，竟推开众人，红着脸走到了最前方，冲舞阳翁主不好意思地道：“小娘子，我舞也跳得好。咱们对跳好不好？”

闻蝉：“……”

这位从众人中杀出来的小伙子，非常肥胖，一身膘，走过来大地都仿佛在震动。他还方脸厚唇，眼如铜铃，右脸像是被火烧伤过，留了很长很狰狞的一道肉疤。他一笑，全身肌肉都在抖动，所有人都要打颤。

闻蝉的手发抖。

她不知道要怎么办时，一直静默着当木头人、看舞阳翁主大杀四方的李信，终于动了。他也没大动作，就是伸手，揽住了女孩儿的腰肢，把她彻底搂到了自己怀里。少年冲四方懒散而笑，眉眼间的那股狂妄挑衅，比闻蝉之前的要凶煞得多。

这一看，就是惯常斗凶的主儿。

众人不愿惹事，叹口气，不情不愿地退散。

留闻蝉窝在一身酒味的少年怀中，僵硬窘迫。人一走，她就要推开李信。却被少年抓住手腕，耳后贴着少年似灼热醉人的酒气："用完我挡追慕者，就不管我了？"

闻蝉周身都是他的气息，酒气，混着少年身上阳光般清爽的味道。她觉得他只比她高一点，可是他抱着她，她就快埋进他怀里了。

女孩儿心脏狂跳，被他抓着的手出了汗，乌发下，脸蛋也一点点红了。

李信喝了酒，逗起闻蝉来，更加随心所欲。馥郁芳香在他怀里，那香气，让他骨头半酥，鼻尖一点点凑过去，想要闻一闻。

闻蝉忽的抬手，挡住他凑过来的脸。她仰着头，很坚定地转移话题，"我教你跳舞吧。"

李信兴致被她打断，脸沉了下。他看着她，他并不想跳舞。但是和她在一起，她抓着自己的手，干什么，他都是愿意的。

他愿意为她去死。

十五岁的少年，在醉酒后，混混沌沌间，突然冒出这样的念头来。年少时的感情简单直接，不把生死放在眼里，总是可以任意挥霍。

闻蝉看到李信低着头，不知道在想什么，然后他唇角就弯了一下，露出一个无所谓的笑："好啊。"

依然是鼓乐声，少年少女手碰在一起，颤抖着拉住了。

一左一右，一轻盈一笨拙，一腰肢柔软一手长腿长。月光在手上跳跃，曲声在周围重复。

李信和闻蝉在清风中跳舞，在村民围观中跳舞。少年于此太笨，常挡了女孩儿的路，坏了她的节奏。闻蝉倒不生气，就是翘着唇，露出嘲笑的眼神来。

她在教李笨蛋学舞中找回了自信心与优越感，乐此不疲。

她彩蝶一样，踩着乐声，在他的身侧旋转。

在众人热闹场外，挨着一间民宅，借树掩藏自己的陌生青年，静默而专注地凝望着那与少年一起翩跹起舞的女孩儿。

长得那么美，舞跳得那么优雅。笑得也好看，看着哪哪也好。

整个村子的人都土鸡瓦狗一样乏味，只有这个女孩儿，像明珠一样耀眼夺目。即使身处这么普通的环境，她的光华，都无法掩盖住。陌生男人倒不是故意看她，而是这么多的人里，只有她值得看。

男人看的时间过长，突有一瞬，感觉到那与女孩儿搭着手的少年肩膀滞了一下，扭头往这个方向看来。他一愣，反应很快，忙闪回了树影后。怕被人发现，男人想了想，重新一瘸一拐地走回自己醒来的那个屋子。

而歌舞升平的明月清辉下，闻蝉被李信绊一脚："你又错了！你挡我路干什么？"

喝酒喝得半醉的少年回过神，伸手摸摸女孩儿被他撞痛的鼻子，道歉也道得心不在焉："疼不疼……"

他思索着，刚才，好像感觉到有人在看着自己这边?

是知知引来的人？那是会稽来的官寺人士，还是单纯被知知的美貌吸引过来的?

李信喝多了酒，脑子有些混沌，想得不太清楚。又被闻蝉拉扯抱怨，再加上那道视线消失了，他也就不想了。反正他一路上，其实私下解决了很多觊觎知知美貌的男人。再来的话，也随手解决就行了。

等到次日，婚宴早已结束，闻蝉睡醒洗漱后，习惯性地去看她救的那个男人。这一看，却见到床板上躺着的那个男人睁开了眼，原本在发呆，看到她进来后，男人愣了一下，眼中迸发出前所未有的神采。

闻蝉无动于衷，很习惯男人的惊艳眼神。

男人却怕吓住了这个文弱的少女，收回过分目光，对女孩儿不好意思地笑一笑。又觉得躺在床板上颇没有风度，他撑着受伤的手臂，艰难地坐了起来。

男人满是伤痕的脸，费劲地、痛苦地，对闻蝉露出一个自认为最友好的笑。

闻蝉："……"

本来就一脸伤，笑起来，更可怕了。

男人长得挺英俊的，鼻子高挺，长眉深目。即使笑起来牵动伤处，显得可怖，但长得好看的男人，除了可怖外，还能看出男子汉气概来。闻蝉和他打招呼："你醒啦？"

男人点头，觉得她有些冷漠，和昨晚那个眯眼笑的温柔小娘子判若两人。

其实闻蝉对男人大都冷淡："你怎么不说话？你伤了喉咙，还是不会说话？"

男人迟疑了一下，发出"啊"的声音，指手画脚一番，说明自己不会说话。

闻蝉点头："真可怜。"

是啊，真可怜。

男人心中想。

却也不可怜。

能被一个好心的女孩儿救，已经是我这一路上，最大的幸运了。没想到村里最好看的小娘子，就是救自己的人。脸美，心灵更美。中原的女孩儿，自有独特的魅力。

等李信打着哈欠、垂耷着眼皮晃过来，例行公事一般准备给救的那个人诊脉时，院子里，先看到闻蝉闲闲站在一边，身材魁梧高大的男人，握着扫帚，在勤快地扫院子。闻蝉跟那男人说了什么，两人手来回比画，女孩儿竟被逗得笑出声。

李信酒一下子就醒了。

李信无声无息地摸到男人身后，拍向对方的肩膀。对方身子一僵，握着扫帚的手一紧，却硬是咬着牙，一声不吭，任少年一个刁钻的招式，把他绊倒在了地上。

“李信！”等到男人被少年绊倒，痛得倒在地上半天起不来，闻蝉才慢半拍地看到发生了什么事。她皱下眉，快步下了台阶，去扶男人起来。她隐晦瞪了一眼若有所思的少年。

李信站在哪里，哪里就是天地中心。天地中心被瞪了，这还了得——“你因为他瞪我？”

闻蝉：“……你看错了。”少年一脸平静，闻蝉自觉知道什么时候他不能惹——他越是表现得温和平淡如春水，内里就越是刀光剑影风吹雪。闻蝉忍气吞声地加了一句：“我就是见到你高兴，看了你一眼。”

李信瞥她一眼，知道她又在心里骂他了。啧一声，他伸手在她头上揉了一把。闻蝉没躲开，这次，是真的怒瞪他了。

男人站了起来，疑惑又沉默地看着他们两个的拉扯。李信忽而脚尖一转，转半身，好奇般问：“方才不好意思，得罪了兄长。兄长姓甚名谁家住何方？怎么会一身血地倒在村口呢？小弟认识些朋友，兄长如果有难处，但说无妨，也许小弟能帮上些忙。”

男人面容沉静，摇了摇头。少年站在闻蝉身边，看起来站得很随意，却是一个可攻可守的角度。如果男人要暴起的话，少年的出手反击绝对是最方便的。再加上刚才的试探……男人心想，这个少年郎君的武功，应该是非常好的。对他自己，也是非常自信的。

听李信问人名，闻蝉说：“他不会说话，他叫离石，和朋友走散了，又被仇家追杀。不过没关系，离石大哥已经甩掉人了，不会连累到我们。”

李信对她说的内容倒没质疑，闻蝉说话的态度却逗得他微笑：“他不会说话，你会说话？”

闻蝉被他怼得莫名其妙，她口齿伶俐地反击：“人家倒是想跟你解释人家叫什么，但你白丁，人家写出来，你也不见得认识。我是怕你尴尬，好心帮忙。”

李信：“……”

他被闻蝉堵得说不出话。

半天，少年咬牙，露出了一个森森的笑容：“离石？！这两个字，我恰好认识。”

闻蝉往男人身后挪了一步。

而她这个没良心的行为，把李信气个半死。他倒是怕这个陌生男人有企图，想保护她。闻蝉却觉得他更危险，躲陌生人身后去了。

李信面无表情地走上前。

闻蝉最知道他武功好了！他连她的扈从们的阵法都能破了……闻蝉抓着陌生男人的手臂，急促道：“李信你别过来！”

被她抓在前面用来当肉盾的男人，竟当真尽责地横起扫帚，一脸警惕地看着冷笑的少年郎君。男人神情肃穆，身高比少年要高半个头，肩膀宽厚。他一座山似的挡在前面，让女孩儿充满了安全感。

李信看到这里，眯了眼。

他当然可以立刻动手，把不懂事的知知抓回来自己身边。可是李信心机深沉，从来不信人间有什么巧合。在没有摸清楚对方底细前，李信从来不在外人那里暴露自己的底细。

就像之前，在没有得到闻蝉明确的答案前，李信宁可在巷道中，慢腾腾和闻蝉的扈从们拆招。

他吃亏于年少，但很多东西，和年龄又没关系。

少年郎忽而笑了。

笑得男人握着扫帚的手青筋抖动，脸颊抽缩，全身绷得硬石头一样。

看少年望着他："兄长叫'离石'？这个名字倒有些意思，也不知是不是我读书少，没听过'离'这个姓……兄长的名，不似中原风格啊。"

男人目中浮现怔忡之色，防备松了些。而就趁着这个机会，李信脚步一滑，身子一跃一转。他跳舞不行，从人头顶纵倒是灵活得很。李信几下就落到了男人身后，拽出了闻蝉。

李信对闻蝉露出笑，对她轻佻地吹一声口哨。闻蝉一步步后退，他一步步上前。

男人回过神，看到漂亮的女孩儿被少年抓在怀里，一下子急了，口中发出意味不明的"啊啊啊"声，冲跑过来要赶走李信。

李信不理会身后扫帚舞动起来带动的尘土飞扬，他随意走着，偏偏背后长了眼一眼能躲开对方。他正忙着威胁闻蝉："选他还是选我，说！"

闻蝉想要威武不屈来着。反正李信从来都是吓唬她，没有真正伤过她什么的。但是后面有个男人在追，李信拽着她一阵疾走，晃得闻蝉头晕眼花，几步就受不了了。

舞阳翁主向来能屈能伸，口上即刻甜蜜蜜地哄他："选你选你选你！"

李信这才得意地放开了她。他正要再说什么，院外篱笆墙外，一个老翁的声音喊他："阿信，我家那头牛早上起来就不肯去地里。你过来帮我看看啊。"

李信应了一声，回头，对闻蝉吩咐，"……提防着点，有事找我。"

闻蝉胡乱点下头。

李信看她无有烦恼地睁着乌灵水眸、似乎还盼着他离开的娇俏样子，长叹口气，老头子一样忧愁："连谁是坏人都分不清，真是傻。"

闻蝉很坚定地回答他："我分得清，坏人就是你。从来都是你！"

李信："……"

他手指着她，眼睛眯起来，脾气就要爆发，无奈篱笆院外的老翁又喊了李信一声，而闻蝉又机灵地躲到了男人身后。李信讪诮地对她笑一下，做个"你也就这怂样"的眼神，转身走了。

李信走了，离石还沉着眼，思考少年刚才那似威胁他的话——"兄长叫'离石'？这个名字倒有些意思，不似中原风格啊。"

离石忐忑不安地想着：莫非李信发现什么了？可是怎么可能？这里是江南，离……这么远。这里的人都应该没接触过才对。他已经能掩藏的都掩藏了，李信不过一个少年郎，能看出什么呢？

离石抱着这样忐忑不安的心，留在村子里养伤了。李信和闻蝉都是他的救命恩人，但离石有点判断不出他们两人的关系。少年少女在一起，互相斗嘴，但关系似乎也称不上差。他从闻蝉口中知道，他们并不是村子里人。那他们的身份到底是什么呢？闻蝉被李信惹急时，提起李信，会骂一声："他是绑架我的土匪！"而对她自己，闻蝉从来不说。

从李信身上，闻蝉已经学会，翁主身份，有时候不必强调。

离石认为，闻蝉和李信中，最难缠的那个人，应该就是李信了。李信对他有敌意，他能感觉到。他留在村子里养伤，指手画脚地跟闻蝉聊天，李信大约也是很不情愿，很想赶走他的……

李信定会在闻蝉耳边，不停地说他的坏话。也会时不时威胁他一番，要他离开这里。

但事实上，他想象的那些事，都没有发生。

甚至，离石以为自己的伤是闻蝉处理的，从闻蝉口中，却得知是李信帮的忙。

少年狂得不得了，也不把功劳宣之于口。他脸上漫不经心，总在思量什么。但是他不说，没人知道他心里在想什么。

他冷漠地坐在高处，腿大开半屈，双手搭在膝上。这种随意放肆的坐姿，闻蝉见一次，就腹诽一次。但在离石眼中，却觉得少年孤傲得像雪山峰顶的苍松。

说来也奇怪，就李信那个狂得快上天、一不高兴就阴笑的样子，在村中人缘居然很不错。好多人有麻烦，都喜欢来请李信帮一把。而李信居然也不拒绝……

闻蝉觉得真玄妙：李信实在不像是热血少年啊。

她心想，她真是很不了解李信……不过她转念就不想了：她何必去了解李信？她只盼着找自己的人快点来，让她远离李信。

她总觉得，跟李信在一起时间越久，她的判断力越容易失误。越容易受李信影响，越容易觉得他真好……

而他当然是不好的！

他必须不好！

某晚，月黑风高，除了天比往日更暗一些，和平常也没什么区别。离石是个哑巴，一整晚都在屋子里不知干什么。李信半夜被人敲门，被一位壮士请去村另一头给羊接生。

傍晚的时候，闻蝉去村口问信函，顺便被村长一家留了吃饭。天黑后，她告别热心的一家人，慢腾腾回借住的民宅。

清冷的寒夜，村人晚上少活动，都窝在家中早早睡了。僻静的小径上，只有着素色深衣的女公子一人行路。

她走得有点儿慌。天黑乎乎的，薄雾从地面向上飘摇。风在空中怒吼，从耳后往前扑，像一层层的海浪波纹。

忽然间一抬头，隐约看到寒冷刀光，有数道人影在眼前一掠而过。

闻蝉僵立原地，汗毛倒竖。

当她停下来时，忽听到沙沙沙和风声混在一起的脚步声。而眼前漆黑的天地间，又是只有她一个人了。月亮被薄薄的云遮住，风好像更大了些，心中存着的犹疑阴影，也沉甸甸地拉着她往下坠。

闻蝉只静了那么一下，又尽量平静地往前走，走她原本要走的方向。她尽量装得若无其事，没有发现周围的异常一样，可她心里，已经在拼命催自己了：快些！走得再快些！

千万不要回头看！

风声还在耳边呼呼吹着，也许是人的感官在受惊后悔变得无限灵敏。这条短短的村中小径，低处的水洼，摇晃的叶间，女孩儿都隐约能看到匆匆掠过的黑衣人的影子。

他们从房顶屋檐上跑过，他们矫健的身影，照在地上清亮的水洼中。风吹叶落，伴随着黑衣人在树与树之间的跳跃。

闻蝉的心越跳越快。

在漫长的夜路中，拐了好几道弯，她终于在路的尽头，看到了自己借住的院落民宅的偏影。闻蝉心中大松口气，她已经到了篱笆外。她拾起裙裾，往院中一个房舍跑去，口中高声喊道："李信救命！"

在危急时刻，舞阳翁主强忍心中胆寒，在看到希望时，第一个呼救的，便是李信。

她知道李信有一身不知道从哪里学来的高武艺！

她不知道李信能不能打过村中这些摸来的黑衣人，但是李信一定会保护她的！

闻蝉偏偏没有算到，李信不在。她傍晚时去村口后，不到半刻，少年也离开了，至今未归。

闻蝉跑进院子里、跑向少年的房舍——手扶门板时，无意中一扫，看到了幽暗漆色的窗子。外面这么大的动静，里面居然一点反应都没有！

坏了！

电光火石之间，自她突然开口喊破，身后一直紧跟的黑衣人现出了身形，一个人举起一把砍刀，就向背对着他、靠在门框上发抖的少女砍去。闻蝉在这时候，爆发出强烈的对即将到来的危险的先知感应！她从墙上照着的影像，看到身后纵来的一个扭曲身影。女孩儿当机立断，身子一矮，就往地上摔滚而去。

她扑倒在泥土地上，一身狼狈，刀片寒光从她头顶飞过，阴影重重。碎发被刀割下，慢悠悠羽毛一般落地，她竟是险之又险地躲过了那个杀招！

薄云散开，月亮又看得见了，照着霜白色的大地，还有渐围渐多、在村子各处现身的黑衣人们。

风吹起，闻蝉坐在地上，撑着地面的手被石子擦过，硌得生疼。她无暇在意那些小事，只仰着苍白的面孔，睁着眼睛，惊慌不定地看那想杀她的黑衣黑面罩的男人愣了一下后，再次握紧刀，向她挥来。

少女的冰雪眸子被侧来的刀锋照亮，刀光浮在她过白的面颊上——

闻蝉只是一个柔弱少女，不通武艺，她躲开一次是运气，实力让她躲不开第二次。

她惶惶然间，突有一道亮光从旁飞来，斩向那道横向少女的刀！手上突然传来一个扶持她的力气，将她向上拽。闻蝉被人一拉，那人抱着她踩着墙上了半空，踩上屋顶草垛拧身，几把飞刀刺的一声从他袖口破出，飞向不知何时包围了院子的陌生黑衣人们！

有学艺不精的黑衣人中招坠地！

黑衣人错落间，一个个全都现出了身形。而被救的少女站在屋顶片瓦上，衣飞发扬，她抬头，对上离石关怀的视线。

高大的男人捏了捏闻蝉纤细的手腕，又认真地观察了她白净的面孔上，除了受惊的神色，并没有别的损伤。男人往前一跨，把少女纤纤的影子挡到身后。他沉冷而立，气势巍峨，慢慢抽出腰间的刀，刀锋指向那些围过来的人。

这处无人居住的村中小院落，在离石被救后的某晚，出现了一群来路不明的黑衣人，专程选在月黑风高的夜晚，骤然袭击，取人性命。

看过去，这群人，大概有一二十人。每个人都穿着一样的窄袖束口黑袍，头戴斗笠，口罩面纱。他们训练有素，行动敏捷狠厉，并擅长团战，在一举没有杀掉闻蝉后，不言不语，重新向这方世界杀过来。

这是一群有组织的刺客！

闻蝉看明白了。

在她看明白的瞬间，离石抱着她，一边挥刀与敌人搏斗，一边始终不给后背留活口。他落到了地上，刺客转向杀向他。他大手扣在少女手腕上，把她往外一推！

他是要闻蝉走！

闻蝉心里发苦，眼前看到离石周旋于密雨般的众人间，一刀劈断一人的手臂，血沫飞溅。那人抱着手臂扑通倒地，却有更多的同伴踩过他的身体，电光一样向离石掠来！

闻蝉心慌，这已经不是她能应付的场面了。离石要她走，是要救她的性命。可是这帮黑衣人从哪里窜来的？为什么要杀他们？

李信惹来的？

他就一个不学无术的混混，哪有这么大的能量啊……

那是她吗？

没错，如果有人要杀她的话，阵势可能会有这么大。可是为什么要杀她？她就是一个普通的翁主而已，她也没得罪过谁啊。最容易惹到敌人的，是她的其他那些家人，比如她阿父阿母，大兄二姊……实在没必要找上她啊！

那是离石？

离石的身份……确实……模糊……

闻蝉大脑混乱，又有灵感起起伏伏，转瞬间就想了这么多。但越是多，越是没有头绪。眼前的杀戮场不是她能干涉的，少女咬下唇，转身就往院外跑，去搬救兵！

见她要逃，有刺客侧目分神，毫不留情地起刀，追杀向趔趔趄趄往外跑的女孩儿。离石从包围圈中强冲而出，英俊的面孔上染了鲜血，看上去颇为狰狞。他身形一拔，横抢过去，手里刀向上一送，挡住了那人。

“喝！”离石一声大吼，目眦欲裂，爆发出前所未有的气势，杀向这些刺客！

月亮又隐到了云后，脚下踩着婆娑的影子。跌跌撞撞，闻蝉终于跑出了危险圈。她站在岔道口上，定定神，随意选中一个方向——当机之法，是找到李信！

李信很厉害！

可是她不知道李信去了哪里！

闻蝉边飞快地跑，边扬高声音叫道：“李信，李信！”

她才喊了两声，步子就停住了，身体僵硬而颤抖，眼眸大睁，不可置信地看着前方千军万马——一群提着锄头啊、刀啊、枪啊的人，或裹巾，或戴笠帽；穿着短袖长襦，或跣足，或穿草鞋麻鞋，乃是大楚普通劳作百姓的风格。他们用一块布挡着脸，只露出凶光煞煞的眼睛！

这群人红着眼，带着兴奋的、报复的目光，如蝗虫过境一样，冲进这个和谐的小村里——

"杀！杀了这村里的人，村子就是咱们的了！"

"粮食钱财女人全都抢走！"

"抢女人！哈哈，干死她们！"

造、造反……

闻蝉脑子里闪现出了这几个大字。她印象深刻，因为前几天，她和李信讨论过造反的事，最后无果而终。李信说过徐州是那帮反贼的大本营，他们现在已经在徐州边界的小村落了……

前方就是扑过来的蝗虫人物，闻蝉快快转过身，往身后另一条路上跑，也不敢再喊"李信"了。她身形瘦弱，又隔得远，对方人数众多，所以她可以第一时间看到对方，对方却没看到她。

闻蝉对自己很有自知之明了：她长得太漂亮。面对这些疯狂的男人，她根本不敢直面。

闻蝉往相反的方向跑。

但跑着，先前那种冷风追逐的阴森感觉，再次袭向她！虽然什么都没有看见，可是闻蝉无比相信自己的本能！她不敢再往前跑了，身后大批人马紧追，扫荡村子，已经听到男人女人的吼声哭声了！

两头眼见就要相撞，闻蝉咬着牙，看到旁边一家民宅边堆着一重草垛。顾不上别的，她直接跑过去，躲到了草堆后。

黑天浓雾，一个黑衣刺客破刀而出，那黑衣刺客出现在了闻蝉的视线中，目光一凝，就要往她藏身的地方前来。闻蝉捂住疾跳的心脏，往草垛后缩。

但那黑衣刺客并没有过来！

他被眼前哗啦啦扑过来的反贼们围攻了！

双方人马战到了一处！

一者武功高，一者人数多！

他们并不是一伙的！

一时间，刀光电影、血肉横飞，老人和孩子的哭声，妇人的尖叫声，青年男人的狂吼声，在这方天地，乱糟糟的，全都混在了一起。

……

村中暴乱时，李信便与关心自家羊羔的民宅主人一起出了矮棚。听到外边动静，刚出羊棚，迎面就是一个冲上来的贼人。身后驼着背的老伯一声惊叫，眼看一把枪斜刺里挥向走在前面的少年。不想少年还没有看见，身体就先做出了本能反应。

少年身子半侧，一手反顺着手臂向肩头攀，抓住那把刺向他的长枪。而就着长枪的力道跳起一个后倾的半弧，他反手在目瞪口呆的对方脖子上一切，把人放倒。

李信处眉宇间神色变得凝重，他转身，护住身后颤巍巍的老伯和他几个小子：“躲到屋里，拴住门。不管听到什么声音，都别出来。”

他们站在院子里，已经看到有一伙人冲进了村子里。并且已经有几个人，从一株矮脖子树后跳出，看到这边的少年轻松制住了同伴。惊讶后，这几个人冷笑着，挥着各种趁手武器，往这边赶来。

李信扫一眼这些乌合之众的穿着，再与他们一交手，就明白是怎么回事了。

又一群想效法郑天王、或者已经投奔了郑天王的匪徒们!

徐州这边因为有了郑天王的前车之鉴，不知多少山匪贼子都动了心。而徐州的最高官员，太守和校尉，一文一武，偏偏在忙着争权夺利，谁也不肯分出神，管一下这帮贼子。反正如今灾患连年，天高皇帝远，陛下都不管事，徐州的这些官员，也只想着抓住手中的那点儿权利。

眼下，这些反贼，惹到了李信面前!

一窝蜂一样，密密麻麻。

李信看得略为心惊：这么多人，莫非一个亭的人，都要反了?

少年心就往下沉：坏了！知知!

“闪开！”少年怒吼，与这帮缠着他不放的反贼们周转。时间于他来说十分宝贵，他迫切需要返回去找闻蝉、救闻蝉。

“抓住他！杀了他！他打伤了咱们好多兄弟！”反贼们一身血性，毫不畏惧，把少年当做村中人，前仆后继地来拦他。

李信眸子越来越寒，手下招式也越来越凌厉。他在人山人海的逆流中向上冲，就像无数次面对生死一样。

可是这次不一样。

这次一点也不一样!

他幼时师从宗师，学了一身好武艺；他寒冬酷暑地磨炼自己，学生存该学的所有窍门；他在为人爽快，朋友众多，随时振臂一呼，就有一伙同伴跟随；他虽然不读书不识字，但头脑清晰，多有机变，又有一腔坚韧不拔之气，世间许多危机，他都能耐心地去化解。

可是这次不一样!

知知……

他不知道闻蝉在哪里!

他能确保自身周全，他无法确保闻蝉无恙！她娇小柔弱，她容貌惊艳，她惶惶地站在一群虎视眈眈的恶贼中间……而他可否能救得了她!

村民们、贼子们，全都冲在一起混乱。而李信要不停地沿着这条逆流的河水，向上走，往上冲!

冬之寒，夏之炎。

夏之凛凛飘雪，冬之寂寂长夜。

漫长无比，煎熬无比。要杀掉多少人，打晕多少人，才能找到心爱的女孩儿，才能把她护在身边呢?

他纵是学了一身武艺，可为什么最需要的时候，却帮不了他呢?

噗!

迎胸一脚，从高空往下，踹向筋疲力尽、眼尾赤红的少年。

李信被骤然降来的冲力击中，往后摔去。他在半空中反应快速地调整了姿势，一个漂亮的后空翻往下处走，退大几步后，在地上站稳了脚。

抬起脸来，面容阴沉沉的少年，擦了鼻血，看向落地与他对峙的黑衣人。黑衣人同样凝重无比，高声冲李信吼了几句话。

李信微愕，没听懂。

一群五大三粗、称不上会武功的反贼中，出现了一个会武功、且武功很不错的人。再看对方的穿着打扮，少年几乎已经肯定：村里现在除了那些反贼，还有第二拨人!

目的不明的第二拨人!

黑衣人影又冲他吼了几句后，李信依然没听懂，但已经懒得听了。血腥味扑鼻，他往地上横七竖八躺着的人堆中一扫，脚尖一点，一把趁手的武器落到了手里。

半刻后，村头明月相照，树斜人倒。李信面对吓破了胆的村长，救了他们一家，却得知闻蝉已经走了。

李信转身就走，临走前只是起意般问：“报了官寺了吧？”

抱着妻儿掉眼泪的村长茫然抬头：“……啊？”

“……”李信露出一个森然的笑，“托一个后生出村，找官寺，报官寺！”

村长这才从惧怕中找回神志，连连点头去办正事。

同时间，一众黑衣人围着离石，让男人举着滴血的手，喘着粗气，沉默不语。

离石心中焦虑。李信和闻蝉救了他！他并不想因为自己的缘故，害死了自己的救命恩人！但是他以为他已经甩掉了这些人，没想到对方居然又找到了他……

他不能把时间浪费在这里！他要救人！救这个村子！救李信和闻蝉！

两方人马就在闻蝉面前交手，闻蝉心脏怦怦跳，连动弹都不敢。她苍白着脸，跪坐在高耸的草垛后，暗自祈祷他们快些走！不要有人发现自己！

然只在突然间，一个人重重地摔倒在闻蝉旁边的草垛上。沉重的身体把草堆往下重重一压。被敌人摔到此地的人捂着腰惨叫，忽感觉到什么，往旁边一看。

看到秀美如仙的少女。

闻蝉跳起来，转身便跑!

女子的力气、奔跑速度，全都不如男儿。就算闻蝉身体健康，但她从小娇生惯养，她的抵抗力，更加远远不如。

才跑出几步，手腕就被身后的男人握住了，把她往后拖。

闻蝉当即拔下头上的发簪，乌浓长发飞散而下，一把闪着寒光的尖头簪子，刺向身后的人——这个簪子，闻蝉其实是为李信准备的。

如果李信真的欺负了她，她绝不让他好过。

而现在——“放开我！”

男人反应很快，女孩儿力气又小，簪子只在男人厚重如熊掌的手上划过一道，反手，簪子就落到了男人手中。惊讶于这个少女的机敏，无奈她太弱，男人沉了脸：“敢跟老子动手？再动一下试试……”

两手一围，便要过来把闻蝉横抱起来！

闻蝉：“救命！”

一道光如闪电，从她眼前划过。身子一轻后又被甩下，闻蝉摔倒在地上滚了几圈，泥土尘埃满满，抬起脸，看到之前欺负她的男人，僵直地倒在地上。

眉心破了个洞，鲜血缓缓地从那里流出来。

在黑暗中，在高一声低一声的杀伐求饶声中，在满空的鲜血满天的层云遮月中，闻蝉觉得世界变得好安静。

像悠久无尽的长河。像秋天的清晨霜雾。还像人死后的雪落无声。

闻蝉回过头，看到一身血、一身霜的少年，向她走过来。

他从杀戮堆中杀出了一条血路，脚下是倒下的人。只有他一个人，煞神一样站在修罗场中。衣衫褴褛，破洞破鞋，嘴角也有血。

他走到她面前，在一地“尸体”中，蹲下了身，把她抱在怀里，抱在他那充满了血腥味的怀抱里。

闻蝉坐在地上，被少年单薄的怀抱护住。他的怀抱温暖，但是他在发抖，她也在发抖。耳边的哭声喊声一会儿遥远，一会儿近在耳畔，女孩儿大脑空白：“你杀了他们？”

李信很平静地说：“谁碰你，老子杀谁。”

“我很怕……”

“知知，不要怕。你有什么怕的呢？只要有我在，你就不会有事。”

闻蝉眨着眼，从他的肩上，看到云层上跳跃而出的明月。薄云悠悠地散开，再一次的，清辉普照，血流成河。在那银白色的月光下，少女的泪，夺眶而出。

闻蝉散着长发，巴掌大的苍白面孔上，睫毛卷翘向上。乌黑湿润的眼睛里，波光潋滟，万千湖水被狂风卷起。那里面有一汪浓烈的情感，需要倾诉。

她颤抖着：“李信，我……”

这是闻蝉最感动的时候。

李信想。

她是要说些动听的话了吧？终于被他感化了么？她是否情绪激荡下，当即要“以身相许”呢？

不枉费他在她身上花的心思。

李信安静地看着她，很认真，很执着。他轻声：“你要说什么？”

耳边喧哗全都远去，只看到漫长的岑寂中，流着泪的少女。

闻蝉发抖：“李信，我……”

哐！

一把刀横飞而来，少年歪头躲开。

砰！

又一声巨响。

那把飞来的大刀转了几圈，掉在土地上，一个黑衣人被从远远踹过来，重重摔倒在地，被撞得人事不省。高个男人，带着一身煞气，从浓黑的夜雾哭吵声中走出来。他胡乱背着一把刀，气喘吁吁地跑过来，跑向沉着脸的少年，和他拥抱着的、泪眼婆娑的女孩儿。

月朗星稀，踩过一地尸体，脸上沾了些血迹的英俊男人看到两个少年，眼睛腾地亮了。他蹲过来，指手画脚一阵："啊啊啊……！"

闻蝉眼泪挂在睫毛上，愣愣地看着他："离石大哥？你还好么……"

李信："……"

何为煞风景？

此谓煞风景。

少年阴沉着脸，看那两人开始旁若无人地叙旧。而他多想把知知的肩膀转到自己这边——他不关心这里的杀戮，不在乎离石的问题，他就想知道：

知知，你先前到底要跟我说什么？！

你是不是一激动就要以身相许了？

一青年，一少年，此前从未合作过。然在这个深夜，他们提着趁手的武器，背靠着背，将唯一的女孩儿闻蝉护在中间，不让一点血迹见到闻蝉雪白的裙裾上。

少女披散着浓长垂直膝盖的长发，眸子又清又润，带着哭泣后的紧张之色，看着两个同伴大杀四方。

周围乱哄哄的人流还是那么多，有逃跑的村中百姓，有追杀来的山匪，还有杀人不眨眼的黑衣刺客。李信和离石两人合力，以他们为中心，画出了一个圆圈，冲击着人潮。

在力所能及的情况下，把逃亡的村人尽量往圈中集中。少年和青年在打杀，闻蝉也是在愣了一会儿后，就帮忙招呼人进来。

他们的小圈，如无尽湖泊中荡开的一圈涟漪。风雨招摇，摇摇晃晃，却始终咬着牙，不曾溃散。

"官兵来了！官寺来人了！"黑暗中，从远方，陡然传来高而哑的一声吼，传达过来。

骚动的村民，一下子开始变得激动：

"官寺来人了？太好了！"

"阿翁咱们得救了！"

炸开了锅一样，所有人都动作一滞，被这个消息惊到。

李信和离石，几乎是同时，脸色微微一变。李信看向身边刀滴着血、一脸憔悴的高大男人，心想：我不想见官寺，是因为我被通缉，又拐了知知的原因；你倒是惊慌哪门子劲儿？

离石同样惊疑看向少年。

两个人目光一对，达成了共识：走！

而闻蝉和他们显然不是一挂的。

她身为翁主，天生对官寺之类的充满好感。现在同伴们纷纷筋疲力尽也受了伤，少女大松口气，往前一步，便要招手："我们在这……唔！"

身后一只手，把她的嘴捂住。另一只沾着血的手，从她的腋下穿过，将她往身后一搂，就把她拖入了后者的怀中！少女撞上少年的胸口，嘴还被他捂住，挣扎着对他瞪眼。

耳边是李信痞痞的笑："嘘！别喊！"

闻蝉："……"

土匪啊这是！

李信的土匪性质，关键时候，亘古长存！

闻蝉忙眨眼睛，向一边的高鼻深目男人求助：救救我！

离石目光躲闪了一下，不敢与女孩儿明亮的眼睛对视，低着头，专心致志地看着脚下的一地尸体。

周围一派混乱，有贼人们躲藏寻后路，也有村民们一窝蜂去找官寺人马，只有他们几个，在人流中形成鲜明的异类。李信手臂搂过闻蝉的小身子骨："乖，知知。咱们也走吧。"

他再次把她往后面一带，力气非常大。

闻蝉："……"

放放放手！

他手搂的地方偏上，他挨到她胸了啊！

他完全没感觉到么！

女孩儿身子骨纤瘦柔弱，被少年大咧咧地往后一环，整个手臂穿搂过她的胸前。她才发育没多久的、小小半团的乳，便被少年的手臂，隔着冬衫，紧紧地箍上了。

比起羞耻，先到来的是疼痛！红红一点的笋尖，稍微一碰就疼得很，闻蝉的眼泪啪嗒就掉了下来。

疼得她一抽气！

然李信一无所知。

不光没体谅到闻蝉的痛苦，还和离石里应外合，带着一脸泪光的少女跳入了浓黑夜雾中，以最快、最轻妙的轻功，离开了这个村子。

附近只有一座矮山头，三人上了山。离石在前开路，李信挟持着怀里捂着嘴的闻蝉跟在后。青年和少年好像都特别习惯野外生活，几下观察地形，就找到了合适的过夜山洞。

等进了洞，李信手一痛，嘶了一声后甩手，闻蝉立刻跳出了他的怀抱。在李信眼中，闻蝉的动作，一直和慢动作没区别。但是这一次，闻蝉分外的灵敏，借他松懈时，狠狠一咬，咬中他的手掌心。少年吃痛，而闻蝉飞快地跳了好远。

充满仇恨地瞪着他。

少女长发一直散着，凌乱的碎发贴着面颊，眼睛鼻子都红红的，面颊上也染了一层绯色。她痛恨无比地瞪着李信，在少年挑眉时，高声："你离我远一点！"

李信："……"

他看出闻蝉是真的生气了。

她气得眼睛都红了，眸子湿润无比。视线再往下，沿着她秀长的脖颈，看到她剧烈起伏的胸。呼吸一样一跳一跳，像白色的软玉，像小小的峰……少年的目光，停顿在那里。

闻蝉伸手抱胸，挡了他黑亮的眸子，也挡住了少年那渐渐变得奇怪、变得微痴的目光。狠狠剜他一眼后，闻蝉脸憋得通红，嘴角颤抖也没吭出一个字来。她自觉寻了最里面的角落，把自己缩成一团，抱臂坐下，头埋入了膝盖间。

借着月光，少年看了眼自己被她咬的手心。一排齐齐的小牙齿，看起来分外可爱。把刚才一瞬间升起的杂念抛弃，他心想，知知牙口真好。

不过，就因为他捂了她的嘴，不许她喊官寺人，她便这么生气？他故意挑衅她的时候，她好像都没有现在这么气恼啊……

李信啧了一声，甩了甩手，不反省自己，却想女人可真是麻烦。他惯常的自大不羁，从不跟别人认错。这世上，从来都是他欺负人，还没有别人欺负他的。

然而……想到今晚的事，少年眸子里无所谓的神情，收了起来。

黑衣刺客、反心大动的贼子、官吏，还有无辜的村民。

一条线，无数条线，串在一起，奔向不同的结果。

而他李信，在其中起到的那么点儿微薄作用，对整个时间发展，也没什么了不得的影响。

护不住想护的人。

做不到想做的事。

李信回头，看了眼缩着身子、扭过脸的少女，再转眼，看到尽职尽责在给山洞附近撒驱兽粉的离石……少年第一次，感受到了自己的无能为力。

何等不甘心！

黑暗中，闻蝉睡了，离石也睡在洞外守着。而李信盘腿而坐，靠着山壁，始终不曾入眠。他听到男人的呼噜声后，起了身，无声无息地出了山洞、绕过男人身边，纵入了黑夜中。

少年郎君站在山口丛木后，看到山下方蜿蜒的火海。

那是之前暴乱村子的方向。

那里现在燃着火，在黑夜中流成粗长的一片，灯火阑珊，却焦灼不安。

李信长久地看着村子的方向，想着一些事。他在脑海中，将晚上发生的事，反反复复地拆开再重组，演算无数种可能性。

他在想着：我绝不允许这样的事情再次发生。

少年有大志向，在此夜寥寥中初露头角。而山洞中，那睡梦中也蹙着眉的少女，即使跟着李信睡了不少次山洞，依然无法习惯这种风餐露宿的生活。

闻蝉被噩梦缠身，难以入眠。

梦到小团的乳微微地刺痛。

她保留着这个无法宣之于众的秘密，在梦里，辗转反侧，还是那样的不舒服。

梦里又出现了少年邪气森森的坏人面孔。

噩梦带来阴风阵阵，少女被卷进狂风骤雨中，呼吸艰难，但就是无法醒来。

闻蝉终是被梦吓醒。她心脏狂跳，出了一脊背的汗，湿发贴着脸。

清和的月光照在眼皮上，听到寂静深夜中男人的呼噜声，少女拍下胸口：幸好只是梦。李信要是……

等等！

她突然觉得不对劲！

她的坐姿不对！

少女屈腿而坐，手却有“小案”托着。她并不是入睡前的姿势，而是趴在“小案”上，睡得昏沉。

而这“小案”……闻蝉颤巍巍、哆哆嗦嗦地抬头，看到月光照在李信面上。他冷而狂的面孔，经月色中和，微微低下，竟多了许多温柔之意。

李信低头看着她。

闻蝉趴在他膝盖上。

男人的呼噜声在外，属于离石的。暗光中，低头的少年，和仰头的少女对视。

李信轻声：“我看你睡得不舒服，给你换了个姿势。”

闻蝉面燥红：“……哦。”

她呆呆地看着他，因为李信表现得太平静，又因为噩梦照进了现实，她还在怀疑自己是不是在做梦，有些没反应过来。她傻乎乎地仰脸，看着平静至极的少年李信。因为他太淡定，影响得她都忘了躲开——她怎么能趴在他腿上睡呢！

明月相照，一束光照在他们身前的方寸之地上。闻蝉茫茫然然问他：“你为什么不睡？你在想什么？”

李信没有回答她前一个问题。

但是幽暗中，他低下深邃若海、亮如子夜的眼睛，突然地，跟闻蝉说了这么一句：“知知，我想把我拥有的所有，都给你。”

闻蝉猝不及防，听他说了这么一句，有些吃惊。她仰脸看他，有些不知道该做什么反应。

李信专注地看着闻蝉。他是愿意把他的所有，都给她的。他尚年少，对喜欢的理解，就是我有什么，便都分享给你。不求回报，不求交换。就是你哪里不高兴，不满意，告诉我，我帮你实现，我帮你解决。

他捧着一颗真挚的心，送到她面前！

闻蝉手足无措，低下了眼。还不知道怎么打消他危险的念头时，就听他笑了一下，颇为光棍：“但是我什么都没有。”

闻蝉不乱想了，她安静地看着李信放在膝盖上修长的手。这样的话，从李信口中说出，竟让人觉得酸涩。好像他天生该拥有一切似的。

但她当然知道李信什么都没有了。

他有一身本事，但是他不服管教。他走的路，是她一辈子都不会去靠近的路。她不想走近他的世界，她甚至都不想了解李信的世界。

李信对她很好。

但是……

……他们不是一个世界的。

李信喜欢她。但是闻蝉最喜欢的，始终是她自己。

听着李信真诚的自我剖析，闻蝉不由心中发涩。

女孩儿的眸子，在寒夜中变得温柔。她心中叹气想，喜欢她的儿郎，真是走到哪，都这么多。李信的情话很好听，她差一点就心动了。不过还是没有动得太厉害……容她想个婉转的说辞，劝李信放弃自己吧。

闻蝉刚要开口，就见李信慢悠悠地自己开口了："不过没关系，我迟早会拥有一切的。"

闻蝉抬起眼，唇角翕了翕，却没发出声。

她想说的安慰话，在李信的强大自信下，变得干枯单调。

同时，心脏剧震，心中另一种感情涌了上来，让她怔怔看他。

心跳很快，像要从心脏中跳出来一样呼之欲出。少女目不转睛，盯着这个相貌平凡至极的少年。

李信长得太普通了。扔到人群里，她绝对找不出来。

可是他又太不普通了。扔到人群里，她肯定能认出他。

闻蝉没有见过这样自知又自信的郎君。李信的不一样，在深夜中，在闻蝉的那颗铁石心肠上，钻了一个洞。其中情意，汩汩成溪流，在无知无觉中，缓缓流淌。

李信伸手，握住闻蝉的手腕，重新笑起来，那股让人面红耳赤的蛊惑味道，又再次出现了。他拍拍女孩儿的脸，笑一声，非常地相信自己："知知，我下定决心了。造反这条路，真的可以走。"

"……！"闻蝉感伤不下去了，猛瞪大眼，不可置信看他。

是什么刺激了李土匪，让犹豫不决的他，突然决定一道黑走到底了？！

自然是权势，地位，利益了。

知知不是他救的。

其实是官寺救的。

若非最后赶到的官寺人，李信想，两相夹击，他没办法既保护村民，又保护知知。他只能护其一，而这个结果，只能证明他的无能，他并不满意。

少年无法将一切掌控在自己满意的范围内，并为此生起了挫败心。而他从不气馁，从不自我怀疑。他转个方向，坚定地选择了一条曲折的小路，走了上去。

"不行！"闻蝉脱口而出，"你玩火自焚！你这样的话，我肯定到官寺告发你！"

李信哼了声，挑高长眉，不把她的威胁放在眼里，痞子的无畏精神又暴露了——"告啊！我怕你告发？你大可以满大街满天下地宣传去！”嗤一声，青黑眼尾斜飞，睥睨并瞧不起她，“你也得有那本事。你有吗？”

少年伸个懒腰，还有脸笑：“行了，你睡吧。我出去看看，官寺的人走了没。”

他气势强大地走过，闻蝉木然地给他让了位，可是她哪里还睡得着！

……李信真讨厌！

就这样，各怀心事，一夜过去。

次日，几个人都醒得很早。李信带着一身寒霜从外面回来。给他们带来了些山果果腹后，少年说，官寺的人已经退了，大家安全了。

闻蝉冷哼一声：安全？她本来就很安全！跟着他，她才不安全！

他这个……狂热的造反份子！

李信没理一早上寒着张脸、写着“我不高兴快哄我”的闻蝉，而是很好奇、热心地和离石搭话：“离石大哥，昨晚真是多谢你相助。不然我和知知，真不知道要怎么样了。”

闻蝉撇嘴：是你！只有你不知道怎么办！

李信依然没理她的闹脾气。

离石沉默而不安地看眼闻蝉，对李信不自然地笑了笑。他看着面前言笑晏晏的少年，心中警觉，知道自己经过昨晚，露出了很多马脚。

李信挑着眉：“离石大哥是蛮族人吧？”

离石猛地抬起头，周身戾气暴增，眼中现出锐色，盯住少年！

李信一脸漫不经心，仍是噙着一脸笑意，脸上一点儿惧色也没有。

“什么？！”姓李的浑蛋实在太自我，闻蝉等着人哄，人一早上没理她。她打算死扛来着，一句话不说，就等着跟李信讨论造反的事！她在如愿前，先听了一耳朵“蛮族人”。

闻蝉坐不住了，站起来，坚定地站到了李信身后。用怀疑的目光，看着对面的高个男人。

在这一瞬间，双方便划出了阵营。

离石眸子骤缩，身畔的拳头握紧，死死咬住腮帮。

而闻蝉在认真地打量他：是了，高鼻深目，身材高大。离石身上异族人的特征，其实并不算太明显。他一身楚国人的穿着打扮，人又不说话，长相也能理解为硬朗的英俊范儿。但是李信一挑破，再看离石的话，便觉得，确实有些像……

李信对他们的紧张无所感一般：“兄长莫紧张。我们昨晚同生共死，即便你是异族人，仍是我和知知的朋友。知知，对不对？”

知知不想理他。

可是离石看着她，目中含着期待之色。

闻蝉憋了半天，冲离石露出一个笑：“是的，离石大哥。”

女孩儿鬓若鸦羽，眉睫乌浓，在灰头土脸的两个男子中，她清新得简直不像是逃亡。少女水润清莹的目光带着鼓励之色，离石面上，也挂上了笑，身子不紧绷了。而李信扭过了脸，漫不经心地想：原来知知的薄情，不是只针对他一个啊。她面上对离石笑，人却紧紧跟在自己身边。

离石被骗得很彻底。

少年扯下嘴角：漂亮的小娘子会骗人，指的就是闻蝉。

但他当然会保护闻蝉了。

李信仍在热情洋溢地笑："那么兄长也不是哑巴了吧？我昨晚隐约听到黑衣刺客喊了几句听不懂的话，当时没留意，后来想一想，应该就是蛮族语言。"

"五，回，啊！"在闻蝉瞪大的目光中，离石艰难地吐出了几个汉字。

闻蝉茫然："什么？"

离石鼻上渗了汗，正要手忙脚乱地比画，李信随口道："他说他会说话。"

闻蝉："……"

离石同样惊讶，没想到天天跟他用手势交流的闻蝉，听不懂他的楚国话，而从来不跟他用手语交流的李信，在他辛苦地吐出几个字后，居然听懂了他在说什么。

在李信的和颜悦色中，离石磕磕绊绊给了他们一个故事——

这位高个异族男人的真名，叫赫连离石。大父（祖父）病重离逝，他阿父是大父最喜欢的小子，跟一帮兄弟争家产。那些叔叔伯伯们，为了威胁赫连离石的父亲，一同买凶杀人，要拿赫连离石的命，去逼迫自己的兄弟放弃争家产。赫连离石一直被追杀，一路逃到了这里。本来已经甩开了那些黑衣刺客，没想到那些刺客仍然找到了他。

青年站在日光照耀的山洞外延角落里，讲得磕磕绊绊。他低着头，略微不安地看向闻蝉，向两人道歉。

闻蝉倒没说话，她在出神。

她看李信和赫连离石交流，总感觉到一种古怪的不协调部分，织成一片网，密不透风。但是这张大网上，到底哪里不对劲，她又半天想不起来。

只听李信理解又同情般地点头："原来如此，兄长也是不得已。"

赫连离石摇了摇头，叹口气。

两人唏嘘一阵。

闻蝉盯着李信，看他垂着眼，浓密的睫毛遮住眼中的阴影。忽然间，闻蝉看到少年在赫连离石说话时，嘴角诡异地一弯，露出懒懒的笑。在闻蝉看到的一瞬间，李信就出了手。

少年一掌拍出，在对方毫不设防的近距离下，成排山倒海之势，拍向赫连离石！赫连离石伸臂去挡，却仍被出其不意的少年打了个措手不及，将他往后甩去。

闻蝉缩眸：对！就是这种不对劲！

她认识的李信，是狂放骄傲的。他会坦然地和人说话，他并非对人爱答不理，但他绝不会热情地跟人交流！

李信从来我行我素自由潇洒，他本性里，就没有热情的因素。李信的人生，绝没有春风般温暖这种优秀品质！

砰！

离石被少年一掌打得，撞到了对面山石上。山中石头泥土哗哗往下掉，男人抬头。灰头土脸中，他不知作何反应，只能去看那转瞬间就换了张脸的李信。男人胸口沉闷，吐了口血后，喘着粗气，高声说了句蛮族话。

李信微笑："我没听懂，但我大致猜一猜，你是想问我为什么对你动手吧？多简单。你大概忘了，我大楚和蛮族交战多年。你一个蛮族人，逃亡也就罢了，能一路从北荒逃到江南来……我不信。你说你别无目的，我傻吗？"

赫连离石瞪着这个少年，藏在衣袖中渗着血滴子的手再次用力握紧，他怒吼了一句。

闻蝉紧张地问李信："他说什么？"

李信说："听不懂，打了再说。"

少年身子一纵，成一道极快的残影，便掠向了咳嗽不住的青年男人。

昨晚还并肩而战的两个人，在这方狭窄的世界中，大打出手。头顶的石头哗哗哗往下掉，闻蝉忙贴着石壁站住，踮着脚尖，看他们两人一路打出了山洞。她咬着唇，观望战事。

她觉得离石不是坏人。

也许也没有什么坏心。

但是李信说得对。

虽然总是不认同李信，但是在这件事上，闻蝉拥护大楚皇室，她坚定不移地站在李信这一边。

而她揪着心脏观看，青年受了伤，功夫却没花哨，招式一板一眼，偏硬；少年向前迈了几步，身形就灵活很多，气势放得非常开，潜龙游水一样，睥睨无双，让人看得畅快淋漓。闻蝉不懂武功，但就是她都能看出来，李信占于上风。

直到，叮的一声，一把刺从不知名的地方飞过来，甩向李信。少年眼睛一寒，本已一手切到了离石脖颈，那把刺飞来，离石当即抬手劈来，少年无法，只能翻身后退，回到闻蝉身边，一把拽过少女的腰，抱她上了高处，脚踩上山石和树枝，躲开那把飞刺。

十数黑衣人，从林中跃出！

同一时间，徐州此地镇子所属的官寺，忙碌着处理昨晚的暴民事件时，迎来了一行身份高贵的客人。高官亲自迎出，看到一众着扈从服饰的儿郎们，各个精武不凡。扈从们出示了腰牌，证明自己身份。高官激动得发抖，肃然起敬——这种长安来的大人物！居然来了徐州边界！

为首者，取出一张绢布画像："舞阳翁主和这个少年郎在一起，我们不小心跟丢了他们。我等得报，翁主最后应该出现在这附近，你派人查一查。"他自然不会明说翁主是被劫走的了。

高官手颤颤地捧着贵重无比的绢画，看到了笔触细腻的画像中的少年男女。

一眉目宛然，一普通如众。

有前来跟官寺登记昨晚事情的村中村长从旁经过，不小心看到了画像，惊道："我认得他们！他们昨晚还在的！"

一众扈从齐齐看去："带路！"

从辰光密林中窜出的黑衣人们，一上来，便站在赫连离石那方，与李信摆开了阵势。有强势一人，大刀金马而出，手中砍刀在半空中划出一道亮眼的白光，向少年和少女的方向挥去。

数人一众包围而来。赫连离石怔了一下后，同样加入战局。当是时，李信已经将闻蝉丢到了一边，与这几个黑衣人战了好几回合。

闻蝉贴着山壁往后站，避免被刀风扫到。凛冽杀气重，她观察着这些冒出来的黑衣人，他们与昨晚那些黑衣人很像，像是一路的；可是又不是一路，因为今天这几个过来的人，明显是站在赫连离石那一方，跟她与李信为敌的。

闻蝉有些糊涂，暂时没看明白。

未等她看明白，打斗已快速结束。少年侧身而立，与赫连离石对面。高大男人回头，用很严厉的语气，说着他们听不懂的训斥话。那些各个武艺高强的黑衣人，卸刀跪下，忠诚不二地对赫连离石磕头。

青年脸色稍悸，然回头面对少年少女时，神色又重新变得难以言说。他手扶着胸，对少年嘀咕了几句，弯下腰，行个礼。见他们不说话，赫连离石叹口气，又开始用生硬的大楚官话解释了……

闻蝉一直不吭气，此时却心中一惊：这赫连离石行的礼，是蛮族皇室的礼。

她上上下下打量这位与他们相处了几日的男人，想从他身上寻到一点儿皇室应有的贵气。然而她仔细看半天，盖因对方经过昨夜恶战与今日的大战，身上又是血又是泥，脸也脏兮兮的，还混着一股说不清的男人汗味……闻蝉实在看不出什么，放弃了从他身上找贵气的打算。

她心中忧虑：蛮族皇室啊。

跑到江南啊，肯定别有目的啊。

这些蛮族人不同寻常，她能看出来的问题，李信也能看出来。她就怕自己点破了对方的身份，对方狗急跳墙，而李信又是个不服输的人。这万一打起来，就李信一个，再加上她这个拖油瓶，肯定得输。

她还在担忧李信的脾气，李信就飒然一笑，收了身上那股寒气："兄长若要走，我自然也拦不住。"

闻蝉茫然抬头：赫连离石什么时候说他要走了？

赫连离石与她一样茫然，看着李信。李信似笑非笑的眼神，让赫连离石愣了一下，就明白过来了。因为身份缘故，男人习惯了别人对自己听令，很少去揣摩别人的想法。他现在，却揣摩了一把李信的意思——一群蛮族人深入江南，李信自知不敌，他们走，已经是最好的结果了。否则引来大楚官吏……

赫连离石面上露出失望之色，向闻蝉看去一眼。闻蝉还是那副婉约纯然的模样，站在一边，似什么都没看懂。赫连离石"啊"了几声，跟闻蝉指手画脚。

闻蝉蹙眉，才要说话，就听李信懒洋洋道，"她脑子笨，听不懂。有话你跟我说，我来作译。"

赫连离石："……"

闻蝉：你脑子才笨！

李信扭头看闻蝉，对她挑眉一笑："他刚才说抱歉，但他还是喜欢你的。"

赫连离石大惊，忙冲着闻蝉连摆手，硬邦邦地吐了几个简单的字。

李信语调慢悠悠："他说让你别听我胡说，他对你敬仰得很，万万没有放肆戏弄的心。"

赫连离石一脸崩溃。

闻蝉咬唇，低下头，忍着笑。明明她应该装模作样安慰赫连离石一番，毕竟就算不是一路，在此时，大家也不要为敌才好。然而现在，她只想低着头忍住笑意，太服气李信了——赫连大兄明显是有话跟她说，李信偏偏不给机会，大咧咧地戳在这里，如此不懂眼色，充当着通事一职。他随便糊弄几句，赫连离石就快被他气吐血了。

赫连离石也是看着李信，良久无语。他是服气这个少年郎了，比自己年龄小一圈，却这么有心机。

李信是大楚人氏，自然提防自己这等异族了。

李信又明显喜欢闻蝉，自然也不喜欢自己和闻蝉多说话了……

赫连离石看眼那好生生站在少年身畔的女孩儿，目有黯色。他最终，跟两人说了几句半生不熟的话，返过身，带着自己的人马，往下山的路走去。昨夜那些黑衣人，是来杀他的；今日这些人，又是救他的。

明显，蛮族的内斗，也不简单。

闻蝉站李信落后一步的距离，和他一同看着山道上，身影慢慢被林子掩去的一众人。和赫连离石相处不过几日，以这般结果收尾。甚至连放他走，是好是坏，心里都很难判断。闻蝉心中怅然："离石大哥走得这么匆忙……"

李信："定是他急着回去学大楚话，好下次浑水摸鱼容易点。"

闻蝉：……有道理。省得下次跟人交流，再被你这样的无赖搅和。

她再张口。

李信腰杆笔直，望着山下的方向。目中若有所思，说话时，却跟她心里蛔虫似的，不回头都知道她要说什么："不管他是不是因为争家产逃来大楚的，能有这么多人追杀和保护，都说明他身份重要。放他回去，也许会搅和一些事，未必坏。"

闻蝉顿一下，欲再张口。

李信又不等她开口就答了她："但你和他不一样。你死心吧，我不会放过你的！"

他终于屈尊纡贵地回了头，对闻蝉露出威胁似的笑容来。这个笑容意味深长，角度太厉，斩钉截铁。

闻蝉默默咽下去了多余的话，在少年逼迫过来时，往后退，并苦中作乐地想：求爱求得跟她有杀父之仇似的，李信也是独一份。

闻蝉其实并不苦。

因为很快，李信就带她下了山，并且去了镇上。他大发慈悲，舍得花钱币，给狼狈的二人换下行头。闻蝉心中一直琢磨着如何把赫连离石的行踪告给官寺。不管有用没用，她得给官寺写封书函，告知他们监督这个身份可能有问题的青年。

李信目中似笑非笑，闻蝉强作镇定。但李信也没啰唆，哗啦啦，给了她一袋子五铢币，嘱咐她："别想跑。我在前面的茶肆等你。一炷香的时间，如果你跑了……我就杀了茶肆的人。"

"你不会。"

"试试呗。"

少年丝毫不担心她会跑，转身把钱袋扔给她，就潇洒混入了人群。

闻蝉心骂卑鄙，可她又确实不知道李信会怎么做。他要真的大杀四方，那就是她害的了。闻蝉心中愁苦，隐隐有所觉：莫非她再也摆脱不了李信了？

不！

不能认输！

一炷香后，闻蝉联系了官寺，也换了新衣，施施然然地进了一家茶肆，目中在人群中扫一眼，寻找李信。一眼扫过去，没看到。

闻蝉怔了怔：……不是吧？我知道李信长得普通，可他居然泯然众人到这个地步？我扫一圈，都没扫到他？

舞阳翁主定定神，再用心地扫了一圈。

闻蝉迥然无语。

她还是没在这不大的茶肆中找到李信。

闻蝉对李信的认知再清晰了一分，说不清是佩服还是失望："原来他丑到这个地步啊，不对比都不知道……"

她听到头顶一声轻轻的笑声。

忒熟悉。

身子一僵，少女缓缓抬起头，看到了横梁上悬坐着的少年。他也换了身干净的短褐，把自己收整了一番。少年眉目明朗，也不知道在上面坐了多久，此时听到她的自言自语，被她给逗乐了。

看少女脸色青白交加，李信取笑她的多情，从梁上站起身，跳了下来。他身形舒展修长，骤然的落地动作，惊了周围人一片，却没有惊扰茶肆中说书人哽咽的声音："……感君深情，夜奔千里。女子见郎君立于黑魆悬崖前，大雾如山，默然垂泪道：尔生吾生，尔死吾死……"

飘着茶香的静谧小肆中，只听到这朗朗不绝的说书声。

闻蝉袖子却被少年两指一钩，被李信强迫地拉着坐到了一个小案后，立刻有机灵的粗服婢女提壶来倒水。四顾一望，此间有无数方案方榻，坐着一众或男或女，有低声说笑者，有闲闲品茶者，却都身子前倾，有一番听故事的姿势。

闻蝉看旁边的李信，少年低着头，金色阳光照在他眉目间，颇为清秀。

长睫覆着眼，他手中把玩着铜酒樽，良久无言。

察觉少女一言难尽的凝视，他抬头，冲她眨个眼，还挺俏皮。

闻蝉绷着脸，颇为警惕地小声与他说："你找我来，就是让我听这种故事？我告诉你，我不信这种胡说八道。你想通过这种故事，劝我跟你私奔，你死心吧！”

李信：“……”私奔？他愣一下，很快，就反应过来闻蝉误会了什么。

闻蝉还在补充：“你要是死了，别想我跳崖找你！”

李信看她，“你不为我殉情？”

“对！”

“总有一天你会的。”

“哎你这人……”

少年嘴角挑起坏笑，打断她：“你不跟我私奔？”

“对！”闻蝉紧张着，更是斩钉截铁地表明自己的决心，绝不给他一点机会。

李信嘴角一弯，依然那么正儿八经：“总有一天你会的。”

闻蝉看他如此漫不经心，自己无法说服他，颇有些郁闷。她有隐隐感觉，自己不能和李信待时间太长。他这个人，太容易蛊惑别人为他生为他死了。闻蝉毫不气馁，苦口婆心劝他：“李信，你怎么能相信这种故事呢？那说书人，都是瞎说的呀。你被他骗了，世上没有这样的……”

李信懒洋洋抬眼皮：“我被骗了？”

“对啊。”

“我之前给他交了钱，他保证真爱能打动任何人。”

“你太傻了！”

李信面无表情，猛地站起来。闻蝉看他气势不对，忙跟着起身：“你干什么？”

少年戾气压眉：“我从不被别人骗。有人胆敢骗我，我这就去杀了那说书小老儿。”

“……！”闻蝉被他说杀就杀的风格吓一跳，紧紧拉住少年的袖子不肯放。

李信力气大，拖着女孩儿往外走，闻蝉简直快哭了。

旁边有上茶的婢女端着茶盘，看他二人在楼上拉拉扯扯，不觉蹙眉：“这位郎君、女公子，莫影响旁的客人好么？”

李信脸色如常，神情坦荡，倒把婢女给看得不好意思。闻蝉翁主脸却被说得红，她忙拽着李信坐下。

重新跪坐，少年这才满意地在她下巴上一撩：“真爱不能打动任何人？”

闻蝉嘴角浮起一个僵笑：“真爱无敌，是我狭隘了。”

“那老太公说的故事，不是骗我的吧？”

“……不是。”你都要杀人了！当然不能是骗你的了。

闻蝉心中憋屈。

李信看她如此，心中早乐得打滚，但怕闻蝉看出他在哄她，硬是装着不露声色，忍笑忍得颇为辛苦。

他哪里是来听说书的？他通常只是从这些故事里，挖掘自己想知道的一些讯息而已。譬如政事、国事等，时而都会夹杂在这些故事中。虽有不少错误，但有价值的东西也不少。像他这样目不识丁的平民，买不起竹简，看不得书，见不得讲席，想习到些东西，哪有那些贵人们那样容易？

闻蝉竟以为他在听人讲述如何谈情说爱……

但闻蝉确实是这么以为的啊。

她眼中的李信，颇为玩物丧志。她被李信堵一段后，不肯被他压一头。半天后，闻蝉又忍不住咬着唇，转过脸，问那个又在听故事听得十分专注的李小郎：“李信，你讨好我的手段，该不是从这些故事里学的吧？”

李信随口答：“是啊。”

闻蝉看他：“……我真是太高估你了。”

“不，”李信抬起脸，眉目淡淡，身子却前倾。闻蝉被他凑来的脸骇住，往后退。少年的脸，停在离她呼吸一寸的距离，羽毛般的呼吸灼热无比，拂在她细腻的面上。她的瞳眸中，映出他的面孔。听着他，一字一句，冷笑般道，“你还是低估我了。”

这样近的距离……

呼吸交错……

世上是否有这样的人？他让你忘记语言，而他身上的每一根线条每一个表情，都在说着他的特别魅力。那种勇往无畏、悍然不悔，千万人中，也没这么一个。

快要被他的气势压得喘不过气。在某一瞬间，心神投入了他眼中，恍惚失神。有人吸引人，不靠脸。世上是不是有一种人，明明那么平凡的长相，可就是让人无法忽视？

女孩儿袖中的手发抖……

全部逆流血液都开始不自在起来……

李信心脏也狂跳，若无其事般地站了起来，在案上留了一些钱，转身往外走了。闻蝉待他走后，才卸了全身的力般，伏趴在案上。她面红耳赤，好像还能感受到他方才凑得很近的样子……

摸了摸狂跳的心脏，闻蝉半天没起来。

而李信站在茶肆门口，一边噙着笑，等闻蝉出来，一边看到街尽头，一众官吏中熟悉的人影。他眯了眼：那是闻蝉的扈从，他和他们交过好几次手。

这么快就找来了啊。

数名官吏卫士沿街巡逻，另有扈从随其后。市盈罗绮，商贩叫卖不绝，这些壮士们的目光，只匆匆扫过去，寻找他们真正寻的人。

日暮西陲，红色的晚霞，把天空照得一片绚烂，霞光如织。李信站在茶肆口，手搭在眼前，目光晦暗不明地看他们从远走近。他后知后觉地想着，该是知知回去的时候了。然而，他却总还是想再跟知知多待一段时间……

看到有卫士目光往这边看来，茶肆门口的少年郎，不露痕迹地往后退了退，缩入阴影角落里，给出行的客人让位。闻蝉从里出来，恰与他随意的后退步子相撞，鼻子撞上了他后背。

后背被女孩儿的柔软一顶，李信脊骨僵了那么一下。愕然回头，他看到闻蝉捂住鼻子，眼底水润，怒道：“你这个……”

光从李信的身后照过来，照在女孩干净的面孔上。她的脸那么白，鼻子红通通的，脸上吹弹可破的肌肤上，能看到一层细白的、粉红的绒毛。

少年心中颤一下，拉住她的手："跟我来。"

当即不带她出门，而是强迫性地拽闻蝉去了茶肆后门，翻了过去，并将闻蝉抱过去。闻蝉稀里糊涂被他拽着一通疾走，根本没发觉自己的扈从们即将找到她。

李信真是熟悉这些镇上的结构布置，领着闻蝉走几个小巷，绕几个弯，就领她上了热闹的集市。闻蝉没来得及质问他，少年已经大方地掏出钱袋子，倒出里面所有钱币，开始给她大采购了。

"阿公，拿这个！"李信手一甩，几枚币子就从他手中飞了出去，落到了猝不及防抬头的老伯，而他身子一探，就取了一串刚烤好的肉给了身后的闻蝉。

闻蝉满腔怒意，在他大方地给她零嘴儿时，就不好意思发作了。

李信带着她一路逛，边玩边买边吃。他眼观四方耳听八方，一边逗闻蝉开心，一边还寻思着不让那些人找上他们。于是带闻蝉逛一会儿，就会绕到另一条街上去。

"知知，这个兔子喜欢吗？"

"这个扔给你玩儿。"

"这个也拿上吧。"

只走了不一会儿，两人怀里就抱满了小物件。吃的耍的，李信不拘一格，觉得闻蝉会喜欢的，全都买下。而他眼光独到，他看上的，闻蝉也确实喜欢。

闻蝉倒不知道他在躲人，就是奇怪李信好大方。当然，他平时也没短了她吃穿，但李小郎现今这土豪作风，就和把余力全给她似的……闻蝉被他弄得惶恐不安。

少年又给她买了一个好玩的会发光的镯子，怀里都抱不住了。闻蝉淡定不下去了，把怀中小玩意儿先存在小摊那里，悄悄把某暴发户拽到角落里，忧心忡忡问："你是不是得了什么绝症？不然干吗对我这样？"

李信眼一眯，不答反问："我要是真有事，你打算怎么办？"

闻蝉低头琢磨了一下："你想听真话还是假话呢？"

一看她这个样子，李信便再没有兴趣了："算了。"

闻蝉悄悄看他一眼，心里顿下。想到，自己这样子，是不是也太无情了点？毕竟李信虽然是浑蛋，可他给她吃给她穿给她玩，她实在没必要每次都惹得李小郎心里不舒服啊。

李信最悲哀的在于，他那么喜欢她。

这样一想，闻蝉又有点同情他了。

李信回头不住看身后的扈从们有没有追过来，而闻蝉到了之前的小摊前，看到小摊子上摆着的五颜六色的零碎小东西，有了些想法。她捏捏自己手里的钱袋子，袅袅地走了过去。

李信一回头，看到闻蝉已经站在了一个小摊贩前，在挑东西。他本来就是为了给闻蝉买东西的，所以就没有当回事儿。而不料，等他走过去，闻蝉突然扭头，手中一扬一摊，将一块玉佩一样的东西晃了李信满眼。

"好看吧？"女孩儿娇娇悄悄地问他。

李信只扫了一眼，目光就落到了闻蝉的面上："好看。"

少年的目光赤裸裸，闻蝉一点即通——他说的是她好看。闻蝉心里微甜，有细微的波光滑过星海。她却一脸镇定，当做没听懂，只夸自己手中的玉佩：“喏，送你的！”

她手里工字型的扁长玉佩，又晃了一下。这个玉佩，是上下两块长方柱组成，中间有凹进去的小孔，用线扣穿过。它的形状，和一般的玉佩不太一样。

“……”李信怔了一下。

闻蝉很满意他吃惊的表情，又打量了一下自己挑选的玉佩。这些小摊上，能有什么好东西呢？她很辛苦地挑，才能挑出一块色泽如此莹润的玉佩来。李信震惊得半天没说话，闻蝉就扬扬得意地炫耀开了：“你也觉得不可思议是吧？这已经是这里面所有东西里，最有价值的啦。你看它的颜色，玉色洁白，莹润光亮，素清无纹……”

她眼尾扫一眼李信，虽然没说，但意思很明白：你看我多厉害！

知知骄矜的小表情，李信心里爱极了。少年摸着下巴，看着她那个想嘚瑟、又很矜持的小样儿，慢吞吞道：“我惊讶，难道不是因为你脸皮这么厚，拿我的钱币，买东西给我，还要我感恩戴德？”他笑容好奇，“我原来是为了你会挑玉佩而敬佩傻了吗？”

闻蝉被噎住。

她的小得意还没外放完呢，就被李信打回去了。她张口想跟他辩驳：你不是说今天的钱币全归我花吗？但是那样太小家子气，舞阳翁主做不出来。于是她做了个不“小家子气”的事——在少年心情甚好地要接过她送的玉佩时，她手往回一抽，将玉佩夺了回来：“不送你了！”

李信还怕她？他抓住她的手，要拿回那玉佩。闻蝉奋力抵制着他，往后逃。可是逃不出他的手掌心，闻蝉道：“你再这样我喊人了！喊非礼了！”

李信不紧不慢，“你试试啊。”

他总这样笃定，好像她真怕了他似的。

闻蝉心一横：“有人非礼了！”

身边人：“……”

闻蝉：“……”

众目看着，却没人动。闻蝉两只手腕在和李信争斗，就听旁边那卖东西的小贩赔着笑脸商量：“二位，你们若要拉扯，能不挡着摊子吗？小本生意，实在是不好意思了。”

拉拉扯扯！

今天已经有两个人，评价她和李信拉拉扯扯了！

闻蝉双肩颤抖，有一腔憋屈情怀无处发泄。她正要一通发泄时，忽而从大街的后方，传来自己熟悉的声音：“翁主！”

一时没有听出这声音，却在另一道紧随的带着哭腔的女声喊“翁主”后，闻蝉扭过头，看到了数丈远之外的人马——她认出了官吏的穿着。也看到了自己的扈从们。还看到深一脚浅一脚，远远吊在扈从身后，红着眼眶的青竹。

不光是青竹，还有其他一些侍女。

为了寻她，来了这么多人？！

闻蝉心中一震，待要回应时，细软一把的腰肢被人一带，脚下一轻，她被旁边的少年抱了起来，几下轻盈地踩着竹竿，上了高处。

“翁主！”身后的人追了过来。

闻蝉奋力抽李信钳制自己的手臂：“放开我！我要回去！”

身后是紧紧相追的人，因为这次准备充足，人数众多，而街上又正是人流拥挤的时候，李信还带着一个无论如何也不肯配合的闻蝉，很难甩开身后的人。

他怀里的小娘子，挣扎得前所未有的凶猛。她归心似箭，她一见到熟悉的人，便立刻想回去。甚至，见李信带着她一路拐，总怕后面的扈从再也追不上。闻蝉侧过头，一口咬上少年的脖颈。

李信颈间肌肉一紧，从墙头跌了下去！幸而他手臂力气没松，在地上滚了两圈后，没有把闻蝉甩出去。

而重新站起来的李信，脖子留着瘆人的血，对怀里白着脸的女孩儿吼：“你干什么？！”

闻蝉被他吼得脸苍白，却比他吼得声音还大：“你放开我！”

“老子还有事没做！”

“我不管我要走！”

“闭嘴！”

“你再不放开我我就再咬你了！”

两个人一顿吵。

李信轻功极好，速度很快。但带着一个不配合的人，当然不可能像之前那么轻松了。在会稽的时候，他挟持闻蝉，闻蝉还不敢反抗他。结果现在，闻蝉简直是蹬鼻子上脸……

轻功本该缥缈无踪，如风无痕。而这两人中气十足的吵架，每个街上经过的路人，茫茫然做着自己的事，突然听到头顶少年男女的互骂声，一抬头，就看到一阵烟似的飘了过去。

烟雾无形，却热闹得跟集市似的。

吵骂很累，轻功也没办法一直不换气。等过了一道巷尾，李信先看到酒肆外缰绳尚未牵住的一匹马。他当即做了决定，一提气，就领着闻蝉上了马，夹紧马肚扬长而去。随手把之前买的叮叮咣咣一堆小玩意，丢了一地，客人还没进酒肆，就迷惘地失去了自己的马——“兄长先拿这些押着，马借我一用，回头给你送回来……”

李信驾着马，带着闻蝉，一径出了城门。城门那边得到了上司的命令，着急要封城门时，马鸣声不绝于耳，一声长嘶，少年拉紧缰绳，马扬起四蹄，以破竹之势，冲出了城门。

到这个时候，闻蝉才反应过来李信方才借马时，丢了什么东西——“那是给我买的！是我的！你就那么扔了！”

李信不用轻功了，只需要辨别方向，他也拥有了无限精力跟闻蝉怼——“那也是我给你的。丢了就丢了。”

“那你怎么不把玉佩扔出去？玉佩呢？你还给我！”

“呵呵。”

话题又回到了最开始。

闻蝉摆明了要惹李信生气。她心里想他越生气越好，把她从马上扔下去，丢在半路上最好！她看到了自己的扈从，也看到了眼眶通红的青竹。之前没有希望，闻蝉便一直忍着。现在自己的人就在附近，闻蝉就是想要回去！

她将无理取闹发挥到了最高境界。她被少年搂抱在马前，扭转过身子，从他袖口抢她的玉佩。

李信驭马能力了得，闻蝉都这样了，他仍然稳稳驾着马，没给闻蝉占到便宜。闻蝉看没办法从他身上下手，毕竟他武功高，躲避的功夫她都反应不过来。闻蝉眼尾往上一飘，身子又前倾，去抢马的缰绳了。

“知知，别闹了！”李信忽然手臂一抬，将她整个人紧紧箍在了怀里。闻蝉的两臂都被他困住，当真再动不了。而少年的手将缰绳用力一拽，马溅起四蹄，前蹄高高扬起，发出一声嘶鸣，稳稳地停了下来。

停在了一处断壁前。

听到脚下轰轰如雷的水声。

水汽扑面而来。

闻蝉仰脸去看。

看到空中铺染的晚霞，也看到了脚下劈开一般横贯苍穹、穿越林海的宏大水流。

晚霞在天边绚烂铺陈，霞光漫天遍地，纱雾一样飞扬。颜色越来越浓，光也越来越广。少年们共骑一匹马，凭借少年高超的策马水平，险险将马停在一处天然断壁前。

而断壁下，一边有林海浓密，一边是金色的滔滔不绝的大水，被云海拖着。

视线变得豁然，太阳余光也变得绚丽。两个少年与一匹马，在广袤无垠的霞海中，渺小得像一根银针，一根落入大海中的银针。

闻蝉被自然景光所震撼，连李信什么时候下了马、连扈从们什么时候追了上来，也不知道。她震慑于自然的壮美中——她置身于红紫相间的万里霞光下，听着水花拍石的巨大声音。那水气势奔放张扬，从一匹匹烈马，从林木的尽头跑出，无拘无束地到了这里。

这样好看……

“弓箭手准备！”身后扈从不同寻常的说话声，终于唤醒了闻蝉。

闻蝉回到现实中，看到马下李信望着她、噙着笑的目光，也看到身后不远，排了一大片弓箭手，借着山石、树木草丛掩藏，冰冷的箭头，指着这个方向。

闻蝉眸子闪了一下，去看李信。她看到少年满不在乎的面容下，脖颈上的伤口，鲜血凝着。那是她刚刚咬的。

闻蝉问：“你紧赶慢赶，就是为了带我看这个吗？你知道这个风景很美？”

李信得意地说：“我当然知道了。”他抹把脖子上的血，暗想知知真是下得了口，口上只笑眯眯答，“我说了带你出来玩，说了带你看风景。你没去过的，没看过的，我都让你看。知知，满意吗？”

闻蝉说：“特别满意！”

李信怔了一下后，看着她非常认真的眉眼，便禁不住笑了。心中软成一片：她这么诚实，真是讨人喜欢的小娘子。

李信往前走了一步，勾勾手。闻蝉侧身，身子低伏，看他欠嗖嗖问：“那你觉得嫁我怎么样？”

闻蝉：“……”

又又又逼婚了！

“翁主，快回来！”身后扈从长叫道，“千万别被李信那厮骗了！”

李信和闻蝉一起回头，看到身后排排冷冰冰的箭头。李信偏了下头，扬眉看闻蝉，语气若有诱惑：“知知，你还想再杀我吗？”

闻蝉反问：“那你还喜欢我吗？”

李信愣下，明白她什么意思了，笑容冷淡下去：“当然！”

闻蝉说：“那我也当然还想再杀你了！”

她深吸口气，下了马。李信站一边，静静看着她，并没有动作，也没有言语。闻蝉反身走向自己的扈从，李信也没有拦。红霞在天边绚丽得如同一桩盛世悲剧，水声拍岸，而容貌甚美的少女，没有良心般的，走向属于她的位子。

李信看着她的背景，冷漠地想：我能做的，都做了。如果知知的铁石心肠到这个地步，我都打不破。那我以后也不可能再打破了。

翁主一步步走过来，李信从头到尾没有拦，让翁主如愿回到了安全的地方。等闻蝉安全了，扈从中便要下令放箭，而闻蝉站在一个扈从身边，忽然抢过了对方手中的弓箭。回身，提箭，闻蝉手中的箭，直指李信。

她箭对着他：“我给你十个数的时间。如果你逃不掉，我就下令放箭射杀你了！”

李信微怔，继而眸中光华一闪，有了亮色：她还是心软了。

从一步也不让，到给了十个数的时间。不过……李信衡量了一下，觉得以这样的距离，即使他们放箭，自己也能躲得过。他倒想试试闻蝉的心到哪一步。

于是他不动。

“十、九、八……”闻蝉开始数数了。

李信抱着胸，大剌剌站着，等着她的箭。

闻蝉手指越来越僵。他以为她不会杀他？自大！做梦！我闻蝉什么儿郎没见过？！比他长得好比他性格好的多得是！满大街多如狗！她从不留心！

“六、五、四……”闻蝉咬牙切齿，看李信的目光，像看仇人一样。

她冷笑：你以为你是谁？

舞阳翁主就是有魄力：“三二一！”

嘣！

手指一屈一弹，带着恨意，举着的弓箭，刷地射了出去。闻蝉目不转睛地盯着，然箭枝才射出一尺外，就意外地失了力道，砸到了地上。还幸亏闻蝉躲了下，不然铜箭就砸到她脚上了。

“哈哈哈！”李信爆发出惊天动地般的笑声。

他翻身上了马，对这个结果满意得不得了。吹一声口哨，他扭头，对铁青着脸的小娘子眨下眼——“知知，你是在放水吗？我就知道你口是心非，心里是有我的。好吧，我等你。唔……小娘子脸皮薄，我也不为难你，你下次主动来找我，我就当你向我示爱了。”

“我心里才没有你！”闻蝉叫道，并气得全身都要发颤，“这是我们最后一次见面！”

李信不与她多说，骑着马，大大方方的，扭头就走。舞阳翁主站原地，扈从们为难地站后面。闻蝉扭头：“为什么你们不射箭？！没看到他都要走了吗？！”

“……翁主您不是放水，意思是不让我们射箭吗？”扈从长小心翼翼问。

“我没有放水！”闻蝉快被他们气疯了，“我就是手抖！我就是不小心！”

众人连连点头，但谁都不信。闻蝉看他们这个样子，更是怨念不已。

闻蝉带着一腔怒意，终于随自己的扈从们回到了会稽。她回到李府时，还没有从李信带给她的打击中回过神，显得精神恹恹。回去后，见了一圈子人，却发现有人无比忙碌。

原是她的四婶韩氏，见她平安归来，一颗上下不停跳的心，归了原处后，决定回雒阳去了。

闻蝉去院子时，正见四婶指挥仆从们搬运行装。四婶问她回不回家，闻蝉连连摇头：“四婶为什么要走？是四叔要您回去吗？”

自闻蝉来到会稽，多灾多难，估计是与会稽犯冲，反正是都没怎么陪过四婶。

韩氏以一种微妙的语气说：“倒不是你四叔急着找我，而是……小蝉，婶婶建议你跟我一块儿走。”

“……？”

“因为，你二姊与宁王回京过年。我得了你阿母的信，你二姊他们的车队，恐怕会经过会稽。你现在不跟婶婶走，到时候，就落到你二姊手中了啊。”

“什么？！我二姊？！”闻蝉尖叫。

她忍不住哆嗦一下。

她二姊……

蓦然明白：为什么四婶急着走了。

因为她二姊要来了啊！

闻蝉当即也有跟四婶逃回长安的冲动，但是她坚强地忍住了——她不甘心！她连江三郎都没有见过几面！见天跟李信这种无关紧要的小人物打交道！这样就回去的话，下次想逃出来，再不可能了啊！

第四章 少女气魄

世人有言，长姊若母。

在闻蝉这里，她阿母还健在，二姊也并不是家里的第一个孩子。但他们家，哪里是长姊若母呢，分明是“二姊比母狠”。

自小，阿父阿母阿哥，都十分疼爱闻蝉这个幼小的女儿。据说长公主生了小女儿后，身体便坏了，再不能受孕。闻蝉是家中最小、最得宠的孩子。

曲周侯家的二娘闻姝，则是家中最严厉的姊姊。

她没有出嫁前，每天最大的爱好，就是来查小妹妹的功课。并且觉得妹妹自胎里娇弱，她便乐于训着妹妹去练一些武功架子。闻蝉现在活蹦乱跳，身体这样好，跟李信折腾那么久，在野地里过那么多次夜，也没病没灾，与她二姊的打小磨炼分不开。

闻姝是清冷而自持的人物。

她绝顶聪明，跟母亲学文，跟父亲学武，两者都可拿得出手。她的强悍，不逊色于长安的一众出众儿郎们。闻姝嫁人后，随宁王常年待在宁国平陵，淡出了长安贵人的圈子，才渐渐被人淡忘。

但是别人能淡忘闻姝，闻蝉作为亲妹妹，一点都不敢淡忘！

院子冬景清冷，仆从们进进出出搬运行装，韩氏站在门廊下和侄女说话。看小侄女娇俏小脸上尽是吓坏了的表情，韩氏宽慰闻蝉：“也不用这样怕。说不定你二姊嫁了人后，修身养性，温柔和善了很多呢？”

闻蝉：您觉得她温柔和善了，那您为什么急着走呢？您不就是怕我那凶残的二姊，过来“委婉”提醒您，不该带我来会稽吗？

闻蝉与四婶说：“她还在长安过年的时候，当着我阿母的面，就敢罚我写字。我阿母都不吭气呢！我去给她交功课时，看到我二姊夫跪在院子里。”

韩氏：“……”

闻蝉心有戚戚：“我二姊夫是公子啊！她也敢！”

韩氏：“……”

闻蝉继续说二姊坏话：“我二姊夫身娇体弱！她也狠得下心！”

韩氏滞半天，也只找出一句回复：“……郎君不能用‘身娇体弱’来形容，你二姊知道你用错词，又得打你了。”

闻蝉悲从中来，颤抖着拉住四婶的手：“你看她连她夫君都不放在眼里，哪里会把我放在眼里？我预计她见到我后，又要折磨我了！”

韩氏干笑两声，与闻蝉唏嘘了半天。两人有这么个共同的凶残亲人，不觉凑一起讨论了一番。说起闻蝉的父母，看起来也不是多么冷厉，生的大郎也正常，怎么二女儿就这么奇怪？两人得到的结论是，大概闻姝不是闻家的孩子，是被抱错了，也未可知。

而闻蝉也没有多和四婶交流讨论她的二姊如何如何。因为第二日，韩氏就告别了李家众人，坐上了马车，坚定地返回雒阳去了。比她原本预计的归程，又提前了三日……闻蝉猜，大约是因为她们昨天回忆了下闻姝的后遗症。

四婶被她二姊吓跑了！

清晨，青竹为坐在窗前发呆的翁主续上一杯热茶。她才屈膝跪坐，舞阳翁主终于恢复了精神气，吩咐她："咱们出门找江三郎吧！"

青竹对翁主的决定，并不意外。二娘子要经过会稽的话，翁主肯定要找些合适的理由，堵住二娘子的嘴。目前，翁主在会稽多灾多难，日子属于"虚度光阴"。但如果在二娘子来之前，翁主和江三郎的关系稍微好一些，能向二娘子证明她不是"胡玩"，那二娘子不就无话可说了吗？

然青竹又很怀疑：江三郎在长安时，是有名的"不近女色"啊。

日头垂垂落矣，会稽一切景致陷入了一种柔和的昏暗中。临州徐州局面混乱，会稽郡却并不受影响。黄昏的街头吹着徐徐凉风，因天冷，街上行人并不多。人人匆匆赶路，巡逻小吏们也并不查得很严。

一两面高墙夹击的长巷中，歪脖子树上稀稀拉拉的叶子被风吹得簌簌落，再几许风，叶子就要落光了。墙头有个少年郎，并不掩饰踪迹地慵懒坐着，手往下一扔，就是一个粗布包袱。

巷里墙下，还站着三四个混混。

李信将包袱扔下去，阿南随手接过，打开一看，都是从徐州带来的特产、小吃之类的。少年的脸色才好了一些，哼了哼："算阿信你还有良心！你当时一走了之，我们还以为你要带翁主私奔去了！"

李信哈哈笑。

阿南将包袱重的吃食给旁边的同伴们分开。

李信看到圈子外，站着个容貌秀气的小郎君。定睛一看，乃是多日不见的李江。众人围到一起抢食，李江却并没有过去。李江看着那些同伴，眼中神情很奇怪。

"阿信，"没等他琢磨出什么味道，李江抬头，又是无害的笑，"你去徐州，是给咱们想到生路了？会稽郡都在通缉我们，再找不到活计，大伙儿都要饿死了。"

李信不当责任，漫不经心："饿死怪我？"

他这种嘲讽的嘴脸，让李江套近乎的面容一僵。而没有等李江想到说什么，一众分食完的同伙们，推开了气势较弱的他，喊李信："会稽如今戒严，查得狠。要不咱们还是去徐州，投奔兄弟们吧？"

李信挑眉，跳下了墙。他声音平静而轻，跟同伴们说了几个字。阿南脸色从兴奋，变得凝重了："……做私盐生意？跟官寺对着干？哇，我喜欢这个！"

众所周知，盐、铁，自古以来，受朝廷所把持。而每每有能偷摸着从官寺那里抢到点私盐生意的，要么被通缉杀死了，要么就发了一大笔横财，过上了想要的日子。

而这帮无所事事的混混小贼们，以前就在会稽郡中挑些能干的活儿。李信走后，他们一度失了主心骨。以为李信要为了一个小娘子洗心革面，抛弃他们这些同伴。没想到阿信又回来了！

“但是咱们之前没干过这个……”

李信狂妄道：“你们以为我去徐州干什么？我联系了一些路子……如此如此，这般这般……”

一众无法无天的混混，就在这个小巷中，决定了做私盐生意的事。这当然是与官寺对着干，不过大家都是这边的地头蛇，真放开手脚了，躲官寺的路子，当然各有各的本事。

李江手心里出了一把汗，围在圈子里。众兄弟被李信的思路蛊惑，听少年侃侃而谈如何挣大钱。大家的眼睛越来越亮，随着李信抛出的信息，都觉得此事大有可为。李江同样眼睛发亮，用心地听着李信的说辞。

不过他想的，与其他人想的不一样。

其他人真正想要发财。

李江却是想如何用心记下这些话，回头悄悄寻个没人知道的时候，去找曹长史，把这些人的计划报给官寺！曹长史一直想要擒拿李信入狱，但李信武功高，非常不好拿。然李信又重情，这么些兄弟，全是李信的把柄……

李江怀中滚烫。

一是牢牢记得曹长史许诺过他，如果他能提供些有用的信息，把这些恶人绳之以法，李郡守一定会大大称誉他！而一介郡守的称誉，足以让李江从一个人人瞧不起的混混，洗白成为人人羡慕的对象；

二是他怀里藏着一枚手镯，是舞阳翁主曾经送给他的。舞阳翁主说他一朝有难，可拿此信物求情。李江一直没有用这个人情，但这个人情，是他最后的保护伞。

李江不想自己永远只是一个被官寺通缉的混混。

李信自是不知有人嫉恨他到如此地步，不过以他的脾气，就是知道，也多半不在意。和众同伴们说好了接下来的行事，李信便和阿南勾搭着背，出了巷子。

李信问阿南：“我走了这么久，会稽没发生点什么好玩的？”

阿南随口说了几样：“……对了，城西那位先生，现在天天授学。好些苦人家的孩子都去他那里听课了，我听说那人讲得很好，千字文都教了大半了。反正又没代价，这几天啊，如果不是冬天，恐怕去的人更多。”

李信皱眉，想了下他说的是谁。

阿南翻个白眼：“就是人家刚来，你就说人家是贵人的那个！”阿南怀疑，“阿信你莫不是猜错了？真的贵人，哪里是教书给穷人？”

李信说：“不是贵人，哪里有本事教书？”

阿南一想也对。自古以来，竹简极为贵重，民间也不许私人授课。学问、知识，只流传在贵族社会间。那些人高高在上，瞧不起普通百姓；且觉得百姓愚昧，根本不想让百姓认字。

读书对普通民众来说，是很奢侈的一件事。无论是竹简还是绢布，皆不属于他们。那像是贵人们披在身上的华丽袍子，就是脏了破了，也只会烧掉，而不会捐赠给穷人。贵人们学识出众，口若锦绣，百姓们只能羡慕地仰望而已。

然今，出了个奇葩——有位贵族郎君，在会稽城西搭了竹屋，竟放低身段，来教普通百姓认字。

"好像叫江照白，"看李信目中生了兴趣，阿南绞尽脑汁在浆糊脑袋里翻找记忆，"我也去城西听过一次，是挺俊一阿郎，我听他的仆人喊他'三郎'来着。"

李信摩挲着下巴："有趣。等我闲了，也去听听他授课。"

心想，去会一会这世上的能人，顺便多认识几个字，总是有好处。

……起码，知知没法话里话外、冷嘲热讽地挤对他。

想到闻蝉，李信想起一物，从怀里珍惜无比地取出一枚用布捂好的玉佩——闻蝉当时那样得意，她送他的玉佩，到底好在哪里？

寒风中，与阿南分开后，李信回过头，望了眼郡守府所在的位置。他抱着这块玉佩，走街串巷，发挥自己对地势的熟悉。一晚上与城中官吏们捉迷藏，一晚上找认得玉佩的人物。

官寺人员们严正以待，随时准备与那少年一战；躲在各种黑暗角落里的痞子混混们跑了出来，摩拳擦掌，阿信回来了，属于他们的风光日子，又即将回来了！

而曹长史晚上刚搂上美娇娘，就被脸色发白的下属喊了起来——"长史，那李信又回来了。我们害得他的同伴们远走他乡，他会不会是有了依仗，回来找我们报复啊？"

李信劫持舞阳翁主出走徐州的事，他们一众官吏并不得知。毕竟李郡守肯定不会跟他们说，我的侄女被人劫走了。之前会稽搜索人时，官吏们就茫茫然不知道李郡守要找谁。现在李信回来了，他们依旧茫茫然不知道李信为什么回来。

曹长史穿好衣服出了门，差点一口唾沫喷死这些下属："你是官，他是贼！你怕他作甚？！我们在通缉他！你知道通缉是什么意思吗？！去，再把他画像往街上多贴贴！鼓励百姓去认人！"

被长官喷了一脸水的下属惭愧后退，要走时，被曹长史喊住。

站在门口，屋中一道昏明的光从门缝中泻出来。屋中有暖光美人，屋外只有寒风，和吓破了胆的下属。曹长史用一言难尽的目光，看这个下属半天，终于做出了沉重的决定："把你的剑拿过来，本官今晚要抱剑睡。"

下属："……您怕李信刺杀您？"

这个没眼色的小吏，被曹长史一脚踹到了屁股上，踢出了府宅。

……而被他们当做头号大敌的李小郎李信，正蹲在黑魆魆的街巷中，听一个手颤巍巍捧着玉佩看的老伯念叨："……这种玉佩，叫做玉司南佩。听说是从宫里流出来的，民间很少找到。"

"司南佩？"

“不错，指向司南，辟邪压胜，正是玉司南佩。”

夜色浓浓、灯火阑珊，李信把玩着手中的玉佩，想了又想后，心中充满了快活：知知送他司南佩，是什么意思呢？司南司南，她是想让他的心，一直司南向她吗？

口是心非的小娘子……知知真好玩儿。

李信却是真的自作多情了。

他想着闻蝉，闻蝉却在紧张地想着江三郎。日升日落，天黑又天亮，清晨的院子里侍女们进进出出，热闹无比。闻蝉与侍女们纠结了整整一个时辰，才梳洗妥善。她乌发用细丝带在腰间绾住，着一身杏红色绣兰的绕襟深衣。宽袖紧身，衣衫几经缠绕，层叠纷扬，勾勒出她纤细一把的腰身。

而小娘子眸亮色妍，连日日看着她的侍女们都看呆了。

在李府门口，闻蝉踌躇满志，扶着青竹的手，弯下腰，正要上马车时。身后府宅，如瘟疫感染一般，爆发出了一阵骚乱。有婢女脚步急促地从府门中小跑出来，冲正要上马车去与梦中情郎相会的舞阳翁主焦灼道，“翁主，我们夫人，她又疯了啊！您快去看看吧！”

姑姑吗？

看这个婢女也说不清，闻蝉当即忘了去见江三郎的事，立马下马车，回身，与侍女们匆匆回府。她进去走了不到一会儿，便与对面斜刺里穿过来的一个小娘子撞了满怀。

小娘子是李伊宁，眼眶通红，抓着表姊的手发抖，未语泪先流。

闻蝉厉声打断她的黏糊：“哭什么？！姑姑这些天不是都说好了么？为什么又突然发病了？发的什么病？怎么回事？你说清楚，再随便哭去！”

李伊宁被闻蝉喊得一哽：“雪团儿丢了！”

谁？

闻蝉茫然。

青竹咳嗽一声，跟翁主耳语提醒：“就那只猫。”

“我抱了雪团儿给阿母养，她很喜欢雪团儿，病情好像也稳定了。我们都很开心。但是今天早上起来，找不到雪团儿……我阿母就……我要去找雪团儿！”

李伊宁说着，挣脱了闻蝉的手，就往府门外跑去。身后一众侍女们追随，大家都很辛苦。

闻蝉一知半解，也来不及多问，看到府上乱糟糟地全都往一个方向跑，也顾不上别的，赶紧去看。她走得飞快，身后侍女们也紧紧跟随。过一道长廊，交错的廊口，有人也是往大房那边的院子去。

湖水上漂着一层浮绿和尘埃，女孩儿如一阵风似的，那么穿了过去。

“翁主……”有少年面上的笑才挂起来，就僵硬地一直那么挂着了。

因为闻蝉压根没看到他，没听到他，人就擦肩过去了。

“三哥？”尚年幼的李家五郎，李昭，抬起头，睁着迷瞪的眼睛，看温雅如玉的兄长，“三哥，你喜欢那个翁主表姊？”

廊上穿着厚重雪白貂皮的李家三郎，李晔，摸了摸幼弟的头：“别乱攀亲戚。那种长安来的大人物，哪里稀罕你喊‘表姊’。人家是你四姊的表姊，却不是你的……”看幼弟茫茫然没有听懂，李晔也不再提这茬了，只望着翁主的背影，和大房那边的院落，“大房的气运，却当真不够好啊。”

……

“姑姑！”闻蝉进了院子，便一声惊呼！

她瞠大美目，眨了眨，竟看到一个瘦弱的人影，高高站在房上屋檐间。风吹得那人身子摇摇欲晃，而那人，居然丝毫不怕，下面一众人又哭又喊，瓦片间的妇人，却淡定地、摇晃地，在屋檐间行走。

远远看到日光下屋上瓦片间的剪影，正是闻蝉的五姑姑闻蓉！

闻蓉已经瘦得脱形，又苍白，又恍惚。她在晃动着走着，自己都把持不住力度和方向，似随时被冷风刮下去。然左边垂在袖中的手，往外一点，像是牵着一个人。实际上，她牵的只是空气。

熹微晨光中，闻蓉在屋檐上跌跌撞撞地走，嘴角上挂着迷离的温柔笑容，“阿郎，阿母带你去玩儿。阿母再不离开你了……阿母牵着你的手，谁来都不放开。”

“姑姑！”屋下方，传来少女的叫声。

闻蓉垂着眼皮，看到女孩儿娇美的容颜。那女孩儿多么漂亮，面貌真是眼熟。她怔了一会儿，神色更温了：“二郎，你看，阿母给你找到媳妇儿啦。我三哥的女儿，好看得不得了……等你长大了，我就给我三哥去信，让她嫁你。”

“二郎……”她倏而转个身，弯下腰去抱身边那一团空气。抱了个空，跌坐在瓦上的闻蓉愣一下，脸色微变，“二郎……你怎么了……阿母找不到你……”

下面一众人心惊胆战，在翁主的吩咐下，有去搬运梯子的，有小心翼翼爬上房檐，想要接应闻蓉的。但闻蓉一看到有人来，脸上便露出紧张警惕的神情，她搂着手中的空气往后退，厉声，“你们要干什么？！谁也别想把二郎从我身边带走！谁也不许！”

“夫人，夫人，”她的侍女们，踩着梯子，绷着嗓子唤她，“您不要雪团儿了吗？四娘子去找您的雪团儿了，二郎和雪团儿在一起玩儿。夫人您快下来，婢子带您去找他们好不好？”

这样的谎言，日复一日地说着。

闻蓉有时候信，有时候不信。

就像她有时候神志昏昏，有时候又很清醒一样。

现在，闻蓉摇摇晃晃地爬起来，一片瓦在她脚下哐当落了地，甩了粉碎。她如若无觉，一步步往后退：“别过来！我家二郎明明就在我身边，你们骗我！”

“姑姑……”闻蝉心惊肉跳，看闻蓉往旁边跌跌撞撞地又躲又退，弄得一众人投鼠忌器，怕刺激了这位夫人，谁都不敢再动了。闻蝉看闻蓉退的方向，离自己这边倒是很近。便一边由着那边劝说闻蓉，一边自己过去，小声吩咐扈从，“你们把梯子架在下面，别让我姑姑看见了。我哄她下来，然后……”

“二郎！”头顶的妇人，口中传出一声尖锐无比的喊声，闻蝉心头一抖，被那凄厉嘶声划过。

她仰起头，看到闻蓉神色怔忡，脚下的路已经到了尽头，如她心中那道死胡同一样。而天地布满大雾，长夜总是比白天多得多。闻蓉不知道在看着哪里，就那么直接往前跨了一步……

李郡守听到府上诸人的汇报，当即策马，从官寺中快马加鞭赶回府上。他一路匆匆赶路，进院子，过假山，入了最后一道月洞门，走在曲折小径上，旁边梅花鲜红欲滴血，正烂烂盛放。

他目眦欲裂地抬头，看到妻子衣袂飘飞，一脚踏空。刹那间，他整个心变得空荡荡的，痛得撕心裂肺——“阿蓉！”

妇人从高空中，跌了下去。

一众人扑过去，想要接住她。但之前一直不敢动怕刺激，现在动，又实在太晚了。

李郡守眼前黑一瞬。

再次有光的时候，他看到廊下，有少女往外只挪了一步，张开双臂，稳稳抱住了跌下去的妻子。再紧接着，在众人的惊呼声中，摔倒在地的少女妇人被一并包围了起来。

……

晕过去之前，闻蝉正苦涩地想着：大概我与江三郎犯冲。

每当我做好准备去见他，意外总是从天而降。

上次是李信，这次是姑姑。

……照这样下去，我还能有活着见到江三郎的那一天吗？

府上的郡守夫人又病倒了。虽然自她回来，众人已经习惯。但这次的混乱，仍然给李家添上了许多消败沉寂。李伊宁与兄妹们去给大母（祖母）请安时，老县君泪流纵横：“造孽啊。”

是啊，造孽。

那个丢掉的孩子的阴影，笼罩了李家。互相怨怼，互相不原谅。旁人家阖家欢乐，他们家，却始终连笑声都很少。在李怀安夫妻在汝阴居住的那些年，是李家最太平的日子。闻蓉有了女儿，又有了小子。过了这么多年，在丈夫和孩子的帮助下，她也慢慢走出了旧日的阴影。那些年，逢年过节时，一家人团聚，也都多了说话和解的意思。

上天却从来没打算就此放过闻蓉。

整日浑噩，整日寻找。她站在浑浊的夜雾间，穿过茫茫人海，踉跄前行，不断地呼唤着。心心血泪，声声如泣，一个母亲，到底要如何，才能回去丢失的岁月，找回她的小阿郎——“二郎！”

“这是灶房那边给表姊熬的药粥，表姊趁热喝了吧。”冬日上午，日照昏沉，屋门大开，有层层寒气扑入房中，又与屋中烧着的火炉相中和，气温温和。在门外脱了鞋，只穿袜子在一层雪绒色的毡罽上走来走去，舒适轻盈，并不觉得寒冷。

舞阳翁主因为昨日猝不及防地救了她姑姑，两个人一起摔了。她姑姑被她护着没事，她却遭了罪，当场疼晕；再次疼醒，是因为医工给她正骨的原因。她的腿脚受了伤，脚脖子当天便肿起一大块，对于常年无病无灾的闻蝉来说，可算晴天霹雳。

是为了救姑姑嘛，闻蝉倒不觉得如何受委屈，她就是难过自己的腿脚受伤。最让她伤心的，是医工们从膝盖开始，给她细细包扎。她的脚肿了小球大，医工给她包了个大球。且她受伤后腿脚不能弯曲，起身后，坐的时候，只能把两腿伸直了坐，一点儿含糊都不行。

这种坐法，称为“踞”，是极端无礼数的一种坐法。莫说贵人们的教养，就是普通民众家，谁这么踞坐在家，被别人看到了，都要认为你这个人莫非是瞧不起人，这样羞辱他人?

然闻蝉腿脚就是暂时不能动，得休养几日，等肿块下去了，才能下地活动。

她不觉想到她想要去见的江三郎——闻蝉忧郁想到，是不是等她二姊人都到了会稽，她连江三郎的面都见不上呢?

二姊见她没事干都折腾出一堆事来，又要打她了吧……舞阳翁主心有点儿痛。

闻蝉在家中踞坐，侍女们忙碌照顾她，然闻蝉自己浑身不自在。听闻有人拜访，能拒的她都拒了，只说头疼要休息，不见客。唯一见的，就是姑姑家的女儿，李伊宁了。

隔着一张方案，对面跪坐的女孩儿着青白色的半臂襦，发尖垂梢，抬起的眸子，仍能看到哭红了的痕迹。

闻蝉将药粥推到一边，先问李伊宁：“姑姑现在清醒了吗？”

她一提，女孩儿眼中又湿了：“不太好。一直说浑话，医工们都没办法。我大母在吼骂，我阿父把自己关书房里不出来。我都不知道怎么办才好了。”

闻蝉静一瞬，有些不知道怎么安慰对方。

她想说姑姑总会清醒过来的，不要急，慢慢来。但是自她来李家，闻蓉就一直在反复。有好的时候，也有不好的时候。反倒是这样更容易折磨人。李家是名门望族，不会抛弃这样的媳妇，换到普通人家……不说抛弃，恐怕都养不起她姑姑这样的吧。

最值得安慰的，该是姑姑都这个样子了，姑父顶着那么大的压力，仍然没有放弃吗?

她姑父不怎么说话，平时也不常见到人，盖因太忙了吧。但闻蝉昏迷的那日，她接住姑姑时，分明听到人声外，近乎声嘶力竭的喊“阿蓉”的男声。她模模糊糊地回头，看到一个手脚僵硬的中年男人，站在院门口……

闻蝉眨了眨眼，怕引起李伊宁的难过，就生硬地转了话题：“你的猫找到了吗？”见李伊宁摇头，她很奇怪，“找不到的话，你抱养一只长得差不多的，不就行了吗？”

李伊宁摇头：“医工说了，我阿母这样的状况，再容不得什么欺骗糊弄了。要是随便抱一只猫回来，不是雪团儿，见到我阿母的反应不对，我阿母病情恐怕会更重。可是我问了府上的人，大家都没注意到雪团儿的踪迹。倒是有几个眼尖的，在半夜时，看到一只猫跳上了墙……想是出了府。这更是大海捞针一样，想找更难。”

“真是没想到，姑姑在这样的情况下，还能喜欢雪团儿。能帮姑姑转移下注意力，雪团儿也算立大功了。等找到它，定要犒劳犒劳它。”闻蝉充满乐观地说道。

李伊宁静静地看着她的表姊。

年少的表姊眨眼睛，没听懂她的眼神暗示。

李伊宁道：“我阿母喜欢雪团儿，是因为我听说，我二哥还在的时候，就养过一只猫，白毛，蓝眼睛，和雪团儿一模一样。后来我二哥丢了，那只猫也丢了。”

闻蝉：“……”

“所以我阿母，不过是移情而已。她始终想找的，还是我二哥。”

闻蝉：“……”

聊了这么多，李伊宁看到青竹等几个侍女在屋外徘徊了。舞阳翁主和表妹在屋中说话时，她们在院子里忙自己的事。眼看时间差不多了，翁主该休息了，青竹也不进来说话，就是在帘子外走来走去。人影晃晃映在竹帘上，日光葳蕤相照，李伊宁很快明白这是表姊的侍女们，在提醒自己该走了。

李伊宁便起身告退，却是转个身，出门前，十来岁的小女孩儿怅怅然看着日头的方向，喃喃自语般：“表姊，你说我二哥还活着么？当年那么小的孩子，这么多年过去，颠沛流离，就算活着，也大概不记得小时候的事了。我们真的还能找回他吗？如果找到了，他到底是什么样子的，会不会也怨恨我们家当年抛弃他呢？”

“单凭一个腰间胎记，我们到底要怎么才能找到他呢？”

闻蝉差点脱口而出：为什么一定要找到？弄个假的，糊弄住你阿母，不就好了吗？！

但她念头才过舌尖，就把自己的话重新吞了回去。她想到了李家三郎李晔的话，她想到李家的人，在这一件事上，大概都魔怔了，都快疯了。如果这么多年，只是为了找一个假的，何必呢？

况且李伊宁也说，姑姑闻蓉的状态，再经不起欺骗了。如果是一个演技高超的人，能骗住她还好。如果骗不住，那估计能直接害死闻蓉了。

而算算年龄，这么多年下来，那个走失的孩子，也就十五六岁。

一个普通的十五六岁的少年郎，如何能骗过闻蓉和李家呢？

闻蝉沉默下去。

她沉默下去，李家更是因此而沉疴，死气沉沉。在这样的环境中待下去，闻蝉不能走动，天天坐在屋中翻书，青竹这些侍女，却快被李家的凄凉气氛给憋疯了。

尤其是全家都在想办法找一只叫“雪团儿”的猫，为了能让闻蓉好一些。毕竟自从从屋檐上跳下来那日起，闻蓉就再没好过。本就消瘦的身体，更快地衰败下去，让人提心吊胆。

就连闻蝉这边的扈从，都被派出去，满大街地找一只猫了。

这些天，会稽郡中的一大奇景，就是所有白毛蓝眼睛的猫，都快被抓光绝种了。猫变得身价贵重不少，俱是李家人作出的业绩。

青竹跟翁主请了假，出府陪府上的一位娘子采买货物。实则，青竹主要是受不了李家的气氛，出来透透气的。坐着牛车，娘子壮士们拿着单子去进货，青竹无聊地站在牛车边等候。

她忽然看见街道角落口，就三四个衣着破烂的地痞们蹲在地上玩石子，说笑声特别放得开。

青竹蹙眉，看了眼牛车边站着的卫士，觉得自己这边很安全，但仍警惕地往卫士们的方向站了站，远离那些地痞。然因为这个道口，聚众人最多的，就那几个小痞子，他们又没规矩，说话嘻嘻哈哈，声音很大。青竹想忽略都忽略不掉。

且他们中有的人回头，看到貌美女郎站牛车边，就吹了声好长的口哨，一伙儿笑得东倒西歪。

青竹学习自家翁主的气度：忍！不要跟这种人计较。翁主连李信那伙人都能忍下去，她还忍不了几个小地痞吗……啊！李信！

青竹突然间灵感一闪！想到了一个人！

想到了那个跟自家翁主交情不一般的李信！

很难用恶人来定义李信。

也很难去仇视李信。

青竹这会儿，缓过神儿后想到：翁主回来了，李信是不是也回来了呢？那位小郎君处于三教九流中，低层次的来自五湖四海的朋友，他应该认识不少吧？偶尔听翁主说过，在一个地方，很多时候，地头蛇们藏着的势力，比官寺能管辖到的还要大。

李信当然是地头蛇了。

而且青竹觉得，李家小郎君，恐怕还不是一般的地头蛇。就冲他那种狂傲劲儿……要是没点本事，在气死人之前，早被人打死了。

那李信如果回来的话，又是有名的地头蛇的话，托他找雪团儿，找李家二郎，是不是比借助官寺的势力，更方便强大些呢？

日头下，众混混们一起嘻哈玩闹，有人余光看到街口停着的牛车那个方向，那位小娘子向自己这边走来了。众人讶然，你推我我推你，拿那个小娘子取笑——“哟，小娘子看上谁了？”“这也太豪放了哈哈。”“肯定是见老子英俊潇洒……”“滚！”

他们说话中，夹着各种粗话脏话野话，越走得近，听得越清楚。青竹走过去时，听到他们在说什么，腿都要吓软了，当即有扭头就逃的冲动。她咬着牙，强逼着自己僵硬地走过去。

青竹小声如猫叫：“请问你们认识李信吗？”

青竹脸颊滚烫，羞愧于自己的胆小。为了自家翁主，她决定声音大点，再说得清楚些。然而她还没做好准备，一伙人，全都齐刷刷地回去，钉子一样的锐利目光，看着她。

青竹：“……”

翁主，救命！

这些人好可怕！

这伙地痞们一起回头看青竹，上上下下地打量她。在青竹快要落荒而逃前，一个壮士站了起来，意味深长地笑了一声：“哦，你找信哥啊……”

青竹重复一遍：“就是李信。”

“对啊，就是信哥啊，”好几个人都站了起来，神情不像最开始那么轻佻了，虽然说话语气还是带着那股让人不舒服的轻慢味道，“看来小娘子认识信哥啊。你找信哥什么事？我们可以帮你转达。”

青竹心中一讶一喜，正要说出自己的请求，后面传来买菜婆子的叫唤声：“青竹，咱们要回去了！快点！”

身后人急催着，青竹没时间多说：“让李信帮找雪团儿。”

身后人再叫，青竹转身就往牛车的方向赶过去了。

一众地痞们茫茫然——

“找雪团儿？那是谁？信哥认识一个叫雪团儿的娘子？我怎么不知道？”

“呀，信哥真是长大了。自今年入冬，这艳福不浅啊。不知道这个雪团儿，比信哥家的那个什么翁主怎么样？”

“不是说什么英雄什么少年么？阿信就是这样的！”

“滚！你才入伙，就跟着喊‘阿信’？咱们这圈，辈分很重要，叫‘信哥’！”

晚间下了雪。

会稽今年的雪，尤其下得多。浩浩荡荡，天地间白茫无尽。在暗色的天幕下，雪落在屋檐上、树枝上，蓬蓬松松，寂白无痕。黑色的天与雪白的地遥遥相望，彼此沉寂，而人间万户的千盏灯火渐次或明或暗，夜更加幽长。

关着窗，一盏铜灯边，女孩儿纤细的一道影子，映照在白亮色的窗纸上。

舞阳翁主穿着家居宽松软袍，乌黑长发中的一绺调皮地贴着面颊。她依然是踞坐的姿势，膝盖以下却铺了一层毯子。万籁俱寂，雪落无声，闻蝉并没有入睡，而是坐在窗前，提腕握笔，在竹简上练小字。

每写几个字，她就要揉一揉眼睛。

没办法，深夜用功至此，盖是因为担忧她二姊来了。

闻姝对闻蝉最不满意的，就是这个妹妹被家人宠坏了，文不成武不就，哪方面都让闻姝非常不满意。可怜的妹妹只能在半夜三更时，心酸地临时抱佛脚了。

心绪不宁，手下一抖，又写坏了一个字。斑驳竹简上一道黑晕，看得闻蝉皱眉，一阵心烦。

抓起竹简，开了窗，闻蝉就把它扔了出去，眼不见心不烦。

而她将竹简扔后，又从案前摆着的厚厚一摞竹简中取了一份，准备重写。而就是这会儿工夫，耳边没有听到一点儿声音。

窗外雪花簌簌地落着，世界寂静，却并没有竹简落在雪地上发出的声音。一点儿声响都没有。

闻蝉好奇那竹简落到了哪里，又再次推开了窗，挪了挪身，探身往窗外看。这一看，让她手脚当场发麻，心口如锤落，重重一震——

她看到窗口雪地上，站着一个衣着单薄的褐衣少年。少年在窗下立如苍松，携风带雪。压着眉的神情，嘴角的随意，在阴影与亮光相重下，让人心悸。他手里稳稳地拿着她扔出去的竹简，低头扫一扫，抬起目，笑盈盈看向探身的粉衣女孩儿。

闻蝉手撑在窗棂上，瘦瘦弱弱的，脸色却红润，眸子也黑亮。看到他，女孩儿扣着窗子的手抖一下，震惊无比。却偏着头，半天没想到喊一声，或者关上窗。

夜半无人，雪花飘洒。闻蝉看着站在雪地上的潇洒少年郎。他站那里不动，眉目、肩头被雪沾染，身上有一股与众不同的风度。

不知道为什么，闻蝉见到李信，居然只是惊讶，却一点都不意外——她已经自暴自弃，认为自己身边的人全是饭桶，拦不住李信了。

静夜中，隔着一道窗，闻蝉慢慢挑起眉，语气一点都不好："你来干什么？"

李信与她同时开口："你答应嫁我了？"

两人异口同声。

紧接着，又同时沉默。

闻蝉呸他："谁要嫁你，少自作多情！"

李信费解："你找我来，不是因为你想通，决定嫁我了？"

再次异口同声。

闻蝉："……"

李信："……"

寒夜中，纷雪中，少年少女隔窗而望。静静的，不知谁先扑哧一声，两人俱都笑起来。

闻蝉边笑，边悲伤地想：我居然和李信心有灵犀，也不和江三郎有缘分……我真是太倒霉了。

落雪时分，李信站在外面实在太傻了。隔着一道窗跟闻蝉说话，让他觉得非常不喜欢。少年往前走一步，将手中竹筒往窗木边一扣，手在窗上一撑，人就灵活地翻了进来。

他以唯我独尊的姿态进了少女闺房，闻蝉寻思了一番双方武力的差距，只能无语凝噎地看强盗闯入自己的领域。她想喊扈从来着，李信对她阴阴一笑，闻蝉就闭嘴了。

她对李信总是这样，反反复复。有时候胆大，有时候又很胆小。她自己也不知道为什么会这样，只是趋利避害的本能罢了。

闻蝉觉得自己都这样温软了，李信看着她，还眼睛不是眼睛鼻子不是鼻子地问她："嗯？不是接受我的求娶吗？不接受你找我过来干什么？"

闻蝉反驳道："我没找你！"

李信嗤一声，不信她。他目光往屋中扫一圈，女孩儿布置精巧的闺房他第一次瞧见，颇为新奇。但是没新奇多少，他就注意到闻蝉盖着毯子的腿，是伸直放着的。

李信惊讶：就知知装模作样的这股子劲儿，她就算自己一个人待屋里，无聊地上房揭瓦去，恐怕也不会踞坐吧？

李信走过去，在她面前蹲下，就要揭毯子去看她的腿。然闻蝉当然不肯让他看了，她就警惕着他呢。手里竹筒卷着，少年一过来，闻蝉就用竹筒打他："不要碰我！"

李信笑她："你除了这句，还有别的实际点的吗？"

他笑得她肝胆一颤，小心肝怦怦直跳，不是感动的，是吓的。她想求他残忍冷酷无情，不要对她温柔什么的了，她也并不想知道他什么意思啊。

闻蝉还没有把念头想完，少年身上就倏地爆发出一阵强烈的寒厉之气。

他猛地站起来，像站在一个暴风雪的中央，四周气流砰砰砰全都被震碎了。

闻蝉骇然看他突然如她期望那样的变得残忍冷酷无情……然而好可怕……他眼尾细长上吊，阴沉下去的时候，非常的不好惹。他只用这种森冷的眼神看人一眼，没人能无动于衷吧？

李信阴沉沉，整个人处于爆发边缘："谁做的？谁欺负的你？！我才几日不在，你就这样了？"

闻蝉："……"

她她她她是怎样了啊？

顺着他低垂的视线，闻蝉看到李信的目光，落在她包着纱布、粗了十圈的脚踝上。少年非常的暴戾焦躁，原来是因为她的缘故。

因为她受了伤，所以他突然间就改了笑嘻嘻的嘴脸，变得很生气。

窗子还开着，一束寒梅招摇，被厚雪压弯了枝。雪花落得纷然，却也没规矩。有雪粒从窗外洒进来，就如闻蝉的心间，也在这一瞬间，染上了一片雪花，带给她冬日的柔软温情。

闻蝉抿嘴，自得其乐。

李信要被她的无所谓态度给气疯了吧——"笑个屁！告诉老子，谁欺负的你！你堂堂一个翁主，被人打成这样，你好意思吗？你像个翁主的样子吗，你……"

闻蝉突然趴在桌上，双肩颤抖。

少年心头正怒，就见女孩儿伏趴下去了。他心里一顿，忙俯身去看伏在案头的女孩儿，想道：我是不是骂得太凶了？把知知骂哭了？算了，知知是女孩子，我要温柔一点……

李信欲温柔，蹲在她面前正要酝酿一腔情意哄她。就见他以为的在哭的闻蝉，从双臂间抬起头，面颊绯红，眸子湿漉漉的。却不是因为哭泣，而是笑的。

闻蝉笑眯眯解释了自己之所以受伤的原因。

李信知道自己自作多情，顿时冷了脸："你耍我？"

闻蝉心里一哼，想：不耍你耍谁？你见天折腾我，我这算轻的了。

但怕李信真的打她，闻蝉淡定地转移话题，问他："你不是说你不会再找我了么？"她天天祈祷和他永不相见呢，"你怎么又来了？"

话题又回到了最开始。

李信说了青竹的事："什么雪团儿？他们来找我的时候，我都不知道你在要我帮什么."当是时，他正与同伴们偷偷摸摸的，背着官寺运私盐，忽有人喊什么"雪团儿"来找他，众人没被吓死。

闻蝉眨巴眨巴眼睛，忽然间，明白青竹的想法了。其实……在青竹有这个想法之前，闻蝉早就想到李信了。但是她想和他一刀两断来着，他还说什么下次见面嫁娶什么的，闻蝉心里有些烦恼，只想远着他了。

她挺不想欠李信人情的。闻蝉试探问："如果我说没有什么事，你会走吗？"

李信冷笑："你说！"

他眼神跟刀子似的扎向她，尽管她貌美如花，却扛不住他飞刀似的狠劲。

女孩儿飞快说："雪团儿是我姑姑养的猫，找了好久没找到。我姑姑现在就指着它回来了……想请你帮忙找一找好么？"

李信抱着手臂，用鼻子看她："不好。"

闻蝉："……"她看着少年蹲在她旁边，一本正经的样子，就气得想挠他一脸：不是你让我说的吗？！你矫情个什么劲儿啊？！滚滚滚！

李信不滚。李信还扑哧乐了，眉眼也软和了些："你答应我一个要求，我就……"

闻蝉打断他的话，非常坚决地、铿锵有力地——"不嫁！"

李信耐心的："……我不是说那个，我是说……"

闻蝉继续掷地有声——"不爱！"

少年上手，就掐住她脖颈，脸孔凑过去，对着她冰凉粉红的小脸，咬牙切齿："你还让不让我说完？"

少年带着粗茧的指腹，磨蹭着女孩儿娇软的脖颈肌肤，又忽然变得心软。李信抓着她脖颈的手，微微发抖。他离这么近，她姣好的面孔在他眼中愈发清晰；她身上的暖香一缕一缕地飘向他；她连睁大眼睛瞪人，都好看得像娇嗔一样。

闻蝉快速地看他两眼，垂下睫毛，挣了挣，从他怀中挣脱，往边上挪了挪。她垂着眼，明明发现少年专注的神情，却心慌意乱，不敢去看。

闻蝉有点儿恼自己，更恼李信。

她坐在窗口半天，不去拿竹简了，而是从压着的竹简下取出一叠绢布来。闻蝉坐得端正，提起笔，开始专心致志地在绢布上作画："雪团儿就长这个样子，它的毛是白色的，摸上去特别软，很舒服，让你想把它蜷成一团窝怀里。但它尾巴梢有一点儿泛黄，尖尖的……"

李信费解看她洋洋洒洒地作画："……你用绢布，给一只猫画像？！"

绢布，可是比竹简更为珍贵的啊。

就闻蝉画像的这块布，比李信身上的穿着都值钱多了。少年这一身下来吧，买不下一枚竹简；而把竹简卖了，又买不起闻蝉手下的一点儿布料。

闻蝉抬头看他，目光矜持："所以你和我不会有未来的！你那么穷，我这么富有。我和你的观念就不一样，在一起肯定天天吵架。像你这种穷人呢，天天风餐露宿的……"

李信面无表情："天天风餐露宿，然而我们穷人命硬，死不了，真是让你这种有钱人失望了。"

闻蝉："……"呸！

然就这么坐了一会儿，李信到底只是个少年郎君，功力没有修炼到家，无法对闻蝉的嫌弃挤对视若无睹。越在乎一个人，就越容易计较。少年眼睫如蛾翅，覆住眼底神情，晃悠悠地问："你瞧不上穷人？"

闻蝉低着头作画："没啊，我只是瞧不上你。"

李信挑眉，手按在了闻蝉的肩上。闻蝉肩膀一颤，抬头，看到他的邪笑，快吓死了。

才意识到自己说了实话，女孩儿往旁边躲："别……"

李信看她还要躲，也不敢太玩得狠。毕竟看她腿受着伤，欺负她，他心里都不自在。于是只似笑非笑地在她鼻上点了点，轻而易举放过了她，心里想着以后补。

闻蝉终于去作画了。

李信蹲一边好无聊，看女孩儿如玉的侧脸，看她铺开绢布，画了一幅又一幅，盖因她怕他仍然认不出一只猫，就画了各种形态的猫，给他辨认。

李信想，如果他丢了，闻蝉不说很高兴，也肯定不会大张旗鼓地找吧?

他活得还不如一只猫矜贵!

但他很快又不嫉妒了，因为看着闻蝉的侧脸，看着看着，他就出神了。闻蝉的长发很浓，又黑又软，因为是夜间入睡时候，便只用簪子斜插着，有缕缕碎发拂下，让李信好想去抚摸；她的脸型又小又娇，是鹅蛋形吧，坐姿很挺，像是骄傲的天鹅，高贵得没边儿，让李信仰视；她的眉毛如远山，她的眼睛若星辰，她的鼻头小而俏，她的唇珠嫣红一点……

寂静的夜中，风雪在窗外纷扬，偶尔有飘到屋中，落在闻蝉的发丝上。李信慢慢伸出手，主动去为她磨砚，看她写字。他只为她身上的幽香，为她偶尔不经意间，垂落如云的长发会拂到他手上……

李信为闻蝉"红袖添香"，这恐怕是这个性格桀骜不驯的少年，在此之前，从未想过的事吧。他默默地看着闻蝉，看着她的模样，心里，生起了一个念头……让他身心燥热，兴奋得眼睛亮起，又不安得身子僵硬。

闻蝉终于画完了自己能记住的所有"雪团儿"的样子，她抬起头，看到李信发着光的眼睛。他垂着眼皮，盯着她手中的画像。这个眼神……闻蝉小声说："你不会抓到雪团儿后，准备吃它吧？"

冷不丁小美人抬头，说了这么句没头脑的话。

李信扬眉，疑问等解释。

闻蝉咬唇，美眸有一眼没一眼地往他身上扫："我看你很饿的样子，眼睛都冒绿光了……你要吃饭？"

饿?

吃?

李信心上一宽，哈哈大笑。

他往后一仰，盘腿而坐，就坐在闻蝉正对面，干脆利落直接赤裸的目光，盯着闻蝉。少年脸上的笑很肆意，意味深长："知知，是这样。你亲我一下，我就帮你找你要的雪团儿。"

闻蝉不动，看着他。

李信重复："你亲我一下，雪团儿我也给你，你还要什么，我也给你。你什么要求都能提。"

闻蝉的眼睛，慢慢地瞠大。

窗外飞雪，遥远听到狗吠声，而她在这个时候，打个哆嗦，终于听明白李信在说什么了。

李信居然很正经地跟她这么商量……很认真地要她提要求……她还以为他那么厉害，非要做什么，就非要逼她来着……而他这样，闻蝉居然不害怕。

闻蝉一开始认识李信的时候，怕死了李信。但她现在越来越不怕他，她觉得他就是纸老虎，戳一戳后，也就是吼一吼，吼一吼呢，除了可能震聋她的耳朵，好像也没有别的威力。

非要说虚情假意，倒是闻蝉自己比较多吧？

李信以诚待她，连想亲她，都还求她……女孩儿心中柔软，为他尊重她。她很感动，然后她说——“不。”

李信的脸就沉了下去。

闻蝉不动如山，冷静地看着他，心里却紧张地想：看吧，尾巴露出来了吧？刚才还尊重我呢，我一拒绝，他就准备翻脸了。

准备翻脸的李小郎重重一拍桌子：“你亲我一下，会稽郡中，我保证三教九流，全都让着你走。”

闻蝉：“……”

李信说：“雪团儿我翻遍全郡城，都给你找回来！雪团儿不回来，我就不出现在你面前！猫生我生，猫死我死！”

闻蝉：“……”

李信拍桌子拍得震天响，再夸下海口：“之前逼你写的婚约全作废，不拿它威胁你！咱们从头开始！知知，我绝不胁迫欺负你！”

闻蝉：“……”

闻蝉安静地仰脸，看着比她个子高一些的少年。他好激动，平凡的眉目，因为情绪起落，都生动了许多。他的眼睛亮得吓人，语气森寒，表情像在说着“老子杀了你”的话，口上却在说“我喜欢你”的话。

她被人这么喜欢……她被很多人喜欢……但是她被李信这么喜欢……

李信手扣在桌上，不耐烦地看着对面的少女。他越看越心烦，开始冷笑着教训她：“知知，作为翁主，你有点儿魄力好不好？”

李信连向她索爱，都能冷笑着索……闻蝉反问：“我都说不行了啊，我怎么没魄力了？”

李信手一指她：“你为什么不肯亲我？不就是因为你心里没我吗？”

闻蝉虚心请教：“这有什么不对的吗？”

李小郎嚣张无比地说道：“作为翁主，你就要有不为感情所束缚的想法。就要有让男人为你生为你死，而你岿然不动的气魄！”

闻蝉：“……”被他的强大逻辑说跪了。

她又咬着唇，湿着眼，在某一瞬间，突然觉得这个样子的李信好有趣儿。心里像是有根羽毛刷轻轻滑过，酥痒酥痒的，传到四肢百骸去。灯火下，雪光边，李信的面容，在她眼中变得清晰。

李信还在教训这个不懂事的闻蝉——“知知，你一个翁主，身份都这么高了，还讲什么不好意思？就是怎么了我，我也不能拿你怎么办的。

“我能拿来威胁你还是怎么的？我就算想算账，怎么跟你算？你堂堂翁主……

“翁主就要气魄！”

翁主就要有这种气魄吗？闻蝉偏头看他，受教了。

他还有很多训词没说完，而对面睫毛颤颤、听着他讲歪理的闻蝉，突然身子倾前，嫣红的唇，贴在了少年的面颊上。

李信僵住了：“……”

他愣愣地坐着，一点儿反应都做不了。只感觉到女孩儿的唇，印在他面颊上，轻柔的瞬间。异常的温暖，异常的柔软，异常的芬芳。像一朵花开，像一片云落。她轻轻地挨着他的面颊，呼吸若有如无地贴着他脸颊。

少年少女的面孔紧紧挨着。滚烫而灼热，炽烈而惶惑。

在这一刹那，李信感觉到一种难以言说的酥麻滋味涌上心头，带给他强烈的刺激和快意。他只感受到面颊上的轻软，忘了世界，忘了言语。他像是服了奔向极乐世界的灵丹妙药，又像是有了临死之前的迷恋幻觉。

这种感觉，温柔又激烈，让他的血液在四肢百骸间疯狂流跃，叫嚣。他多么贪恋这样的感觉……

闻蝉只轻轻在李信面颊上亲了一下，就退了回去。

她垂着眼皮，面颊酡红，眼底飞霞。她紧张地曲着手，手放在腿上发抖，打颤。她根本说不清自己为什么会突然凑上去亲他，可是她就是大脑一片空白，就那么做了……一定是魔怔了。

闻蝉惶恐地想：天天给李家做法、给姑姑驱邪的那法师是谁来着？明天去请他，让他也给自己驱驱邪吧。

她是疯了，才会亲李信的脸。

李信突地站起来。

气场强硬，碰到了桌案，一桌的书简哗啦啦全都掉到了地上。闻蝉抬头，懵懂而疑惑地看他。看李信皱着眉，眉间像是压着一座山。她突如其来的一吻，没有让他悸动，却反而让他一瞬间多了无数烦恼。

他站在倒了的桌案边，低头看她一眼，眉头皱得更深了。

闻蝉噘起嘴，有点儿不高兴：怎么啦？她都没发怒，他摆什么脸色啊？明明吃亏的是她来着……她还没有不开心，李信就先不开心，闻蝉也开始生气了。

李信又突然地再次蹲了下来。

哐！重重一声。

闻蝉抖一下，看到他从袖中，掏出一把寒光凛冽的匕首。那匕首上锋利的光，照得闻蝉小脸煞白：他他他要杀她？

李信卸下匕首，拉过闻蝉的手，在她茫然中，少年十分慎重地把匕首交到少女手中：“这是我从小就不离身的东西，给你。”

闻蝉迷茫眨眼。

他又宽衣解带，在闻蝉快绿了的脸色中，把腰间挂着的各种小刀给她。衣服里衣服外，叮叮咣咣，一堆破烂玩意儿，是闻蝉平时走过去、看都不会看的东西。李信说："这些是我保命用的，也给你。"

闻蝉："……"

他摘下了脖颈上挂着的保护符，取下了绑腿里藏着的一把银针，拿出了怀里的迷药。他把身上值钱一点的、从她那里抢过去的玉佩放在地上，他还忽然拔下了簪子，把木簪也摆到了闻蝉面前。

他跪在她面前，与她平视，凑近她苍白的小脸，很诚恳地说："知知，全都给你。这些给你，我的命也给你。你要什么我都给你，你想要什么我也给你，你未来要求什么我还给你。我有的给你，我没有的抢给你，我抢不到的找给你。你再亲我一下吧！"

闻蝉："……！"

她瞪大眼，看着眸子里倒映着她的李小郎。

李信非常诚恳、非常卑微地、非常严肃地求她道："知知，你再亲我一下吧……好么……你就再亲我一下，我不会跟别人说的，不会败坏你的名声……"

"知知，求你了……"

……

当一个武力很高的少年，明明能强迫你的少年，不去强迫你，而是试图用言语说服你，你是什么样的感受呢?

当一个嚣张跋扈、无法无天的少年，在你面前低下头，说"你亲我一下吧"，说"翁主就要有这样那样的气魄"，你要怎么办呢?

当少年时期，一个少年特别喜欢你，特别爱你，愿意把他的一切奉献给你，求你一回眸，你的心，真的冷硬如铁，不会动一下吗?

大雪一直在下，丝毫没有变弱的趋势。李府被大雪覆埋，寂静的深夜中，李郡守待在书房中。十五盏青铜鸟兽灯，将屋中照得通亮。而李怀安坐在木案前，已经很久了。

三天前妻子昏迷，他就坐在了书房中。现在，他依然坐在书房中，熬得双眼通红。李怀安握着笔，在很凝重地对着竹简，写信件，写函告。他写得很慢，要想很久，才能落下下一笔字。

为了妻子能好起来，整个家，都在找一只叫"雪团儿"的猫。

李怀安却不在找那只猫，他深深知道，妻子的病魔，在于二郎的丢弃，在于二郎的生死不明。

曾经寻了很多年，一直没有下落。后来他们又有了别的孩子，李怀安一度以为妻子放下了过去。到幼子夭折、妻子病重，李怀安才恍然察觉：过去的并没有过去，一直存在。它藏在浓浓大雾中，在你最不经意的时候，会跳出来，打乱你过去所有的平静。

李怀安握着竹笔的手青筋颤颤：找人吧。全力寻找当年的那个孩子！

他要发动会稽郡能用到的所有势力，去找那个或者在、或者不在的孩子。而不论生死，他都必然找到一个活着的"二郎"，把他领到妻子面前！

哪怕找到的人是个乞丐，是个流氓，是个地痞无赖，他都要把人领回来，调教好，让妻子看到她心心念念的那个孩子！

谁能带回那个孩子，谁就是他的恩人！他一辈子去报答！

李怀安的字，落在竹简上——“腰间有记，通告示之。挨户探访，有腰间记者，皆到官司领赏。再有口齿伶俐者，到吾面前领赏。吾亲见之，教之，无论真假。李氏二郎，必归！”

最后一“归”字，下笔极重，在竹简上画下一道深痕。

咣。竹笔落地，对半裂。

雪静静落，而夜冷如霜，抖一抖，又是漫长的煎熬。

天幕幽黑，照见荒荒雪景，形成一种宁静的蓝白色泽。天地是幽凉的白色，雪如絮如盐，覆盖着一切。深巷两边是高墙，一墙边种着疏疏朗朗的松柏，碧绿与纯白交覆，有风吹过，便有皓白飘飘向下。

雪粒子在大地上纷舞，像大地女神披着一层银白纱衣。她从天地尽头走来，迈着平静的步伐，缓缓而坚定地走入人间。

少年行在漫漫大雪中。

幽长的雪路上，寒冷的深夜中，巷道里，只有李信还未曾睡，还在走这条夜路。

夜间大雪，比平时更加冷。而少年又穿着单薄，该是更冷。

可是李信丝毫不觉得冷。

他双眸发亮，耳根通红，怀中那颗捂着的心脏怦怦怦不停跳，而他面上，时而露出笑来。是那种很害羞、又很得意的笑。他眼睫覆着雪雾，雪的冷气化成了点点水光，让少年的眼睛像被水洗了一样明亮。

他露出羞赧的笑。

这笑容，让他走深长的夜路，也变得格外兴奋。

李信怀抱中有一腔激动情意，从之前一个时辰到现在，他在闻蝉那里徘徊不肯走，他在雪地里周折往复，而他的心跳，却越来越快，越来越激荡。

有说不出的情感，流遍他的周身。让他想拥抱知知，想亲吻知知，想整夜整夜地陪在知知身边，再不要离开她半步。

他从来没有这样在过后的一个时辰内，越想越开怀，越想越羞涩，越想越想冲回去，再死皮赖脸地央求她！她轻轻碰了他脸颊一下，而一股热流，便从他的滚烫颊面开始，蔓延全身。

他的五感丧失，他的理智沉沦。他就此不复醒！

十五岁的李信贪恋着这种奇妙的感受，他如此敏感，他时时不能忘记。他感情炽烈，情绪激烈。也许他这一生，也只会在这个时候最渴望一个少女的感情。明明知道她凉薄，明明知道她和他云泥之别，可是他拼尽全力，也要去争一把。

闻蝉亲他一下，他愿意为她去死！无怨不悔！

李信忽而一跃而起，动作如残影般向上斜掠，攀附树木，上了树，又在树上一弹，跳上了高高的墙上。他喜欢站在高处，他站在皓雪墙头，看着郡守府的方向，看那处灯火熹微。风吹来，雪满身，李信放声大笑，笑完后，眸子更加亮，伸出手，在半空中，圈出了一个小小的轮廓。

李信轻声道："我一定要你！"

他算着自己留给闻蝉的东西，算着如何感动闻蝉。闻蝉的感情，需要他一步步算着来。然即便将这些都想一遍，胸臆中的燥热仍无法缓解。

李信身子忽然往后一仰，从墙上往下跌去。

他双手枕着后脑，摔躺在了雪地上。雪飞溅，雪灌撒，他整个人，被埋入了厚雪中一般。然即使是这种冷冽，仍无法让少年冷静。他满脑都是闻蝉，都是少女的一嗔一笑。他不用闭上眼，她都能自动跑到他脑子里来。

"女人啊……"李信嘿嘿笑两声，从地上跳起来，抖了抖一身雪。

三更半夜，少年阿南躲在陈朗之前的家里睡觉。有雪在外面簌簌飞，晚上早就关了窗子。虽然没有炭火，屋里仍然很冷，但是对于他们这些居无定所的混混来说，有个住的地方就行了。

阿南酣睡。

酣睡中，突然打个哆嗦，感觉到一股强烈的冷意。

阿南反应很快，立刻睁眼，躬身要动手反拿来人时，来人与他快速地交了几次手。看到少年带着一身雪粒子，蹲在木板外，阿南先是松口气，然后又快疯了："阿信？！你半夜来找我干什么？还吭都不吭一声地蹲我床头，吓死我了！"

阿南揉着惺忪睡眼坐起。

屋子另一边，少年李江听到了深夜中阿南的说话声。他蹑手蹑脚地下床，靠在门后，看到是李信，眸子闪了一闪，没有进去。

李信根本不在乎那些。他就蹲在阿南床头，很严肃、很正经、很认真地跟阿南说："我想女人了。"

"……！"阿南的瞌睡，一下子被李信的神来一笔给震飞了。

他呆愣愣地看神色平静、满身飞雪的李小郎半天，突然揉着下巴，扫一眼李小郎的样子，乐不可支。儿郎之间，一谈起这种事，就特别容易拉近彼此的感情。

阿南半夜被李信吵醒的恼怒，一扫而空。他高兴地搂着少年单薄的肩头，怂恿道："这么晚了……咱们去娼家听听小曲去？"他冲李信眨眼睛，神情暧昧：男的嘛，都懂这是什么意思。

李信笑了。

有些跃跃欲试。

不过他现在满脑子想到的女儿家，只有一个叫闻蝉的小娘子。除非让他立刻能睡到闻蝉，不然他对别的，暂时还没有兴趣。很久以后，当少年李信长大，他会明白，一开始起点定得太高，那天下大部分女人，在他眼里，都会变成庸脂俗粉。

世上再没有一个在他少年时、就走入他世界的知知了。

李信扯阿南起来："跟我出去，咱们打一架！"

阿南抱住木板哀号："谁要跟你打啊？！不想去娼家，就给老子起开……阿信你放开老子！"

两个少年推着打着拽着，拖起地上的尘土，骂叫着，很快就到外面的雪地里野去了。阿南任劳任怨地去陪李小郎散去他一身火一样狂热的激情。躲在门后偷听的李江，扯了扯嘴角，又回去睡了。

他有时候很茫然，好像自己拼尽全力想做的事，李信却全不在意。

他想成就一番大事业。李信却在想女人。

而在屋外，李信和阿南打斗中，忽然漫不经心般随口来了一句："我觉得那个李江，总是偷偷摸摸地不合群，不知道在忙什么。你多注意下呗。"

阿南愣然了一下，看李信提过后就不再说了，挠挠头，随意答应了下来。心里想：李江？那个长得俊俏的小白脸？能出什么事儿啊。阿信真是想多了。不过阿信从来就东想西想想得特别多，也不管最后事情会变成什么样。

少年们在雪地中如此发散过剩的精力。

郡守府中，舞阳翁主辗转反侧，睡得很不安稳。梦里，总是不停闪现李信扬扬得意的、狂傲不羁的、又平凡得没有一点特色的脸。她又无数次回到之前的一个时辰，回到自己鬼迷心窍，觉得他特别好玩，就情不自禁去亲他脸的那一刻。

她疯了。如果让她再回到那一刻，她一定要牢牢把持住，不为他所动。

但是这一个时辰，明明赶走了李信，明明夜里只剩下她一个人，明明上了床入睡。可是不停地翻身，不停地心烦，而心跳，怦怦怦，在深夜中，跳得那么快，声音那么大。

她在狂跳的心跳声中，面颊绯红，埋入床褥间，强迫自己入睡。

"知知……"好像又听到少年在她耳边的坏笑声。

闻蝉突得坐起来，手碰到了床前矮几案上，一个东西，在夜中，摔下地，发出清脆的声音。少女散发下床，赤脚踩在席垫上，探身去捡摔掉在地上的玉佩。

少女捡起了一块玉佩，并玉佩下压着的一块粗布。

玉佩的样式有些眼熟，让闻蝉怔了怔。她拿着手中的东西，一瘸一拐地挪向窗子的方向。没有点烛火惊起外头守夜的扈从，她站在窗子边上，就着白窗外照进来的透亮雪光，去看手中的东西。

闻蝉认出了这块玉佩，是在徐州时，她在大街上挑东西，被李信抢去的那枚玉佩。再次见到熟悉的工型结构的玉佩，闻蝉怔了一怔，手握紧怀中东西：李信还留着这个啊。

应该是之前她腿脚不便，又再不肯亲他，李信抱她上床后，看她闭了眼后，放在她床头矮几案上的。

闻蝉眼中瞬间有潮湿痕迹，水光溢出。胸臆中有酸涩发疼、又欢喜跃动的感情，那感情陌生无比，让她不知道为什么会这样。闻蝉强迫自己冷静，跟自己说：李信不过是在拿哄小女孩儿的手段，哄我罢了。

是的，闻蝉非常清楚儿郎们追慕她的手段。

她从小美到大，从小被喜欢到大。各种层出不穷的手段，闻蝉都见识过。

所以她很少心动。

像李信。他一次又一次的……闻蝉分明心里明白他是在讨她喜欢，可是在第一次见到的时候，她仍然会看呆。

次日清晨，青竹等侍女起床后过来，服侍翁主洗漱。进屋时，青竹便揉着眼睛："不晓得为什么，昨晚好像睡得很深，今早差点起晚了。"

她和碧玺等几个侍女，从小就陪着翁主。主仆间关系非常好，由是一些闲话家常，青竹也会跟闻蝉聊两句。

闻蝉没吭气，坐在火炉边，瞥青竹一眼，心想：被李浑蛋点了穴道了吧？不然李浑蛋昨晚那动静，你们不可能一声都没听到。算了算了，李信来无影去无踪，除非她展开天罗地网，否则很难捕捉到他。

闻蝉还想质问青竹怎么能让李信去找猫，如果不是青竹，李信昨天根本不会来。

她其实满腹心事……可是她坐在那里，一声都不想吭。

呆呆地，看着炭盆中的星火。

青竹指挥众侍女掀帘子、洒水，自然也闻到屋中烧东西的味道了。青竹探身一看，见翁主盯着火苗："李信的东西……好想全部丢掉啊！"

青竹逗她道："李信给翁主东西了？对了，他之前骗翁主签的那个婚约，虽然肯定做不得数，但为了防止留下后患，翁主烧了吧。"

闻蝉："……"

青竹转身去匣子里找那块写着婚约的布。同时她提醒翁主："火这么小，您这种烧法，是怎么也烧不掉东西的。"青竹冲外头给笼中鹦哥儿喂食的一绿衣侍女喊："帮翁主换一盆炭火来！"

门外竹帘下的侍女应了一声，就转身走了。

屋中闻蝉："……"

很快新的炭火盆端上来了，青竹也找到了之前的信物。侍女蹲在火边，用一根木杆，挑起之前那火盆里的布料，往新的盆中扔。闻蝉瞥一眼，心一抖：这盆新火，那火光照得……

闻蝉探身，动作极快地，抢下了木杆上挑着的粗布。在青竹诧异抬眼时，她扫一眼抢救下来的粗布。布烧了些边边角角，但李信那跋扈字体，竟一点儿都没损坏。

闻蝉眼不见心不烦，把所有东西，一径丢给青竹："别烧了！烟这么大，呛死了。"

"那婢子去外面烧……"

闻蝉恼羞成怒："我是让你收起来，别烧了！"

青竹忍着笑，使眼色让侍女们收起火盆，自己抱了两块布，准备放进匣子里收起来。她出去的时候，听到闻蝉在她身后，很好奇地问她："青竹，你平时听书吗？民间有那种翁主和普通人私奔的书，你们信吗？"

青竹诧异了一下："没听过。翁主对这个感兴趣？那……"她看眼翁主行动不便的双腿，想了下问，“找班子进府来，说给翁主听？”

闻蝉摆了摆手，示意不用了，换青竹满腹疑问地下去。

之后几日，再没有多余的事情发生。舞阳翁主在养伤，闻蓉在昏迷不醒，李家众人在找猫，李郡守暗地里安排手下人探访民间。最为难的，该是官寺中这些得到李郡守嘱咐的人了。

至少曹长史听到李郡守的要求，脸都快裂了：“府君，这要怎么找人？我等总不能见个男子，就让人脱衣服，非要看人的腰吧？办案都没有这种强买强卖的道理啊。”

李郡守淡定道：“并不是每个郎君都看啊。年龄锁定在十四岁到十七岁之间。这个年纪的小郎君们，才是我们的重点。”

李郡守交给下属们这个难题，让曹长史头发都急白了。李郡守想找回小子的心情他理解，但是这么多年没找到，也不能来这么一招啊。其实也真的不好找，会稽郡中符合李郡守要求的郎君们恐怕多，但要后腰处有胎记的，恐怕就没一个了。

最大的难题，还是怎么说服人脱衣服……就是官寺，也不能这样压迫百姓。

有小吏给曹长史出主意：“这个事儿吧，官寺不好明面来。不如和那些街头混混们问问，让他们帮忙办这个差事？毕竟他们三教九流认识的人，各种下三滥的点子，也好意思去做。”

曹长史的脸就僵了那么一瞬。

官寺这边，他是最厌恶会稽这伙儿地痞的。眼下，为了帮李郡守找小子，竟要和这些地痞无赖合作？

曹长史眼眸深处暗了暗，叹口气，忍辱负重般垮下肩头。那小吏还出昏主意：“之前长史不是一直和那个叫李江的私下联络吗？这次还找他……呃！”

抖机灵的小吏闭了嘴，被曹长史在头上重重敲了一排——官寺大院，清晨，鸡飞狗跳，伴随着曹长史暴跳如雷的吼声：“找李江？！你是怕李信那伙子浑蛋，不知道谁是内应，所以去通知李信吗？！我看你是李信送进来的内应吧？！为官者，怎么有这么蠢笨的人！”

被打的小吏很委屈：长史您是投了卷子做了大官，我们就是普通百姓啊。您对我们要求太高了……

到最后，曹长史也就是忍着恶心，捏着鼻子，让之前总和那帮混混们打交道的小吏们，去找那些混混。说起腰间胎记的事，说让他们帮忙找人。曹长史还保证，找到人了，通缉公告什么的立刻揭掉。

众地痞们倒不在意通缉不通缉，反正官寺通缉的人，早躲出去了。就一个李信待在会稽，官寺又没本事抓到人……然他们还是乐呵呵地摆足了姿调后，答应了曹长史的请求。

让官寺欠他们一份情，让李郡守欠他们一份情，以后在会稽这边，大家就更好混了啊。

有人说道：“跟信哥说一声吧！他这两天都没见到人，这么天大的好事，还需要信哥为大家筹谋一二。”

有人啐一口："信哥一边忙着赚钱，一边在满大街抓猫呢。他哪有工夫理这个事儿？不就是找人嘛！有什么难的？！"

某一日，郡守府中，那只失踪良久的雪团儿，忽然重新现身。据闻那只猫，就站在闻蓉的床边。姿态高调地围着床走，喵喵叫着。闻蓉被猫叫声喊醒，一睁眼，便看到蓝眼睛重，那股子睥睨世人的味儿。

闻蓉泪流下来，当场就将猫抱入了怀中。

她一声大哭，终将她飞散的三魂七魄，回归了一二。

府上人人振奋，却交头接耳、百思不解：雪团儿怎么突然就回来了？谁找回来的啊？莫不是天上神仙相助？

众姊妹们围在一起说事，已经能下地走路的闻蝉，坐在一边喝茶。她听大家说了半天，笑着开口："我知道是谁送回来的。"

众女回头看她一眼，思量起舞阳翁主这两天足不出户、一直在养伤，今日才第一次出门，她哪里会知道谁送回的猫？看少女目中噙着若有若无的春意，众女心想，恐怕是翁主心情好，与她们玩闹。

娘子们笑着奉承了舞阳翁主一顿，又扭过脸，再次去讨论雪团儿是谁送回来的事了。

闻蝉："……"

她真的知道是谁送回来的啊！

当听到雪团儿出现，而她让青竹收起来的那块工形玉佩消失后，闻蝉就知道是谁送回来的啊。她唯一惊讶的，也只是李信居然悄无声息地送回猫，静悄悄地取走了玉佩和粗布，而没有跟她见面而已。

闻蝉哼一声，不理这些没见过世面的小娘子们了。她起身，沿着长廊，慢慢走。医工说，她刚刚能下地，每天还是要走动走动，活动筋骨的。

青竹见翁主闷闷不乐，有心想逗翁主开心。她认真地想：能让翁主开心的事，是什么呢？

青竹问："翁主，您腿好了。那咱们要不要出门，去找江三郎呢？"她多嘴一句，"二娘子快来了。"

闻蝉："……"

她犹犹豫豫，"去……"青竹扭头要吩咐身后扈从准备，青竹的话都吩咐了一半了，闻蝉那股支吾劲儿，才说完，"……吧？"

青竹："……"青竹眨着眼，看蹙着细眉的小娘子，诚恳问："您是在问我，要不要去吗？"居然到了需要参考婢子我的意见的时候了吗？

闻蝉沉默了半晌，才给了青竹肯定答复："去。"

为什么不去呢？她来会稽，本来目的，就是为了这个啊。

要是达不成，她心不甘。

第五章　李家二郎

再次日，舞阳翁主一行人，再次琢磨着出行。

一路闻蝉心绪不宁，战战兢兢，出门前确认再确认，府上没有任何意外。一路上让扈从小心再小心，不会天上突然掉下来一块石头砸着她。她实在是觉得一提到见江三郎，她就变得灾难缠身。而她腿脚刚好，实在受不起再来那么一下了。

江照白在城西盖了间竹屋。

竹屋外，大古榕树下，摆着蒲团，三三两两的普通百姓们凑在一处，跽坐于木案前。多人共读一册竹简，珍贵的笔墨不敢用，只用指头在沙地上点画练习。来人多是商贩走卒，农家弟子，人数并不算多。

树下，有一身着绛紫长袍的青年捧卷端坐。黄叶衰败，阳光从叶缝间筛落而下，点点光斑，如水波一样浮晃。那金色光影照在紫衣郎君的身上，衬得他骨如玉，容似雪。郎君垂目捧卷而授，声音如玉竹轻撞，宁静又舒缓。

巷头传来马车辚辚声，打断了此处幽静和谐的读书声。有数人回头，看向马车。那马车前后有众扈从守着，当车停下时，众人更是齐齐围到车门前，井然有序地恭候马车主人下车。

马车主人，是位形貌昳丽的小娘子。

她抬起眼时，眉目间的灵韵，让观望的众人都禁不住心口一滞。这般的小美人，一般情况下，并不容易见到。况且不光是听课的人悄悄回头看，连那捧着竹卷的江三郎，都抬起眼皮，往这个方向撩了一眼。

虽然他只是看了一眼、就重新将目光移开，但这短暂注视，仍然让下了马车、用手挡刺眼阳光的闻蝉惊喜了一把。

闻蝉扶着青竹的手，摆出自己最婀娜的步调，走向竹屋的方向。她心中美滋滋地惊喜着：今日定是到了我走运的时候。我不光出门没遇到意外，连和江三郎碰面，他都没有无视我，而是看了我一眼。

对啊，像闻蝉这种美貌，不引人来看一看的，简直等同于媚眼抛与了瞎子。闻蝉不期望用美好的品质吸引江三郎，她只想用脸，让他先看到自己……

闻蝉走向自己的目的地。

头顶一片叶子落下来，拂过了她眼前。闻蝉步子停顿了一下，绕开。

一片尘埃飞絮撒向她睫毛。闻蝉眼皮一跳，再往旁边躲开。

又往前方走了一步。

一颗石子，从上方砸下来，砸在了闻蝉的头发上。侍女们忙护住翁主，帮翁主整理仪容。

闻蝉再小心翼翼地往前走了一步。

一把鸟屎从天而降。

而有了警惕性的仆从们上前，解救翁主于危难之中。众人的关心询问声，甚至影响到了那边的朗朗读书声。又不少人回头来看，伴随窃窃私语；而这一次，江三郎再次抬头，看了闻蝉一眼。

闻蝉："……"

她已经不知道俏郎君总抬眼看她称不称得上是惊喜，因为她顺着事故发生的方向，抬头去望，她看到了坐在榕树上的少年小郎君。那少年坐姿桀骜的，不用细看就让人虎躯一震！少年脸上没多余的表情，眉眼在烈烈炎日下已经彻底晕成了一团看不清，但他手里团着的一个黄草鸟巢，却让人看得十分清晰。

闻蝉抬起头，看到少年郎抓着手里那把鸟窝，上下掂量着，并用阴森森的眼神看着她。闻蝉怀疑她再往前一步，他就能当头给她兜下来！

何愁何怨啊？！

闻蝉瞪着树上坐着的李信。

李信回她以阴冷嘲讽的嘴脸。

闻蝉："……"

在她自己尚没有弄清楚自己感情的时候，李信就已经帮她弄清楚了。闻蝉在地上站着，皱着眉；李信坐着的大树，正在江三郎头顶。闻蝉看江三郎，余光总能瞥见头顶那位抱着手臂冷笑的少年；而她看少年，余光又能看到表情温淡地讲着学业的青年。

……似乎流年依旧不利。

闻蝉心跳加速，琢磨着：现在掉头就走，还来得及吗？

"这位娘子，您是否先要个蒲团坐下呢？"闻蝉正踟蹰着，江三郎身边的一个小厮，怕她打扰到旁边听课的人，过来安排她坐下了。

闻蝉只好先坐下，而因为头顶那道刺着她一样的目光，少女压力很大。闻蝉懵懂了一会儿，过了片刻，就回过味来了。闻蝉手抠着案面，咬着唇纠结想：李信之所以这么对她，大约是他看出来，她的目的，其实是江三郎？

稍一想，闻蝉额上的冷汗便要冒下来了：一定是这样，李信必然看出来了。他那么一个人……他还喜欢她来着……世上每一个男子，看到喜欢的娘子对另一个男人上心，恐怕都会生气吧？

更何况是李信这种浑蛋。对她好时真好，然挟持她时，那也是真的。

闻蝉放在案上的手发抖，心想：我该不会不光给自己惹了麻烦，还给江三郎惹了麻烦了吧？李信对我好，是因为他喜欢我，想央求我也喜欢他来着。但是他对江三郎……

闻蝉往四方望去，寥寥数人，皆是前来听江照白传道解惑的普通人。而江三郎的仆从，就是几个小厮，还有一个在人中穿梭、给众人倒水的老妪。

再回想回想，江三郎曾任职廷尉正，武功应该不错，然在他之前，却又没听说江家出过武官。也不知道江三郎就带三两个仆从的话，李信若与他发难，江三郎打不打得过？

在这种心思不属的情况下，闻蝉恍一抬头，发现树上坐着的那名少年，已经消失无踪了。她猛站起，往前跨一步，却又呆呆站了半天，心中涌上一丝慌乱之意。日头在天，空气燥冷，闻蝉站在风口，说不清这种感情到来的理由。她傻站半天，直到周围人不停看她，之前那名小厮又过来提醒了，闻蝉才坐下。

一堂课，想要从江照白这里学到些东西的百姓们认真听课。但闻蝉从头到尾在走神发呆。好不容易坚持到中场休憩，众人都三三两两地起来，闻蝉也一脸恍惚地起身，转过身，准备返身回去了。

她忧心忡忡，脑海里一直闪过李信那张脸。让她心虚得要命……深一脚浅一脚地转过身……

“翁主，留步。”身后传来一把温温凉凉的声音。

闻蝉讶然，转过身，看到江照白宽袖长衫，木簪束发，眉目间并无笑意，清清淡淡地将竹简给身边小厮收好后，起身走向她。闻蝉站在原地不动，看着这曾经风华满京华的青年郎君站到她面前。她仰头看他高大的身形，颇诧异：“……你认得我？”

江照白眉目间神情清远，看她良久，拱手致意，并在她一脸微傻的吃惊中，笑了笑：“舞阳翁主，我怎会不认得？”

闻蝉心想：但上次我找你，你就把我当空气一样啊……

她看着对面的男儿郎，半刻后，心中倏然忘掉了一切不愉快，升起了勇气和希望。

闻蝉矜持高傲地回以江照白一笑。

江照白对她说：“翁主怎么会来这种偏僻的地方？”

闻蝉心说当然是为你了，面上却微笑：“我听说江三郎在这里传业，便想过来听听。我阿父常夸你才学好，让我大兄向你学习。我看过你写的宗卷……我觉得我也需要向你学习。听你讲授课业，我也受益良多。”

江照白陪她客套：“哦，翁主受到什么益了？”

闻蝉脸一僵，支吾一会儿，半天没回答出来。她根本就没听江照白讲些什么，她全程在思考李信的事。而且闻蝉心里明白，即使没有李信，她也不会认真去听江照白讲授的课业。她想追男人，她不是想当学生，给自己找个好老师。

小娘子的发窘，让江照白也意外了一把，没料到她的功课做得这么敷衍。江三郎默然半晌后，莞尔。他笑起来，让略严肃的面容，都宛然生动了好多。闻蝉心中一松一软，眼睛清亮而崇拜地看着他，心中愉悦。她觉得江照白真是美男子，他什么都不用做，敛目一笑，就能让人心里得到满足。

江三郎倒不为难闻蝉，他见闻蝉接不了他的话，就转了话题，说起他叫住闻蝉的最初目的：“我并不是质疑翁主来这边。只是翁主身份高贵，然这里大都是普通百姓。翁主容貌出色，又每次车驾劳顿，众仆环绕……大家都恐会冲撞了翁主，却忘了自己来这里的真正目的。失了我在此落居的本意。”

闻蝉眨眨眼后，懂了——江三郎说的委婉，其实直白一点，人家是说，你不该来。

原来江照白之所以喊住她，之所以看她两次，并不是被她所吸引，而是觉得她耽误了他要做的事……

她耽误了他……

晴空若有霹雳，劈得闻蝉一个恍惚，差点站不稳。

然她在心上人面前，仍然稳稳地站着，保持完美礼仪，还对他笑了一下，温柔答应：“好啊。”

江照白：“……”

他挑眉，开始觉得闻家这小娘子，可真耐打磨。

说完要紧事，又有小厮呼唤，江照白拱个手，就要走。谁料他走了两步，发现闻蝉并没有离开，而是跟着他，走了两步。江照白疑惑回头，看闻蝉仰头看着他，很认真地说，“江三郎，我觉得你一个人住这么荒僻的地方太不安全。我送你些卫士吧。”

她心里自得于自己的聪明：送了江三郎卫士，有借有还，大家有了牵扯，双方一来一往，就熟悉了。而熟悉后，就是她征服江三郎的开始。

江三郎看她半晌：“为什么送我卫士？莫不是翁主惹了麻烦，怕找到我头上，心里不安，所以来庇护我一二？”

闻蝉：“……”

江三郎好整以暇地打量她一番，更惊讶了：“我猜对了？”看到对面翁主快绿了的脸色，青年的目光，在她脸上停顿许久后，大胆再猜：“莫不是情债？”

闻蝉：“……”

无言以对。

在江照白面前，她有一种被扒光了衣服的错觉。这让她之前升起的那些与江三郎得以见面聊天的欣喜之情，打折了无数倍。这种目光如炬、明察秋毫的男人，让生活圈子简单纯粹的舞阳翁主，感觉到了一丝沉重的压力。

有些人，你与他的距离，越是相处，越是遥远。你初时不明白，但总有一天，你会看清楚的。

江照白看着闻蝉，看她神思不属，与他应付一二，留下了扈从后，就匆匆告别。闻蝉告别后，上马车前，还带着一种期盼般的眼神，回头来看他。江照白站在原处，衣衫拂风，动也不动。少女撇撇嘴，又像是失望，又像是不屑。

而放下帘子，闻蝉留给江照白的最后影像，眸子乌灵，面颊粉白。她的长相美艳，其中又带一种天然的娇憨懵懂。她还是一张白纸，自己都不知道自己在干什么，就已经先行动了。

江照白心里叹口气。

他其实知道闻蝉是什么意思，但是——

小娘子。

这位娘子……对他来说，实在是太小了。

李信走在黄昏的街道上。

穿街走巷，行行绕绕，他周身散发出的一股戾气，让看到他的人，都自觉退避三舍。而他没有像平常喜欢的那样高高走在墙上、树上，他老老实实走在人群中的样子，凶神恶煞、满目厉寒。没有人敢和这种人打交道。

李信在想着方才在城西竹屋前，他漫不经心地坐在树上，听树下的青年讲书。少年手里玩着鸟窝，一边想着乱七八糟的事情，一边听江三郎的传业。江三郎身上气质乃是贵族风范，但他的言行举止，并没有瞧不起他教授的那些学生弟子。有人提问题，他也耐心解答。江照白面上看着不觉得好说话，但他表现出来的，却当真很有耐心。

李信是会稽郡城的地头蛇，什么样的人，他都有打交道。江三郎这个有趣的人，让他觉得很有意思。李信等在这里，便是很想等江三郎停下课后，大家交流一二，做个朋友也好。

但没有那个时候。

不是江照白不肯与他这个街头混混说话，而是李信先行离开了。

因为他在那里，看到了一个不应该出现在那里的小娘子——闻蝉。

少年走在街上，心中有火熊熊燃烧，烧上他的喉咙口腔，烧上他的眼睛头发。他全身都在冒烟，怒意让眸子变得血红，充满森然之感。他紧攥着手，手上青筋跳动，忽而过一棵槐树，少年一掌拍了上去。

树干被沉重一震，寥寥树叶哗哗哗摇落，落了他一身。

尘土也埋了他一脸。

但这无法让李信冷静下来。

闻蝉……还有江照白……

闻蝉是什么样一个人，李信以为自己已经很了解了。可是他又刚刚发现，他还是不够了解她。

她喜欢江照白！

李信恍恍惚惚想到了之前的片段。

某一次，他在城中意外与闻蝉相遇。那时她打扮得光艳明耀，让他在墙上看到时，满目惊艳。李信现在想起来，当时的巷子，似乎就是有另一个人在。当时李信没有留心，而现在一上了心，他一回顾，细枝末节，自然就全都想起来了。

那个背着他们走远的青年郎君……背影萧肃，身形颀长……

李信出离愤怒！

闻蝉欺骗他，竟欺骗到这个地步！她不光是瞧不起他，她还另有心上之人！

真相来得猝不及防，让李信想要当场回去，杀了江三郎！他就应该杀了江三郎，杀了江三郎，就什么烦恼都没有了！

李信根本在那里坐不下去，他就怕自己看闻蝉，看着看着，忍不住想扑下去杀人。他尚没有到那种丧失理智的地步，但是现在，满脑海的，李信真的在计划如何杀掉那个人了……

在愤怒的同时，少年又感觉到一股彻头彻尾的痛苦和酸意。

火灼烧他的心肺，也烫伤他的心肺。他全身都疼痛，从心口的方向，往四肢百骸流窜。那种痛，像带着刃的刀子一般割破他肌肉骨血，鲜血淋淋。他想不通为什么会这样。

那天还亲他脸的女孩儿，今天，就用实际行动扇了他一个巴掌！

闻蝉虚情假意，闻蝉不把他放在心里，闻蝉与他若即若离，闻蝉始终不曾真正对他投入感情……李信知道，全都知道！可是他仍然不知道，她已经大胆到了这样一种地步！

她玩弄他的感情！

她心中必然很得意，他这么掏心掏肺地对她，她不曾对他笑一下，却两眼亮晶晶地看着另一个人，却坚定地走向另一个人……

他以为她对他哪怕有一点真心……闻蝉在他背后，在狠狠嘲笑他吧？！

下了雪。

今年会稽，气候似不正常，总在下雪。官寺一方已经向朝廷申报，想提前预防雪灾等事宜。朝廷的批文至今不见一个字，李郡守不再等候，自行开了官库，随时准备接济百姓。

而藏在底层的混混地痞们，仍然想方设法在找一个后腰有胎记的年轻郎君。

阿南在满大街地找李信。

下大雪的晚上，他在一家酒肆外的木台前，找到了快冻成雪人的少年。他几次经过那里，觉得眼熟，又没有放入心里。最后一次终于察觉，过来拍开了那人头上肩上的雪花，才看到少年僵冷的面孔，和幽静漆黑的眼睛。

“阿信？”阿南快被他这种沉寂的眼神吓死。

李信过了一会儿，才冷漠地问：“有事？”

阿南滞了一下，看少年的眼神。李信在雪地中的木台上独自坐了很久，身上全是雪，被雪埋了一半。但是他冰雪下的眼睛，虽然死气沉沉，却是属于活人的眼神。至少，当阿南开口时，李信回复了。

还会说话就好。

阿南坐在他旁边，也不知道李信怎么了，却先说自己找他的理由：“李郡守家以前丢了个儿郎你知道吧？现在他们想托我们找回那个郎君。大概十四五岁，后腰有很明显的火焰形胎记。总之找到了，对咱们是有好处的。”

李信无动于衷。

阿南皱眉：“后腰的胎记……奇怪，阿信，我总觉得我好像在哪里看到过？”他开玩笑地搂住少年的肩，“阿信，你说那位贵人家的郎君，该不会是咱们里面的人吧？不然我怎么会觉得好像见到过？哈哈，如果真是这样的话，那就好玩儿了。”

李信仍然没吭气。

阿南终于不耐烦了：“你到底怎么了？”

李信根本不关心阿南说的什么胎记，他现在只想着一件事：“她心里喜欢别人。”

阿南：“……”

他侧头看着李信，看少年孤独地坐在风雪中，纹丝不动。李信和舞阳翁主的纠缠，阿南作为最早知道闻蝉身份的人，当然也是最早旁观这两人感情变化的人。阿南无数次佩服李信狂妄，也无数次心累于李信的见色起意，但他也无数次地暗自祈祷，让阿信的情路顺利些。

虽然，阿信喜欢上一位翁主，注定他不会情路顺畅。

他不光得赢得翁主的心，他还得与无数比他更加强大的儿郎们竞争。

这条千难万险的路，李信走得毫不犹豫。却是只有这个下雪的夜晚，他坐在寒冷中，难过地跟阿南说："她心里喜欢别人。"

阿南问："那你怎么办？你要放弃？"

李信冷笑。

阿南再问："你……对了你知道翁主喜欢的那个谁是谁？"

李信再冷笑。

阿南看他幽黑的眼睛，快被他眼中那股子疯狂劲儿吓死了。阿南站起来，作为最熟悉阿信的一众兄弟中的一个，他失声："阿信，别告诉我，你打算杀了那个人！"

李信抬头，与阿南的目光对视。

在少年的担忧中，李信非常冷静地说："我要不要杀这个人，取决于她到底是怎么想的。"

阿南："……"

阿信疯了！他为了一个女人疯了！

阿信以前可从来不为这种事就起杀心的！阿信要是这样的人，他们也不敢跟着他一起干啊！

阿南站在他旁边，看雪还在纷纷扬扬地下着。他望着坐在台上的少年半天："那你现在在干什么？"

"在难过。"

"……"

阿南费解地看他半天，最后还是认命地坐了下来，陪李信一起发呆。就这样吧，兄弟间就是这样的。阿信已经有了决定，他连吃醋都吃得这么惊天动地，恐怕要走上一条不法之路。不过阿南本来就游走于戒律之外，他觉得阿信想杀人就杀吧。

大不了事后，他们再一起逃难呗。

两个少年，在雪地里坐了一夜。

阿南陪李信坐了一晚上，陪他发了一晚上的呆。这是自从李信和舞阳翁主扯上关系后，阿南第一次看到李信做出不像是他会做的事——为一个女人失魂落魄。但这只是开始，从此以后，他将无数次见证李信的疯狂。

少年能狂，总是用他一腔炽烈感情，哪怕爱，哪怕恨，去回报一切。

同时刻，在李信发傻的时候，闻蝉其实有感觉。

当晚，她让不少扈从守在院中，唯恐李信发疯硬闯，欺负了她。她不能预计他会做出什么事来，正像她都不知道，李信对自己的感情，知道了多少。闻蝉有时候觉得李信聪明，但更多时候，李信在面对她的时候，于感情方面，被她戏耍。

当一个无比自信的少年，得知自己成为一个笑话的时候，他的嫉妒心，会让他做出什么样可怕的事呢？

闻蝉不敢想象。

她又害怕，心却又乱。她不知道自己该想什么，她没有觉得自己有错。可是当白天时，一抬头，看到树梢上的少年消失时，那一刻，闻蝉是感觉到心里空了一块的。

有些东西，她拒绝承认，一次又一次地否认。然心中的天平，却总是在寻找理由，去偏向那一头。

当晚，舞阳翁主做好了充分的准备，她彻夜睁眼到天亮，一时一刻不敢错过。但是李信没有来找她，没有质问她，也没有跟她算账。

次夜睡梦中，忽而感觉到什么，闻蝉睁开眼，看到一个黑影坐在床头。月光从外照入，少年不动声色地摸入她床帐内，面容森森，不知道看着她看了多久。坐在她床头支着下巴看她的少年，除了面上那种时不时闪现的幽冷眼神让人惊恐外，总体来说，他爬床的次数，让闻蝉都不那么惊讶了。

实在是次数太多了……而且他也没做过什么。

李信勾唇："知知……"

闻蝉打个哆嗦，抓紧被衾后退，张口想叫，被他伸手捂住。闻蝉再次哆嗦一下，他的手好冷。

他笑眯眯："来，知知。别怕我，我不会杀……不会伤你。我只是来和你讨论一些事情，只是讨论，不会动手。"

"第一个问题，"少年仍然在笑，他的笑，让她觉得恐怖，"你那天，为什么亲我脸？"

他提供给她两个选择："是对兄长一样的喜爱，还是对父亲一样的喜爱呢？"

闻蝉："……"

这什么问题啊？！

夜中纱帐，一床之隃，少年依然像个采花大盗一样坐在她床边，充当吓唬闻蝉的人。他冷得冰块一样的手捂着闻蝉的嘴，等阴恻恻地问完自己的所谓第一个问题后，就放下了手，示意她可以开始说话了。

闻蝉用被子裹紧自己的身子，低着头，扬着眼看李信。她心中战战兢兢，仍然不知道李信的想法到了哪一步。她觉得他大约看出她对江照白的心思了，可是她又不知道他看出了多少。

"知知？"看女孩儿垂着头默然不语，抱着被子哆哆嗦嗦，李信笑着追问了一句。他往前坐一步，闻蝉就警惕地往后躲一步。李信厌恶她对自己的躲闪，嗤之以鼻：躲什么？他要是真想怎么了她，就她那小身板，反抗得了？她也就仗着自己喜欢她，不会拿她怎么样罢了。

李信对闻蝉恨得牙痒痒：知知太知道他的弱点在哪里了！

闻蝉就是知道啊。

她适当示弱，真真假假，将李信哄得团团转，而她还一派天然纯澈，没受什么影响。比如现在，少年控制着自己一身狂风骤雨般的暴戾之心，闻蝉还能谨慎地抬起巴掌小脸，试探问他：“我如果说是父亲一样的喜爱，你能接受吗？”

李信眸子一沉，冰凉的手伸过来就要捞她。他的手碰到她的脖颈，女孩儿发着抖，立刻往旁边爬。

闻蝉斩钉截铁般改了口：“兄长！一定是兄长！”

李信这才满意收回了手。

他对闻蝉算是自暴自弃了，知知的没良心，总是一次次挑战他的下限。少年抹把脸，苦中作乐想：兄长就兄长吧，兄妹情还能往情人的方向走。他就不信他挖不了闻蝉的墙角了！

想到某个人，少年的脸再次沉了下去。

他面上倒没有带多少情绪，问闻蝉第二个问题：“如果你阿父和江三郎打架，你帮谁？”

闻蝉：“……”

李信好整以暇等着她的答案，闻蝉丈二和尚摸不着头脑，不知道他问这个什么意思。她又诧异，又老实答：“当然是我阿父了啊。”

李信便笑了。

他再问她：“江三郎长得好看，还是你阿父长得好看？”

闻蝉：“……”

她还真比较了一下：“江三郎好看。”

李信脸寒了下，却并没有比他一开始来时候带的一身冰碴子那么瘆人。他停顿了一下，接着问：“江三郎好看，还是你好看？”

闻蝉：“……”

这都是些什么怪问题啊？

李信嘴角噙笑，哄她道：“知知，你好好答。答得好了，我就给你一个奖励。答得不好了，嘿嘿。”

闻蝉没有被他的奖励鼓励到，却被他的“嘿嘿”后无尽遐想空间吓到了。她怕黑，怕一个人待着，于是她也会怕各种狰狞可怕的想象。闻蝉快速认真回答：“当然是我比江三郎长得好看了！”说完，她觉得自己脸皮太厚，不像个高傲的翁主该有的样子，还反问李信，“难道你看不出来吗？”

李信眼中笑意浓浓：“看得出来，看得出来。”

他坐在她旁边，心心眼眼都是她又娇又艳的样子。她仰着脸隐晦地白他，月光投帐照在她面上，乌发白面，女孩儿梨花映水一样。别说一个江三郎了，在这时候的李信眼中，全天下的人加在一起，都没有知知一个人好看。

她活泼有趣的样子，让他认栽，都不想再追问了。

李信要花费很大的力气，才能绷住那口气，继续让闻蝉琢磨不到他到底是什么意思：“要是让你在亲我一口，和为江三郎去死之间选择，你选哪一个？”

到这会儿，闻蝉眨眨眼，其实有点明白李信问她的目的是什么了。他口口声声不离江三郎，他果然是看出来了，并且吃醋了。他在通过问她的问题判断她的感情倾向。

她当然是喜欢江三郎的啊。只是他的问题，正要指着她感情动摇的那一面……

闻蝉还要琢磨，眼看李信又要威胁她了，忙不情不愿地给了他答案："……亲你一口。"

"那你喜欢江三郎什么？他长得好看吗？"

"当然不是了，"闻蝉横他，她才不是那么肤浅的人！她很吃惊他怎么会以为她这么浅薄，"我和江三郎身份相配，他能文能武，还当过大官……反正很有本事。他还会更有本事的……"说到这里，怕李信又发怒，闻蝉补充一句，"当然，你也很有本事啦。"

"哈哈哈！"少年没有发怒，反是纵声长笑。

笑得闻蝉都觉得这么大声，不怕她的扈从们听到声音赶过来？！

闻蝉噘着嘴角看李信，她目中带一份嗔怒，里面掺杂无数对他的抱怨。然在一来一往的问话中，李信已经消去了她的害怕。李信一直在努力消除她对他的恐慌，从第一次相遇到现在，闻蝉都已经不怎么觉得李信会伤害她了。

她不光觉得他不会伤害她，她都不怕他欺负她了。

李信放声笑，笑够了，痛痛快快地跳下床站起来："好了知知，你睡吧。我问完了，走了。"

"等等！"闻蝉跪在床上，看他要走，往前奔了两步。李信回头，扬眉问她。闻蝉想了片刻后，换个稍微委婉的说法，"你、你还要追着我不放吗？你看我都……强扭的瓜不甜……"

闻蝉又要劝李信放弃她了。

李信俯下身，凑过来。他不笑的样子，眉目冷然，充满了侵犯感。闻蝉往后退，腰肢被他搂住。他一手搂着她的腰，一手捧着她的小脸。他慢慢地凑近她，面容越压越近。女孩儿的腰肢被他扣住，柔软的上身往后弯。然再往后弯，仍有个限度。李信仍然一步步在逼近她。

他离她越来越近。

长眉压眼，近距离下，看到他眼睛像深渊一样，幽沉漆黑，望不到底。

少年的呼吸灼热地喷在她面上，她的呼吸，也在一寸之地，与他交缠。这片小小天地，月光被留在身后，少年压迫向少女，谁的心跳，不知道先开始狂跳。另一个人，被带动的，面红耳赤，心跳急速。

好热……

他还在靠近……

他的睫毛，快碰到她了……

闻蝉身上僵得动也动不了，她想抬起手推开他。但她手指只是动了一动，眼睛瞪大看着他，却连抬手的动作都做不出来。她看着他凑近，面孔贴上了她。这样的肌肤碰触，让两个少年，都轻轻地抖了下。

李信贴着她的脸，在她耳边，轻喃一样的宣言："强扭的瓜甜不甜，一，被扭的瓜说了不算数；二，甜不甜在于瓜本身，不在于‘强扭’不‘强扭’。”

被扭的瓜呆若木鸡。

而少年站了起来。

周身那种压迫感骤然消失，闻蝉抬头。她的心脏还在狂跳，他站在床头，却露出一个睥睨了然般的眼神。他笑话了她一眼，转过身，往窗口走去。少女跪坐在床上，保持着之前的样子，呆呆地看少年潇洒地跳窗而走。

人一走，闻蝉趴在床上，脸埋在枕间，手在床板上重重一捶，愤恨骂道：“讨厌！”

她还以为他要亲她！

她要尖叫要躲避要喊人来着！

结果什么都没有！

舞阳翁主那边，扈从侍女们一晚上在陪着闻蝉压惊。李信这边，飒飒然地坐在高楼屋檐上吹风，俯瞰着会稽郡城夜间的千楼万瓴。檐上视野开阔，万物笼罩着薄烟淡影，他的心情无比畅快。

黑夜中，少年坐在会稽最高处，想着闻蝉，便止不住发笑。

他常恼恨知知的没良心，凉薄。

这恐怕是第一次，他觉得知知没良心，不懂情，也挺好的。

她根本没有对江三郎情根深种，她完全凭着一腔浅浅的直觉，去喜欢郎君。她就是觉得身份差不多，地位差不多，又是个有本事的郎君，嫁给他自己会过得很好。所以闻蝉就去喜欢了。

她的喜欢那么浅，像一汪清水，李信伸手在水里搅一搅，都很容易搅干。

少年枕着手臂，往侧一趟，就睡到了斜向下走的瓦片屋檐间。天上星河翰翰，倒影在他眼中。他看着天上的星汉银河，星辰也在俯望着他。昨夜的雪，今天已经消融。屋檐上有一些残雪，也有一些凝成的水洼。水洼中，倒映着一个个星海。像一团团的迷雾，也像是一个个眼睛。宁静的深夜，少年一人高高躺在上方，享受独属于自己的快活。

夜风吹拂，银星在天。李信躺在高处，闭着眼，嘴角挂上钩子一般的笑。

他喜欢闻蝉的模样。

他更喜欢闻蝉走在人中间，那种漫不经心的样子。

她不为男人而迷恋，她不为谁而停留。她懵懵懂懂，走入这个绚烂的人间，旁人已经为她染上了一身污彩，她还是干干净净的。漂亮的女人会撒谎，会骗人。漂亮的女人不轻易为男人心动。漂亮的女人身上，还有说不出的勾人的味道。

李信也不想杀江三郎了。

他受不了闻蝉欺骗他的感情，但是闻蝉这种骗，又在李信喜欢的范围内。江三郎恐怕都不知道闻蝉这么个小娘子，杀了实在无辜……不！李信忽而又坐起，盘起双腿，摸着下巴沉思。

江三郎不会不知道闻蝉的。

闻蝉那么好看，正常郎君，哪怕不喜欢，都会多看一眼。而闻蝉追慕江三郎，江三郎也不知道看了多少遍……这么长时间看下来，江三郎不会心动吗？

李信琢磨半晌，还是觉得江三郎这个人，得探探底。

傍晚的时候，江照白如往常般，去城中常去的酒肆打酒。回去时，会经过一道很幽长的巷子。江照白提着酒坛，穿着白衣，慢悠悠地在街上走。墙头靠着树，则坐着一个少年郎。

李信正一本正经地低头看墙下经过的青年郎君，想：该怎么和江三郎不打不相识呢?

他往手边看两眼，腿往墙上某点一踢，一个土石就扑通扑通滚了下去。石头目标明确，直向着江三郎手中的酒坛子，一路狂奔而去。等墙下走路的江照白察觉躲避时，无妄之灾已经降临到了他头上。他低头，看自己空了的手，再看看破碎酒坛，洒了一地的酒水。

上方一个少年痞痞的声音传来："抱歉，打了你的酒坛，我赔给你吧。"

江照白抬头，看到是一个少年。那少年伏趴在墙上，随意地跟他打个招呼。漫不经心，心不在焉。口上说着赔酒，言语动作却全无那个意思。江照白沉默半晌，慢慢说："不必了。"

算了，小乡僻野，又是一个混混样子的少年。他也不想计较了。

少年微微一笑，从头顶一跃而下。江照白要走的时候，路被他挡住了。少年看着他，嘴角勾起，语气怪怪的："兄长莫走，我说过赔你酒的。"

江照白淡声："我也说不用了。"

他容貌出众，气质温雅，口气却是淡淡的，有些疏离。

江照白往旁边挪，少年往旁边挪。

江照白再走，少年再挡。

他们两个一来一往，竟是半天，江照白都没有走出去。青年温淡的眸子神色变了，开始认真地打量这个小郎君。他在长安时做过廷尉，专掌刑罚，对这些三教九流的混混，也接触过一二。然一个混混，能这样步步挡着他的路，实在不简单。

莫非是政敌派来的?

江照白生了警惕心，道声"得罪"，当即抓向李信的肩膀。

而李信等着的，本就是这个机会。身子滑溜溜一闪，便绕到了江照白的身后。青年回头，看少年欠欠地吹声口哨，勾起小指头，冲他笑了笑。这种挑衅的风格，江照白倒不生气。他为人冷静，从不为别人的挑衅而肝火大盛。只是这个少年，恐怕并不简单。

一道深巷，青年和少年几下里，过了数十招。

李信不动声色地试探着江照白的武功，心里撇了撇嘴，想到：不过如此嘛。

他幼时有宗师指导，武学天赋极好。小小年纪，纵横天下，已经少有人是他的敌手。李信就是好奇，知知看上的郎君，到底好在哪里。现在看江照白武功非常普通，李信就失了兴趣，打算住手，与江三郎来个不打不相识。

他正要收手时，忽看到对面的青年招式一变，与他交手时，有个招式，让李信非常眼熟，以至于愣了一愣，让青年扣住了他的手腕。李信回过神，手腕一沉，与江照白另一手对招，一翻一起，身子斜刺往后跨，期间，一个与江照白方才所使、七分相似的招式，被他用了出来。在江照白愕然中，李信神龙摆尾一般，跃上了墙头。

两人就此收手，江照白沉默着，听到李信慵懒的指点声："你刚才那一招啊，错手时机选得不够好。我已经往前让了一步，你该使出后面一招'游门走'，而不是你用的那招'鱼跃门'。"

江照白看他一会儿，慢慢道："游门走？我不会这一招。这套武学，是在我少时，苍云先生在我家中做过一段时间门客。他为报答我父亲救济之情，便教了我一些武功。我只跟他学了不到一个月，没有学全苍云先生的武功，也不敢以他的学生自居。倒让小兄弟见笑了。"

李信笑容坏得很："不敢以他的学生自居？你现在都把他名字点出来了，恐怕你很想以他的学生自居吧？"

江三郎看着墙上那少年，缓缓地，露出了笑。之前他身上那种客气疏离，在这会儿，消散了很多。多么可怜，闻蝉花了那么长时间，不曾让江三郎对她另眼相看。李信与江三郎真正相识第一面，就让江三郎站在巷口，冲着墙上那少年拱手致意，以又憋屈、又欣慰的复杂语言称呼一声："……师兄。"

他年龄比那少年长将近一半吧，竟上赶着屈叫一声"师兄"，想来也是让江家三郎心情复杂。

李信嘿笑："好师弟。"

李信跳下了墙，得到了想要的满意结果。在与江三郎正式通告姓名时，看着对方清清淡淡、胸有丘壑的样子，李信心中升起了一个奇妙的想法：

岁月千秋，知己难遇。

八百年彭祖，三千岁瑶母。

似江照白这般光风霁月之人，闻蝉恐很难让他第一眼看中。而第一眼看不中，第二眼第三眼，则总是难上很多。

那么，如果李信与江照白成为朋友，成为知己，甚至称兄道弟，那么，秉持"朋友之妻不可戏"的江三郎，不就从一开始，就断绝了对闻蝉动心的可能性么？

李信挺欣赏江照白。

他想换个方式，达到破坏江照白与知知交好的目的。

李信自在这边千般算计闻蝉的因缘，闻蝉是一点儿也不知道。她思来想去，还是觉得李信是个危险人物。她又觉得自己送出去的卫士，对李信来说，和没送一样。但是闻蝉又不能真的因为自己的原因，害了江三郎啊。

她多怕李信去找江三郎的麻烦！

青竹看她这样烦恼，便说："翁主与江三郎直说啊。他那样的人，说不定有法子对付李信，省了翁主您的烦恼，"顿了顿，很奇怪看翁主，"翁主，这么好的与江三郎打交道的机会，您要放过么？您什么时候这样害羞了？"

害羞？！

闻蝉望侍女一眼，深觉得对方太天真。小翁主语气深沉道："我不怕与江三郎打交道，我是怕我没命总与他打交道。”

每次当她想见江三郎时，总有意外会从天而降。大大小小，说不定哪一天，天降星陨，她就这样被砸死了。

青竹：“……”

不过在府上踱步良久，舞阳翁主再想了很久后，还是小心翼翼地决定出门了。她抱着乐观的心，自我催眠：也许一切都是我的错觉。我和江三郎还是有缘分的，比如上次，他还留我说话来着……虽然有李信这个狂徒半路扯进来，但这已经是我和江三郎见面以来的最大进步了！

当时天初亮。

为了防止江照白再次说她前簇后拥、影响他教授学业，闻蝉早早在还没进巷子的时候，就下了马车，让自己的仆从们留在了巷子外。她振振衣袂，独自怀着忐忑的心，走这一段很长的路。

她有点怕这种只有自己一个人走路的感觉，便强迫自己去想待会儿如何与江三郎说起李信可能造成的威胁。

李信即使人不在这里，仍紧紧抓住了闻蝉的注意力。

闻蝉想了一路，做了一路心理建设，万万没想到，在最后一步告罄——她好不容易寻到了江三郎的竹庐外。在江三郎的这里，闻蝉不光见到了该见到的人，还见到了不该见到的人。

晨光熹微，天未大亮，那些前来听江三郎传道解惑的学生们没有来，有个人，却早早来了。

竹庐外的榕树下，一方木案，两张蒲团。着白衣的清雅如谪仙人的青年，与对面粗布衣裳的少年交谈甚欢，不时发出笑声。少年在闻蝉露面的第一眼，就注意到了。日光跳跃在他阴险无比的脸上，他抬起脸，冲她露出一个意味深长的笑。

闻蝉无言。

因为李信在谈话中的停顿，江三郎也注意到了有客来访。回头，看到微光清风中站立的美娘子，江照白面容顿了一顿。他有些头疼这位小娘子怎么又来了，却并不发作。他客气地跟李信介绍：“贤弟，你来，我与你介绍。这位娘子，乃是舞阳翁主。翁主，这位是……”

闻蝉：“……”

贤弟？！她头晕了一晕，特别想掉头就走。

而在她无言以对的时候，那少年郎君对她露出意味不明的笑，讨打无比：“不好意思，又是我。还是我。”

这方正在交流感情，天下大同，阿南等街头混混们，还在帮忙找李家那位儿郎。少年李江前两日被李信叫去看私盐的事，因为一心想从中作文章，好卖与官寺，李江积极对待此事，倒不知道李家二郎的事。

这日清晨，他忙完那边的事，回到这边。过一个街道，听到两三个地痞们在说李家二郎的事："……阿南让咱们找那个后腰有胎记的郎君。谁知道那是李家二郎啊？这一下子找到了，升官发财，就好咯！"

李江躲在阴影角落里，听了半天后，脸色，慢慢阴冷了下去——

后腰胎记！李郡守家的郎君！

他不知道！李信和阿南，竟瞒着他！

李江在寒风中七绕八绕，中途有遇到人和他打招呼，问起阿信那边的事。眉目姣好的少年都噙着笑应了，不等人看出一点阴鸷的痕迹。他穿着厚厚的棉袄，东一道泥点西一条污痕，这是他的日常穿着。在晨风中过了官寺，看到穿着威武官服的小吏们在门口交接昨日事务。有小吏看到他，回头招呼他，他露出灿烂笑容。

"府君来了！"有不知谁喊了一声，门口一众小吏们立刻整理好了队形，迎接街尾骑着高头大马的中年男人。

那男人骑着马，悠缓地行在早晨的街道上。有小厮牵着马，有卫士前后照应。那便是李郡守，会稽郡中的新任长官。他的脸逆着光，在渐升起的日光下，回头看时只看到刺眼一团。但是那副威严威仪的样子，让躲在角落里的李江静静看着。

少年露出似哭似笑的古怪表情来。

忽而抹把脸，扭过头，一溜烟跑开了。

李怀安下马时，若有感觉，顺着那道奇妙的牵线回头，只看到一个黑影少年跑开的影子。郡守关注一个少年，立即有机灵的小吏边牵马边解释，说那也是个混混。李怀安便不再看了，收回目光。

李郡守有些烦躁地问："这么久了，还没有消息？"

下面的人心中想着：近十年没消息，怎么可能现在一两天就有消息？

众人齐齐沉默，如有一把刀悬在头顶，随时掉落的危机，让人心情沉重。

而少年李江以最快的速度跑回他们几个人住的院落，自陈朗离开这里、带着妻儿去徐州后，这里便成了他们几个人的歇脚处。李江跑进了院子里，惊起树上的麻雀扑棱着翅膀往天上飞。院中杂物堆得很多，此时静悄悄的，没有一个人。

李江心里知道。

他们都不在。这个时间，他们要么忙着去走鸡斗狗，要么去搞私盐生意，再要么……去满大街地找那位李家二郎了。

李江进了屋，将屋门从里头紧紧关上。逃离外头的逼仄环境，在这个布满蜘蛛网、墙上挂遍尘土的小屋里，他紧绷的神经，得到了片刻缓解。李江站在屋子一角，缓缓地脱去外袄。一件件，一层层，他将上身的衣物一点点褪去。

衣服扔在地上，他也不管。微冷的空气中，露出来的清瘦少年身体，被风一拂，生起了一层鸡皮疙瘩。

所有的上衫都丢在了地上，少年单薄光裸的身体，暴露在了光亮中。

手脚修长，肌骨嶙峋。

后背布满了伤，大大小小，疤痕很多。一根秀长的脊骨从上向下，支撑起整个后背骨架。而在尾骨部分，后背近腰处，有道痕迹，比周围的伤痕，都要明显。

李江没有铜镜去看，也没有借水面去看。他无比熟悉自己的身体。

他脱去上衫，站在屋中，手伸到后腰处，指尖摸上了那道痕迹。沿着轮廓，勾勒出了一团火焰。

旁听到的话，历历在耳。火焰形胎记……整个会稽郡城，都在找一个后腰有火焰胎记的儿郎，千辛万苦。却没有人知道，少年李江的后腰处，这道胎记，伴随他从小到大。

少年垂着眼，手指抚摸着后腰的胎记，指节发抖，面上则露出茫然的、似是而非的表情。

李郡守……李家……会稽……

他恍恍惚惚想着，原来是这样吗？

原来他竟是李家那个早早丢失的小郎君吗？

这些年，他跟着李信一伙人，到处跑，到处闯。他偶尔听说过会稽李家在找孩子，只听过一耳，却从来没认真听过。会稽李家，那是百年名门，和他这样的地痞流氓无赖，有什么关系呢？

李江从来不敢奢望自己和那样的大家族扯上关系，他人生最想做的事，也不过是赢了李信。在一众兄弟间，振臂一呼、众人跟随的那个人，他希望是李江，而不是李信。他跟着李信这么多年，他羡慕又嫉妒，他满心把李信当成自己的目标！

却突有一日，他得知，原来可以不是这样的。

李信……李信算什么呢？

和百年大家李家比起来，李信犹如蜉蝣一般渺小而卑微。

李江……李江他又本是李家那个郎君啊。

幼年走丢，失踪多年，生死无望。

那个孩子，独自在人间爬模打滚许多年，自己教自己成长，自己养活自己。该学的，他没有学过；不该学的，他学了一身。他无数次回想自己的幼年时期，也只记得被拐后暗无天日的生活。是李信领着他们逃了出去……此后他们便一径跟着李信混了。

所有人都信任跟随李信，李江独独不那样。他永远在不服气，永远在不肯认输。他将自己的心事掩埋得那么好，因为他连和李信分庭抗争的勇气都没有。他是否应该有比李信好得多的人生呢？

无数次去想象。

却没有一次想得到李家。

他是被抛弃的那个人，他从来不曾指望过不被舍弃的人生。人生艰难，他自幼就知道。而又假如，他其实不必知道呢？李家那样的人家，他大概只有在梦中，会留恋一二吧。也许他幼年时锦衣玉食，也许他本该成为和现在完全不一样的人……但是人生在中间出了个岔道口，拐了个弯。从此后，天南海北，再也不曾梦回故园。

少年呆立在屋中。

“阿江！你一个人大白天待屋里，还关门？跟娘们儿似的……”李江呆在屋中感伤踟蹰时，屋外传来少年大咧咧的喊声。阿南的喊声在外，随着喊声，人很快也到了门口，推开门。

李江心中一凛，收回自己一腔胡思乱想，抱起扔了一地的衣袄，往身上披。他想到：不行！不能让阿南知道自己可能是李家的儿郎！阿南和李信从来就关系好，同伴们去了徐州，阿南都跟着李信留了下来。自己从小和这帮人长在一起……不定什么时候，有人就知道自己后腰的胎记。阿南和李信定然知道！不然他们为什么没把找李家二郎的事情，告诉自己呢？他们一定是在提防他！李信诡计多端，难说不在打什么主意！

李江大脑冷了下来，觉得自己在这一刻，真正站到了李信等人的对立面——他们不许他认亲，他非要认！他不光要认，他还要送他那个未曾谋面的父亲一个见面礼！

人的性情极端，也许天生，也许非天生。可当对某个人有了偏见，当某种习惯成为本能后，再也不会去改变了。

环境塑造一个人。

环境也毁掉一个人。

阿南满不在乎地推门而入，看到李江匆忙忙地穿衣服。在他眸子一闪后，少年回头，作惊喜状对他笑："阿南哥，你回来了？这单生意成了吧？阿信没回来？"

"阿信去找人聊天了。"阿南随口道，再望了遮遮掩掩的李江一眼。

在最开始进屋时，他看到了李江的后腰……而正是这一眼，模糊的记忆从大脑深处搜寻回来。他想到了曾经看到过的那个胎记——果然是在他们里面人，其中一个的身上。他与阿信说时，阿信还无动于衷！

原来是李江！

兜兜转转，李江就是李家现在在找的那个孩子！

以阿南的脾气，横冲直撞，他当即就要问出来。却是即将开口时，脑子顿了那么一下。这个短暂的停顿，让他不得不怀疑：李江为什么不跟他们说？李江为什么要遮挡？

有了享受荣华富贵的机会，李江在想什么？

他陡然想起了那天下雪，阿信为他的小美人心情雀跃。阿信为小美人心情激荡时，还不忘提醒阿南："李江大概有些问题。"

一语成谶。阿南的心，沉了下去。

李江，到底在想什么？算什么？是真的只是近乡情怯、暂时不想问不想说呢，还是如阿信说的那样，包藏祸心？！

阿南一下子头开始疼，骂了句脏话，烦躁地跟李江说客套话，说得他十分想揍人一顿！他性子直来直往，与李信那种九曲十八转的弯弯肠子完全不同。李信天天想东想西，阿南就觉得他瞎想，事多。但是到了这种关键时候，阿南又无比希望李信在场！

阿信要是在的话，就知道遇到这种情况，该怎么办了！

不像他，傻站着看李江与他装模作样地客套，都不知道该不该发火。李江言笑晏晏，阿南却快把自己给憋死了……

被阿南在心里念叨着的李信，还待在城西竹庐前，与江三郎交谈甚欢。舞阳翁主木然坐在一边，时不时往那边的二人身上瞥一眼。少女心不在焉地看着小厮煮茶，在心里抱怨：江三郎和一个混混有什么好说的……江三郎也太不讲究了。

江三郎和一个混混聊那么开心，都不怎么跟她说话……

再加上那个混混还是李信……这一切更让闻蝉心慌意乱了。

她特别不喜欢江三郎和李信交好，李信和谁交好她都心慌。可是这也不关她的事……闻蝉定定神，往他们那边挪了挪，想听两个男人在聊什么。她能否加入话题去——

江照白声音沉静："……贵族情形皆是如此。把持朝政，寒门子弟入门无望。千百年的上层社会，进出往来之人，皆是名门望族。无人能撼动他们的地位，朝中官吏，也尽是名门子弟。时日已久，腐败丛生。像是一个蛀虫，已经从底子上开始摧毁这个国家……他们要么无动于衷，仍在日日享乐；要么拆东墙补西墙，解决不了问题根本。长此以往……"

李信随意接口："长此以往，楚国必亡。非亡于蛮寇之手，而是亡于朝堂。楚国上下，君不君，臣不臣。皇帝忙着炼丹，大臣们忙着自己的家务事。而影响国运的大事，因层层懈怠，反被推后。端看与蛮人的战事，多年来，大楚一直被压着打。上面的人却除了加大赋税兵役，没有采取过任何有效措施。大家都想着管自己的一亩三分地，而有的人，连自己家的一亩三分地都租了出去，懒得管。"

江照白赞同："正是如此。早些年我多次上书于陛下，却被人认为妖言惑众，其心可诛。我离开朝堂后，沿着长江一路往南走，百姓贫苦，目不识丁，然心有抱负之人，却实在不少。但苦于上方打压，出头无门。我想凭自己之力，试一试别的法子。会稽曾是我姨父待过的地方，我路经此地，便留下来，想试试看。"

李信肃然起敬，"兄长高义！"

江照白笑着摇了摇头，示意自己能力有限，做不了多少。

……

闻蝉在旁边听得，眼皮直跳。一会儿看眼江三郎，一会儿看眼李信。

她有种错觉：好像这两个人，明天手拉着手出门，要去造反，都并不意外啊。

抨击朝政！言大楚无救！亡国之日就在近期！

他们一个二十多的青年，一个十几岁的少年，凑在一起，当真有揭竿而起的架势啊！李信一无所有，想造反随时走起；江三郎是有家业的人啊，却对这条黑道充满了渴望。更倒霉的是，他们旁边的这位旁听者舞阳翁主，还是大楚皇室得利的一方，也应该是拥护的一方。

闻蝉心里发苦，插不进他们的话题，并且也不想插了。她喜欢了一个了不起的人物……她喜欢的人物，和喜欢她的人物，全都热爱造反大业。他们让闻蝉怀疑自己是个灾星，为什么出趟门，连遇两个脑子有病的人……

李信她就不喜欢。

而江三郎……闻蝉开始觉得，她是否喜欢不起呢?

对方的觉悟、思想，或许她还能想办法去提升自己，达到对方那样的境界。然立场这种问题……闻蝉咬唇，她好想去告发这两个人啊！

舞阳翁主纠结万分的时候，江三郎和李信气氛良好的沟通暂告了一段落。因天边鱼肚白露出，天色亮了，已经有三三两两的贫家子弟，闻风前来听江三郎传授学业。江照白要担任先生一职，自是没法与李信接着说了。

两个人拱手分别时，依依不舍，颇为留恋。

闻蝉陪他们站在一边，面无表情地围观。满心呵呵，无以言诉。

等到了这会儿，江照白才想起闻蝉般，问起她："一会儿人来得多了，翁主还要留这里吗？"

闻蝉忧郁问："我连坐这里听课的资格，都没有了吗？"

她娇娇小小，自暴自弃般小可怜的语气，让人怜爱无比。

江照白愣了一下，语气放柔："自然不是了。我的意思是，翁主若愿意留在这里，我着人备下蒲团。"

闻蝉仰头看了他一眼，再看眼旁边勾着眼的少年。她心情没有因为江三郎的话得到安慰，反而更加忧伤了：江三郎是很严肃一个人。笑起来是好看，但他很少笑。他就不对她笑……他现在却是和李信说过话后，对她笑了。

她定是沾了李信的光，才能让心上人爱屋及乌，吝啬一笑。

闻家小娘子被江三郎的冷酷无情打击得毫无自信心，宁可相信李信的魅力大，也不肯相信她是个值得喜爱的小娘子。而且她眸心干净透彻，乌黑分明，她的想法，在江照白这种明察秋毫的人眼中，几乎没有秘密可言。

江照白更惊讶了一下，没想到舞阳翁主会这么想。他眉眼弯弯，笑意加深，觉得她真是小孩子，这么好玩儿。少女仰着脸跟他说话时，一绺发丝被风吹到前颊，那发丝凌乱而碎小，让人忍不住想伸手帮她拂顺。

江照白宽大的袍袖动了动。

中间有一手插了过来，毫不犹豫地将闻蝉拽到了一边，还拉得女孩儿趔趄了一下："江兄这边人来往这么多，恐冲撞了翁主。我这便送翁主出去。"

闻蝉："……"

我并不想走啊浑蛋！

江照白看李信半天，似疑惑，又似恍然。他再次笑了一笑，点头应了。

于是闻蝉更加忧伤了，这种忧伤，以至于让她忘了自己和李信之间的仇视关系。被李信拽着往外走，闻蝉回头看江三郎，喃喃自语，"他为什么对李信笑？他为什么总对李信笑？难道李信比我长得好看？"

旁边有少年一本正经地回答她："也许是因为江三郎不像你一样，以貌取人。"

"你才以貌取人！"闻蝉立刻回应，抬头去反驳。然后抬头，她晶亮的眼睛，对上少年似笑非笑的眼神。

李信一个似笑非笑的眼神，就骇得闻蝉安静无比。

少年阴恻恻的笑容，让少女后知后觉地想到自己得罪李信的次数。莫名心虚，有点害怕……但是闻蝉转眼想到她得罪李信次数其实挺多的，不也平平安安地活到现在了吗？

现在比起以前，不就是多了一个江三郎吗？

李信抱胸，竖起食指，在她跟前晃了晃："听我说话，还是听江照白讲课？"他的手，按在她的肩上。因为闻蝉的人都在巷子外，李信欺负起她来，更加顺手了。

闻蝉咬唇，哼了一声后扭过脸，同时用余光，小小嗔他一眼。她心想：你都把我拐出来了，问我听谁说话？我倒是想听江照白说话啊，你倒是敢送我回去吗？

不醋死你！

逗得李信唇角弯起。

想要把她抱在怀里揉一揉。

可是又怕惊着了她……李信咳嗽一声，而闻蝉已经嫌弃一般、心虚一般地推开了他的手，往巷子里走去。旁人是前来竹庐这边，成群结队，三三两两。而今竹庐那边已经传来清晰的读书声，这边出去的巷子路，已经寥寥无人，就剩下走在其中的闻蝉，和站在巷口的李信了。

闻蝉气冲冲地走了一截后，越走越慢。因为身后没有听到脚步声，而独自一人的长路，永远让她彷徨无适从。

小娘子越走，脚步越沉重，越难以走下去。她鼓起勇气一个人走过深巷来看江三郎，但在走进来后，再走出去，那点积聚的勇气，就散得差不多了。尤其是她心知肚明，她本来不用一个人啊。因为李信就在后面啊！

闻蝉扭过头，看到李信还站在巷口看着她，根本没有陪她走进来。

闻蝉眨着眼看李信。

李信故作无知地回应她的目光。

过半刻，闻蝉问："你一个人走路，怕不怕？需不需要我陪你？"

李信："……"他促狭一笑，竟没有借此挤对她，可见少年此时心情之好。李信几步就跃了过来，跳上了墙头。他陪闻蝉走这段路，却依然是不走寻常路。而是她走巷道，他走墙头。但日光浮照，他与她同行。

闻蝉翘了翘嘴角，心中觉得快活。

这条漫长的小巷路，变得不那么无止无尽了。

头顶偶尔传来沙沙沙的声音，那是少年的脚步。偶尔一点儿声音都没有，那又是少年在等着她。这种有人陪伴同行的感觉，当真稀奇而喜欢。他不是她家里那些卫士，他是一个陌生少年，一个喜欢她的少年郎。

这个喜欢她的少年郎，忽然开口："知知，以后你来巷子这边找江三郎，我每天来这边接你。这么长的路，你就不用害怕了。好不好？"

闻蝉仰起脸，看高处那坐在墙上、无聊地看着她笑的少年。她心中突突，咬着唇："你觉得我每天会过来找江三郎？你不担心我找江三郎？你不是……"

不是喜欢我吗？

这自己给自己戴绿帽子的境界，是不是太高了些呢？

李信大手一挥，豪放无比。他都戴绿帽子了，境界哪是闻蝉能够比拟的。少年一脸唏嘘，一脸正经，还带着沉痛无比、忍辱负重一样的语气——

"知知，我是个胸怀宽广的男人。江三郎这样的人，只要你喜欢，你想交好就交好吧。我无所谓，你不必考虑我的想法。我只要你过得好、过得开心就行，我会陪你走这条路。每天看你一眼，我心里就满足了。我发现我之前太狭隘了，喜欢一个人，就应该喜欢她的全部，爱她的所有。哪怕她热爱勾三搭四，不停给我找别的男人来竞争呢？我不光不在意你和江三郎交好，我还会帮你出主意，教你如何才能追上男人啊。”

“不必感谢我。我就是这般大无私、这般喜爱你的一个人。”

闻蝉目瞪口呆：“……”

她手扶着仰得酸痛的脖颈，用奇妙无比的眼神，去看那高高在上、长吁短叹的少年。某一瞬间，她几乎以为李信被什么妖魔鬼怪附体了。这是李信能说出的话？这是李信会有的觉悟？李信如果甘心当这种默默无声的人物，他何必总接二连三地和她扯呼？

他不可能因为现在和江三郎关系不错，就放心把她交出去啊！李信要是这么好打发，那她之前都在忙什么啊？她致力于和李信撇清关系，然而这关系，她反而越撇越撇不干净……

少年坐墙头半天，终于憋不住了，哈哈笑起来。他笑得前仰后合，之前一脸绷起来的深情模样，全部喂了狗。他戏谑无比地冲墙下少女眨眨眼：“知知，你以为我会这么说？你是不是特别期盼我这么说？”

闻蝉死鱼眼瞪他。

而少年从墙上一跃而下，到她面前。他冷不丁地跳下来，让女孩儿往后退了一步，却仍然没退开少年的控制范围内。闻蝉仰着脸看他，发现李信好像长高了，她仰视他的角度，让脖子更酸了……

从两人认识到现在，两个多月了吧？李信长高了一些，而她完全没变化……

闻蝉心里悲苦，觉得老天真是不公平。她日日锦衣玉食，个子毫无变化。他天天风餐露宿，个子窜得那么快……在她走神时，李信往前一步，伸手，捧着她的面。俯下身，摸着她微红的娇嫩面孔，少年眸中厉色褪去，闪出几抹柔意。

李信轻声：“傻知知。一群男人爱你，我哪受得了。”

闻蝉目光定定地看着李信。

风凉，日升，人稀。

心脏怦然狂跳，那所谓爱恋的情感如树上青果，尝着酸涩，却不忍丢弃，只日日徘徊在树下，等那果实掉落。

晚上，李信先去处理了私盐那边的事，将手头第一笔大单子搞定。他负着手，心不在焉地在街上晃。一会儿想知知白日的样子，一会儿想造反的资本积累的事情。街头倏地窜出一个黑影，跟上他，叫他一声：“阿信！”

李信侧过头，见是阿南。

阿南一脸烦恼，憋了一天快憋出病了，见到他，就倒吐苦水：“你知道吗？阿江……李江，他后腰有胎记！他就是李家二郎！李郡守一直在找的那个孩子！”

李信脚步停了一停。

心头在一瞬间涌上一种古怪的感觉。

他看阿南半天，漫不经心：“那很好啊。兄弟中有人飞上枝头成凤凰，从此飞黄腾达，风光无二。我们该高兴啊。”

两个少年在浓浓夜雾中穿梭。李信双手置于脑后，悠悠闲闲地踩着墙头土夯、泥砖，走得何等平稳；阿南跟在他后头，倒是摇摇晃晃，奈何要与他说话，不得不跟上来。

阿南烦躁无比：“他要飞黄腾达去，做兄弟的，我当然想为他高兴啊！但是他不打算把事情跟我们讲，你说这是为什么？他怕咱们搅黄了他的事？怕咱们影响了他的前途？你说他到底在想什么？！”

李信嘴角噙起笑，以很正经的语气说道：“李郡守家的二郎，身份当然要干干净净地回去。总和一帮小混混们混，没得掉了身价。我要是李江啊，有朝一日，突然发现我是人上人，那我之前交好的那些人，当然要全都杀掉，全都解决了最好。最好谁都不知道我以前做过地痞流氓。李家二郎比起一个居无定所的混混，何止好了上千倍呢？是个人就会心动。我不怕以前那些人起什么心思，来讹我吗？”

“滚滚滚！”阿南在后面，踹少年屁股一脚。他自己烦闷，阿信还一本正经胡说八道，快气死他了！

李信被从后踹一脚，哈哈大笑跳下了墙，拍拍屁股，又闲闲地继续走这段夜路了。安静的某一时刻，他的心沉寂下来，想到李江那即将得到的李家二郎的身份，心湖有涟漪颤颤，难说他一点感受都没有：他并不在意李江的新身份，但在某一瞬间，他是有羡慕李江的。

知知是舞阳翁主，李家是她姑父家，那即将回归的李江，就是她的表哥了。他们可以日日见面，日日相处。

有人唾手可得的机会，李信自己，却要花费很大的力气才能得到。

然而少年也就是在某一刻心情复杂了些，很快又平静如初了：那又与他有什么关系呢？

李信不气馁。正如他不自卑。

阿南也跳下墙来跟他了：“那你说，他要是始终不跟我们谈他是李家二郎的事，我们就一直装不知道吗？他要是为了讨好他的新家，卖了我们怎么办？”

李信冷漠说：“随他去。”

阿南愣了一下。

李信淡淡道：“兄弟间，合得来则合，另谋高就，我也祝他攀得梧桐枝。大家一起生活了这么多年，人家要走了，我们没什么好送的，就看人家看上了什么吧。你也别想太多，分分合合，就是这么会儿事。且我觉得，就算没有这桩事，李江也迟早要跟我们断开。”

“……！”

李信漫不经心道：“上次在官寺门口看到他躲躲闪闪，他以为我没看到，我也就装没看到了。但他曾经叛过我们的事，他以为能瞒多久呢？本来想找个机会收拾他……不过人家要飞上高枝，那为了日后好见面，我就当没这会儿事了。你也别说漏嘴了。”

阿南：“……！”目瞪口呆已经不足以形容他的心情。

他追上几步：“不是，你怎么这么无所谓？你怎么就知道他叛过？凭你在官寺门口见过他？”

李信偏头笑："当然不是了。凭的是我晚上去拿住一个小吏，听他说梦话说漏了嘴。"

阿南对他简直无话可说了，他以为阿信天天忙着私盐和翁主的事，其他都不知道。结果阿信恐怕知道不少事，只是不计较罢了。阿南越想，越是心中不平：李江到底对他们有什么不满的？阿信曾欺负使唤过他？阿信性格大方潇洒，不拘小节，不斤斤计较……有这么个人做老大做领头人，不比他一个人瞎混混得好吗？

李信无所谓，阿南却心里始终有根刺，做不到无所谓。

他性格本就比李信更为直接，不肯迂回。他现在看李江怎么看怎么不顺眼，阿信不想计较，阿南肚子里那股气，却怎么都顺不下去。少年吐了口唾沫："不行！老子想起来就气不顺！那小子自以为是，你不跟他计较，他还以为自己聪明得了不起呢！老子倒要看看他有什么本事……阿信你不管，我管！"

李信耸肩，随阿南去了。

李江在他眼中，就是任由人拿捏的那种。李江若真有本事，在他们中，不会始终是个看门看路的。这么多年，李江除了长得俊俏，偶尔会有些用，其他时候和旁人也没太大区别。

李信倒不担心阿南吃亏，他反倒怕阿南下重了手。看眼空中濛濛月色，少年戏谑道："小心些。别欺负狠了。人家说不定是真的李家二郎，到时候找你报仇哦。"

一说起这个，阿南更是长吁短叹："……我觉得李郡守那人不错啊。自他来到咱们会稽，安安分分的，也没说驱逐咱们什么的。要李江真是他家小子……这差距怎么这么大啊？"

"谁知道呢。"李信随意应了声。

阿南脾气来得快，去得也快。跟阿信天南海北地聊了一会儿，很快就把李江那会子事甩到了脑后去。他神情突然变得鬼祟暧昧，用手肘从后拱了拱少年的后腰，声音拉长："阿信啊……"

李信问："怎么，你爱我？我可不接受。"

"去！"阿南又踹他一脚，"我是说你那位小娘子啊……你们两个怎么样了？阿信，真的有可能吗？"

李信唇角挂着自信的笑："当然。我打动不了她的铁石心？开玩笑。"

阿南唏嘘，心想：一介翁主，要是真的被阿信打动了。那翁主和混混……这比说书里说的还精彩啊。要不是知道阿信从来不信那些乱七八糟的，也不抱有不切合实际的幻想，他简直以为阿信是听书听多了，才神志不正常地去追一个翁主。

阿南推他："弟兄们都想看看你家那位小翁主呢？认个脸，看是什么样的小娘子，让阿信你天天追着跑。你舍得不？"

他们这些人之间，正因为混乱，才有一些规矩。比如正主没介绍过的话，没人会多事去操心，怕惹了别人的嫌，最后反倒给自己惹了一身腥。

李信思忖：哦，会稽郡中的混混地痞们想见一见知知吗？其实也好，我既然有跃龙门之心，那就不可能一辈子窝在会稽。我总是要出去的。而知知，虽然她也不会常待在这边，但她总会在这里待段时间。

知知实在不是一个肯安分待在府邸中的小娘子。她要在会稽便宜行事的话，这帮兄弟们暗地里照应她一二，也是很有必要的。

如是一想，李信便痛快应了：“舍得啊。那就见呗。”

阿信笑眯眯：阿信答应让人见他的宝贝疙瘩了？那不就是变相承认，以后他们可以改口叫“嫂子”了？

他问：“但你不征求一下翁主的意思吗？小娘子都害羞什么的。而且人家身份那么高，咱们去见，人家生气了你不还得哄？”

李信嗤笑：“她害羞？”

知知也就是表面看着娇弱，但说害羞，她还真谈不上。

少年打个响指，就这么定了：“就这样子去！我偏偏不提醒她！省得她知道一群男人围观，还要梳妆打扮，弄得花枝招展。”

“我就不提醒她！气死她！”

阿南：“……”觉得阿信好幼稚……不过算了。

闻蝉不知道一帮会稽郡中的混混们等着看她，她依然是对江三郎抱有那么些期待。她没有事的时候，都会去城西听江三郎授课。不过他讲授的，都是《千字文》一类启蒙的简单内容，于闻蝉来说，丝毫没有吸引力。况且她对江三郎抱有很大好感，他却始终彬彬有礼，甚至给闻蝉一种“能不打交道就不打交道”的印象。

江照白对闻蝉态度最好的时候，恐怕就是李信偶尔晃过来，他们二人交谈甚欢，而她厚着脸皮围观的时候。

江照白这个人，弄得闻蝉很无趣，又很不甘心。

比起他，李信要好玩很多。

每天走那条深长的巷子，无论李信之前在不在，这个时候，他一定在巷子里等她。虽然偶有路人经过，然李信风雨无阻。他陪她说话，陪她玩，还逗她，引她跳上墙。问她要不要爬树，问她想不想去某家酒肆屋檐上头坐一坐……他好像很忙，但是他一出现，就把她平静的生活搅得手忙脚乱。

而这手忙脚乱，又是从来没经历过的。

闻蝉渐渐开始期待每天的这个时候。

黄昏时候，落日垂垂。天边红霞弥漫，一批批如彩绢，在天空铺展开来。天尽头红紫光辉绚烂，横贯苍穹。身后是渐远的竹庐与读书声，闻蝉望了一眼，便走进了这条深巷。

走进来，她目光不抬，直视前方，走着自己的路。

忽而，头顶传来一声口哨。

闻蝉目中闪过光彩，抬起头嗔他：“李信你……”

她愣然闭了嘴，因为她看到趴在墙上的，并不是那个眉目微痞的坏笑少年。趴在墙头的，是一个陌生混混，脸脏兮兮的布满污渍，却好奇而期待地看着她。少年高高兴兴地看美人，美人抬了脸，乌发明眸，鲜妍生动。少年笑嘻嘻地冲她打个招呼：“嫂子！”

闻蝉蹙眉："……"

突然冒出来一个混混模样的，让她有点儿胆怯。

而在不相识的人面前，闻蝉从不放任脾气任性，得罪不该得罪的人。

这条巷子这么长……女孩儿心中一咯噔，想：遇上坏人了。我还能出去吗？我就知道李信不可靠……

右侧，突然也传来一声口哨。闻蝉看去，见是右边墙内长出来的一棵大树上，坐着一个大咧咧的少年。那少年也是陌生模样，也冲她吹口哨，流里流气，笑哈哈招手："翁主！"

闻蝉抬起头，目光往前看。

她看到一长条巷子，接二连三地从墙两边冒出来小孩子、少年们。他们混迹于社会底层，他们衣衫褴褛，他们有的是乞丐，有的是流氓，更多的是地痞。他们或站在墙上，或坐在墙上，或趴在一边的树上。

她听到一声声口哨。她每往前走一步，便有更多的人清晰地看到她，便有更频繁的口哨声让她听到。她听到他们的窃窃私语声，听到他们用口哨来传递消息，听他们你碰碰我、我推推你，纷纷交流着对她美貌的赞美，对李信眼光的信服。她听到巷子里细小的风声，从巷子的这一头，吹向另一头。她听到那风声如沙，郎君们哨声如歌。

终于，又一道口哨声，响起在所有声音的上方。纷纷有人去看，闻蝉也去看。她转过一道弯，她看到了屈腿坐在墙上的熟悉少年。他双腿晃着，手撑着泥墙，俯着眉眼，笑意满满地望着她。

红色的晚霞在天边，黄色的阳光晃在他面上。

在这条深长的巷子里，他坐在墙上，领着他的兄弟好友们，看着她走过，等着她走过。

闻蝉往前走。

每走一步，都能看到无数追随的目光。

她走在巷子中，也走在天地间的红霞中。她走在李信的凝视中，也走在众人的惊艳中。她颜姿甚好，仪容甚美。脖颈修长，步伐款款。她拂一拂耳边落下来的发丝，走过他们的凝视，像一只高贵的天鹅。

永远不低头，永远不卑微，永远和他们不是一个世界。

闻蝉走在铺天盖地的口哨声中，走在郎君们嘻嘻哈哈的说笑声中。巷子很深，要拐很多弯，她不慌不乱，走向李信指给她的前方。

李信喜欢看她的这个样子。他站在街口巷道，看她袅袅娜娜地走过去。而那远方，就在她的前方。

李信在墙上，跟着闻蝉。

众混混们，也在墙头跟着闻蝉。

李信终于觉得不对劲了，看看两边一堆人，脸一黑："你们都跟着干什么？"

众人嘻嘻哈哈，胡乱应付。这会儿，大伙儿忙着看小美人，谁理他高不高兴啊。

走过黄昏烂烂，走出深巷，青竹等人抱着白狐斗篷，在巷口的马车边上等待翁主。看到翁主走过来，便关心地过来披衣，请翁主上马车歇息。众女心疼翁主，心疼他们翁主为了追一个郎君，天天要跑这么远的路。

闻蝉却不上马车，斗篷穿好后，翘着唇说："我不坐马车回去，我走着回去。"

"啊？"青竹以为自己听错了，"这么远的路，翁主你要自己走着回？可是为什么啊？"

闻蝉往后一努嘴，青竹仰头，过了一会儿，目中露出愕然之色。她先看到了李信，然后看到了和李信推推搡搡的众混混们。少年黑着脸和众人打成一团，却成为被围殴的对象。那群混混们，在他们身后，无法无天地斗殴，让舞阳翁主马车这边的扈从们，顿时紧张地持着腰间剑。过了好一会儿，看到他们没有打过来的意思，才茫然又疑惑地看向翁主。

闻蝉哼了哼："李信带他那帮同伙们来看我，还叫我'嫂子'！气死我了！我就非要把这条路走个遍，花枝招展地走一圈，让满城的混混们都看到。让李信嫉妒死！气死他最好！"

众仆从："……"

觉得翁主好幼稚……不过算了。

就连青竹，都好气又好笑。却在好气好笑中，添上一抹隐隐不安的担忧：总觉得翁主和李信的关系，是不是太好了些？都到了这种幼稚别气的一步了。翁主是不是……

……

李信和众同伴们，为了闻蝉打得不可开交，热闹无比。闻蝉为了吸引战火，更是秉着一口气，把这条悠长的路，从天亮一直走到了天黑。回到李家府邸，就瘫倒下去，爬不起来了。

少年晚上来送药膏给她，很认真地问她："你跟我别扭什么？"

闻蝉扭过脸不理他。她脸颊若烧，心里别扭着那声"嫂子"，不过她不打算让李信知道。一床之内，连棉被也不用盖，就这么坐着纯聊天，已经成为少年们的日常了。

没有邪念，连亲一下都没有。少年们的感情炽烈又干净，最让人不放心，又最让人放心。

这样的晚上，李江在黑夜里，摸出了住的地方，在院子堆柴的后方，翻出白天藏好的衣服。他换了身在成衣铺里买的干净衣服，虽还是简单，却也比之前好了。他又洗了把脸，束了发，才溜了出去。

等他走后，阿南从黑屋里出来，跟上他的脚步。

李江在黑夜中奔跑，怀着一腔激荡之情。他跑到了灯火通明的官寺，跟小吏说了话，就被领了进去。他在官寺中的会客厅等待，一会儿，曹长史过来，看到是他，问："你后腰有胎记？是李家二郎？"

曹长史用疑问的眼神看他，如一根针扎进李江的心头。他不自觉地挺直胸脯："是！我可以脱衣服，让你们验证的！"

曹长史脸色严肃，他基本没有笑的时候，上上下下地看李江时，那种目光，让李江颇为抬不起头。他心中觉得屈辱，觉得曹长史并不相信自己……可是，难道他是愿意这样子的吗？如果他一开始就长在李家……

曹长史没有给李江多想的时候，而是随意挥了挥手，跟李江说："不用验证了。我白日已经跟府君说了你的事，他答应留下来看看你。你跟我过来吧。"

府、府君？

李郡守现在就在官寺中？！

他、他的亲身父亲，几墙之隔，就在他身边吗？

李江呆若木鸡，完全傻了，白着脸，不知怎么办才好。曹长史走了几步，看身后少年没跟上来，回头皱着眉。他从来就不喜欢这些混混，现在即使对李江身份有怀疑，他的口气仍然称不上好："傻愣着干什么？跟上来！"

李江同手同脚地跟过去。

一路上，碰上不少小吏。值夜官吏们看到这样晚了，曹长史不光没回家，还领着一位少年郎君往后衙走，都不觉回头，张望那个少年郎君。而这一切，更让李江不安。他以前也来过官寺，但都是在门口转转。他从没深入官寺这么多……官寺于他这样的混混来说，该是那种一听腿就软的地步。

但李江拼命让自己镇定。

他挺直脊背，想着：我是李家二郎。我不是那个人人辱骂的混混了。

曹长史突然在前停下步子，李江也忙停下。少年好奇曹长史怎么了，去看时，听到一把清和的声音："长史，这么晚了，还留在这里？真是辛苦了。你是要见大伯吗？"

"三郎说笑了，"曹长史语气和善，"府君还在里头吧？"

对方应了一声："我从家中来，大伯母让我给大伯捎些东西。东西已经送到，小子这便告辞，不打扰了。"

李江原本垂着眼，听到"府君"二字时，才控制不住地抬起眼去看。他看到灯火辉煌，长廊深苑中，站着一狐裘少年郎君。那郎君与他差不多年纪，眉目间清光奕奕，温润如芝兰玉树。他与自己一般年龄，说话却丝毫不露怯，就是脾气不好的曹长史，都给他几分面子。

李江定定地看着那位小郎君，恍觉他的眉眼，其实与自己有几分相似的。

那郎君察觉到有人的打量目光，侧头致意。李江目光一躲闪，便移开了目光。小郎君心中生疑，觉得少年有几分面善，但看曹长史站在一边根本没有介绍的意思，便也没多问。小郎君与曹长史告别后，就领着身后小厮，出去了官寺。

等人走后，曹长史又领着李江走了一段路。听到身后领着的少年轻声："长史，方才那位郎君，是李家的……李家的郎君吗？"

"哦，不错，"曹长史随意无比，"是李三郎。如果你真是府君家的儿郎的话，那得叫他一声'三弟'了。"

李江一腔忐忑不安的心，再往下落了落。他茫茫然想：李家三郎……还比他小一些。但言行举止间的风度，却远远不是他能比拟的。李家的郎君们，都是那个样子吧？同样是李家人，大家却差得那么远。

那他即便回去了，李郡守也是不愿意见他的吧？

曹长史走了几步，发现后面跟着的少年又停住了。他真是快被这个敏感的少年烦死了，这么点儿事，就不能干脆点？到底是不是李家二郎，得郡守看了才知道吧？郡守还没看完，你就在这里瞎操心什么啊？

他回头正要教训少年，见李江扬起了脸，露出天真无邪般的笑容："长史，我现在不想去见我阿父了。我肯定我是李家二郎，但是见面前，我想送我阿父一份大礼。我阿父和你们，一定不知道，李信在搞私盐这样的生意吧？我愿意提供机会，让你们将会稽城的混混们一网打尽。"

他笑得全然无害，垂下眼，又很羞涩："这算是我认回李家，送给我阿父的一份见面礼吧。"

李怀安在翻阅公文时，曹长史在外敲了敲门，进来告诉他："……那位疑似二郎的小郎君已经走了，并没有看到他后腰处的胎记。他告诉了我等一个重要消息，李信大胆狂徒，竟敢打私盐的事。望府君定夺，将他们一网打尽。"

李怀安在冰冷的官寺中等了大半晚上，都没有回去与病重的妻子聊聊天，便是为了看那少年。结果曹长史进来与他说，那少年逃得太快，跟身后有人追似的，拦都拦不住。李郡守将手中狼毫扔下，揉了揉酸痛的脖子，默然许久后，慢腾腾道："私盐吗？李信他们果然觑我脾气太好，胡闹至此。这次便依你之言，该对那帮小地痞们敲打敲打了。"

曹长史心中大喜：府君终于要有所作为了！终于要脚踏地痞，手撕流氓，把那帮混混们扔到天边去了！府君威武！府君……

李郡守说："但是别太过分。拿下那个叫李信的少年，大家都会老实很多的。"

曹长史狂热的心情，立马蔫了。他无精打采问起李江的事："府君，那个叫李江的，您不再派人去查查？万一他后腰的胎记位置不对呢，万一他也不是您家二郎呢？您就认他回去吗？"

李怀安半晌无话。他面色平静，眼睛望着翘案上的铜灯。那星火微微，一如他心中感受。过了好长一段时间，李郡守才道："快十年了……你以为，我真的在意一个小子么？真的想找到那个小子吗？"

"……"

"那个孩子丢失几年后，我还想着找到。后来时间太久，我早已不想了。若非内人病重，神志昏沉，我断不会回来会稽，妄图大海捞针，找一个丢失了十年的小子。所以，李江到底是不是那个孩子，我并没有那么在意。"

"……"

"世上哪来那么多后腰有胎记的少年呢？找到一个合适的，已经很不容易了。他是最好；不是的话，如果他其他方面能让我满意，我也会让他变成'是'。我找他回去，不是为了让他继承我李家家业，而是为了逗内人开心。就像养只小猫小狗一样。内人病好了，才算他真正立功了。"

"……"

“这些话你莫说出去。只在心里琢磨，找我想要的那样孩子便是。”

“喏。”

过了会儿，曹长史离了官寺。再过一会儿，有仆从们提着灯笼，李郡守也从官寺的偏门出来，上了马。在一路蜿蜒的灯笼火光牵引下，李郡守一行人，缓缓地回去了李府。

李江从角落里走出来。他跟上李郡守的马，吊在那些人的后头。茫茫夜雾，在空气中弥漫。天比较冷，少年为了穿一身好衣裳，保暖的衣物全脱了，到这个时候，冻得鼻子通红，哆哆嗦嗦。

他却很兴奋！

他跟着李郡守，看他们离开官寺，一路走到了大官们住的巷子里，看他们下了马，立刻有府上小厮过来牵马。有仆从请李郡守入府，那些仆从行动井井有条，自始至终，李郡守都没有说一句话。

少年躲在墙角落里，靠着墙根边，眼中闪着激动的光！

李家百年望门，根系会稽。门口的石狮、大师题名的牌匾，每一样，都彰显着这个家族的声望。而他是李家二郎，他以后，也是要住到这里的！他的出行，也将一堆人围着转。他走个路，永远有人在前掌灯……他将过上人上人的日子！

后腰处觉得滚烫，烧着他的肌肤。

少年握紧拳头，暗自跟自己说：我是李家二郎！我必须是李家二郎！

他这般行为，一径落入了跟在后头的阿南眼中。方才李江去官寺，他没有跟上；现在李江跟着李郡守的行踪，阿南倒跟上了。把李江的激动看在眼中，阿南忽然有些意兴阑珊，怀疑自己在做什么。

李江不过是一个不知事的少年郎君而已。顶多心胸狭窄，却也没造成什么大的危害。自己何必跟这么个小子算账呢？还不如就照阿信说的，看李江看上了什么，他们干脆就送给他好了。兄弟一场，计较来去，未免太伤感情。

一路上，跟李江从官寺到李郡守府上，再从郡守府，回到官寺那条路，阿南都在想找个问题。他即将要放弃了，扭头要走人时，看到走在前面的李江忽然快步走两步，跟一个人热情洋溢地打招呼：“韩大哥，好久不见！”

阿南随意听了这么一耳朵。

李江已经到了官寺附近。看到一个眼熟的官吏背着包袱，在牵一头毛驴。他现在看到这些官吏，就想到李郡守，就想到自己即将能得到的身份。所以即使是看到一个平常不怎么打交道的小吏，也迎上去打招呼，总觉得等日后对方发现自己真正身份时，会很惊讶。

被叫“韩大哥”的壮士回头，看到是一个眉目清秀的郎君。他自是认得对方是这两天频频与官寺接触的人物，晚上在官寺的时候，还与这位小郎君打过照面。于是韩大哥回应了李江的热情：“好久不见！”

“韩大哥这是去哪里？”李江看到对方又是毛驴又是包袱的，猜到对方要出远门，无非是随意客套一二。

“跟上面的告了假。我小弟一家在徐州，几个月都没消息。听说那边贼寇为患，世道很乱……我大父天天在家里念，这不，我要走一趟徐州，看看我小弟一家过得怎么样，”壮士拍了拍鼓囊囊的包袱，“我大母和阿母烙了些麻饼，怕他们挨饿，非要我给带过去。”

李江当然不耐烦听对方“哥哥弟弟”的琐事，他却从中捕捉到了“徐州”这个关键字眼。李江顿时想到，当初因为舞阳翁主的事，他们中间的好些弟兄为避风头，远走徐州，现在也没有消息捎回来，不知在那边过得如何。

李江想到自己即将要对李信等人采取的赶尽杀绝的手段……再想到自己即将得到的李家二郎的身份……如果到时有人多嘴，把话传过去，那些血性汉子以为自己算计了李信等人，回来找自己麻烦怎么办?

再有一层意思，锦衣夜行……那么不为人知，总觉得未免无趣。自己摇身一变成为另一个人，是不可能瞒住的。

如果这个消息，从自己这边传过去，总比被人传得乱七八糟、让他们生疑好吧?

这样一想，李江面对这位壮士的笑容就真诚了好多：“韩大哥，你要去徐州？那能不能帮我带个消息……就是我成为李家二郎的事……想让大伙儿高兴高兴……但是先别让大伙儿回来，我想先稳定了这边局面，再让他们回来好了……”

李江与韩大哥勾搭着背，商量着这消息要怎么传，才能既让那伙人高兴，又不急着赶回来。

身后，已经打算走了的阿南脚步一晃，又停了下来。他扬起眉，回头，看眼身后那少年：徐州？传消息？不让人回来？李江这小子在搞什么鬼？不行，不能放过这小子，还是要知道这小子背着他们偷偷打什么主意。

阿南坚定了跟踪李江、给对方一个深刻教训的心。

在这个时候，有人包藏祸心，有人情窦初开，也有人，正不紧不慢地靠近会稽。

第六章 以退为进

几日后，在前往会稽的管道上，几辆牛车堵在了路中央，来来往往的不少车辆被挡住。赶车的壮士态度嚣张，一点都没有赶紧把车移开的意思。好些赶着回家的人们站在路口指指点点，那壮士还一脚踩着车，态度狂妄："怎么了？老子车坏了，关你们什么事？爱走不走，老子才不管……"

"你这人怎如此无赖！你挡着路，让别人怎么走？这是官道，又不是你家的路？"

"就是！劝小子你赶快让路……"

他们争吵中，几辆古拙的马车，仆从相随，也慢慢停在了后方。众仆从下了车，前去看前方出了什么事，听到那挡路的壮士狂得没边的声音："老子家的主公是山阳王！山阳王！你们这些乡巴佬知道是谁吗？这是我家主公的车！进长安给陛下送大礼的！你们谁敢动老子这车？！"

他这样一个态度，周围人更加气愤，但听到对方背后站着的靠山，也只能敢怒不敢言。王侯将相，离他们这些普通人太过遥远。更何况，赶路的不少人，乃是商贾人家。商贾人家，地位最末，更是不敢得罪了这方大人物。

坏了牛车的壮士更加得意。也不急着叫旁边仆从们修车，他还要张口，准备训周围人几句。

熟料，再要开口时，一道长鞭如白虹一样飞过来。那长鞭气势极锐，在半空中发出啪的一声脆响。壮士一回头，便被甩过来的长鞭抽中了脸。他一把捂住鲜血淋淋的脸，痛得嗷一声大叫。壮士在地上打滚，口上骂骂咧咧："谁敢打老子，老子揍……"

话没说完，啪！又是一到响鞭，抽在他脸上！

那鞭去势把握得极好，根本不碰他的身体，倒是把他的脸打得鼻青脸肿。

壮士又大叫，每叫一声，长鞭就甩他一道。鞭子破空抽打声，骇得周围人纷纷躲闪往后，噤若寒蝉。而那被打的汉子，也再不敢猖狂，唉哟唉哟叫着"大侠饶命"，之前那些显摆的话，再不敢说了。

鞭子不再抽打了。

倒在地上呻吟的壮士，抬起鲜血模糊的一张脸，努力地睁开眼去看，看对方是谁，连山阳王的面子也不给！

他先看到雪白如霜的裙裾。

女士深衣，衣尾绣着丛兰。那兰花，顺着藤蔓，一径向上攀爬。到腰肢，到素手，到胸脯，再到一张冷艳无比的女郎面孔。

这位女郎，着月白色的兔毛深衣，腰间除了一枚压裙的玉佩，并无多余佩饰。而她乌发坠腰，面容似月。女郎的气质高渺似皓山明月，月笼寒烟，千山雪飘。她静静而立，身上有“万物杀尽”的清冷感。此时此刻，女郎手中拿着长鞭，觑着眼，低头看人的架势，宛如对方如泥土一样不值一提。

女郎手中甩着的长鞭，长鞭末梢还在滴着血珠子。血珠子一滴滴溅在泥土中，像开了一路罂粟。再看女郎的贵族式穿着，与身后的众仆环绕……周围人暗中明白：那被打的山阳王家的走狗，恐怕惹上不好惹的人物了。

果然，打人的女郎开了口，冷冰冰，瘆人得很：“山阳王很了不起吗？不甘心的话，让他来找我讨说法！现在，把你的牛车移开，别挡路！”

言罢，女郎便返身，往身后的马车走去，众人纷纷让路。

女郎渐远，别打的汉子才被同伙手忙脚乱地扶起来。被打的壮士手捂着脸，又痛，又羞耻，还充满了惊骇。他忍着痛，压低声音怒问身边人：“那婆娘什么身份？连山阳王都……”

“那好像是宁王妃……”有人小声地、不确认地说道。

汉子失声，目瞪口呆，再不敢多言：“……”

这时候，说什么秋后算账呢？他哭死的心都有了！哪里想到快年关了，这条路走的人少，自己作威作福过把瘾，居然就赶上了宁王的车队！这可怎么办？他的主公山阳王，可比不上那位啊！

大楚王侯的封号，单字为尊，双字次之。单凭山阳王两个字的封号，就远不如宁王啊！

这个汉子，彻底吓坏了。

而打他一顿、吓坏他的人，也确实是宁王妃闻姝。

闻姝提着鞭子，走向自己的马车。身边人早习惯了这位王妃强硬的作风，小心翼翼地从她手中取过长鞭，又递来长巾为她拭手。等尊贵的宁王妃整理好自己的仪容，已经走到了自己的马车外。她根本不理会旁边犹豫着该不该跪下、等王妃踩背上车的小奴，自己在车辕上踩一下，就动作敏快地上了马车。从头到尾，衣衫也只扬起一道弯弧，丝毫无损她的优雅。

开了车门，闻姝入了车内。

一阵哗啦声，车中竹简掉地。众仆从在车外，听到王妃的声音：“你在写什么？藏什么？给我看看。”

马车中，车壁与车窗间，一点外室寒气也没有渗进来。闻姝的进出都是悄无声息，没有带来寒风，车中温暖如初。而被闻姝扣住手腕的，则是一弱冠青年。因在车中，青年长发并没有完全束起，仅仅是用簪子束起了一半。女郎强悍地将他压在车壁上，青丝贴着青年玉白的面孔，面如雪，发如漆。青年一脸病容，显得柔弱而可怜。

这正是陛下膝下的平陵公子，张染。张染封地平陵，封号宁。三年前娶妻，妻子正是曲周侯府上的二娘子，闻姝。

被妻子压制，张染面上露出无奈的笑，垂下纤浓的眼睫，咳嗽一声。

闻姝已经拿过他之前在她上车前在写的竹简，去翻看了。一看之后，闻姝面上浮现怒容。啪的一声，将竹简重重扣在案上。看到夫君肩膀抖了下，面色白了下。闻姝顿一下，反省自己太过强势，吓着了身子骨弱的夫君。

闻姝尽量放柔声音："你跟小蝉写什么书信？告什么密？你以为你现在跟她通传消息，她就能躲过我的手心？"

青年微微笑，声音清如玉撞："我是怕阿姝你打妹妹打得太狠，手疼。为夫是心疼你呀。"

闻姝："……"

她冷笑一声，直接没收宁王的书简。边收拾，边说道："不许跟她传书！不许告知任何人我们什么时候到会稽！我就是一点消息都不漏，我倒要看看，她从长安一路跑到会稽，是要乘风直上九万里么！"

车上放着火盆，供这对夫妻取暖。闻姝抓过竹简，就要往火盆中丢。

张染坐在她身后，喝口茶，幽幽道："为夫写了三四天的手书，你不珍惜也罢了，还随手就烧了。为夫真是命苦，写字写得手腕都酸了，身边人却全不领情啊……"

闻姝："……"

她面颊抽了抽，犹豫一会儿，又伸出素白的手，从火盆中，把那烧了一小半的竹简抢救了出来。她快速地拍去竹简上的火星子，小心翼翼地翻开，看到有些字，已经被烧得一团黑。

青年视线掠过女郎的肩，看到她手中捧着的东西。他酌一口茶，再叹气："为夫的字啊，被烧没了……"

"张染，你够了！"闻姝暴怒，猛地扭过头。她正要挽袖子收拾人，一看到夫君虚弱苍白的面孔，乌黑的眼睛似无语地看着她……那火气，又消了下去。她上上下下地打量夫君半天，也找不到下手的地方。实在夫君太娇弱，全身上下只有脸皮最厚。但就是那张脸，她也不能打啊……

闻姝冷笑："回去后，我帮你把字描回来！但你死了给小蝉传风报信的心思吧！"

张染微微而笑，他笑起来，眼眸微弯，本就温柔清和的气质，更为和煦了。他看妻子忍怒的样子，就忍不住再次挑衅她："小蝉好歹是你妹妹，你如此辣手摧花。你连你妹妹都舍得下手，不知会如何对待为夫……"

闻姝皮笑肉不笑地看他："辣手摧花？这倒是个好主意。等咱们到了长安，我就给夫君你相十七八个妾室，风风光光地娶回来。等榨干了你，那才是真正的辣手摧花呢。"

张染轻声笑，肩膀颤抖。

外头的意外已经协商完毕，马车悠悠缓缓的，重新开始启程。马车动起来，车中摇晃，青年身子不由自主地一晃，便要往下摔去，眼见就要冲着火盆而去。但他并没有摔倒，因为闻姝陡然坐过来，已经搂住了他，将半摔的青年，弯下腰，抱入了怀中。

青年白袍与青丝缠在一起，抬起眼，冲妻子眨眼一笑。他丝毫不担心自己的处境，闻姝被他刚才的动静差点吓死，他还笑眯眯地与她玩笑："娶十七八个妾室，榨干我吗？阿姝你好狠的心啊……唔。"

他的玩笑没有说完，因为妻子倏而凑过来，贴上他雪般冰凉的面孔，亲上了他的嘴角。

女郎容颜似雪，俯身而亲，眼下肌肤上，快速地升起了红霞。她为夫君美色所惑，见他说话，就情不自禁地凑过去亲他。但是一碰之下，又觉得赧然，不好意思，有损自己在丈夫心中“威武不屈”的光辉形象。

闻姝心中遗憾无比，面上却一点都不敢表露出来。就欲起身往后退。却不料被她虚搂着的青年，手臂忽而一抬，就把她拉了下去。闻姝惊叫一声，眼前一旋，被青年压在了身下。

张染眼中噙笑望着她，望得冰雪般清冷的妻子，脸上的红霞，一路红到了脖颈中去。

闻姝既想一把推开他，又怕伤了他。她恼怒万分：“你干什么？！”

张染手在她下巴上捏了捏，又温柔无比地摸着她的脸，看妻子在他的抚摸中，面色渐渐便红。成亲这样久了，她都受不起他的撩拨，让他觉得非常有趣：“阿姝，你真笨。霸王硬上弓，不是你那么硬的。该这样……”他俯身，亲上了闻姝唇角。

青年与女郎面颊贴着面颊，长吻绵绵。女郎被他压抱在怀中，旁边便是火盆。缠绵亲吻，挑逗撩人，静无声音的，一种原始的激情被激引而出。空气中无比燥热，仿佛置身于一团浓烈大火中，今夕明夕皆被烧尽。男女痴缠中，闻姝努力冷静：“不行……张染你起来……被人听到声音不好……”

张染随意地扯开她的发簪，往外一丢道：“那你别叫那么大声就好了啊。”

闻姝双肩颤抖，绯红上脸，全身燥得慌。她老脸通红，声音不由被气得拔高：“谁叫的声音大了？！”

张染静静望着她：“你现在就叫的声音很大。再大点，全天下都知道我们在白日宣淫。来，声音再大一点，为夫支持你。”

闻姝脑中那根冷静的弦，在张染持之以恒的刺激下，终于嘣的一声脆响，断了。

面容美艳的女郎翻身，长发散荡开，披散在二人身上。她红着眼，一把将丈夫推倒在地。她拽住他的领口衣物，几乎是动作粗鲁地去脱他的衣服，埋下头就咬上了他的脖颈，一路向下，亲上他的肩头。手中的指甲，掐进青年的肌肉中。指尖碰触，亲吻绵密，青年整个身体被推倒在地，脊背被硌得疼，这一切，却都比不上妻子带来的躁动感强烈。

青年身子一抖，喉中发出一声闷哼。手无意识地想抓住什么，被妻子握住。面前，皆是妻子俯下来的冰雪面孔，和眼中被他烧起来的熊熊火焰。

在熟悉无比的身体碰触中，汗水混着体香，一切的感官变得清晰。

车室中一团糜乱，马车颠簸得厉害。外间，却并无人知。

刚刚黎明的时候，李江躲在一处废弃仓库的后巷里，手心紧张得不停冒汗。这个地方比较隐秘，以前做过官寺的武器库，后来因为爆炸等原因被弃用。在多年后的现在，那帮跟着李信贩卖私盐赚大钱的人，就是在这里，和那些商贾平民们见面。他们在中间赚取二手利益，选的位置，和来往的时间，都颇为秘密。

但是李江知道他们约定的时间和场所。

他不光知道，他还已经告知了官寺。曹长史已经调遣兵马来这边，时间非常充裕。等官寺的人来后，再等这些暗地里的交易成型，官寺便可以直接抓人了！

李江躲在这里已经快小半个时辰，他躲在黑暗中，盯着来来往往的人。

时间一点点往后走……

官寺的人，没有赶过来。而那些私盐贩子，也迟迟没有露面……

李江手里捏着的汗渍近成一道小溪流，身子微弯，绷得非常紧。

他心中开始觉得不安。

后背肩膀，被一只手，从后拍了拍。少年像奓毛的刺猬一样猛地缩肩，反手抓向肩膀上的手想摔过去。他没有抓住肩膀上手的主人，只是自己远远跳开，转过了身，警惕地看到身后那拍他肩的少年。

少年个子很高，抱着手臂看他，一脸嘲讽地看着他。

李江结巴："阿南哥……"

阿南问："你躲在这干什么？等着认这些人脸，让官寺的人来抓？"

李江脸色苍白了一下，却镇定地笑，装糊涂道："阿南哥你说什么，我听不太懂。"

阿南呵呵道："你别等了。私盐今天的活动取消了。官寺的人就是赶过来，也什么都抓不到，白忙活一场。"

李江心中顿时重重跳了两下。在阿南出现的一刻，他早已经有了不好的预感。而阿南现在亲口证实，李江的心口沉下来。他明白：自己的行动暴露了。自己向官寺尽忠的行动，已经完了……

他脑中乱七八糟，脱口而出："信哥呢？"

阿南望着他："阿信当然也知道这回事。他说你想要，让我们送给你。刚才走的时候，他还跟我说算了。算了？！但是老子偏偏不想白白送你什么，老子又没有对不起你！"他往前跨一步，脸上之前的平静褪去了，变得凶狠而充满戾气，"老子就想问你，为什么？！老子盯着你多久了，你但凡中途有一点儿悔悟的意思，老子都像阿信说的那样，随你去闹了。可是你没有！一点都没有！老子咽不下这口气，哪里对不住你了！"

李江被狼一样散发出暴虐气息的少年步步向后紧逼。

他心里头已经慌乱无比，面上肌肉紧绷，盯着阿南："阿南哥，你冷静……"

冷静？

阿南呸一声，他等在这里，就是等李江能给他一个说法。他重感情，他重信义，他始终不肯相信兄弟中有人会背叛他们。阿信那么说的时候，阿南面上震惊，心里却始终抱有一点儿幻想。他想是阿信弄错了，想是阿信以小人之心度君子之腹，想阿信……

望着对面惊恐的少年，阿南抓住对方的肩头，深吸口气，让自己不要这么暴躁。他试着平复自己的情绪，跟李江好好说话："你告诉我，我们哪里做得不够好，对不住你？这些年，咱们吃在一起长在一起，什么都一起干。你对兄弟们，真的一点情分都没有吗？为了那李家二郎……"

"李家二郎？！"李江蓦地抬头，不再像之前那样目光游离躲闪。他直直地看进阿南的眼睛里，声音抬高，"你知道？！"

阿南："你真以为你背着我们认亲，我们一点提防都没有吗？阿江，你好歹也跟着咱们混了这么多年。你该知道，咱们眼线遍布会稽，你做什么，都逃不过咱们……"

李家二郎。

这几个字，引爆了李江的情绪。

他失神了片刻，就冷笑道："逃不过是么？你们说我背叛你们，你们又哪里没有瞒我了？李郡守找的那个孩子，后腰有胎记的事，我从来都不知道！也没有人跟我说过！李信他那么厉害，你们有什么事都跟他说，他不知道吗？他也见过我后腰的胎记，他记性还那么好！他就是知道！可是他见不得我好，他不让你们告诉我！"

阿南愣了下："这关阿信什么事，他又不知道……"

李信那个时候，被闻蝉的绝情所伤。他整晚把自己埋在大雪里治疗心中创伤，他满脑子都是闻蝉如何如何。他哪里还有精力想李家二郎，想什么胎记？

那晚，阿南是和李信待在一起的。他最清楚李信的心灰意冷到什么程度。

李江未免把李信想得太过鬼神了些。

他顿觉事情到这一步，是因为李江误会的缘故。便耐心解释："那段时间，大家都在忙着私盐的事。咱们关系最好的那帮兄弟不是去徐州了吗？会稽现在这帮人，和咱们到底没以前那么铁。消息传得没那么快……阿信也不知道……"

"我不相信你们不知道！"李江冷冷道，"你们都知道，只瞒着我一个！可见就是故意的！"

阿南："……"有病啊？！这怎么就说不明白了？！

他烦得要命，觉为这么点儿事闹得兄弟不睦实在不值。他那点儿可怜的智商，绞尽脑汁地去想怎么说服李江，让李江相信，这只是巧合而已。然李江的眼神，在阿南低头的时候，闪过一道冷光。

李江手摸向腰间，一把药粉被他撒了出去。气流一瞬间，飞冲向对面皱眉低头的阿南。

阿南一下子被呛了一鼻子，一闻之下，便知是令神经麻痹的药末。他虽然对李江解释，但警惕心犹在。只吸了一口，就闭了气。而李江就在他晃神的这一片刻时间，反手拧过他的手臂，从他的手下逃脱。李江不光逃，还从怀里摸出匕首，狠狠插入阿南小腹。

阿南的身子往旁边平挪，两手盘住对方刺过来的匕首。匕首的冰冷感，提醒了他李江的狼子野心。他抬头去看李江，李江一刺不中，面上闪过一抹慌乱。但那少年很快就冷漠下去，一手握着匕首把柄与阿南争夺，另一手，又摸向了自己的腰间。

阿南大怒，目呲欲裂："李江！你哪来这么多药粉？！"

李江并不答他。

阿南对他处处忍让，却换来少年的毫不留情。当此时，见李江丝毫没有悔改之心，阿南也不再留情，大喝一声，挥拳向李江的鼻目打过去。李江身子往后倾斜，以一个滑步躲开了阿南的暴拳。

两个少年就此缠斗在了一起。

在黎明时刻，薄雾弥漫的深巷中，人迹罕至，两个少年，把多年的怨愤不平发泄其中，打得难解难分。

每一拳，每一脚，都是这些年心里反复琢磨的不忿事——

凭什么都听李信的？

凭什么李信那么狂，那么没脑子，那么鲁莽，还总能不败呢？

凭什么他做什么，都没人看得见，他们却都只看到李信？

凭什么他拼命想得到的东西，李信根本不在意呢？

“李江，你回头来！”阿南暴喝，“咱们还是好兄弟！”

“我绝不回头！”李江匕首挥去，像是挥去身上多年的枷锁一样。他双目赤红，一字一句道，“我是李家二郎！我是李郡守的儿子！我和你们不一样！我没有错！”

他狠了心，一刀刀，想要就此杀掉阿南。

他心里想：是的，阿南得死。发生了这样的事，阿南已经知道了自己的背叛，他当然得死。这个地方，自己恐怕待不下去了。现在就是不知道除了阿南，还有多少人知道自己背叛的事。知道的人应该不多，就阿南这种脾气，恐怕还想着挽回自己，阿南不会到处乱说……不，李信肯定知道！

阿南没有头脑，从来都是一根筋地跟着李信。李信卖了他，他都还会欢欢喜喜地数钱！如果阿南知道自己背叛，那李信也知道。是的，李信知道。从阿南刚才话中透露出来的消息，其实就能判断出来。

李信知道。

那么，李信也得死！

在自己成为李家二郎之前，会稽的这帮混混们仍有可用武之地。现在不能杀了他们，李郡守还等着他这个李家郎君的一份认亲大礼呢……

“阿江！”阿南的怒喝声，伴随着复杂的感情，如爆炸一般，在他耳边响起。

李江一刀砍过去，他与阿南拼死搏斗。他盯着阿南的脖颈，盯着阿南的要害，他要拼尽全力去杀掉这个人！

但是某一瞬间，忽觉得腰腹沉痛，握着匕首的手，被另一只手握住。阿南喘着粗气瞪着他，慢慢地，他们一起跪倒在了地上。李江看到阿南面上的鼻血，眼睛里流下来的血，脖子上也有血。他心想真好，再一刀，再只要一刀，他就能杀了阿南了。

他手挣了挣，觉得千斤重，手臂抬不起来。

迟来的疼痛，扑袭向他。

他对上阿南发红的、哀伤的眼睛。

他低下头，看到匕首上流着的血。而匕首的一端，正被他和阿南的手一起握着，刺入了他自己的腹部。

阿南轻声：“你下的，是致幻药物，光闭气是没用的。我中了毒，你也中了。但是我……但是你……阿江，你从哪里偷的药呢？没有人告诉你怎么用吗？”

李江张口，却已经说不出话了。腰腹间大汩大汩流出的血，在剥夺着他的生命。他心中何等的不甘心，但是他周身的力气已经被抽没。他看到阿南眼睫上挂着的泪珠，他只觉得可笑。

少年缓缓地、不甘心地，摔倒在了地上。

他目光瞪大，看到天边升起的红日。却只是天边火红一团，他连最后的日出也看不到了。手还握着腰腹间的匕首，他用尽全力拔出来，一手血挥洒得到处都是。

在这一刻，走马观灯一样，一整个短暂的人生，让他看到。

可是没有小时候。

那晚上，在灯火辉煌中，他与那位李家三郎匆匆照面，这种足以窒息的惊恐感，便紧紧掐住了他的脖颈。他迫切地想要一些证明，他真的想成为李家二郎，真的想要那些似乎唾手可得的尊贵……

他却要死了。

心里在愤愤不平的同时，又有一种轻松感。他是那么害怕，自己并不是李家二郎，自己空欢喜一场……每每有期待，每每得不到。

清晨时分，李郡守府门前，舞阳翁主与自己的姑姑依依惜别。李家大夫人闻蓉，难得今日精神不错，抱着一只猫在院中溜达。散步时，看到小侄女要出门，就依依不舍地送出来了。在门口，闻蓉还亲切地拉着闻蝉的手不肯放："小蝉，四娘说你天天找那位什么江三郎？你怎么这样呢？我都跟你阿父说好了，让你嫁到我们家来的。等你二表哥回头聘了你，咱们就是一家人了。"

闻蝉笑盈盈："是是是，您说得对。"

闻蓉目中噙笑，摸了摸小娘子乌黑细软的长发，回头吩咐侍女："二郎呢，让他……"她一下子愣住了，神情开始变得恍惚，"二郎……他……我怎么不记得他长什么样了……"

闻蝉心想，您当然不记得啦。您那位儿子，还不知是死是活呢。

但是眼见姑姑又要发痴，旁边侍女们惊慌错乱得要发疯，闻蝉往前一步，用力握住姑姑的手，把姑姑的注意力转移到自己这边来："姑姑，我才不想嫁我二表哥呢。他见天欺负我！"

闻蓉的注意力果然被"二表哥"吸引过来了。她现在每日就是昏昏沉沉。以前清醒的时候还挺正常，现在清醒的时候，却总恍惚觉得二郎一直没离开她膝下，一直好好养在她身边。周围人不敢惊醒了她，让她回归到并没有所谓"二郎"的现实中来，所以一径小心翼翼地哄着闻蓉高兴。

现在，闻蓉犯痴之前，就被侄女的嗔怨吸引了。她笑问："你二表哥欺负你了？你跟我说，我回头骂他去。"

闻蝉愣了下：从小到大，除了她那个母老虎一样的二姊，就没人敢欺负她。男儿郎，只有捧着她的时候，她要到哪里举例子给姑姑听呢……不，还有个人见天欺负她！

闻蝉告状道："他总说我！跟我吵架！不光凶巴巴地训我，还撸起袖子要打我呢！"

"那打了吗？"

"那倒没有……不过那是因为我机灵，"闻蝉自我怜爱道，"他还总骗我，看我担惊受怕他就特别高兴……他把我拉上墙，还推我下去，吓死我了……大字不识，心机还那么多，我走哪里都能碰到他……肯定天天追着我……逼我跟他做这个约定那个约定，谁耐心陪他玩啊。烦死他了！讨厌死他了！天天晃啊晃，长那么丑，还没有自知之明！”

青竹和碧玺等侍女听在一边：“……”

脑海中勾勒出一个鲜明的形象了。

几人对视一眼，知道翁主在说谁了。几个侍女忍着笑，听翁主胡诌。而青竹看翁主在日光下发着光一般眉眼宛宛的模样，更加担心了……

闻蓉笑着听侄女说话。她目光怜惜地望着这个像小孩子一样又嗔又恼的小女孩儿，旁边姆妈给她披上大氅，小声提醒：“夫人，您在风里站得久了，咱们回去吧？”

闻蓉便笑着应了，回头跟姆妈说：“我还担心小蝉不喜欢她二表哥……现在看，她还挺喜欢的，那我就放心了……”

闻蝉：“……”

姆妈：“……”

闻蝉在众人的注视下，涨红了脸：您哪里看出我喜欢那浑蛋来着？！你误会了！

姆妈则在想：翁主的口才，真是不错。自家夫人的想象能力，也很不错。李家二郎还不知道在哪个旮旯里窝着呢，这对姑侄，就聊得有鼻子有眼。

闻蝉期期艾艾，支支吾吾，不想周围人误会：“姑姑，我现在要去看江三郎来着……”她提醒姑姑，她真正喜欢的，是那位江三郎啊。

闻蓉哦一声，笑眯眯：“去吧。反正你还是要嫁进我们家门的，就趁现在年少，多玩一玩吧。”

言罢，吩咐舞阳翁主别玩得太久，便疲累地与身边扈从们返了身，回府上休息去了。留身后侄女在风中零落成泥……

舞阳翁主能屈能伸，在姑母走后、在众人试探般的打量目光中，淡定地想到：我跟我姑姑计较什么呢？我姑姑精神恍惚，不正常到连她没小子都不记得了。难道她说我喜欢，我就喜欢了？我堂堂一介翁主，我当然知道我喜欢的是谁啦。就是江三郎嘛。

她骄矜无比地整理了仪容，往府外走去。

少女行走风流，腰肢无比纤细，端看一段背影，娉娉袅袅，其中风骚韵味，让人看了一眼又一眼。

但是不管看呆了多少人的眼珠子，都无法否认，翁主她走过了马车，她往巷子外走去了……众等着翁主上马车的仆从们在风中呆住了：翁主她忘了上马车了！

青竹在身后“哎”一声。

闻蝉疑惑回头，看到她们一言难尽、欲言又止的表情，一会儿，就明白自己犯了什么错误。她因为姑姑的话心慌意乱，神情恍惚，恍惚到走过了马车，忘了上车了……但是舞阳翁主头高高扬起，骄傲无比，绝不承认自己会为一个小人物失神！

她声音脆脆地哼了一声：“都看着我干什么？我散散步不行吗？等出了巷子再上车。”

青竹噙着笑：“翁主您还是上车吧？前两天您走了大半个会稽，回来就扑下了。脚现在还疼着呢吧？这条巷子，住的都是达官贵人，挺长的。我恐怕您走不动呢。”

闻蝉："我就是在散步！我能走得很呢！"

……舞阳翁主坚定地走上了这条幽静深长无比的小巷。

走得心中泪流满面。

走得好想要掉头就爬上马车。

走得在心里翻来覆去地后悔。

这会儿，什么喜欢、什么讨厌，她都不记得了。她就希望来个善解人意的人，扶她坐上马车……她好想上马车来着，但是她是翁主啊！她清贵又矜持啊，她雍华又傲慢啊！她要给身边人树立榜样，树立"翁主永远是对的"的形象……青竹怎么还不来请她第二次呢？

"翁主……"青竹的声音追过去了。

闻蝉感动无比，扭头就要矜淡地回应一句"什么事"，头顶忽然传来一声扑哧笑意。

少年熟悉的声线在头顶响起，脊背像过了电一样发麻，闻蝉突地抬起头往上看。她寻找得并不费劲，她在墙上，看到一个靠着歪脖子树、散散坐着的少年。李信眉眼浓密深邃，本是一脸坏蛋长相，这个时候，却因为她而笑得眉眼放开，多了很多明朗气息。

闻蝉瞪他："你笑什么？我看起来像个笑话吗？"

她有八成确信，李信看到她方才的一长串故事了。他不光看到了，他还被她逗得忍不住笑出来了。

这让闻蝉很生气——他为什么出现在这里？他胆子越来越大了，还敢出现在郡守府附近！不光夜里爬床，他是不是白天都敢了啊？那也就算了，他还笑话她！她这辈子，就没被人笑话过呢！

坐在墙上的少年收了笑，一脸严肃道："我怎么会觉得你像笑话呢。知知，你想多了，"少女脸色稍缓，而他正经无比地说了下一句，"我就是觉得你可笑而已。"

"……！"闻蝉双肩颤抖。

闻蝉叫道："人呢！来人！这里有个逃犯……唔！"李信从墙上扑下来，捂住了她的嘴。

李信嘿道："行了行了，你别叫了。我来是找你有事的。"

他一松开闻蝉的嘴，闻蝉就跳得离他十万八千里。并且在看到身后跟过来的青竹后，闻蝉跑过去，跳到了青竹身后，紧紧抓住青竹的手。在青竹无奈的表情中，女孩儿谨慎地看着对面靠墙站着的少年郎君，又看到了他那一脸意味深长的笑。

笑她孬种。

孬种在刚经历过姑姑的刺激后，正与他画清界限："我跟你没什么关系，你有事别找我！"

李信说："江三郎今天出城有事，不在竹庐那边。你就别去了，省得浪费时间。"

孬种心里快疯了：为什么你和江三郎关系那么好？！为什么他有事会跟你说！

闻蝉口中道："我去哪里，跟你没关系！你走吧，别跟着我了。"

李信说："知知，想不想跟我去玩儿呢？带你玩点好玩的。"

闻蝉："……"

她无语地看着李信，咬下唇：“你根本没听我在说什么吗？你听不懂我让你走吗？你听人说话，只捡你高兴的听吗？你这样有意思吗？”

少年一脸诧异地看着她：“特别有意思！我跟你说话，不就是为了听你应和我吗？我是为了听你拒绝我？？”

闻蝉面无表情，转身就要走，觉得跟李信浪费时间，是她最大的错误。

少年耸肩一笑，残影一般掠过了青竹这个木头人。在青竹惊骇的目光中，少年钩住了女孩儿的脖颈，把她往后搂——“好了，别生气了。是这样，我带你去钓鱼玩，想不想去？”

跟她咬耳朵：“脚不是疼吗？我带你用轻功走，你就不会在你的仆从面前丢脸啦。”

闻蝉心动，长睫毛颤颤的：“钓鱼？”

李信吹个唿哨：“我知道一个冰很厚的湖。咱们去那里钓鱼，比天气暖和的时候有意思多了。还能教你砸冰玩，咱们砸个洞，趴在湖面上去钓鱼。这里本来没有那样的地方，也就今年天气特殊点。我才发现，就想带你去玩了。够意思吧？”

闻蝉跃跃欲试。

李信看她表情，就知道说动了她。再加把力气，就能拐走闻蝉了。

他搂着她正要再说，墙头的方向，忽然有人焦急喊他：“阿信！”

李信抬头，看到两三个少年站在墙上，跑得气喘吁吁，一身狼狈。他的眸子锐了些，也不顾闻蝉躲开他的怀抱，往旁边远远退开。来的少年们跟他着急：“阿南那里出事了！”隐晦看一眼舞阳翁主，还有舞阳翁主身后的随从们，不敢多说，“你快跟我们去看看！”

李信当机立断，跟少年们跳上了墙。正打算走时，想起闻蝉，回头跟她说：“下次再带你去钓鱼。我先走了。”

“……你告诉我在哪里钓鱼，我自己去玩好了。”

李信不跟她说那个，只温柔道：“乖，听话，等我回来找你。”

闻蝉默了片刻，忍不住说：“说书人的故事里，一般说这种话的人，都再也回不来了。”

“……”在墙上跳跃的少年一个趔趄，差点摔下去。

……这得多希望他回不来了，才说得出这诅咒的话啊？！

少年们在风中奔跑，穿街过巷，拼尽力气，越来越快。

大风鼓起他们的衣袍，李信大声问：“阿南怎么了？”

有人的声音在风中飘荡着答他：“阿南杀了李江！官寺的人全都来了！他们在抓捕阿南！”

“李江死了？！在哪里？”

少年们引路，往那方厮杀场赶去。而这短短的说话时间，李信步伐不停，脑海里刹那想到了很多。他知道李江有出卖消息给官寺，所以今天的私盐生意转移了地方；他也知道阿南去找李江的麻烦，临走前他说过让阿南差不多就行了；他还知道李江早些时候与官寺串通，现在有了机会，又想一跃而上去做人上人，去成为那李家二郎……

然李江死了！

死于阿南之手！

无论是为了李江背后的身世之谜，还是为了私盐背后的利益划分，官吏们一旦得知这个消息，都会派人来捉拿阿南。甚至可能私盐的事更重要些……李信不知道李江的死、李家二郎的身份对官寺的人来说有多重要，但他知道私盐的事官寺不会善罢甘休。

阿南有难！

想到这一层，少年跑得更快了。他不耐烦走巷子，那弯弯绕绕，不晓得耽误多少时间。他跳上了墙，攀上了树，再在树干上一踩，飞腾上一排排屋檐。清晨的巷子，李家的府邸，与官寺的距离并不远。金色日光照在薄雾上，照在黑麟色的屋檐上，尘烟飞扬，光澜五彩。而在那层层瓦片与夯土间，少年身影鬼魅，比风还要快些。

他跑在高处，他站在会稽郡城的高处，他一览众景，将城中布局看得十分清楚。这正是他无比熟悉的。郡城的一切格局，当李信站在房檐上时，脑海中就自动浮现出一幅巍峨雄伟的建筑图来。这幅建筑图，以李信为中心，向四周铺展开去，延伸开去。

“阿信！”

“阿信！”

“阿信！”

许多人在喊他。

在追寻于他。

在风中，慢慢的，闻到了鲜血的味道，也听到了巷子中的打斗声。少年站在墙上，顺着风中的气息，再不用人引路，往那条堆满人的巷子里奔去。越来越近，李信在高高的屋墙上跑跃，他看到了十来个卫士堵住了巷子，而被围的，正是阿南，还有几名来相助的混混。混混四处张望，抬起头，看到少年飞墙而来的残影，面上露出喜色——

“阿信！”

阿南空手与十来个挥着刀剑的卫士们搏斗。他之前已经跟这些人打了一会儿，脸上又是血又是污渍的，精神看上去颇为萎靡。他一个人，无法和许多倍于他的人数搏杀。再加上阿南脑子里，一直想着方才在他怀里死去的李江。他心里茫茫然，要让自己沉静下来，不要多想。但是他做不到。

他总是在想李江死前、瞪着眼、直直凝视太阳的苍白面孔。

那少年才十五六岁，和他们一样年少，却因为他的一个失误，死于他手中。李江不是他的敌人，相反，曾经是他的同伴……他连敌人都没杀过几个，却对自己同伴下了杀手！

阿南很辛苦地与这些渐渐包围他的卫士们拼杀。他心里知道自己一定不能交待在这里，自己要逃出去，但是同时，他心中又生起一种心灰意冷感。这种心灰意冷，让他不觉想着：杀人偿命。我杀死了阿江，我被抓起来，也是活该！

阿南的精神这条弦，已经绷得非常紧了！

在他与前方一个卫士夺刀时，精神疲惫的时候，没有发觉背后悄悄绕过来了一个卫士。那卫士举起了手中大刀，扑向少年的后背，用力砍去。当刀劈向阿南后背的时候，身后凛冽的风声、与对危险本能的察觉，让阿南发现了身后的异动。但是前方的战斗拉着他，让他无法分身。

而就在那卫士挥着刀扑过去的一刹那，卫士背后，感觉到了一股强烈的劲风。那劲风扑袭得十分巧妙，将卫士腿软地跌向自己手里的刀。哐一声！卫士的脸与前方手里的刀撞在了一起。眼冒火星，卫士完全没明白发生了什么事，自己和刀就被身后那扑来的人往一起一卷，丢出了战圈！

像扔污秽之物一样的手段！

手法干脆利落，毫不拖泥带水。

卫士和刀被扔出了圈子，坐倒在地，才不可置信抬头去看。他依然没有看清楚，因为空中飞来了和自己一样的倒霉蛋们，轰的一下，可怜的被丢出去的卫士，被空中飞来的“大件”同伴砸中，被压到在了最下方。

一阵惨烈的杀猪般的叫声此起彼伏。

阿南被一只手往后抓住，趔趔趄趄向后摔，无数刀剑追随着他。而光影交错的短暂时间，一个黑色身影就闪到了他身前。黑影手里匕首一现，与那些打到眼前的刀光剑影挡了一手。火花飞溅，照亮少年冷锐的眉目！少年甩了甩被震得发麻的手，不屑地笑一声，向前压去。而对方的阵势，竟因为他这突来的搅局，有了片刻凝滞。

“阿信！”阿南叫道，被护在身后，自然认出了前方保护他的少年，就是李信了。

李信与一众卫士们交了几手，迫得对方退后，他也退了一大步。日光渐烈，巷中薄雾散去，少年偏头，露出肃杀坚毅的侧脸。李信漠然道：“走！这里交给我！”

“不，不行！”阿南还有理智，当然知道这时候，不是他走的时候，“他们都是李江引来的，好像人很多，还没有来全。事是我惹出来的，我不能走！”

两个少年背靠背而站，边说着，边与周围的卫士们杀了数招。他们在说话间，仍没有放弃警惕。除了他们两个，另有三四个拼杀如命的同伴，乃是当初跟着李信留在会稽的几个痞子。剩下没走的，还有些缩手缩脚、在外围帮忙的小混混们。那些混混顶多能骚扰一下战局，却无法对此造成巨大影响。他们对这场战斗做出的最大贡献，也就是在发现阿南有难时，叫人跑去找李信，让李信来帮忙。

就是这样一群人，与训练有素的卫士们对抗！

李信眼观八方，看到包围圈乃是以一种很精妙的阵势往里收缩，心里便恍然明白：对方是有备而来。是的，官寺的人本来收到李江的情报，来捉拿一批盐贩子。他们没有拿到想拿的人，李江却死了，阿南又没有走脱。那捉拿杀人凶手，正好用到了这些赶来的卫士们。

官寺拿人的心意坚决。

越是这样，越应该想尽办法把人送走！

阿南在李信来之前，浑浑噩噩，不知道该怎么办。但李信来了后，精神领袖技压群雄，少年强势无比的战斗风格，激起阿南的血性。阿南吐口嘴里的血，望着越来越多的卫士们，恨恨想道：妈的！跟他们拼了！老子就是死这里也值了！

但是李信当然不会让他死！

李信再将他往外围推去，以一人之力，顶于少年身前。李信声音抬高："阿南，走！"

"阿信！"

一把刀砍向少年的腰，少年一脚踢开旁边碍手碍脚的人，身子腾空往后翻，躲开那把刀。但也并没有完全躲开，在后弯腰的时候，李信的双手一抬一合，扣住了那把砍向他的大刀。他喝一声，用力之下，从卫士手中夺过了刀。刀锋划破血肉，翻身落地后，少年脚步不停，往前踩踏而走，手里抢下的刀，横劈向周围一圈人。

光成圆弧，笼向四方。血腥味愈发浓烈。

李信回头，望了后头喘着粗气、红着眼的阿南一眼："走！所有人都走！"

杀戮场中，阿南呆呆地看着李信。看少年埋身于杀伐中，看无数刀剑影子一样缠着他。李信不停地打，不停地杀，连说话的机会都没有。但他说了话，他少有的几句话，是不停地在重复——"走""走吧""走得远远的""这里留给我，谁也不要进来！"

少年立于血泊上，身上的森然杀气，让更多的人战栗。

他挺拔的身子，肃冷的眼神，手里的刀，都让人害怕。

而风吹来，一绺湿透了的发丝拂贴向少年的眼睛。他的眉毛深郁，睫毛浓长，眼睛漆黑。于狼一样可怕的戾气中，又透着平静的可靠感。

这世上，有兄弟恨不得你去死；也有兄弟为你两肋插刀。

阿南眼眶发红，看到李信置身于危险中，全身青筋被激得发抖。

"阿南哥？！"

"信哥，怎么办？"

好些同伴纷纷开口问。

阿南擦了把脸，与李信在短暂中，交换了个眼神。他明白李信的意思，他也不能再等了。他强忍着心中的不甘与悔恨，粗声粗气地扮演一个逃兵："别给阿信添乱了！跟我走！"

是的，他得走！

李江身份太特殊，阿南杀了他，阿南留在这里，只会很危险。

阿南武功又仅仅是小打小闹，他们这些混混里，除了阿信，所有人打架，都只会胡乱挥霍一身力气罢了。阿南留在这里帮不了李信，只会给李信添麻烦。

所以他得走！他得带着兄弟们一起走！

可是李信呢？

李信早说过"算了""随他去吧"，他还开玩笑地说过"人家飞黄腾达了，小心报复哦"……阿南没有当回事，阿南误杀了李江！然后他在这一刻，看到了冲动之后的恶果！

这恶果，却是本来抽身在外的李信替他承受！

阿南恨不得冲回去！

可是为了不让李信的苦心付诸东流，他不能回去！

阿南咬着牙，在李信的强大与掩护下，领着一众兄弟们撤退。卫士们有要阻拦者，皆被李信拦了下来。李信往人前一站，站在一地血泊中，站在几具尸体中。少年傲然而立，看着潮水一般越来越多的人，冷静地屠杀开一条血路来。

甚至其他弟兄们可以或多或少地留下，但是阿南却必须离开这里！阿南与李江的死分不开关系，而谁又说不清，在官寺的名单中，李江的分量有多重，李家二郎的分量有多重。

李信不能让阿南留在这里等死！

很快，当弟兄们一个个出去了，巷子里的这场打斗，发生了些微妙的变化。众卫士们围着李信的圈子，开始往一种极为罕见的阵法中靠拢。李信于此极为敏感，对方一变阵，他便意识到了不妥，要退出去。

少年往墙上踩去。

“喝！”墙头有卫士们跳了下来，将他打压向下。

李信忽然往旁侧转身翻旋，手里的刀，在身前挥出一大片残影。那残影，织就成一个光弧，唰唰唰，挡住了从墙头射下来的箭只。少年贴着墙，往另一个方向看去。他抬起头，看到墙上趴着的一具具大弓。

脚下散着无数箭只，而墙头，还有更多的箭在等着他。

官寺这次是有备而来！

巷子两边的高墙上，弓弩做着准备。墙下的卫士们，排好了阵。两相夹击，全冲着李信而去！少年眼眸冷寒，长啸一声，啸声高远响彻天地间。他身子往前一纵，纵入了战局中。

脚下血泊，面前人海。后退无路，少年一步步将战局向前推进。

有卫士在战局外围观，看到少年骁勇强悍的样子，目光眯起，劝说道：“李信，投降吧。”

李信说：“我从不投降！”

“找死！”卫士冷笑。

阵势拉开，李信一人与数十人搏杀。肩上、腰际、腿侧，每增添一处伤，都耗损着他体内的元力。多少人都觉得少年在下一刻就应该倒地不起，可是李信握着粘着血的兵器，在逆流中往上游走去。

他强大无比，没有人可以阻拦他的脚步。

他不知疲倦，他不肯认输，他冷着眼，只凭着手里随便捡来的武器，就在巷子这一头，把卫士们全都牵制在了此地。打的时间长了，李信的思维也开始变得迟钝。在这个时候，他不觉想着：阿南聪明一点的话，现在就应该马不停蹄地离开会稽郡。随便什么地方吧，先离开会稽，躲得远远的……要么再不要回来了，要么等风头过了再说。

他动作迟缓的工夫，一根长矛从旁挑破他早就破败的衣服，长矛刺入少年的腹部。

少年手握着那把长矛，浓眉压眼，低喝一声，将长矛拔了出来。他抓着长矛往外推，反手刺入那袭击他的卫士身体中……

“李信！”无止境的厮杀中，巷头，有个声音喊道。

李信看去，看到一排排卫士，举着盾牌和弓箭，站在那处。曹长史站在盾牌后方，他示意李信去看。李信看到数来个城中小混混们，被卫士们擒拿在了手中。少年咬住牙，眼眶发红，恨恨地盯着那些人。

曹长史心情复杂。他每每看到李信，都要心情复杂一下——“李信，你武功高强，你来去自如。我拿你没办法，但是你别忘了，会稽城中你的同伴们，可远不如你。你的行踪不好找，他们的行踪，对官寺来说，却太容易找了。是生是死，全在你一念之间。”

血泊里的少年，低着眼看曹长史。

他那种幽静沉寂如死水的目光，让年长他许多的曹长史禁不住心里发毛。明明已经躲在了盾牌后，曹长史还是觉得不安全，再往后退了退。可在少年没有感情的凝视中，曹长史无论如何都找不到安全感。

李信看着他的眼神，让他觉得李信在说——“我拿所有卫士没办法，杀不光你们。你一个人，我要杀，却容易得很。是生是死，也全在你一念之间啊。”

这完全是李信说得出的威胁话！

这个狂妄无比的少年，根本不知收敛为何物，也从来就不跟官寺服软！这就是个让人为难的刺头！他早就说过，这种人，用人头去堆、去强杀，才是唯一的办法。但李郡守却说，拿那些混混们去威胁就可以了。真是可笑，那些小混混，怎么可能让李信……

李信说：“你要我怎么办？”

曹长史：“……”居然真的威胁成功了？！

李信居然在乎那些和他没什么利益关系的混混们的生命？！

曹长史用不一样的眼光来看李信：“我们的目的只在你一个人。你乖乖被擒，我们就放人。放心，他们的命没你值钱。我们抓你一个就够了。”

李信“嗯”一声：“放他们先走。”

曹长史一目不敢错地盯着少年：“你先放下手里的刀！”

李信低头，看到自己鲜血淋淋的手里，果然抓着一把刀。这把刀，是之前从卫士们手里随便抢过来用的。而他本人，平时很少用这些武器。

“阿信！”被抓的混混们大声喊，“你快跑！回来给我们报仇！”

李信充耳不闻，往前走一步。围着他的卫士们往后退，仍包围着他。

李信谁的话也不听，他只听他自己的话。万千刀剑指着他，他都看不见，他只看到自己想救的人，想做的事。他站在一地血中，站在或晕倒、或死去的“尸体”中，像是站在修罗场中。

李信满手鲜血，毫不善良。

他伸出手，伸出两只手。匕首啪地掉地。刀也哐地扔地。

腥风从巷头吹到巷尾，少年无所谓一般，轻轻松松地，把兵器扔在了脚下。

一连几日，闻蝉都没有见到李信。

她依然无所事事，于是去城西看江三郎。这一路走过的深巷，女孩儿每一次抬头，都没有再看到墙上或坐或站的少年。闻蝉想梦与现实相反，梦是假的，李信肯定活得好好的。说不定她稍微担心一下，他就能从不知道哪个旮旯里跳出来，吓她一跳，逗她“你是不是在担心我啊”。

李信没有再陪她走巷子。

一夜之间，会稽郡城大小巷子里常混的那些地痞们，也都消失得差不多了。郡城真正有了入冬的样子，寒气森森，气氛压抑。

有时候，都觉得有李信陪着的日子，像一场梦。

闻蝉不知道他住在哪里，不知道他整天在忙什么。他想起来就过来逗她玩，他很忙的时候就好几天见不到人。

而闻蝉当然也一直希望见不到他的人。

这一次，他消失了那么久。闻蝉想，大概是又去忙什么了吧？反正和她无关，她不要多想。

她的重心，该放到江三郎身上才对啊……

傍晚授课结束，闻蝉心神不宁地起身要走，身后传来青年不急不慢的唤声：“翁主，留步。”

江、江、江照白的声音！

闻蝉僵着身子回过头，非常不敢相信地看向向她走来的宽袍青年。自她前来听课，江照白就没怎么单独和她说过话。她越是听他的课多，越是看出，江三郎一心扑在教授人识字读书大业上。江三郎丝毫没有和她谈情说爱的意思——或者说，他没有和任何人谈情的意思。

越是接触这个人，闻蝉越觉得自己无法打动这个人。

而在今天，江照白居然主动喊住了她！

闻蝉激动地等着江三郎走到她面前。虽然还在想李信消失的事，闻蝉心里却同时为江三郎而开怀着：我的梦中人终于跟我说话了啊！

江三郎走到她面前，客气问她：“翁主是否知道，贤弟这几日，为何不来寻我？我之前与他约定手谈茗饮，他明明已经答应了的。”

闻蝉茫然，有不好预感：“……你贤弟是谁？”

江照白惊讶她居然不知道：“阿信啊。你们关系不是很好吗？”

闻蝉：“……”她想：我的梦中情郎，向我提问，问题是追我的那个郎君去哪里了。

她又想：阿信。叫得真亲热。我都没叫过……啊呸！我肯定不会叫得这么酸。但是你们两人的关系，未免也太好了吧！

她还想：我果然又想多了。江三郎从来不关心我，他要么关心他的学子，要么关心阿信……啊不，是李信！反正他眼里没有我。

在江三郎的凝视中，闻蝉酸酸地说：“他一般会去哪里，你应该比我更清楚吧？”

江三郎一愣，被女孩儿酸溜溜的语气弄得莫名其妙。他莞尔，向她拱手：“如果翁主有阿信的消息，还望告知我一声。”

闻蝉酸味冲天地哼了哼：呵呵呵你们真是相亲相爱啊。

她扭头就走，对江三郎真是失望再失望。而身后，夕阳下，身形颀长的青年望着少女窈窕的背影，叹口气，心想：我都这么费力了，闻家这位小翁主，到底有没有意识到阿信已经出事了呢？

那日，闻蝉去姑姑房中，看望姑姑。她在门口时，便听到里面男子低低的说话声。但是守在门边的姆妈等人并没有阻拦，闻蝉于是畅通无阻地进屋。她走过屏扆后，看到姑父高大的身影跽坐于矮榻边，正俯着身，和卧于榻上的姑母说话。

屋中点着淡淡的檀香，盖因姑母前段日子信奉那新传入中原的佛教，以土地主的豪放风格捐了不少庙，也攒了不少香。近日她精神委顿，这些檀香正好点上安神。闻蝉走近些，看到姑姑浓黑散着的长发，还有白如纸的面孔，低垂青黑的眼睛，偶有手指动一下。

闻蓉在闭着眼假寐。

盖着一层毛毯，一只雪白的猫悠悠闲闲的，于毛毯上巡视自己的领土。

而李怀安正坐在榻边，于午间小憩的姑姑耳边，低声说着话。仔细听的话，会知道他不是在聊天，而是给妻子讲故事。李怀安将说书先生的本事也学了来，哄妻子午睡："……说那林中郎君，发现了那大虎，便大吼一声……"

闻蓉问："那打虎英雄俊吗？"

李怀安想了想："应该挺俊吧。"

闻蓉说："比我们二郎俊？"

李怀安："……"

闻蝉觉得姑父平时不说话，这时候为难的样子，倒也很好玩。她忍着笑意，正要上前打招呼。屋外传来几声通报，少女侧身，看到一个着官服的小吏进了来。李怀安察觉有人，已经起了身。那小吏过来，与李怀安低语："……那李信……"

李信？！

闻蝉几乎以为自己耳疾，听错了。李信的大名怎么会在这个时候出现？！

她侧目去看姑父，迫切地想知道他们在说什么。那小吏的声音却低了下去，让她怎么也听不到。李怀安听下属汇报事情时，发现小侄女正以一种渴望的眼神看着自己。女孩儿容貌漂亮，谁见都喜欢；她的眼睛也明亮，乌黑分明，充满期盼地看着人时，让人心生怜爱。

但是小侄女为什么要一脸期望地看着自己？

李怀安想半天，觉得自己明白了："小蝉，你想你阿父了对么？"

闻蝉："……啊？"我为什么要想我阿父？

李怀安安慰她："等你二姊来了，就能接你回长安见你阿父了。你一个人回去，我可是不放心的。万一再……"万一再遇上李信那样的匪贼怎么办？

李怀安与闻蝉同时想到了这一句。闻蝉往前一步，殷切地盼着姑父说下去。但是她姑父怕她害怕，居然只笑了一下，就不说了。跟小侄女说了自己有事，就与来找他的小吏匆匆忙忙离去，让侄女陪她姑姑多说些话。

闻蓉对丈夫的忙碌已经见惯不惯，难得她精神萎靡，还能认得身边人。此时，她正于榻上坐起，招呼魂不守舍的闻蝉坐到自己身边，嫌弃道："你姑父见天讲些乱七八糟的故事给我听，不是天神下凡历劫，就是山有捕虎英雄。我不爱听这种故事，还得装着喜欢听。我还是喜欢跟小蝉说话，小蝉给姑姑讲讲故事吧。姑姑最喜欢听你说话啦。"

她也要说书吗？

闻蝉将被姑父身边小吏话中的“李信”吸引走的注意力，勉强拉了回来。坐于姑姑左右，问：“您想听我说什么？”

闻蓉嘴角噙笑，眸子温柔地看着她：“讲讲你和你二表哥相处的事情吧。我最喜欢听这种俊男美女相亲相爱的故事啦。”

闻蝉：“……”我去哪里变一个二表哥来，再与他相亲相爱，然后讲故事给您听啊？

闻蝉应付姑姑应付得很辛苦。她到底年少，而闻蓉只是在二郎一事上混沌，她于其他事情上颇为清醒。闻蝉这种没有情爱经验的小娘子，磕磕绊绊讲故事的话，很容易就能让闻蓉发现异常。闻蝉自己也知道，心中苦顿，都不知道去哪里编故事……

她喜欢的江三郎，一直高如云间皓雪，端端正正，清清贵贵。她从来没得过他的另眼相看，也从来不知道他喜欢她的话，会是什么样子。

而喜欢她的……

闻蝉想，虽然我讨厌李信烦李信，但是我好像只能用他来给姑母举例子了。毕竟像他这种明明知道我不稀罕、还没有自知之明厚着脸皮追我的儿郎，独此一份，绝无分号啊。

闻蓉听得兴致盎然，不知小侄女后背已经出了层汗。

等到李伊宁前来看母亲，闻蝉才从姑姑的“魔爪”下解脱。出门的时候，她被青竹扶着手，仍觉得腿软，头晕目眩。

青竹担忧地望翁主一眼。

侍女们随翁主走上廊庑，静悄悄的。过了会儿，闻蝉缓过神后，问青竹：“方才你听到我姑父他们，说的是‘李信’吗？”

青竹：“……”她听到了，但是她越来越觉得翁主和那个混混走得过近了。于是她装糊涂，“婢子没听到。”

不料舞阳翁主于不该坚决的时候，非常坚定自我：“他说的就是‘李信’，我肯定没听错！李信怎么会和我姑父扯上关系？”她走在光影时明时暗的长廊里，光斑浮照在她的身上，清莹明媚。看得廊外那从垂花门另一头走来的郎君们眼睛近乎看直。

青竹看翁主蹙着眉，半天没放下这回儿事，只好无奈道：“这有什么奇怪的？官寺不是一直通缉他吗？说不定抓住了呢。”

闻蝉脱口而出：“怎么可能？！”

闻蝉觉得李信怎么可能会官寺抓住？他都张扬得上天了，官寺也拿他没办法。怎么一会儿……闻蝉心中突突跳：“青竹，你记不记得，他走的那天，和我告别的时候，我跟他说，‘一般说这种话的人，都再也回不来了。’你记得我说过这个吧？”

青竹：“啊。”

闻蝉不安地从侍女这里找安慰：“会不会是我咒得他被抓了？”

青竹：“……啊。”

小翁主念念叨叨半天，越来越不安。然后吩咐下去：“让扈从们出府去探探情况，李信平时住在哪里啊？我要去看看他……不过也不着急。我也不是要专门去看他，我是怕我咒着了他，看他有没有事，安安心而已。”

她有了主意，快速在廊庑一头转了个弯，抄近路往自己住的院子方向去了。

侍女们急忙跟上，而青竹正又忧心忡忡，又被小娘子弄得好笑：您说您不着急，您这么跟欢快小麻雀一样飞回院子去干什么？您想找人就找呗，我们又不能拦着您，您犯得着给自己找什么“诅咒”的借口吗？您要是说个话有这么灵验的话，咱们那位迷恋成仙问道的皇帝，早把您接未央宫里住着去了。

众女陪同翁主回去院中，正于斜对面走上廊庑的众郎君们错了过去。郎君们遥遥望着舞阳翁主纤娜背影，连句话都没说上，心里抱憾。自这位翁主住到李家，成天往府外跑，一会儿一个事。在李家快两个月，翁主都没跟他们说过几句话。

李家三郎李晔拉着幼弟五郎，也站在众儿郎中，陪他们一起婉叹佳人无缘。他心中则想：舞阳翁主高傲无比，我都没跟她说过几句话，你们有什么遗憾的？人家恐怕根本看不上你们啊。

闻蝉回去后，扈从们打听出了李信平时住在哪里。闻蝉便抱着“我就看看我咒人有没有咒成功”的心态，出府上了马车，去那个破落的院子寻人了。她第一次找李信，心中突突突疾跳，一路上都无法平静。但她也注定失望，那处屋院现在已经人去楼空，根本无人居住。

李信不在那里，李信在郡城中的牢狱中。

入了狱门口，一条极窄的过道光线昏暗，两边墙壁上隔段距离，便点着火烛照明。脚步声从叠，穿着官服的李郡守来了这里，身后跟随着狱令官、郡决曹、令史等一众官寺吏员。

狱令官正领着一个老头子给郡守介绍：“这位令史，检验尸身已四十余年……”

李郡守不悦道：“重点！”

狱令官忙推出令史，那令史颤巍巍跟郡守报告：“死去的那位郎君，名唤李江，年十六。腹部有伤口约一寸……”

李郡守不耐烦听这些，只问：“脸能看清吗？后腰有胎记吗？”

众人面面相觑，谁也不敢在这个方面，给郡守肯定答复。这个，得郡守自己去看。李郡守想了想，也决定让令史带路，先去看看死去的少年李江。之前郡决曹已经吩咐过这少年的特殊，其他尸体令史忙碌后，都是认出身份后、草席一卷、丢出去处理。独独这个少年，将尸身处理得清洁些，静待郡守的到来。

到一间冰冷的房舍中，进去后便感觉到丝丝缕缕的寒气。其余人等等候在外，李郡守与令史进了房。令史掀开盖住尸体的白布，李郡守蹲下来，一手执烛，盯着少年苍白的睡颜，一寸寸地去看。

青眉秀目，少年长得非常干净。

容貌是很俊俏的那种，集合了李家和闻家的优良传统。如果让爱慕美颜的妻子看到，她定然非常高兴：自家的郎君长得非常俊。

但是他已经死了。

所以李怀安不能让闻蓉知道。

他又让令史给尸体翻身脱衣，去看少年的后腰。他手中的火烛举得极低，几乎要碰上少年那伤痕斑驳的后背，得令史小声提醒，才回过了神。李郡守举着烛台的手发抖，闭了目。

他看到了那处腰间胎记。

其实他只看脸的时候，心中已经有了六七分猜测。再看到那胎记的时候，心中恨怒悔疚，铺天盖地一样袭向他，让他几乎崩溃。

这是二郎！

是他的亲生儿子！他自家的小子！

他走丢了十年的孩子！

那胎记，与他记忆中的方位颜色形状分毫不差。多少年午夜梦回，妻子一遍遍与他强调，他闭着眼，都能想起当年襁褓中，看到的那个胎记。他从来不强求，他认为一切都是命，他以为二郎早就死了，他从来不抱希望！

消极地找人，可有可无……一直到妻子的病情，严重到必须找到这个孩子的地步。

少年颜色苍苍，身上尽是大大小小的伤。在他离开自己的这么多年，他到底是受了多少罪，活得多么艰辛，才有走到自己跟前的这一可能。而就这样，他仍无数次与这个孩子错过，他仍然不太在意……李怀安没想过自己真的能找到他！可是他更没想过，自己找到的，是一具尸体！

沧海桑田，十年茫茫。

李郡守肩膀颤抖，垮下背去。他在一瞬间苍老，于一瞬间看到自己的无情。

“那天，他是想见我的吧……”

二郎拼了命想走近他！他这个父亲，却熟视无睹，看他挣扎，看他反身。

官寺的人赶到得那么迟，不能救了李江的性命。还让杀人凶手——“李信！”

李郡守目中现出仇恨之色。

他性格淡漠，他观望大局，他对会稽郡的大小混混们从来不赶尽杀绝。但是他的仁慈，换来的却是这样的结果！

李郡守猛地站起来，掉头就走。出了屋，看到等在外面的狱令官，喝问：“李信呢？！他被关在哪里？！”

李信被关在狱中深处，单独一处牢房，手脚铐着铁链。狱卒给他的态度，颇为特殊。少年已经受了好几日大刑，狱卒却不敢当真让他死去。上头的人，还等着从李信口中，问出私盐的事情呢。奈何少年骨头极硬，给出的信息全是不着四六，关键的字一个也没问出来。

这个时候，刚刚经受过一次大刑。狱卒们都离开去用膳了，留奄奄一息的少年于铁牢中苟延残喘。

李信靠着墙，坐在稻草堆上，仰着眼，看墙头高处的小窗口。那窗口透来的亮光，正是他多日来，唯一能用来判断时日的源头。一点儿光照在潮湿的劳中，尘土在空中飞舞。耳边听到狱卒与其他犯人的争吵声、哭骂声、求饶声，于此处牢房，少年只盘腿坐着。

他身上的狱服，已经被鲜血浸透。一道道血痕，看着触目惊心。他的面孔也极为惨白，唇角带血，但是他漆黑幽静的眼睛，始终让人无法将他和其他犯人一同看待。

李信的冷淡，让好些狱卒愤怒：都到了这一步，还狂什么狂？

于是打得更狠，刑罚更重。

这个时候，李信靠墙仰头，在一片混沌中，正盯着牢房的布置。他慢吞吞地想着，自己该如何解除这个危机，从这里出去。他思量着官寺对私盐之事的在意程度，想自己能说到哪一步，又希望外头的弟兄们机灵些，希望阿南已经离开了会稽，没有让官寺抓住……

还有江三郎。江照白必然已经知道他出事，但是江照白于此并无势力，和李郡守也没有交情。江照白留在会稽，是以自身传道授业，给黎民百姓开蒙的。江三郎若想救他，大约只有知知那一条路了……

再想知知。自己这么久不出现，她快高兴疯了吧？但是那么高兴的时候，她有没有担心自己哪怕一丝半点呢？她会不会有救自己的想法呢？他不需要她救，他只想她为自己担忧一下。只担忧一下就好了，他舍不得她太过忧愁。小娘子无忧无虑，天真无邪，正是他最想保护的样子。

他只希望她缓一缓，别等自己解除困境，她就急急忙忙地把自己嫁了出去。到那时候，他说不定又要杀人了……

很重的脚步声打断了李信的思绪。

他眼皮向上一撩，看到牢狱门打开，李郡守沉着脸走了进来。抓着从外头火盆里取出来的烙铁，在少年平静无比的仰视下，李郡守手里的烙铁，当头向少年身上砸去——“竖子狂徒！”

身后跟着的众小吏胆寒无比，闻到人肉和烙铁交触后烤焦的味道，再看少年更加苍白、渗着汗的脸。众人别目，几乎不忍看。

李郡守的发泄，让李信闷哼一声吼，饱受摧残的精神无法相抗，竟疼晕了过去。而看着倒下的少年，中年男人茫茫然，心中苦涩，竟不知自己该何去何从。好半晌，李郡守冷静下来，才问狱令官：“他有交代私盐的事吗？”

“说了一些，但真假难辨，”狱令官为难道，“重要的都没说出来。”

“几天了？”

“五天了。”

李郡守蹲下身，扔开手中烙铁，他低头去看昏睡过去的少年。他伸手拨开少年面上的发丝，看到他的一身血迹，也看到他普通庸俗的长相。非常英俊的眉眼，他父母却不会生，把这位小郎君的整个脸组合在一起，就是很平凡的相貌。

李郡守看着他，默想：五天了。李信竟没吐出什么来。这样重的刑，他还要保他的那伙同伴。这个少年，看起来，也就十四五岁啊……和他家的二郎，差不多大。

远没有他家二郎好看。

却又远比他家二郎有本事。

李郡守沉默着：他来到会稽为官，他当然从一开始，就听过、认识李信了。他还与李信打过许多次照面……而他在此之前，都从没见过他家二郎。李信是个狠角儿，这么一个人，如果不能用，如果不能用，杀了其实最好了……

既然他始终不肯说，那么就……

“杀……”李郡守话又停住了。

他想到了李江，想到了那个死去的孩子。

李信和他差不多大。都这么年少，都什么还没懂，就进入了大人的残酷人间磨砺。

李郡守放在少年面上、摸到他面上血疤的手微微发抖，他再看不下去了，站了起来别过脸。

“郡守，您说……要杀了李信吗？”狱令官看郡守说到一半就停住了，便谨慎小心地探问郡守的意思。

良久后，听到李郡守沙哑的声音：“没什么，你们继续审吧。”

他的心很淡薄，除了少数家人，他很少关照别人。正是他的冷漠，害死了二郎。他不想再杀那个与二郎差不多年龄的孩子了……至少，今天不想。

再说闻蝉，没有在扈从报说的院落里见到李信。她很不甘心，又在附近找了找，仍然没有线索。再让扈从去查，扈从说附近的地痞们都不见了，又说起几天前的早上在某个巷子有过打斗。但具体的情形，就不知道了……

闻蝉很失望。

青竹摸摸翁主被冻得冰凉的小脸，问：“咱们回去吧？”

闻蝉心不甘情不愿地“嗯”了声，转身上了马车。马车悠悠缓缓地回去郡守府。闻蝉一路上不高兴，任青竹等侍女百般逗她，她都皱着眉，没有露出一点儿笑脸。闻蝉拉着青竹的手，很悲苦地丧着脸：“我觉得就是我咒坏了人，把他咒死了！”

“……”

“我做梦梦到他死了！”女孩儿哽咽，心里多日的痛苦，终于在这时候跟侍女倾诉，“梦到他身上全是血！他肯定是临死前跟我告别，他说不定还想跟我告白来着……他那么傻，都说不出口……”

“……”青竹抽抽嘴角道，“您想多了……”

但是闻蝉都快哭了。

闻蝉是很漂亮的小娘子，笑起来百花绽放，哭起来万木枯萎。她的一颦一笑，都容易牵动人心。此时她抽抽搭搭，肩膀发抖。少女低着脸，眼中湿漉漉的，晶莹泪水欲掉不掉。湖水流光溢彩，湖水却涟漪荡荡，渐有风起浪逐之势。青竹光看着，心都软了，恨不得把心剖出来给翁主耍着玩，只要她别真的哭了……

闻蝉正要哭，马车突得停住。她头咚地一下撞上车壁，一下子撞傻了，眼眶中的眼泪，啪地砸下来。侍女们顾不上自己，手忙脚乱安抚翁主。舞阳翁主愤怒地把众人一推：“起开！”

她气焰嚣张地推门跳下马车！

之前一腔发泄不出去的愤懑情怀，正要趁机发泄。闻蝉嗔怒的一张小脸，对上拦住车的少年时，美眸瞠出，眨一眨，水雾连连。

阿南站在车前，紧张无比，不停地回头看箱巷子外头，怕被人发现。看到闻蝉下了车，他松口气，急急忙忙说自己的话："翁主，我叫阿南，和阿信是……"

"我认识你，"闻蝉打断他的话，"你老和李信混在一起。"

阿南怔愣一下，嘴角翕动两下，想象征性地笑一下，却笑不出来。他苦涩无比地给翁主跪下："求您救救阿信吧！"

闻蝉看不懂他这是什么意思。

阿南说得断断续续，颠三倒四："都是我的错，是我杀了阿江，却让阿信给我顶罪。阿信让我走，可是我怎么能走？我在这里躲藏，希望能救出阿信……然后遇到江三郎……江三郎人很好……我怕被官吏发现，到处混躲。江三郎昨天见到我后，就收留了我。他派小厮去我们之前住的院子守着……然后我没办法，就来求翁主您了……"

他充满希望地恳求翁主："阿信说您是长安来的大人物，您住在郡守府上，连郡守都对您客客气气！阿信还说您和李郡守是亲戚……您能不能出手，救阿信呢？只要您跟李郡守说一声，郡守肯定就放人了！您只要救了阿信，我做牛做马都行……"

闻蝉盯着他，半天未反应过来。阿南一下子说的话太多了，她要想一想到底发生了什么事……

阿南以为高傲地翁主不肯答应，求得更为殷切。让青竹等侍女都生气了，嫌他丢脸，要他快起来。

好久，阿南混沌无望中，才听到闻蝉娇娇的声音："我不要你做牛做马。"

阿南一下子跌入谷底，眼前发黑，绝望无比！

然后他听到了翁主的下一句——"我要李信给我做牛做马！"

少年不可置信地瞪大眼，抬起头，看到翁主美丽骄傲的容颜。她她她答应了？！她愿意出手救阿信？！

舞阳翁主撇了撇嘴，扭头上了马车，吩咐扈从："去官寺。我去看看那个李信，被关到哪里了，死没死。"回头跟阿南嫌弃道，"他要是死了，我就随便把他丢出来喂狗啊。"

青竹在边上幽幽说："您是又要咒他吗？"

闻蝉："……"

乖乖闭嘴。

马车辚辚，很快到了官寺。先是侍女下车，接着闻蝉才下了车。她缓了缓精神，抬头看到官寺的牌匾与大门外两边的威武卫士们，移步往前走去。闻蝉倒没什么紧张的，之前不知李信去向，她才那么慌乱；现在已经知道了李信在哪，对救人来说，闻蝉觉得简单了很多。

不怕行事难，就怕连自己要怎么做都不知道。

舞阳翁主往府门走去。

她才走了两步，就被巷头刮来的一阵疾风所惊。黄昏下的金乌压云，从远而近，一骑人马掀起尘土，闯入中众人视线。尘土纷扬，马声长嘶，马上骑士口里喊着话，唬得官寺门口的一众人连忙退让开。

骑士下了马。

几人急急向门外卫士递了牌传话："让开，我等找郡守！夫人出了事！"

下马后的骑士急忙忙与卫士撕扯，忽听到身后一个惊讶的少女声音："什么？我姑姑出了事？"

有人扭头，这才认出借住李府的舞阳翁主，仪容甚佳，竟然就站在台阶上。之前赶路着急，一心想着李郡守，竟没看到翁主。几名骑士连忙与翁主告罪，几人被小吏领进官寺去寻李郡守，另有几人在官寺门外，与闻蝉解释府上发生的事："夫人情形危急，惊动了府上所有人。眼看情况不太好，老县君让我们来请郡守回府去看看……翁主，您也回去吗？"

来的几名骑士果真匆忙，只知道府上夫人出了事，再细致问，却说不清楚到底出了什么事。他们自己就一知半解，更无法跟一脸不悦的翁主解释清楚。闻蝉从他们口中问不出情况，心中牵挂姑姑，当真心急如焚。

闻蝉抬头，再次看眼官寺的牌匾。

阿南说李信就在这里……但是她姑姑的情况已经危及到让人来请姑父回去了……

她正想着时，看到府门口鱼贯而出一众人，簇着最前方行色匆匆的李郡守。李怀安因为出来得急，官服穿得都不甚平整。他行迹很赶，出来时看到闻蝉居然在外面，有些意外。但李郡守满心挂念妻子的情况，并没有问闻蝉为什么在这里，只道："你回府吗？"

闻蝉："……嗯。"

回的。

她再次看了官寺一眼。

要回的。

姑姑终究比李信更重要。既然已经知道李信在这里，有时间了再说吧。当务之急，还是回去看望姑姑的情况。

李郡守顾不上与侄女寒暄，骑上了小厮牵来的马，跟上众骑士，转个方向，出了巷子，往郡守府去了。而舞阳翁主的车队也没有耽误工夫，闻蝉没怎么犹豫就上了马车，跟随上姑父的踪迹。

她只来得及掀开帘子，望了望身后沐浴在夕阳余晖中的庄重沉肃的官寺剪影。一墙之隔，马车悠悠前来，又急急远去。闻蝉与李信再次错过。

闻蝉回到府上的时候，风波已经平静，但府上气氛仍然很压抑。碧玺今日待在府上没有随翁主出行，等翁主回来后，她就在府门口迎接，悄声递给了翁主等人一个消息："……据说是服毒自尽。"

"……！"闻蝉大惊，抓着青竹的手用力，"为什么？"

碧玺说："大约是夫人终于发现，李二郎并不存在吧。"

闻蝉赶去了姑姑院落。她先是看到站在廊下哭泣的李伊宁，并几位神色不安的小娘子。李三郎等郎君们安慰着他们，还有几位长辈，在吩咐进进出出的医工和侍女。小辈们也围着白发苍苍的老县君，老县君这样大的年纪，晚上拄着拐杖站在风中，清清冷冷。

院中万物杀尽，冬天的寒气让人心灰意懒。

没有人拦闻蝉，闻蝉站在灯火通明的屋门口，透过半开的窗子，看到屏扆后卧房的情形。

她看到姑父遵守医嘱，将姑姑抱到了方榻上。姑姑雪白的脸、紧闭的眼，还有一头散在姑父臂弯间的乌黑长发，定格在闻蝉的视线中。

死气沉沉。了无生机。

好像又回到了她来会稽的最开始。

最开始与姑姑的碰面，就是看到姑姑死寂的样子。之后，情况时好时坏，闻蝉的心也跟着起起落落。到后来，闻蓉误以为二郎长在身边，这段时间，是闻蓉精神最好的时候。所有人都小心翼翼地伺候她，唯恐让她察觉什么。

而闻蓉终有察觉真相的时候。

“到底是谁在姑姑跟前乱说话，让姑姑发现的？还有你们一堆人伺候着，姑姑服毒，你们竟都没看到吗？！”舞阳翁主出了气氛紧绷低迷的屋子，站在院中，抖着嗓音，质问院中的侍女们。

侍女姆妈们跪在地上垂泪，神情惶惶，不断地磕着头。如果夫人真的熬不过今夜，那她们这些人，也同样活不过今晚。

李伊宁含着泪，站到了闻蝉身后。她情绪已经近乎崩溃，却也没怪罪这些可怜的侍女：“是我的错。下午时阿母说累了，想一个人待会儿，还让我抱走了雪团儿。那时候她看着雪团儿的眼神……我就应该觉得不对了。我都没有看出来，她们当然更看不出来了。”

终日陪在闻蓉身畔的姆妈老泪纵横，磕头磕得额头上肿了一片：“夫人是混着几种相克的香料一起用，还把老仆等都赶了出去。因为夫人身体不好，睡觉也不甚好，她想午睡时，老仆等都心中放松，没料到……等到觉得夫人睡的时间实在是太长了，在外面喊不醒，才撞了门……”

姆妈的诉说，悔不当初。

而更早的时候呢？

更早的时候，是什么导致闻蓉有自尽的想法呢。

是上午的时候。

丈夫和探望她的小辈们都各自去忙碌各自的事情，闻蓉也下了地，在府上散散步。在侍女的回忆中，一早上，唯一可能唤醒夫人记忆的，是夫人听到了读书声，去看了众郎君们读书。

李家是大家，有宗学、族学，而李家的主宅中，更是为一众出色儿郎们聘请了有名望的先生们，督促他们读书。

那时候，几位郎君坐在四方亭中，跟着先生摇头晃脑地背书。

一水之隔，闻蓉就站在另一方的亭子里，看着他们。

她静静地看着，看了很长时间。她看到儿郎们与先生辩驳，与先生讨论学问。她一张张脸认过去，她始终想不起二郎的脸来。她蹙着眉，定定地望着。望的时间长了，想的时间久了，她终于想起来，自己并没有二郎。

她想起来她去年刚死了幺子。

她想起来她膝下只剩下一个女儿了。

闻蓉于混沌中，清醒了过来。无人察觉，无人知道。她在清醒的时候，派出去了所有人，冷静地在屋中点上了好几样不能一起烧的熏香。她平静地躺在了床上，放下了帷帐，陷入昏睡中。

于闻蓉来说，现世痛苦太难承受。如果可以在睡梦中无声无息地死去，也未尝不可。

当晚，李宅彻夜不宁。

而在医工宣布此次已经成功救活闻蓉性命后，大部分人松了口气，疲惫袭上心头。李怀安出了屋子，站在门口，看到一张张沉默疲累的面孔：李家的每个人，因为闻蓉，备受折磨。

已经放了十年的事，又重新成为了心病。

李家家教甚严，子弟们做不来忤逆李郡守的事，但他们心头，已经很累了。如果闻蓉一直这么不停地折腾下去，李家迟早会放弃她的。李郡守于浓浓深夜中，有了这样清醒的认知。

同时，方才在屋中时，年长医工叹气的话，如一根针一样，刺进了他的心头——“主公，夫人的身体和精神，都已经非常脆弱，再经不起丝毫刺激。这种心魔，深入骨髓，夫人已经病入膏肓，别无他法……夫人恐活不过一年。”

活不过一年！

这根刺，让李郡守浑身发冷，眼前一阵阵发黑。他站在台阶上，看着院中寥寥进出的众人，觉得何等凄凉。

李怀安是很冷心冷肺的人。客客气气，谦谦君子，那都是做出来给人看的。

真实的他，少情少欲，也不喜欢说话，平时总是默默地忙自己的事。他不喜欢对别人的事发表意见，也不喜欢把所有事揽到自己头上。在这个世上，李怀安就没有真正关心过几个人，许多人说他心善仁慈，说会稽有这样行事通达、不拘于形式的郡守是福气。但事实上，这“心善仁慈”的评价，终归到底，只是他性情凉薄、不愿把会稽的一切压在自己一人肩头的缘故。

而在李怀安真正关心的寥寥几人中，于他少年时便相互扶持的妻子，地位是非常重要的。

少年夫妻，中年作伴。少时闻家将女儿嫁给他，李家因为政治方面的考虑，一直不肯北上，不让子弟们去长安致仕。这些年，李怀安身边的人来来去去，他也于官海起起落落，只有闻蓉跟他一直在一起。

他们生儿育女，他们养育孩子。他连自己的孩子都是放任的管教风格，反倒是妻子严厉些。严厉些，也更上心些，也更容易钻入牛角尖，再也走不出来。

“夫人恐活不过一年。”

李怀安低着头，感觉到喉间一阵腥甜。

夜里，小辈们都回去睡觉了，侍女们战战兢兢地开始了陪夜，怕闻蓉在晚上再出什么事。而李郡守在寒风中站了一会儿后，就去了书房。众人只当他有事忙碌，再加上郡守也很少说话，由是并没有人过问郡守的行踪。

李怀安一晚上将自己困在书房中。

他熬了一晚上的夜，摊开竹简，狼毫抓在手里，墨汁浓郁。他闭着眼，一个字也写不下去。他在想妻子的事，在想该怎么办。他绝不能让妻子这样消沉地走向死亡，他能给妻子的最大帮助，他能想出帮妻子撑过所谓一年的唯一方式，就是找回二郎。

但是李怀安心知肚明，二郎已经死了。

之前十年，之前一段时间，会稽一直在找后腰有胎记的孩子。有找到那么几个，但领过来的小郎君，一个个蠢笨痴傻，根本不足以应付妻子。到底妻子只是于二郎一事上发痴，于其他事上，她家学渊博，想要瞒过她的眼睛，并不容易。

李怀安沉沉闭目锁眉，想：我要到哪里，去找一个后腰有胎记、还足以骗过阿蓉的小郎君呢?

这世上大部分天纵奇才的少年们，都自幼受到良好教育，出于世家。而长在外头的孩子，又因为眼界经历等种种缘故，年纪越大，和世家子弟的相差就越大。李怀安要找一个后腰有胎记的儿郎，已经很难；他还要那个小郎君足够有本事，足够哄住妻子……这便世间罕见了。

李江……李江……为什么他死得这么不是时候呢?

如果他还活着……李怀安又叹气，觉得以李江当日求见自己的心态，即便活着，认回李家，恐怕也是一个会让阿蓉失望的孩子。

但那又怎样呢?

起码是真的。

李怀安闭着眼，大脑空白，都想不起李江的脸来。他对这个可怜孩子实在不熟悉，为数不多的父爱，都在用烙铁砸李信的时候挥霍得差不多了……等等！李信！

李怀安脑海中，随着这个简单的人名，浮现出了一个少年清晰的形象。

少年于幽暗潮湿的草堆上坐着，平静地抬着漆黑的眼睛，看他的愤怒，看他的情绪失控，看他将火红烙铁砸下去。他一动不动，连多余的神情都懒得奉送。可以说他是心性坚定，但从某个方面来说，这何尝不是一种傲慢呢?

因为不屑一顾，所以连表情都懒得浪费。

李怀安突地睁开眼，眸中迸发出光彩。他推开案头站起来，腰间玉环相撞，正是他不平静的心情——

是了。李信！李信！

年岁相当。李江十六，李信十五。正是差不多的年龄。

容貌普通。但是没关系，李家人也不全是脸长得多出众的人。李家人靠的是气质取胜，于容貌上，也就是普通偏上些。李信眉眼轩昂……算普通偏上吧。

论性格。李江懦弱自卑，李信狂放自信。李信于少时就和地痞们混迹于街巷，若没有本事，也不可能让人心甘情愿地追随。曹长史与李信的几次搏斗，李郡守恰恰知情。李郡守还是挺欣赏李信的。

最后论那个胎记。李信没有胎记……但是只要愿意，制造一个胎记出来，并不算难。

只要李信愿意配合！

只要李信发自肺腑地愿意配合，那个少年，便不可能连这么简单的事都做不成功！

那么，李信，到底会不会答应呢？

又是一日清晨，牢狱中散发着难闻的味道。好些牢门口，挤满了犯人，哭喊着叫狱卒，求情的，求食的，咒骂的，哭泣的，不一而论。而依然是最里间最深处的牢狱，李信独自占一牢，坐得颇为宽敞。

他盘腿而坐，身上的伤口未结痂，又有新的血流出。这些伤势非常严重，让他每有动作，都有刺骨痛意。靠墙而坐，少年甩甩手上的链子，与脚链发出清脆的撞击声。

撞击声，不绝于缕，和旁人的吵闹声不同，但听久了，也挺烦的。

他脸色更加苍白了，然于这种苍白中，又透着一种奇异的平静。让慢悠悠提着桶晃到牢门外头的狱卒咧咧嘴："李小郎，你又晃你那链子了？你无聊的话，也跟别人号两句啊。总折腾你那手链脚链，你以为你挣脱得了啊？"

少年微笑："那可说不定啊。"

狱卒："……"如临大敌。

敢问会稽中的小吏们，哪个没听过李信大名？有几个不认识李信？

狱卒们谨慎地开了牢门，又检查了一遍铐着少年的链子，觉得他不可能挣脱，才放下了心。看他们谨慎忙活，少年扑哧乐："你们真把我当汪洋大盗啊？这么紧张我？"

几人呵呵，心想：不紧张你，紧张谁啊？

一个狱卒没好气地踢了踢木桶："昨晚剩下的馊水，喝不喝？这就是今天的饭啊，不要就没了。"

李信漫不经心："要啊。"

狱卒早知道他会要，说话的时候，就已经从桶中舀粥了。李信生于微末，从来不在意这些外物。别的人难以忍受的剩饭，到他这里，一点问题都没有。狱卒们其实很佩服他，到他这种状况，每天那么重的刑罚下来，还能不委顿不低迷，能用正常语气跟人说话……一般人真做不到。

李郡守过来这边时，正听到他们的说话声。李郡守就停了步子，没有走上前，而是去听他们在说什么。

那倒饭的狱卒看少年还在晃手上的链子，心有唏嘘地说道："你也挺可怜的。放走了兄弟，自己进来受罪。要不是你甘愿进来，我们也抓不到你。整天手链脚链地锁着你，看你看得真是太严了。"

李信说："这有什么严的？你不是也说吗，我这样的人，还是看得紧一点比较好。其实我觉得你们真的很仁慈了，如果是我的话……要看一个重要犯人，我不会只用手链脚链锁着。我会把链子穿过他的琵琶骨，让他每动一下，就痛不欲生。这样的话，直接避免了他越狱的可能性。而现在你们这样对我……"

少年笑意深深。

笑得别有用心，暗藏深意，让刚才检查过他链子的狱卒们，又开始紧张了。

于是几人又谨慎地检查了一遍。

李信哈哈哈被他们逗笑，笑得前仰后合。

狱卒无语，恨得踹他几脚："……这么来回折腾我们，有意思吗？"

李信心想，当然有意思了。不断地诱敌，不断地真假难辨。等你们慢慢放松警惕，等你们慢慢觉得我不会越狱，而到那一天，就是我动手的时候了。真的，你们没有把链子穿进我的琵琶骨，就是你们最大的失误。你们让我能动，让我能思考，就是你们的失误。

李信随意地逗着几个狱卒玩，而这正是他每日为数不多的乐趣之一。忽然，他抬起头，看向一个方向。狱卒们顺着少年的视线，回头看去，竟看到李郡守慢慢从幽黑中走了出来，众人连忙行礼。李郡守挥挥手，让他们都下去了。

隔着一扇牢门，李郡守与李信不远不近地望着。

李郡守看着这个少年：他方才听到了李信怎么逗狱卒们玩，他也猜出李信不安分。如果不马上杀了李信，这里恐怕关不住李信。少年有情有义，也有勇有谋，只要他想，说不定真有离开这里的一天。

李信他啊，不是猛龙不过江。

李信看牢外的郡守，一直用一种很复杂的眼神打量自己。他扬扬眉，心念几转，噙着笑："看郡守今日没有取烙铁，是不是说明不会纡尊降贵地来亲自惩罚我了？"

李怀安沉默半晌，道："你猜我找你何事。"

李信拒绝："不猜。"

"为什么？"

"没好处的事，老子从来不做。"

他这般挑衅的态度，李郡守都只是安静地看着他，没有生气，还温温淡淡地解释道："你猜对了，我便送你一个大好处。"

李信抬头，与李郡守四目相对。他察觉到了李郡守今日的不寻常态度，事出反常必有妖。少年脑海飞快地转着，将为数不多与李郡守打交道的几次翻来覆去地想。他很快有了猜测："郡守要与我合作？"

李郡守再望他良久，缓缓地，点了头："是。"

这个约定，从这个牢狱真正开始。

李郡守免去李信的罪，也承诺不追究私盐的事，放过李信的同伴。李郡守对李信的要求，便是来郡守府，扮演那个失踪了十年之久的李家二郎。换了身干净衣袍的少年，与中年男人坐于官寺的架阁库，听李郡守提要求——

"李家财产，与你无关。李家族谱，我也不会给你上。你进李家的唯一目的，就是讨好阿蓉，你的母亲。你只要能让阿蓉相信你是二郎，我便给予你李家二郎应享有的一切权利。你出身低微，大字不识。你举止粗俗，毫无礼数。你与李家格格不入的一切，都要为了你的母亲一一改过来。你要让你母亲开心，让她喜欢你。我李家儿郎从不去长安入仕，你也一样。甚至在你母亲需要你陪伴的这些年，你不得像其他李家郎君一样离开会稽，寻找出仕的路子。

“你记得，你拥有的一切，都取决于你母亲喜不喜欢你。你但凡让她怀疑你不是李家二郎，我便会杀了你。除了你母亲，其他人怀疑你是不是二郎，你都无需在意。

“李家许你荣华，许你机遇。你只需要承担李家二郎应尽的孝心而已。等你母亲不再需要你了，如果真的有那一天的话，你如果有了想法，例如想要出仕之类，我也会写推荐信，助你一臂之力。”

李信冷静地听着这一切：“那请问您夫人不再需要我的那一天，到底是哪一天？我是否一辈子绑在你李家？”

李郡守看他一眼。

多少人羡慕李家风光，李信却不。

多少人渴望走进李家，李江连死前，都念念不忘认亲。而李信，居然担心被他们绑在李家。

多少人听说要冒充李家二郎，都会紧张，都会害怕，都会担心自己做不好。李信却不担心这个，他从不认为自己做不好，他只怕自己做得太好，被就此绑死。

少年能狂。

从不认为他们李家有什么了不起，也从不愿意把自己的一生，奉献给李家。

李郡守有些欣赏这个少年。

而对于少年的疑问，李怀安淡淡说道：“昨夜医工给阿蓉诊断，说她活不过一年。我对你的要求，只是让她能平安活过一年。如果她过得更久……你的功劳，我自会好好报答。你做得越好，我给你的，便越多。”

李信挑眉后，垂目思索。

李怀安等着他的回复。

两人静坐了一个时辰，待腿都坐得酸麻了，李怀安才得到少年的答复：“好。一言为定。”

李怀安唇角扯了扯，看向少年：“那么，就剩下最后一个问题了。后腰胎记。你后腰并无胎记，我需要让医工帮你人工制造一个真正的胎记出来。因为那胎记已经过了十年之久，为了达成效果，你会遭些罪。我看你现在身上的状况，实在不好。你能受得起么？”

李信漠然道：“来吧。”

中年与少年，于此签订盟约，开始他们一生的牵绊。

第七章 签订盟约

李信出了官寺的时候，已是夜间。他站在灯笼前方的空地上，身上的伤势让他步子停滞了一会儿。便是这片刻时分，一片潮湿冰凉落到了他眉毛上。少年抬起头来，在灰黑色的天幕间，捕捉到点点雪粉的踪迹。

下雪了。

“李信，走吧。”身后传来一个略微冷淡的男声。

李信回过神，余光看到了身后负手而立的中年男人，会稽郡守李怀安。李怀安身后，还跟着令史、医工等人，连画工、铁匠之类的都有。昨天与李郡守相约了李家二郎的事，李郡守的动作很快，今日就安排好了帮他造假的人手。夜间，狱令官为李信开了牢门，便一脸感慨地看着这个少年被李郡守领走。末了，狱令官与同样心情复杂的郡决曹说道：“没想到他运气这么好，竟是李家二郎。兜兜转转，府君栽到了自家二郎手里，也是缘分啊。”

他们对李江的事情知道得并不清楚。李郡守只是问了李江的胎记，看了后大怒，但多亏了他的少言少语，他从来没和任何人明确说过，李江就是李家二郎。别说狱令官和郡决曹，就是之前负责寻找李家二郎之事的曹长史，都是对此一知半解。听说了李信是李家二郎的事情后，曹长史吓得直接摔倒在了地上。

下午坐牢时，众狱卒小吏们，便有事没事到李信的铁牢门外晃一晃，想从少年脸上，看出哪里和李郡守长得像。

少年闭目而坐，一下午不吭气。众人也不敢像之前一样对他呼来喝去，只是聊天时反省自己有没有因公谋私，多多折腾李信。唯恐少年出了狱后，摇身一变成为李家二郎后，回来报复他们。

李家二郎这个身份，李郡守真正扔到了李信头上。且为了不引起麻烦，李郡守从一开始，就对所有人宣称李信是李家二郎。这所有人，正是从官寺开始。而为了扮演好李家二郎的身份，李信要在后腰间，让医工给他补上胎记。

众人骑着马，一路回李信之前住的地方。李郡守没有安排李信的住处，李信自己提出要回去。李郡守猜他还要给他的同伙们一些交代，也就懒得管，随他去了。上了马，李信看到只有他与李郡守有资格骑了马，众医工铁匠们都跟在马后。他想了下，又下马，将马让给一大把年纪的一位医工。

医工连称不敢，悄悄去看李郡守的脸色。李郡守并不说什么，而少年态度又很坚定。老医工心头感激，他们这些人，在世家大族眼中，也是下等人士。从没有贵族们把他们放在眼里，而今，却有李信为他让了马。医工向少年拱了拱手，暗想待会儿用尽毕生所学，也要尽量让少年少受些苦。

李信牵着马，飒然地走在纷纷雪中。

马蹄声哒哒，到了这会儿，李郡守才淡淡道："你日后就是李家二郎了，需改了你做混混时的毛病。你现在为一个医工让马，等回了李家，你见天见人跟你行礼，跟你请安，跟你求情。上马车要踩人背，你坐着他们站着……你这样心软，怎么做得好李家二郎？"

李信似笑非笑，回头仰视骑在马上的中年男人一眼："难道李家二郎是要学会草菅人命吗？李家二郎是要放弃自己之前的所有吗？李家二郎是世家子弟，但他出身微末，日后必然人尽皆知。自己都回避自己的身份，自己都不能坚守自己的本心。这样的世家子弟，又有几人会真心结交？府君，我跟你直说吧，我就是回了李家，现在怎么行事，日后还是怎么行事；现在什么性情，日后还是性情。你用'李家二郎'一个身份，无法让我为你改变所有。你若是想找一个乖乖听话的木偶傀儡，你实在不应该找到我头上。

"我对穷人天生抱有好感，我就喜欢跟他们混在一起。我的毛病还很多，有的会改，有的不会改，全看我自己怎么想。府君若是不满意，咱们现在就可以一拍两散，省得日后彼此看着不顺眼。"

医工等人听着这两位的对话，纷纷低着头，装聋作哑。郡守和李信话里的信息量，不是他们这种等级应该碰触的。

李郡守讶然地看眼牵马走在雪地上的少年。他还一瘸一拐呢，除了一身干净的衣袍，李郡守最知道他现在身上全是大大小小的伤。就这样，还敢跟他叫板？

多少年，没人跟李郡守这么叫过板了。

李怀安是李家长子，李家的家业，都扛在他肩上。宗族的人想在李家混个位子，都要看李怀安的脸色。便是族长，都对他客客气气的，有商有量。

在官寺，在李家，李怀安都是说一不二。他一惯来不喜欢说话，旁人难测他的性情，也不敢妄加揣测，惹他不快。李怀安懒得跟人多说话，也不想解释别人对自己的误解，他默认了众人对自己的态度。这么些年下来，除了妻子，李信是少有的在他一开口、就能给他反驳回去的人。

李怀安心中莞尔，听了少年的话，也觉得不错。他面上却不给少年个笑脸，想来这个便宜小子也不稀罕。李怀安说："叫我'阿父'。你叫惯了'府君'，回去后便不容易改口了。"

李信："……"

他试着张了张嘴，回头面对李郡守那张冷漠无情的脸，还是叫不出口。

妈的。

少年抹了把脸，垮下肩，没料到自己还有这么个障碍等着跨。

而李怀安看李信吃瘪，唇角上扬了一分。他实在很喜欢挫一挫这个小郎君的气焰。

管教小郎君啊……李怀安心中感叹，他连自家的孩子都不怎么管教。当年真正的李家二郎，现在的四娘李伊宁，他都是直接交给族学去管的。他对孩子们放任自流，却有朝一日，为了让妻子高兴，还得撸起袖子，去管教一个不是他家郎君的小郎君。这郎君看起来还是有名的不服管教……

李怀安叹口气，也只能这样认命。

他在马上开口："闲着无事，二郎，我跟你讲一下李家的人口，你认一认。"

李信无动于衷地牵着马，雪落了他一身。

李郡守再喊一声："二郎！"

李信这才意识到"二郎"是在叫他："……啊。"顿了顿，"不是，您家二郎，都没起个名吗？"

李怀安淡声："因为大娘当年夭折得早，长辈们说是贵名压着、孩子受不住的缘故。到你的时候，便一直没起学名。原想请郡中名师为你取名，都递了名帖了，却不料你走丢了。族谱上至今只有'二郎'，没有你的名字。"

李信挑了挑眉，李郡守话里话外说"你"啊"你"，分明是打算一开始就把他当"李家二郎"对待。也是，只有这样，大家才不容易露馅。虽然李信觉得，假的总是假的，总有暴露的一天……

李怀安见他没意见，就开口，介绍起家族中的人来。他大约说了小一刻钟，才说完。说完的时候，众人已经进了一道巷子。再往里走一段，就是李信之前住的陈朗家了。李怀安对那些倒不在意，他在意的是自己方才说了什么："二郎，把我刚才跟你介绍的，背一遍给我听。"

李信："……"

他瞥了眼他那个等着看他笑话的便宜阿父，想了想，慢腾腾地开了口："你是从前三辈开始说起的，李家的人口共……分为三系，会稽这边的是主家……"

他倒不是完全重复李郡守的话，却是把自己听到的大概意思，复述了一遍。

等少年说完的时候，踢了踢门口篱笆上的雪，示意李郡守，到地方了。

众人下马，李郡守看着开门的少年，心想：记性倒真是好。

他愈发觉得自己选李信没有错：记性这样好的少年，只要他愿意，学东西自然也快。经过自己的调教，李信应该很容易应付妻子才对。

之前路上李郡守一直跟少年说话，对于他这种不太说话的人，已经破了天荒。引得一路人的令史不停去看李郡守，心想：难道是要养成父子天性？府君和他们就不怎么吭气，对他自己的"小子"，倒是还挺能说。

但是之后，李郡守倒是再没开口了。

因进了房门，少年褪衣，便是医工和铁匠们大展身手的时候了。

李郡守站在烧好的炭火边，负着手，看那少年一脸平静地脱去了上衫，上身赤裸地被众人围着。到这时候，李郡守才真正看到李信身上的伤。前胸后背，这些天在牢狱中，被折磨得几乎没有一处完好的地方。道道鞭痕、爪痕，有的结疤、有的化脓；有的与之前的外衫粘黏在一起，少年脱衣时，带下了一层皮肉，留得血肉模糊。

少年脸色苍白，神色倒还好，任由一脸不忍的医工们指指点点，寻找下手的地方。

众人的重点放在他的后腰处。那里也是血肉凝着，让人下手很难。医工们说："这些疤痕太碍事了，为了以假乱真，只能用火去把这块烧干净，把现在的皮肉全部换掉。然后我们用针把轮廓跳出来，用铁烙把痕迹清理干净，用小刀剜掉多余的肉……”

因为李郡守要的是一个与真的也差不多的胎记，而不是一个别人随便碰碰、就能碰没的假胎记。他以最大的诚意，让李信去以假乱真。他就用最极致的手段、最诚恳的态度，为自己达到这一目的。

他不光是要瞒闻蓉，李家大大小小的人，他都想瞒过去。

但是之前，李郡守只知道李信身上伤很多，他不知道李信的伤多到这个地步。他知道做胎记的话，李信会吃些苦。他不知道，还要用火不停地、反复地去烧。少年那里本来就全是伤，一骨一血一肉，尽在身上动刀。世间有几人能承受得住?

虽然不是自己真正的小子，李郡守也犹豫了下：“能让二郎先昏迷再动手吗？”

医工摇头：“没效果那样好的药物。”

李郡守看李信：“……是否缓几日，等你身上的伤……”

李信笑：“别啊。等我身上的伤轻了，肉刚长出来，又要剜掉，那我得多疼啊。就这样吧，来吧。”

雪纷纷扬扬地下，天地阒寂，荒无人烟。

在一间破落的屋中，众医工铁匠们围着一少年，将那从火中取出的刀具，尽数招待在少年身上。

少年赤着上身，腰裤也被扒下。他俯趴在木板床上，任千百倍痛苦加诸于身。他不愿意叫喊出来丢脸，嘴里塞了棉布，睁着眼，一动不动地望着前方。

额上渗了豆大的汗，腰上每被人动刀一次，他的肌肉就一阵痛缩。口里塞着的白色棉布，被他咬的，已经鲜血淋淋。而眼前仍然一阵一阵得发昏，恨不得就此死去。

“郎君，再忍忍……”医工的手哆嗦着。

李信想：屁话少说！快点弄完，老子都被你们折腾得快没命了。

“府君，您跟小郎君说说话吧。帮他转移下注意力。”又有人不忍心。

与此时相比，牢中那时候的刑罚，根本算不上什么。

一盆一盆的血，根本没人管。少年的生命在一点点流失，众人额上冒汗，又不能让他死，又得顾着割他的血肉。

李郡守默了片刻：“那我再跟你说说李家的情况吧……”

李信咬着牙，心想：老子不想听你废话！你李家的情况，老子压根不想知道！老子都快死了，你还婆婆妈妈要老子记你那一堆事……

“……阿蓉娘家三哥膝下，有三个孩子……最小的女儿，叫闻蝉。她出生时是夏日，那时候她父母之间的仇恨因她而解，陛下大悦，便赐了她舞阳翁主的封号，算一个念想吧。小蝉就是你之前大逆不道、屡次劫持的那个女孩儿。之前那些误会，你以后莫提了。她名唤‘蝉’，古书有不少于此道的寓意说法。索性闲来无事，我说给你听吧。”

李信抬头，看到窗外片片雪花。

他的眼前，一阵黑，一阵白。与光影凌乱中，他好像看到那个娇娇俏俏、宜嗔宜喜的女孩儿。她在飞雪中嗔看他。

李郡守的声音，还在耳边——

“蝉鸣蝉鸣，幽畅乎而。”

“秋蝉鸣树间，玄鸟逝安适？”

“袅袅兮秋风，山蝉鸣兮宫树红。”

李信忽而想到，闻蝉跟他介绍自己名字时，说的就是“袅袅兮秋风，山蝉鸣兮宫树红”这一句。秋风袅袅，宫树万红，好像真有遍山遍野的蝉鸣声响起。

他至今不知道他以为的“文婵”，其实是“闻蝉”。他连她的名字都没有弄清楚，但在这个遍体鳞伤、每时每刻都痛得想死的晚上，他一直在想她。

他想他不知道那些字怎么写，等他熬过去了，他也要去学一学。有关她的，他都想知道，都想学到。

知知……

少年垂着眼，睫毛湿润，他眼前一团团的模糊，耳边声音时高时低。他要靠她给予的力量，才能让自己熬下去。

他觉得自己昏昏沉沉间，就是站在了一片山间，他听到了无数的蝉鸣声。一整个夏日的蝉鸣，他立在山中，看风起，听声响，等着那遥远的小娘子……

知知……

少年手上、额上、颈上、后背上、腰间，青筋颤动，肌肉骤紧骤缩。他恍恍惚惚地盯着窗纸，看到外面清清扬扬的飞雪。飞雪漫天啊，折磨丝丝缕缕。

他觉得他好像于铺天盖地的雪粉中，看到了一位小娘子袅袅娜娜，于寒风大雪中，向他走过来。他趴在这处寒冷的地方，冰火两重天，无论是热，还是冷，他都在等着她走来……

李府宅中，与醒后的闻蓉说了些话。闻蝉与表妹李伊宁走出屋子，站在长廊口，看到墨黑天地间下了大雪。

今年气候反常，南方竟有这么多的雪。

而一提起雪，闻蝉就很容易想到李信。她总是与他在大雪中相遇，相遇又结缘，往往复复。想到他，她欢喜又难过，酸涩还甜蜜。

“表姊，去我那里，咱们煮叶品酒吧，”李伊宁站在闻蝉身后，看到天地间的大雪，兴致盎然道，“漫雪下煮叶品酒，也是人间一大乐事啊。”

闻蝉说：“不行。我忽然想起我欠人一个诅咒……”

李伊宁：“……”

她那位漂亮的表姊，看着漫漫大雪，煞有介事地说道：“品酒容易，解咒却难。我还是先解咒去吧。”

不等李伊宁回应，舞阳翁主就由侍女撑了伞，下了台阶，走入了风雪中。

等走出好远，侍女青竹才幽幽弱弱道：“想看李信就直说呗，您还绕这么一大圈儿……”

闻蝉斜眼乜她：“哪个想看李信来着？”

青竹：“……”默了半晌，她叹气，“是婢子。”

闻蝉这才满意了。

青竹却还有迟疑："天这么晚了，官寺都没有人了吧？咱们真要去？"

闻蝉很有经验道："这你不懂了。正是晚上趁没人的时候，我凭着我翁主的身份，才能大摇大摆地把人提出来，因为没人敢惹我。而白天人多的时候，敢和我当面的人就多了……比如我姑父什么的。而现在，等我把人带走了，我姑父想再从我手里取人，就没有那么容易啦。"

青竹看着她：自家翁主没有作威作福过，却没想到翁主做坏事时，还挺有章程的……

然他们注定要失望了。

翁主出行，先去了官寺要人，官寺说人已经走了。于是一行车队，在众人欲说还休的复杂表情中，又驱车出了巷子，去往李信离去的方向。

隔了也就两天吧，闻蝉再次来到了李信居住的穷人扎堆的巷子里。这一次，她在巷口下了车，到了院门口，不见上次的荒芜凄清。舞阳翁主一行人，在院外，看到了屋中的昏昏灯火。

定然是李信！

闻蝉心中雀跃了一小把，然后又让自己淡定下来：哼，我就知道，祸害遗千年。李信怎么可能出事嘛。但我已经走到这里了，掉头回去让人笑话。不如我就意思意思地进去看看？

闻蝉觉得"意思意思"的主意很好，吩咐了众仆从在外面候着，小翁主娇贵无比地推开了篱笆门，走向了灯火通明的屋子方向。

她站在门口，敲了敲门："李信？"

屋中一派沉寂。

趴在床上的少年，以为那声女声，是自己的幻听。他连动都没动一下，却发现医工们停了手。而他又听到了一声"李信"，少年抬头，看到站在门口的李郡守吃惊看他的目光。

李郡守用眼睛问李信：小蝉？你和小蝉什么关系？为什么小蝉会来这里？

李信表情空白着，他根本没有说话的力气。费力地取了口中塞着的棉布，少年用布条擦去嘴角上的血迹，微微喘着气。

李郡守目光严厉：制住小蝉！别让小蝉进来！我不想让你冒充李家二郎的事，被小蝉知道。

小蝉毕竟只是个少不经事的小娘子，她知道了这件事，即使心向着李信，在日后相处中，也难保不露出痕迹来。

脸色纸白的少年，吃力地坐了起来。他擦去脸上的汗水，心想：我也不想小蝉知道我冒充李家二郎的事。

假的总是假的。假的迟早有一天会暴露。我永远不相信"以假乱真"那一套说法。

那知知，我便不会把她拉进这件事中。

让我受万人唾弃就好，她不用为我费尽心机。我只想护她，只想她好好的。

李信轻声："你们在屋里等着，别出去。我出门把她引走。"第一次，他想让闻蝉走，而不是想让她走近他。

世事总难两全，少年渐渐长大，渐渐卷入人间琐事。但是和最开始一样，他还是想她好。

爱也好，恨也罢。李信只想凭努力，走进她心中。

“李信！”拍门的声音大了些，女孩儿的声音总体还算平静。但平静中，已经有些着急了。

李信慢慢穿衣，掩去自己身上的伤。

医工们看到他后腰鲜血淋漓的惨状，不忍心地提醒道：“小郎君快些唤那位小娘子走吧。不然等血干了，又得重来一遍了……”

李信笑一下：“好。”

一门之隔，闻蝉瞪着面前的木门。她开始咬唇，思索里面到底怎么回事。会不会在里面的不是李信？

她又开始害怕，怕遇上歹人。要是是歹人的话，还是喊扈从他们来好了……

但是闻蝉又有一种近乎本能的直觉，她觉得李信就在里面。

少女抬手，欲再敲最后一遍门。

木门声吱呀。

在她手向门叩下去时，门从里面打开了，少年从一室黑暗中走了出来。而少女猝不及防，力道不稳，随着敲门的动作，身子竟不自觉地往前一扑。

扑向从暗室中走出来的少年。

李信开门即迎来向他扑过来的大惊失措的女孩儿。

奈何他全身一点力气都没有，她真这么扑过来了，他只能随她一起倒下去。两个人一起摔进门里，与屋里的李郡守等人面面相觑。

少年反应很快。

当闻蝉“啊”一声时，他用了能用到的最大力气，手在门板上一拍，搂住少女的腰，借关门的巧劲，往旁边歪去。

这一歪，就歪到了台阶下。

在旁观者的眼中，便是闻蝉饿虎扑食一般扑倒了李信。李信搂了她的腰，但一下没有搂住。骨碌碌，少年少女抱着，一起从台阶上摔下去，倒在了雪地上。

李信的后背砸上泥土地面。

灼热撕疼的痛感，让他额上再出了汗。

他唇瓣苍白，微微抖动。神志昏沉，随意会晕过去。但是他不能……

他护着闻蝉，自己躺倒在地，将她护在胸前，一点儿事都没有。大雪漫漫扬扬，撒在二人身上。闻蝉睁开眼，看进少年幽静黑暗如子夜的眼中。

他伸手，颤抖着指头，拂去她眼睫上的雪花。

他微微笑：“知知，你是很可以的。”他轻声，“见面就扑，我毕生难忘啊。”

雪粉在灰黑色的天地间飘飘扬扬，穿过幢幢巍峨楼宇，越过一排排道边林荫，走过甬道，飞过长巷，落在小院中躺在地上的少年少女身上。

闻蝉被李信护在胸口，她比他矮一些，头靠在他怀中。少年的怀抱很单薄，不宽阔，不雄厚，但是这样也依然安全。

闻蝉头靠着他，鼓起的小胸被撞得发疼。她泪眼汪汪，被灌了一鼻子他身上的味道，心脏怦怦怦疾跳不已。

少年伸手拂去抬起脸来的少女眼睫上的雪花，少女却好半晌没有起来。她吸了吸鼻子，在他襟口蹭了蹭，俯靠着去闻。

李信从下方推开她蹭着他胸口的小脑袋，手往她脸上摸了一把。在女孩儿瞪视他时，少年笑容暧昧得很："闻什么闻？哪家小娘子像你这样，摔到郎君身上，不着急起来，还凑过去闻个不停？"

闻蝉心说我好像闻到血味了……

她撞进他怀里的一刹那，伴随着剧烈的心跳，扑入鼻端的，就是少年身上浓烈无比的血腥味。这让她颇为怀疑，不觉想确认答案……结果就碰上李信挑逗般的笑容。

摔了一跤，闻蝉长发微凌，有些碎发散在耳边。李信嫌她压他，推她起来，眼里写着"你怎么这么重"。

女孩儿身形窈窕，轻盈无比。怎么可能重？更何况对一个女孩儿来说，"重"这个字眼，实在是太可怕!

闻蝉被他推得坐在一边，气得浑身发抖，跟他伶牙俐齿地怼道："我闻一闻怎么啦？不是你教我作翁主，就要想做什么做什么吗？不是你说翁主不必考虑矜持不矜持的问题吗？"

李信乐道："……你真是听我的话啊。"

这个她记得倒清楚。

那他让她嫁他，怎么不见她往心里记去？

少年冷眼瞥她一眼，他怀疑闻蝉察觉他身上的问题了。而他当然不想她发现。哄住闻蝉的方式，也实在很简单——少年往前俯过去，掐住闻蝉的下巴。

在她瞪大眼后，他挑眉邪笑，慢悠悠地凑近："哟，不用矜持？那我……"他的眼睛，盯着她樱粉的唇、修长的颈，还有微微起伏的胸脯看。

闻蝉的眼睛说：呸！滚!

她快速机智地爬起来，警惕地往外围跳开，双手护住身体，防止李信色心大作地来扑她。毕竟她长这么好看，毕竟李信这么迷恋他……

少年笑倒在雪地中。他俯下腰按着地狂笑，半天没起来。

闻蝉心想：怎么不笑死你？！

她不知道，在那一刻，李信真的是弯下腰，直不起来。他撑着地表的手发抖，几乎撑不住自己的身体。他要用笑来掩饰被血呛住的咳嗽声。他的脸色也很难看，很吓人的那种。

在闻蝉眼中，李信是狂笑笑得她莫名其妙；笑够了后，少年才晃悠悠地站起来，依然一副"天大地大老子最大"的轻狂样儿。而在李信那里，则是做够了准备，有了站起来的力气，才吃力地起身。

他的后腰处一片灼热滚烫，血肉和布料摩擦中，每一次呼吸，都剧痛千万倍。他往前走了两步，就感觉到外衫湿了。

被血浸湿的。

身子的每一个部位，都在发抖。每一次抬腿，都昏昏无力，眼前发黑，似要一头栽倒……

李信却不让闻蝉知道，他哄着闻蝉走到了房后。他不想让李郡守的人，还有闻蝉的人，看到他们在做什么。他本想把她领出后院，哄骗她走。但是走到房后一墙边时，少年就没有了力气。

李信靠在墙上，一半是缓一缓力气，一半是不让被血染红的后衫被闻蝉看到。

闻蝉一概不知，她还用一种嫌弃又纡尊降贵的语气，跟李信讲她为什么会来这里：“……反正是江三郎和阿南要找你，我没事干，随便看一看啦。”

李信心间像是落了一片柔软的雪花：“这么大的雪，你闲着没事干，晃到我这里来了？你心虚不？”

闻蝉不心虚。她很有勇气地抬头，看着少年的眼睛，务必让他相信自己的诚心：“因为我就是这种助人为乐、心地善良的人啊。我连路上碰到野猫野狗，都怕饿着它们，会让人去喂食呢。你和野猫野狗也差不多啦。”

被骂是狗，李信不屑地笑一声，翻了她一白眼。

闻蝉：“……”

这个人真是好没良心！这是对待救命恩人的态度吗？虽然她也没救他，但是他听不出来她差点就救他了么！一点都不感激，还翻她白眼！

她还信誓旦旦跟阿南说救了李信，要李信“做牛做马”。李信这是一个尽职的“做牛做马”该有的态度吗？！

李信在闻蝉脸气红的时候，又踹了她一脚。在闻蝉怒瞪他时，他懒洋洋地打了个哈欠：“你怎么还不走？莫非一个人害怕，想我送你回去？知知，挺会欲迎还拒的嘛。”

他的语气轻佻，很容易让人心里不舒服。更何况对方还是个千人捧万人仰的翁主呢？

果然闻蝉愣了一下后，露出有些伤心的表情。她眼睫颤一下，眼睛缩一下，李信的心就跟着抖一下，嘴角颤抖就想脱口而出安抚的话——他见不得她难过。

可是风雪夜凉，靠在墙上的少年手指动了动，连抬起来都做不到。而女孩儿已经快速地转过了脸，不给他看到她潮湿的眼睛。

闻蝉肯定是委屈的。

她的好意没有被李信领去，还被李信催促着快走。从头到尾，他都透露出这么个意思来。闻蝉从小被人追到大，别的地方她可能迟钝，但是男儿郎对她什么态度，她一看就能知道。她现在就知道李信很想她走。

一开始就想她走，现在还是想她走。

闻蝉有些茫然，有些不甘心，又有些手足无措，还觉得……丢脸。她期期艾艾了许久、忐忐忑忑了许久的心脏，巴巴地捧到他面前来，却被他随手丢于一旁。她都不知道要怎么办才好。

李信既然烦她，那她走就是了。

舞阳翁主冷着脸，在心里很气怒、很抑郁地这般想。她不跟李信打招呼，掉头就往外走去。雪飞上她的裙裾，落上她的眉梢。她走在雪中，走在夜中，背脊挺得笔直。

骄矜又怨怼，于是转身就走。

而看着少女远去的背影，李信慢慢地顺着墙，滑落下去。他跌坐在地上，头靠着曲起的膝盖，轻微地喘着气。他想，他现在这种坐姿，被闻蝉看到，又要被嫌弃没礼数了。

她是教养好，可是她不知道他现在有多难受。

李信坐在冰冷的雪地中，黏稠的血流不断，布料沾到肉里，一切都让他的脸色越来越白。他连站起来走回屋子的力气都没有……他要在这里歇一歇，或者等李郡守等人出来，扶他进去。

少年坐在黑暗角落里的雪污地上。暗红的血湿了地面，幸而天很黑，看不甚分明。他静坐着，过了不知多久，突听到走过来的脚步声。

李信笑了笑，说："快点，我起不来……"最后一个字没吐完，因为他抬起头，看到的并不是李郡守，而是去而复返的闻蝉。

李郡守等人正要出门，发现那已经出了院子的舞阳翁主居然再次回来，于是只好继续被堵在屋里头。

李信的头枕在膝间双臂上，正诧异满满地看着重新回来的女孩儿。

而女孩儿看他的眼神，同样疑虑满满："你说什么？起不来？什么起不来？"

李信眼睛沉沉："关你什么事？你又回来干什么？果真怕得不敢出巷子？"他还以为她的扈从们，肯定在院门外等着。毕竟闻蝉除了追男人，就没有敢勇敢地走深巷的时候……

闻蝉不跟他计较他恶劣的态度。她在他跟前蹲下身，在李信心忧她狗鼻子能不能闻到他身上的血味时，他先被她带来的香味吸引了。

闻蝉带回了一个食盒，这么片刻时间，她也不知道从哪里搞回来的。这会儿，她正蹲在李信身边，手指纤纤地揭开了食盒，烟气冒出，端了一个香气扑鼻的小碗出来。

李信惊讶无比，歇了一会儿后，他又有了些力气。他颇为感动地双手接过她递来的碗，心中充满了安慰："知知，你送吃的给我？你真是好乖……"少年的话再次说了一半。

他眼神复杂地看着连汤都没有的空碗。

再面无表情地抬头，看抿着唇矜持笑的闻蝉。

闻蝉一副"赏赐给你了"的嘴脸："我出了院子，发现刚才跟你说话那会儿工夫，外头巷子里有个老伯背了箱子来卖云吞。青竹给我拿了一碗，我觉得很好吃。你也可以尝尝。"

李信："……"他苦大仇深地看着她，明明痛得要命，还忍不住被她逗乐："但你拿个空碗算是什么意思？"

闻蝉说，"我是女，你是男。我怎么可能拿我吃过的让你吃？我就是让你看一下，闻一下。你觉得香吧？那你自己去买吧！”

李信：“……”他呵呵了两声，把碗往雪地中一丢：“老子没钱。”

闻蝉说：“我有。”两枚五铢钱被她丢到了李信面前的空地上。

李信无语地看着她殷殷切切的发着光的大眼睛，好一会儿，他反应过来：“你是不是就是要我站起来，要我走两步？”

闻蝉纠正他：“不是让你走两步，是让你从这里，走到巷子里去。”

李信：“……”心中说不出是什么滋味。

少年手盖住脸，慢慢地露出一个淡淡的笑来。他靠墙而坐，与之前那种肆意洒脱、邪气森森的笑容都不同，他此时的笑，又苍白，又虚弱。他的笑，让人心头发抖。

知知……她看出来了。

她那么费劲地折腾，是因为她觉得不对劲。她眼睛放在他身上，她闻到了他身上的血味，她质疑他不耐烦的轻慢态度……她被他气走，又想了想，再次回来。

这么娇，又这么懂事。真是一个、一个让他心尖颤抖、喜欢得不得了的女孩儿。

闻蝉蹲在他身边，手试探性地搭上少年放在膝盖上的胳膊。他没有反抗，她的胆子就在他的默许中大了些。闻蝉看他的脸色，忧心忡忡问：“李信，你怎么了？你生了病吗？”

李信放下了盖住脸的手，看着她笑。

闻蝉问：“你饿吗？要不我还是给你买云吞去吧？”

李信闭上眼，轻声：“知知，我觉得我要死了……”

闻蝉骇一跳：“怎么可能？！你不要胡说！”

李信真觉得他快痛死了，他全身发冷，他疼得牙关咬出了血。他再次没了力气，他声音很轻，像是呓语，要让闻蝉靠得很近，才能听到他说什么——“知知，我觉得我活不过明天了……你做点什么让我高兴的吧。我要是死了，你也会难过一下吧？不至于冷血无情的，让我抱憾终身吧？知知，我受不了了……”

他自己都不知道自己在说什么，神志昏昏沉沉，只有不停地念着“知知”，才能找到一点儿力量，让他撑下去。他自言自语，他喃喃低语，他在护着那一点儿心志，不被打倒……

闻蝉茫茫然然地看着李信。

李信在她跟前，一直足够强大。她从没见他这个样子过，她都听不懂他在说什么。李信怎么啦？受了伤？得了病？还说什么明天就死了？

他不会真的明天就死吧？

李信要她做点什么，她该做点什么？什么事，能让李信高兴一点？

闻蝉呆呆地想：李信最喜欢什么？

她顿住，再想：他最喜欢我。

闻蝉向那大雪纷然下的角落少年看去，他仰头靠着墙面，唇已经白得看不清本来颜色了。她看他这个样子，心也跟着发疼，跟着着急……

闻蝉咬下唇，蓦地凑了过去，向着他的唇瓣。

李信于一片冰寒中，感觉到唇上的柔软火热。他心头高高扬起，如果他还有力气，他必然会惊得跳起来。但是他没有力气，所以他只是睁开眼，眼睛发着亮光，看那与他唇贴着唇、满面绯红的少女。

少年少女的唇，轻轻地挨在一起。

闻蝉闭着眼，睫毛颤抖。她紧张无比，颤巍巍地睁开眼，对上少年幽黑的眼睛。她眼睛又红又湿润，娇嫩的面孔与他紧贴着。少年们在大雪中，呆呆对望。

闻蝉出神地看着李信沾上飞雪的眼睛。她想：为什么明明是李信喜欢我，每次亲的时候，都是我主动？为什么我这么善良，看到他难受，就忍不住做出反应呢？

我真是欠了李信的。

唇贴着唇，闻蝉哆哆嗦嗦问："可以了吧？你还难受吗？"

李信僵着身子，眼睛有些迷梦，声音里带着颤："你说呢？"

下一瞬，闻蝉发着抖，伸出了粉红色的小小舌尖，试探地触上了他的唇。而李信再被她激得一抖，唇张开，就让入了她的丁香小舌。温暖湿润的口腔，舌尖与舌尖碰上。

像过电一样，酥麻感从尾椎骨向四周扩散，传遍全身。

一瞬间，少年和少女的脸，全红到了脖子上去。

不知是谁先开始的，小心地，含上了对方的唇。细细慢慢，温温柔柔，唇齿相撞，磕磕绊绊，彼此的唾液，在温温的口腔中互相传递。

湿漉漉的、软软的、舌碰舌的绵绵亲吻。

闻蝉身子发软，感觉全身的力气都被抽没了。她睫毛抖啊抖，专注地品尝这个吻。舞阳翁主想得很开，就算第一次因为善心给了不想给的人，她也要自我享受到。

李信的唇温润柔软，和他那带着刺的外表，感觉特别不一样。难以想象他那么难说话，那不是冷笑阴笑就是沉笑的一张嘴，亲起来的感觉，倒并不讨厌啊。

清夜飘雪，少年靠坐在墙头，少女跪在他身边。两人侧着脸，交换一个甜蜜到让人心口发颤发烫的吻。唇瓣齿间，甚至身体碰到的每个部位，都产生了一种奇妙的让人飘飘然的感觉。

少年们非常敏感，身上起了一层战栗般的鸡皮疙瘩。颊畔的肌肤，因为靠近而发烫发热，热流蔓延。这一切的一切，甜蜜而润泽，都让他们不由自主地开始颤抖。

密密的亲吻，长时间的不舍离开，剧烈无比的心跳……亲吻让少年们变得昏昏沉沉，忘乎所有，沉浸其中不复醒。

手碰在一起，都在抖。女孩儿靠近少年，再靠近他。他一动不动，像木头一样。但他也不是木头，她听到他狂跳的心跳声，比她还要厉害些。而于这种强烈激荡的刺激中，女孩儿矜持外表下，那颗豪放的心，便荡出来了。

大雪中，墙角里，闻蝉看到李信一双微红的眼，一眨不眨地盯着她。

闻蝉忽然抬起手，便想摸上李信的脸。她想捧着他的脸，亲得更深一些……

"翁主！"遥遥的，传来青竹在夜雪中一道急促的呼声，"您在哪里？"

被外界动静一惊，闻蝉飞快地后退，放过了这个吻。她坐倒在地，气喘吁吁，用狼狈的姿势、潮湿的眼睛，看向红着眼的李信。

夜雪湿冷，他们沉默着，望着彼此，一眼一眼地看。半天，李信露出了坏蛋似的笑容来。

青竹再喊了一声，应该是闻蝉走的时间过长，让她担心了。闻蝉高声回了一声，便听到脚步声往这边来了。

闻蝉看着李信，看他张口要说话，而她咬下唇，不自在地移开目光，快速地跳起来，迫不及待地留了一句："我改日再来看你。"

李信玩味地看着少女落荒而逃，而这一次，闻蝉是真的走了，再也不曾回来。李信心里发软，又激动无比。但他现在这状况，只能把激烈的情怀藏在心中去回味。

他不适合剧烈运动……但知知的小打小闹，又很难满足于他……

少年啧了一声，靠着墙，嘿嘿嘿笑了起来。

真的，明天就死？他哪里甘心。他才亲了他最喜欢的女孩儿，他就是撑死，也要撑过这个时候。撑过了现在，他就有大把的时间，去和知知在一起了。

总是等李郡守等人于雪地中捡回李信的时候，发现少年跟之前虚弱憔悴的作风完全不同。他变得豪情万丈，精神振奋无比，再次受苦时，兴奋得跟要升天似的。

李郡守闲闲看着他："小蝉给你吃了起死回生的灵丹妙药？"

李信哈哈哈笑，引得医工眼皮直跳："郎君小心！莫笑莫笑！牵动了伤势就不妥了！"

而当晚，舞阳翁主坐上马车后，捂住脸，哭丧着脸想：我牺牲这么大。李信要是不明天就死，我简直不甘心啊……

同一辆马车，车外的灯笼影子一晃一晃地照着车中。青竹跪于一边，安静地看着舞阳翁主。面容姣好的女孩儿，跽坐于主位前，颊畔发丝乱乱地贴着酡红面孔。女孩儿红唇湿润，娇艳欲滴，还隐约有血迹……

那是李信口中的血腥。

在青竹眼中，却像是李信咬破了闻蝉的唇，才带出来的血。

李信欺负了舞阳翁主，翁主还一副心烦意乱的小女儿情怀。

比闻蝉年长几岁的青竹，作为自小被教育看护好翁主的贴身侍女，她怎么会不知道，翁主鲜艳的红唇，代表着什么？

曲周侯和长公主知道了，肯定要怒斥翁主的。而翁主的二姊，更是会打死翁主的。

翁主还是换个人喜欢吧。就算江三郎心如止水赛似和尚，李家不也有一大群郎君们，要才有才，要貌有貌。谁不比李信好？

青竹斟酌字句，打算寻机会跟翁主详谈一番。

然而舞阳翁主没时间跟她谈。

她夜里回去后，就趴在案头，给长安去信。上次她跟阿母通信，要阿母帮姑姑找位侍医来。今天晚上旁观了李信重伤，虽然他没让她看到底伤势多重，但看他的脸色，好像也挺严重的……闻蝉想再请位侍医来。

之后一整夜躺床上，翻来覆去地睡不着，总想着少年那又冰凉、又柔软的嘴唇。想得她心神不宁，恍恍惚惚。

而第二日起身后，舞阳翁主又出了门，想去看看李信。她还是担心他的伤势……难得的，她出门不是为了江三郎，而是李信。

但这一次，好像没有之前那么容易了。

闻蝉刚出了府门，还没有走到马车边上，从巷子一头的方向，传来一个让她肝胆发颤的熟悉女声："你这是去哪里？"

闻蝉扭头，看到晨曦中走来的人，双腿发软，差点跪下——"二二二二姊！"

从熹微晨光中走来一女郎，那女郎牵着马，衣着是翻领窄袖、背带革靴的胡风，又兼容貌出众，走来颇为飒飒生风。巷道口，就见她一人这么走来。闻蝉这样娇滴滴的长袖曲裾贵族小娘子，抓着侍女的手都在发抖了。

闻蝉伸长脖子往女郎身后看，失望地发现这位女郎真是一个人来的。

这就是她那位母老虎二姊闻姝啊……她怎么就一个人来了？姊夫怎么没有来啊……莫非是她凶残的本性露出来，二姊夫终于忍不了，要休弃她了么……

闻蝉乖乖给二姊行礼，脑子里乱七八糟地想着这些。

闻姝手中的马绳已经交出去了，一瞥妹妹那天真无辜的样子，心中就有气："你又在心里编排我什么？"

闻蝉连忙道："没有！"

闻姝不理她，转向郡守门口赶过来恭迎她的守门小厮，倒是淡声开了口，与他们说了自己身份，要进府去。府外的动静，里面的主人翁自然早就知道了。听闻宁王妃驾到，虽然是她一个人来的，管事等人也亲自迎出来，开了正门，弯着腰一路请王妃进府。

闻蝉还站在府门外的马车边，犹犹豫豫地往巷子看了一眼：她想去看李信……

府门那边传来一道冷厉的女声："进来！"

闻蝉被吼得一哆嗦："……"

青竹还在旁边催促她："翁主，王妃喊你呢。快进去吧。"

闻蝉说："她怎么那么凶？刚见面就吼我？我阿父阿母都……"

青竹平声静气地轻声道，"翁主，您再不进去，恐怕就不只是吼了……您也要面子，不是？"真等到宁王妃寒着脸出来提人，那舞阳翁主才是脸丢大了。

青竹一句话说的，闻蝉再顾不上想什么李信了，她整整衣袂，摆出最恭顺的姿态，追进了府中："二姊，你等等我。"

宁王妃大驾光临，李府众长辈，就连还在病中的大夫人闻蓉，都过来见了她。闻姝颇有王妃风范，平平淡淡地解释了王府诸人还在后头，她性子比较急，所以先行一步。众人再看王妃的穿着打扮，纷纷好奇这是长安最新的时尚？崇尚胡风吗？

闻姝冷冷淡淡地寒暄了两句。

她倒是真不容易，今年好不容易想进京过个年，就赶上妹妹出逃这档子事，于是过来提人。不然，她也不必往会稽专程走一趟。而闻姝本人，又不擅长与人聊天，她往那里一戳，人见她的脸色，就不好意思说话。不像她那个妹妹……

闻姝看去时，果看到闻蝉接过长辈们的话，去讨论胡人服饰了。闻蝉是翁主，脸也长得美，但她身上并没有拒人于千里之外的气势。她也就软软的，很讨人喜欢……

闻姝看着这个妹妹笑盈盈地与人说话，目中微微带了一点柔意。她焦躁了一路的心，在看到妹妹的面后，终是抚平了一点。

之前她还在路上时，接到这边的函件，说闻蝉怎么被劫了，吓得半死。她担惊受怕，整日整夜地想着妹妹那张脸，各种可能遇到的危险把她吓得快疯了。后来又来函说没事了。闻姝稀里糊涂，更是焦心了。

若不是她夫君体质弱、受不了长途跋涉，她早就一日千里，赶来会稽看妹妹了。

强忍了这么多天，眼睛看到妹妹——闻蝉还像是她离家时的样子，虽然高了些、漂亮了些，连少女婀娜多姿的身量都有了，但是神态间那种介乎于懵懂和娇气的样子，一点都没有变。

看到闻蝉还是这个样子，作为二姊，闻姝简直忧心：这分明还是个孩子啊！小蝉就是被家里宠得太过了，保护得太好了，什么也不懂，什么也不知道，还敢离家出走……就小蝉这个天真的样儿，出门被人卖了，都傻乎乎的不知道呢。

小蝉什么时候才能长大!

不。只要她父母、大兄等人，对小蝉还是那个宠上天的态度，小蝉就不可能有长大的一天。

闻姝皱着眉：比如这次！就是因为他们太宠爱小蝉了，才给小蝉无法无天的胆子！居然学会离家出走了！她怎么不振振翅膀，扶云直上九万里去呢!

等这边的话说得差不多了，闻姝跟闻蝉说：“姑母还病着，你不要打扰她了。你院子在哪？我们回去歇一歇。”

闻蝉抱着姑姑的手臂，挣扎了一下：“快晌午了，咱们留下用膳吧……”

闻姝静静地看着她，看得闻蝉心中胆怯，默默松了手，跟上二姊转身就走的步伐。她那刚刚清醒的姑姑闻蓉，还笑着揉了揉她的发：“小蝉你这是怎么了？你们姊妹好久不见，去叙叙旧也好啊。你二姊还能吃了你？”

闻蝉心想：姑姑你是嫁人嫁得早，你是没怎么见过我二姊。你要是和我二姊打过交道，你就知道我二姊她有多严肃了。你不看我四婶都早早走了么……说不是吓的，谁信啊?

闻蝉跟二姊往院子里走，一路上心神不安，好几次想转身就逃。实在是她二姊对别人还好，对她就尤其的凶……

但是她再彳亍，时间不等她，她仍然跟着二姊回到了自己院子里。进了院子，闻姝如同进了自己家一般自在。闻蝉怯懦地跟在她身后，还不敢多说什么。而闻姝喊过青竹，问了闻蝉住的房舍，就大步走过去了。

“娘子晌午要用膳吗？”青竹看到了自家翁主求助的眼神，犹豫了一下，脚跟沾在地上一样不动，没话找话般问。

闻姝说：“不用。我和小蝉有些话要说，你们都下去吧。”

闻蝉说：“二姊，青竹她们是我的贴身侍女，自小跟着我的……”

闻姝瞥了她一眼：“你要是想自己的狼狈样被别人看到，我也无所谓啊。”

闻蝉一愣，心里委屈咬手帕。她怎么这么胆小，见天被人威胁呢？

李信胁迫她就算了，她二姊也危言耸听。李信很可怕，二姊更可怕。毕竟李信还没有一言不合，就打她来着。顶多吼两句……

闻蝉这个人颇为识时务，一觉得对方强悍到她无法抗衡的地步，她就会乖乖认怂。现在看闻姝这样，小娘子吩咐众侍女下去，关上门，留时间给她们姊妹聊天。

结果闻蝉这么乖，闻姝皱着的眉，在侍女一转身，就皱得更深了：“小蝉，你能不能有点骨气？！我一说你，你转个身就点头？！你身为翁主的气魄呢！谁一喊你，你就软软地答应？像个什么样子！”

闻蝉嗫嚅道：“不是你让我这么做的吗？”

“别人说什么你就听什么吗？！我怎么教你的？抬头挺胸，别整天畏畏缩缩的！”

闻蝉小声：“可是你不是别人啊。”

她很天真的一句话，没料到闻姝一怔，面色竟被她抚慰得好看了些。闻姝掠过此话题：“下次不要这样了。”

闻蝉面上正经，心中暗笑。她最知道她哪句话让二姊态度软了下来。她要再接再厉，争取让二姊不好意思对她发火……

她想得很美，但闻姝下一刻就拍案板了：“再说你离家出走的事！你倒是为了什么？！你知道你轻轻松松的一封留书，快把阿父阿母吓死了么？你知不知道大兄看到信，追出长安找你？你不光自己跑，还骗四婶跟你一起走！你以为有四叔四婶在，自己就高枕无忧了吗？！真能跑啊，长安到会稽八百里，你长了几条腿啊？！”

闻姝气场强大，坐在那里训妹妹，腰身挺直，目中明灿。火焰在她周身烧灼，她的寒气，让闻蝉默默往后退，不敢当面。

闻姝还没有说完：“你这样不孝！到底谁教你的？！”

闻蝉鼓起勇气：“……我留了书啊，我故意找四婶，就是为了不让你们担心啊。”

“那你不会正面说！非要逃跑！”

闻蝉在二姊的凛冽气势中，气场颇为微弱。但是微弱中，她小脸煞白，仍然没有被打倒。她的那点儿勇气，居然还在：“我说了你们就不会让我走了啊。你们天天说外头乱，说我小，不让我离开长安。我的好姊妹们她们都出去玩过，就我没有……”

闻姝深吸口气，更是心累了。她沉着脸问：“所以你是为了玩才离家出走？你能不能成熟点？”

“不不不，我是有正当事的。我是、是……”闻蝉在二姊的冷眼下，有一点儿结巴。主要也是因为她的正经事没怎么做，闻姝越看她，她越心虚。

闻姝已经站了起来，走向妹妹。她身量挺高，正好够她俯视才十四岁的妹妹，带给妹妹压力。她一步步走向妹妹：“你的正经事是什么？嗯？说不出个章程，看我不收拾你！”

“我是为了找、找、找……”

一道清冽的声音，在闻蝉身后响起，带着笑意般好心提醒：“找男人？”

屋中姊妹二人一起怔住："……"

闻蝉扭头，看到她身后的门开了，一玉冠长袍青年站在门口，眸里含笑。他身形有些瘦，俊秀的面孔也是让人一看，觉得他生着病。但是当他站在门口，笑看着闻蝉时，闻蝉眼睛就亮了，扑过去："姊姊姊夫！"

少女紧抓住青年的袖子，躲到青年身后："二姊要打我……"

张染笑："没事，别怕她。"

他笑着去看屋中那位女郎，而女郎被闻蝉这番见到"救命恩人"的表现一刺激，脸色更难看了。原本闻姝顾忌着妹妹长大了，不想打她了。没想到妹妹对她"寄予厚望"，她不打她一顿，简直说不过去……

闻姝大步走过来："你让开！小蝉，你给我出来！别以为躲你姊夫身后，我就拿你没办法了！"

闻蝉自然不肯。

张染说："阿姝，你别欺负小蝉了……"

闻姝脸如滴墨，阴沉着不应他，过来就欲拽出躲在宁王身后的妹妹。闻蝉与二姊躲着，反是中间的张染受了苦。他本来赶了路，身体就不适，被她们这对姊妹，吵得头都疼了。张染叹口气，他再不出手，耳膜都要被震破了。

闻姝一手抓着宁王的胳膊，一手去拽宁王身后的闻蝉。闻蝉被二姊拖拽，紧张又害怕，扯着袖子往后。但是扯不动，她低头想咬二姊的手腕一口，迫二姊松手。闻姝一看她还敢咬人，更是生气，松开拽着张染的手……

熟料就在她放开手这一档子，倒像是不小心往后推了一把，而她柔弱无比的夫君，就被她推倒了。哐的一声，摔倒向了木案与地砖。哗啦啦一案头书简，都砸向青年身上。

闻姝大惊："夫君！"再顾不上教训妹妹，几步纵了过去，去扶被她挥倒的夫君。她看到张染的手碰到案头不知道哪里，居然被砸出了血，脸色变得格外慌乱。

闻蝉则连忙开门喊人。

闻姝正扶起张染，小心翼翼如面对贵重瓷器一般："我不是有意推你的，你没事吧？"

张染手还流着血，却幽幽地看了闻姝一眼，叹口气。

闻姝："……"每当宁王流露出这个表情，她都有不好的预感。

果然，她听到她夫君自怜自爱地长叹一声："没事。自从为夫娶了你，就已经有被你动辄非打即骂的准备了。"

闻姝："……"什么叫"动辄非打即骂"？！她什么时候打骂过他了？

他说的她像是悍妇一样！她只不过稍微用力了些，她只是松开了手，她没料到他脆弱到这个地步……闻姝忍气吞声："下次不会了。"

闻蝉站门口，看到姊夫对她眨了下眼。她一下子就反应过来，顿时笑了：姊夫真好！姊夫牺牲自己，可算是拦住她二姊了！

但是闻蝉的苦日子，也就此开始了。

宁王夫妻到来，李府扫榻以待。闻蝉的待遇一落千丈，之前她想去哪里就去哪里，想出门就出门。但自从她二姊来了，就把她拘在府里，罚她去写字了。闻蝉因为离家出走的事，被她二姊记在账上，天天写书简忏悔。

结果闻姝看了她的悔过书后，眉头蹙得更深了："你这个字不行。怎么和我前年时看到你的字，没什么两样？你这两年就没练过字吗？给我练字去！"

闻蝉委委屈屈地接过她的竹简，看到上面清秀的字迹，心里苦顿。她字哪里不好啦？她又不是要当书法大家，她这个字，比李信不知道好了多少倍……

闻姝又问她："前年让你学武，给你的穴位，你认全了没？我要检查的。你有没有好好练武？"

闻蝉含糊道："练了练了。"她为什么要练武啊？她出行有扈从，她身份这么高，她有什么必要练武啊？

闻姝看她这样子，就知道妹妹又把她的话当耳旁风了。闻姝叹口气："把你离开长安后的行踪，找人来说给我听。我对一对，看你还惹了什么祸没。"

闻蝉苦哈哈地离开了闻姝的院子。她二姊喊人去对她的口供了，她二姊要知道她都做了些什么……闻蝉想来自己做了什么，都满满的心虚。她怕她二姊越追问，越要罚她……

闻姝对这个妹妹，当真管教得严。

连她们的姑姑，闻蓉看到了，都有些同情闻蝉："阿姝这是自己当父亲，把小蝉当儿子养啊。"

李府诸人心有戚戚然，却谁也不敢多说。

中午时候，青竹从外头回来，看到翁主坐在榻边，旁边堆着几卷书简。而翁主仰着头，看着窗外亮光发呆。青竹叹口气，跪坐在闻蝉身边，小声告诉翁主，说宁王妃都问了自己一些什么。

闻蝉喃喃道："青竹，我好想李信……"

她以前没什么感觉。但是李信陪她玩了两天后，再被二姊高压打击，她就有点承受不了了。所有人都教她规规矩矩的，不光是像个贵女样子，更要像个翁主样子；只有李信教她怎么玩。

她还想跟他再爬墙、爬树、钓鱼……

青竹被翁主的真情流露骇住，脸色都白了，压低声音："您真喜欢上那个李信了？！"

"没有……"闻蝉停顿了一下，"……吧？"

青竹无话可说：翁主这又是在自言自语，还是在问她啊？

但不管如何，她早想着跟翁主谈谈了。因为宁王妃的到来，翁主被关着。青竹以为翁主被关着关着就能忘了李信了，没想到翁主还记着。这就不得不说一说她了。

青竹耐心道："翁主，您欢喜谁，也不能欢喜李信啊。他什么身份，你什么身份？他就算对你好一点，但是世上对你好的郎君们，还有很多很多。会有很多郎君欢喜您……您不能自降身份，和一个小混混玩得好。"

闻蝉撇了撇嘴，心想：哼！我是翁主，我想干什么就干什么！

然后她又猛然想起，这还是李信教她的。

青竹说："想想江三郎。"

闻蝉无话。

青竹有些急了："远的不说，就说您父母啊……当年，他们两个的事，翁主你也听过一些吧？就是地位差得远，那还是君侯和长公主的差距，都闹得差点出了人命。您总不能铤而走险啊？再说，您锦衣玉食惯了，出入都有仆从环绕。您和一个小混混……您是想拿身份压他呢，还是想他跟着伺候您呢？婚姻是大事，不能儿戏的。"

闻蝉说："能有多大啊？我堂姊还有改嫁呢，我见过好多改嫁的娘子。人家不都过得好好的吗？"

大楚风尚开放，女子几与男儿平起平坐，改嫁之风，也并不少见。

青竹说："您难道还打算先嫁李信，觉得不行了，不合适了，再休了他，改嫁去？"

闻蝉："……"涨红了脸。

她卸下了手上挂着的沙袋，眼睫轻轻地颤一下，站了起来："哎呀，我随便说的。你别想多了。我怎么可能嫁李信嘛！"她想到了那天晚上的亲吻，却又觉得心跳不已。

她有些心烦意乱，却说："我喜欢的是江三郎那样的。"

青竹认同点头。

看翁主起身走向床榻。

闻蝉心里乱七八糟想了很多，她趴在榻上，埋入床褥间，忽然开口："李信要不是混混就好了。"

青竹："……"

闻蝉睁着眼，扭头望着天边高云："他要是有跟我差不多的地位、身份就好了。"

青竹："……"

闻蝉眼睛亮晶晶，越说越兴奋："他要是再长得好看点就好了。"

青竹："……"

闻蝉坐了起来，兴致盎然，不断举例："他对我好一点，别总是动不动就冷笑，就威胁我。别总那么狂，跟我低下头，好好听我的话。再有钱点，我想要什么都买给我。再认字，学识渊博，我说什么他都听得懂。再……"

青竹笑了："您还是喜欢江三郎去吧。"

闻蝉："……"

青竹笑眯眯："您看您说的这些条件，江三郎样样有，李信样样没。是婢子想多了，翁主您果然还是喜欢江三郎这样的。"

闻蝉立刻蔫了。

恹恹地重新趴在了床褥间，不想起来了。

有时候，感情好奇怪。像她应该喜欢什么样的，她又不太想靠近了。而那不合理的，不为人接受的，她又总想给它找各种借口，想要去亲近。想着要是这般，要是那般，要是如我所想，便好了。

她心中有萌动的感情。

她隐约猜到了。可是又不敢确定。

迟迟疑疑，犹犹豫豫。真是好麻烦，好复杂。要是感情像她二姊教她写字一样，好就是好，不好就不好。要是感情有明确的指标，让人一看就知道，那就好了。

闻蝉闭着眼，蜷缩在榻间，半晌没有起身，呼吸平缓。青竹怜她写字辛苦，也没有去喊她起来，而是拿了一床毯子，俯下身，轻轻地盖在翁主身上。

屋中静谧。

却是忽然间，开着的窗子口冒出了一个少女影子来。女孩儿趴在窗上，朝屋里喊："表姊，表姊！"

闻蝉被惊醒，坐了起来，看到窗边站着李伊宁。李伊宁看到她瞌睡的意思，有些不好意思，又笑了笑："表姊，出去玩吗？二表姊天天看着你，我想你无聊，才过来喊你。打扰到你了吗？"

"没，"闻蝉揉了揉眼睛，她本来也没睡着，缓了缓身后，下榻起身，走向窗口，"你找我玩什么？"

李伊宁是很乖很温柔的小娘子。这样的小娘子，能有什么好玩的？

李伊宁这次却是眯着眼笑，脸也微红，悄悄跟这位翁主表姊说："表姊，我觉得我阿父找到我二哥了！"

闻蝉呆了一下，才反应过来李伊宁口中的"二哥"，是李家那位走失多年的二郎。李伊宁当真兴奋得不得了，又百爪挠心，顾不得跟闻蝉解释，就拉她；"我二哥好像跟我阿父在书房！我阿父还不告诉我们！表姊，咱们偷偷去看看吧？"

李郡守是那种冷漠的父亲。

李伊宁有点不敢忤逆父亲，便想拉舞阳翁主作陪。

闻蝉稀里糊涂，什么都没有弄明白，但突然冒出来的"李家二郎"，也实在让她好奇。再加上她天天被关着写字，也写得很烦。既然李伊宁来找她，她没怎么犹豫，就痛快答应了。

两个小娘子偷偷摸摸去了郡守的书房外蹲守。

然她们过去的时候，发现门开着，远远看到两个人走出来。两个女孩儿惊吓无比，怕被发现，忙蹲到了灌木丛中。

李伊宁握着闻蝉的手激动得发抖："表姊你看！跟我阿父站一起的那个郎君，是不是我二哥？！"

烈日灼灼，又反着光。闻蝉眯着眼看，也只看到书房外，一中年男子和一小郎君在说话。

日光是金灿色的，那郎君立在太阳下，背着她们，她只看到他挺拔无比的腰身。

艳阳天下，风吹长襟，少年手脚修长，站姿甚好。

闻蝉心想：二表哥？这位二表哥，光看背影，好像还挺好看的啊。

第八章 新晋表哥

和李郡守在书房前说话的少年郎君，正是李信。李信知道背后不远的灌木丛里，有人在窥看他，但他一直没有转身。毕竟他既没有和闻蝉心有灵犀到这种地步，他又不知道闻蝉居然还觉得他的背影好看。他正跟着李郡守，二人边说，边往府外去。身旁，自有小厮跟随。

李郡守说话还是那个不冷不热的调调：“其他的也罢，进府后再说，幼年时发生过的事，我知道的就这些。但事情过去的太久，我很多都忘了，大部分还要你自己想象一番。再有一事……”

他说到这里，没音了。

倒不是那种沉吟似的语气，而是就此戛然而止，后面的话没跟上来。

一直旁听府君吩咐的小厮，奇怪地看一眼不说话的李郡守，疑问：“主公？”这个突然不说话，是什么个意思？

李信在旁边乐着笑：“府君一定是平时不说话，现在说这么多话，说得累了，要歇一歇。”

小厮：“……”

他去看，发现李郡守目中真带着一丝笑意，似默许了小郎君的猜测。李郡守不光默许，还用手中竹卷敲了敲少年的肩：“叫‘阿父’。”

李信还是那副吊儿郎当的样子，语气却正经认真：“叫什么叫啊？谁家刚认亲，就毫无罅隙地喊父喊母？那都是骗子，真心的才叫不出来。”

李郡守叹口气：李信总有理。

总有理，总能说出个道道来。想管教这个少年，李郡守多日以来，真是累得不行。他有时候想自己真是做错了，早知今日，还不如从李信最小的时候就把他捡回来养着，总比现在野大了，不好管教得好。

但他又想，李信最小的时候，自己的亲生小子，李江，那也活着啊。

如果那时候就找到李江的话，李江也不会死得这样无辜了……

世间命数真是很难说清。

李郡守一边想着这些，一边把李信送出了府门口。他现在真像个老妈子一样，叮嘱李信良多。他将“李家二郎”押在李信身上，望李信不要让他失望，平日自是巨细靡遗地教导。幸好李信虽然是混混出身，但颇有大局观，什么事该听什么事可以不听，心里都有数，至今没让李郡守生出“找错人了”的想法。两人互相磨合着，目前进展倒不错。

李郡守送那位背影好看的少年郎君离开院子后，李伊宁才和舞阳翁主从灌木丛中跳了出来。两个小娘子由侍女们拍着她们身上的草屑污尘之类，闻蝉终于有了机会问李伊宁：“到底什么‘二哥’啊？二表哥不是丢了很久了吗？怎么突然又说找到了？你又是怎么知道的啊？”

李伊宁说：“我三哥说的啊。”

“三表哥？”

“嗯！”

李伊宁这才慢慢告诉闻蝉，有一次她想去她阿父书房翻书的时候，在外面廊子里遇到李三郎李晔。李晔叫住了这个堂妹，说李郡守在书房接待贵客，让李伊宁不要去打扰。李伊宁和这个三堂哥的关系尚不错，非逼着问，李三郎才笑了一下说：“……或许是在接见二哥吧。”

作为这一脉仅存的少数几位郎君之一，李三郎在李郡守回会稽时，也常被叫去听李郡守吩咐做事。他也已经十四五岁，已到了男儿十五束发的年龄。李家长辈们已经开始慢慢放手，教着李晔去做事了。

由是，当李郡守要认回李信时，旁的人还没告诉，先把李晔叫过去吩咐叮咛了。

李伊宁又缠着问，李三郎觉得她迟早要知道，便如此说了。李三郎那时候也没见过二郎，他被大伯母折腾了那么多年，也很好奇“天纵奇才”的李二郎是个什么样子。兄妹两个有了共同的秘密，就坐在廊子里，讨论了李二郎很长时间。

却不料，李伊宁这个平时害羞、关键时候大嘴巴的小娘子，把李二郎这件事，嚷得闻蝉都知道了。

这会儿，李伊宁和闻蝉走在小径上，兴奋不已。闻蝉专注地提着裙裾数脚下的砖，李伊宁就在一边瞎激动瞎开心：“表姊，你说我二哥到底什么样子啊？我阿父怎么还藏着掖着，到现在都不介绍给我们知道啊？我二哥这些年怎么过的啊？我二哥人怎么样啊，会接受我们吗？他凶不凶啊，会不会不喜欢我啊？”

她平时多温柔多娴静啊，这会儿竟然一副要和情郎私会的样子，紧张得不得了。

闻蝉奇怪看她：“该害怕的人，不应该是他吗？你瞎琢磨什么？再说他长在外头，肯定有些和李家格格不入。到时候头疼的是他，你别想了。”

李伊宁闻言更发愁了，揪了揪袖口，眉心轻蹙：“那更糟了。我听很多人说过，多年相认回家乡，一般情况下，那曾经走丢的孩子，都有一腔不平愤懑，很仇恨曾经的家人。觉得是家人不当心，是家人的错，才害他流落了这么多年，受尽人间苦楚。你说我二哥要是恨我们一家子，这可怎么办啊？”

闻蝉：“……”

李伊宁还在愁：“而且外面寻回的孩子，看到家里优秀的同辈，一般都会产生嫉恨心态。他会觉得是对方抢走了本该属于自己的人生。他很可能因为嫉妒心，变成一个小人啊……放到我们家，那他肯定嫉妒我三哥了。”小娘子一脸纠结，“他会不会恨我三哥？会不会……想害我三哥？会不会……”

李伊宁脸上写着“我三哥命真苦”的字眼。

闻蝉忍不住了："你哪来这些莫名其妙的想法？谁说给你听的？"

李伊宁不好意思地笑一下："我阿母不是病着么，她喜欢听故事，我阿父讲的她又不喜欢，她就喜欢听这种家长里短、宅斗内斗的故事。我跟府上的说书先生听了很多，说给我阿母听。"

闻蝉心想：难怪呢。还宅斗内斗呢。

她漫不经心说："别多想啦。你二哥要是成器，你们家长辈肯定管。他要是不成器，长辈放弃了他，他一辈子别想出头了。你当你的叔叔伯伯还有你阿父他们，都眼瞎啊？你二哥什么样的人，用得着你操心？"

李伊宁一想，也是啊。反正他们的学业什么的，从来都是长辈们抽查。似乎偶尔有接来会稽住的堂兄弟们，哪里有不好的话，很快就会再也见不到。他们都不操心这些事，但想来长辈们都盯着看呢。

但李伊宁关心的，只是她二哥会不会疼她而已。她兴致勃勃地问闻蝉："表姊，你希望我二哥是什么样子啊？我就希望他长得高大英俊，疼我爱我，宠我怜我！"

李伊宁是发现，从头到尾，舞阳翁主都意兴阑珊，专心地低着头数砖，对她二哥并没有太多兴趣。她很好奇，小声问——"表姊你不是就喜欢长得好看的吗？你不希望我二哥好看点儿？你刚才还说他背影好看的。"

"好看有什么用，外强中干，又不能当饭吃。"闻蝉叹气。

李伊宁瞪大眼：她这位表姊，居然能有这种觉悟！她以前是不是太小瞧了这位表姊啊……

闻蝉抬头，姣好的面容上，看出几分憔悴郁郁的神情来："那要真是二表哥被找回来了，我只希望他一件事——带我脱离我二姊的魔爪。只要他敢跟我二姊斗，从我二姊手里救我一命，我才是千恩万谢，愿当牛做马。其他的，和我有什么关系呢？"

李伊宁同情地看着闻蝉。

李伊宁心中暗暗记下舞阳翁主对所谓表哥的希冀，想等她二哥真的回来了，说给二哥听。李伊宁虽然年纪小，但也知道舞阳翁主在他们家的分量。新回来的二哥无权无势，想要在府上过得好，少不得依赖这位表姊呢。

但是李伊宁又想，如果因为翁主表姊，得罪了王妃表姊……好像日子会更苦。

小娘子垮下了脸，也不知道该怎么好了。

却说她们这些无忧无虑的小娘子烦恼一些不着四六的事情时，李信也有他忙着的事。

他出了李府后，就出了城，远远看到城楼下，有牵着马的粗衣少年郎，和一锦衣玉带的青年郎君说话。夕阳下，少年郎面孔涨红，挠着头，左顾右盼，总有些不知所措感。那青年郎君，眉目温润，日光照耀，周身镀着清清郎朗的光，让人见之望忧。

在不远处的草地上，四五个仆役正牵着马喂草，等着自家郎君说完话。

某一时刻，满身不自在的少年郎转个头，看到昏光中走来的少年，目中大喜，大大松口气，招手呼唤："阿信！"

青年郎君也回头去看。

这两位等着的两人，少年是阿南，青年是江照白。而走来的，自然是李信了。

江照白眯着眼去看，看那逆着光走来的少年，面容一团模糊，走路也慵懒随便。像是宝剑藏鞘，偶尔露一露锋利的剑锋，但很多时候，并不是完全展露。他走在风中，身体里有刀光剑影的暗流，然他越走越近，本人却一副痞子模样。

甚至在看到江照白的注视时，很不正经地吹了一声口哨。

江照白拱拱手，算致意。

阿南看到李信出现，两个少年拥抱了一下后，李信才跟他说："李江事毕，为防官寺清算，你还是离开会稽，出去躲躲为好。你有想过去哪里吗？去徐州找陈朗他们？"

阿南嘿嘿笑了两声："我想从军去。"

李信看旁边的江三郎。

江照白颔首："阿信莫将军营想得一团糟。只要有位能干的将领带军，军营还是很好的磨炼地方。阿南可以去看看……我跟阿南荐了陇西那边。那边常年与蛮族打仗，虽说朝廷镇日说着不许打，但总有些摩擦。阿南性子急躁，或许可以在那里锻炼一二。"

李信想了想，觉得陇西也不错。如江照白所说，朝廷是朝廷，但将在外，总有些不从上令的时候。再说，更多的时候，那边是有仗无法打，只因朝廷不许。阿南这样，学一学什么叫忍，也挺好的。

江照白隐晦地看一眼李信：其实他也想借这话提醒李信，让李信知道什么叫"忍"。但李信显然没当回事儿。这次事情收尾，还是以好的一面收场，李信还得了大好处。少年本性张扬，没有从中吸取多少教训，也是正常的。

江照白听李信和阿南寒暄，并未插话多言。

他实际想结交的是李信，阿南则是顺带的。李信胸有乾坤，颇投他的缘。一个混混，能到这个地步，已经很了不起了。江照白一直想引着李信，让李信成为更出色的人。但李信现在认回了李家，也很不错。李家百年世族，只是和皇室不对付，不愿让子弟去长安而已；在教导子弟这一面，李家是没什么问题的。

江照白最想改变李信的，则是他桀骜不羁的性子。倒是可以有自信，可以不把天下人放眼里，但李信的底蕴，还是太浅。

比如此次李江之死，如果李信不那么心不在焉，不那么随便，也许不会有牢狱之灾。

江照白其实能救出李信。但他不救，就是想李信多想想，他为什么会有这场灾祸。

然而事不如他的愿。

李信还没来得及琢磨，就被李郡守提走了。江照白的一腔磨炼的好心，全付诸了东流。

江照白则要想，如何用下一个机会，教李信磨砺。他心怀千秋，忧国忧民，愿以蝼蚁之身，为风雨招摇中的大楚找出一条出路；李信恰恰也有这样的想法。他愿与李信成为挚友，互相扶望，共同实现心中大愿。他只想在那之前，让少年更成熟一些。

少年才十五岁……他连爱情都搞不定，还会去想别的吗？

而江照白自己，选择了这么一条路，爱恨情仇，则早已放弃了。

李信还在和阿南说私盐的事，说这个的时候，两人走远了些，避开江三郎。阿南忧心李信现在没法管私盐的事，后续不知道会如何。李信则向他保证，会稽城的弟兄们，他不会不管；贩卖私盐的事，暂时不能做了，且日后再想法子为好。

闲话半盏茶后，李信拱手，与昏昏落日中红着眼眶的阿南告别："日吉时良，利行四方。阿南，保重！"

阿南问："我们还会再见面吗？"

李信嘿道："会啊。迟早的。"

他的笑，还是那样放得开，金光闪闪。阿南一看，便觉心安。他追随阿信，是阿信总给他安全的后盾。这次也一样。

大家迟早还会见面的。

阿南与两人点了头告别，翻身骑上了马。一声驾后，一人一骑奔出了几丈远。那马，在尘土中，带着少年，慢慢地离开了城墙下站立的二人视线。

李信平静地站着，盯着天地一线间，望了许久：短短几个月时间，自小与他玩得好的，全都走了。

大家自来在会稽潇洒过日，但几个月来，因为和舞阳翁主扯上关系，大家都要离开这里避难。而他自己，为了赎罪，则留在李府，不知要到何时，才能有离开之日。

夕阳下少年的身形已经成了一个黑点，渐看不见了。

江照白侧头问李信："后悔吗？"

李信挑眉："后悔？我从不后悔。"

江照白无言片刻，望着李信不说话。他从小端持到大，他从没见过李信这样的人物。他又笑了一声，想道：李家二郎么……唔，离大楚权力中心，又进了一步啊。

少年郎，真是充满了无限可能。

而江照白的十五岁，却只是听命于家里的安排，去当官，去聘人……现在想来，那般牵线木偶一样的生活，遥远得如同上辈子的故事一样。

两人一起往城中走去，说着闲话——

"江三郎，为何我在牢中时，你见死不救？是否该给我个说法？"

"……唔，阿信你看出来了？"

"当然没看出来，但从你救阿南时，就看出来了。江三郎，这可不是君子之交的风范啊。"

"为兄倒是对不住了。那你说该如何补偿？"

"跟我说一说知知在长安的事吧。"

"……"

"嗯？"

"……我和舞阳翁主，当真不熟。你就是再问我，我也还是不知道。"

李信还在磨着他那些琐事，李府中，镇日被二姊逼着练字的舞阳翁主，则得到了侍女传话，说宁王妃找她，跟她聊聊天。边卸下手上沙袋，闻蝉边与青竹撇嘴："跟我聊天？是训我吧？她还有跟我好好聊天的时候？哼！"

青竹帮翁主取来斗篷，她真是同情她家翁主，可她也没办法。

闻蝉磨磨蹭蹭了很久，又是洗漱又是换衣又是喝水，实在没理由磨蹭了，她才磨磨叽叽地出了门，往二姊那边去了。进了院子，被领到一间屋宅前。闻蝉还没进屋，就看到窗边坐着的闻姝。

闻姝永远是坐得那么笔直，手里捧卷，冷若冰霜。

仕女们的自小教导，坐姿都是要求腰肢挺直，姿态娴美。闻蝉自己就坐得很优雅，但她二姊与她不同——闻姝都快坐成了一把寒光凛凛的剑了。好像随时能起身，上马打仗似的。

“愣着干什么？进来！”闻蝉还在发呆，窗边坐着的低头看书的闻姝，就不耐烦地呵斥了一句。

闻蝉只好委屈哒哒地脱鞋进屋，罗袜踩着一层毛茸茸的氇毯，坐到了闻姝对面。

闻姝放下了手中卷轴，抬头看眼闻蝉。小妹妹板着脸、撇着嘴，那对她不满意的态度，昭然若揭。闻姝不理她那个嗔怨的小表情，身子倾前：“我问过了你的扈从们，你从长安一路跑到会稽，是为了追江三郎？”

闻蝉心里咯噔一下，心想：来了！

二姊又要开始跟她算账了。

闻姝居然没生气，还很疑惑地问她：“哪个江三郎？”

闻蝉也疑惑了：“你不是问过我的人了吗？长安有几个江三郎啊？就是江照白啊。”

她说话的时候，抬头看了眼窗外，再看了眼屋中布置，最后又小心地看了眼屋外等着的侍女们。那副不安的样子，让闻姝皱眉斥她：“东看西看的干什么？！好好说话！”

闻蝉神经兮兮地跟她二姊说：“不瞒你说，二姊，我每次提到江三郎，每次想和江三郎发生点什么，身边总有意外发现，让我不得遂愿。我都习惯了……我就是看一看，这屋里的房梁会不会突然塌了，砸死我啊；外头有没有什么危急，能吓着我啊……”

闻姝：“……”她对这个妹妹非常无语。

但是她胡说八道的时候，仰着小脸睫毛轻颤，眸子清清凉凉黑白分明，又是特别的明媚清艳。她这个妹妹长得太好，神经过敏的时候，举着粉红色的小指在她眼前晃啊晃，都让她心里发软——闻姝被她逗得不行，简直想一把把妹妹搂到怀里，亲一亲她，捏一捏她。

怎么这么好玩儿呢！但是她不能。

所有人都宠闻蝉，她要是也宠，闻蝉就会愈发恃宠而骄，无法无天了。闻蝉这个妹妹的脾气就是这样，你强她软，你软，她就强了。特别的抗压，但同时，也特别的会看人脸色。

但凡闻姝给她一个好脸，她就能笑嘻嘻地上房揭瓦了。

闻姝忍得很辛苦。

双肩颤抖，强忍着没凑过去，把可人爱的小妹妹搂怀里亲一口。

结果她双肩颤抖、唇角发抖的表情，在闻蝉眼中，看着就是快气疯了的样子。

闻蝉缩缩肩膀，小心翼翼地往后挪。

心想我说什么了啊？我二姊怎么一副要打我的样子？我只是说我和江三郎命里犯冲而已，我二姊干吗那么生气？莫非我二姊和江三郎……女孩儿蓦地瞪大眼。

闻姝这次是真的被她气疯了。

“小蝉！”闻姝把竹简往案上一摔，吓得闻蝉小脸煞白，“你整天胡思乱想什么？！”

闻姝深吸口气，揉着头，努力把话题拉回来：“我离开长安多年，我倒是记得一个江三郎，但我忘了他是不是江照白，已经不记得了。你跟我说说他……小蝉你别气我。你气急了我，我揍你时你又要哭。你知道我最烦你哭了！”

闻蝉心里哼一声。

口里则乖乖跟姊姊交代江三郎的背景。

谁知她的二姊，越听越惊讶，越听越坐不住。身子前倾，认真又迷茫：“当真是这个江三郎？他难道还没有娶程漪？怎么又跟你扯上关系了？”

“程漪？谁啊？”闻蝉觉得这名字好像有点耳熟。

两姊妹大眼瞪小眼，迷惑了半晌。闻姝慢慢想到什么，脸寒了，冷笑：“好一个江三郎！他敢沾花惹草，哄骗你这样的小娘子！他敢骗我闻姝的妹妹嫁他！”

闻姝当即站起，怒发冲冠欲出门。

闻蝉茫然中，跟着二姊起身，又紧张地往外看。她牢记着她与江三郎命里犯冲的定律——每次要找江三郎，可能都会遇到各种意外。

门外，侍女们急急赶来，冲两位主子请了安后，说了来意：“主公说认回了二郎。请娘子们前去相认。”

正打算出门找江三郎算账的闻姝：“……”

早料到不可能平安出门的闻蝉好奇地想着：真认回来了啊？希望二表哥强悍一点，帮她从二姊的威压下逃脱……不然，她才不想认什么二表哥呢！

第四十九章

闻蝉和二姊相携去前厅，见那位刚认回来的二表哥。中途遇上李伊宁等其他小娘人。众人对了一下话后得知，那位新表哥已经拜见过了除大夫人闻蓉之外的其他长辈们。闻蓉太特殊，大家觉得把握好时机再见面比较好。而见过长辈后，他们这些同辈，也是需要见个面了。再穿廊过榭，众小娘子与李家小郎君们也碰了面。到这会儿，拉拉杂杂一大堆人，才算聚得差不离了。

等到了前厅，早有仆从等候在门口。仆从请安，迎众人进去。昏和亮的光影交错，木门悠长的咯吱声响，光线融合，大家先看到坐在主座上慢悠悠茗饮的李郡守。然后，站在李怀安身前，一道长手长脚的人影，一点点的，跃入了众人眼底。

背影清而瘦，这个年龄的小郎君，他身挺如竹，已算是很出色的了。

听到仆从说话声，背对的少年郎君转过了脸。

十五六岁大小的少年郎君，青色襜褕，眉目在亮光中，一点点变得清晰——

他完全转过了身，有浓郁的眉眼，噙着笑的嘴角。日影一团映在他身，将他照得几分慵懒散漫，光线呈现一种茫然空白感。然少年压眼看人时，从空荡荡的日光下走出来，眉目间迫性十足，色彩一下子变得鲜妍无比。

他的眼睛鼻子下巴，在光中看得有些模糊。当众人看他时，他深邃的眼睛，也在看着进来的人。

他看着——走进门槛的闻蝉。

四目相对。

闻蝉左脚绊右脚，踩着高高门槛，腿软往前摔去。

身后有一人很快抓住她手臂，将她提了回来，伴随着训斥声："小蝉，好好走路！"

是宁王妃闻姝的声音。

闻蝉："……"她巨冤枉！

二姊单以为她连路都不好好走，才差点摔个狗吃屎。二姊却不知道，她是见到李信受到了惊吓啊——没错，站在正厅前方，似笑非笑等着她进去的人，化成灰她都认识，就是李信嘛！

那种邪气的笑容，那么普通的长相！独此一份！

这这这就是所谓的新表哥？二表哥？

书房的光线很暗，闻蝉看到，在不甚亮堂的光下，青砖光滑，书房中的摆设陈朴古典。少年立在书架前，背着手，站得像直插云霄的三尺锋剑。不过她才差点摔一跤，书房中的少年就笑了。他笑起来，有种和别人不一样的味道。金光闪闪，还带着邪性，还带着不逊……像坏蛋的笑。

闻蝉被他一笑，脸就恼红了：不知道别人怎么想，反正她就觉得李信在笑她。笑她见他如此激动，刚见面就摔倒。

其实众人也这么觉得的，心中颤颤——他们没看错吧？这位新来的郎君，居然敢笑舞阳翁主？

闻姝皱着眉，以毫不掩饰的不喜眼神，看着这位表弟：笑？！竟然刚见面还没认脸，就笑话她闻姝的小妹妹？这人以为他自己是谁？

再看少年那通身的不露怯的劲儿，好听点叫"自信"，难听点那就是"狂上天"了。而闻姝，向来最厌恶这种人了。丈夫养病不在，无人约束劝导她。她总是第一次见面，就对李信的印象差到了极点。

而她这种冷冰冰的睥睨眼神，让李信也抬目，与她对视。刀光剑影，谁也不退一分。

李伊宁觉得这气氛好像不太对，怕这两人杠起来，连忙插话进来，怯怯跟人打招呼："二哥！"说完，她仰着脸，有些讨好地看"陌生二哥"一眼。

"陌生二哥"转过了眼，冲她鼓励一笑。

让小女孩儿对未知命运产生了信心：新哥哥不难相处。

少年那么普通的样子，在一众锦衣玉食养大的郎君娘子中，又痞又懒，丝毫不介意几人审度的目光。要说他和李氏夫妻的相似处……勉强眉毛和眼睛，有几分影子吧。

不过长得好看的眉毛和眼睛，大都是有些相似的。

大房中待闺的小女儿李伊宁，扭捏半天后，问这个新哥哥："二哥，你知道我吗？"

少年低头："我是你二哥。但我不知道你，我走丢时，还没有你呢。"

他态度之和善，鼓励了李伊宁。李伊宁想起什么，回头想介绍舞阳翁主。一扭头，她发现闻蝉躲得老远，如古壁中的仙女，生疏高冷，飞天在际，和他们不在一个时代……

李信若有实质的目光，看向一屋中最漂亮的那个女孩儿。他在进来第一眼，就看到了她。她是那么的好看，一眉一眼都清婉动人。她干干净净，眼里没有人，心里只有她自己。

他挑挑眉：这是打算装不认识他？

李信的目光没有完全落到闻蝉身上，便被其他人引走了。李家二房有二子，李家三郎李晔，站大伯父身后，气质温雅，面白如玉。他之前已经见过李信，客客气气打了招呼，又把李信引给其他人，众人纷纷见礼。而跟在亲哥身边，尚七八岁的李昭仰着脸，问这个新堂哥："二哥，你之前是做什么的呢？"

李信掐着腰的手，指头搓了搓："混混。"

众："……"

从头到尾作背景板品茗品得很认真的李郡守一口茶含在口中，差点喷出来。他忙放下茶盏，往远放了放。抬头，与众人视线交流一下。大家眼里流露出的想法，和李怀安差不多：就算你以前真是混混，你都不知道掩饰一下啊？

没看懂他亲哥李晔给他使的眼色，五郎李昭继续一脸天真："什么是混混？"

李信："就是整日无事、偷鸡摸狗、人人喊打的人。"

众人："……"

李昭茫然了一下，有些意识到这个问题不该问了。他犹豫一下，再问："二哥你识字吗？"

"不。"

"你学过骑射吗？"

"没。"

"你……"

李信蹲下来，摸摸这个小弟弟的脑袋，一脸慈爱又诚恳："我一个街头混混，没念过书，也不学你们的六艺。我什么都不会，什么都不懂。二哥我不如你们精细，真是给李家丢脸了。为兄是李家的败类……能认祖归宗，我走了狗屎运啊。"

众："……"

还能好好聊天么？

闻蝉咬着唇，看原本也跃跃欲试想试探李二郎的众位郎君们，现在脸色青青白白，勉强维持着镇定，便忍不住想笑。

李信如此坦荡不羁，说自己不读书不识字，跟说吃顿饭一样自然。李家郎君们就是不喜李信，到底教养好，学不来他那样。李信这么光棍，这么厚脸皮……谁都没话说了。

闻蝉心中有古怪自得：李信的混账，你们才初初见识呢，惊奇什么呀！

但是她还没有乐多久，有人忽然咳嗽一声，为了解围，来跟李信介绍躲在角落里这位小美人了："二哥，这位是来家中做客的舞阳翁主。翁主是你的亲表妹，大伯母是她姑姑。方才介绍过的宁王妃，正是舞阳翁主的二姊。"

闻蝉猝不及防，被为了给弟弟解围的三郎李晔拉到了前面介绍。其实李晔也是没人介绍了，一圈子人都跟新来的二郎见了面打了招呼，就舞阳翁主一个人躲得那么远……但是翁主身份摆在那里，李晔又不能当她不存在。

李信笑了。

三郎李晔是个细心的人，他敏感发现这位二哥的笑，和之前面对他们的笑都不同。之前好像浮着一层雾，大家不熟，也不急着打破。但李信面对舞阳翁主的笑，就浓得压都压不住了，眼睛嘴角全在笑。这种浓烈的笑意，让他那么平凡的长相，都生动亮眼了很多。

灿然无比，笑出了一口大白牙。

李信笑得意味深长："舞阳翁主闻蝉啊……"

闻蝉抬起小脸，摆出一个生疏又恬静的笑，还带着几抹翁主该有的高贵姿态。她扬着下巴，施恩一样跟李信点个头："二表哥。"

看她还真不想和他相认，不是故意在矫情。李信的脸沉了下：怎么，认识他，丢她脸了？她这么迫不及待地和他撇清关系？她是怕他威胁她什么的吗？

正巧这时，众郎君中有人好奇地问李信："二郎是真的一个字都不认识吗？那不会很不方便吗？日后跟我们一起读书，不知二郎跟得上吗？"

这就有点挑衅的味道了。

三郎李晔咳嗽一声，没有制止住，李信的眼睛已经看过去了。李信一边想着闻蝉，一边看着人群里某个不知道是李家哪一宗的郎君不怀好意的脸色，微微一笑，有了个主意："其实我还是认得几个字的。"

"哦？"众人好奇，一起围过来了。

一群郎君们又说着去竹成苑，那是平日郎君和娘子们读书的地方。大家催促李信，想看看李信到底认得几个字，水平到哪里。而李信这时候好说话得很，别人一激，他就点头应了。

众年轻儿郎们三三两两地出门。

连七八岁大的五郎李昭，都乐呵呵地跟在兄长们身后，去凑热闹了。

李晔叹口气，回头为难地看一直端坐品茗品个不停、从头到尾一言不发的大伯父李怀安。李晔知道李家众郎君们想给新来的二郎下马威的心情，但是他觉得李信既然是他引着介绍的，那他应该站在李信这一方。可是他回头看李怀安，这位李二郎的亲身父亲，还在老闲自在地茗饮。

李晔想：大伯父不爱说话的习性，原来连对自己刚认回来的小子，都没什么改变啊。

而这会儿，看李晔看过来，李怀安放下手中杯盏，站了起来。李晔以为他也要去竹成苑围观，怕那伙子郎君欺负了李二郎，谁料李郡守说："你们小孩子慢慢玩吧，我还有事，先走了。"

李晔无语地目送着大伯父离开，再一扭头，发现同样不耐烦得要走的人，还有个宁王妃。李伊宁想为她二哥鼓劲，便怂恿舞阳翁主和宁王妃一起去看。闻蝉还比较好说话，犹犹豫豫的，左摇右摆的。但宁王妃闻姝直接没兴趣地嗤了声："一个目不识丁的人，有什么好看的。我回去看看张染的药熬得怎么样了，不陪你们在这里胡闹了。"

转身就走。

李伊宁不敢去拦，只好抓着闻蝉的袖子央求闻蝉：“表姊，你帮帮忙吧？我二哥刚回来，那些兄长们肯定都要欺负他。你是翁主，你过去的话，替我二哥坐镇，他们就会收敛一些的。表姊，求求你了……”

闻蝉笑眯眯：“好啊！”

李伊宁：“……”她准备了一腔话，在闻蝉的痛快点头下，又咽了回去。

闻蝉其实也挺想去的——她特别好奇，特别想看李信笑话。而且她还觉得她不会看到李信笑话，反而会看到李信大战群雄……

之前她二姊站在她旁边，眉头都快皱成山了，闻蝉当然不敢轻举妄动，表现得过于积极雀跃。现在她二姊走了，李伊宁又央求她，闻蝉基本没犹豫，就快速点头了。

众小娘们也去竹成苑围观。

看如此，李晔只好也跟上去了。

事后闻蝉想着，要知道李信那么丢人的话，她还不如不去呢。

她们过去的时候，见到郎君们围在一间四面挂着竹帘的屋宇。帘子此时四面卷起，冷风过往，李信跪坐于一张几案前，手里拿着笔，在铺开的竹简上斟酌着要写字。

闻蝉想：哟，他那笔破字，还真敢献丑啊？他知不知道围着他的郎君们，就是七岁的李昭，写字都比他写得好啊？

李伊宁急得不行，觉得她二哥肯定是被逼迫的。她想求表姊用翁主的身份去为二哥解围，谁知她一眼没看住，她表姊闻蝉已经施施然地凑了过去，同样好奇地去看李信要写什么了。

闻蝉一点都不能体谅到李伊宁心疼兄长的心情。

她还盼着李信出丑呢！

李信摆了半天架子，抬头，对凑在一边的闻蝉笑了一下，就低下头，笔沾上了竹简，去写字了。闻蝉被他那忽然抬眸一笑，给笑得心惊胆怯。她眼皮直跳，心神忽然变得不宁。她产生了一种必须阻止李信的强烈念头！

她脱口而出，“等等——”

然已经晚了！

李信已经写完字了。

然后包括闻蝉在内，周围的一圈人，全都沉默了。

李信不明所以，觉得这反应不对。他抬头去看，发现每个人的眼神，都特别的古怪，特别的沉静，特别的……一言难尽。同时，他们的眼神，若有若无的，撩向一边白着脸的闻蝉。

闻蝉紧盯着李信写的那两个字：文婵。

光这两个字出来，谁都知道李信要写的是什么了。

虽然一共两个字，他就错了两个字。

但是他估计确实是想写舞阳翁主闻蝉的大名来着。

闻蝉手心开始冒汗了，心里后悔得不行：完了。

李信要发现我骗他了……

周围人都在试探地看着她，猜测她和李信的关系。大家子弟教养好，虽然心里有猜测，但口上谁也不说。他们这种猜测的目光，让闻蝉惊慌。但写完字后、定定看着她不说话的李信，更让闻蝉心慌。

李信轻声："怎么都不说话？我写得不对吗？"顿一下，"每个字都不对吗？"

他跪坐于案前，双手合拢撑着下巴，一目不错地盯着闻蝉。

目中寒意，越来越浓。

他向来多思多想，聪明无比。他已经从周围人的反应中，看出闻蝉哄骗他的心了。恐怕他写的这两个字，根本不是她的名字。不然她不会看起来那么心虚，低着头都不敢看他；而周围人，更是不知道该看谁。

就连一心向着新哥哥的李伊宁，这会儿都眼神闪烁，恨不得躲出十八里去。

在这屋中的所有人，都心里暗悔懊恼，想自己怎么掺和进这桩事里了！这位李二郎，明显之前就和舞阳翁主认识。两人不光认识，恐怕还不是三言两语说得清的关系。不然李信这"写两字错两字"的卷子，真是解释不了了。

而他们都看到，李信周身锋锐起来的气场，与之前的闲适玩闹完全不同。他像尚方宝剑，平时藏在鞘中，某日拔鞘出剑，寒光凛冽，光华万丈。那寸寸寒意，向四周散发，映得每个人心中露怯，有一瞬间，竟不敢直视他。

这种气概……众人心惊：一个小混混？骗鬼呢？

李家的郎君们就是出身好，根本不知道李信在会稽的大名，大得李郡守初来会稽为官时，都听说了。

然这时候也不晚。

例如李家三郎李晔，就站在众人后，以一种若有所思的目光打量着李二郎，心想：这般人物，之前不可能泯然众人。也许他这位新来的二哥，身上有很多秘密，也说不定。

李晔决定暗地里让随从去查一查。

但现在的问题时，李信的锋寒暴露，直面四方。

闻蝉越沉默，他越是冰冷。

他慢慢地笑开："五弟，你帮我写一下翁主的大名吧。我好看看，我到底错在哪里。"

乖乖坐在一边的小豆包李昭猛然惊醒，他也觉得气氛不对，他三哥都躲得那么远，于是他也不说话。但是他尚不能完全清楚发生了什么事，他二哥觉得他最好拿捏，就让他写字。他开心地点下头，就凑过去，要给二哥写翁主表姊的大名……

不料，闻蝉在这时候，往前一步，夺了李昭的笔，不让他写。在李信冷然的凝视中，闻蝉笑道："哎呀，你们都凑着看什么？怎么都不说话？我和他开玩笑呢。这是我们以前玩的把戏，你们不知道的！"

众人愕然。

去看坐着的李信脸色。

少年郎君还是那副平静无比的脸色，根本看不出什么来。

闻蝉抓在手里的狼毫都在发抖，她站在李信身边，少年踞坐，正好能看到她抖啊抖的袖子。亏她面上还能笑盈盈，以翁主的高傲架子跟周围人摆下巴：“我们以前见过面啊。那时候一起玩的呢。我们两个开玩笑，你们看什么啊？关你们什么事啊？都散了吧散了吧。”

为了摆出翁主的架子，她还加了句：“以后二表哥由我罩着！你们谁也不许欺负他！”

李伊宁心中情感一言难尽：虽然她一直希望表姊能用翁主身份帮二哥，但这种戏剧性的结果，实在让她不知道说什么好。

偏还有被翁主的美貌迷倒了的郎君，也不知道是真是假，表面上还真信了闻蝉这番鬼话。哈哈一笑，郎君与李信说：“原来二郎和翁主认识，二郎之前怎么也不说？”

李信平静无比地坐着。

闻蝉推一推他的肩，低头与他甜笑：“我们当然认识啊。是吧，二表哥？”

她按在他肩上的手，藏在袖中，还在抖啊抖。李信挑高眉，看她垂下来的笑脸，外人看着她笑得那么甜蜜，但李信却看到了她的一脸僵硬和恳求。“二表哥”几个字，被她念得很重。她真是在求他了——求他不要发火！求他不要暴怒而起！求他不要当场揭穿她的真面目！

她不想把场面闹得不可收拾。

李信冷冷地看着闻蝉。

闻蝉眼中湿润，泪水都快砸下来了。

李信冷笑，心想：永远是这一招。需要他配合时，就故作姿态装可怜；不需要他配合时，就恨不得离他十万八千里，躲着装不认识她。

她骗他！

她骗他很多次，但没有一次让他这么生气！

她给他写她名字“文蝉”，那是什么时候的事呢？那是他们刚认识没几天的时候。那时候她害怕他，怕他真逼着她履行还一纸婚约，所以给了他错误的名字。李信不跟她计较这个，他可以理解她对自己的避之唯恐不及。

但是之后呢？

过了这么久！就是一块冰，被他这么焐着，也该焐热了吧？

他就算没把闻蝉变成喜爱他的样子，他也起码让她把自己当朋友了吧？他们有那么好的时候，他陪她玩，逗她笑。她也找他帮忙，凑过来亲他……他一度以为，闻蝉是多么可人怜爱！

然后呢？这么长的时间！她从来没说过她名字真正叫什么。她一直让他误解，不解释。恐怕她离开会稽后，还要他千万里地去找人，却再也找不到——因为连名字都不对！

李信气得肩膀颤抖，他在案上重重一拍：“你——”

他话没说完，因为闻蝉早防着他这一招。她就觉得李信会生气，会发火。李信脾气从来不掩饰，他就不知道看人脸色是什么意思。他一拍桌子，气势冲天，那股强大的震撼人心的破坏性，让几案当场裂了缝，而身边郎君们纷纷往后躲。

然而闻蝉非常敢于在老虎头上拔毛。

她眼睛瞪大，在他开口时，露出惊恐的眼神。几乎是扑过去，两手按住他的嘴，不让他说话。

闻蝉口上道：“二表哥！你跟我来，我有话跟你说！咱们之间有误会，你听我说！”

她说得很急，拖拽着李信就要走。

少年被她骤然一扑，再加上被她那使了吃奶劲的猛力一拽，没有完全好了的伤势撞上后头的案几。头哐一声，也撞了上去。翁主造成的破坏力这么骇然，翁主如此欺负这位新来的表哥，所有人都看呆了。

看得大家恋恋不舍，舍不得走……

而被闻蝉拖在地上的李信脸黑如墨：“……”

他一把推开她捂着他嘴的手，正要吼，闻蝉又持之以恒地扑了过来，再次捂住他的嘴。她跪在她面前，身形狼狈，两手扑压在他嘴上，惊恐无比地吼道：“二表哥！”

她那声吼，比李信要出口的吼声还大！

吼得李信一愣，两耳一阵嗡嗡嗡耳鸣。

周围人也全都捂着耳朵往后躲，鸡飞狗跳，众人惊惧：这吼声……翁主是打算震聋新来的李二郎吗？

闻蝉吼得李信半天没回过神，就看她在他面前嘴一张一合不知道在说什么。他耳边还嗡嗡嗡一片呢，就看她泪眼婆娑，楚楚可怜地望着他。

李信用眼睛骂她：操。

李信是黑着脸硬被闻蝉拽走的。竹成苑的郎君娘子们散开，却都不太愿意走，依依不舍地为那拉拉扯扯的二人送行。他们十分好奇这两个人之间发生了什么事，但又不好意思上前，只能在心中抱憾。

郎君们又纷纷在心中羡慕：他们铆足了劲想和舞阳翁主多说两句话，博得舞阳翁主的好感；新来的李二郎还没说几个字呢，就能和舞阳翁主这么亲近。

实际上，被闻蝉紧张拽走的李信，心里正不停地骂着操。

他们基本可以说是两个人走吧。因为闻蝉明显是有话跟李信说，所以侍女们乖觉，都自觉落后很多，不打扰主子谈心。但是李信仍然对闻蝉这个态度很生气——

她明显想跟他解释。可是看看她什么姿态！

走一条小径，都紧张兮兮，和他离的距离够塞一个大活人。每看到一个人影，就立刻去看，特别的故作姿态、做贼心虚。

她之前还对他说扑就扑！

开玩笑，他李信是这么容易被说推就推倒的人吗？要不是顾忌是她，他都能给她掀到她脸上去！

他现在在她面前，可真是一点威慑力都没有了啊。闻蝉现在胆子肥啊，以前只会小猫似的在他跟前哼哼哼，现在都敢推他，都敢打断他说话了！

李信是强忍着心里的火，在闻蝉可怜兮兮的泪水攻势下，没有当场发作。但是她一路上表现出的与他不熟的矜贵范儿，又再次气了李信一下。

就是抱着这样的一腔火，李信等着闻蝉的说法。她说得不好，他就让她知道什么叫后悔！

等两人终于出了竹成苑，离那汪碧绿的湖水远了些，闻蝉对身后侍女吩咐走远些之类的话，就和李信，往一片偏僻的园林窜去。闻蝉知道这里少人来，她硬是把李信拽上了一道蜿蜒回廊间。一侧是粉墙，阳光从墙头斑驳照下；一侧是栏杆花木，冬日的花圃花簇几点，不成气候。

闻蝉松口气：果然这里没人。

她转个身，就要拉身后抱臂冷睨她的李信的手。但李信手抱着臂，闻蝉扑了个空，没拽到他的手。于是她顺势拽上他衣角，在李信的冷漠瞥视下，深吸口气，恶人先告状道："你为什么对我这么凶？！不过是名字而已，你干吗非要把场面弄得那么难看？！"

李信："……"他简直被她的不要脸气笑。

李信气得多了，这会儿倒不至于暴怒了。他闲闲道："怪我心眼小，爱计较？"

他的眼风如刀子，如冰箭，唰唰唰，刺向闻蝉。这种寒气，恐怕一般男儿郎当面，都要忍不住露怯。李信一副"随时可以打架"的模样，让闻蝉心里没底。他站得这么巍峨，低头睥睨着她……闻蝉总觉得他好像又长高了。

李信的"冷刀子"，闻蝉仍然有些扛不住了。李信话一说，她就觉得他要打她……

闻蝉声音弱了下："也不能完全怪你。但你要为我考虑啊。我是翁主嘛，我怎能和你、和你……"

"和我这么一个混混纠缠不清，"李信替她总结，"不和我纠缠不清，那你现在在干什么？！"

他抬手，欲指着她鼻子大骂。但闻蝉抖一下，以为他要打她。她心中害怕，觉得他五大三粗、长那么高，打她的话她哪里受得了？她心提到嗓子眼，都不敢喊人——凭她与李信斗智斗勇的经验来看，喊人也多半没用。李信该怎么收拾她还是怎么收拾她，她的扈从在李信眼里，和酒囊饭桶没什么区别。

闻蝉要在李信手下求生存，只能靠她的机智！

眼下闻蝉就非但不退，还往他跟前走了一步，声音比他还要高，势要压过他的气势："这到底有什么好生气的？！我都让你亲过了，我吃亏那么多，我什么都没说过。你占了这么大的便宜，你有什么好不爽的？！"

李信："……"

他指着闻蝉鼻子的手发抖，被她这么理直气壮的语气震得愣了一下。

闻蝉心里也确实很无辜很难过地想着：不就是名字错了吗，有什么好计较的？他知不知道在她的圈子里，大部分人都不知道她的名字啊？他起码叫出来还是对的呢。写的错了又有什么关系？反正他大字不识几个，丢脸丢多了也应该习惯了才是。

而她呢？她最被动。

闻蝉其实非常不想和李信提那晚亲吻的事，她还希望他忘得一干二净。她心里窘迫，见到他又有点害羞，有点不自在。她好几日没见到他，她乖乖在家里被二姊看着。有一部分原因是二姊凶残，但更多的原因，是她有点不太知道怎么面对李信。

她光是想到那天的亲吻，就面红耳赤。光是想到李信坐在大雪中看着她笑的样子，就心里发燥。

站在李信面前的女孩儿，黑眸眨着，清清澈澈地仰望着他。她眼中又开始聚水光了，波光潋滟，流光溢彩……恐怕她自己也没发现，她站在少年身边，仰望着他，心里怕他打她，可是她行动上，又不是真的怕。

要是真的怕，就不敢离他这么近。

而听到她的话，看到她的泪水打转，李信头一阵疼。

永远用这一招对付他！装可怜她还装得没完没了了！是不是觉得这招特别好用啊？

他会被她的泪水吓着？

李信铁石心肠，面对娇滴滴的、楚楚动人的小娘子，还讽刺她："啧，你还真是人前一套，人后一套。人前恨不得不认识我，人后就转过身来认错。"

闻蝉不答，装作没听到他难听的讥讽。

李信垂着眼，鸦羽般浓密的睫毛覆着眼。他站在从空木架子下透来的阳光里，整个人高高大大，不看脸的话，实在是很英俊的样子。闻蝉仰脸看着他，渐有些看呆了。

阳光的角度太好了，他的头发，他的肩膀、他的腰……

李信忽然向她瞥过来一眼，闻蝉脸红地移开眼。

少年看她半天，忽而坏蛋般一笑，勾住她的肩膀。他笑着与她说："算了，知知。我实话跟你说吧，省得你老觉得自己被占了便宜，自己吃亏。那天你亲我的时候，我都没力气，都动不了，就任你像小狗似的舔来舔去，还不好意思打击你的热情。你不知道我多煎熬。"

"……你讨厌！"闻蝉大怒，没想到他能说出这么没良心的话来！

他不乐意？骗鬼呢！他以为她傻么？！

闻蝉挣扎欲逃出李信按着她肩膀的手，李信不放。两个人又扯又打，当然，主要是闻蝉气得要命，而李信逗着她玩。见她这副被踩了尾巴的暴跳样子，李信哈哈笑，先前的愤怒，真的有点被她融化了。

但是愤怒的人变成了闻蝉，她气得不得了。她摆脱不了李信，就扭头去咬他的手，让他放开自己。她还叫道："你没享受到？你脸红了的！你心跳那么快！你以为我不知道？李信，你这个、你这个……你太坏了！"

李信笑，甩手不让她咬："你就会说'讨厌'？"说完，脸一板，冷了下来，看得闻蝉一愣一愣，"享受和爽是两回事。你也别以为什么事我都能无条件原谅你。你的名字到底叫什么，我至今不知道。我认识了你两个多月了吧，朋友算得上了吧？你这样不义，这样欺骗我……"

他开始一条条数她的罪了。

开始很冷静地说她平时多么没有心了。

闻蝉烦死他了！

从来没有人这么说过她。李信口口声声她没有良心，闻蝉从来不觉得。但他总这么说，总是……闻蝉也开始心虚。而她讨厌这种感觉。

乱七八糟的思绪下，让闻蝉恼道：“不就是没有爽到你吗？那你再亲我一下好了！别再跟我算那些账了！”

少年的声音戛然而止。

李信俯眼看她，轻声：“再亲一下？你愿意？”

闻蝉不甘不愿地哼了一声，闭上了眼。大约是亲多了，也觉得没什么。他不就是想那样么？又没人知道，李信又不会大嘴巴到处乱说。她牺牲牺牲自己，平息了李信的怒火，才是最关键的。

李信微微笑，贴着她被阳光照得粉红的耳际。闻蝉身子突然被往后一推，力道很重。女孩儿被推得一趔趄，往后几步，撞到了身后空镂花纹的墙壁上。少年如影随形，只伸手在她脑后垫了一下，没让她撞到头。但闻蝉想：身子撞到了也很痛啊……

她痛得眼泪又要开始了，然下巴被人一托，扬了起来，少年的气息，当即包围了她。

他亲上了她！

舌尖在她双唇上一扫，在她心慌意乱时，灵活火热的舌尖就挑开了她的贝齿，进入了她的口腔！

他刚硬而强烈，如炮火般无畏进攻。女孩儿却柔弱弱弱，不停地往后躲，越往后，前方的势力越强悍！

闻蝉整个人被他包围在怀中，被他亲吻着！

像打仗一样！

她的舌尖被他又舔又吮，过电般的感觉袭向她。闻蝉简直震惊，脊背发麻，双腿发软。她当即便扛不住，没想到亲个嘴儿还能这样……她腿软往下滑，李信竟也不扶她，跟她一起滑了下去。

闻蝉是瘫坐在地，李信是蹲在她面前。

日照下，女孩儿仰着白净透着红霞的脸蛋，两颊皆被少年带着粗茧的手捧着，亲密拥吻。

李信太强势了，像火一样；而闻蝉太懵懂了，只像水。她傻傻地等在原地，站在云水间，只看到大火铺天盖地席卷而来。那火以非常迅疾狂热的速度包围了她，她站在火中，退无可退。

只有涓涓细流，在燎原大火中坚强地生存着。

心跳不再是自己的，呼吸越来越焦灼，心中发痒，像是什么要喷薄而出。

闻蝉睁开眼，看到李信的眼睛，心口一滞，脸刷的一下，更红了。他深情而专注地凝望她，他眼睛只看着她一个，他来势汹汹，但是他真的喜欢她。百般挑逗，眼尾轻扬，李信忘情的样子，让闻蝉……让她觉得他突然变好看了一点。

大火岩浆当头浇灌而下，那灼热，让人整颗心都跟着烧起来。女孩儿抓着少年衣袖的手指，颤抖着，时松时紧。

从来没有这样子的亲吻，火热、强烈、汹涌。比起这个，她之前的那个，果然如李信所说，像过家家一样。

他说他没有爽到。

闻蝉不信。

但是当他亲她的时候，闻蝉信了。

她不信人间有这么强硬这么炽热的感情。可是李信亲她的时候……

日光那么烈，女孩儿靠坐在墙上，承受着他的亲吻，听着他的剧烈心跳声，任由自己被他逼得无路可退。她的后背贴着墙，穿着冬衣，那镂空的花纹，仍带给她刺痛感。不是因为她太娇弱，而是少年压她压得太紧。

恍恍惚惚的，闻蝉升起一种朦胧的感觉：喜欢的浓度，像从生到死的瞬间，那样强烈。

她之前被无数人喜欢，被无数郎君们追逐。她享受着他们的爱慕，同时觉得烦不胜烦。有时候觉得他们不过是爱她家世，爱她容貌，他们不是真心喜欢她。就是李信，她也觉得李信只是喜欢她长得漂亮而已。

但是这个湿漉漉的、火热的吻，告诉闻蝉，如果只是喜欢她漂亮，喜欢不到这个程度。

原来，他这么喜欢她啊……

永远在口上威胁她，也是想来就来就走就走。但是他表现的放荡中，那颗向着她的心，一直是在等着她的首肯，等着她点头……

闻蝉呼吸急促，有些喘不过气。她想推开李信，她以为自己在推开，但是手抓着他的袖子，软绵绵的没有力气……心脏被越调越高。终于情难自禁，喉咙间发出一声小猫似的轻哼声……

听在李信耳中，如一道闷雷炸开，噼里啪啦，闪着电光，点燃他整个人。

当即有不可控的血液在下腹流窜，他敏感地一下子就……

李信猛地推开闻蝉。

少年们对望着，彼此的唇瓣还被吮得粉红水润，有些微肿。李信喘着粗气看她，看女孩儿长发散乱，碎发贴着她的脸，她眼睛湿漉漉地看着他，涣散无比。她与他对望，两人的心跳俱是快得不正常。

午后阳光在两人中间映照入，班光点点，流光中尘土飞扬。依稀的，听到一墙之隔的人声。

忽然安静下来，听到了墙外侍女们小声的说话声，也听到了非常细微的风声……

闻蝉坐在地上，看着蹲在她前方、脸也非常红的李信。她看着他，胡乱地想：他还真是……脸红都无法掩饰他的普通平凡……

李信对她笑了一下。

闻蝉心口一颤，呼吸快了下：啊，一笑起来，就好看了……他这种坏蛋似的笑容，钩子一样，确实非常地勾人……

李信对她意味不明地笑了下，站了起来。他什么也没说，转身走了。闻蝉还坐在原地，静看着少年修长的背影在阳光下几蹿后消失。她坐着，看了许久。反正这里没有人在，没有人说她仪态不好，闻蝉双膝并拢屈起，两臂抱住双腿，弯下腰，将自己埋入自己的怀中。

她想着李信，想他热烈的吻，想他勾人的眼尾，还想他刚才走前对她笑……

闻蝉低着头，也兀自露出笑来。

女孩儿一个人坐在无人的回廊中，自己开心自己的。她坐着轻轻笑给自己听，心中快活无比，轻松无比。她觉得被李信喜欢，这么好……

他真的是姑姑的二郎吗？

李信却也不完全顾着闻蝉，他的人生，也不是只有围着闻蝉打转。闻蝉还在小儿女情长地纠结来去，李信已经忙了很多事了。一边与李家诸位郎君们交手，一边见过各位长辈。有些世家大族的规矩他不懂，还会向府外的江三郎求指教一二。

最重要的，是他要见到闻蓉。

他名义上的母亲。

李郡守口中的“如果她不接受你，你存在就没有价值”的闻蓉。

冬日下午，闻蓉在自己的花圃中，照顾一片花地。虽然已经入冬，但南方比起北方总是温暖很多，往年也能生长不少花。今年却是气候反常，反复下雪，花圃里养的很多花都死了。闻蓉蹲在花圃中亲自照料这些花，时不时叹口气。

旁边忽然传来一个少年的声音：“这里的花长得很好啊。”

闻蓉答：“已经枯了很多了。”

少年笑：“气候不好，这是正常的。花开花落本来就常见，你也不必太过忧心。不过如果你实在伤怀的话，可以把花交给我，我帮你料理一二。”

闻蓉侧过头，看到了蹲在她旁边的少年郎君。少年十五六岁，与她说着话，却蹙着眉，在看她的一方花圃。他神色凝重，好像真的在想如何救她的花。

闻蓉往稍远点的地方看了看，见仆人扈从们还在规规矩矩地站着，但这少年冒出来蹲在她旁边，出现得这么自然。除了她愣了下，倒没有太过惊讶。

他出现的方式、说的话……实在是太平静了些。平静得好似理所当然。

闻蓉疑惑：这位是谁？

少年笑了下，转头看她：“您觉得我是谁？”

闻蓉：“……客人？”就算做客，也做不到她这里来吧？李家对外界的说法，一直是她在养病啊。

少年笑而不语，又去看花了，随口道：“我看这两天又要下雪了，这花还是赶紧移植了好。留在这里，迟早是个死……”

闻蓉问：“你怎么知道要下雪？”

两人竟这么莫名其妙地对上了话。

说了一会儿，闻蓉对李信升起了一些好感，觉得他懂得真是不少。放开了花圃一事，闻蓉起身，才想起来招呼这位少年郎君：“不知你是哪位来府上做客的，大约是不小心走到了这里来。下次可不要乱跑了，我让人送你回去吧。”

李信不答反问："夫人这里来往人很少？"

闻蓉怔了下，说："嗯。我这里少人来。"除了她自己的四娘子，还有闻蝉，再算上她夫君，其实她的院子，来的人已经很少了，且越来越少。她知道大家都觉得她约莫疯了，人家不来，也是怕刺激她，没什么好说的。

李信漫不经心："夫人不厌恶我吧？那我常来与夫人说话好了。"

闻蓉再次一愣：听少年这口气，似要在府上常住？

她更加糊涂了：她知道自己在养病，很多人事都不经她的手。但是如果有少年郎君借住家里的话，李怀安总会跟她说一声吧？

压下这些迷惑，闻蓉几次问少年是何方人士，都被李信三言两语地撇开了话题。闻蓉心中好笑，没想到他还有这本事。既然他不说他是谁，她也懒得追问了。反正这是她的家，等少年走了，问仆人也一样。

两人在院子里边走边说话。

走过一棵大树时，忽听到一声猫叫，闻蓉心里一顿，看到从葱郁的枝叶间，露出一只通身雪白的猫来。那猫悠悠闲闲地站在枝木上，正在少年头顶。猫叫了一声，就往下扑去，向着李信。

闻蓉心里一紧，脱口而出："小心……"

雪团儿对陌生人从来都很凶！

雪团儿就听她和女儿李伊宁的话，连常来看她的侄女闻蝉的话也不听！

雪团儿从天而降，该不会要挠陌生少年一脸吧？这却坏了。少年是府上客人，她作为主人翁，没有招待也罢了，还让猫挠了人家……

在闻蓉紧张中，却见雪团儿扑向少年。少年连动也没动，只抬起一只手往肩上钩了一下。那只猫就被他的手勾住了，他随手往下一甩，雪团儿机灵地扒着他的手，喵喵叫了两声，居然没有被甩开。

少年俯眼，浓黑眼睫在眼窝出现出一片阴影。他对抓着他手跟吊秋千似的小猫笑了笑，另一手伸过去，戳了戳雪团儿毛茸茸的一张脸，笑道："哟，你还是这么不讲究啊……"

闻蓉在一边，看得呆住了。

少年的身形……少年与猫说话的样子……

少年高挑的眉……闻蝉说她二表哥狂得不得了……

闻蓉记忆混乱开来，喃喃道："……二郎？"

少年居然"嗯"了一声，抬眼看她。

大脑顿时空白！

闻蓉白着脸，僵立原地，定定地望着这个抱着猫的小郎君。

李信与闻蓉坐在屋中说话。屋中烧着炭，窗户在他们进来时，就已经关上了。侍女们进出地为二人倒茶，又轻手轻脚地离开，不打扰他们。闻蓉坐在案边，静默不动，看对面的少年不太熟练地洗杯倒茶。

此年代，茗饮的规矩还只流传于世家大族中，外头也有茶肆，但讲究绝没有世家大族里的这样程序繁琐。李信从外头来，对他们这些毛病不太熟。但是他手指修长，指节圆润，做起这些来也没显得手忙脚乱。

少年该是一个动手能力很强的人。

闻蓉沉默地想着。

她看到那只雪白的猫，从窗外爬进来，喵了两声后，见没人理，就跃到了桌案上，舒展着身子，悠悠闲闲地在案上走来走去。阳光照在猫身上，一团灿灿的白。

闻蓉仍一心一意地看着少年郎君。

到李信捧茶给她："泡得不好，见笑了。"

闻蓉口上轻声"哪里"，接过了他手里的茶水。清冽的水在她手中晃，她却压根不低头看，只看着少年。闻蓉望着他："这些年，你从来没想过回来吗？"

李信说："我一直在外头，忙我自己的事。我不记得这里了，直到李郡……他找到我。他说你很想我，是么？"

闻蓉笑了笑。

她气质娴雅，笑起来非常的温婉，像山脚下静谧的一汪清湖。没有溪水那样的清澈明亮，那是独属于未经人事的少女才有的天真烂漫；闻蓉已经不是少女了，她经历了太多，她想过太多。岁月让她癫狂，也让她在癫狂中疲惫并沉寂。

在闻蓉的凝望下，李信身子前倾，眼中映着她的影子。她发觉少年的眼睛黑白分明，分外地吸引人。当他专注看人的时候，你的魂魄都容易被他吸走。李信说："你一冬天都在忙着那些花？你喜欢养那些？"

闻蓉说："不是。以前喜欢，现在只是打发时间而已。"

李信便笑了，露出的白牙，晃了闻蓉的眼。闻蓉死气沉沉，她住的地方也沉沉无生机。但李信坐在这里，笑起来的时候，就将春意带给了这片严寒之地。他说："那我日后便过来陪你打发时间吧。"

闻蓉惊讶了一下："这是不务正业。"

李信便说："我想做什么就做什么，每一样我想做的事都会做好，你不必忧心。你想做什么呢？我来陪你。"

"我能做什么？你觉得我应该做什么？"

"养好身体，出去走走转转。他们说你精神不好，我看着也是。整天待在这么小的天地，你没有闷死，已经很厉害了。"

闻蓉便又笑了。

守在门口的侍女，发现自李信到来，夫人已经笑过了好几次。

闻蓉垂着眼，问："你这些年，是怎么过来的呢？"

李信温和道："时日很长，我慢慢告诉你。"又问，"那你呢？"

"我也慢慢告诉你吧。"

停顿了很久，闻蓉说："你来了，是再也不走了么？"

"这也说不准啊。您总不至于想把我绑在身边，走哪带哪吧？"

闻蓉便笑："不至于，不至于。"

自始至终，少年与夫人，坐在窗边说话。他们对着话，听着对方的生活。气氛很好，闻蓉一直听着李信侃侃而谈。她没有如李郡守所想的那样充满戒备心，她也没有要求看李信后腰好不容易做出来的胎记。她望着这个少年时，很平静地接受了这就是二郎。

而这一切，有机缘巧合，也有李信故意引着的原因。

机缘巧合是闻蝉之前对自家二表哥的形容；李信刻意的，是那只猫，是他出现的时机，是说话的内容。

闻蓉的神志非常脆弱，所以他不敢大意，不敢让她有一丝疑虑。他一直算着闻蓉的各种反应，如之前他还是混混时，想求闻蝉那颗心时，他算着如何让闻蝉喜欢他。

他尽最大本领，揣摩闻蓉的心态，揣摩李二郎应有的心态，让这场见面，变得平静，变得理所应当。

他于算计中，心中也怜惜闻蓉。

李江已经死了。

被阿南所杀。

李江心胸狭窄，也不是什么好人。李信确认，即使阿南不杀李江。李江再那么走下去，总有一日，李江也会死在他手中。

不论是左是右，李信和李江，在间接上，都是对立的。

他们都不无辜。

最无辜的，是苦苦等待的闻蓉。

闻蓉多么想念二郎，她见日地想。她想少年会长成什么样子；她也紧张，怕少年不想回来。好像李郡守觉得闻蓉会充满怀疑，实际上闻蓉并没有。她病入膏肓，而病入膏肓的人，抓住那一点，便不舍得放。

少年与妇人在下午说话，拉着手，温温和和地说话。说起这些年发生的事，也想问对方的生活，还要确认是不是会一直这样，再也不走了。一下午的时间，闻蓉问了好几遍"你还会走么"，李信从一开始的"说不准"，到后来的"不会"。她一遍遍问，他一遍遍确认。

忽有一瞬抬头，李信看到闻蓉眼中的泪。

他心头缩了一下，停顿了一下，起身坐到她旁边，问："我想坐得离您近些，您不介意吧？"

闻蓉手指颤抖，被少年握住。她指尖冰凉，而他的手暖热，有少年特有的血性。闻蓉鼻子发酸，忍不住落泪。

这么多年、这么多年……

下午的日头煦煦，李怀安走进院子，先看到几位侍女坐在回廊下逗着猫。那只猫还是那么高傲不可一世的样子，侍女们都轻手轻脚地起来，跟郡守行礼，那猫只是哼了一声，就扭过了头。雪团儿又想跳上窗，进去看那对说话的人了。它没有跳上窗，因为再一次被机灵的侍女捉住尾巴，提了出来。

老姆妈跟主公请示道：“女君在与二郎说话。女君很喜欢二郎，二郎待女君也非常细心。风大了，二郎还让人给女君披衣，扶女君进屋说话。主公不必忧心。”

李郡守没有吭气，他惯来不怎么吭气，大家都习惯了。

他站在花圃边，模模糊糊的，已经看到了窗前的光影，看到了坐在光影中的妻子和少年。

多少年时光从中走过。

多少人留得一心凄凉。

时光静静过，有些人，一辈子都不可能再等到；有些人，却越过千山万水，巧合地走到了这里。

茫茫大雾中，从黑暗中走出来，又是多么的心生荒凉。

而现在，看到那说话的妻子和少年。又好像感觉到一根若有若无的线，在牵着两人。李郡守没有进去，他转身离开：就让这个错，错一辈子吧。他可以骗阿蓉一辈子，也望李信能骗阿蓉一辈子。

让他的妻子在梦中一直开怀下去，再不要醒。

任何想唤醒她的人，想让她回到残忍现实的人，他李怀安都会杀掉。

李信几日在一边读书，一边与闻蓉说话。闻蓉的精神还是那么恍惚，一会儿记得闻蝉说什么二表哥，一时疑惑李信的出现缘故。这一年来，她沉浸于自己的世界中，无数次幻想二郎在自己身边。而当二郎真的出现时，她有些分不清二郎到底是丈夫找回来的，还是从来没离开过自己。

李信一次次耐心地提醒她，他是走丢过的，他是再次回来的。

他帮她理顺思路，让她不至于精神混沌，某一时刻受到刺激，再次觉得二郎从来没出现过。

闻蓉现在需要李信，李信便片刻不得离开她。

他除了读书的时间，都去陪闻蓉说话了。

闻蝉也在苦哈哈地一边整理自己乱七八糟的感情，一边被二姊逼着写字。她姑姑那边喜爱种花，她在这里天天撕花——“我喜欢他……我不喜欢他……我喜欢他，我不喜欢他……我不喜欢他！”

青竹进来，看翁主这么破坏花花草草，红艳艳的花瓣撕了一地。青竹简直快疯，她深吸口气：“您说的他，指的是‘李信’吧？其实您喜欢您二表哥的，大概因为您撕花时心神不宁，想到了江三郎啊等其他人，还觉得不甘心，所以最后结果成了‘不喜欢’。您肯定是喜欢的！您还是别撕花了！”

青竹现在也是脸热：她早些劝翁主不要跟李信交往过深。第二日，李信就摇身一变成了翁主的二表哥。她的话跟放屁一样……李信要是李家二郎，翁主愿意结交就结交，她真没什么意见了。

她最有意见的，是翁主闲得没事撕花玩！

既然喜欢，您就去找人呗！在这里坐着纠结什么啊！

孰料青竹自以为开解闻蝉的话，闻蝉听了后，非但没有茅塞顿开，脸色反而更凄苦了。她仰起瘦了一圈的脸，黑眸中都心酸得快落泪了：“可是我说的‘他’，并不是我二表哥。而是江三郎啊。”

青竹：“……”

所以翁主是撕花，得出了个“我不喜欢江三郎”的结论，震惊到了翁主自己？！翁主不敢相信？！

青竹不知道说什么好。

闻蝉烦恼地叹口气，扔了手里的花，就往前趴到案上。她直挺挺地趴下去，身体碰到案角，又猛地哀号一声，尖叫声吓了满地捡花的青竹一跳。青竹抬头看，看闻蝉用手压着自己微微起伏的小胸脯，泫然欲泣。

青竹这样年轻的小娘子，一时之间还没有反应过来翁主在叫什么。

是门外的姆妈进来，了然于心，走过来，同时责怪闻蝉：“翁主，我跟您说过多少次了。您正是长身体的时候，能别动静这么大吗？压坏了，以后就长不大了。”

青竹看姆妈叫人关了窗，扶闻蝉去床帐方向，忽而反应过来发生了什么。她红着脸咬着唇，和碧玺等侍女也跟过去看，心中欣慰：翁主发育比旁的小娘子晚一些，大约是幼时体质虚弱的缘故。都到这个年纪了，胸还那么小，看得伺候姆妈们着急得不得了。而也不知道最近受了什么刺激，好像自来了会稽，闻蝉那里就终于苏醒，开始长大了……

帷帐放下，老姆妈与侍女们围着闻蝉，让闻蝉褪了衣，去看她乳白微翘的胸。女孩儿颜色姣好，肤色雪白，胸那里，也小团子一样挺起了很多。之前尖头被案头撞上，痛得发了红。现在她们去看，只觉得形状圆润弧线漂亮。

闻蝉苦着脸跟姆妈抱怨：“我觉得这里沉甸甸的，走路都难受，碰一下就疼。”

姆妈说：“你以前不疼？什么时候开始疼的？”

闻蝉支吾了一下。她什么时候开始疼的呢？一个月前，被李信箍住胸的时候开始的啊。但是她怎么敢跟姆妈说？

姆妈看着她挺翘的胸，欣慰笑道：“没关系，这说明翁主长大了。再过几个月，就不会痛了。等明天过了及笄礼，再过上几年，翁主就可以许人了。”

闻蝉说：“我现在也能啊！”

“小蝉，你在屋里干什么？”几个侍女正围着翁主说私密话，互相逗笑。突听到门外一道女高声，闻蝉立刻一个哆嗦。之前她褪了外衫那么久，赤着半边肩头和侍女说了很多话也不觉得冷，而她二姊在外面吼一声，她胳膊上立刻起了鸡皮疙瘩。

慌慌张张地穿好衣，出去见闻姝了。

闻姝白她一眼，都懒得说这个妹妹见到她跟老鼠见猫似的了。闻姝今日情绪还好，问了问闻蝉的功课后，虽不满意，却也没说什么。反是她犹豫了一下，跟闻蝉说：“我听说江三郎在城西教书，也不知道在搞什么鬼。我想过去看看，你有什么话让我带的吗？”

闻蝉敏感地觉得二姊是要对江三郎去登门问罪。

问那个江三郎为什么骗她这样的小娘子喜欢的事……

闻蝉想：我这几天天天在想这个人。可是我想的，恐怕和大家以为的不太一样。我天天在想这个人，可是我觉得我和他，距离已经越来越远了，越来越不可能了。

每次心跳加速，都和江照白无关。

她也许没有弄清楚自己对李信的感觉，因为也没那么喜欢。但她更清楚地意识到，她对江三郎，同样没那么喜欢。

二姊还要替她去问罪……

闻蝉咬了下贝齿，很坚定地抬头："我也要去城西，我也要去找江三郎。"

闻姝讶然了一下，她踟蹰着要妹妹对江三郎放下心，她没想到自己居然还把妹妹拐走了。但看妹妹一副想开了的样子，闻姝只能心里忧愁着，面上不作什么反应。

闻姝愈发厌恶江三郎了。

她知道一些江三郎的过去，正是知道，她才觉得江三郎不会和妹妹发生什么；而即使她不知道江三郎的过去，就她与江三郎打过的几次照面，对方是良人，却不适合她那个太单纯的妹妹。

姊妹二人出府时，天近黄昏，忽降大雪。正应了前两日李信对闻蓉说的话，这两日恐怕会有大雪。一路上马车辚辚，闻蝉坐在车上，心神恍惚。她掀开车帘一角，去看外面飘飘洒洒的雪花。她忽而想到李信好几次说，今年气候太反常了。

不知道李信在做什么……

啊，不能叫"李信"了。

可是她至今还稀里糊涂，不知道他怎么就成了李家二郎。他要真是李家二郎的话，他和自己见过那么多次面，他明明知道自己讨厌他身份低，可他为什么一直不说？他要是李家二郎，她就不会嫌他身份低了……

然闻蝉转念一想：我不会嫌他身份低。我会嫌他长得丑。

倘若他不丑了……

我还会嫌他对我不够温柔，不够捧着我……

闻蝉想到他，眼睛就亮晶晶地看着天地间的大雪。好像真有一个少年会从天而降一样……但是她还是觉得他不像。

闻蝉心里那么觉得，口上却谁也不说。李信在她这里留的把柄、疑点，其实挺多的。大家都觉得她傻乎乎，她只是觉得这样更好、更自在一些。比如李信在的话，起码她姑姑会好很多；李信还让不怎么喜欢跟郎君们打交道的李郡守多次开口；李信还……

反正他挺了不起的。

闻姝叹口气："小蝉，你也莫多想了。江三郎应该不是那等坏心之人，他纵是有错，二姊会帮你教训他。你不要难过了。"

闻蝉回过神："……我没有难过。"

闻姝没说话，显然不信。

闻蝉道："我和江三郎，其实并不熟。因为我老觉得我和他犯冲，他又更喜欢别人……"比如李信，"我有点怕他克着我，还怕他品行有亏，"比如他居然能和想造反的李信聊得兴致盎然，"所以我其实不常见他的。"

闻姝听着更忧愁了：不常见，都喜欢。这要是常见，可该怎么办啊？

闻蝉："……"

她笑嘻嘻地去拱二姊，窝入二姊怀中："你真关心我……但你放心啦，我一点都不难过……"

闻蝉说自己不难过，闻姝不相信。但等他们到了城西，进了巷子于院中见到江三郎，闻蝉还是那个样子，宁王妃就有些将信将疑了。江三郎真真有意趣，下着大雪，他还让仆从收拾干净了院中的一方小几，坐在那里煮酒。闻姝等人过去时，远远便闻到了酒香。

她们看到青年秀雅的侧脸，看到他拿过火红的收集好的枫叶，去给那锅酒添料。

青年坐在雪中，宽袍长袖，抬头望向她们姊妹二人，不紧不慢地起身。闻蝉觉得这人真是好看，干什么都像流水一样不着急，赏心悦目。

闻姝寒着脸，与江照白互相点头致意。

双方坐下，拉杂了一些闲事。闻蝉一直坐在姊姊身后，用很明亮很澄静的眸子，看着江照白。江三郎该是很承受得住别人打量的人，但被一个小美人一眨不眨地看着，这还总共就三个人，他也不得不非常无奈地看向闻蝉："翁主有话跟我说？"

闻蝉点头。

与平静至极的宁王妃说一声，宁王妃纡尊降贵愿为二人看着酒，江三郎就起身，取过了一旁小僮递来的伞，为闻蝉撑着，两人出了院子。

到这时候，天地阒黑，雪下得更大了。青年与少女并肩走在深巷中，彼此不说话。看到雪花飘落，如天地间悠远宁静的赞歌。而往后一看，他们走过的路，脚印很快被掩埋。

听到旁边青年的呼吸声。

闻蝉心想，也许我再也没有和他并肩的机会了。

她忽而停下步，不想走下去了。

她仰头，看那目光温润的青年。少女问他："你知道我很喜欢你吗？"

江照白没料到她说得这么坦率直接，愣了一下。他还没遇到过这样的小娘子，握着伞柄的手紧了下，青年才说："大概知道吧。"

"那你为什么不喜欢我？我长得不够漂亮？性格不讨你喜欢？还是你不喜欢主动的娘子？"

江照白不知道怎么说。

看闻蝉最后问他："或者是因为程漪？"

江照白这才惊讶地看向她，语气有些古怪："程漪……你知道？"

闻蝉说："原来忘了。但我二姊提了一句，我想了起来长安有这么个人物。我记得程姊姊快要做定王妃了吧？不是我二姊说，我都不知道她和你还有过一段。你这么忘不了她啊？那她为什么还要做定王妃？"

江照白笑了下："这你该问她，我不清楚。我和她早就没什么关系了，翁主，你不必把我想得那么卑鄙。"

"可不是因为程漪，你到底为什么不喜欢我？"

江照白满心纠结。看到她瞳心干净，容貌出众，干干净净地问他为什么。而也许一辈子，就这么一次了。青年的面容，温和了些。他伸出手，放在女孩儿发上，轻轻地拂去她发上落的雪。

江照白轻声——

“不是你不好。只是你对我来说……实在太小了。小蝉，我已经老了。”

小得不谙世事。

小得天真单纯，一点儿没有受浊世玷污。

我怎么忍心，将你拉入我的世界中呢?

江照白侧身，看到天上飘下来的雪，忽然随着闻蝉的话，想到了遥远的故人——程漪。

好些故人，都喜欢把他和程漪扯到一起。但他和程漪，却早已同心陌路了。

他仍记得她仇恨望着他的眼神。他仍记得她的声音——“江照白你等着！”

他等着。

漫雪扬洒，大地被染成一张浩大无比的白宣。白宣广袤，一人一伞走在其中，也只是一点黑色墨点罢了。这个人长得好，也就是好看点的墨点而已。

江照白便是这么静静地独自执伞回院子。他往身后看，只片刻工夫，身后的脚印就被雪掩得差不多了。长巷里的夜光被雪照出一团幽静的暗蓝色，而在暗蓝色、雪白色交融的巷子远方，少女一步步走远。

她不要他的伞，独自迎着风雪，要一个人去巷外的马车上。

她说她要先回去了，等回去后再让马车来接她二姊。

少女问自己的心结，也不知道她到底有没有听懂。在江照白眼中，闻蝉还是那副懵懵懂懂的样子。她实在是太小了，小得无法理解他的想法，小得他总怕不小心就伤了她。

但是即使她这么小，她也在问清楚他的想法后，选择结束她的胡闹。

闻蝉的身影，在江照白回头注视时，一点点远去。他并不知道她很害怕走这么长的一条路，他看她不回头，就以为她顶多是难过。江照白在看闻蝉时，某一瞬间，甚至觉得她远去的孑孓背影，和某个人相重了。

都那么决绝地离开他，平时多么柔弱，在最关键的时候，永远不回头。

程漪啊。

江照白垂下了眼，回过了身。他不再看闻蝉，而是往巷里面的院中走去。也许是闻蝉总在他耳边不停提“程漪”这个人，让江照白自己也想了很多。

其实他明面上离京一年，但江家退出长安世家势力的计划，却远不止一年了。皇帝昏庸，朝政上的事务，与江家的理念冲突越来越大。世家大族都是有脾气的，曾经多么忠心耿耿地辅佐大楚皇室，想要抛弃时，也退得很干净。

如今江家还留在长安的人，都是些上不上下不下的。而江家真正的顶梁柱们，全都退去了岭南。他们就如同现在会稽的李家一样，偏居一隅，过自己的安生日子，不想再和皇室牵扯上什么关系了。

还愿意来回奔波的人，出来游走的，就剩下江照白一个人了。

虽然天地广阔，他也不知道自己能做些什么。

然无论他做什么，与程漪的距离，都越来越远了。

也许很多人暗地猜测过，但事实上，江照白和程漪的故事非常简单。她希望他留在长安为官，他却想为黎民苍生做点什么。那都是三年前的事了，因他与程漪都是低调之人，长安里知道他们两人好过的人，都没几个。更不用提知道他二人分开的事了。

江照白还记得他们分开的时候，她恶狠狠砸到他面前的话："你不是唾弃权力吗？不是厌恶这里的腐烂吗？那我告诉你，我就是待在这里，我也会赢你！"

她说："江照白，你不选我，那我也不选你！我永远不选你！"

想来那都是多遥远的事情了，现在居然还清晰得恍如昨日。

江三郎微微笑，想道：也许是因为我的记性特别好吧。

这个时候，他已经回到了院中，看到了红泥小火炉，也看到了坐在旁边等着他的宁王妃。江三郎迟疑一下，走过去，收伞入座。在经过方才的事情后，大概是回想到了一些他不太愿意回想的事情，江照白的心情有些糟糕。

他坐下后，并不想再和这位王妃寒暄了。他心中甚至还在想，宁王妃，定王妃……这两位未来的妯娌，难怪互相认识了。

江照白先交代了闻蝉的离去，才直接问闻姝："王妃是想问我程漪之事？"

闻蝉那么小，只可能从闻姝这里听说程漪的事。而闻姝虽然嫁人得早，但那时候大家有过接触，她知道程漪，并不奇怪。这位姊姊，是替妹妹兴师问罪来了啊……

不料闻姝坐得笔直，冷冰冰地回答他："不是。"

江照白愣了一下，抬头看闻姝。

闻姝和闻蝉相貌有几分相似，都是明艳型的美人。但这姊妹二人，差距非常大，绝不容易认错。闻蝉就是那被人娇养的小猫，闻姝，则凛冽如剑，连眉眼间，都带着英气。

闻姝坐得很直，看着江三郎，她说："你之前在小蝉面前，分析江山大事，甚至流露出这个江山难救、有另起一炉的意思。你为什么要在小蝉面前说这个？你是什么意思？你想试探谁？！"

江照白讶了一下，认真地看眼这位王妃，然后沉默片刻，莞尔。

闻姝非常关心妹妹，恨不得把妹妹每天做的事让人写成本书，供她查阅，并随时提问。她把闻蝉的侍女们扈从们问了个遍，当然知道闻蝉都做了些什么。妹妹傻乎乎的，她却不傻。江照白的心思，让她无法坐住了。

江照白问："王妃怎么看出来我的心思的？你自己看出来的，还是公子提点的？"

闻姝答："我夫君随口跟我说的。"

江照白明白了，原来是宁王殿下。

他笑了笑，解释给闻姝听。他初初当着闻蝉的面，与李信说那些话，确实有试探闻蝉的意思。他想通过试探闻蝉，从而试探闻家的看法。但是很可惜，闻蝉什么都不懂，根本没听出来他的言外之意。他觉得这个女孩儿太干净了，眉目间朦朦胧胧左右纠结的小样儿又傻又可爱，他便不忍心再试她了。

反正他再试，她也听不懂，还可能得罪了李信。

少年李信不在意他略微试探闻蝉，但他要是对闻蝉存了利用之心，李信肯定不会坐得那么稳。

李信同样年少，性子未定。他比较聪明，听得懂江三郎的话。但他又因为年少，很容易冲动行事。江三郎不想试验少年的利爪有多狠。

一白身青年，一高贵王妃，二人坐在院中，于深夜大雪中随意聊着这些事，一直到马车回来，王妃告辞。

而在李家，闻蝉回去后，恹恹地直接洗漱后睡了。她想着江三郎对她的拒绝，想着他说自己太小的话，她却不懂自己哪里小了。喜欢过的人也许日后再不会相见，再不会喜欢了。十四五岁大的女孩儿心中怅然，揪成一团，也不知道自己到底是个什么想法。

睡了不知道多久，闻蝉忽从梦中惊醒。并没有做什么噩梦，而是突然地就醒过来了。她起身，坐在床帐中发了半天呆，躺下后，怎么也睡不着。闻蝉起身下了床，赤足踩过温暖的氆毯，在窗外雪光的映照下，走到了窗边。

她迟疑一下，推开了窗，看到窗外的腊梅。

雪簌簌下着，却已经小了很多。窗前的这棵腊梅，开得比之前更加浓艳了。万白之中一片黄，就开在闻蝉的眼前。她被冷风一吹，心中惆怅被吹散了些，欢喜地伸出手，去接外面的雪。

又探着窗，想去拂开梅树上的雪花。

万籁俱寂，万物俱眠，只她一人清醒。这般感觉，何等……

夜雪凉寒中，忽然响起少年的声音："做噩梦了？"

闻蝉于寂静中陡然被这个声音惊着，身子一抖，探身去够树的身子，差点从窗口栽下去。幸亏她学过舞，腰肢柔软，又紧紧抓住了窗子，才没有丢脸地摔出去。

然后熟悉的恶劣笑声响起："这你都能摔倒？知知，你胆子越来越小了啊。"

……呸！

她胆子越来越小，都被他吓小的！

时不时冒出来吓她一跳，她得因为他折多少寿啊！

闻蝉趴在窗上左顾右盼，没看到李信的身影啊。她又惊悚转身，看自己后面那个黑漆漆的屋子，李信不会在她睡觉时藏在她屋里吧？

少年哈哈哈笑起来，被她逗乐了。

闻蝉此时已经冷静，听到笑声传来的方向，愣了一下后，转身跑向床帐。她匆匆披了厚厚的足以将中衣遮挡住的鹤氅，穿了鞋，蹑手蹑脚地开门，跑出了屋子。她小心翼翼地不去惊动外头过夜的侍女们，跑出了屋子，往外多跑几步，然后转身仰头。

李信坐在她屋上的房檐上，正笑着看她。

他屈腿漫坐于房檐上的白雪中，散漫而潇洒。寒风猎猎，细雪飘飞，他于雪中坐了很久，发上、眉眼上、肩上，尽是一层雪。他坐在深夜高处，寂静而沉默，像王者一般，需要闻蝉仰头看他。

闻蝉仰着头看他，小声问他："你大晚上不睡觉，坐这里干什么？"

少年漫不经心答："心情不好，散散心。"

于是就散到她屋顶来了。

闻蝉抿下嘴，又想起李信说他心情不好。

他心情不好，就坐在她屋顶房檐上了……他是多喜欢她啊，这时候都离她这么近。

女孩儿心里有丝甜，被江三郎拒绝的心，有点得到安慰了。并且她跃跃欲试，平常讨厌李信，但这个寂静无人的深夜，没人陪她说话，就李信一人清醒无比。闻蝉想让他跟自己说说话，也许说出来，她就心情好了呢？

没错，闻蝉也心情不好。

闻蝉仰着脖子跟李信说话，说了半天后，心里不高兴：李信真是一点眼力见儿都没有。她都在雪地上仰脖子仰半天了，他都没有起身挪挪屁股、拉她坐上去的意思。他是不是就喜欢她仰视她啊？

闻蝉往一排屋宇看去，看到自己房子边，两道墙之间的罅隙中有一块被雪埋了的梯子。她露出欢喜之意，跑向梯子，便要通过梯子上房顶。

李信："……"

他真有些佩服闻蝉了。

不想让她上来、想要她乖乖睡觉去，她偏偏不。

李信担忧她能不能爬上梯子，半途会不会被吓着。他起身欲去看，他不知道闻蝉现在多勇敢。因为他就在旁边，闻蝉一点都不害怕。她觉得她要是摔下去了，李信肯定能拉住她。她豪情万丈地爬梯子，爬得顺利无比。李信心惊肉跳还没跳完呢，女孩儿已经从雪下冒出头来，露出她妍丽无比的小脸来。

眸子清亮，小脸粉白，长发胡乱用簪子一扎……她上了房顶，小心翼翼地踩过瓦片，往他这里走来，还笑嘻嘻地左顾右盼，"难怪你总喜欢往上面跑！这里风景真好，感觉好厉害，整个府都能看到了……"

李信觉得闻蝉真了不起。

她豪气起来，他都有点怵她了。

就她这从来没自己爬高过的娇贵身子，平常走路走平地、不小心的话都能把她自己摔一跤，她还敢自力更生地爬这么高？不光爬这么高，踩着高高低低的瓦片，踩着蓬松的雪，她还兴高采烈地欣赏起风景了？

她以为他是看风景啊？

李信头皮发麻，赶紧起身，几步上前扶住闻蝉的手。正好她脚下一滑，有个摔倒意思，被少年当机立断一把拽住手腕往上拖送了一把。闻蝉还一无所觉，低头看看自己拖到地上的大氅，湿漉漉的，脏兮兮的。她皱下眉："明天青竹又得追问我怎么把氅子踩脏了。"

李信笑："你真厉害。"

闻蝉迷糊："我哪里厉害了？"

李信说："爬梯子不厉害吗？爬房不厉害吗？东摇西摆地走房檐不厉害吗？知知，你可以的。"

闻蝉听出了他话里的嘲讽。

她说："可是你在这里啊。"

李信愣了下，看着她全然信任的眼睛。她相信他不会摔了她，相信得这么简单。

李信心颤了一下，面上却笑："武功不是万能的。你非要寻死，我也救不过来。"

闻蝉踢他一脚，被他笑着躲开。

少年少女并肩，共同俯瞰这片墨白相间的天地。

李信静坐不语，闻蝉嫌弃地看眼他那随意的坐姿后，自己规规矩矩地正要坐下，听李信闲闲道："你知道吧，你要在这上面跪坐的话，摔下去我也拦不住你？"

闻蝉说："谁说我要跪坐了？我会不知道这个吗？！"

她连忙悄悄换了坐姿，不敢像李信那么屈腿而坐，而是双腿并膝，两手抱膝而坐。

李信心情仍不好，却在这一刹那，被她慌张换坐姿、还要维持贵女风范的样子逗乐。他得忍着，才不笑出声，不然闻蝉又恼羞成怒……她恼羞成怒没关系，别一激动要打他，真把她自个儿给摔下去了。

少年少女并肩而坐，经方才闹的笑话后，半天无话。

闻蝉捧着腮帮欣赏高处的风景。她也被李信威胁着爬过墙，上过楼，但以这种闲适的心情看风景，就没有了。她此时觉得高处的风光很好，其实可以坐得更高些。在这里往下看，看天间落雪，看银装素裹，看那一排排高高低低的房舍……

李信沉默不语。

闻蝉看一会儿，就觉得寂寞冷清了。

李信不跟她说话，她就忍不住想跟他说话。她侧头看旁边少年冷漠的眉眼，当他面无表情的时候，有种戾气缠身，让他显得尖锐无比，充满攻击性。当他不跟人玩笑的时候，他脸上写着"扰我者死"几个大字。

闻蝉心口一抖，有点怕他这个样子……

李信扭过脸，问："怎么了？"

他一跟她说话，眉眼下垂，专注地看着她。那种戾气就消失了。

闻蝉强迫自己忘了他刚才的样子："我心情不好，你心情也不好，我们正好同病相怜，可以做个伴。"

李信"嗯"了声，大约觉得她没什么问题，又扭过脸去想自己的事情了。闻蝉却不甘寂寞，推推他："你为什么心情不好？你在想什么？有我能帮忙的吗？你别瞧不起我，我能帮的忙可多了。"

李信说："伤口疼，弯不下腰，动一下就痛，没法睡觉；你姑母的身体不好，精神也浑浑噩噩，我得想明天跟她说什么，做什么，怎么让她高兴点；会稽今年的雪下得太多了，看这样子，这场雪后，大概就有雪灾之患了。大部分流民会很快涌进会稽来，对官寺造成冲击。你姑父上折子给长安，那边一直没消息。我们猜皇帝炼丹炼得估计不想看折子了，朝中大臣势力分散各为其主，会稽这边的小事，很多人不放在心上。我们得想办法收留这些流民，开仓救济……都是很繁琐的事情。如果想接受这些流民的话，就得开始做准备了。"

"我估计你姑父不想接受。开仓救难已经是他的极限了。他只想让会稽平安，不想接受别的地方逃来的人。我和江三郎得想办法说服他，我得想出对策，让他相信即使这些流民进了城，也不会对现有社会制度造成阻碍……”

闻蝉侧头看他，有些茫茫然。

她觉得李信就是一个混混出身，他想的东西，是不是太多了点……

李信说了很多，然后问她：“我就是为这些心情不好。知知，你能为我做什么？”

闻蝉小声道：“你伤口疼得睡不着吗？什么伤啊？我给你上好的药吧。姑母的事，我也会逗她开心啊，她非常喜欢我的。还有雪灾、雪灾……如果你们要赈灾的话，我大概能帮着舀舀粥什么的吧？”

李信笑着揉了下她的发。

然后他问闻蝉：“你在心情不好什么？”

闻蝉有点不太好意思说了。人家心情不好的那么忧国忧民，她心情不好的，那么儿女情长，说出来忒丢人了……她心中同时惶恐，记得江三郎对她的评价，说她太小了。她之前没感觉，但是现在和李信在一起，她突然有点知道她哪里小了。

李信已经走了那么远，她还站在原地……她以为李信那么喜欢她，他的世界全是她，和她差不多。她现在才知道不是这样。

闻蝉忽然觉得沮丧，低下了头。

少年低头看她，温柔道：“怎么了？有人说你了？知知，跟我说，我去揍他。”

闻蝉摇摇头，喃声：“我是真的太小了吗？”

李信怔了下，想了片刻：“你见过江三郎了？”顿一下，“他明确拒绝你了？”

闻蝉呆呆看他：……这个他都能猜到啊？！

她更沮丧了。

她在李信眼里，是不是就和白纸差不多啊？

李信笑起来。

他伸手搂住她的肩，满不在乎地笑道：“慌什么啊，知知。江三郎那种人呢，喜欢的类型，和你完全不同。你拼死一辈子，都达不到他想要的境界，还会把自己弄得那么累。你是要长大，但不必听江三郎的。

“你怎么从来都不懂呢？真正喜欢你的人，不会你来来回回那么久，他都还是一声不吭、冷静旁观的，连纠结怅然都没有一下。他但凡对你有一点感觉，都不会这样。比如我喜欢谁，就捧着她，尊重她。她有一点不情愿，我都不会为难。而对你所为无动于衷的人，才是你最不应该去上心的。

“还有啊，知知。你总是摆不正自己的位置，糊里糊涂，黏黏糊糊。你总在左摇右摆，不清楚自己想要的是什么。你骨子里好像总有一根骨头戳着你，让你干什么都缩手缩脚。你啊，要长大，也是这个方向。

“你长得这么漂亮，也该活得漂亮才对。”

闻蝉听呆了。她侧头，问李信：“那我这么不好，你喜欢我什么？”

李信随意道：“你是珍珠啊。珍珠在大海中孕育而生，你充满光华，我为你心动。我从没见过你这么单纯可爱的女孩子，简单又不失活泼，活泼又自有骄傲。我为你心动，迷恋你迷恋得不得了，此生非你不可。”

闻蝉：“……”

他的话，她听出了一身鸡皮疙瘩。

而且，明显李信不是真心。

因为他说完，他自己都被逗笑了。

少年大笑着，松开她的肩膀，往后一躺，躺到了屋上残雪上。他白着脸，也忘了腰上的伤，看闻蝉被他气红的脸，笑个不停。

次日，闻蝉就得了风寒。

闻姝在屋中伺候夫君喝药时，听说妹妹那边也熬了药，就让人去找青竹，问怎么回事。再折腾了小半个时辰，张染卧在榻上喝药，无奈地欣赏妻子教训妹妹。

闻姝给闻蝉快气疯了：“你这一天到晚的到底在干什么？！我说你上房揭瓦，你还真揭给我看啊。刚走了一个江三郎，又来了一个李信。我说你怎么这么忙？你就不能给我安生些？”

闻蝉害怕地往后退。

被她二姊吓得小脸煞白，她还坚强地顶了一句：“我以前喜欢江三郎啊。”

闻姝毫不客气：“江三郎不适合你。”

“那李……是他喜欢我来着。”

“李信也不适合你！”闻姝斜眼看她，“他们都是那种心机深的人，你就不能喜欢个简单的？回回挑战高难度！我和你姊夫在说回长安的事，我看你也别晃了，跟我们走得了！”

闻蝉大惊，说：“二姊你误会了啊。我没有挑战高难度，是他喜欢我，我没有喜欢他！”

闻姝哼笑一声，根本不信，她转身就走。

被妹妹拽住衣袖。

闻蝉在二姊的冷目下非常坚定地说：“真的！李信说我是珍珠。说我充满光华，他为我心动。他见识少，他从来没见过我这么单纯可爱的女孩子，简单又不失活泼，活泼又自有骄傲。他可狂热了，他为我心动，迷恋我迷恋得不得了，此生非我不可！”

闻姝：“……”

从头到尾在旁边的宁王张染一口药喷出来，咳嗽不已。

作为姊夫，张染笑得喷药，并咳嗽不已。他夫人明明也很想笑，然只是嘴角抽了抽，又忍了回去，还回头看他一眼。张染便作无辜样，捧着自己那碗药，去慢腾腾地喝了。

闻姝手指头快戳到小娘子的脑门里：“这种话说出来，你知不知羞？！哪有女子满天下喊着别人喜欢你的？再让我听到你胡说八道，撕你的嘴！”

闻蝉便噘嘴了。

她很不高兴道：“就是他喜欢我，我才没胡说。他那个人浅薄得不得了，就是喜欢……”

“打住！”闻姝心累扶额，想要跟妹妹讲讲道理，“你已经快十五了，想要操心自己的婚姻大事，我也不反对。但是你挑男人的眼光，怎么都这么奇怪？你就非要选那种让你看不懂的男儿郎吗？你这点心机……还是我来给你选吧。”

闻蝉不情愿：“我就要自己选！我才不要你选！我又没喜欢他，你这么大惊失色干吗？而且我就算喜欢他，也没什么问题啊。他哪里配不上我了……”

“他混混出身！”闻姝又开始生气了，话砸下去掷地有声，“他还掳走过你两次！白丁出身，不讲规矩，疯疯癫癫，这种街头混混的人物，哪里都配不上你！飞上枝头变凤凰，真以为是凤凰？！”

她话里毫不掩饰对李信的厌恶。

闻蝉怔怔看姊姊半晌，忽然明白了：姊姊既不喜欢江三郎，也不喜欢李信。姊姊知道她从长安到会稽发生的所有事。二姊愿意去找江三郎相谈，是在她眼中，江三郎即使现在没有长安时那么风光的地位了，但还是和他们处于同一阶层的，大家是一类人。但二姊也讨厌李信，二姊却从没去想跟李信谈一谈他对妹妹曾经做过的事。并非宽容，而是不屑。

那种身居高位、对身份远低于自己等人的蔑视。

在闻姝眼中，李家认回这么个二郎，简直可笑。她觉得这位二郎的作用，就是那种逗姑姑闻蓉高兴的玩具。闻蓉高兴了，就多待两天；闻蓉不高兴了，转身就可以丢出去了。

闻姝在李家也住了好几天了，她除了第一天见过李信后，之后再没主动与李信打过交道。李信这类阿猫阿狗，哪怕他曾经真的是李家二郎，因多年混混生活，也被闻姝瞧不起。

闻蝉莫名觉得不高兴。

她讨厌二姊这种明显的阶级歧视！

二姊用上位者的眼光看李信，觉得李信哪里都不好。但是李信特别的厉害！

闻蝉敢说，二姊跟李信当面，肯定不是李信的对手。二姊从来没跟李信打过交道，就从心底瞧不上他。

凭什么？！

身份那么重要吗？

有身居高位，整日浑浑噩噩不知如何度日的人；也有出身落魄，心有鸿鹄之志的人！

他从没觉得自己低人一等过，他还想着会稽雪灾之事，他还在忧心流民之事……如果他出身混混，都还在想这些。那他们这些出身尊贵的人，享着天下人的奉养，却只是任意评价他人，一点实事也不做……

李信迎合……

他迎合谁呢？

他谁也不迎合，他只迎合他自己。他走在群山峻岭前，走在乱泥石流中。他坚定地选择一条路，并走下去。他有高贵的心，他比很多人都要耀眼。

他注定成为让人无法忽视、甚至让人仰视的存在！

闻蝉以前不懂这些，但经过江三郎，经过李信……她接触的这两个男人，一个青年，一个少年，性格相差很多，但偏偏有共同点。江三郎哪怕不为官了，也还在想怎么救这个江山。李信哪怕出身低微，能拉一把的人，都愿意拉一把。

闻蝉渐渐明白，有些人的高贵品格，值得她去仰视，去学习……而她二姊！

闻蝉怒道：“你觉得他是麻雀，他根本不在乎你认为他是谁！他特别的了不起，你不认识他，你不配评价他！你总说我挑男人眼光不好，我觉得我特别好！你觉得他们配不上我，其实是我配不上他们！我根本不知道你所谓的看男人眼光是什么！”

闻姝愣一下，更恼怒了。

她从来腰杆挺直，训妹妹训得头头是道。妹妹态度这么恶劣地顶撞她，还从来没有过。妹妹从来都是娇娇软软的，对外界充满了惊吓，旁人稍微一吓，就脸白，就腿软。而从什么时候开始，闻蝉居然有勇气跟姊姊这么杠呢？

闻姝火气冲上脑门，理智在脑中啪啦啪啦的电光闪耀中，被烧得很快。她气急了地往旁边一指：“挑男人的眼光，比着你姊夫这样！温文尔雅，文质彬彬。疼爱夫人，从不生气！还身份地位皆高贵，让除他之外，无人能给你气受！”

闻蝉：“……”

低头喝药的张染抬起头：我真是无辜……我就是观个架，我何德何能呢……

闻蝉眼眸中的流光飞了一下，怼她二姊道：“那我姊夫好，也不是你选的啊。那不是父母之命，媒妁之言吗？跟你一点关系都没有。”

闻姝想说你懂个屁。

她正要说话，见闻蝉往前一步，扬起下巴，继续乘胜追击：“而且天下有几个我二姊夫？我比着他找，我怎么找？天下哪有一模一样的人？难道我还要嫁给我二姊夫啊？那你就高兴了？”

闻姝被气笑，她也往前一步，气势仍压闻蝉一头：“你要是想嫁，我立马张罗让你嫁！也不要小妾，我正室之位让给你！你想么？！”

闻蝉：“……”

默默放下药碗的宁王殿下心想：这对姊妹吵架，还要扯上我。我真是无辜。

而终究，闻蝉气势不如她姊姊。两人观念不和，谁也说服不了谁。小娘子还得了风寒，被姊姊气得头都疼了。一扭身，就不想再跟姊姊说话，跑出去了。隔着一道门，听到外面纷杂的脚步声与侍女的呼唤声，都是去追舞阳翁主了……

闻姝站在屋中，木然立着，半晌无言。回头，她看到丈夫打量她的眼神。

闻姝心中发苦，走向夫君，无力道：“小蝉长大了，有了自己的想法。我真是说不得她了。”她忧心忡忡，“她独自出来跑一趟，不知道在外面听了些什么乱七八糟的说法，就以为是对的。以为我在害她。我真是担心她。”

张染笑了笑。

他本身倒不觉得小蝉有什么改变，他是一直觉得妻子管小蝉管得太严了。

妻子坐在榻边生闷气，张染便漫不经心道：“我的病已经好差不多了，为了防止路上再出意外，这两天就动身去长安比较好。把小蝉带上……她总是要跟我们走的。”

闻姝迟疑一下：带走小蝉？小蝉在会稽玩得很好，恐怕并不想这么早回京吧？

离过年还有一段时日的……

张染苍白的面孔上带了丝心不在焉般的笑，说："小蝉和二表弟的关系，实在是好。我上次在假山边假寐时，还看到那两个孩子打闹。你要是看见了，又该多心了。而且恐怕你没当回事，你姑姑呢，她非常喜欢小蝉。她不喜欢你这样性格强硬的人，她就喜欢小蝉那样的。她不仅喜欢，她还总想撮合她家二郎与小蝉，屡次提起当年你阿父没有同意过的婚约……"

他说到这里，闻姝已经坚定地有了主意了："带小蝉走！必须带小蝉走！"

被宁王妃瞧不上的李信，当然不在乎别人对自己的看法。他正在积极与李郡守沟通赈灾之事，他的热情，让李郡守被他烦得不得了，简直怕了他。李郡守以前是想起来就拉李信过来指导他一下，现在是能躲尽量躲。

某日晌午，李家三郎刚做完长辈交给他的一项任务，从外头赶回来，想去书房跟大伯父汇报。在大伯父的书房外，他被小厮请住，听到里面的交谈声，才知道大伯父又被二哥给堵那里去了。

李晔心口复杂又好笑：复杂的是，以前大伯父的书房这边，整日向伯父请教的小辈中，这一脉大约只有自己一人；而自二堂哥回来，两人三天两头在这里碰面，李晔见这位二哥都快见烦了，想来二堂哥对自己的观感也差不多。好笑的是，大伯父那么一个人，都能被二堂哥堵住……

此时，少年郎坐在外厅炭火盆边烤手，听着里面两人的争吵声——

李怀安说："你能不能读书去？天下有那么多书等着你读，你能不能别总缠着我？"

李信坏笑："您把印章什么的给我，我就不找您了。外头天寒地冻的，您连我都收留了，就多收留几个人呗。"

李怀安扶额："胡闹！我留了人，你养活？"

李信笑得露出大白牙："我养啊！"

李郡守怔愣了一下："那就给我一份详细的文书说明。我看看你打算怎么养。我可不会拿会稽郡中的大小百姓给你闹着玩，除非你的文书，能说服我。"

李信哀号："别啊！我说给您听吧，别让我写字啊！您知道我不认识几个字的……"

咚咚咚几声，该是竹简敲到了少年身上。

李郡守声音严肃中，却还带着笑："那就去认字！去读书！想干活还不想认字，天下有这样的好事？"

李晔留在外边，听那对父子说话。声音时大时小，时互怼，时讨论。李晔望着窗外的寒冷天地，渐渐地出了神：大伯父，是在培养二堂哥啊。原以为大伯父对谁都是爱答不理的样子，没想到大伯父对二堂哥却很不错。唔，毕竟是亲父子啊。

他那位二堂哥，也是了不起的人物……

李晔垂下眼，想到小厮们跟他打听到的消息：如李信所说，李信以前就是混混。不光是混混，还是混混里的老大头。年纪那么小，能和会稽的地痞流氓们都打好关系，李信是有些本事。

"三郎，你那位堂哥，他还坐过牢呢，"小厮神秘兮兮地说，"坐过牢，出了牢，就成了你二堂哥了，嘿嘿嘿……”

李晔当时温和问：“你想说什么？”

小厮笑，“就是觉得巧合啊。咱们的人跟街上去问，谁都认识李信。听说李信当了李家二郎，他们有的惊讶，有的神色奇怪呢。小的再多塞了钱去问，不是说李家二郎腰上有胎记吗？那帮跟他一起长大的地痞们，居然都不知道呢。你说好笑不？”

李晔愣了下后说：“一群小人物，大约也注意不到什么后腰。二堂哥既然被大伯父认回来，那胎记肯定是没问题的。除非……”

他眸子一凝，想到什么，却很快又笑着摇了摇头：“算了，没什么。我想多了，大伯父不会那样做的。”世家大族的血脉，想要混淆，大伯父有那个胆子吗？

他定然是想多了。

再说，长辈们总说二郎天纵奇才，以前李晔觉得那只是激励他们奋进的说法。几个郎君们曾经灌醉过某位长辈，对方也承认，把二郎捧上神坛，只是为了把遗憾变成动力，让他们这些小辈们上进。

但是李信真的回来了。

也许他不识字，也许他这也没学过，那也不知道……但说天纵奇才，李晔却觉得，是有几分道理的。

二堂哥翻竹简的速度之快、学六艺的举一反三之能，在学堂那边，吓坏了一众郎君们。假以时日……

“三弟！”李晔正想着，听到一个高声招呼。

他起身，便看到少年郎从书房出来了，大大方方地跟他招呼一声。

两位堂兄弟在书房外厅擦肩而过，各走一方。

再说李信被李郡守挤对着去读书，闻蝉不用读书，然她还要练字。生了两天风寒，歇了两天病好后，她又回归了练字生涯。主要是她二姊还要她去练武功，她一听，就赶紧摇头，抱着柱子死活不肯从。

她跟二姊据理力争：“我这样弱，这样一推就倒，练个武，会累死的。被累死了，二姊你就没有可人疼的妹妹了，那你该多伤心……我不忍心你伤心……”

闻姝被她可爱无比的歪理弄得恨铁不成钢，拿妹妹没办法，只好赶妹妹继续去练字去了。然闻蝉因为风寒歇了歇，歇出了一身懒骨头。她连字都不想练了，但是怕二姊追着她屁股打她，她只能惨兮兮地把自己关在屋中折腾。

李信来寻闻蝉时，正赶上这个时候。

侍女们守在外面，李信根本没从正门走。青竹等人还在回廊里坐着遛鸟呢，少年就轻手轻脚地从墙上跳到了她们头顶的廊檐上，再几个眨眼的工夫，便到了闻蝉的房上。众女只看到残影过，去看的时候，又什么都看不到了。

李信脚勾着房檐，倒挂下去，看到少女的窗子，居然紧闭着。

他挑挑眉，心想：是听说知知风寒了。但是不是说好了吗？病都好了，还关着窗捂汗啊？

他轻松地开了窗，跳进了屋中。在屋外侍女听到一声轻微的声音侧头来看时，窗子已经重新关上，和之前一点变化都没有。又是在李家地盘，又不用担心遭贼。众女以为自己多心，也没多想。

少年李信，却已经站在了屋中。

他刚跳进窗便唬了一跳，因看到女孩儿趴在案上睡得正香。

李信俯身，拂开女孩儿颊畔上的发丝，看到她粉红的脸蛋，墨色的眼睫。她侧伏在案上，睡得香甜。屋中又这么暖和，她的脸都睡得红彤彤的。肌肤娇嫩细腻，吹弹可破，凑过去，闻到香甜的气息，让人想要咬一口。

李信压住心头的异样，起身去看别的东西。他看到被闻蝉压在胳膊下的竹简好像不太对劲，便手一伸，以精妙的手法拉开她胳膊。闻蝉一点都没有被惊醒，李信却已经拿到了她这两天用功的东西——李信摊开竹简，看到上面惟妙惟肖的画像。

人物栩栩如生，风景如有亲临。

画得非常不错，每根线条都勾勒得非常细致……

李信哗啦啦翻看个玩，嘴角翘了翘：这哪里是闻蝉看的书呢！分明是某位不知名人士画的图，被闻蝉拿来看了。

她二姊看着她读书练字，她把窗关得那么紧，还让侍女们都在外面守着，自己就躲在屋中看画像，看闲书……那位宁王妃，要是知道了，恐怕得气死。

李信却不生气。

他靠坐于案边，噙着笑看她都在看什么书。翻完了一卷子画，又觉得她这么傻。这么大咧咧地把画摊在这里，等她二姊真过来了，必然大怒……

少年收了竹简，并提了她案上未干的狼毫，开始给闻蝉修饰竹简。

写上《道德经》一类装模作样的字样。他的字也就那样了，徒有气势，却没什么功底。李信自己看了，也觉得恐怕瞒不过人。他咬了咬笔杆，又开始在“道德经”几个字下，画老子骑驴的画像……

冬日室暖，一案相挨，少女睡得人事不省，少年坐在她身边，提着笔帮她“毁尸灭迹”……

也不晓得睡了多久，闻蝉感觉到有灼热直接的目光盯着自己。胳膊和脸也枕得有点疼，她不舒服地动了动，想翻个身。然后就觉得自己被抱了起来，不舒服的睡姿被人换了个位置。她靠上了一个怀抱，闻到了阳光的干爽味道……

闻蝉刷地一下睁开了眼。

对上少年低下来的眼睛。

他坐在案边，将她揽在怀中。他一手搂着她的肩，一手在给她调整睡姿。闻蝉醒过来的时候，少年干燥的手，正捧着她的脸，在轻轻揉着……

两人四目相对。

李信先笑起来，眉眼飞扬：“你睡的时候真可爱。”

闻蝉木呆又傻眼：她还没有适应一睁开眼，就是李信……她还在糊涂，二表哥为什么在这里？

然后她的二表哥，就开始夸她了：“你睡觉一点声音都没有，特别的乖。长发给你自己压着了，你疼得皱眉，都不舍得睁开眼。呼吸那么轻，嘴巴小张，可好玩儿了……”

闻蝉还是傻乎乎的，都忘了推开他了。实在少年身上有阳光的味道，没有乱七八糟的香料。阳光的气息干净而暖煦，闻着就舒服无比，让人昏昏欲睡。闻蝉刚迷糊着醒来，都没反应过来自己还被他抱着：“你、你一直看我睡觉？你怎么不叫醒我？你不无聊啊？”

李信眼睛在笑：“不无聊啊。知知，看你睡觉，我能看一下午都不无聊。”

闻蝉眨眨眼。

他也眨眨眼。

他的眼睛漆黑，又深邃若海。眼睫压眼，一片浓黑。看得久了，吸魂摄魄，让人心跳跟着……

闻蝉猛地反应过来，一把推开他：“你为什么在这里？！”

李信被她挣扎开，也不恼。他今天心情实在是好，闻蝉怎么闹，他觉得自己都不会生气。李信笑眯眯地换个坐姿：“听说你在练字，我怕你太辛苦，就过来看看。”

练字？！

闻蝉迷瞪了一下，然后想起来——对了！她在练字！

少女心里一慌，怕自己的秘密被发现。视线往案上一看，竹简乱堆，好像还是自己睡着前的样子，李信没有动。怕李信发现自己的秘密，闻蝉往案上一扑，便慌慌张张地捧着几宗竹卷到怀里。她非常警惕地看着李信：“对啊，我就是在好好练字！你做什么要打扰我！你快点走！”

李信看她紧张竹简，就知道她怕自己看到她在“不务正业”。少年一本正经道：“我没有打扰你啊。我也是要读书的，听说你这里竹简很多，过来找几样。不介意吧？”

闻蝉打开他欲碰她怀里竹简的手，义正词严道：“介意！我可介意了！你要读的书，是那种浅显易懂的，跟我的完全不一样！咱们起点不一样，你从我这里什么都不会学到的！你烦死了，快点走！我还要读书，还要练字呢！”

李信就看着她梗脖子、一脸骄傲地跟自己说她在读书练字！

他哈哈哈笑起来，伸手拽她：“知知啊……”

闻蝉嫌弃跳起来，还抱着她的卷宗：“别碰我！离我远点！我这么乖，这么懂事，我是要读书的！你快点走啊！”

她翻来覆去就那么几个字，还慌张地催李信赶紧离开。

李信被她笑得腰又开始疼了，龇龇牙，长手一伸，就把闻蝉搂了过来。闻蝉力量远不如他，再挣扎，都被她二表哥搂到了怀里。而他笑着与她咬耳朵：“你在看图画书，别以为我不知道……我还帮你修了图呢。”

“知知，咱俩谁跟谁呢。你瞒得过我？傻不傻啊你。做坏事想瞒我，还不如让我帮你擦屁股呢。”

“……”

啪嗒。

少女惊得，怀里的竹简全都掉下去了。

她红着脸，耳边被少年滚烫的气息喷着。她正要嗔他“什么屁股，恶心不恶心你”，门哗啦一下就拉开了。刺眼的阳光从外照入，少年少女仰着头，便看到满脸寒霜的宁王妃。

而宁王妃不光看到散了一地的竹简上画的各种画像，还看到了少年大咧咧地勾搭着女孩儿的肩，女孩儿似嗔非嗔，抱怨地抓着少年的手。两个人在说什么话，忽抬头看到她，都愣了一下。

闻姝同样愣了下。

她过来时，看到侍女们全在外面，门窗紧闭，就猜妹妹又在胡玩了。她过来抓人，却没料到李信也在……

一道长鞭，便从宁王妃袖中飞出，打向前方少年。伴随王妃怒意——

“你果然混混出身，一点也不学好！不光带乱七八糟的画给小蝉看，还骗小蝉躲在屋里，不知道你们想要干什么！”

“上不得台面的东西！凭你也配坐在这里！”

李信眸子一寒，看着直面而来的银鞭。他当即跳起，直迎而上。

宁王张染闻讯赶来时，宁王妃闻姝与李二郎李信已经从屋中打到了院子里。两人中，女郎用鞭，少年空手。那长鞭破空声，飞舞如同银蛇，吓得满院子的侍女战战兢兢，脸色仓皇。那鞭子，却无法奈何身手极好的少年郎君。李信在长鞭挥出的一个圈中周旋，还能与闻姝交上手。空手对长鞭，他其实已经赢了。

扈从们则是两边都是主子，不知道帮哪个。自家翁主都只知道站在回廊的栏杆后傻眼围观，他们也只能干着急。

所以张染过来时，闻蝉就扑了过去，见到救命恩人一样求他：“姊夫，你快让他们停下来吧！”说是“他们”，其实指的是她二姊。只要她二姊的火气能压下去，李信更好对付。

闻蝉坚信自己永远有对付李信的秘诀！

张染旁观战局，颜色苍白的贵公子与舞阳翁主站在一起，显得比少女还要弱几分。但他身上的气度，却不是闻蝉这种小娘子可以比拟的。至少闻蝉听着那鞭声，看着两人在场中缠斗的身影，便眼皮直跳；然她的二姊夫宁王，却只是冷淡无比地看着，眼也不眨一下。

张染以一种似感叹般的语气说：“小蝉莫怕。你二姊自小喜欢与人动武，想上战场却不得。我病弱，无法陪她练手，让她憋屈。好容易碰到一个对手，你二姊见猎心喜，很正常。”

闻蝉眨眨眼，难以理解二姊憋屈什么。不就是不能打架吗？她就不喜欢打架。她一点点武功都不喜欢学，被二姊逼了这么多年，她也没学下什么。她从二姊夫口中，才知道她二姊喜欢打架喜欢到了这个程度……

闻蝉问：“为什么我二姊想上战场，却上不了？因为她是女子吗？”

张染说，“不是。”顿一下，“因为她姓闻，因为她是宁王妃，”看闻蝉还是不理解，他笑一下，摸摸小妹妹的头。青年冷淡的眼中，掠起几分怜惜之意：“这里面弯弯道道太多。但愿小蝉你永远不会懂。”

闻蝉想了想，觉得自己果真不懂，便没追问了，继续揣着一颗七上八下的心去看战场了。

宁王笑，小娘子这种豁达无比的心性，也不枉费他们所有人都疼宠她了。

张染看向打得火热的场中，忽然“咦”了一声。

闻蝉立刻紧张地问：“怎么了怎么了？是不是我二表哥要输了？”自看清二姊甩出长鞭，她总觉得李信要吃亏。

张染语气古怪说：“不是。是你这位二表哥的武功，实在很有章法，真不是野路子出身。恐怕有宗师级人物教过他，他才几岁，就有这般本事……你二姊不是他对手。”

闻蝉心中涌起一股莫名的骄傲感，心想：姊夫说得对！李信就是这么厉害！但他更厉害的，你们还没见识过呢！只有我知道！

她转念又为她二姊担心起来……

她真是忙，两边都是她的亲人，左手右手都是肉，疼完了左边疼右边。哪像她二姊夫呢，觉得自己拉不住架，干脆往栏杆上一靠，开始欣赏起战局来。而从头到尾，二姊夫看的，也只是她二姊一人而已……

场中那打斗的二人，打了近百招，也能看出彼此的水平了。李信若放开了打，闻姝绝对奈何不了他。但他并没有放开。闻姝心中怒火更胜，一是为自己竟无法教训这个小子，二是觉得对方不全力以对，是瞧不上自己。

她闻姝自小到大，还不需要这种“相让”！

一边将长鞭舞得赫赫生风，她一边质问李信：“我教妹妹写字，教她成才，你却是她的好哥哥，为什么阻拦？！”

李信答：“当然是觉得你教得不对了。”

闻姝冷笑，一鞭子挥向他，往前追击，口上不停：“我不对，于是你送乱七八糟的画本移她心性？还教她关着门窗，在屋里不知道在使什么坏！你这种外面的人，那时候掳走我妹妹，现在自己不知道学了什么腌臜的东西，回来还教坏我妹妹！玩物丧志至极！”

李信对她口口声声的“送画本”事件供认不讳。

他甚至抽空往廊下站着的闻蝉那里扫一眼，小娘子果然如他所料，在她二姊斥责他时，她害怕无比，想要张口解释。

李信心中一软，他怎么会让闻蝉说出真相呢？

闻蝉在她二姊面前，就跟耗子见猫似的，那么胆小。她二姊吼她一句，她都胆怯。她怕她二姊，心里不情愿她二姊逼她练字，可又不敢违抗。阳奉阴违，让李信替她顶了罪，她却又心中不安……

他赶在闻蝉解释之前，漫不经心地认了闻姝的指责：“你整日禁着妹妹不让她出门，从来没问过她愿意不愿意吗？你知道她很喜欢玩，却被你们看得不敢放开手脚吗？你是一片好意，但知知已经贵为翁主，你还想她什么样？你们教她上进，我教她玩好了。学得好算什么本事，玩得好才更有前途。”

闻姝被李信的歪理气笑："哪个是'知知'？！你乱给人起什么小名？谁同意了？"

而李信已经厌烦了跟闻姝打斗。闻姝不是他的对手，又是女郎，李信一般不对女子动手。闻姝还是宁王妃，他要真打伤了她，那才是一堆麻烦事。可是他不摆脱掉闻姝，闻姝的长鞭又实在挥得好，让他也躲不了闲。

李信往四周一看，有了主意。

在闻姝长鞭舞成一道屏障时，少年急流勇退，往后几跨步。闻姝自然往前追，那少年缠身而来，诱了她一鞭。鞭打在土地上，起了一阵烟尘，让周围人呛得直咳嗽。而少年郎君已经游走到了她身后，闻姝立刻转身去拿他，他身子往上几纵斜掠，再诱她几鞭。

等闻姝察觉上当时，身边侍女们已经替她发出了一声惊呼声。

她持鞭在眼，冷目去看，见李信已经退出了她围出的这个圈子，而是走到了场外。他不是随意走的，闻蝉瞪大了眼站一边，李信却拿住了张染。李信拽住张染，在青年肩上拍了几下，换青年不自禁地咳嗽，同时肩骨发麻，然除此之外并无不适。

但闻姝当然不会这么觉得！

她脸发白，抓着鞭子的手都在抖了："你干什么？！放开我夫君！"

一鞭挥来，李信把张染往前一推，拿青年去挡。让闻姝不得不在半空中收了鞭子，还被内力往回冲了一下，心口微滞。

只是眨眼的工夫，李信喊一声："知知！"

闻蝉本能地"哎"了一声回应，手腕就被李信握住了。

李信提着她跳上了房，并在众人没反应过来前，把身娇体盈的小娘子拽上了丛木后方的墙头。他站在墙上，冲院中的混乱露出挑衅一样的笑来："二姊，你慢慢养伤。我和知知'玩物丧志'去！"

众侍女惊呼，眼睁睁看着李二郎带着她家翁主往后一跳，就从墙头上消失了。急忙忙派扈从出去找人，找了半天，也没有追上那两人。

院中已经一派混乱了。

尘土飞扬，盖因之前二人的打斗。相争已停，宁王妃灰头盖脸，脸色难看地走向夫君，扶起张染："你没事吧？"

张染淡淡看着她："方才已出鞭，为什么半途收回去？"

闻姝说："我怎能向你挥鞭？"

张染道："便是我又如何？想要赢，谁人不可牺牲？你妇人之仁，到底输李二郎一筹。恐怕当时你若拿小蝉去威胁他，他该动手还是会动。"

闻姝僵声："我永远不会拿你去实验别人是否真心，也不会拿我的任何亲人去实验。你就是骂我'妇人之仁'，我也还是这样了。张染你想要我变得冷血无情吗？为了赢一个小人物，让你去以身犯险吗？不说今天是李信，哪怕跟我争的人，上升到两国之间，我不牺牲你，也绝不牺牲你。"

张染沉默。

他看着闻姝。

这个闻家二娘子，从小就性格强硬。闻蝉受尽家中宠爱，但在闻姝幼时，闻家乌烟瘴气，长公主与曲周侯，正是斗得最厉害的那时候。那时候，几乎整个长安都知道，陛下的指婚不是结喜，而是结仇。闻姝自小的成长环境，便是父母跟仇人一样的环境。她大兄也小，和她一样，都是孤零零的。孤零零的长大，就养成了一身冷硬的脾气。

张染认识闻姝这么多年，她也还是这个脾气。

她站在他面前，面上没有多少表情地看着他。她一身是土，眼睛只专注地看着他。多少人说他迟早是个早逝的命，闻姝也毫不在意。她怀着一腔坚定无比的决心，为他调养身子。她自来喜欢打打杀杀，但在他面前，却收起所有爪牙，只为他细心地熬一碗药。她坚信有她在，他的身体就不会出问题，他迟早和她一起长命百岁。

而闻姝，却也依然有遗憾。遗憾她不能如她阿父一样上战场，遗憾她这个宁王妃，注定被关在一个宅院里……

张染看着她，眼中的冷淡便消失了，微微露出笑意。他伸手牵住她的手："李二郎伤你伤得重不重？"

闻姝看他不那么冷漠了，才松口气。

他们这对夫妻，看似她强势。实则铁血无情的那个人，是宁王。也许是因为宁王自幼身体不好，见惯各种对他的不好预测，他对很多事，都看得格外淡。不光是淡，还是冷情。往难听的说，他"残忍无情"也够得上意思。幸好面对她，张染还是会软下心肠，关心她。

闻姝摇了摇头。

张染便笑得更温柔了，慢悠悠道："哎，你我真是命苦，真是多灾多难。夫人得跟着我一起喝药养病了。"

闻姝心说李信下手不重，我只是一点内伤，根本够不上吃药的程度。结果她才要这么说，张染便幽怨地回头看她："你嫌弃跟为夫一起喝药？"

闻姝无语片刻，说："我会喝药的。"

张染便笑开了。

闻姝一心放在张染身上，妹妹已经被拐走，她心里气怒，却也暂时没办法。夫君又是个弱不禁风的，她小心翼翼地扶着他回自己院子。她走得快，她夫君走得慢，为了照顾她夫君，她也只能一步三挪地往前晃。她还不敢吭气，唯恐刺激了她夫君，让她夫君说出"你嫌弃为夫走得慢么"这种话来。

张染低着头，看她小娘子一样挪步。青年青睫覆眼，掩住眼底浓浓笑意：他就喜欢看闻姝这个万事以他为先的样子。

过了半晌，闻姝忽然听张染心不在焉般的说了一句："等过阵子我病好了，我们生个孩子吧。"

闻姝愣了一下后，面孔微红。大白天的说这个，她有些无措，不知道怎么接话好，半天吭哧了一句："这个有点早吧。"

张染笑盈盈："你心如铁石，不在意子女。为夫却是在意得不得了。你还是给为夫留一个孩子吧。万一日后你抛夫弃子，为夫孤零零的，起码有个孩子陪着我。"

闻姝："……"

她肩膀颤抖，被张染损她的话气得。她心里骂：你才“抛夫弃子”！你才“心如铁石”！

可她不善言辞，又怕自己说出来，张染用更奇怪的话来堵她。所以半天后，闻姝也只能认了。

同时心里又很生气：这些亲人，见天用她的脾气来压她！张染是这样，小蝉也是这样！小蝉要不是笃定她不会做出太过分的事，怎么敢跟李信里通外合，这么容易就出去了？

等她回来再收拾她！

闻蝉真是冤枉。

李信想一出是一出，根本没跟她打过招呼。她怎么知道李信要掳她走？她要是知道了，她肯定……好吧，她就是知道了，她也肯定一声不会吭，乖乖往那里一站，等着李信大展神通。

她就是被二姊憋得太厉害了，想要出门透透气！

李信愿意做坏人，闻蝉连抵抗一下都没有，特别配合地被他给带出府去了。

是时已天黑，万家灯火在长街上渐次亮起。

少年带着少女，在巷中、在街上，像风一样飞掠过去。

闻蝉什么都不用做，任由寒风吹面，心里一片清冽欢喜。她在他怀中打个哆嗦，李信问她：“冷不冷？”

闻蝉连忙摇头，就怕他一个转念，觉得她好麻烦，又把她给送回去。

李信看她半天，挑眉扑哧乐笑。带着她翻进一家关了门的成衣铺，给她找出一件白面红底兜帽来。少年留了一整个钱袋子在铺中，又带着一脸紧张激动的闻蝉出去了。他又带着她穿街过巷，大咧咧地在一家小宅前敲门，找主人借用一个灯笼。

主人开了门，见少年少女站门口。女孩儿拢在雪白兜帽下，站在灯笼的影子里，仰望着他，眸子清明，颜色姣好。而小郎君比起他护在后面的小娘子，颜色就非常一般了。但小郎君虽然容貌一般，落落大方的样子，也颇为让人信任。

起码这样两个人借灯笼，不会是歹人。

主人将灯笼借给了他们，看少年道谢后，牵着少女便要走。主人忍不住嘱咐一声：“小郎君，天晚了，没事的话快带你妹妹回家去吧。现在世道歹人多，你们两个莫遇到坏人。”

李信露出笑：“好！”

主人被少年郎君的笑晃了一脸，等人在巷子里已经看不见了，还没回过神来。看着一巷深长，府前的灯笼在风中晃动。主人面上也带了笑，关上了门：那郎君笑起来，可真是耀眼得很。

有李信在，哪里怕歹人欺负了他们两个？

会稽郡中的三教九流，全都和李信关系好。李信在一日，闻蝉在这边，就安全一日。

李信带闻蝉爬上了会稽城中最高的角楼，拉她坐上了高楼檐上，又是这么容易让人胆战心惊的方式。但闻蝉天天被李信拉着去爬房顶，都快爬出经验来了，现在坐上了最高处，小娘子满心雀跃，没有最开始那么惶惑不安了。

两个少年坐在角楼檐上，红色灯笼被放在一边。高处不胜寒，风变得比下面大很多，吹得闻蝉有些摇摇欲晃。闻蝉又开始露怯，看一眼旁边悠闲无比的李信，她挪过去，紧紧拽住李信的胳膊。

李信正在摆灯笼呢，被她拉得一抖。他咧咧嘴："你是想把我推下去吧？"

闻蝉说："你那么重，我推得动你吗？还没推动你，我就先掉下去了。我是那么傻的人吗？"

李信乐："你当然不傻。你识时务得很！"

被闻蝉踢了一脚。

少年大笑，笑中，又牵动了腰上伤口，让他扯了扯嘴角。李信心想，这伤果然是太重了。李郡守都拿最好的药给他了，平时活蹦乱跳还没什么，但一到晚上，尤其是天冷一点，阴气重一点，他后腰就疼。

也不知道什么时候才能养好……

少年并肩坐在高处，看着天地浩大，看着月光清辉撒照大地，也看整片会稽郡中鳞次栉比的建筑们。

闻蝉好奇得睁大眼，先指着一个方向，说那里是李家府宅。她口上不停，说那里灯火如何多，说那里建筑多么集中。李信笑眯眯地看着她，等她一脸骄傲自得地说完了，才告诉她，那个方向不是李家府宅，而是会稽一富商之宅。

闻蝉诧异：一个富商敢把房子修这么好，这规格不对吧……

李信耸肩：朝廷要钱嘛，对商人的压制，已经越来越弱了。会稽名门李家都不在意有富商家中的规格和自己差不多，其他商人也都有样学样了。朝廷不给钱，李家得自己养活一整个会稽的百姓。但是近几年老天不给面子，百姓的田间收成非常的不好。那出钱的，就只能从商人身上想办法了。

他还说，不光会稽是这样，其他地方这种现象更严重。毕竟哪个郡国，正常一点的，都不太情愿变成第二个徐州。

李信侃侃而谈这些事，他以前就东逛西晃，对这些事知道得很多。认识了江三郎后，认回了李家后，他又能从更全面的角度去看待这些事。

少年正在慢慢长大，思想也在一日日成熟。他坐在角楼高处，伸出手臂，将这些事随意说给闻蝉时，闻蝉侧头看他，觉得他就像王者一样强大。

闻蝉也喜欢听他说这些。李信为闻蝉打开了一个她没听说过的世界，她仰望他，把他说的话当故事一样听，听得兴致盎然。

一轮蒙蒙月色当空，照着楼上双腿悬空、挨坐着的少年少女。

这一晚天地广浩，明月相照，少年们微弱如蝼蚁，浸在茫茫无边的黑暗中，仅有身边一灯相伴。

闻蝉不舒服地动了动紧靠着少年的身子，蹙眉："你什么东西顶着我？好难受。"

她觉得李信心情正非常好，不会说她。而她被腰后那一直顶着的物件又实在硌得不舒服，便伸手去摸那又粗又硬的东西。

李信被她的天真无邪笑得前仰后合："你乱摸什么？你这胆子也真是大，敢在郎君的身上摸来摸去，就不怕摸着不该摸的东西？"

闻蝉已经想要去翻他袖子了。

闻言回头，对上少年的痞笑，疑惑问："我不该摸到什么？"她撇撇嘴，质疑地看他一眼，"你这么穷，你身上能有什么宝贵东西，是我不能摸的？我才看不上呢。"

李信无语凝噎、一脸纠结地看着她："……"

小娘子单纯傻缺一脸懵懂，让他非常的无话可说。

而他也不是什么好人，他也没什么特别想护住她那份"单蠢"心的想法。要是闻蝉什么都不知道，在别的郎君身上也这么摸，李信吐血的心都有了。

李信望着她那充满求知欲的飞扬杏眼，笑了："你摸，你摸，你随便摸。"

闻蝉："……"

他改口改得这么快，这么随便，闻蝉反而不敢摸了。

李信笑一声，不逗她玩了，主动从怀中掏出一竹卷来："喏，就是这个。"

闻蝉诧异满满，"你出来，还带着竹简？！"她用全新的景仰眼神看李信，"你这么用功，真让我惭愧。"

李信听出了她话里的挤对讽刺之意，全不当回事，还凶她："你当然应该惭愧。来，知知，帮我看看这个字写得对不对，我总觉得哪里不太对……"

闻蝉就着灯笼看一眼他指着的竹简上的字，对他的白丁程度颇为服气："你少写了三个撇啊！"

李信说："难怪我怎么看怎么别扭呢。"

他又神通广大地，从怀里掏出了笔墨，开始改字了。

闻蝉木然地看着他。

而他写了半天，估计又被难住了，干脆把笔往她手里一放，说："我念你写。"

闻蝉扫一眼他已经写了的东西，骇了一跳：他这份书，写的是救灾事宜，非常详细。虽然他的字缺胳膊少腿还很不美观，但逻辑思路非常的清晰。闻蝉捧着这么一份竹简，就好像捧着昔日她阿父的奏折一样。

一重大山压下来，她手都开始抖了："……我写，合适吗？"

责任重大，她担当不起啊。

李信却以为她是不情愿帮他，便又威胁又哄："你二姊不是让你练字吗？我好不容易带你来玩，回头她又数落咱们。你就把这当练字，回头，又玩了，字也写好了。你二姊多佩服我啊！就愿意让我带你出来了！"

闻蝉："……呸！"

李信真是想多了。她二姊永远不会同意的。

但是李信这个目不识丁的人，把这么个重担交到自己手里，闻蝉还是心里感动又高兴。毕竟她从来就没被人托付重任过，她耍着笔，开始听李信说话："近期流民纷多，于城外徘徊，建议官寺主动疏通。否则时日长久……"

事后，传遍于会稽官员高层的“告府君书”，便诞生于此夜。

次日天亮，冬日清晨暖煦清寒，少年们还了灯笼，才回去府中。

之后五日，雪灾爆发，流民暴动欲进城，许多百姓受伤。李信便再寻不到踪迹，而是和官寺的人，一同去料理那些事了。

他没有再来找闻蝉玩。

闻蝉却于一晚，被叫去二姊那里。二姊吩咐她：“阿父阿母来了信，我们明日动身回京。”

宁王妃一家与舞阳翁主要回长安的事，决定做得非常突然。闻姝姊妹去跟府上长辈说时，其他人反应还好，倒是她们的姑姑闻蓉最吃惊，最舍不得。闻蓉特别想闻蝉能留下来，干脆留在会稽过年好了。

但被闻姝拒绝。

这个妹妹呢，离家出走小半年，过年还要留在别人家，像什么样儿？

闻姝看妹妹又有点摇摆的意思了，就说她：“你想想你这趟离家出走，多少人为你担心。你一点交代都不想给大家？这种事，你拖得越久，大家越生气，越伤心。如果你觉得无所谓，那随便你留下来好了。”

闻蝉吃惊无比地看姊姊：“你还能以退为进，说出这样的话来？你不应该见我不听话，就揍我一顿吗？姊姊你变了，你变得越来越虚伪，越来越像我二姊夫了！”

闻姝：“……”

她好不容易被夫君劝得能接受现实了点，她的妹妹又皮痒了。

闻姝开始卷袖子掏鞭子：“你再废话，我当真揍你一顿！”

她要去抓妹妹，闻蝉已经灵敏地跑开了。跑出了屋子，站在竹帘后，还得意地望了她一眼。闻蝉笑眯眯说：“二姊你不要生气，我会跟你回家的。我去告诉我二表哥一声！”

她说着，人就跑远了。

闻姝沉默在原地，心里气恼。

她总觉得自从有李信给闻蝉撑腰，闻蝉见她就没那么怕了。不光不怕，还时不时挑衅她一下。反正总有她二表哥护着她……

闻姝非常的不高兴，但想到妹妹回京，就可以摆脱所谓的“二表哥”，她又觉得眼下吃亏没什么了。现在小娘子野就野一点吧，等离开李信的视线范围，她还是那只任人捏揉的小猫，别想反抗。

然闻蝉离开二姊的视线，就没那么高兴了。

她站在府上深深浅浅的灯火影子里，抬起头，看到灰蒙蒙的天幕。天边暗黑，于黑中，又像是蒙着一层尘，阴冷潮湿。而在这样的天气下，李信必然不在府上。

流民已经进了城，李信已经说服了李郡守放人进城。又有其中疏通，怎么把这些流民安顿起来，会稽城的三教九流们，基本都出动了。之前这些人被官寺打压，出不了头，现在有李信领头，和官寺合作。李信作为其中和稀泥的部分，地位举重若轻。

据说，在靠近人流进出的两个城门的地方，都搭了灶，日日煮些粥，给需要的流民们。出资的，都是李家领头的会稽的大户人家。然虽然是免费领粥，规矩也很严。例如每人每天只能领一次之类的要求，天天有官吏们敲着锣监督提醒。一开始流民不服气，觉得会稽郡的规矩太麻烦。然刚闹事，就被官寺的人寻了出头人钉了个靶子，此后进来的流民一个个都听话了很多。

外来的流民们很难相信，会稽郡中的大小乞丐、流氓、混混、地痞等各式底层人，在这个时候，居然没有趁机生事，而是和官寺选择站在了一边。

接济救援事宜在有条不紊地进行着，这几日，听说官寺已经在商量着怎么吸收这批人流了。李信一直忙碌在第一战线，基本就没回来过。不光李信没回来过，李家能派出去的郎君小厮们，全都派出去忙这些事去了。

偌大的李宅，一夜间人迹稀少，变得清冷无比。

青竹陪着翁主站在冬夜雪廊下出了一会儿神后，说："翁主，明日动身，今夜还要收拾行装。天这么冷，咱们也回去吧？"

闻蝉答非所问："你说我要走的事，我表哥不知道吧？我要不要跟表哥说一声？"

青竹虚心求问："您哪个表哥？我看不用了吧，您那么多表哥，跟这个说没跟那个说，人家还以为你瞧不上谁呢。"

闻蝉也不说话，用杏眼乜她。

灯影摇晃，青竹被闻蝉的眼神打动，不好意思地低下头：哦，是了。她家翁主能记得哪个表哥呢？自然是她二表哥了。其他表哥，她恐怕连人脸还没认全呢。

但青竹仍然说："何必说呢？二郎那么忙，咱们不要打扰他了。等他忙完回来，府上人都会跟他说的。说不说也没什么意思，咱们总是要走的。"

闻蝉有了主意："我偏要去打扰他！备车！"

青竹：……您都有主意了还问我意见？我说了几个"不"字您压根就没听进去……

当即一阵忙碌。

舞阳翁主等人，上了马车往城西去。她到城西，也看到排得很长的队。然等她下车，装模作样在人中走一排后才发现，李信不在这里。闻蝉略微失望，她转身要走时，她的出色容貌已经引起了领粥流民们的一阵骚乱。而看到流民骚乱，一直警惕着的布粥人连忙过来看了。

这边帮忙的，正是李家几位郎君，看到舞阳翁主的面，都颇为惊讶又不解。

闻蝉只好跟他们说了自己要回长安之事。

众郎君们又莫名其妙，又心中激荡，目送翁主上了车，暗想道：谁说翁主高傲来着？大家彼此都不熟，叫一声"表哥"，实际关系还不知道得拐多少道弯。就这样，翁主要回家，还不辞辛劳地过来跟他们告别……

舞阳翁主是天底下最善良的小娘子。

李信是在城南的城门口安排布施之事。不光是施食，还在给流民们分发衣物等必用品。郡中的医工们也都被请来这里候着，挨个为这些流民检查。以防有人进了郡城后，把奇怪的病也带入了会稽。会稽非但没有得到什么好处，还为此害了一城居民。

雪灾救济之事已经安排了好几日，到这会儿，基本已经没什么乱了。

李信正与曹长史等人站在城门边，看小吏们查这些进出的人有无路引。此时因战乱等种种原因，人口流动很大，想从中借机生事的人很多，不可不防。曹长史就亲自站这边，看官吏们查路引，随口跟身边跟着的李二郎解说几句。而那些没有路引的，则被小吏们领到另一边去，问清楚了详细身份后，则会被三教九流的人引走吸收。

李信正跟着曹长史说："关城门时间，只留最后一刻钟。今日再进不了城的，就等明天再说吧。"

曹长史愣了一下："这么铁面无私？我还以为你同情这些人，会催着我们把关城门的时间延长。"城门基本是日落而关，最近为了这些流民，已经破例了很多。昨日李三郎跟曹长史过来学习，就建议关城门时间再晚一点。小郎君的同情心让曹长史很感动，但暗地里还是翻了好几个白眼。

李信说："郡有郡法，官吏也是人，也需要休息。有话怎么说来着，砍柴不误什么工来着。"

曹长史无语地看这个白丁一眼："……是磨刀不误砍柴工。"

李信笑得露出白牙，一点都没有不好意思的样子："知道知道。"

他们正这边说着话，李信耳尖一动，听到后方施斋那里动静很大。他转头去看时，已经有小吏满头大汗地过来求指教了："长史、二郎！舞阳翁主过来了，她说这些流民可怜，她非要亲自施粥……那边流民全都乱了，扑过去了！她再在这里待下去，累死她也管不了这么多人啊……"

而谁敢累死舞阳翁主呢？

舞阳翁主！

又一个娇生惯养的主子来了……

曹长史觉得眼前一黑，未来暗无天日：他这两天真是受够李家这些出身好的郎君娘子了……各种添乱，还不如不来呢……

李信挑下眉："长史，我去看看……"

"快去快去！"曹长史巴不得有人能把这些祖宗们劝回去。这一个个锦衣玉食的少年们，又没有李信的本事，又要乱好心一把，到头来惹上麻烦，还得官寺去收拾。而当初李郡守不想接收这些流民，不正是怕不好管么……

李信过去看的时候，闻蝉正和青竹等几个侍女，站在一锅熬好的稀粥前，笑盈盈地亲自上手，舀粥给流民们。闻蝉扮着亲民模样，实际上也有点被涌过来的流民吓着。她胆子本来就有点小，看到这么多人围着她，如果不是有青竹等侍女、扈从们给她撑面子，她早就掉头就跑了。

一边惊恐，一边同情着，肩膀忽然被人从后敲了两下。

在这么乱糟糟的时候，谁碰她一下，闻蝉都如同惊弓之鸟一样。肩膀被敲，闻蝉猛然回头，惊弓之势还未形成，便先看到了一脸痞痞笑意的李信。他笑起来还是那么不讲究，那么想要使坏的风格，但寒冬中，陌生人围着，乍一看到他，闻蝉便如看到阳光一般激荡满怀。

甚至所有委屈爆发，她喃喃喊一声“二表哥”，眼泪都快掉下来了。

之前还觉得自己可勇敢了，李信一来，闻蝉就变成了娇滴滴需要哄着的小娘子了。她丢下手中活让青竹等人忙着，便被李信提溜走了。女孩儿被又高又瘦的少年护着往外走，还翻出红通通的手腕给他看，委屈哒哒：“那汤勺好重，我手腕都举得疼……”

李信没想到她什么时候这么娇气了。

之前跟他在徐州做平民百姓时，她不也活蹦乱跳，一点儿不适应都没有吗？

然此时，李信只是关心闻蝉怎么来这里了。他心里其实也很高兴，很开怀。小娘子大冬天的，摆脱了她二姊的管教，就算只是顺路，能顺路到他这里来……他何德何能啊！

李信拉闻蝉到了没有人站着的墙角，捧着她通红的手腕给她揉捏活血，同时问她：“累不累？饿不饿？渴不渴？冷不冷？”

闻蝉笑嘻嘻地应。

她还蛮喜欢李信对她嘘寒问暖的。

但是当李信问她“你来找我什么事吗”时，小娘子就弱弱卡壳，开始磕磕绊绊了。李信一挑眉：这是有大事瞒他哄他的节奏啊！

闻蝉支吾了半天，李信也没有主动搭话。他就把她压在墙边，高大的身影挡住了她向外边人求助的可能。他一言不发，幽黑的眼睛俯视他，闻蝉简直被他身上“恶霸”的气势吓哭。她顾左右而言他：“你天天在这里忙，不怎么回府，你累不累啊？这些流民是不是不好管教啊……”

李信严肃喊她一声：“知知！”

被他气势骇住，闻蝉一哆嗦，就说了实话：“我明天要跟我二姊回长安了不能在会稽待下去了因为我阿父阿母都给我来了信让我回去表哥我要回家去了你就是觉得要告诉你一声你没有生气吧。”

李信：“……”

闻蝉以为她说得太快，他没有听清。她心里还鄙视他反应慢，口上则放慢速度：“我明天要跟我二姊……”

李信说：“我聋子？要你再重复一遍？”

闻蝉都不敢回腔，因为仰头，便看到少年冷沉的眼神。夜色浓浓，周围有稀稀若若的火光照耀。那火光，照耀在少年脸上。他的姿容没有一分增加，他难看的脸色，倒是增加了不少。他的脸色黑得比夜还深，俯视着她，这个角度，闻蝉的气势已经弱得不是一两分了。

闻蝉咬着唇看他。

她一为难，一纠结，就想要咬唇。

她脸上露出楚楚可怜的神情来，伸出手，小心翼翼地拉住他的袖子扯了扯，乖乖巧巧道：“你别生气嘛。”她是有点明白李信在不高兴什么，他不就喜欢她么，她要走了，他高兴才奇怪。她做出来的表情，是最听话的那种：“要不我让你抱一下，亲一下吧？你别生我气了。”

李信被她气笑。

亲一下？

抱一下？

她对付他，永远是这一招么？

没有良心的小娘子，觉得亲亲抱抱就能把两人关系撇清，她就能潇潇洒洒回她的长安去了。她真是做梦！

李信冷笑一声。

闻蝉心想：来了。

完了。

我哄不了他了。

他一声冷笑，转头就要走了……根本不会再理我了。

这已经是闻蝉能想到的李信程度最轻的发火了。

果然，如闻蝉所料，李信冷笑一声后，转身就拔腿往外走。闻蝉靠在墙上，心中酸楚，怔怔然看少年走开。她满心的话，不知道说什么。她想留他求他，又不知道这有什么意义。她只能靠在墙边，呆愣地看李信转身就走……

然李信走了一半，又停下步子，回过头来看她。

闻蝉心口飞跳，眼眸亮起，几乎以为事情还有转机。比如她二表哥突然不那么桀骜自傲了，突然懂得怜香惜玉了，突然醒悟过来她也不容易了……

李信把她上下鄙视地扫了个全后，欠欠道："你胸那么小，有什么好抱的？谁稀罕？"

李信这才转身走了，彻底走出巷子，没有再回来了。留下闻蝉靠在巷中墙边呆若木鸡，被李信打击得半天回不过神。

……他还不如一声冷笑，转头就走呢！

谁稀罕他留下一步攻击她啊！

青竹等女先在巷外看到李信沉着脸走了出来，她们去问时，他还爱答不理转头就走。几女心惊，看李信那笑起来阴沉的模样，总觉得李信把她家翁主大卸八块了。毕竟李信就长着一张坏人脸，想瘆人就瘆人，一点商量都不用……青竹几女进巷，果如她们所料，翁主正失魂落魄地在寒风中凌乱。

颜色苍白，凄凄楚楚。

"翁主！"青竹忙去扶闻蝉。

心里虽然觉得这么短的时间，李二郎就是欺负自家翁主，时间也不够。但是李二郎到底是给了翁主什么样的沉重打击，让翁主这般魂不守舍呢？

舞阳翁主自与李信分开后，将"一蹶不振"发挥到了极端。

回去后，一整晚侍女们在收拾行装，闻蝉则在想：我的胸哪里小了？他凭什么这么说？他是抱过后自己感觉的吗？他怎么感觉的啊？难道他还抱过别的小娘子？

一想到李信用欺负她的手段去欺负别的小娘子，闻蝉心中瞬间涌起一阵腾腾腾杀气！

闻蝉是当真不开心。

第二日醒来，她已经不太计较李信对她胸小的排挤了，毕竟人家说的也是事实……但是她站在廊下一早上，不停地让侍女出去看，都没有等到李信回来。

“翁主，昨晚二郎就没有回府。府君传回来话，他们一道宿在官寺了。”侍女碧玺跑了一圈李府后，连大夫人闻蓉那里都问过了一遍，回来机灵地给翁主答复。

宁王妃夫妇安排了水路，早上时传话，让闻蝉过去。然闻蝉拖拖拉拉，叫了好几次，都没有过去。宁王夫妇便纡尊降贵，亲自来叫她了。但是闻蝉又在推脱了：“才早上，不急着走吧？咱们下午再走就行了……”

闻姝当场就要发怒，被夫君咳嗽一声制止，才勉强压下火气。

而到了下午的时候，闻蝉又说：“天这么热，姊夫中暑了怎么办？等日后下去了咱们再走吧？”

闻姝气笑，指着外头：“大冬天，你跟我说太阳能毒到哪里去？你姊夫的身体，还没弱到被晒一晒就中暑的地步！”

倒是宁王想了想后：“小蝉莫非在等什么？”

闻蝉不说话。

闻姝眼一眯，被宁王拉住不许说话。宁王脾气真的比他夫人好多了，根本没问闻蝉在等什么，而是吩咐小厮进来，说了几句话后，跟闻蝉说：“我和你二姊不能再等下去了。若晚上再开船，按照时辰来算，我恐怕一晚上没法好好休息了。我和你二姊现在就准备走，但是小蝉你不愿意的话，可以等日落后再动身。我和你二姊在下一处码头等你。”

他吩咐闻蝉的扈从，画了简单的图，告诉他们路标。张染只是在绢布上寥寥勾了几笔，到底次年代，绘画舆图是谋逆大罪。即便贵为公子，张染也是不方便绘图的。但即便这样，闻蝉已经对这个姊夫感激再感激了。

何况宁王不仅跟闻蝉说好了在下个码头碰面，还替闻蝉拉走了她那个满腔怒火无处发泄的二姊。

宁王一行人，很快离了李府。

而闻蝉自己，也只剩下一下午时间。她让扈从出门去问，扈从回来说找不到李二郎。因为流民那里好像发生暴乱，李二郎出城去了。现在不知道在哪里……

闻蝉仍不死心，仍然等了那么几个时辰。

她一开始满心高傲地想“只要李信跟我道歉，我就原谅他”，她后来想“他人来了我就当他认错了”，再后来想“这个浑蛋怎么还不来，他不是说喜欢我么，他的喜欢就这么浅一点吗”，到最后，闻蝉绝望地想“浑蛋是不是不来了”。

浑蛋果然没来。

侍女们催了好几次，闻蝉只能点头答应上路。来的时候是陆路，走的时候，却是水路。

跟李府人告别，半个时辰后，闻蝉已经上了船。行装之类的都被搬好，该做的事都已经做完，船老大高喊一声“开船”，那木桨就在水中一拨，波光粼粼闪耀，在夕阳下金子一样。船开动了，离岸边码头越来越远……

舞阳翁主的仆从们，大都是北方人，没有坐过船。第一次坐船，大家都稀奇地跑出去看。只有闻蝉闷闷不乐地待在船舱里发呆。

侍女们进进出出好几遭，最后青竹进来，把竹帘掀开，笑盈盈劝她："翁主不出去看看吗？两边青山绿水，欸乃船摇，特别好玩儿！"

闻蝉不吭气。

青竹与几个侍女对一眼后，无奈地再次出去。众女商量着怎么逗翁主高兴，忽然有人看到什么，指着岸边："青竹姊！青竹姊你快看！"

青竹叫道："翁主！翁主你快推开窗！你快看！"

闻蝉在船舱中，听到了侍女们的咋呼声。她心中一动，探身去推窗。在她推开窗的一瞬，她听到了清越嘹亮的啸声，啸声后，则是少年的歌声。

她探身去往码头看，看到码头稀稀拉拉的粗工在搬运货物，码头边有一高墙，水流拍壁，惊涛骇浪。少年站在墙上，身后是他的同伴们，而他踏歌不止，眼睛明亮地望着越来越远的大船。

夕阳红光在水面铺展开，灿金中掺进了红霞。霞光万里，不及站在墙头的少年耀眼。夕阳走到哪里，他的歌声就到哪里。他的歌声，沿着大堤走，沿着江水流，沿着她的心，悠悠凉凉地划过。他的歌声，穿越横亘在他们之间的千山万水，穿越无数人声和水声，穿越时光，穿越距离，穿越她的耳膜。轰一声如春雷乍亮，在女孩儿耳边响起。

闻蝉趴在窗边，心跳如擂鼓。她全身的血液都在跳跃，她目不转睛地看着他。淡金色的风吹着少年的衣衫，他站在风中，连声音都洒着一层金子。这是会稽留给闻蝉最好的印象。闻蝉听到他高声而唱，曲声铺满整片天地——

"三月飞花七月香，娘子好比云下歌。

七月流火九月鹰，娘子走在月下霜。

郎我是冬夜雪花八面风，且问娘子你……"

清亮的歌声在天地水阔间铺陈，在桨声水影中，由远而近地推荡而来。

夕阳中，着茶色绕襟深衣的女公子扶船而立。风吹着她的发丝与裙裾，那长可曳地的裙袍上挂着的玉佩，在少女急快的行走中，发出清越无比的相撞声音。闻蝉迫不及待地往前走，想要离码头近一些，想要听清楚李信在唱什么。

然江水吞没了他的歌声。她抬头，漫天红霞相逐，太阳落入了水中。水里一下子有了十几个太阳，但少年那为她送行的歌声，却已经听不见了。船越走得快，江上的风便也越大。而那风越大，离她的少年便越远。

已经需要眯着眼，才能隐约看到远去码头高墙上的郎君身影了。仅仅看到一个黑色的影子，但在闻蝉的心中，他还是那样放肆无比的姿势，他带着一脸挑逗的笑，揣着一腔炽烈的感情，与他的兄弟们分开或相随，前来为她送行。

他为她高歌一曲，曲调悠扬曲词祝福。但他其实唱得并不好。

李信于音律方面颇没有天赋。舞也跳得不好，小曲也唱得乱七八糟。他这样的歌曲，放到正常人那里听，都要嗤笑出来。然少年满不在乎，唱得那么难听，还高高喊了出来。

真的，与其说是“唱”，不如说是“喊”，说是“吼”。他一点不在乎别人嫌弃不嫌弃，他就站得高高的，唱给闻蝉听。

他的歌声，在天地间荡着，远远近近。或清晰，或模糊。

闻蝉站在夕阳船前，在某一瞬间，眼泪猝不及防地掉了下来，骇了身后跟来的侍女们一大跳。

那泪水豆大，一滴一滴，断了线一样往下掉。

她并没有想哭，可是在这一刹那，她忽然觉得无比地难过。她的心脏蜷缩紧揪，痛得一抽一抽。她尚不清楚原因，便看着黄昏中的晚霞江水暗自垂泪。

那歌声那么好，她却只想掉泪。

越觉得那歌声好听，她的眼泪便流得越多。

有时候规规整整的事，人反而不那么上心；而那些不应该的、出格的、来了又走的，却总是让人真的记到了心里。无数次为前者找理由推辞，比如江照白；而同时又无数次为后者找理由解释，比如李信。

带着自己也难以说清、难以理解的遗憾之情，舞阳翁主就此离开了会稽之地。

李信紧赶慢赶，踏歌相送。他到最后，能做到的，也就是这样了。

他无法像他还是做混混时那样，闻蝉要走，他死缠烂打地非要跟着一起走。他依然喜爱她，依然想要打动她。他却没办法丢下手中之事一走了之。终归到底，人活于世，不能只想着情爱，还有责任、立业等更重要的事将他羁绊。

然他总在找那个能最快与她见面的机会。

之后李信又忙了十余天。眼见离年关越来越近，涌进会稽的流民也越来越多。因相邻几州都不接受流民往来，据说因此还发生了几场暴乱。作为唯一一个还在不断吸收流民的郡城，即使郡城中规矩繁多，流民们也不像一开始那么嚣张了。然毕竟会稽只是一个郡，想要吸收，但也不能完全吸收。因为只要吸收，便肯定要为民生之类的考虑。到后期，会稽也已经停止了让流民进城的事宜，日日换来外头流民的谩骂。

国之不国，一郡能做到的唯有这些。到后来，关于流民的一切事务步上了正轨，有条不紊地进行着。而李信等李家郎君们，也基本全都从中解放了出来，不像一开始那么忙了。

李信回府的时候，被闻蓉身边的侍女喊去用晚食。此时普通人家一日只有二餐，然贵族中，早已有了一日三餐的规矩。

李信洗漱一番后，打起精神，去面对他名义上的母亲。

少年性格张扬外放，十分善谈活泼。李信不想和人打好交道时，人对他的印象便只有“张狂桀骜不驯”之类的词；他若想跟人打好交道时，他的一切美德，都会凸显出来。少年的人缘一直非常不错，他来到李家二十来天，不光让一些对他不甚服气的李家郎君们对他改善看法，他最重要的成就，还是让闻蓉非常喜欢他。

也许闻蓉想象中的郎君，便一直是李信这样。永远有主意，永远站在高处操纵大局，永远不要她为他的事业操心。

他非常的优秀。

即使他总说自己不识字，和闻蓉说话时，也动不动就暴露自己粗俗的毛病，闻蓉依然很喜欢他。她带着一腔不安的心喜欢他，总怕自己没有照顾好这个郎君，总怕他不喜欢这个家，不喜欢自己，转身便又走了。

闻蓉不愿意李信离开自己一步，但有的时候，她又非常情愿李信离自己远一些。

比如——

“小蝉走了这么多天，你也不想她吗？”

李信听了母亲的话，于案前坐着用膳，低着头切肉，只笑不语。

明灭的灯火映在他眼皮上，阴影摇摇烁烁。闻蓉倾身，于此判断李信的想法。看他只笑不说话，闻蓉心中有了然之意：“小蝉那么漂亮，那么有趣，你喜欢吧？”

李信便答：“喜欢啊。”

“喜欢你也不知道留她？”

李信抬头，冲他母亲咧嘴笑。他身子往后一靠，手往膝头一搭。这个散漫的坐姿，让旁边教导他贵族礼仪的姆妈再次开始皱眉。不过他母亲只是专注地望着他，并不介意他的慵懒。少年懒懒道：“我哪里留得住她。”

闻蓉在他的话中，听到了一丝充满怨怼的赌气味道。

原来她家二郎看起来再强悍，依然只是个情窦初开的少年郎君。爱慕一个小娘子，除了满心的欢喜外，也会有不开心的置气时候。

闻蓉便道：“那你怎么不去长安找她呢？”

李信怔了一下，抬头看闻蓉，看她是否出于真心。

闻蓉确实出于真心：“她家在长安，你是男儿郎，我听你阿父说你习得一身了不起的武艺。你出门，并不用担心匪贼之类。你怎么不去长安找她呢？你不去找她，你怎么知道她不会见你呢？”

闻蓉说起这个，便忍不住为二郎出主意：“我嫁人了这么多年，也很想念几位兄长。你代我去长安拜访拜访他们。尤其是小蝉的父亲……阿信，我知道你喜爱小蝉，我也喜爱。然小蝉备受她家中宠爱，不提她二姊，她父母恐没有那么好相与。我也很想出面为你定亲，然恐怕我三哥并不会应……不见到你人之前，不确定你和小蝉适合之前，我三哥再不会胡乱答应我什么的。”

她神色微有恍顿，想到了她在二郎幼时，去长安探望亲人，曾想为两个孩子定亲。她见到幼年时的闻蝉，一团雪似的剔透干净，心里便十分有亲近之念。

如果再早一点，她想和曲周侯家定亲，恐怕她三哥都随意应了。但在那时候，曲周侯和她的嫂嫂长公主的关系已经缓和了，他三哥的心放到了子女身上，再也不会随便应下婚事。

闻蓉道：“阿信，你去长安。去见你舅舅他们。你帮我带信，也想办法赢得我三哥的喜欢。李家怎么说也是江南这边的大族，配闻家女儿并不算辱没了她。你身份没什么配不起的，你只要能让我三哥喜欢就好了。”

她与李二郎说话时，堂外有脚步声走来。再过了一会儿，伴随着一阵凉意，帘子一掀，清瘦如松的中年郎君漫步了进来。他一边进来，一边任由侍女们脱去身上落满了雪的斗篷。他本是眉头紧皱如山，进了满室暖融的屋子里，看到铜灯下说话的那对母子，目光就柔和了下来。

风雪夜归，回到温暖家中，看到妻子与小子伏案说话，其中温意，让他颇为高兴。

看到李郡守回来，闻蓉便吩咐侍女们再上一案，为她夫君布食。她条理清晰地做这些事，精神看起来非常好。李怀安看她一眼又一眼，心中期盼这样的日子可以一直持续。让闻蓉一直像现在这样，精神正常，没有一点不适应。现在，她已经能慢慢重新接手一个主母该忙的事，并且恍惚的时候已经越来越少。

这都是李信日日陪她说话、为她宽心的结果。

李怀安坐于食案边，问："怎么我一来，你们便不说话了？"

闻蓉轻笑，正要将自己与李信说的话告诉李怀安，却见二郎跟她使了个眼色，不让她说。她很喜欢二郎主动与她亲近的这样小动作，便不再说话。却是李信笑眯眯地手肘撑着下巴，跟他这位父亲说话："我方才在和母亲说，我想去长安一趟。"

李怀安挑眉，看他。他的眼睛在说：我记得我好像跟你说过，不让你离开你母亲身边来着？这么快就忘了？

李信说："雪灾之患严重，很多流民这一年都无法过了。而明年开了春，更是考验他们生死的时候。长安那边迟迟不给消息，我恐怕陛下已完全放任此事，不予理会。我听说他信了什么狗屁道派……"

李怀安目光严厉地瞥他一眼：狗屁道派？你在骂陛下？

李信笑着改口："我听说他日日沉迷炼丹，朝事已经基本不管了。那父亲你送上去的奏折，恐怕也在积压成灰，无人理会。然长安的许多大人物们，其实都握着咱们的命脉。我还是想去长安试一试，走动走动关系，看能不能拜访丞相、世家等人物，能不能把这边的情况告知他们。我想尽量说服他们，让他们为会稽出点财力……"少年停顿了一下，"虽说是郡国，然到底是在大楚治下。咱们总不能什么事都自己来，朝廷那方什么都不出吧？"

李怀安淡声："我李家，又不是养活不了会稽百姓。何必看长安脸色？"

这便是世家大族的底气了。

李信说："但雪再下几场，咱们就养活不了百姓了。"

李怀安沉默不语。

李信看出他心动，便又分析了其中利弊。

闻蓉则自始至终坐在一边，听他父子二人商议这些政事，心里是何等喜悦。

"阿父阿母阿哥，你们在用膳，怎么不叫我？我一个人在屋里吃，多闷啊。"又有一道少女声从屋外传来，是四娘子李伊宁。她也是带着一身寒气进屋，看到她兄长也在，便高高兴兴地凑过去说话。

屋外风雪连天，屋中一家团聚。而多少年以来，这正是闻蓉最期盼的时刻。她希望时光就此停留，永远不要再发生什么改变。

她心里一边听李怀安父子说话，一边想着心事。想她家二郎有喜欢的小娘子了，那他们家说不定明年会更热闹。又想四娘子也慢慢大了，也要开始准备相看郎君的事了……这一桩桩，一件件下来，闻蓉觉得自己的心情，好像又好了些。

她真是喜欢这样的状态。

有人的生活过得充实无比，也有人浑浑噩噩。浑浑噩噩的那个人，正是被闻蓉念叨的小侄女闻蝉。她很快与二姊一家人汇合，继续走水路回长安。因为她二姊夫身子弱，为了照顾他，他们的船一直走得很慢。之前上路时大家就算好了到长安的时间，由此虽然船行得慢，大家也并不着急。

宁王夫妻最着急的，还是小妹妹闻蝉的状态。整日萎靡不振，躲在船舱中哪也不去，也不知道在想些什么。

而别说宁王夫妻了，闻蝉自己都不知道自己在不开心什么。她就是觉得不舒服，就是对什么都提不起劲。哪怕青竹等女找各种各样有趣的东西来逗她玩，她都觉得一点意思都没有。她开始觉得这船走得真慢，也不知道什么时候才能到长安……她想念阿父阿母了，想回到他们怀抱中，想要撒撒娇，也想把自己的烦恼跟他们说。

某一日，闻蝉坐在船舱中翻着竹简玩，青竹先打帘，露出神秘的笑："翁主你猜是谁来了？"

青竹神秘的笑，取悦了仰起头看她的闻蝉。看到青竹面上的那种笑意，闻蝉心中蓦地一动：莫非是李信来了？不然青竹干什么这样笑？

只是这个念头突然冲到大脑中，全身懒洋洋的血液，好像都一下子活跃过来了。她的心跳重新开始，她的头脑重新清晰，她不再觉得走一步都好累，说个话都费劲。她想到李信要来看她，就满心的快活与想念！

是的，想念！

到这一刻，闻蝉才发现，她想念李信。

想念李信带她爬树爬墙，想念李信带她上房揭瓦。她还想念李信坏坏的笑……

舞阳翁主还没等青竹把话说完，就从船舱中跳起，一溜烟往外跑去，让人喊都喊不住。青竹忙丢下手中事，怕翁主莽撞，自己也追出去。闻蝉到了会客厅，一见外头姆妈侍女的进出，就知道有大人物来了。

她欢喜地挑帘进去："二表……"

她话停住了。

她看到修如翠竹的背影，也看到流玉的侧脸。看到那人在她说话时，转过了脸看她。眉目清远，浩渺如青山绿水。鼻子挺直，唇瓣微扬。他站在厅子中央，郎朗若峰上雪。光照在他脸上，就像春意漫入冬雪无边，暗自生暖。

这种冷色调中的暖，让人无比眷念留念。

他要摆袖拱手，优雅若山倾的姿势，让一众伺候的侍女们都红了脸。

闻蝉却没有。

这个人非常的俊秀多姿，然她的李信，不会有这样的风采。

李信那么普通的一张脸，永远不可能有这种让人心悸的美感。这般一言一行都让人心动的雅致，于雅致中又带着疏离，只有江三郎拥有。

闻蝉垂下眼，与江照白回了个礼。这才看到她的二姊和二姊夫正站在旁边，大约在她进来之前，在和江照白说话。她的丢脸行为，所有人都看得一清二楚。

沉默半晌，倒是江照白先打断了这种僵硬与尴尬："看来我的到来，让翁主失望了。"

闻蝉忙说没有，回头瞪一眼青竹：都怪你之前笑得那么恶心！

青竹：……我真是冤枉。我哪里料到翁主你变心变得这么快。明明以前听到江三郎到来就高兴，现在你也能无精打采。

闻蝉好奇问江三郎："你不是在会稽，跟我二表哥忙雪灾的事吗？你怎么来找我们了啊？"她还抱有一丝幻想，江三郎好像总跟李信在一起。是不是江三郎来了，说明她二表哥也不远了呢？

江三郎的回答，却让她失望了："我没有忙雪灾的事，是阿信一直在忙。后来官寺插手后，我不方便跟过去，就更没有再管了。所以阿信忙碌，我却没什么事。我是听说宁王夫妻要回长安，便想顺个路，想与你们一道回京。我也好些年没回去长安了，想回长安看下我家的情况。也不知道宁王是否愿意让我搭个风？"

时代很乱，除非像李信那样艺高人胆大，再除非像闻蝉这样傻人有傻福，一般人都不怎么敢独自出行。江照白也许是考虑着中途出行意外，便早早在这里等候，等宁王等人的船过来，想要依托宁王的关系回京。

闻姝姊妹都对此可有可无，便都去看宁王张染的脸色。张染笑了笑，脾气很好地应了："江三郎客气了。你与孤同行，孤再开怀不过了。"

他平时跟闻姝姊妹说话时，一直都是"我"啊"我"的，这时候自称"孤"，就带着几分客气疏离了。但不管再怎么客气，江三郎投靠他，他都给足了面子。等他与妻子出去后，闻姝问他："江三郎这个人心机深沉，专程等候在此，说不定有什么谋算。夫君你让他与我们同行，当真没什么问题吗？"

张染道："心机深沉有心机深沉的好处。再说江三郎也不是不会看人脸色的人。看他只有几个仆役，确实不方便赶远路。不是谁都有小蝉那么缺心眼的本事。再说我什么也不求，又怕他算计什么呢？无妨。"

夫君提起妹妹，闻姝更加头疼了："你方才看到小蝉那个样子了吧？跟被李信下过蛊似的，要不是江三郎在，我就揍她了。李信真是个祸害。"

张染随口道："那得看小蝉自己的意思了。温柔的男人照顾她，强大的男人保护她。前者无法保护她，后者也可以照顾她。然前者的心好抓，后者的心难定。得看你妹妹的本事了。你别想太多了。"

可是他这么一说，闻姝反而想得更多了。

更让她气得牙痒的，是没过多久，到下一处码头，他们下船去休息。到当地官吏布置好的置去休息时，信吏送来了许多书简信件。宁王的信是最多的，然除此之外，闻蝉也收到了好几封给她的信，让她受宠若惊。她长这么大，除了阿父阿母，就没收到过别人的信件。尤其是现在跟姊夫一家上路，她阿父阿母写信，都是给她姊夫姊姊写，她是信中顺带的部分。人家早不专门给她来信了。

闻蝉捧着信吏交给她的书简，心怀激荡得手都要发抖了。她问：“哪里的信啊？”

小吏答：“从会稽送来的。”

会稽……

闻蝉怔了一下后，唇角翘了翘，眉目宛春。在众人的凝望中，她淡定无比地把竹简交给青竹去收到：“知道了，我回头再看。”

她继续与众人一起用膳，一贯的优雅清贵，骄傲不与人说。但一出了门，闻蝉就把青竹拉了过去。青竹懂她家翁主这个劲儿的意思，闻蝉一急切看她，她就把一卷竹简先递过去，闻蝉迫不及待地摊开。

入行第一眼，便是龙飞凤舞的几个大字：“亲亲知知小心肝儿”。

闻蝉被恶心到了，手一抖，啪嗒，竹简掉了地。

她不可置信：“他怎么能把话说得这么恶心？！”

青竹沉默地俯下身捡竹简。闻蝉满脸地嫌弃，然忍了忍，又重新把竹简拿了回来。

她满脑子都是“亲亲知知小心肝儿”，每想一次，都觉得受不了。她难以想象，这么恶心的称呼，李信怎么有勇气想出来，又怎么有勇气写出来。她红着脸敲打竹简，小声骂：“坏胚子！”

一窗之隔，宁王夫妻已经看到了小娘子患得患失的这一幕。宁王妃心中的五味杂陈，难以言说。她看他夫君又要说什么，强硬无比地打断道：“莫要劝我！等回长安，我便要帮小蝉相看郎君！远水止不了近渴，我不信隔了这么大老远，他还能勾得我妹妹对他死心塌地！”

远水止不了近渴，但宁王妃没料到，远水还有亲自驾到的时候。

再某一日，船靠岸停泊休憩时，闻蝉还窝在船舱中忍着鸡皮疙瘩看她二表哥给她写的信，青竹又打起了帘子，露出神秘的笑：“翁主你猜是谁来了？”

闻蝉：“……”

她在船舱中，听到很多人的脚步声往这边来。她跽坐于案边，看到窗口，少年的影子一晃而过。少年很快出现在了门口，与她打招呼：“知知！”

闻蝉瞪大眼，握紧了手中竹简。

李信！

她怀疑自己在做梦。

不光是李信，她二姊一家，还有江照白，都一路过来看她。当然，也许是李信走得太快，让谁不满意了，不得不把所有人都牵制了过来。

少年大方地站在门口，一点都没有不好意思，还跟闻蝉笑起来：“知知，我很想念你。”

闻蝉慢慢站起。

她还有点儿混沌，分不清虚构与现实。一群人看着她，等着她的反应。她看到李信，又激动，又紧张。他还用深邃的眼睛直接地看着她，让她手心更是出了一层汗。江风从外吹来，一心又冷又热。女孩儿大脑空白，呆呆地听着他说“我很想念你”。好半天，她才干巴巴地回了一句：“振作。”

李信：“……”

众人：“……”

李信不只是一个人到来，同行的，还有李家三郎李晔。比起李信的不羁随意，宁王妃简直要爱上李三郎的进退有礼了。原是李家长辈们听了李信的怂恿后，觉得很不错，和长安那边走动走动关系，对会稽也没什么坏处。但是长辈们都端着架子，不想向长安低头。再说拜访世家大族的人，正好把机会给小辈们，让他们锻炼锻炼。所以挑来挑去后，干脆把重担交给了李二郎和李三郎。李家长辈们吩咐了他们一些事，派了大批人马并备下了礼物，留给他们在长安做交际用。

人先过来了，但重礼还在准备中，来得比较晚一点。

李信在逗完闻蝉后，郑重其事地收起一脸嬉笑表情，跟宁王妃问好：“表姊。”

宁王妃看他一本正经的样子，非常不习惯。总觉得他装得像个样儿，心里不定怎么骂自己呢。

但李家的人已经过来了，旁边还有个温和的李晔，闻姝又不能把人赶下船去，心里堵得很。

而李信已经跟江三郎等人打过照面，众儿郎又围一起，去说船的事了。之前只有宁王妃人口简单的一家，再加上仆从们，即使后来又收留了江照白等人，一艘大船也勉强够用。现在李家的人也来了，船就不够了。于是再次上船的时候，一艘大船已经变成了两艘。

李信和船工们在捣鼓新鲜玩意，闻蝉非常想去围观，却被她二姊提着耳朵喊到了另一艘船上。船再上路后，小娘子便撇着嘴，听她二姊训了她一下午，中心思想就是“少和李信打交道”“没事少去他们那艘船上晃”“你实在无聊地话去把女红学一学、见天就没看过你扎绷子”。

宁王夫妻又留了闻蝉用晚膳，才让闻蝉离开。

一离开了二姊视线，闻蝉就跟旁边的青竹说：“咱们去那艘船上看看吧！”

兜帽罩着头的小娘子，面容被雪底照得更为白皙。江水流荡的光泽照在她晶莹清澈的眼睛里，那里满满的繁星灿灿，跃跃欲试。

青竹小声：“宁王妃不是不许你去找李二郎吗？”

闻蝉娇滴滴道：“我不是去找我二表哥啊，我是去找江三郎来着。”

青竹面上浮起惊叹般的神情：翁主钻这种空，真是钻得颇有心得啊。

回去换了衣，闻蝉就又趁二姊照顾二姊夫喝药的时候，吩咐船老大停了船，踩着木板摇摇晃晃地上了另一艘大船。她去船舱找人的时候，青竹提着灯笼为她照明，看翁主越走越远，就提醒一声：“李二郎的船舱不往这里走，翁主你走错了。”

舞阳翁主奇怪地看她一眼：“我找江三郎啊，又不是找我表哥。”

青竹笑道，“是‘二表哥’，不是‘表哥’。即使您心里觉得称得上您‘表哥’的，就这么一个，也不要落人口实。”

闻蝉红着脸嗔她一眼。

她们主仆过去船舱的时候，竟意外看到江三郎和李信在一起。青年与少年对坐，面对一盘棋具手谈。闻蝉站在李信身后，看到李信靠榻而坐坐得何等懒散，时不时往棋盘中丢一枚棋子。小娘子探身一看，楸木棋盘上黑白子交纵，李信已经被快江照白杀得片甲不留了，他还慢悠悠的一点都不着急。

闻蝉往李信旁边一坐，看李二郎垂目，手里玩着一把棋子，像在思量什么。她觉得他简直笨死了，正要出言指导，李信忽然开口：“江三郎，我要去更衣，你去不去？”

江照白看眼对面坐在少年身边的小娘子，若有所觉，便笑道：“好啊。”

闻蝉木然地看着她刚来，两个人转身就走了，把棋局丢给了她。她呆了片刻，决定不管他们，自己感兴趣地抓起李信所执的白字，去研究怎么对阵江三郎的“千军万马”了。

而外头，李信正和江照白商量：“三郎，你今日就别好好下棋了。一会儿进去，你不露马甲地输我几盘，你看可好？”

江照白挑眉：“你是想在翁主面前拔头？何必呢。阿信你棋艺本来就不比我差多少。刚才也只是胡乱下着玩，才看上去输得很惨。但是若你全力以赴，你我伯仲之间，谁赢谁输都说不定啊。”

李信嘿嘿笑：“但是我想一直赢，让知知崇拜我啊。三郎你知道的……算我欠你个人情？”

江三郎叹口气，被李信磨了半天，无奈答应。他看着少年的背影，心中沉思：阿信什么都好，就是太耽于儿女情长。如今倒是希望他快快赢得小翁主的欢心，莫再一颗心寄在小娘子身上，做什么都无法专心致志。

如李信与江三郎约定好的，两人再回去后，江三郎这棋局就一边倒，输得惨不忍睹，看得闻蝉目瞪口呆。连续三盘棋，她就看着李信非常的神勇，把江三郎的棋子杀得连连后退。江三郎居然输得这么惨，闻蝉都惊呆了。

李信神勇得快成仙了……

三盘棋后，江三郎就不再下了：“我有事寻宁王说，今天就不陪阿信你下了。改日再谈。”

李信领了江照白的情，起身热情地送他出舱，觉得江照白真是够意思。他笑两声，觉得总算寻到与知知独处的机会了。然他一回头，便看到闻蝉坐到了江三郎的位置上，执了黑子。

李信有不好预感：“你想干什么？”

闻蝉说：“江三郎是故意输给你的。这容易让你生起膨胀欲望，我不会看着你走向歧路的。我跟你下几盘吧。”

李信沉默了片刻，声音都有些飘忽了：“你能看出江三郎是故意输我的？”

闻蝉仰起巴掌大的小脸，眼眸清水般：“看得出啊。”

李信挑眉，有了兴味。江三郎这个人想得多，输棋其实都输得不动声色。一般棋艺不佳的人、脑子慢一点的人，都看不出。而李信更看不出，闻蝉居然对下棋这么有天分。

他生了兴趣，便笑着陪小娘子玩两把。

玩了两把，两人居然一输一赢。李信对闻蝉的棋艺心里有了数，便推开棋子想找别的事。闻蝉却低着头，蹙着眉尖研究棋局，末了抬头严肃跟他说："我觉得我下盘能赢，你再跟我下一盘吧。"

李信："……"

一盘又一盘。

青竹等侍女在船舱外等候，只听到舱中落子的声音。她真是难以置信两个人居然安安分分地真的在下棋，没有玩别的花招。想那黑白子交错纵横，李二郎居然也染上了文人的一点儿爱好。

真是稀奇。

其实真没有。

李信真没有爱上下棋这门国粹，闻蝉再跟他说"咱们再来"的时候，少年以头砸桌，快被她弄疯了。他一点都不喜欢下棋，他就想跟闻蝉说说话、聊聊天、逗逗她，他为什么要陪她在这里下棋？

他真是后悔——他居然想凭下棋在闻蝉这里大展神威，真是媚眼抛给了瞎子。

然"瞎子"还在认真摆棋局。她余光看到了李二郎的崩溃状况，还抬头做无知状："你怎么了？案子要被你砸坏了。咱们还是下棋吧。"

她心里则笑得要命。

闻蝉于别的方面天真懵懂，但在男儿郎追她的手段上，她其实都或多或少的心里有数。比如她年纪这么小，却几乎能一眼看出李信喜爱她喜爱得不得了。并非她明察秋毫，而是手熟罢了……

闻蝉会不知道李信这种搏她喜欢的手段吗？她在长安时，被多少儿郎竞相追逐啊。长安儿郎追她的手段，大都差不多。下棋就是其中重要一项。闻蝉自己都快成下棋高手了……李信喜欢她她知道，他追她追得这么自信，她就看不惯了。

挫一挫他的锐气，让大胆狂徒知道这招没用！

闻蝉专心一意地摆棋局，却见李信忽然抬起头，盯着她笑了一声："算了。"

闻蝉还没顾上惊讶，就见少年把案上的棋盘随手一扫，哗啦啦，棋子便散开了。他的手段还很精妙，这么随手一挥，居然没把一颗棋子撒落到地上，不用再麻烦一会儿收拾棋盘的仆从们去捡棋子。他往前一探，便抓住了闻蝉的手。手上微用力，就将女孩儿拉拽了过来。

闻蝉："你干什么！"

多么熟悉的土匪作风！

再次在李信身上出现。

他山大王一样甩了棋，自己起身，还把不情愿的闻蝉也拖拽了过去。他拉着闻蝉走两步，手指在窗上一弹。少年搂住女孩儿的腰，提起她从开着的窗口跳了出去。

外面黑夜如墨洒，江水在月光下泛着莹莹的光泽。少年带着女孩儿往外跳，闻蝉直面便是奔腾冰寒的江水。

她心口猛地提起，害怕地叫一声：“李信！”

李信脚在船舱上往外凸出的檐上一勾，倒挂起来，没把闻蝉甩出去。而他身子一翻，就带闻蝉上了船舱上的屋顶上。视野一下子变得开阔，看到茫茫江涛波澜壮阔，在脚下呼啸着……

闻蝉紧张地掐着他手臂，喘气连连。

李信脸黑：“我没把你扔出去，你老掐我干什么？”他甩了甩手臂，想甩开她，居然还没甩开。

闻蝉如影随形地紧跟着他，他能听到她剧烈的心跳声。夜晚伴着少女身上的芬芳，少年站得僵硬，还被她长长的指甲掐得胳膊一阵又痛又麻。

李信全身僵硬地想：落到老子手里，老子迟早给她指甲剪干净了。

闻蝉还在紧张无比地吸着气，催他：“快点下去！站这么高，很容易被我二姊他们开窗看到啊。”毕竟她偷偷过来玩的事，二姊肯定要生气的……

李信被她掐得命都短了一截，烦得不得了，干脆提着她，再次带她在檐上一阵走穿。轻快地往下一纵，就飞跃到了船的木板上。两人到了船头，脚踩上了实地，闻蝉才放下了心。

她一放开手，李信就跳得离她老远。

两人之间的距离，几能放下一个大活人。

李信对她横眉怒对，手指着她，点了半天。他手在虚空中对着她点半天，也没想出他能怎么收拾她。毕竟她现在已经不怕他了。而他只是凶巴巴地训她，闻蝉会不痛不痒；但他再凶一点，又怕吓着了她。她真是……少年扭过头，不看她了。

闻蝉仰头，看到天上的月亮和繁星。天空色泽清新，万里无云，月光皎洁，群星烘托。最美的便是星空了，千万里相逐成璀璨的银河，亮亮闪闪，在天上与他们对望。她赞美道：“星星真好看！”

李信冷笑。

闻蝉：“……”

她扭头，看到旁边少年冷沉的侧脸。她站在船头，于黑夜中看他。他抱臂而站，站姿笔直，宽肩窄腰。而少年的眉眼，于一切平凡中，显得幽静而轩昂。像是湍急的河流，永远奔流不止，流着让人心动的魅力……

闻蝉想要走过去，靠近他：“你那天送我时，唱的小曲，是什么啊？我都没听过，也没听全。你再唱一遍给我好不好？”

李信冷笑着说：“忘了。”

闻蝉鄙视他：幼稚！

她实在寂寞得不得了，心里像有羽毛在轻轻地划，让她心痒无比，让她想跟李信说话。她一点点地挨过去，仍在想着说话的问题。

却忽然间，看到原本淡着脸不看她的少年身子于一瞬间绷起，转眸看向她。他眼中寒锐的带着杀气的神情，让他从平凡中解脱，在刹那间变得充满攻击性。被他这样带着攻击杀意的眼神看着，闻蝉全身僵住，大脑空白。

耳边还是哗哗哗流淌的江水声，闻蝉什么都来不及想，便见少年向她扑纵而来。

他扑向她，闻蝉好像听到衣料与空气摩擦的破风声，可见他的动作之快。李信几乎是撞过来，伸手便扣住女孩儿的肩膀，在她腰上一提。他带着她一转，将两人方位换移！

又一声噗，是利物划破衣裳、刺进血肉的声音。

闻蝉整个人被抱住，被撞入少年的怀里。他很瘦，小娘子被他身上的骨头撞得疼痛。但她已经意识到一定发生了什么。她抬头，看到少年一脸平静。在这种平静中，她无法窥视更多。但她被抱在他怀里，却闻到了血腥味。她伸出手，抱住他的腰，摸到了一手黏腻。

他的后腰……

闻蝉叫一声："李信！"

她不敢看他的伤势，李信却一脸冷淡地随手把刺入后腰的东西拔下来往外侧一丢。那是已经染上了血的银钩，钩上闪着寒光，钩尾扯着坚韧的长绳。李信把银钩往外扔去，正好砸着一个欲爬上船的黑衣影子。那人影还没上船，便被砸了下去。

扑通落水。

然四面八方，都传来噗通的落水声。

各种声音也响起来——

"快来人！有敌袭船！"

"保护公子！"

"救命！我不识水性！"

黑暗的夜中，月亮被一片云挡住。在星光下，无数黑影从四方扑上了船，对船上的人进行残忍的屠杀。

那银钩原本欲刺中闻蝉的后背，而李信已来不及回手，只能以身替了闻蝉。让那银钩刺破了他的后腰——少年原本就没有好全的腰上伤，在这一瞬间爆发出来。腰上滚烫火热，牵扯着他的神经，让他脸色苍白，步子几乎趔趄了一下。

闻蝉扶他："表哥！"

李信冷声："跟着我！别说话！"

黑衣人从水里飞起，一道道银钩从水里抛出，钩住船板上船。他们看到了倒了一地的人中，船头的少年们还好好站着。毫不犹豫，几人向李信的方向杀来。而李信往前一步跨，拉得闻蝉跌跌撞撞的，快被他拽得摔倒。

李信步子顿了一下：不行。

他手里还有个知知。

他要是大杀四方的话，就顾不了知知了。

知知这么弱，没有他保护在侧的话，她肯定要受伤的。

少年那即将跨跃出去的步子收了回来，带着一个娇弱的女孩儿，不得不靠在船头，与三面扑来的黑衣人周旋。腰上受了重伤，怀里还有个一点伤都不能受的小娘子，李信额头渗汗，脸色惨白，这恐怕他打得最艰难的一战了。

李信于杀戮中，忽然听到了细细流淌的水声，感受到了木板的空落。

他本能反应，带着闻蝉往上拔起，踩着桅杆再上几步，一挪数丈，落到了后方的船舱边。而不光是他，所有人都惊慌地发现，船开始漏水了……

闻蝉在他怀中，声音发抖："有人在下面凿船！"

李信反手匕首，挥开从后扑向他们的人。少年轻淡地"嗯"一声后，问她："会水吗？"

闻蝉怕打扰到他，点了头后，又赶紧说："会！"

可是冬天的江水得多冷啊……

李信笑了："会水就好。"

他眼观四方，耳听八路，已经预示到此时情况不太好。因不光是这艘船上出了事，另一艘船的状况，似乎也不好。灯火通明，扈从们与这些黑水中飞上船的刺客们打斗，但更多的水，哗哗哗地在船木板上流着。

船在一点点往下陷……

李信听到青竹等女的呼喊声："翁主！翁主！"

他高高回吼一声："别过来！翁主有我保护，你们快去扈从身边躲着，别到处跑！"

少年的声音传得很广，青竹已经听到了，那边侍女们不再赶过来，而是自己去求生。但是李信的声音，又暴露了他与闻蝉的位置。更多黑影从水里跳上来，杀向他。

月亮再次从云层中出来，船上已经一片混乱。血腥味浓重，走在船板上，水已经湿了鞋袜，冰冷无比。而很多人都听到了船底的震动，凿船还在深入，没有停止。

李信面色煞白，望一眼前方的杀戮场，再望一眼怀里白着脸的闻蝉。

闻蝉在这个时候反应突然变得很快："你是想下水吗？"

李信迟疑了一下。

闻蝉说："你下水吧！别管我了！你去救人吧，我没事的！"

他们说话时，李信还在应对冲上来的敌人。闻蝉的头被按在他怀中，为了不造成他的负担，她紧抱着他的腰，怕他还要分心照顾自己。可是虽然她已经做到了能做到的最好程度，她仍然成为了李信的累赘。

如果不是她，李信早可以大杀四方，去救更多的人去了……

闻蝉心中酸涩，忽而想到：为什么二姊每次逼我习武时，我不肯好好练呢？别说帮人了，我连自保的能力都没有。

我成为了李信的负担……

她忍下心中害怕，与李信乐观说道："还有扈从啊，你把我藏在哪里，或者把我交给随便谁保护。你是不是要去杀那些凿船的人？你快去！你武功这么好，你能救更多的人……"

但是她心里又揪得喘不上气：李信受了伤！受了重伤！她摸到了他后腰上的伤势！那里一直在流血！

她好怕他……

李信不为所动，闻蝉抱着他腰的手，却松了。在某一时刻，李信被三个人围住。闻蝉被他护在后面，他还拉着她的手腕。但是从斜侧方，又飞过来一把带着绳子的银钩，飞向两人握着的手。

闻蝉手一抖，松开了。李信旋身躲开钩子，那银钩划破了他的脸，血珠子流下。少年只是身子踩上绳子往后掠入了三人阵势中。匕首划一圈，收割稻草一样收割了一片人头。

他抬目，擦去脸上的血，看到闻蝉看他一眼后，居然不再往他跟前跑来，而是往扈从那边的方向跑去。

李信面色冷然地追上去，看到有黑衣人的手里刀砍向那女孩儿。他将手里匕首抛出打断刀落下的势头，闻蝉在往旁边躲的时候，李信已经迎上前，解决了那个人，重新把闻蝉护到了自己怀里。

闻蝉怔了下后，仰头叫道："你放开我……"

李信不耐烦："别闹！"

闻蝉在他怀里打个哆嗦，她低头，看到水比方才漫得更高了。她心中悲怆，说道："你快下水吧！你再不下去，船就沉了……大家都要死了！真的，我跟着其他人就好。"

李信低头望她，半晌后说："我不会把你交给别的男人保护的。"

闻蝉心中焦急，说："我可以……"

李信冷声："你不可以！我不信任何人会以性命护你！把你交给谁我都不放心，没有谁会比我更在意你的安危！"

闻蝉愣愣地看他。

看他满脸血，看他颜苍然，看他目寒冷。

看他低下头，在她额上亲了一下，轻声："知知，跟我走吗？"

她噙着泪水仰头看着他，听他说："郎我是冬夜雪花八面风，且问娘子你从不从……郎我是山月飞鸿四海燕，且问娘子你走不走……后面的句子，是这样的。"

"知知，跟我下水么？"

……

月亮照在水里，星星照在他的眼睛里。

满世界的杀伐，满天下的星光。

还有少女那声极轻的、被刀剑声掩埋住的回答——

"好。"

水下，数黑衣人围着两艘船底凿船，锤子木锥发出沉重的闷声。已经有数位扈从下了水，与水下的刺客缠斗。水上战斗激烈，水下也不比那轻松。刺客准备充足，有扈从下水后，他们已经准备了捕鱼的大网兜，几个人围着扈从们，在水里快速地蹬着腿左左右右，将扈从往一处缠。那张渔网越围越紧，数位黑衣人从四面水中游向中间。好几位扈从脸色已经涨红，口鼻吐出气泡。他们两腿蹬着想要往水面上游，好呼吸新鲜空气，补充自己越来越憋闷的胸肺。

而刺客们当然不会让他们如愿。

水流在众人之间穿梭，忽然从一个方向掷来了一把匕首。那匕首在水的冲击下飞投来的速度缓了很多，却仍割破了渔网的一角。而扈从们都是经过训练，渔网一角被割破，他们有了缓冲的机会，立刻与来人一起配合，几刀挥向四周的黑影子。

追逐着向上游，冲回水面上，向船上的人高喊：“公子，弃船快走！他们的人很多！”

还没说完，又再次被水下的人拉了回去。

冬日江水无比冰寒，刺人心骨。李信下了水后，就先让闻蝉藏好位置，才转身去解决扈从们的围困问题。他用匕首划破了那张大渔网，在解救扈从的同时，自己也得到了刺客们的注意。四五个刺客向他游来，少年往水底扎去，身影灵活若游鱼。

李信自小在江南长大，鱼米之乡，他的水性非常好，可以在水下长时间不用呼吸。更何况他习武天分好，又有内力护体，将自身优势发挥得很大。但李信同样有劣势——他后腰上的伤，下了水后，伤势与水接触后，疼痛感向四肢扩散。那里的灼烫火热，让水下的少年行动迟缓了不少。

在水下的世界中，血腥味混着江水扩散。黑幽幽的水中，月光的影子变得极为暗淡，浮动极为恍惚，而那散开的血影，给这方天地添上了不安的符号。

闻蝉发着抖。

不光是被冻得冷，还因为李信就在她十步内和刺客们杀斗。那大片大片的血顺着水流扑向她，她惊吓无比，却连动都不敢动。唯恐她稍微动作，便被刺客们发现了。

她躲在船下的不知道什么地方，黑乎乎一片，凿船声哪里都离她很近。分不清船的构造，不知道这里是哪里，李信将她随手往这里一塞的时候，也亏得她身形娇小，换个高大些的小娘子，这么小的地方，都藏不住人。

闻蝉看到李信和扈从们一起与这些刺客相杀。

少年脚踩着水，起起伏伏，几下从她面前晃过，带动一片水泡，接着就是刺客的身影无声无息地顺着水流往更远的方向飘去。

他非常的骁勇善战，在水中穿梭，在适应了自己的伤势时，动作比最开始沉稳了很多。一个又一个，刺客们被他轻易地解决。

是直接掐喉而死。

少年的匕首在最开始划渔网时，已经丢失。他又没时间去找新的武器，只能上手掐人咽喉。

闻蝉眼睁睁地看着李信在她面前杀人，他沉稳平静的脸，闻蝉看了无数次。而他杀人的样子，她也看到了不止一次。

李信平时是多么的张扬，笑起来何等肆意。可当他真正杀人时，反而是脸色平淡，毫无情绪的。

闻蝉想起幼年阿父跟她说过：“选士兵时，我最怕遇到两种人。一种胆怯如鼠，心善如佛，无论如何都不敢杀人；另一种，则是杀人如麻，无论杀多少人，心里都毫无负担。前者当不了兵，后者，我不敢用这样的人。”

闻蝉眼睛看着少年与人厮杀的身影，心想：毫无疑问，李信属于后面那一种。那种让我阿父无法信任的人。

我阿父还跟我说：“你遇到这种人，也躲得远远的。你驾驭不了他。”

闻蝉想，我也觉得我驾驭不了他。

李信是天生的枭雄，他做混混时，会变得了不起；他做李家二郎时，以后的前途更加不可限量。

我仰视他。

但我也信任他。

我阿父不敢相信这样的人，我敢。

女孩儿看到少年被四五个刺客围住，有刺客从后勒住他脖颈，将他往水底下压。而其他的人则手持冷兵器，顺着水一径往下走。少年的腿在水下飞快地蹬着，他身体若螺旋一样转着，灵活地躲开脖颈上的勒捆手段。

长绳缠着他，某一刻他抬眼，闻蝉看到他的眼神：走。

闻蝉躲得很安全，刺客们被扈从和李信牵制，没有心思来找她，对付她。如果她现在就逃，也说不定有一线生机。

水下的世界很幽黑，已经看不到光了。

天上的月亮再次被层云遮住，这一次仰头，连星辰都看不到多少了。

江面上起了风，水下随着那阵越来越强的风，旋涡转着，也涌向他们。

闻蝉看到李信被众人拉缠着往下，他的面色她已经完全看不见了。

闻蝉想：我信他。我不能丢下他不管。

向来很胆小、连别人吼声大一点都要脸白的女孩儿，每每在最关键的一刻，身体里都有无限的勇气。闻姝说自己这个妹妹，骨子里有一根坚韧的筋，如何被摧残，在最内里的时候，那根筋都护着她，让她百折不挠。

闻蝉往水下的另一个方向游去。

许多刺客都扈从和李信牵制住，没发现她。而当她蓦然游出来时，好几个眼尖的刺客都看到了她。看到只是一个娇滴滴的小娘子，衣衫在水下分散若花开。如此繁复的穿着，身份显然不低。而这样的穿着同时会让她变得很累赘，刺客们只是扫了一眼，看到她鱼美人一样的曼妙身形，谁也没有当回事。只有一个刺客空下了手里活，向少女追去。

但李信在这一刻，爆发出强大的威力。那刺客才游过他的身边，他就伸腿往前划了两步，将人拖拽了过来。

耳边听到了轰隆隆的雷声，江面上的风更加强烈。

李信的呼吸已经开始急促，他被五个刺客一同压制。他拼力周转，勒着脖颈的手也越围越紧。少年手颤抖着，哆哆嗦嗦地摸上自己的怀口。他从怀中抛出一包粉末。潮湿的白色粉末散开，而几个刺客反应很快地后退，只留下勒着少年脖颈的那个。

毕竟不知这药粉成分，毕竟只是听命办事，刺客们都很惜命。

而勒住少年的那个，恐怕在刺杀中占了大头。即使是死，也要拖着少年一起。

刺客脸色狰狞，要勒死怀里的少年。然就在他用力的一刻，对面散开的刺客一凛，再次游了回来。刺客肩膀痛麻，感觉到有利物刺向肩头。那力道却很小，只是划破了他的衣服，尖头在他肩上抵了一下。也许出了血，但并不严重。

刺客阴沉着脸回头，看到小娘子美丽的面孔。

于鲜血中，她的美在水中无声绽放，在刺客眼前绽放。散开的乌黑长发若泼墨，眉目皎然若画。水下已经变得黑沉，已经没有了一点月光。但她的脸上，却自然流荡着细腻的光泽。

这样的美人，乍然出现，任哪个男人一看，都要呆愣一下。

即便是她手里握着染血的匕首，即便她要杀他。

刺客在犹豫这会儿工夫的时候，手里少年已经一旋身翻了盘，在他胳膊上重力一砍，让他吃痛后退。少年这手段，比那女孩儿挥着匕首在他肩膀划一道的力气，要大很多，精妙很多。而那少年往前一游，反手在女孩儿手腕上一敲，就夺过了匕首。

李信身子再在水中一转，手臂在空中往后划了半圈，那再次迎上来的刺客，便木木然地流着血，身子往下沉去。

耳边再次响起沉重的闷雷声。

水下的旋涡，离他们越来越近。

李信呼吸已经非常困难，他苍白着脸去拉闻蝉的手，要带她一起游上去换气。但就在他伸手的一瞬间，一道闪电向下劈来，就在两人中间。少年们的手没有碰触到，便被迫分开。而那道闪电过后，一个刺客从闻蝉的背后游了过来，一把箍住了女孩儿的脖颈，带着她往远方游去。

李信无奈，不得不蹬水上浮，游出水面换了口气。他感觉到脸上的湿意，不光是江水，还有雨点。

江涛奔涌，如夜龙翻身，在黑夜的江水中，掀起骇浪。

两艘大船已经漏了水，上方的扈从们在和刺客搏杀中，也放了许多小船下去，供主子们逃生。

李信再露出水面的时候，听到有侍女带着哭腔的声音："李二郎与我家翁主不见了！"

天边雷光乍亮，电闪雷鸣，无数次劈在水面上。

李信冻得全身打着颤，他一句话也说不出，深吸口气，再次扎入水里。这一次，不再为两艘船上求生的人。他已经做得够多了，如果不是他和扈从们在水下和刺客纠缠，船漏的时刻，要比现在提前很多。当少年下一次屏住呼吸下水时，不是为别人，而是为了他的少女。

为了闻蝉。

那刺客带着闻蝉往后游，身后追逐的少年身形非常快，在一片片打下来的大浪中穿梭。他像只黑色的大鱼，紧追人后，让人躲无可躲。

四方皆是巨浪，皆是时不时劈下来的闪电，刺客已经游了很远，离那两只大船的距离已经越来越远。刺客心中焦急而绝望，听不到那边的声音，只恐此次任务失败。任务成功了，也许他们还能活命；但失败了，为了防止泄露，即使回去，也是个死。

最可恨的是，这个少年，一直追着他、一直追着他……

刺客眼中，闪出了穷途末路般的悲壮情绪。

他心一狠，看准一个方向，把怀里箍着的闻蝉往那处扑向他们的旋涡巨浪方向扔去。他的臂力很大，又是顺着风浪的方向，女孩儿一下子被他掷出很远，被迫往旋涡的方向吸过去。

刺客回头迎向身后相逐的少年。

李信的速度更快了，刺客想与他进行生死搏杀，他眼里却压根没有那个刺客。他只看到闻蝉被丢出去，她何等的弱，连杀个人都杀不了，更何况与大自然的力量抗衡?

刺客向他游来，李信手里的匕首往外轻轻一划，双腿蹬得极快，往前穿梭。

电光再次打入水中，照亮了刺客死不瞑目的双眼。

李信已经不再理会他，他飞快地向前游。而越往前，他需要花费的力气越小。因为那水里的旋涡在飞卷着移动，在把周围的一切卷入它的中心。李信看到闻蝉已经闭上了眼，奄奄一息地被吸入旋涡中心……

再借着旋涡的力量往前一纵，李信的手终于碰上了闻蝉的衣袂。多亏她的衣物永远这么繁琐，条条带带很多，他才能伸出手抓到她。

李信将闻蝉搂抱入怀里。

他低下头，冰凉的唇挨上她的唇瓣，撬开她的贝齿，渡气给她。

他抱着她的手在不停地抖，他的睫毛刮着她娇嫩的脸颊，他哆哆嗦嗦地拂开她面颊上贴绕的发丝。他恨不得将胸肺中的气息全部渡给她，恨不得她立刻能醒来。

他在心中央求上天：让她醒来！让她活着！

让我去下地狱！让我代她去死！

也许是他常年不知情为何物，做事任意自我，偶尔的深情流露，逗乐了上苍。在少年颤抖的渡气中，他怀里的少女，睁开了眼。

少年们唇贴着唇，旋涡卷着他们，快速地往中心冲去。耳边都是巨响，分不清是打雷的声音，还是海浪的声音。

而他们看着彼此。

闻蝉恍惚地看着少年普普通通的脸，她随波逐流，却被他紧紧搂在怀里。

他们一起在随波逐流！

闻蝉清醒过来，意识到自己现在面临着什么样的境遇。她在被往旋涡里卷去，而李信抱着她！他一起被卷进去！

她眼睛里露出惶恐之色，伸手去推李信，想把他推出去。

但她的那点儿小猫力气，对李信来说，一点用都没有。

而当然一点用都没有。

浪已经太大了，旋涡的吸力已经太强了。李信自己游出去都已经很费力了，更不可能带着她一起。但他又万万不放开她的手，连一点迟疑都没有。

少年无数次在生生死死的边缘线上走过，多少次与死亡擦肩而过。他从来没遇到过喜欢的女郎，也根本没眷恋过谁。但是在今年，他碰到了那个人。他恨不得把所有一切都捧给她，他有什么，就给她什么；他没有什么，只要她喜欢，他去抢，也要给她抢回来。

游鱼在他们身边流水一样游着，大大小小，五颜六色。这些可怜的鱼儿，和他们一样，被旋涡往里卷去。生死不知道，明天不知道。有的，也只有这一时一刻罢了。

李信对闻蝉笑，他的眼睛跟她说话：别怕，跟着我。我们不会死的。

闻蝉心里已经觉得必死无疑。

她才这么小，她都只在长安和会稽待过，她哪里都没玩过，哪里都没去过。她娇生惯养，养尊处优，出行必有仆从环绕。她什么都不用自己做，干什么都有人哄着。她没有忧虑，人生最大的烦恼也不过是“江三郎不喜欢我”“李信太喜欢我了我真的好烦”这样简单的心事。

她从没想过她还有经历生死考验的时候。

这么些年来，阿母清冷的身影，阿父掩在威严下的疼爱，大兄的天天追着她问她喜欢什么，二姊的时时训斥教导……还有伯父叔叔姑姑大父大母……还有长安玩得好的好姊妹，丞相家大郎非要送她玉佩……巍峨的未央宫，宽敞的长安街……

一切一切，都在闻蝉脑海里闪过。

她在水中的闪电光影中，看到李信的面孔。

一切定格在少年望着她的眼神中。

闻蝉扑入李信怀中，紧紧抱住他。

少年抱着她，像是抱着自己一整个世界，抱着自己的所有。

能不能有明天，能不能活下来……是否怨身边的这个人，是否怪这个人把自己拉入深渊……那都要等以后了。

李信抱着闻蝉，两人被往旋涡中卷了去……

风暴骤起，遮天蔽日。星月无光，皆被乌云掩去。两个少年在水患中消失，刺客们和扈从们也死伤无数。船只漏水，被迫弃船。想宁王殿下这一生，恐怕也少有遇到这样狼狈的时刻。闻姝紧紧跟夫君站在一起，手里提着剑，杀掉每一个扑向他们的刺客。

她心里知道妹妹不见了，大雨倾头浇下来，然她一步也不能动。

她身边还有她的夫君，她走了，她不放心任何人能保护她的夫君不会受伤。而她夫君身体弱，一点点小伤，在别人身上无碍，于他却足以致命。

宁王妃杀着这些刺客，心里只悲怆地想：希望李信能保护好小蝉。希望那个混混不要让小蝉出事。

只要那个混混能保护好小蝉，她什么都不介意了，她什么都随便了！

没什么比小蝉的性命更重要！

没什么更值得她放弃她的亲人们！

大雨中，宁王夫妻的手紧紧握着，站在船上，望着刺客们。去往长安的路在水浪中、在大雾中，变得遥远而模糊。他们在异地相抗，欲从中搏出一条生路。

张染抬头，看到乌云罩着的天幕。

这场刺杀源于何由，已经不值得考虑。最重要的，是他们一定要活下来。活下来，才能予以报复，才能知道为何会遭来此祸。

此夜大雨。上半月星光灿烂，银月垂天。后半夜乌云密布，暗无天日。

越来越大的雨水往下浇灌，像天上的玉瓶倾倒，一盆水泼了下来一样。

于寒冷中，张染握紧妻子闻姝的手，平淡地说：“实在艰难的话，你便冲杀出去。不用管我。”

闻姝冷冷看他一眼，一剑刺开从后方向他们杀来的刺客——“你闭嘴！”

张染要再开口说话，见妻子眸子一寒，往前抱住他扑向木板。木板渗了水，那水已经过了膝盖，寒冷刺骨。张染被往下一扑，整个人便埋入了水中，口鼻吐出大片气泡。而闻姝转手杀掉偷袭的刺客，又有反应过来的扈从在两边接手，她才拉起狼狈无比的夫君。

张染坐在水中，身上全是水，脸色雪白地看着眼里跳着火焰的女郎。

他的夫人揪住他的衣领，恶狠狠道：“张染，我真是受够你了！你冷心冷肺，谁管你！你少在我救你的时候，扯我后腿！我护不了你吗？！你瞧不起谁呢？！”

张染：“……”

他被闻姝一把提起来，被闻姝握住手腕，听闻姝冷冰冰道：“跟我走！你再多话的话，我杀了你，再陪你一起死！省得被你气死！”

张染欲开口，闻姝怒喝：“闭嘴！”

宁王妃强悍起来的架势，让周围护着他二人的扈从们都骇了一跳。众人往宁王身上看去，意思很明显：您不管管你夫人吗？这逃生，怎么也该以您为主吧？

张染眼一弯，示意自己爱莫能助，让扈从们听宁王妃的话就好。而宁王殿下他，则被妻子拽得趔趔趄趄，走过一地寒水、血腥和尸体，被妻子拉拽到安全的地方。

闻姝忽而扭头看他，砸下一句话：“我有个毛病，别的人没逃完前，我不会走的。你先上船吧，等所有人都逃走了，我再去找你。”

张染看着她，微微笑。在妻子的冷眸下，他伸手拉住她的手：“妇唱夫随。夫人不走，为夫当然也不走了。让大家先走吧，为夫相信夫人能保护好为夫。”

闻姝微迟疑。

这可是宁王啊……要是所有人都活着，就他死了。长安那边，得疯了吧……再无情的帝王，也不可能接受一船的下人都活着，自己的儿子却死了的结局。

所以张染若出事，这些人逃生，又根本没什么意义……

可是若要她护着张染，陪他一起先走。闻姝的性格，又绝不情愿。

张染笑：“所以，夫人，一切看你了。”

闻姝抿下唇，心中感受到他对自己的信任与托付。她心想，我绝不能让他失望。女郎转身，拉着夫君一起走上船头，有条不紊地开始安排众人逃生……

他们立在船上，立在大雨中，立在天地间。

雨水浑浊，大浪扑卷。

第九章 生死相随

黑魆魆的夜色，暴风雨已经停了。少年们被水在江水中不停冲荡，时而碰到礁石水草。闻蝉一点事都没有，那些都由始终紧紧抱着她的李信为她挡了去。而被卷入旋涡，又被丢出去，江水推着他们来回冲撞的速度非常快，根本不足以他们反应过来。

那水又冷，又厉。每一时每一刻，都要靠身边的这个人提醒，才有勇气对抗下去。

上天终究是对他们仁慈的。

不知道在水里飘荡了多久，江潮缓了下去，不再汹涌奔放如烈马无疆。他们扑抱上一根被卷入水中的木头，在无边的黑夜中茫茫然地逐水而走。四面都是湍急的水流，当辛苦地爬上木头后，闻蝉发现李信抱着她的手即使松开了她，都还在发抖。

他之前抱得太用力了。

李信说："没事。"

木头缠入了一片水草中，少年们趴在上面，望着浓浓深夜判断了半天，确认他们何等幸运，似乎被水冲到了浅岸边？

湿漉漉的两个少年便相携着爬下木头，踩上了陆地。到这一刻，被凉风一吹，之前那始终紧绷着的心，才松了口气。李信走下来的动作很迟缓，他脚步很慢，手摸上自己的腰肌，那里已经紧绷无比，此时连松懈都做不到了。

少年扯了扯嘴角：他的腰，可真是多灾多难啊。一伤未好更添一伤。

"表哥？"闻蝉回头看他，奇怪他为什么走得比自己还慢。她又想起来她之前发现的少年腰上的伤，担心地跑了回来扶住他。

李信不需要她扶。

他头痛，腰痛，全身力气都在流失，冷汗与热血混在一起麻醉他的神经。他走一步，都有眼前漆黑的感觉，必须要靠强大的精神支持着，才能走下去。李信想：我不能晕过去。荒郊野岭，我晕倒了，知知一个人怎么办？我得安顿好她啊。

江风再从后袭来，少年几乎被那风吹得倒下去。

闻蝉再叫一声："二表哥！"

李信烦道："喊什么喊？！快找找有没有什么歇脚的地方。"他把"再晚点，老子就撑不住了"的话咽回去。

闻蝉大约明白李信很难受，其实她也差不多。她没有受什么伤，但是她在江水里泡了大晚上，冰得双唇发紫；再穿着一身潮湿沉重的衣服在夜色中行走，她又冷又累，得靠李信在旁边支撑她，她才敢走下去。

她无比信任李信。

她觉得没有李信的话，自己肯定不敢走这样的路。

即使李信身受重伤，但是抓着他的手，闻蝉都能生出无限的勇气。

他们走了一会儿，便发现了一座破旧的龙王庙。该是出海前，百姓来这里祈祷。不过最近几年天气不好，百姓生活得也苦。龙王爷不给面子，这处地方就被荒废了。少年们走进门槛后，就被庙里带着湿气的尘土呛了一鼻子。

到了这里，李信咚一声就倒了下去。

闻蝉惊恐地去扶他。

跪在地上的少年摆了摆手，示意自己没事。缓了一会儿，李信挪了几步，观察了一下庙中布局。他靠坐在一根柱子前，翻了翻身上，火折子已经湿了水，怎么都点不着火了。而这种深夜，又在陌生地方，他再出去找柴火，李信真不确定能不能做到。

算了。

没火就没火吧。

熬过今晚，天就亮了。

李信开始脱衣服。

闻蝉吓了一跳，往后退两步，还被脚下扔着的烛台绊了一跤："你干什么？！"

李信都没精神跟她逗趣了，斜她一眼："衣服湿了，晾一晾。身上有伤，包扎一下。很难理解吗？"

闻蝉眨巴着眼睛看他，红着脸看他。

李信被她看半天，服气她了。少年挥挥手，指指自己身后的柱子，那里靠着墙，隔离出一段安全的角落。李信懒洋洋道："你去后面，也把衣服脱了。这么湿着穿下去，你恐怕连今晚都熬不过去。你在我后面脱衣服，然后把衣服递给我，我用内力给你烘干。"

他说得简洁，实在没力气多说废话了。

他时时刻刻地眼前发黑，时时刻刻地想晕倒过去。要不是旁边有个容易受到惊吓的闻蝉，他当真不管不顾了。

李信心里想：我要是这么突兀地倒下去了，知知就得哭鼻子了。她本来就害怕，我还不陪她，她更害怕了。我又何必让她因为这么点小事哭鼻子呢?

闻蝉抿了抿唇，她也确实全身被湿衣服贴着，很难受。虽然在这种地方脱衣服，总觉得不安全，怕有像他们一样的人闯进来看到。但是她再低头看眼靠着柱子宽衣解带的少年。少年的上衣已经脱了，健硕的肌肉露出来……闻蝉红着脸躲去他身后隔出来的角落里了。

李信心不在焉地靠着柱子，把湿了水的袍子扔在地上，手摸到腰后，再次摸到黏腻和僵硬。他疼得神经麻痛，又歇了一会儿，才撕开布条给后腰胡乱包扎了一下。黑夜里，少年将衣服都脱了个干净，他剩下的那点儿内力准备帮闻蝉烘衣服。自己的衣服，则随便扔在地上，准备等自然晾干。而即使明早干不了，他也还得穿。

但脱了个干净后，想到还有个闻蝉，李信迟疑了一下，又把湿着的中单裤穿上了。

李信都折腾了很久，伤势也包扎了，衣服也脱去晾了，身后的墙角，却没了动静。要不是能听到女孩儿浅浅的呼吸声，李信还以为后面没人呢。李信手抬起，冲后头的方向弹了个响指。

闻蝉一惊。

李信问："矜持什么劲儿？不就是让你脱个衣服吗，拖拖拉拉干什么？"

闻蝉声音里带着哭腔："我脚抽筋了，你等会儿！"

李信听她抽筋，便要起身去看。闻蝉的声音紧跟其后："你别转头看！我一会儿就好了！"

李信嗤了一声，又坐了回去。

果然过了会儿，女孩儿在身后推了推他的肩膀，无声无息地把衣物递给了他，一件又一件。之前在水里的时候，闻蝉就已经把身上重的东西全都丢掉了，类似玉佩环扣簪子这样的，一概没有。现在送到李信手里的女孩儿衣物，就是她身上穿着的了。

闻蝉声音很轻，带着颤音："好了。"

李信手贴在她的衣物上，白色的热气向上飘去。他想到闻蝉如今正赤裸裸的，坐在自己一臂之外，嗓子有些发干。要花费很大力气，少年才能忍住不去乱想，让自己专心于她的衣物上。

她的衣上，带着她身上的香气……

李信手抖着，面孔忽的涨红。

他全身僵硬，手指颤抖，把烘干的衣服，一件件丢去后头。少年将头埋入两腿间，剧烈地喘了好几口气。

然后李信又发现身后没动静了！

少年快被她弄疯了，吼道："你又怎么了？"

闻蝉哽咽道："我我我我手又抽筋了……"

李信："……"

以头抢地。

后面的小娘子听到了他满腔的崩溃之情，居然还又给他补了一刀："而而而而且，我不太会穿这些衣服……"

李信："……"

沉默半天，他强忍着全身乱窜的无名火气，问她："什么叫你不会穿衣服？以前跟我在徐州时，你的衣服不是自己穿的吗？"

闻蝉说："那是你管人借的农人的衣服啊，有人教我怎么穿啊。我自己的衣服，我不太会穿。"她听出了李信声音里的怒火，还辩了一句，"平时我衣服，都是青竹她们伺候我穿的。而且你这个乡巴佬，你不知道我们这些人的衣服，都特别繁琐华丽特别好看吗？好看的衣服，穿起来当然很麻烦了。我是翁主，我不自己动手穿衣，有什么奇怪的？"

李信呵呵："那请问尊贵无比的翁主，我到哪里给你找青竹白竹绿竹去伺候你穿衣服？！"

闻蝉小声驳他："人家叫青竹，根本没有什么白竹绿竹……"

很长时间，两人都没有说话。又不知道过了多久，闻蝉听到少年忍辱负重一样的颤抖声音：“知知……你该不会，还要我帮你穿衣服吧？”

闻蝉：“……！”

她忙打断李信的这个危险念头：“不用不用不用！表哥你坐着就好，我手不麻了，我很快就会穿了！你让我研究一下！”

她听到少年很轻的一声“嗯”，没听到他有转身的动静，闻蝉才提心吊胆地研究自己这身复杂的衣服该怎么穿。

她好容易穿上了大体，却还有几根带子不知道往哪里系。但又觉得再磨蹭下去，她还是不会穿。如今衣衫凌乱，也比不穿强吧。闻蝉起身，扶着墙，慢慢走了出去。

黑夜无月，闻蝉看到少年头挨着膝盖，闭着眼，侧脸苍白。

闻蝉不敢多看，为让自己不丢脸，她去捡他随手扔在地上的衣服，去学着平时青竹伺候她时的样子，给他叠好。闻蝉从来没照顾过人，她连叠衣服都没做过。她很快被转移了注意力，新奇无比地蹲在地上，研究怎么叠男儿郎的衣服……

李信的疼痛缓了一会儿，睁开眼，看到女孩儿侧对着他蹲在地上，在叠他的衣服。

少年夜视能力极好，他能清晰地看到女孩儿垂着的纤长睫毛，温柔地覆着眼睛。她面容发着一团玉一样的莹莹光泽，肌肤吹弹可破。她面上露出专注又好奇的神情，跃跃欲试地伸出纤长白净的手，在他的衣服上捣鼓……

李信心里生起一种怪异感。

她居然在叠他的衣服……

黑暗中，闻蝉听到李信微微的笑意：“你以后嫁人了，必然是贤妻良母。都会给人叠衣服了。”

闻蝉被他突然出声吓住，慌乱地侧头看他一眼。少年撑着下巴，笑眯眯地看她。她发现他的脸色好看了一些，不像刚才那么惨白吓人了。闻蝉脸颊被他直接的目光看得滚烫，口上却道：“我本来就很好！不过我是什么，都跟你没关系！”

李信笑：“哦，我说错了，你还够不到贤妻良母的地步。”

闻蝉：“……”

心想：我怎么又不够格了？难道我未来的夫君不是你，我不给你叠衣服，我就不贤妻良母了啊？呸!

李信慢悠悠道：“我把衣服散着扔开，是让风吹一吹，明天干得快。你又给我叠起来，这衣服还干得了吗？你知道要靠风吹，衣服才能干吧？”

闻蝉被他气得脸红：“你别把我当傻子！我知道这个！但是你把衣服这么扔一地，多脏啊……”

李信讽刺她：“老子从小就这么脏到大的！看不惯，就别看！反正脏不到你。”

闻蝉咬了咬唇，往庙中四下看了看，忽然有了主意。她跳起来，去搬来灯台、木头、凸出来的钉子……她将少年的衣服拍干净尘土，往高高的地方挂去，不让衣服挨到地。

她回头，去看李信。

李信正对着她笑。

少年笑意深切，浓郁无比。他看着自己的那种眼神，笑得闻蝉一下子就不好意思了。

李信夸她："知知还是很会做贤妻良母的。"

闻蝉矜持地"嗯"了一声，换来少年更深的笑意。他真觉得她可人爱，但是伤势牵制着他，又没法放声大笑。寒风从外吹来，李信打个颤。他问："风这么来来去去的，老子都冻死了，知知你呢？"

他的意思是让她过来，两个人挨着就暖和些。

闻蝉不知道听懂没有，反正她说："我不冷啊。"

李信："……"

磨了磨牙，他实在不想起身去收拾她。李信再把话说得直白一点："过来，让我抱着你睡。荒郊野外，抱着睡才缓和。你不要多想，咱们问心无愧就好。"

荒郊野外，一男赤着上身，抱着一女的，他还说"问心无愧"？

闻蝉心道：呸！

李信实在冻得受不了，但说了两次，闻蝉都不过来。他也不想再折腾了，靠着柱子，撑着僵硬的脊骨，琢磨着：我是该这么熬一熬呢，还是把湿衣服穿回来？到底哪个会更冷呢？

少年琢磨着的时候，感觉到一具温暖的少女身体，埋入了他怀中，抱住了他。

李信："……！"

他惊讶地睁开眼，看到闻蝉跪在他身边，伸出手抱住他，整个人埋入他的怀抱中。他看她的时候，她正仰着脸，问他："我抱着你，你还冷么？"

她担忧问："你怎么能不难受呢？"

李信喉中一哽，放在膝上的手指动了动。女孩儿干净纯粹，他在她身上猛猛跌了一跤。她这么乖巧，这么懂事，他为什么不喜欢她呢？

他喜欢她……特别特别地喜欢她！

少年的手臂忽然横住女孩儿的腰，把她往自己怀里一提。换了个更舒服更包容的姿势，李信将闻蝉紧紧抱在怀里。闻蝉被闷在他胸口，听着他急促的心脏。他心跳那么快，那么剧烈，让她都跟着开始心跳加速。李信抱着她的手臂滚烫，坚硬如铁。她贴着他上身，被儿郎这么抱着，于舞阳翁主来说，是要鼓起莫大勇气的。

但闻蝉心甘情愿让他抱。

她还听到他轻声："知知，让表哥抱你一晚上吧……别离开我，好么？"

他第一次在口上提，称呼自己是她的"哥"。

闻蝉心里发抖，点了点头。

她伸手，去摸他的后背。感觉到少年僵了一下，闻蝉以为他不喜欢被自己碰，看着他俯视自己的幽黑眼神，她结结巴巴解释一句："我觉得你绷得太厉害，会不舒服的……我不能碰吗？"

李信故意逗她："你不想发生什么的话，最好别乱碰我。"

闻蝉："……？"

她隐隐约约明白点什么，脸刷地红了。重新扑入他怀中，这一次，却是一点都不敢乱动了。

如是一晚，少年搂抱着少女睡了一晚，将这个难熬的夜晚熬了过去。但次日醒后，李信依然头痛欲裂，根本没觉得好一点。后腰处一贯的火热，他动一下，都能感觉到那处撕裂麻密一样的痛感。

李信苦笑：我再这么折腾下去，说不定还会把医工做好的胎记给弄没了。这样就太可笑了，我假扮李二郎的身份，不还得泄露出去啊？

闻蝉蹲在他身边看着他头疼脸白的样子，不忍心道："要不你歇着吧？我出去找路？"

李信说："不行。"

她长得这么漂亮，他怎么敢放心她随便出去？知知还是不了解民间愁苦，以为每个人都善良得很。她自己身份高，没人敢得罪她。可是她现在没有了身份，她还长得那个样……世道这么乱，被随便哪个恶霸强掳了、欺负了，她连反抗的力气都没有。

闻蝉看他都这样了，还这么强势。心里不高兴，女孩儿鼓嘴："你不要总这么不相信我好不好？我也很聪明的！当初我在你手里，不就活下来了吗？你不也没把我怎么样吗？"

李信说："那是因为我不想把你怎么样！"

闻蝉哼了声："那明明是因为你被我美色所惑，被我的机智忽悠住。我多少次忽悠你，你不都以为我真心的吗？"

李信面无表情抬头："来来来，咱俩算一算你虚情假意的账。算一算，你当时有哪怕一刻对我真心？"

闻蝉："……"

心虚地瞥了眼：一刻都没有。

她与李信相处的时时刻刻，都是在试探李信的底线。都是凭着他对自己的喜欢，吊着他。她能一直那么吊着他，让他觉得自己喜欢她，让他觉得有点希望。而闻蝉能把虚情假意，演得特别真诚。

闻蝉只辩了一句："我能忽悠你那么久，也能忽悠别人那么久啊。你有什么好担心的？"

李信继续面无表情："老子不想看到你跟别的男人拉拉扯扯。"

闻蝉啐他："关你什么事！"

但是在少年不看她的时候，她嘴角又翘了起来。即使身处劣势，即使李信身受重伤，但是不知道为什么，和他在一起，她就是一点都不惶恐，都不担心。她总觉得李信无所不能，有他在，自己什么都不用操心。

闻蝉这种想法，事实证明是正确的。

李信缓了半刻后，就有了精神跟她出了庙。

他们不知道这里哪里，李信说昨晚的刺客不知道什么来头，也没寻到宁王夫妻踪迹前，为防打草惊蛇，他们也暂时不要露身份。闻蝉点头，全听他的。而他带着她离开了这块地方，摸到了官道上。

中途又遇到了一家赶车的夫妻。那家妇人坐在牛车上，一眼又一眼地看闻蝉。

李信想片刻，就走上前，与这对夫妻换了衣服。对方欢欢喜喜地穿上了锦衣玉袍，而两个少年则穿上了粗服麻衣。这对夫妻还要把牛车送给他们，但李信想了想，也拒绝了。

身上的路引也湿了，丢了。他们身上能表示身份的东西，基本在落水的时候，为了防止沉下去，全都扔了。在这种不能证明身份的时候，一切显眼点的事，还是远离的好。

两人继续上路。

到晌午时刻，两人停下来，争执解决午膳的事。闻蝉腿疼，不想走了。李信却要她跟着他。

少年说得一本正经："怕我离开你，你被人骗了抢了杀了。"

闻蝉不服气，"哪有你说的那么可怕！我都跟你走了这么久了，我走不动了！"

李信不耐烦："我背你。"

闻蝉摇头："你腰上有伤，我不能让你背！"她劝李信，"真的，我就在这里等你。不会有你口里说的什么觊觎我美貌的人的，哪里有这么巧啊。就算有，我也会用机智化解的……"

她话没说完，身后就响起一声流里流气的口哨："哟，好漂亮的小娘子嘿嘿嘿。"

闻蝉："……"

扭头一看，身后走来许多衣衫褴褛的乞丐，全都眼睛发光地盯着她。那种饿狼扑食一样的目光……

李信说："去，用机智去化解！我看好你。"

闻蝉："……"

闻蝉觉得，李信真是好用。她从没发现这么好用的人；她身边的扈从们要是都这么好用，她就不会整日对他们不抱希望了。

聪明的男人最好用。

李信三言两语就和这帮乞丐打好了交道，然后众人同行。再后来，他们干脆加入了进城的流民们的队伍。李信说要先进城看看情况，防止刺客们还没清扫干净，或还在找他们。李信打探到的消息说，他们已经进入了江陵的某个小县地段。回京的路程，已经走了一半了。

但是江陵这边限制流民限制得很厉害，今天想进城的太多，李信他们没排上队。

到了黄昏关城门时，一群流民怨声载道，堵在堵门外想和官兵对抗。李信倒是带着闻蝉掉头就走，懒得多说。他现在跟李郡守学着官寺中的事，当然知道官寺对流民的警惕，说不让入城，基本就没可能了。一天下来，好几个带着女眷的本分男人都认识了众人中的这个沉稳少年。看到李信牵着他的妹妹转身便走，几户人家一思量，也悄悄跟上了。

女人们走在一起，男人们去找过夜的地方。一会儿，在几个女人的惊讶中，李信就先回来了，跟闻蝉说："有家庙，现在还没人住，咱们过去。"顿一下，又对旁边眼巴巴的几个妇人道，"大家一起过去吧。"

有妇人看他年龄这么小，不信任他比自家男人找地方还找得快，就提出疑问。李信言简意赅："刚才从官道来城门时，看到有人伸着懒腰从那个方向来，我估计那个方向有住的地方。上了树后看了看，天已经晚了，却没看到篝火，想来今晚还没人占那个庙。咱们快过去吧。”

众人还在犹豫，李信已经牵着闻蝉走了。

而几个男人回来，气喘吁吁地带着兴奋之情说有家破庙的时候，妇人们心里不是滋味地撇了撇嘴：人家小儿郎，早就看到了。

等他们一伙人过去的时候，看到庙中空地上已经生了火，闻蝉占了很角落的一个位置，笑盈盈地招呼他们。

有女人疑问：“你表哥呢？”

闻蝉答：“我表哥说这个方位直面风，晚上睡觉会很冷。门板坏了，柴火也不够，他去想办法了。”

他们正说着话，少年已经提着几块木板进来，用他手里的几块木板试了下门的大小，拼在一起还算好用，就丢在了一边。李信看到他们，跟他们点个头，又回头跟闻蝉说：“我去找点吃的。”

众人：这速度……

几个比少年郎君年长一辈的汉子们脸涨得通红，觉得被那小孩子比得自己一点本事都没有，在自家婆娘这里很掉面子。于是几个壮士追上李信：“小郎君等等，我们与你一起……”

而再回来的时候，他们打了头野猪，齐心合力地一起去烤。男人们跟妇人们吹嘘着自己的功劳，扬扬得意。他们转头，看到李信坐在闻蝉身边，小郎君脸上那种微微笑意，让他们磕绊了一下：“……当然，李小兄弟也出了不少力……”

他们在烤食物，坐在角落里，闻蝉抓住靠着墙的少年那冰冷的手，担心地小声跟他说话：“你还好吗？”

李信沉默半天，摇了摇头。

闻蝉正要说话，听李信斜靠过来，在她耳边呼吸有些灼热急促，说的话却很冷静：“听着，知知。因为咱们白天的表现，他们都不敢小瞧咱们。晚上你躲在这里，放心睡。不要出去，他们顾忌着我，也不敢过来。”

“那你……”

“我实在捱不住了。知知，我先睡一会儿。”

少年说完，就闭上了眼，往她身上倒来。闻蝉手忙脚乱地抱住他，不让他僵硬的身子砸到地面上。她抱着少年滚烫紧绷的身体，茫茫然坐着，心中又无比酸楚。

李信……

李信早就受了重伤，他伤势没得到缓解。为了她，他都不能表现得弱势一点。他们就两个半大孩子，他要是弱一点，又没人敢保证那些流民的品行，敢保证那些流民不会来欺负自己。

像今晚这个庙里的人，也是顾忌李信，才留给了他们这个休息的空间，才不来打扰他们……

李信其实一天都没怎么开口说话。不认识他的流民们，都觉得少年孤僻阴沉，和他打交道都要小心翼翼。但闻蝉知道李信是故意表现出这样的。他身体实在是熬不住了，他抓着她的手，一直在发抖。他每走一步都很艰难，可是他又不能倒下去……

他们如此的孤立无援！

闻蝉在凉夜中，小心地让少年的头枕在自己腿上，让他睡得舒服点。她擦把眼中的泪水，也忘了脏，也不想着洗漱什么的了。她就要在这一晚，在李信最无助的时候，保护好他……就像他保护她一样。

“小娘子，这是给你们两个的。”旁边有脚步声过来，闻蝉忙掩饰了脸上凄楚的神情，抬头笑着与递她猪肉的妇人道谢。

妇人看到女孩儿怀里抱着的少年身子，坐在一边，疑惑问：“你表哥不吃东西就睡了吗？”

闻蝉说：“他就这个毛病，天一黑就想睡，我也没办法。”

妇人没关注那么多，只想跟这个小娘子聊聊天：“你表哥真了不起。今天那么多事，他都做得那么好那么快。你这一路逃难，跟你表哥在一起，肯定没什么困难，干什么都特别顺吧？”

闻蝉怔了下，当真想了下，才轻声答：“……是啊。干什么都挺顺的。”

饿了就能找到食物；衣服不合适就能跟人换；天黑了就能找到住的地方……每一件事，都特别的顺。而她细细回想，发现这些当真不是因为他们运气好，而是李信一直在为他们铺路。他想得很多，事到临头，都有解决办法。

妇人笑嘻嘻看她，忽然神秘兮兮道：“小娘子，你和你表哥，是私奔吧？”

闻蝉：“……啊？！”

“你看你的气度，跟咱们一点都不一样，一看就养尊处优。你表哥什么都不让你干……他不是你表哥吧？你是不是哪家闺秀，跟一个随便长工什么的就私奔了啊？确实他有本事，你才看得上。”

闻蝉：“他真的是我表哥。”

妇人不信：“你长那么俊，他……”

闻蝉冷眼：“长得普通怎么了？长得普通就不能是我表哥了吗？做我表哥，还要测试考验一番么？反正他就是我表哥！”

妇人被她突然发火给发得愣一下，闻蝉一天都不怎么说话，娇滴滴地跟在李信身后，还以为她多么的害羞……妇人有点尴尬：“啊你表哥虽然长得一般，其实挺能干的。是我想多了，哈哈。”

这天也聊不下去了，妇人灰溜溜走了。

闻蝉也没心情吃饭了。把那人送来的猪蹄丢在一边，想等明天李信醒了，给他吃吧。毕竟明天一醒来肯定没饭，李信食量远比她大，他又不嫌脏……随便吃吃就好了。

那边的聊天声时大时小，伴随着他们的笑声和粗俗的话。而角落这边，女孩儿抱着与她相依为命的表哥，低头，长指甲划过他的脸。

眉目轩昂，但其他就很不显眼了。如果不是他眼睛长得好，让人看十遍都注意不到。他脸上现在还多了一长条刀痕，从额头到鼻子，快划了半张脸了。

闻蝉无语：本来就长这样了，再多这么一道划痕，不就更丑更吓人了么？

她心酸：为何李信容貌这样泯然大众……

和她差距这么大……他就是不长得像江三郎那样惊艳世人，像她姑父那样气质取胜也好啊。可看看李信的气质吧，全是属于坏人的骨……但凡他有点儿样子，她就可以、就可以……

闻蝉怔在那里，大脑空白，却又不觉去想：我可以什么？我在想什么？在奢求什么？

李信非常地靠谱。

次日清晨，庙中歇的众人还没醒，李信没让闻蝉担心，就先睁开了眼。他手揉一下绷得很紧的后腰，又活动下酸楚的手臂，往四面看看。昏睡了一晚上，李信的脸色好看了一点。身体不适，但也没有让他丧失活动能力。

少年冷锐的目光打量四下，听到打呼噜声、磨牙声，看到空地中间的篝火、众人七扭八歪的睡姿，还有旁边地上丢着的一只猪蹄、抱着膝盖睡在一边的女孩儿，他放下了心。

一晚上记忆断档，醒来后四周并没有变化，李信吐了口气。

他去推闻蝉，蹲在旁边，哄她起来。女孩儿才睁开惺忪朦胧的睡颜，就听到少年在耳边轻轻的说话声。他要他们趁着大家还没醒，先离开这里。去城门那里排队，早一点好入城。

李信以为闻蝉会很听他的话。

这两天跟他在一起，她一直很乖巧。他说什么就是什么，哪怕她当时不懂他的意思，但为了不给他找麻烦，她也不吭气。李信心中怜惜她，更想快点解决这桩事，还给她锦衣玉食的生活了。

但这一次，李信要闻蝉起来，两人快点走。闻蝉却抱着膝盖没有动，而是侧头，看着少年仍然苍白的面孔，还有他不自觉扶一下腰的手。闻蝉慢悠悠说："你为什么要对我这么好，帮我做这么多？你身体不舒服，我们就再歇一歇好了，何必那么着急。"

李信以为她在使小性子，便仍哄她："对你好你还不高兴？我不管你谁管你？快起来，别闹了。"他直接略过了后面的问题。

闻蝉头从膝盖上挪开。她曲着腿侧坐，平静无比地看着他。她用很怪异的眼神看他，砸下来一句话："你对我这么好有什么用？我不会因为你对我好，就喜欢你，就嫁给你的。"

李信的眉毛，慢慢地扬起来了。

闻蝉看着熹微阳光在他眉目间跳跃，看他的表情，心想：他要生气了。

李信从来就不是脾气多好、多么忍让她的人。

他哄她，是在他喜欢的情况下。

他跟她吼，是在他不高兴的情况下。

他从不自己受委屈。

那就发火吧。最好气得不行，也不想走了，好好把他身上的伤养一养。

闻蝉再无情地补充一句："你图什么？就算你救了我我也不会喜欢你，你死心吧。"

李信如闻蝉所料，冷冰冰地把话砸了回来："那就别喜欢我！"

闻蝉："……"

他的戾气外放，将她的气势一下子压得非常虚弱，只能仰望他高高在上的阴沉脸——"好啊，别因为我救了你你就喜欢我。那是感动，太廉价。你可以一次次感动，你却不会一次次喜爱谁。我只要你的心，不要感动。千万别因为感动就嫁我。"

"谁稀罕你的感动之情？"

闻蝉："……"

李信看她的眼神，那么冷绝，像看仇人一样。他伸出手，闻蝉以为他要打她。毕竟配着他那张坏人脸，他扇人耳光应该很顺手。但李信的手停在了半空，没有落下去。他拿闻蝉没办法，烦躁地起身："你不想走，就先待在这里。我去城门那边看看。"

他起身，手却被闻蝉拽住。

闻蝉不光拽住，还往前扑来。

而小郎君腰正酸麻僵冷，他起身都很费劲。闻蝉一用力，李信忙转身，两相夹击，小娘子竟然把他扑倒在了地上。闻蝉趴在他身上，揪住他的衣领。

李信后背撞上稻草堆，伤口被撞，疼得脸白了一瞬。闻蝉却毫不领情，揪着他的衣领。她怕吵醒外头睡着的人，心里的气却无法发泄。这一切让她俯身贴着他的耳，声音发抖："我不要这样子！李信我不要你这样！你这样算什么，拿你的命换我的命吗？我领不起！"

李信："……"

他想说"你先起来"，但闻蝉快速地把话砸下去："我不管了。我不管你的考量是什么，我要进城，我要找官寺，我要给你治伤！你连我推你一下都能推倒，我不要再被你保护了！"

"就算出去被那些刺客抓住，我也不怕了。我能想办法周旋，但我不能让你伤上加伤了。"

李信被她压在身下，半晌后道："但你没信物……"

"那就先给你治伤！"闻蝉说，"我身上没什么贵重东西了，也没有钱币，你、你……"她怔愣了一下后，想到什么，猛地手探入李信的怀中去摸。

李信被她吓住，面红耳赤，隔着一层布料抓住她的手："你乱翻什么？！"

闻蝉睁着楚楚动人的秋水眸俯视他："你身上肯定有贵重的东西能换钱……"

李信两手握拳，身子绷成一张弓："我没有！别摸……你别乱摸！"

闻蝉说："肯定有！我送你的司南佩呢？你肯定带在身上！"

李信脸黑，抓住她的手要揪起她："那是我的东西！你别想拿去卖！"

闻蝉不管他的抗议。

李信脸沉了下来，捏着她的手腕用力，要起身。

但他才刚用力，闻蝉就一声痛叫，泪眼汪汪。把李信吓一跳，"我没……"

她一滴泪落在他面上。

少年们对望，看那泪水一滴滴往下掉。

李信长叹一口气，心里服了她了。

她无理取闹起来，在他身上上下地摸索，让少年僵硬地躺在地上。李信手抓着她的手也没什么用，她的坚决让他败退。少年被她摸得满脸通红，满身不自在，望着她的眼神颇为心酸："行了你别摸了……先让我起来，我拿给你。"

李信抗议无果，闻蝉在他非常不情愿的情况下，在进城后，把他身上的司南佩给当了换钱。而李信唯一能做的，就是跟掌柜说好，日后有钱了来换。然后闻蝉就拉着李信去毫不犹豫地住肆了，上好房舍，还给了小二一吊钱，让他去官寺那里打探情况。

李信无动于衷地看着闻蝉挥霍金银，跟土财主似的。

他现在还被闻蝉的突然强势弄得一懵，暂时还没想到如何治她这个说哭就哭的毛病，只能先由闻蝉压在他头顶作威作福。

两人要了两间房舍，闻蝉好好地梳洗一番，换上了在路上成衣铺买的新衣裳。这时候，小二给她买的药也送到了。她心想李信那么随意的风格，她一定要监督他用药。于是出了门，转个弯，闻蝉就敲了敲李信那边的房门。

好半天，听到李信不耐烦的声音："进来！"

女孩儿矜贵无比地提着曳地长裙，关上门，过了屏风，看到盘腿坐在榻上的少年郎君。她对他一笑："表哥你还没上药吧？我帮你上药。"

李信："……"他说，"我随便养一养就好了，不用上药。"

闻蝉煞有介事地说："那怎么行？我问了医工，人家一听你后腰疼，表情就特别奇怪。肯定很严重！医工还没来，但先给了我药。表哥你不要忌医。"

李信冷冰冰地无有回应。

闻蝉开始眨眼睛，泪水开始在眼眶中转……

李信："……"

他心里酸楚地随意挥了挥手，随便她折腾了……

少年非常随意地脱了上衣，看那边半天没动静。他扭头，看到闻蝉涨红了脸，小声："你怎么不说一声就脱、脱……"

李信忽然心情就好了，笑眯眯："哟，害羞了？"

闻蝉深吸一口气，不受他的挑逗，镇定地指挥他趴在榻上，自己坐于榻边，拿着药粉想为他上药。先是用清水清洗伤口，她的手拂过他腰上狰狞无比的肌肤，感受到手下肌肉的僵硬和紧绷。女孩儿的心中柔软带颤，他腰上的伤痕交错，非常的多。

她看到少年劲瘦的腰线，但连脸红都没来得及，先为那里的伤势所震。

这么多的血凝成痂，连布料都一起长进去了。他之前脱衣服时那么随便，闻蝉以为没多么疼。但现在看，他的血肉和衣服长到了一起，脱衣时带动了伤口，让血重新开始流……

闻蝉捏着药瓶的手发抖，轻声安慰他："很快就好、很快就好……"

李信觉得她手抖得比他厉害多了。

他有点狼狈，有点不知道说什么好。

还从来没有人这么关心他身上的伤。他从小长这么大，受的伤多了去了，也就闻蝉会带着哭腔、手抖着给他上药……

李信不太习惯在别人面前表现出弱势，他沉默着，什么也没说，任闻蝉在他腰上折腾。少年闭了眼，金色阳光照在他面上，让他显得平静无害。

闻蝉小心翼翼地给他上药，她不敢乱看。因为何止是腰呢，他后背上的伤也很多。都结了痂，都长好了，但是看上去纵横交错，非常恐怖。闻蝉不觉想，他才比自己大一岁。自己在无病呻吟的时候，他却要为活着去打拼……

她觉得生活多么无聊，而生存对李信来说，就已经非常的艰难。

闻蝉小心地不让自己的眼泪掉下去，不溅到他身上的伤。她手里的药粉，轻轻地抖落在伤处。她专心地看着少年的腰迹，忽有一瞬，她动作停住。她看到他腰上隐约的火焰形状，那个疤变得很模糊，周围的肉，像是被割掉过似的……

闻蝉茫然地看着他的后腰。

她想起李家二郎的后腰上是有火焰型胎记的。

李信就有……但是这个胎记……不对……胎记似乎不应该是这样……

她只看了那么一眼，心里猛然有不对的感觉，还没来得及细想，手上颤抖，手里的药瓶就摔了下去。药瓶掉到地上，发出清脆一声。

李信睁开眼，看着她在他面前蹲下身去。他看着她，长睫覆着眼，眸色漆黑，非常平静地说："你让我脱衣……给我上药……"

闻蝉蹲在地上，碰着药瓶的手一哆嗦。

听到李信的话："这么多下来，你我之间的纠葛，已经不仅是表哥表妹的关系了。"

"你有想过，你和我到底是什么关系吗？"

闻蝉仰起脸，看到他乌色的眼睛。

一袭粗袍丢在地上，郎君趴在榻上，侧枕着手臂，那张带着疤痕的脸转向她，安静无比地问她。

不像以前那么强悍，不像以前那样逗着她……他就是在平淡无比地询问她。

他和她之间，到底算什么关系呢？

闻蝉心中升起了茫然感与冲动感，还十分的焦灼不安。李信给她一种奇异的感觉，让她胸中情感成河，由溪流向大海汩汩流去，穿山过岭，绵延千里。那一直怀疑的感情，在他看着她问她的一瞬间爆发出来……

她看着他良久，睫毛像水沙一样轻盈流淌，眼里波光潋滟，向他淌去。

突而抬起手，捧住李信的面孔。

她凑过来。

在这一刹那，在阳光迷离的片刻时间，李信生出一种错觉，闻蝉捧着他的脸，他几乎以为她要亲上他……

门口传来急促敲门声："郎君、郎君！医工来了！"

医工与小二进来的时候，是舞阳翁主纡尊降贵亲自给他们两个开的门的。但他们还没感受到闻蝉的好心，就先迎接了榻上屈腿而坐少年的白眼："这么着急干什么？火烧到你家了？多事！”

小二当面就被呛一句，颇为委屈。

医工则抚着山羊胡莫名其妙地想：让他来看病，看的该不会是这位郎君的肝火过旺吧？

闻蝉站在他们背后，藏起自己那脸上快忍不住的笑意，唯恐李信来堵她的话。他心情不爽快，她特别能理解。但他的伤势，也很严重啊。而且说不上为什么，看到李信因为她的事而烦躁，她心情还挺好的。即便李信白了她一眼，她也当做没看见，关上门出去，把地方和时间留给医工他们。

回到自己房舍内，女孩儿靠在门上，摸着胸口怦怦怦直跳的小心脏。她面颊绯红，唇角上翘，那浓烈无比的欢喜激荡之意，便怎么也掩饰不住了……

她思绪混乱，脑子里没有一根牵着的线，让她乱七八糟地想了许多。一会儿是李信幽静望着她的眼睛，一会儿是他问她的话，一会儿是他倒在她怀中的样子，还有一会儿，少年劲瘦无比的腰线，在她脑中晃啊晃……

闻蝉顿了一下，脑中的记忆，停留在他后腰上沉重无比的伤口上。那里全是伤，鲜血模糊，但在一团模糊中，那胎记……那胎记不太对……

她没看到过别人的胎记，但是人身体上出生就带着的胎记，不应该是那个样子啊。那个样子，如果肉长出来了也许看不分明。但是现在看，总像是伪造出来的……李信说他是李家二郎，李家的长辈们都说他是李家二郎。她心里有疑虑，一直有那么点儿疑虑，但她没有说过，也没有去多想。

她姑父都承认了，长辈们都承认了，连她姑姑都接受了。

那李信就是啊。

但是如果不是呢？

如果他是“假冒”的……

闻蝉额上渗了汗，打断自己这个猜测——不，不会的。她一定是想多了。李信就是张狂，也没必要伪装李二郎的身份到李家来。他又不爱慕荣华富贵，他活得自由自在，李家对他应该没有吸引力……

但是脑中另一个想法又在反驳她：怎么没有吸引力？李家两朝世家，进去便相当于一步登天，当真对一个小混混出身的人没有吸引力吗？李信他本来就是个混混，他想往上走没有别的路径。没看他还说出造反这样的狂话么。但他要是是李二郎就不一样了，一切追逐的东西，权力、地位、财富，全都唾手可得……李信当真不心动？

闻蝉全身发抖，自己想得出了一脑门子汗，心里惊疑万千。恨不得亲口去问李信，又恨不得当做什么都没发现。

大家都没发现的事，她为什么要发现？她要是发现了，李信会怎么对付她？

他会杀她灭口吗？

……应该不会。

她不信他舍得杀她。但是、但是……

听到隔壁门的开关声与医工说话声，闻蝉从自己的臆想中惊醒。她勉强说服自己：我只是随便猜一猜而已，我又没有证据。我可以悄悄询问医工胎记的事，也可以慢慢跟李信打听……在什么都没证明前，我还是当不知道好了。

反正她假作不知，一直装得炉火纯青。

闻蝉深吸口气，开了门，正好见医工在小二的陪伴下下楼。她走两步，想喊住医工问一问医学上关于胎记的事，另一道门口，少年的声音把她拉回去："知知，过来！"

闻蝉侧身扭头，看到李信松松披着衣袄，站在门口对她勾手指头。

她定定地望着他半天，清亮的眼眸在他脸上扫了一圈，才走过去，被李信拉进了门。

闻蝉跟在他身后："你的伤没事吧？医工怎么说的？是要每天上药吧？"

他"嗯嗯嗯"地随意应着，敷衍了闻蝉几句。然后大马阔刀地往榻上一坐。闻蝉蹙眉，他这坐姿太粗俗，让人不忍直视。闻蝉扭了脸，李信又把她的脸掰回来，与她双眼对望："人走了，咱们继续刚才的话题吧。"

"……？"小娘子迷茫地眨了眨眼。

李信说："你和我什么关系的讨论。你刚才想怎么答来着，给我答一遍。"

李信惊奇地看着手中捧着的女孩儿的脸飞快地涨红了。

她推开他拽她的手，往旁边矜持一坐，半天没吭气。她要告诉李信，她刚才想亲他吗？刚才要是没有被人打断，她在他脸上亲一下，李信肯定就明白了。然后一切话一切事都由李信去说去做了，他多聪明啊。但是被打断了，闻蝉既亲不下去，也说不出口了。

她矜傲又心动，自满又虚心。她有时候想远离他，有时候又想向他靠拢。

他活得那么精彩那么潇洒，还那么有抱负，有头脑。即便他现在不如意，龙游浅渊，他也有朝一日会变得很厉害。他也教她很多以前闻所未闻的，他也很有趣，他还对她特别好。他对别人总是很有气势，她没见过多夺目的郎君。但她已经被他吸引。

可是她又猜不准李信的心。

她常年被无数男儿郎喜欢，每个都被她看得一清二楚。她却看不清他，不但看不清，还永远被他甩在身后……

闻蝉有些茫然。

在情爱到来的时候，到底是理智重要些，还是顺心而走重要些呢？

李信敲了敲木案，不理解问句话，闻蝉吭哧个什么劲儿。闻蝉良久低头不语，少年的心已经秋风扫落叶，一片悲凉悲催。他心里自嘲，想着：是了，必然还是不情愿，不喜欢。她不是说了么，即使自己救他，她也不会喜欢他的。

但是知知又很善良，不忍心当面直说……

李信啧一声，心想：这有什么不好意思直说的？我还没被拒绝打击呢，她先因为拒绝心软了？不行，就是不喜欢，我也要问个清楚，问清楚到底到哪个程度了。不至于我和她一起做这么多事，她还无动于衷吧？

闻蝉抬头，正要开口。

李信看着她："说'兄妹关系'的话，你知道后果吧？"

闻蝉惊呆了，心想：我第一次碰到连告白都要威胁心上人的。

闻蝉在李信的冷眸逼视下，深吸一口气，挺直腰杆，紧张无比。她要再开口，门外传来了“笃笃笃”的敲门声。

李信：“……”

闻蝉：“……”

门外又是之前那个小二，这次声音里却充满了讨好与谄媚：“郎君，官寺的人来了，请您与翁主回去呢。”提到“翁主”，门外小二的声音都带着颤音，但提到更后面的话，他整个声音都开始飘了，“说平陵公子与他夫人在等着你们。”

接着又是其他人的声音：“郎君，车马已经备好了。我等有眼不识泰山，让两位受委屈了。”

半晌后，等在门外的小吏等来了开门的人。他小心地抬眼看一眼，发现少年郎君脸黑如墨，一声不吭。小吏心里颤抖，心想：这位李二郎，看起来脾气不太好啊？我可要小心伺候。

李二郎身后，又跟着走出来一妙龄小娘子。小娘子貌美若明珠，只瞧一眼，便觉光华流目，与他们这般人不一样。众人心想：这位定是舞阳翁主了。舞阳翁主倒是与先前的黑脸少年不一样，唇角带着轻松的笑意，去追前面的小郎君了：“表哥，表哥你等等我——”

舞阳翁主真是个和气的好伺候的人。

但出了肆门，真上路的时候，小吏把之前的印象全打乱了。闻蝉虽然不难伺候，但也肯定离小吏心中所想的“善解人意”差很远。有马车，有扈从，还有眼泪汪汪等候着的青竹等人，闻蝉翁主的架子，就摆了出来。而翁主架势一出来，他们这种没见过翁主的小地方小吏，就忙得焦头烂额了些。

反是小吏先前以为不好说话的李二郎，实则非常的好说话。李信脸色那么差，让人退避三舍的那种。但他一出门，问了平陵公子等人落榻的地方后，竟是思量了下，准备走着去。这可吓坏了一众小吏，忙说请他上马车。但李信看了看拉着车的两匹不太健硕的马，还是决定走着去。他连骑马都不要了……

李二郎这般心善，让众人感动。那边的舞阳翁主也收敛了些，唯恐她摆架子摆得太厉害了，让李信过来说她。某个方面讲，闻蝉也挺怕李信的……

这一路上，李信与搭话的小吏们说话，才摸清楚了现在的情况。

这处官寺的人，并不知道所谓刺客的事。刺客一事，都是宁王的人亲自去办的。现在宁王等人借了江陵这边的一处宅院居住，县官捧着官帽相迎，大气不敢出，唯恐宁王治他一个大罪——毕竟刺客离他的管辖领域，也实在太近了点。

现在的情况，就是宁王等人到了这里，也在打听李二郎和舞阳翁主的情况。当肆中小二去官寺探问的时候，立刻被敏感的人察觉，报与了宁王，于是车马就过来了。

行了大概小半时辰的时间，便到了宁王现在借住的这片宅院。李信仰头看到红字黑底的门匾，扯了扯嘴角：还说是破落的无人居住的宅院呢。看这门匾庄重肃穆的……破落没看出，县官巴结宁王的心，倒是看得一清二楚。

不想看那些人谄媚的嘴脸，李信率先进府。只是前后脚的工夫，坐在马车里的闻蝉等人也赶到了。

当闻蝉到府门口的时候，李信已经回院子洗漱一番，打算去见宁王等人了。他倒是不在意洗漱不洗漱，不过贵人的毛病……再加上宁王那个动不动病倒的身体，李信还是不刺激他们了。

李信在院中，碰到了跟管事说话的李家三郎，李晔。李晔清隽无比的身形，走起路来有点别扭，尽管忍着，旁人看不出来，但于李信这样目光敏锐的习武之人来说，却看出他这位三弟的大腿，恐怕受了伤。

李三郎回头，与李信打招呼："二哥，你终于回来了。我们很担心你。"

少年郎君彬彬有礼，进退有度，看到李信出现，确实舒了口气。不过说话时，还是带着疏离客套的味道……他们虽说是堂兄弟，但两人也不太熟。李晔自己也很奇怪，李信能与江三郎都玩得好，却和他关系不冷不热。李晔一度怀疑是否是自己瞧不太上二哥的脾气，被二哥看出来了，于是二哥也瞧不上他？

李信向三郎点了点头。

他自然不能与李家郎君们关系处得好了。

毕竟他是假的李二郎，总有一天会真相大白。

他不相信以假乱真这一套说法，但他如今就是在行这般事。李信能做到的，便是和李家儿郎们关系不远不近地吊着，等到身份揭穿的那天，大家本来也没多少感情，不存在受不受欺骗一说。

他最愧疚的，还是闻蓉与李伊宁……前者他耍着心机去讨好，让闻蓉开心；后者是主动凑过来，甩都甩不掉。

李信有时候也颇觉心酸：如果他那个名义上的四妹，对他冷淡一点；把她的热情，分上几分给知知。那世事就圆满了……

然事实是，该热情的人不热情，不该热情的人偏偏缠着他不放。李信每听李伊宁喊一声"二哥"，心里都要叹口气。也亏他心性强大，否则这般日日夜夜地折磨，一般人真承受不住。

这也间接说明了李怀安找上他的正确性……

李信走过李晔时，脚步突然顿了一下，甩出一个药瓶给李晔。李晔就看到一个什么东西飞入他怀里，知道他二哥武功比他好，李晔如临大敌，手忙脚乱地去接。那什么东西直接落入了他怀抱中，李晔看到是一个白底小瓶子。还怔愣时，就听到与他擦肩而过的李二郎，随口道："擦伤药粉，你拿去玩吧。"

李晔："……"

他有些复杂地抬起头，看到二郎远去的背影。少年郎君背影清矍，秀颀若竹。李晔不觉想：二哥是看出我受了伤，所以送我药？他不是对我很冷漠吗？他不是一直对我爱答不理的吗？

也许李信"刀子嘴豆腐心"？

这么温柔的形容词，与李信挂上钩，李晔自己都抖了抖，甩掉一身鸡皮疙瘩。

李晔捧着药瓶，转个身，却被身后站着的舞阳翁主差点吓得跌倒。

李三郎正寻思着怎么跟翁主打个招呼，闻蝉就先盯着他手里的药瓶，问：“这个怎么这么眼熟？”

李晔定定神：“是二哥给我的。”

闻蝉：“……”面无表情地看眼李三郎，冷笑一声，擦过他往前走了。

李三郎生就一颗玲珑心肠，看翁主那副表情，心里一顿：这药粉，该不会是翁主给他二哥的吧？

李晔无言半晌：他二哥随手就给了他……他可以理解二哥对他暗地里的关心之情……但是二哥没想过得罪翁主的后果吗？

“三郎，你在笑什么？”一旁管事见这位三郎捧着药瓶，时而若有所思，时而唇角露出笑，这么半天了，一直没回过神。

李晔抹了下上翘的嘴角，把自己平时的温雅形象摆了出来：“没什么，我们接着说……”

李信过去时，宁王夫妻二人，正在厅中与江三郎说话。看到李二郎过来，侍女只是屈膝请安，并没有进去报一声，就打着帘子请二郎进去说话。厅中站着几个扈从，在向宁王夫妻汇报刺客的事：“该杀的都杀了，逃出去的，属下派人也追回来杀了。属下惭愧，只抓住一个想要自尽的刺客回来。”

宁王淡声：“能不能答话？”

下属说：“那人才从鬼门关救回来，恐怕不能来回话。”

宁王凉凉道：“你们看着办吧。什么刑什么毒之类的，随便用。我只要他能说出个章程就行了。”

宁王妃闻姝在一边蹙了下眉，却并没有说什么。她夫君话里透出的凉薄残忍，让她有些不适应。但毕竟是她夫君，对方又是刺客，闻姝也没什么好说的。闻姝现在，正一边听夫君和江三郎说话，一边心里七上八下地等着妹妹回来。

扈从迟疑着说：“就是对方的武功，有点江北的路子……”

江照白在李信进来的一刻，在扈从们向宁王汇报情况的时候，他站了出来，走得很慢，却走到正前，打断了他们的话。江照白向宁王拱了拱手，非常欠意地把扈从不太方便说的话说了出来：“江北的路子，又训练有素，殿下应该与我一样，心里都有了底。对方恐怕是程家军的死士。”

张染平静地看着江照白。

江三郎垂眼：“臣不敢瞒殿下。程家军的话……那对方冲的人，可能是臣。”

他停顿了一下，语气有几分微妙：“恐怕是程家五娘子的人。”

张染没听懂：“谁？”

闻姝倒是愣了一下后，从遥远的记忆中扒拉出一个人来：“程家五娘子，是程漪吗？”

江照白无言，算是默认。

这时候闻蝉也已经进来，她还没跟二姊夫等人打个招呼，就先听到了二姊的话。她愣一下，然后有些诡异的目光，就落到了江三郎身上：程漪？程漪不是他的旧情人吗？程漪派死士杀他？还杀到了宁王头上？

张染笑了一声："很好。"

他语气发凉，平平淡淡，其中寒意，非一般人不能听出。

但站在这里的人，除了懵懂得还在生李信把她给的药给了李三郎这件事的气的小娘子闻蝉，谁都听出了宁王话里的杀意。江照白匆忙抬眼，语气略急促："殿下，其中定有误会。程漪即便要杀臣，也绝不敢对付殿下您。定是有人从中插了一脚，故意将罪名往程家军中扯……殿下不可中计。"

"江三郎，误会不误会的，我根本不在意，"张染客客气气地说道，"你和程家五娘子的恩怨情仇，我也不放在心上。有人刺杀我，又不是第一次。我命多大啊，随便杀吧，十八年后又是一条好汉呢。"

案边一套县官进献来的上好茶具，被他随手挥到了地上，啪一声脆响后，摔得粉碎。

众人沉默。

江照白更是听出了青年人话里的讥嘲味道。

宁王殿下确实不像是生气，但他就是不高兴，都是彬彬有礼的。听得懂他嘲讽什么的江照白，出了一身汗。恰时，李信忽然上前，给了江照白当胸一拳。他出手之狠之快，让江三郎趔趄退后三步，唇角渗出了血。

闻蝉："表哥！"

李信冷眼看着江照白："你是明知道程漪要对付你，你无法对抗，才攀上宁王的车队吧？你事先不告知，等事后出了事才开口。我们这些人的性命，在你眼里，根本不算事？"

江照白脸色苍白，被李信一拳打得胸口沉闷。他艰难地喘口气："我只知道她不想我进京，我并不知道她想杀我到这个地步。我以为他们知道车队中有宁王，会有犹豫，谁知……是我的错。愿受殿下责罚。"

宁王默然片刻后，客气一笑："孤不罚你。你能说出来，证明你也被算计其中。有江三郎陪孤一起入局，孤没什么生气的。"

此次争端，在闻蝉胆战心惊中，轻而易举地被解决。她第一次直面她二姊夫的阴晴不定，不过想到常年生病的人，大约都有点脾气，又觉得释然。李信打了江三郎一顿，让他卧床几日，听说江三郎回去还吐了血……

在屋中看书时，青竹叮咛翁主："您可不能见江三郎可怜，就去探病啊。宁王殿下的火还没发完呢……宁王妃专程让婢子跟翁主说一声，怕您招了火。"

闻蝉说："我以为我二姊把我二姊夫压着一头。现在看，我二姊好像也挺怕我二姊夫的……"她唏嘘一声，"夫妻一事，真是很难说清呢。"

青竹抿唇一笑，觉得她家翁主还小，懂什么啊。

但她家萎靡不振的翁主很快起来，说："我要去给二表哥送药！"

闻蝉心里怨李信随意把她给的药送给了李三郎，她还等着李信跟她道歉。但是李信一回来就去跟她二姊夫说话，去谈刺客的事了。忙了一天，她也没等到李信过来。

舞阳翁主只好委屈自己走一趟，打算自己走到李二郎面前，让李二郎跟自己道歉！

她又是先白跑了一趟，李二郎不在住宅里，听说去湖边散步了。闻蝉心里诽谤他一个粗人居然还会散步，又跑去大湖边找人。夜幕暗沉，游廊曲曲绕绕，而这一次，闻蝉在游廊一头，看到了廊边坐在栏杆上对水发呆的郎君。

吩咐青竹等人等候，她拿着药瓶，便过去了。

站李信身后半天，闻蝉琢磨着怎么让他道歉，她听到李信的话："你忙完了？"

闻蝉左右看看，发现他不是在跟空气说话，就是在跟自己说话。

闻蝉让自己不那么急迫，慢条斯理地准备摆摆架子，让李信等一等后，再回答他。她架子还没摆完，就先听到少年似笑非笑的声音："傻子，你是哑了还是聋了？"

闻蝉："……！"

一句话里，他是骂了她三遍吧？！

她气急败坏："我没有！"

李信肩膀耸着，乐得不行。他手在栏杆上一撑，身子就转了过来。湖水清冽，他还是散散坐在栏杆上，现在直面闻蝉，语气却一本正经："你忙完了，再没人打扰的话，我们说说之前没说完的话吧？"

他问："我和你是什么关系？"

闻蝉："……"

他见她呆住，用敬仰无比的眼神看自己。她佩服他的持之以恒，佩服他到现在还记着这件事。李信心里却挺烦的，又换了个问法："你还是一点都不想跟我好，一点都不想嫁我？"

李信不抱什么希望。

谁知道，他居然听到闻蝉扭扭捏捏道："我……随便啦。"

水波在风中掀荡，潮湿的水汽扑面而来，而那水光，也起起落落，照拂在游廊栏杆边说话的一男一女身上。李信坐在栏杆上，以一种强势无比的态度，俯视着他面前低头踟蹰的闻蝉。

在她吭吭哧哧憋出来一个"随便"时，少年郎君的目光，就专注地、直接地，完全投落到她一人身上了。

李信忽而从栏杆上跳下来，搂起闻蝉的腰。女孩儿惊吓一下，身子一空一旋，就转了个弯，与李信所在的位置对调了一下——他将她高高抱到栏杆上坐着，而自己两手撑着两边扶栏，仰望她。

李信问："'随便'是什么意思？随便我喜欢不喜欢？随便我娶不娶？你都没有意见？你听我的？"

少年的眸子，在夜中迸发出前所未有的亮光。他仰望着她，将她圈在自己的包围中。明明他处于下方，逼问她的时候，反而依然铿锵有力度："知知，你是答应我了对吧？"

闻蝉被他抱在栏杆上，身后就是一片大湖，前方又是李信。她哪有他坐得那么随意那么稳，晃悠悠地抓着他手臂才能胆战心惊地坐稳。但是她一低头，看到李信的眼神，心中就涌上了欢喜自得之情。

但是被李信炽烈无比的眼神看久了，但是她又想矜持，但是她又记着他还没跟她道歉来着——闻蝉小下巴一扬，眼里写着“跪地求我”几个字，口中慢慢道：“你跟我道歉！你把你给李三郎的药瓶给我拿回来，这笔账才一笔勾销。不然我才不理你！”

李信挑起眉，先是很诧异地愣了一下，然后想起她说的是什么后，又很玩味地笑了一声：“这笔账，不是早就一笔勾销了？”

闻蝉气得飞起柳眉：“哪里一笔勾销了？！你明明做错了，你还不承认？！”

李信站直身子，他一站直，就和坐在栏杆上的女孩儿平视了。他慢悠悠道：“你忘了你非要把我的司南佩当掉的事？你明明做错了，你还不承认？！”

他拿她的原话来堵她。

闻蝉简直呆住了。

他不是在向她示爱吗？不是在求她解释“随便”的意思吗？他不是有求于她吗？

那他为什么还敢跟她讨价还价？！

闻蝉撇嘴：“那个司南佩，你随便再拿回来不就行了。”

李信说：“我没钱。”

闻蝉不相信：“李家连你的钱都掏不起？”

李信说：“我不花他们的钱。我只用自己挣的钱。”他顿一下，“你随手一卖，我还不知道得多久才能赎回来。”

闻蝉怔愣：不花李家的钱，什么意思？莫非他果然不是……

没有等她完全想明白，李信就将手搭在她肩上，把她的思绪拽了回来。她一回神，发现李信挨靠了过来。他弯下腰，又来仰视她了：“知知，你‘随便’的意思，就是随便我怎么折腾，你没什么意见的意思吧？只要我能说服其他人，只要所有人都愿意你嫁我，你就无所谓？”

闻蝉没吭气，她被他眼睛里跳跃的火焰亮光吸引住。她的心脏跟着他眼里的火焰开始狂跳，她从没见过有人的眼睛温度这样高过。

李信很诚恳、很耐心地跟她说道：“知知，你放心。嫁给我，我不会让你受委屈的。你现在什么优渥生活，我还给你，还给你更好的。”

闻蝉说：“但你那么穷……”

“我会有钱的。名声，地位，权势，财富……你拥有的一切，我会带给你的。你等着看吧，不会很久。我们先定亲，然后你等我几年，我会打拼出一个天下给你的。

“我们会有自己的家，自己的人，自己的财富，自己的地位。你现在很好，以后还会更好！你要什么我都会带给你……”

李信眼睛里在发光，他说着说着，就站直了，开始用手给她比画，给她描述。少年自信而强势，又怀有一颗激荡之情。他说着那些未来怎样怎样的话，整个人都在发着光。夜这么凉，水这么冷，这里，就少年在发光。

闻蝉仰望他。她眼睛里噙着不好意思的笑意，听着李信跟她说大话。少年像火一样炽烈，将一腔情意全部点燃。他对他要做的事有一套规程，他跟她说，她也听不懂；但是他对她好的心，闻蝉却是听得懂的。

虽然意难平……可是李信好厉害！

虽然不甘心……可是她好喜欢看李信强大的样子！

李信一回头，便看到闻蝉的笑。她的笑很浅，又带着仰望之情，又带着女儿家的难为情，羞赧。她乖乖地坐在这里，听他天南海北地胡说。

李信忽然静下来，不说了。

闻蝉眨巴眨巴眼睛看他。

看李信突然又走回来，凑近她。他往前一步，就又将她完全包围在了怀中。闻蝉的鼻尖，闻到少年身上的气息，带着青草阳光的味道。因为没有受到过什么影响，因为没有动过心过，因为没有与别的女孩儿厮玩过，李信身上的味道，是完全的儿郎的味道。

与女儿香相反的男儿气息。

每每他靠近，闻蝉就又喜欢，又不自在。

李信手扶起她的下巴，望着女孩儿绯红的面孔、灿然的眸子，笑一下："知知，你什么都不用做，什么都不用担心。等着我走过去，你只要坐享其成就行了。"

闻蝉在他挑她下巴时，心脏就怦的一声快跳到了嗓子眼。她紧张得手心出了汗，都不太敢看李信的眼睛。但是她垂着眼，却发现李信撑在栏杆上的另一只手，在轻微地发抖。

闻蝉想：原来他也紧张。原来他也怕我不答应。

闻蝉喃声："你想娶我不容易，我阿父阿母的关不好过。毕竟你什么都没有，还长得……"

李信沉默着看她，阴阴地笑。

闻蝉被他眼神吓着，赶紧把嫌弃他丑的话题转开："你面对我，肯定自卑得不得了……"

李信说："我从不自卑。"

闻蝉："……"

她恼羞成怒，踢他一脚："你还让不让我说了？！"她只说两句话，他就怼她两次！

李信把笑意压抑下去，给她一个"你说"的眼神。才见他眼中骄傲漂亮的像只小孔雀的女孩儿，梳理梳理她那一身绚烂无比夺人眼球的羽毛，纡尊降贵一般跟他说："……我就喜欢坐享其成。反正我不会帮你的。你能不能娶到我，你自己看着办吧。毕竟我无所谓啦，反正……"

反正追她的人超级多。

但是在李信的注视下，闻蝉不敢说下去。她就"嗯嗯嗯"了几声略过去，给李信一个"你意会吧"的眼神。

李信的心在她的小眼神中，软成了一团。他心里恨不得把知知永远藏在他的羽翼下，不给别人看到。追慕她的男儿郎，大都只看到她的美色，看到她所能带到的利益。但李信从一开始，就不看重闻蝉身上附加的那些东西。

他就喜欢她！

李信俯身。

闻蝉脊背僵硬，清澈的眼眸中，映照着少年俯下来的身影。

李信哈哈哈笑，满眼揶揄。他终于弯下身，手摩挲着女孩儿的下巴，眼看着就要亲上了，闻蝉却忽然瞪大眼，把他用力往后一推。李信被她推得一趔趄，撞到一旁栏杆上。他咬了咬牙，脸黑黑的：简直不敢相信闻蝉还有这份捉弄他的胆子！

但他很快发现闻蝉为什么这么惶恐了。

她手忙脚乱地从栏杆上跳下来，明明自己推了李信一把。事到临头，她还敢抓住李信的胳膊，躲到李信身后半筹。同时，闻蝉结结巴巴地跟来人打招呼："二二二二姊！"

李信扭头，看到闻姝站在他们几步外。

李信顿了顿：哦，闻姝武功很不错。自己又一心放在知知身上。闻姝悄无声息地绕过扈从们过来，自己没发现，也很能理解。

他眼看身后脸色苍白的闻蝉，叹口气：知知可真是胆小啊。

少年脸皮厚得多了，闻蝉快吓死了，他还能在闻姝的冰碴子一样的目光压力下，跟闻姝打了个招呼："二姊，您怎么来这边了啊？"

李信想闻姝下一句，肯定是说"我怎么就不能来""要是不来还不知道你要怎么拐我妹妹"之类的话。闻姝见他非常不顺眼，李信从第一天就有这个认知。他任劳任怨地替闻蝉扛起宁王妃的怒火，随便宁王妃怎么骂自己，知知受的教训少一点就行了。

谁知这一次，李信等着的怒火，却迟迟没有降下来。

他诧异地抬头。

闻姝沉默了半天后，目光看向自己那个不争气的小妹妹："我看到你们在这里说话，觉得不值得为此让路，就过来了。我看到李……李二郎，"她语气尽量平和地说"李二郎"，让两个少年都快被她吓住了，毕竟之前她总是厌烦地称呼李信为"那个混混"，"看到李二郎在仰头跟小蝉你说话。你们的样子、实在是、实在是……"

宁王妃高贵惯了，此时的眉目间，忧虑和愤怒之情挣扎来去，估计把她自己快憋坏了。

闻蝉小声提供给她二姊词汇："不检点？"

闻姝："……"

她有时候真的佩服小妹妹在不该有勇气的时候，特别有勇气！要是以前，闻蝉这样，闻姝肯定要揍她！不过现在嘛……

宁王妃的目光，踟蹰满满地在两个人之间绕："我看李二郎在求你什么……他的样子，实在是……你的样子又……"

闻蝉被她二姊弄茫然了："二姊你到底要说什么？"

闻姝心一横，问："小蝉，你别骗我，你们是不是那什么了？"

李信："……"

闻蝉："……"

宁王妃疑惑看他二人，两个少年茫茫然的样子，让她松了口气。两天两夜，少年们待在一起。李信又是火气旺盛的年龄，小蝉又是傻乎乎被骗也不知道的年龄。这两人要是闹出点什么来，宁王妃真的害怕得不得了。她又怕李信当真混混出身毫不讲究，只想哄骗她的妹妹。现在看到两个少年的模样——宁王妃惊疑了一小把，又看了李信一眼，对这个少年抱有了一点好感。

没想到李信居然没骗她妹妹做傻事。

两天两夜。

他们还真的没发生什么。

当夜，不提游廊那边闹出来的乌龙事件，宁王正在屋中，与江照白说起刺客的事情。

江三郎白天被李信打了一拳，过来时，脸色苍白，气息奄奄，十分的虚弱。他这会儿，正与宁王分析此事："程家五娘子，是未来定王妃。那死士，便与定王脱不了干系。但恕臣多嘴，臣与程家五娘子的关系，殿下也知道。她没有那种胆量刺杀殿下，况且这帮死士只要有一人落入我们手中，程家军就会被挖出来。臣怀疑还是有人推波助澜，或干脆找人冒充，把事情推到定王与程家五娘子身上。"

宁王淡淡"嗯"了一声，手扣着案木。

江照白望着这位公子半晌，轻声："长安的皇位争夺，恐怕愈演愈烈了。殿下在此时进京，难免让人多想。怕夜长梦多，便想针对殿下。"

张染笑了笑："哦，那个位子，他们还真是喜欢。"

江三郎心想：那您呢？您是否有心动？您如果不想搅局的话，何必在这个节骨眼上回长安？您不是在试探什么吗？

张染看他一眼："孤回京目的，跟你以为的不一样。"

江照白欠了欠身。

正此时，竹帘哗哗哗晃响，这边说话的二人，看到宁王妃寒着脸回来了。宁王妃回来后，就看到他二人在正堂谈政务，也没多理，直接转身去了侧房。宁王又与江照白说了些话，忽然异想天开："此事一连把几个殿下全都扯了进来，会不会背后另有一只手在推动？希望我们几个先打一场，他坐收渔翁之利？"

江照白笑了："您想得太复杂了。恕臣直言，几位殿下的才能……唔，不至于。"

张染被他逗笑了。

江照白恐怕是想说现在长安的几位公子，根本没什么才能搞出这么复杂的局面吧？但他又不好直说几个殿下"脑子不够好使"，便委婉了一点。张染挥了挥手，示意他下去。

青年人又独自在堂中坐了一会儿——是，江照白说得不错。他父皇醉心炼丹，不理朝政。他的几位兄弟死活赖在长安不肯就藩，不就是摆明在肖想那个九五之尊的位置么？但是狗咬狗，一嘴毛。偏偏谁也没本事压下去谁，还惹他父皇不高兴……长安那个乱得哟。

张染想了片刻后，才起身，跟收拾茶具的侍女们摆了摆手，示意众人都下去。他振振衣袂，悠悠闲闲地去侧房，看到他的夫人立在窗前，正望着院中扈从们演练阵法。

张染站她身后，笑问："在看什么？"

闻姝早察觉他谈完了事过来了，也不回头，仍看着窗外把枪舞得赫赫生风的扈从们，淡声："我在想小蝉和李二郎的事。几天前刺客一事，我便在心里发誓，如果李二郎能救了我妹妹，我便不阻拦他追慕我妹妹了。刚才又在外边碰到他们两个，"她简单跟夫君描述了一番，“我言而有信，当然不会再阻拦他们。但总怕他们年龄小，不知轻重，闹出不该做的事情来。又怕回了京后，我阿父阿母不同意他们两个的事，小蝉哭鼻子去。”

张染笑了：“这个事儿，是李二郎的事。你是小蝉的姊姊，又不是她的母亲，想那么多干什么？我看小蝉挺好的。你妹妹呢，就是傻人有傻福，总能莫名其妙化险为夷，遇到对她好的人。你还是少想她吧。”

虽然夫君这么说，闻姝却仍然忧心忡忡。

张染跟着她一起看屋外头扈从的演练，忽然叹口气：“我还以为你站这里这么久不动，是也想下去打架呢。我还想着我对不住你，让你如此心痒，却无能为力。”

闻姝背后出了一身鸡皮疙瘩。

每次他夫君悠悠然、慢吞吞的语调一出，她就觉得他要搞事。

宁王妃不动声色地往旁边挪了挪，回头看他一脸抑郁寡欢，默了片刻。明知道他未必真心，她却还是把一颗冷硬心肠软下来，劝他：“夫君不要多想。我没有想跟他们去打架。”她绞尽脑汁地想，“几个粗人在外面打打杀杀，一身汗臭，我又是王妃，不会下去胡闹的。”

张染望着她，片刻后微笑：“我说的‘打架’，不是你以为的那个‘打架’。”

闻姝愕然。

她努力去理解夫君的话：不是这个打架，那是在说打仗？！呃，她确实挺想去打仗的。但是她身为宁王妃，又是闻家出身。她父亲都无仗可打了，她又有什么办法呢？她不能让夫君为她担心，她得……

腰肢忽而被揽住，青年俯下身，亲上她嘴角。

闻姝：“……”

火热一吻结束，青年笑眯眯，“阿姝，你真是不解风情至极。为夫说的是这个‘打架’。”

闻姝脸爆红，半天后结巴道：“窗、窗……”窗外有人啊！

张染挑起眉，眸子带着笑，突出手，将她横抱在怀中，走向内室。他这番举动，闻姝一下子就知道他在想什么，全身僵硬无比。隔了半天，她才伸手，颤巍巍搂住夫君脖颈，看着他玉一般的侧脸。

闻姝望着她夫君半天，非常紧张地问：“我重不重？要不还是我自己走吧。”

张染说：“重死了。你快下去吧，压死为夫了。”

闻姝：“……”脸涨红。

她就是客气一下！他居然真的说她重！

帷帐放下，两人很快滚入了床帐中。而一到了这个地方，闻姝紧绷的一颗心，才稍微放松了些。张染不拘一格，她却在除床之外的任何地方，都特别的不适应。

闻姝将夫君压在身下，看他噙笑的眼睛。两人亲吻得气喘吁吁，闻姝忽而伸手，抚摸他的脸。她很郑重地问他：“我刚才进来时，听到你和江三郎的话了。长安那里很乱，几位公子都想登上那个位子。”

张染眸子半眯，手指缠着妻子柔软的乌发，随意地“嗯”了一声。

闻姝与他贴着耳，听他的心跳："那你想登上那个九五之尊的位置吗？"

一帐昏暗中，张染睁开了眼。

他的妻子，非常专注地看着他。眼睛里只倒映着他一个人。张染漫声："想要如何，不想要如何？"

"你想要的话，我就帮你，"闻姝说，"我去说服我阿父，让闻家站在你这边，帮你争那个位子。我能做什么，你也告诉我，我去帮你。"

张染看她片刻："会很困难的。"

"我只想你得到你想要的。"

张染沉默很久。他们是夫妻，除非极度不信任，那是不需要隐瞒什么的。闻姝很喜欢他跟自己说实话，很想知道他是不是也想夺位。他要什么，在不危害她亲人的前提下，她都会帮他。

哪怕他要她的命呢……

张染笑了："不，我不要。"

闻姝要开口，张染却把她的头埋入自己怀中，轻声："我不要那个位子……我们回长安，只是看一看他们几个现在闹成什么样子而已。不必担心，我不打算在长安常驻。过完年，咱们还是回平陵。那个位子对我并没有吸引力，你不要多想了。"

闻姝在他怀里抬头："那你想要的是什么？"

张染似笑非笑："一亩田，三分地，老婆孩子热炕头。"

不知话中真假。

休养了几天，李信赎回了他的玉佩。众人在江陵再无多余的事，便继续赶往长安。剩下的一路，平安十分，再没有遇到什么刺客的。赶了一段时间路，一行人到底赶在年前十余天的时候，到了长安城。

待要进城时，马车却被拦住了。

想说这是宁王殿下的马车，居然有人敢拦？

守门小吏支支吾吾："蛮族人来长安贺岁……所有人都要让路。"

李信嗤笑了一声，回头跟下了马车来观望的闻蝉说道："咱们常年跟蛮族人打仗，陛下却很喜欢蛮族人嘛。"

他这话说得嘲讽，但又没有明说。反正小吏听他这话，听得脸红，好像一巴掌拍到自己脸上一样。众人敢怒不敢说，他们陛下都快把蛮族人捧成天人了。而天下百姓，大楚子民，又有几个高兴的？

闻蝉掐了李信一把。

李信黑脸回头："怎么，我说错话了？"

闻蝉指着蛮族人的车队，声音打颤："表哥你看，那个人是不是离石大哥？！"

李信顿一下，顺着闻蝉所指看过去——赫连离石，他们曾经在徐州时救的那个高个英武男人。

曾因为他，一个村子的人遭遇屠杀。

宁王车队的人，停在路边，专为进城的蛮族人车驾让路。

先是一队慢悠悠驶来的骆驼，两座高峰间，有戴着薄薄金纱的赤脚女郎坐于其上。女郎们颜姿姣好，有淡蓝色的眼睛、乌浓似墨的长发。她们用全新的眼神打量着两边百姓。蛮族人一边与大楚打仗，一边与大楚交易，这番车驾并不罕见，然这些年轻的女孩儿们，却是第一次来长安。

整个车队中，也许只有这些女郎的到来是最单纯的。

而在她们开路后，后方才是蛮族人的主驾。阳光金灿灿的照在他们身上，闻蝉探过身，一眼就指认出了自己的老熟人。李信去看，果然看到一匹匹马前，高大威武的男人，正骑马行在挺靠前的位置。

青年人还是那么不苟言笑，那么英武不凡。但与上次见面不同，此时他穿着胡服戴着胡帽，身边又前簇后拥不少汉子。距离感产生，与之前的那个赫连离石，看起来陌生得像两个人。

闻蝉却一眼认出来。

李信回头，给闻蝉一个想笑不想笑的眼神。

闻蝉："……？"多热闹的进城车队啊你不看，你看我干什么？

李信在她眉心敲了一下，语气那个意味深长："你对长得好看的男人，记忆力真是不错。"

闻蝉："……"

她心想：醋了吧？谁让你不行呢？天下人都对长得好看的人记忆深，跟你不一样。

但是在李信的眼神下，闻蝉不太有底气地转了话题："赫连大兄果然是蛮族人，现在看地位还不低呢……真不知道他们来长安想干什么。"

李信随口道："他身份不低，看起来也是个王子什么的。我相信你以后会经常见到的，现在不必着急踮脚。"

闻蝉忙道："我没有着急。"

李信便将胳膊压在她肩上，低下头露出阴森笑容，凶巴巴道："那就回马车里去！人都走了你还看什么？"

而他虽然语气不好，但说的也是实话。蛮族人的车队在城门口耀武扬威一番，成功让无数围观百姓义愤难平。他们总算满意离去，侍女们也过来，请舞阳翁主进马车，继续赶路。

这段插曲至此差不多终结。

唯宁王的马车中，宁王妃啪地放下往外看的帘子，她力气这么大，让宁王捧着竹简的手抖了一抖，抬头奇怪地看她。

宁王妃咬牙切齿："这帮蛮族人真可恨，竟敢让我们给他们让路！进我长安，跟回自个儿家似的熟悉。迟早要把他们全都赶回大漠去！"

宁王笑了下："这话你可别在外头说。小心被监御史听到，治你一个大罪。"

闻姝沉默了良久，夫君不是外人，她不必瞒他什么。女郎便怔怔然看着复又低头看书的夫君半天，说："其实有时候，我还真挺希望你去抢那个位子的。"

张染扬眉，示意她何解。

闻姝皱着眉，“我实在不喜现在大楚对蛮族百般忍让、朝廷毫无作为的现状。你的兄弟们，一个个不是想着登皇位，就是性格软绵绵的人人拿捏。想要争位子的找各种借口天天往长安跑，天天去陛下面前尽孝。时间长了，他们的理念，恐怕都被陛下那‘无为而治’感化得差不多了。我对他们，期待值一点都不高。眼下真怕他们得了位子，和现在并没区别。那大楚，迟早要……”

她又看着张染：“但你不一样。你心比较狠，又不为私利动摇。你要是坐在那个位子上，大楚现在的国运，说不定会改变一二。”

张染微笑：“你饶了我吧。我本来身体就不好，再操心劳力，不是早死的命是什么？”

闻姝不悦看他，不喜欢他说这种话。然张染偏头想了下，放下书卷：“这些话，是你阿父写信说与你的吗？你们也开始讨论那个位子的事了？看来我父皇，身体恐怕真的撑不了多久了。”

宁王自有长安的情报网，但毕竟他常年在平陵，消息阻隔，许多事情知道的也只是一知半解。但闻家就落户长安，曲周侯看到的东西，必然比他这位公子要多很多。宁王对闻姝一笑，很诚心地说：“我不争那个位子，这是真话。毕竟我了解自己的身体，你也说我心狠，那就应该知道我不会为了一个国家的命运，赔上自己的一条命去。”

闻姝喃声：“可是大楚风雨招摇，问题总会大爆发。这该怎么办？”

张染漫不经心：“国之将死，能人辈出。我又操什么心？”

他们夫妻二人说的话，放到外头，便是大逆不道。但关上门帘，张染不在意大楚走向什么路，闻姝却很在意。闻姝比她夫君更有忧国忧民的一颗心，即使她夫君才是正儿八经的皇室公子，她只是他的王妃而已。

不提此事，车队进了城后，在大道上停下，兵分几路。宁王夫妻回京，自有属官小吏打扫好了府邸，迎接宁王夫妻。而他们在府上稍微缓口气，跟宫中递了牌子后，又会直接进未央宫去给几个贵人请安。东一个西一个，闻家这一派的人，排下来，得好几日后才有时间见面。

江照白也与他们告了别。

江家也是长安有名的名门，只不过现在举家搬去了岭南。虽则如此，长安仍有江家的旧宅，仍有少数族人落户长安。到了自家家门前，江照白自然要回家去了。

统共剩下的，就是舞阳翁主，并会稽李家的两位年少郎君。

舞阳翁主已经无心想其他的事，到了长安，到了她熟悉的地盘，她归心似箭。想着家中等候的亲人，便禁不住时时催促车夫快一些。虽然知道她私自离京，阿父阿母肯定要生她的气。但是一切无损她想见阿父阿母的心。

小翁主从小到大，离家出走也就这么一回。

她自觉自己在外面吃了不少苦，受了不少委屈，只想回家，向阿父阿母哭诉去。

过了大半个时辰，走上官寺的大道，又行了几程，一路人终于到了曲周侯府邸前，闻蝉先一马当先地跳下马车。等李信与李晔安排仆人搬运贵重礼品时，一回头，发现翁主的马车已经空了。舞阳翁主到了自己的家，熟门熟路，也不跟他们打招呼，先去找自己想见的人了。

李家两位小郎君则是恭恭敬敬地在管事的领引下，先去前厅见过曲周侯。

到前厅时，二人进去，竟看到一方竹木曲几后，身材魁梧的中年男人等着他们。进去时，锦绣为帷、四面卷起，中年人的身后壁画龙虎相争，屏风又以虎皮为材质。整个厅中一扫之下，摆设古拙浑厚，俱是玄重黑色。站在门口，便觉一阵虎将神威的军旅气势扑面而来。

李信扫一眼，便觉中年人身前的曲几雅致小巧，还有氍毯上的云纹，与厅中让人望之生畏的风格很不一样。

他低头思忖片刻，便了然：前厅布置是按照曲周侯的喜好来的。这方曲几和地上的氍毯，却是长公主的喜爱。

这对夫妻倒也有意思。

李三郎李晔正垂手持礼，恭敬地让仆人递上去卷云纹朱绘的漆函，交与上方的男主人公。少年郎君身体的每个部位都紧紧绷着，笑容进退有度中，又透着几分紧张。他都不敢正眼去看这位舅舅——厅中威严沉重的气势，将少年郎压得很低，他唯恐自己一言一行出了错，给李家丢了脸。

曲周侯少年时迎娶宣平长公主。这对夫妻少时感情却是有名的不好，君侯与长公主对着干，两人打架打得全长安都听说过。闻家只是一世家，曲周侯的侯爵之位，是此人自己挣来的；连娶的这个身为长公主的妻子，曲周侯也没有怕过。

李晔想到还在家时，长辈们让他跟二哥一起去长安交际。李晔长这么大，还是第一次离开会稽的地盘。他兴奋不已，便去问父亲有什么需要注意的。他父亲对于他能代表李家去长安、肩负会稽使命一事，与有荣焉。但说到长安的人物，他父亲心有戚戚，纠结半晌后道："拜完了闻家长辈后，就是你大伯母那一辈的人了。你的那些表舅舅们，现在常年待在长安的，就曲周侯一位。为父多年前倒是见过他，其人性格强势，说一不二。我儿能少招惹他，便是最好。"

李晔又向大伯父请教。

碰上他大伯父正好在吩咐李二郎出行的注意事件。说到曲周侯，李郡守比李二郎的父亲放得开多了："他那个人不好打交道，你们随便吧。投不投他缘的，你们见机行事吧。"

说了等于没说。

而现在，他们正面对这位据说很不好说话的曲周侯。

面对这样一个人，李晔当真大气不敢出。

李信则好整以暇地在曲周侯看信时，打量着这位中年男子。

闻平人至中年，长襦峨冠，一身玄黑佩剑长袍。旁有青铜树灯，他洒脱坐于几前看书简，锁着长眉，颇有器宇轩昂之势。也许他少年时威武强悍，但人至中年，又有十数年的闲适生活，整个人的气质，已经温润儒雅了很多。

曲周侯抬了眼，与看着他的少年郎对视。少年对他咧嘴一笑，就拱手行礼。小郎君年少，笑起来意气风发；请安的礼数也不是那么规矩，但在他身上，就是有一种潇洒不羁的气度来。

李信响亮喊了一声："舅舅！"

闻平将竹简放下："既然明轩有托，你们便在府上住下吧。信中内容，事后闲了我们再详谈，""明轩"是李郡守李怀安的字，闻平这样叫来，可见两人关系还是不错的，"倒是你……就是李家认回来的孩子？"

李信笑着应了一声"是"。

曲周侯对这个一点都不胆怯的小郎君很好奇——毕竟一个在外面长大的孩子，回来他们这种世家，都会露怯。曲周侯放下手中卷轴，问了李信不少问题。李信身后的李晔则松口气，曲周侯去问李信的话，对他则是粗略扫过，他也没有什么不快。毕竟一看到曲周侯那种眼神，文质彬彬的李三郎，就升起一种山中见虎的怯意。

"这么说，你以前是街头混混？都是干什么的？"闻平对李信的生平际遇很感兴趣。

李信打了十二分的精神去应对这位君侯舅舅。

毕竟在李家，他认回去的时候，有李郡守为他担保，为他引路。但在这里，全凭他自己。

"什么混混？你们在聊什么？"厅外黄昏余光下，走来众仆。

厚帘掀开，李信回头，先是看到光华满目。待适应了满眼的明光后，才看到众仆退了出来，走进来的，乃是一眉眼有些眼熟的中年女郎，并挽着她胳臂的舞阳翁主。

闻蝉已经换了身衣服，挽着母亲过来前厅。闻蝉的明艳，带着少女的娇憨可亲，距离感并不是那么远。她的母亲，宣平长公主，在嫁与曲周侯后，人也称她为"曲周长公主"。若说闻蝉还有女孩儿的娇气天真，不那么像个皇室成员；长公主则满身的雍容华贵，只看她一眼，便觉得这样的人不是公主，也没人是公主了。

而等看过了美人，李家两位郎君，才看到后方，还跟着一比他们大一些的少年郎君。

少年郎君细长眉眼，唇红齿白，自带笑意。无论在哪里，也称得上"俏郎君"。但在他母亲和小妹妹的美艳光环下，少年郎君被衬得跟路人一样。好在他已经习惯了自家女郎的美丽出众，笑嘻嘻地站在母亲与妹妹身后，手上抓着一把扇子，跟李家两位郎君点头示意，态度非常友好。

这位，正是曲周侯世子，闻若，字扶明。

众人见了礼。

李三郎更是不想说话了：以前觉得翁主闻蝉有些高傲，现在看了这一家子人，除了侯世子闻扶明比较好说话外，一个比一个看起来难说话。也许在闻家这群人里，闻蝉才是最软最温柔的那一个。

他更佩服面对爱答不理的长公主和一字一坑的曲周侯，他二哥李信居然应对自如，并不露怯。

长公主正走向曲周侯，她看夫君在跟那个满身不羁之气的少年郎君说话，便随口问了句："你便是阿蓉家的二郎？不错。"

李信估计她评价"不错"，就是随意那么一说，也没有什么意思。

但闻蝉跟着她母亲，看眼李信，则拆台道："阿母，他哪里不错啊？他混混出身呢，天天走鸡斗狗不学好，不知道有什么意思……"

长公主已经坐于了夫君身边，看眼她后面那个喋喋不休的小女儿。长公主眉眼冷然，看向她女儿时，眼神却温柔怜爱了许多。长公主连斥责她的宝贝女儿，都斥责的那么和气："小蝉不要胡说。英雄出少年，少年不问出身。你干什么瞧不起混混？莫要短视。”

闻蝉撇撇嘴，看向她父亲。

她阿父也是对着别人就板脸，看到她时，唇角都带着微微笑意，与之前那个一身冷硬之气的中年男人判若两人。他现在的形象，任谁都能看出他极宠爱这个女儿：“你也莫说小蝉。小蝉只是不懂事，小蝉与她二表哥，我听说其实相处得也不错？”

闻扶明立刻接话：“不错不错。李二郎很好，小蝉也很好。阿母你就不要说小蝉了。”

闻蝉就坐到她母亲怀里撒娇去了。

李信并李晔：“……”

难怪闻蝉总说她家里人除了她二姊，谁都宠着她。这女儿离家出走一趟，这夫妻二人就跟不知道似的，一唱一和，再加上世子，专说闻蝉的好去了。李三郎以前还觉得闻蝉娇气，但现在看，在这种家庭环境下长大，闻蝉已经很不娇气了。

等安抚完了小女儿，夫妻二人才转向充当路人空气的李家两位郎君：“到了晚膳的时间，你们两个也过来吃吧。以后住在闻家，把这里当自己家一般，不必拘束。有需要便说，我们能帮的尽量帮。”

两位郎君忙点头：“喏。”

一晚宾主尽欢。

于李家两位郎君来说，则是又围观了一场闻家对闻蝉的狂烈宠爱。

回去时，李三郎与二郎说起席间所见，道：“难怪翁主像小孩子似的，怎么也长不大。有这样的家人，她是不可能长大的。”又笑，“她这样娇贵，也不知道谁能聘了她去。”斜眼便看他二哥。

李晔又不是瞎子，非但不是瞎子，还生有七窍玲珑心。李二郎与舞阳翁主之间的事，李晔心知肚明。

李信漫不经心答：“长不大又有什么关系？她自该被人千娇百宠，一辈子不用长大，才是最好的。”

李晔便笑而不语。

次日开始，两位郎君便开始了在长安的交际。曲周侯倒是没帮他们多少忙，侯世子却非常热心。两位郎君为了会稽雪灾之事奔波，知道陛下不理事，便想见到长安那些真正管事的丞相大夫之类。闻扶明整日闲闲无事，就当两个表弟是过来玩了，很有兴趣陪他们两个走一趟。

多亏这位侯世子的相助，两人带着不少礼物，在长安打开了交际面。今日斗酒会，明旦沟水头。李信与李晔积极为会稽之事奔走，两个郎君本不相熟，在这个过程中，关系却近了很多。但对于李晔来说，不知道是不是错觉，他总觉得李信待侯世子，都比他亲近些。

李三郎百思不解，自己哪里惹二哥嫌，让他总跟自己控着一段距离？

李信忙碌的时候，闻蝉也不消停。

她的叔叔伯伯们不在长安，但闻家老宅在长安。闻家老宅中，关爱她的长辈也不少。听说她终于回长安了，各位长辈都要见她，都要对她嘘寒问暖。闻蝉作为小辈，就少不了去见人了。除此之外，还有她在长安玩得好的手帕交们，女郎们见了面，交流了彼此之间的热闹，笑闹中，一日日无忧无虑地过去。

有未央宫中，大人物们与蛮族人关系紧张地相抗衡。

也有长安大街上，胡人出行，带来西域的特产，带给长安百姓们新奇。

要见的人太多了，要参加的宴席太多了，闻蝉几乎忘记了李信。

然她当然无法忘掉——她在哪里，跟女郎们喝酒时，无聊地吃吃喝喝时，总忍不住去想，要是她表哥在，肯定不会无趣成这样子。

某晚回府用膳时分，闻家迎来了宁王夫妻。父母与二女儿多年未曾相见，双方倒是很想念的。不过曲周侯夫妻二人的感情，除了对小女儿外，都格外内敛；而闻姝又身为宁王妃，地位使然，性格使然，她也做不到像妹妹那样扑入母亲怀里撒娇。

她这一生，都没埋入她母亲怀里撒娇过。

两年未见，闻姝只是微微红了眼。

回头看到闻蝉漫不经心地在一边走神，闻姝皱了皱眉：这个妹妹啊……

众人一同用膳。

厅外风吹灯笼，廊下火红一片。席间静谧，只仆从来往，闻姝忽想起一个人，问道："李二郎不是住在这里吗？怎么不见他过来用膳？还有我大兄呢？"

长公主疑惑地看了眼女儿，心不在焉道："李二郎来京，自是有事了。又什么时候非要跟我们一起用膳了？你大兄正陪着他们一起。这会儿应该还没回来。不过你问他做什么？"

闻姝的表情更吃惊了。

在母亲与父亲的注视下，她也没犹豫多久。闻姝本来就不是会藏着掖着的人，她看眼那边坐于案前还一脸没烦恼的妹妹，直接问母亲："李二郎没有跟你们说过吗？他想聘小蝉来着。"

她的夫君张染在旁边，被酒呛住了。他无奈地看眼妻子，没想到妻子这么不讲究。这种话都随便说出来。

而顶着众人一致探视目光的闻蝉呆了，好半天才说："不不不关我的事。"

曲周侯沉默半晌，拍了拍妻子的手，淡声："想求娶小蝉的人那么多，谁又记得住？李二郎有胆子，自己过来跟我说吧。"

闻姝低头：看父亲这架势，就知道李信的未来不好过。

夫君已经发了言，长公主就没对此事说什么。众人继续用膳，但过了一会儿，长公主就招来侍女问："扶明怎么还不回来？他和李二郎到现在都不回来，你去问问他们忙什么。"

她直接忽略了李三郎。

过会儿，侍女脸色古怪地进来，隐晦看眼舞阳翁主。

闻蝉说："看我干什么？别让我出去，我已经十五了，我也要听你们说什么！不许瞒着我！"

侍女看眼曲周侯夫妻无异议，便唇瓣翕动："世子带两位郎君去娼坊喝花酒去了。"

众人："……"

闻蝉：喝花酒？！什么是喝花酒，她好像也听说过来着……为什么他们表情都这么奇怪？

长公主一拍桌木，气势强冷。但阖室的厉害人物，个个泰山崩于前而面不改色，她也只吓住了闻蝉而已。而小女儿一受惊吓，长公主连语气都开始变得温柔了，当然喝出来的内容，却肯定不和气——"好一个小混混！小蝉说得对，一个混混能有什么作为？！我真是小看他了！这种人，活该流落街头！认他回来，简直丢脸！"

闻蝉疑惑说："我没说他没作为啊……而且不是大兄带他去的吗？而且喝花酒到底是什么？我总觉得我听说过。"

或许是哪个说书人的故事里随意讲了那么一句，被她听到了？

长公主生平第一次，对小女儿严厉了——"闭嘴！吃你的饭！少管闲事。"

闻蝉好委屈。

第十章 故人重逢

曲周侯夫妻针对李二郎欲求娶小女儿闻蝉之事，长公主气了一阵后，把事情交给了夫君闻平。曲周侯则根本没把这件事当成个事儿看，自家女儿那个劲儿，他还是很了解的。曲周侯都不觉得女儿有懂事到知情知爱那个程度，所以连闻蝉的意见都没准备问。他以不变应万变——但凡李二郎到他跟前来说，他都会以一个“不行”拒绝掉。

闻蝉当然不知道她阿父的打算，她就觉得是大兄和二姊联合起来坑了李信。虽然暂时还没想起来“花酒”是什么，但大家的反应告诉她肯定不是好东西；而她二姊更是在不应该说话的时候说话，表哥都还没吭过气呢，就被捅到她父母跟前了。那等他回过神来，还有救么？

闻蝉跟自己说：我不是巴望他娶我，而是我大兄和二姊太坏了，我这么善良，当然要从中中和一下了。

侍女青竹等人提着灯，陪翁主走这段幽长的抄手廊。两边夜凉风吹，北方比南方要冷得多，走在空荡的廊子里，树影竹影浮动在众女儿的脚下，如水藻般蜿蜒流动。火红的灯影在两旁开道，灯与风相逐，火光一时明一时暗。

转了弯，碰到了一个人影。

那人影看到闻蝉，身体停顿了一下，就大步往前一跨，翻上了游廊，笑眯眯道：“小蝉，这么晚了，你不睡觉，去哪里逛？”

闻蝉杏眼斜乜他。

少年郎从黑乌乌的竹林中翻出来，本来步子一拐要走另一个方向，结果看到这边的翁主等人，就晃过来了。而他俯眼与闻蝉说话，眉目清雅，挑起时总带着几分风流味道。这长手长脚、俊秀多情的郎君，可不就是她的大兄闻若吗？

闻蝉说：“不关你的事，让开路！”

她欲绕开她大兄，她大兄居然仍往她前面一挡，随她倒退着走。闻扶明接连逗了小妹妹几句，妹妹都板着脸不吭气，他终于伸出手臂，把妹妹往怀里一勾，吓唬她道：“哦，我知道了。这个方向，你是要去客房找两位表弟吧？小蝉，这可不好。深更半夜你往郎君那里跑，被阿父阿母知道了，要说你的。”

闻蝉推他：“我才不怕被说！你让开啦。”

闻若作伤心状：“自你回来，就没跟哥哥怎么玩过。你莫不是见了表哥表弟，就忘了亲哥哥？”

闻蝉看他良久，忽福至心灵：“哥，你是不是不想我去找表哥啊？你们是不是有什么见不得人的事不让我知道？”

闻若脸僵了僵：“……”

看他这样，闻蝉便知道自己猜得八九不离十了。她扬下巴冲他哼了一声，便喊扈从：“来人，给我拦住他！”扈从们当即从两边不知名的角落里跳了出来，道声得罪，伸手去抓世子闻扶明。

闻若挑下眉，觉得闻蝉自去会稽一趟，人都懂世故了不少……

世子叹口气，将手里扇子折入腰间，与几位过来拿他的扈从打起来。他回头一看，发现就这么一会儿工夫，闻蝉依然施施然地走远了。他心里苦笑一声，想道：表弟啊，兄长也只能帮你们拖延时间到这个份上了。你们可得机灵点啊。

闻蝉说去客房见两位表哥，她实则是让青竹等女带了点心去给李三郎，自己则独自去找李二郎。至少这样分的话，她也没完全不理三表哥，明天阿父阿母问的时候，她也有话说。

吩咐好侍女们，闻蝉就去敲那映着屋中烛火的木门了。

先是小郎君懒散的声音：“谁啊？”

闻蝉咳嗽了一声。

里头没动静。

她疑心自己声音太小他没听到，于是又咳嗽了一声。

闻蝉在屋门外接二连三地咳嗽好几声，屋中李信则快笑趴到案上了。他双肩颤抖，好一会儿没直起身来。觉她怎么这么逗，她摆着架子不肯说话，她多咳嗽几声，难道他就知道她是谁？

李信笑够了，才乐着去开门。

门打开，闻蝉仰头，看到李信脸上藏不住的笑。他笑起来真的有些意味难明，又邪气又明朗，笑得她心里怪怪的，不知道他笑什么。李信把手随意往她肩上一搭，便要迎她进去：“知知……”

闻蝉把他搭在她肩头的手一推，往前走。李信怕伤着她，不得了不贴着门让路，迎进了这位十分趾高气扬的小翁主。他摸下巴，啧一声：怎么觉得知知这架势，有点儿兴师问罪的意思？

当然要兴师问罪！

闻蝉不怎么通世俗，好多外头的印象，她都是听说书人讲的。虽然说书人讲的皇室人的世界，与她知道的相差甚远；但是民间风俗之类的，目前来看还是有点用的。她是对这些知道得模模糊糊，但她有脑子啊。

就她阿父阿母的奇怪表情，再加上刚才大兄想拦她，闻蝉就猜测，李信这里肯定有不好的东西不让她知道！

反正李信就是坏坯子，闻蝉很容易就接受了自己这个猜测。

她进了他屋门，就想找他瞒着自己什么。她板着一张脸，还准备一会儿李信抵死不认的话，她好诈他。但是在屋里转了一圈，闻蝉还没开始往旮旯里找呢，她就看到靠屏风的几案上摆着好些绢布。

闻蝉大惊失色：这么晚了，李信居然在屋里刻苦读书么？他原来这么用功吗？

可他不是一直嫌绢布太浪费钱财，顶多用竹简吗？

李信那个粗俗的，要不是李家竹简多，闻蝉估计他连竹简都不想用——他太穷。

闻蝉伏到几案上拿着绢布去看："表哥，你竟然在读书？你好厉害……"

李信走过来，看她那架势，就想到什么，脸色一变，快步上前："哎，这个不能看——"

哪怕他武功盖世，也没有闻蝉手捧卷的速度快。

小郎君刚蹲在旁边去抓闻蝉的手腕，闻蝉反应很慢地往旁边绕了一下。她手一抖，手中绢布落了地。

绢布打开，上面笔法细腻，绝精绝巧，画着活色生香的图画人物。

李信："……"

闻蝉："……"

世界安静了。

彼此沉默着，无语良久。

闻蝉抬头，悄悄望李信一眼。她面颊绯红，脸庞到脖颈，都觉得滚烫无比。明明是寒冬腊月，李信火气又旺，屋中炭火都烧得不多。然此时此刻，屋中热急了，热得闻蝉心跳加快，满身不自在。

她一知半解，但好歹还是有印象的。再是原本不懂，看了这样的画，她也觉得自己懂了。盖因父母什么都不让她知道，而她自己偷偷摸索，总是糊里糊涂，一半一半。

现在，闻蝉僵坐着，能听到自己急促的心跳声。心跳声如雷，跳得她心慌意乱。女孩儿心里想：李信居然偷偷在屋里看这种东西！他比她想象的，还不是好人！

她去看李信，李信面上倒是不露声色，但是细看之下，他的耳根也微红，眼中神情几分尴尬。

闻蝉颤着手指头，趁李信糊弄之前，捡起画像。身边教养姆妈总叮嘱她不让她看这种东西，但是她总是非常的好奇。面上做着贵女的自尊样，她眼皮下垂，忍不住往绢画上撩了好几眼。

每看一眼，心跳都要快几分。

多看几眼，手心里的汗多得，让她几乎抓不起绢画了。

李信却非常自然地从她手里拿过绢画，面上一本正经，撩她一眼后，语气却非常促狭："那你脸红什么？你就当自己看到两个人打架好啦。"

闻蝉：……

好随便的应付态度！

少年背过身，去卷他的画了。闻蝉愤愤不平在背后盯着他看几眼，扑过去抓住他手中绢布的一头。在他疑问的眼神中，她愤懑难平地问："这种不是好东西！你为什么要看这种画？你不学好！你怎么能这样？"

她也不知道她有什么好生气的，但发现李信这样随意，本能地难以接受。原本面红耳赤，现在却有点想哭了。

李信看着她。

他原本不懂闻蝉在矫情什么，他以为他的难题，只是糊弄过去而已。现在则发现不知这样。

少年非常的聪明。他没有问闻蝉，从她眼神变化中，就猜出了她的想法——她生气或质疑他找别的女郎玩。不太懂这期间的弯弯绕绕。但是于闻蝉红眼的这一刹那，福至心灵，他明白了她接受不了什么。

在闻蝉的紧盯下，李信说："没有。但是不碰，看看画总行吧？"

他说得这么随意，都没有把这个当成一件重要的事来讨论。只有李信这种随便的态度，才能抚慰闻蝉。他要是认真跟她讨论，她就得想他是不是了解得很清楚，是不是在蒙骗自己了……闻蝉很快反应过来，女人对他不重要，他不在乎这些。闻蝉望着少年在灯火下的侧脸半天，心慢慢平静下来了。

是了。

她这么漂亮。

李信只喜欢她一个。

闻蝉有点别扭，开始觉得自己和他好像也没有亲密到需要讨论这个的时候。他还没娶到她呢，有没有那一天还说不定呢！她质问他质问的，好像她多在乎他似的……幸亏李信也不想跟她讨论这个，把话题略了过去。闻蝉一下子又骄傲了起来，跟他说："但是看这种画，我姆妈说不好。"

少年的手微微发抖，带着粗茧的指头，在她娇嫩无比的面孔上摩挲。他的眼睛子夜一样灿亮，又有明火在其中点燃。他对她轻声说："知知，我不碰别的女孩儿。"

闻蝉的腰肢被他搂着，冬衫很厚，可是她感觉到他手臂的烫度。

她有些羞赧，又有些被吸引。她不敢看他的眼睛，垂下眼，手中绢画丢在地上，手又松松揪住他的衣袖。她声音发抖，轻声问他："那我怎么报答你好？"

"你说呢？"

闻蝉仰头看他。

在他深深凝视下，她说："你亲吧。"

话音一落，郎君的唇，便贴上了她的唇瓣。如花汁般被碾碎，女孩儿呜咽一声，声音就完全被吞了下去。脸颊贴着，都非常的烫，非常的灼热。闭上眼，眼前一片黑中，又浮现出了一大片白色。

濛濛的，细看之下，看到白腻的肌肤，看到方才在绢画上看到的郎君娘子赤着身子抱成一团的样子……

有些害怕，又有些没那么害怕。

她抓着他的衣袖，任由狂风骤雨扑卷而下，将她淹没其中。她的气势非常的弱，感觉自己的一切都被他吞噬掉。

李信的睫毛，李信的呼吸，李信的嘴唇……还有李信紧紧搂着她腰的手。

闻蝉在惶恐中，越来越被他牵着走。她喜欢他身上的味道，嘴唇的味道……她那么不甘心，可是她又一次次向他低头，一次次在他对她好时，心软地把自己送到他怀里。

屋外，青竹等女已经给李三郎李晔送完了东西。翁主不在意，青竹却尽职尽责地客气对李晔，让三郎知道自家翁主的好意。她跟李三郎送了半天礼，李三郎真是一个识趣的人。青竹一边说“这是翁主的好意”，李晔那边就接话“多谢翁主，感激不尽”云云。等确定李三郎确实对翁主的区别对待没有怨愤之情，青竹才离开那边。

她让其他人去院外守着，提防哪位主子突然驾到，惊了自家翁主。

但是并没有人。

反是青竹觉得翁主进去的时候太长了，思忖片刻，去了李二郎屋门外。她听到里面女孩儿浅浅的呻吟声，那声音不对，她的心跳一下子跳高，什么也管不了，剧烈地开始敲门：“翁主，翁主！”

屋中气氛正烈。

沉迷于与众不同的世界中，少年们难舍难分，有些分寸很难把握……呼吸变得非常困难，今夕何夕烧得脑子像浆糊一样。到少年的亲吻摧枯拉朽般将她压倒，闻蝉都没有反应过来。

李信渐渐动情。

猛将闻蝉往案上一推，她身子柔弱，他护着她后背，将她往后推在案上，手扣着她细白的手腕，亲吻得更加热情。

李信狂热的样子，吓到了闻蝉。

在此时，闻蝉听到了青竹的叫声。被李信拉走的神智一下子回归，闻蝉发觉了自己在和李信干什么。青竹已经在拍门了，少年长长的睫毛刷着她的脸颊，完全没有放开她的意思。

闻蝉挣扎，她的挣扎，换来他更用力的搂抱。

她贝齿一紧，往下咬去。

青竹贴着门，听到里头少年一声闷哼，之前那些奇怪的声音，终于消失了。屋中再听不到声音，变得很安静，青竹一颗心七上八下，继续持之以恒地敲门。

屋中，闻蝉已经坐了起来，往外爬出一丈远，还不忘抱住丢在地上的绢画。她喘着气看李信，眉眼含春，而唇瓣，被他吮得水润鲜红，正如被碾碎的花瓣一样。

闻蝉盯着他，怕他像刚才那样压她。

她有点儿害怕刚才的李信。

李信抹把唇上的血迹，在看到闻蝉的眼神时，回过了神。他闭了闭眼，知道自己吓住她了。好一会儿，少年屈腿，将身上反应挡住，睁开眼时，之前的强烈眼神已经不见了。他又变得又痞又坏，却不过来闹她，还对她吹了一声口哨：“别怕，我不会拿你怎么样的。”

敲门声还在继续。

闻蝉应了一声后，才静下来。

她低着头，起身整理自己的衣襟：“那我走了。”

李信坐着，没有起来送她。闻蝉心慌意乱，也没有去想李信为什么不送她，她现在巴不得他离自己远一点。她走到门口时，却又听李信在身后喊了她一声。她回头，看坐在案边的少年手撑在几上，对她说："知知，别害怕，以后不会这样了。在你嫁给我之前，我不会再碰你了。别怕我，好么？"

闻蝉："……"

她呸他一声："鬼才嫁你！"

转身推门出去。

李信则笑着看她，等女孩儿从眼前消失，他才剧烈喘口气，往后躺了下去。欲望之情，让他难以纾解，却压根不敢让闻蝉知道。他总是吓唬她，但有些事，又想她不知道……她还是太小了。

李信忽然想到江三郎评价闻蝉太小了。

他现在有了同感。

但是估计他想的，和江三郎的原意，肯定不一样。

闻蝉一晚上睡得不太好，李信又闯入她梦里，把她折磨得精神委顿。次日天亮，她坐在窗前，青竹等女给她梳发时，她忽然想起来，自己昨晚找李信，是要干什么来着？

她又突然想起来，她知道花酒是什么意思了！

她脑中有听说过这个说法，但是昨天一时没想起来，在清晨时，闻蝉福至心灵，想起来喝花酒是什么意思了！

"讨厌！"闻蝉猛地站起来，叫了一声。可怜她都不会骂人，翻来覆去就这么几个字。

檐下突然倒挂下来一张脸。

闻蝉往后退两步，看到李信翻身下来。一窗之隔，他笑眯眯撑在窗上，满眼深情无比地邀请她："今天有赛马，挺有意思的。带你去玩，去不去？"他笃定闻蝉摆摆架子后，就会跟他走。她还是很好说服的。

但是闻蝉冷冰冰地看着他。

看得李信渐意识到了不对劲。

而闻蝉一声冷哼，当着他的面，就把窗子关上了。她关的力度那么大，差点拍到李信脸上，得多亏李信躲闪的动作快。窗子啪一声，隔断了少年凝望小美人的视线，还听到了小美人的冷笑声："不去！你自己喝花酒去吧！"

李信："……"

李信被闻蝉甩了一脸，小娘子连面都不给他见，他心情就有点烦躁了。他本来就不是对人多低声下气央求的人，他对闻蝉，已经算是使出他平生的好性子了。且花酒这事吧，他又说不清，再加上有小厮过来催促他，所以就想着先晾晾闻蝉，等过会儿她不这么生气了再说。

闻蝉则是等半天，想要等到李信跟她解释并道歉。她让青竹出门去看，青竹回来说："二郎已经走了。"

闻蝉："……"

她更加生气了，又催青竹去问李信去哪里了。小娘子此时还抱有对李信的美好幻想，想李信是不是觉得自己做错了所以去想办法来哄她了，结果青竹让人跑了一来回后，苦着脸回答：“郎君们都出门了。”

闻蝉站起来：“他一定是又出门去玩了！我这么难过，他居然出门玩！”出门玩还不叫我！

当然最关键的最后一句话被她藏在了喉咙里，为防止青竹笑话她。

青竹瞥翁主一眼，心想：看起来您倒不是难过，而是不高兴，而是需要二郎回来哄你。可惜二郎榆木疙瘩，不明白您的小心思。

青竹想得不错，要说多生气，闻蝉也不至于。她还是了解她大兄的，一切都是她大兄唆使的！李信穷死了，肯定舍不得掏钱去玩女人！只有她大兄扔五铢币跟扔土似的，随意就那么丢出去了。

而且玩女人，为什么要去外面玩？为什么不跟她玩？

闻蝉拍下桌案：“走，我们也出门去！”

青竹虚心请教：“咱们去哪里？”

闻蝉说：“他去花天酒地，咱们也去！”

闺室雅丽沉静，众女围着翁主，为翁主快速梳洗装扮。出门的时候，闻蝉便着一身细色华锦三绕曲裾深衣，外披白绒红底斗篷，梳着垂云髻。乌发如缎，额前垂戴翠绿玉珠相间的华胜。少女亭亭立在窗前，与窗外梅花枝叶相照，眉目流转间，人比花娇。

她出了院门，出去时，碰到前来看她的大兄闻若。闻若寻思着昨晚惹小妹妹不开心了，于是让仆从抱了一大堆小巧精致的玩意儿，在大清早出了门，来跟妹妹赔礼。结果闻若在远远的曲径上就先看到了欲出门的妹妹。闻蝉仿若美玉流光，乍现身，闪了闻若满眼。

闻扶明都习惯妹妹的出色容貌了，一旦眼前被刺得回不过神，那一定是他妹妹来了。见到妹妹娇小的身影，郎君高兴地伸出手，想与她打个招呼。结果闻蝉乌眼一抬，也看到那边的大兄了。她跟青竹小声：“咱们走另一条路。”

闻若的笑脸僵硬了：“……”

他还没打招呼呢，还没走近呢，就眼睁睁看着众女的身影在院门前一拐，往另一个绕远路的方向走了。

他想：哟，还真生气了啊？但是表弟们看春宫，她有什么好生气的？跟她什么关系啊？

世子摸着下巴，开始感觉到了一丝不寻常。

闻蝉去寻她在长安交好的女郎们“花天酒地”。女郎们都说要出门，不喝酒，却是要游园。闻蝉满心想自己要在外面海玩一天，听姊妹们这样说，便也欣然而往。众女们便一同相约坐上马车，去一同游园。

这一游，就游去了郊外大马场。

楚国因为和蛮族人常年打仗，为了训练马匹和士兵，大马场一直很热闹。朝廷只对马匹管理很严，但是贵族郎君娘子们来马场骑马，只要不损害马匹，朝廷也是睁只眼闭只眼的。

某方面说，对马匹的管制越来越随意，也说明了朝廷对战的消极态度。

舞阳翁主跟着女郎们，到了围栏后的休憩场所。果然见到一边万马奔腾、尘土飞扬，而另一边案头排排，瓜果皆依盘而列，许多郎君娘子们围在一起说话。她顿时明白了女郎们的心思，这可不就是交际会吗？

年轻男女们外出交际，又有同伴玩耍，又与喜欢的郎君们眉来眼去。女郎们围在一起，说得最多的，就是哪家郎君最俊俏，哪家郎君最出众。

闻蝉微有恍惚：想当年，她正是在类似的游会上，听说了江三郎的大名，才对江三郎一往情深。谁料才短短几个月，她和江三郎的缘分就走得差不多了。

舞阳翁主正悲春伤秋之时，忽听到耳边有娘子惊呼，声音都带着抖音："那那那不是江三郎吗？！"

闻蝉："……"

她也看过去，果然见到跟随仆从领路而来的红袍青年。一般红衣男儿穿来都压不住，青年却穿得挺拔温润。他缓缓走来，翻起的袖口隐约露出白色衬底，像水在一层层地流动般。青年风采如昔，又不苟言笑。闻蝉跽坐于案边，已经看到好些个主动的女郎走过去，与心中情郎攀谈了。

江照白就是到了长安，还是那个不重女色的人。多少美人儿往他跟前凑，他疏离又客气，目光追逐着马场。

众女很快低声讨论：

"江三郎又回长安来了啊，不知道他还走不走？希望他不要走了。"

"自江三郎走后，长安的郎君们全都变得很没趣。"

"可惜江三郎眼光甚高，也不知道欢喜什么样的人儿。"

闻蝉首次脱离出痴迷女郎的队列，从旁观者看，便觉得眼前景象十分有趣：多少女儿家飞一样扑向江照白，江照白躲着唯恐不及，沉着脸拱手再拱手。就这样，他身边的莺莺燕燕也没见少。毕竟这里是长安，能站在这里的女郎们，哪个家中地位都不低，江照白得罪谁都不好。

也许他本人并不是多么冷漠的人，但就是怕极了这些女郎们，才不得不不苟言笑。

毕竟他面对李信，可是笑了不止一两次……

闻蝉心中酸酸地想到。

被女儿们围在中间的江三郎，确实苦不堪言。在会稽还好，没人认识他，他除了待在竹庐，就是出城去办事，少和女郎们打交道。这般清净的日子过久了，又回到被包围的长安，他颇为不适应。

他已经尽量冷着脸客气了，一般的女郎们看他这么冷淡，也只是寥寥几句话说后就走开了；但仍有一位公主，与他说话。那是位公主，他又不好发怒。

他的气势又没有强到让生人勿近的地步，再加上众人看他，不光是为他本人，还为他身后的江家……江三郎在长安的贵女圈中，一直是非常热门的夫君人选。

江照白眼眸在人群中一梭，忽然看到一个人影。他顿时有了主意，可以避开身边喋喋不休的公主了。青年拱拱手，笑道："殿下，我与人有约，那人已经等着在下了。"

他大步往远方角落里吃果子的闻蝉走去。

闻蝉："……"

众人的视线，全都落到了她身上。

闻蝉还没有反应过来，江三郎已经到了她对面，笑道："让翁主久等了。"

闻蝉既莫名其妙又受宠若惊：江三郎居然用她来躲女眷！她何德何能啊！

但是看眼那边虎视眈眈、目中快要喷火的某公主，闻蝉还是想拒绝：她只是一个小小翁主，她还是不要招惹某公主了……这位某公主，性格骄横跋扈。闻蝉与她也常见面，但两人性格不合，打交道并不多。

江三郎又和她没什么关系，她没必要为了江三郎得罪一个脾气不好的公主啊……

眼看闻蝉要拒绝，江照白身子往前一探，用只有临近人才能听到的低声量说道："阿信现在就在大马场跟人赛马，我带你去看！"

闻蝉："……"

她一时想说："关我什么事？我才不想看。"

一时伤心："你果然是为我二表哥来的！"

千言万语，到口上，闻蝉说："我自己也能看。"

江三郎笑着，低头为她削果皮，唇轻轻翕动了两下："翁主，我身边有一堆麻烦的人，你身边也有一堆麻烦的人。我们何不在一起，好挡一挡呢？"

闻蝉默然无语。

她为什么坐在角落里一动不动，就不想出去了呢？当然是为了挡外头如狼似虎的郎君们啊。她就是坐得不显眼一点，希望不要被人注意到她的到来。江三郎的桃花运很多，闻蝉也不少。

小娘子与江三郎温和的目光凝视许久，伸手与他拍了掌，被他拉起来。

闻蝉心想：万万没想到，我终于有机会和江三郎近距离接触了，却是在这样的情况下……

而看到舞阳翁主和江三郎相携着去看赛马，众女愣了愣，有些不可置信。没听说过江三郎与舞阳翁主有什么关系啊？却有消息灵通的已笑道："你们忘了前几个月，翁主去了哪里，江三郎又是从哪里回来的？"

众女恍然，然后唏嘘：没想到竟是他们两个。

然一看之下，郎才女貌，相携而走。二人金童玉女般相配，也没谁不如谁，众女除了扼腕，也只有心不甘而已。就连之前那个公主，也踟蹰了一下。一个翁主不算什么，但闻蝉母亲是公主的姑姑，那姑姑还是嫡长公主。没什么必要的话，谁也不想跟长公主一家弄成仇人。毕竟父皇不管事，公主的婚姻，还得靠宫里的夫人们。要是长公主又跟夫人们说了什么话，公主的婚姻受阻，简直是必然的。

江三郎已经领闻蝉去围栏边看赛马了。

到了前方，也有不少郎君女郎们站在这里看赛马。但是与后方的莺莺燕燕们不一样，站在这边的，都是对赛马有些兴趣。看到江照白二人，大家只是愣了一下，注意力却还在马场上。

江照白和闻蝉其实也没那么熟，两人就是搭个伴。到了这里，虽然两人并肩而立，江三郎已经陷入了沉思，闻蝉也不理他，去看赛马了。如果李信在旁边，她还有话说；但是对江三郎，闻蝉总有一种跟他多说句话自己会倒霉的错觉。

她手扶着栏杆，想从尘土灰灰的马场众寻找熟悉的身影。而很快，她果然看到了——

少年骑在马上，身子与身下健硕奔跑的马几乎平成了一条线。阳光在他身上打晃，圈圈光影中，许多人骑着马在前截道，他和身下的马，像是从阳光中飞跃出来的一样。场中鼓声阵阵，喝声起伏，而小郎君矫健无比的身形，赢得了场中场外众人的关注。

他骑马的样子，冷静对敌的样子，就是甩马鞭的样子，都英武极了！

女孩儿不自觉身子往前走了一步，被旁边察觉的江照白拉了一把。江照白说："不要往前走，小心伤了你。"闻蝉嗯嗯嗯地胡乱答他，青年偏头，看到女孩儿眼眸专注的样子，忽然间，便有了与她交谈的兴趣："你懂这个？喜欢看？"

闻蝉说："对啊！挺喜欢的！" 李信好厉害……

女孩儿对心上人的喜爱，从一开始，就是从崇拜开始的。她觉得这个人很强很好，在她所仰望的领域中发着光。她心里的情花开了一大片，目光追随着他，觉得他像个英雄。又盼望他这个英雄，只为自己一个人。

江照白显然没有情爱那根筋，他看闻蝉眼睛发亮，以为她与自己所想相同，竟生出了知己感。江三郎与闻蝉欣然感慨道："蛮族人来我大楚国度，就是为炫耀挑衅而来的。宫廷那边如何应对暂且不提，但他们显然在民间，也想让我大楚百姓对他们生起畏惧之心。今天的赛马中，他们就不停地赢，不停地挑衅。幸而我大楚儿郎们不是孬种，在场中与他们相斗。赢钱是小，夺回面子才是真的。"

闻蝉："……"

听了江三郎解说，她才意识到为什么马场中会这么多蛮族人。她刚才都没注意到……

江照白望着前方："阿信的马术真不错，有他下场，今日的比赛，该是我大楚赢面比较大。"

闻蝉说："……赢了比赛，能有很多钱啊？"

江三郎以为她不知道规则，就与她解释，与她说每场赢了会分到多少钱币云云。而耐心听他说完后，闻蝉就肯定说道："那我表哥下场，就是为了钱了！"

江照白愕然："……"

然后莞尔："是了，我倒忘了阿信缺钱的事了。"他出身极好，从来没缺过钱财交际，他是真没想到李信会缺钱。但是又算了算阿信几日来的行程，觉得阿信赚的钱早就够他花用了。那更多的钱，该是别的用处了。

江照白垂目，开始想李信打算把钱花在哪个地方了。

江照白又不理她了，闻蝉也不在意，她心花怒放地去看李信在场中大展神威。但是她能发现郎君的厉害，旁边自然也有人发现。有许多女郎们便在讨论——"那连闯三环的郎君，是哪里人？真是好生俊俏！"

“郎君为我大楚而出战，胸怀磊落，好生了不起！快去问问郎君是谁？怎么以前没见过？”

有知道的便答：“是李二郎。会稽李家的二郎，李信。”

众女便“哦”一声后，继续热烈讨论李二郎如何如何英武不凡了。闻蝉忍不住插嘴道：“他没有你们想得那么好。”

众女便驳她：“你知道什么？李二郎风采卓人，一般人难比。”

闻蝉心里忍不住道：你们觉得他好，那是你们没见过他。等你们见过他了，就知道他多浑蛋了……

随着李信在场中连连夺冠，场下女郎们更是将他吹捧得如神人一般。仿佛等李二郎一下场，她们就要扑过去跟他交际去了。闻蝉心里快堵死了，又插一句话说：“他长得可平凡了……”

终于有女想起来了，看她一眼，诧异满满：“听说李二郎与翁主是表亲？既是一家人，翁主何必总说人家不好呢？”

又有女道：“郎君英俊，不在相貌。翁主你年纪小，你还不懂。”

闻蝉：“……”

她简直快被这些一个个专心凝望李信的女郎们气死了！那是她的表哥，又不是她们的！她都没激动，她们瞎激动什么？！

闻蝉快要忍不住把李信丑化无数倍，好叫身边这些没见识的女郎们知道，她表哥到底有多丑！特别特别的貌不惊人，特别特别的不是好人，跟她们以为的完全不一样！

舞阳翁主就要开口说了，她都要说第一个字后，后面有人道：“程漪，你也来了？”

“程漪”这个名字最近如雷贯耳，耳熟得很，闻蝉几乎是一激灵，便回头去看。同时，她发觉身边的江三郎身子僵了僵，却并没有回头，依然专心致志地看着马场中的比赛。

程漪曾经也是贵女圈中的风流人物，不过这几年，她已经不怎么出来玩了。

贵女圈中的人换了一批又一批，与程漪差不多大的，都嫁了人。大家彼此之间的关系被拉得无限远，认识程漪的人，已经实在不多了。

闻蝉就不认识。

她也许偶尔见过这个人，也许偶尔听过这个人。但她对程家五娘子的全部印象，都是听她二姊的解说后，与江三郎绑在一起的。但是闻蝉又知道，程漪不出意外，就是未来的定王妃。两人的聘礼彩礼都已经开始准备交换了，说不好，等下一次见面，就是在定王的婚宴上了。

闻蝉扭头去看程漪是谁。

身量高挑的女郎挥下仆役，与几女说话。她相貌姣好，眉目清清淡淡，若月下清霜，与人隔着一段朦朦胧胧的距离。女郎是极美极雅的，梳着高髻，步履间仿若踏着云雾。她款款走来，与闻蝉的二姊看着差不多大。

她跟人说话时，态度还是比较娴静优雅的。但是很快，她的目光就转了过来，与窥探她的闻蝉撞上。

女郎的目光如火如电，闻蝉与她对视了半天，就移开了。一看之下，她就知道，这是一个与她气场不和的女郎，没必要结交。闻蝉扭过脸，继续专心去看赛马了。但是她想看，有人却不让她好好看。

闻蝉的目光移到赛马场上，耳边听到女郎温温凉凉的声音："五娘见过翁主。"

闻蝉无奈地转过身，看到程漪已经站到了她身边。程漪也不是诚心请安，大家都是出来玩的，她又是长安城中大家心知肚明的未来定王妃，差不多就行了，闻蝉哪里受她的礼？

程漪的目光又越过了闻蝉，看向闻蝉身边的那个人。她唇角带了一抹很淡的讽刺的笑，说："江三郎也回京了吗？倒是多年不见了。"

江照白手扶着栏杆，心里长长叹了口气。

他就是不想与程漪打招呼，才连面都不肯见。谁知程漪不肯放过他，仍然过来了。他心想，倒是连累翁主了。

江三郎心中无奈，面上却不表现。他转了身，以一副很生疏诧异的样子，向程漪拱了拱手，笑道："程娘子吗？倒是没料到程娘子还记得在下。"他表现得，就好像跟一个见过几次面的陌生人说话一样。

程漪看着他："江三郎名满长安，郎君不记得我，我却是记得江三郎的。长安的女儿们，有几个会忘了江三郎的风采呢。"

闻蝉在边上看得目瞪口呆：你们这对曾经旧情人，好会演啊……表现得好像你们不认识似的。

但是她没记错的话，就是十几天前，他们还在江陵的时候，被程漪的人追杀过吧？据江三郎所说，程漪想杀的人是他吧？

程漪正淡淡看着他们，主要目光放在江照白身上。离她很近的闻蝉，在一瞬间，看到这位娘子复杂的眼神，然而只是一闪而过。明面上，闻蝉只听到程漪凉凉的声音："江三郎心怀天下，不该回长安。"

江照白淡声："我回不回长安，与娘子无甚关系。"

程漪点了点头，目光又放到了闻蝉身上，漫不经心道："你与翁主情投意合了么？倒是真难得。我真是没想到……最后博得他欢心的，竟是你啊。"

闻蝉被程漪表面温和、内含刀霜的眼睛看着，这一次，她眼里的复杂，已经连掩饰都不曾了。闻蝉倒不退让，程漪用这种隐隐仇恨的眼神看她，她也有自己的骄傲有自己的架子。程漪算什么？闻蝉连解释都不想，不甘示弱地瞪了回去。江照白自然看出了两个娘子之间的眼神交锋，头疼地走上前，挡住两人，想把闻蝉摘出去。

他想，程漪厌恶的人是他，莫把闻蝉扯进来纠缠了。

这个时候，闻蝉还有空想：看吧，我又要开始倒霉了。被程漪缠上……每次我和江三郎有一点关系，就都要不顺。我果然和江三郎命里犯冲。

几人正各展神通时，身后，传来少年的声音："知知。"

在这场被牵连的情感厮杀中，闻蝉侧过身，看到马场中向她走来的少年郎君。他走在光华流离的日光下，手里提着一个钱袋。遥远得还没有看清他面孔的时候，就已经认出了他的身形。永远的那么蓬勃，永远的那么刚强，他向她走来，很快在能看清脸的时候，众人都看到了小郎君面上的笑。

那种有些坏、坏得非常撩人的笑容。

非常地容易让人心跳跟着变得剧烈。

肆无忌惮，无拘无束。他与他们不是一个世界的，但女郎们似乎天生就被这种突破规则的郎君所吸引。

众女都在看着，李信一声高亮啸声，身后被马夫安抚的骏马扬蹄长啸。赌马赛事已经结束，小厮们开始打扫马场，今天输得很丢脸的蛮族汉子们聚在一起，叽里咕噜地说着他们的话，并时不时用凶狠不甘的眼神看那腰杆挺拔的年少郎君。他们忽然听到唿哨声，听到天地间动人清亮的啸声，齐齐去看。

那啸声又清又高，流转天地间。不光他们听得心神激荡，连长安的郎君娘子们都听住了。

马场的后方，来了一群比较低调的蛮族客人。年轻高贵的王子殿下没有指责自己这方的输赢，而是站在栅栏的进入口，转过视线，看到了那少年郎君，还有郎君奔向的女孩儿。

尊贵王子面上露出他乡遇故知的惊喜神情，但很快，那惊喜之情，变得有些沉重了。

在蛮族客人的注视下，李信已经到了围栏边。他手攀在栏杆上，与栏杆后方的舞阳翁主面面相对。他甩了甩手里的钱袋子，抛给栏杆另一方的闻蝉："接着！"

闻蝉沉浸在他虽然没有韵律、气势却何其惹人的清啸声中，他手里一个不明物品就飞向她来了。闻蝉手忙脚乱、慌里慌张地去接，那沉甸甸的钱袋子正好落入她怀里。她表哥提钱袋子跟提着空气一样轻轻松松，轻松得都让人很难注意到钱袋的存在。结果钱袋落入闻蝉怀中，那么重，猝不及防，压得女孩儿腿软，差点跪下去。

闻蝉坚强地没有跪下去，没有出丑。

因为她表哥在跟她随手扔东西的时候，就手撑着栏杆，从马场翻到了围观场中。在小娘子腿软欲倒的时候，他一手搂住她的肩，将她不动声色地提了一把，另一手又接过了钱袋子，笑眯眯："喏，都给你花。今天赢的钱，你想买什么，咱就买什么！"

惊疑不定、失魂落魄的众女郎：……而且恐怕与舞阳翁主的描述相差甚远，他二人的关系特别的不错！

因为她们看到在李信与翁主说话时，翁主还隐晦地，瞪了李信一眼。那眼波光潋滟，娇嗔之意无人不知。

李信转头看向江三郎与程漪。

闻蝉开始紧张，怕他在马场中看到了她与程漪的不对付，来替她报仇。说实话，这有点小题大做。然李信天生的无法无天，闻蝉就怕他招惹上人。但是李信只是随意看了程漪一眼，目光就转向了江三郎："三郎，我与知知还有事，我们先走了，你不介意吧？"

江照白松口气，让李信领走了闻蝉。江照白最怕把闻蝉牵扯进来，李信出面带走人，还没有闹得不可开交，江三郎已经感激无比了。

程漪心情复杂地看着那小郎君领走小翁主。旁人也许都没发现，但在少年随意扫她的一眼中，她感觉到了千重巨山扑压的威慑感。她脸色苍白了一瞬，咬破了舌尖，才没有被强大气势压得往后一退。

她心中惊骇，又看着江三郎温润的侧脸与少年笔直的背影，静静地想到：舞阳翁主真是幸运……

在她才十五岁的时候，就有与她一般大的表哥这般护着她。

而自己呢?

程漪看眼江三郎，心里冷笑：他从来就没护过我。他只有他的家国天下，我在他眼里，恐怕和路人的分量差不多!

闻蝉被李信一径带走，而李信身上的那种和他们都不一样的气度，让他们走了很远后，女郎们才纷纷扼腕。有些心动的女郎，却已经着家仆，去打听李家二郎来长安做什么，是否有婚配什么的……

坐在围栏后百无聊赖的李家三郎李晔，作为一团容易被人忽视的空气，他到这会儿才站起来，愕然看着他二哥把闻蝉领走，却把他给忘了。他们经世子介绍，与世子的朋友们来马场玩，李三郎负责口若悬河、勾心斗角，陪几位郎君聊天；他二哥则下马场去给蛮族人找不自在去了。李晔是觉得二哥纯属闲得慌，蛮族人想大闹马场跟他们有什么关系，但二哥义正词严一番为国争荣的话，说得郎君们热血沸腾，李三郎也只好默默咽下去对此事的不当一回儿事的话语。结果现在李三郎还与客人们周旋着呢，他二哥就走了。

李晔有点儿生气：这般重色轻弟，是不是过分了啊？

但一会儿，就有一个小厮被他二哥派过来，与他解释道歉，还说了下次替换他。恰恰马赛已经结束，陪伴的几位郎君也不想在这里待了，和李三郎笑道：“我认识丞相家的郎君，丞相家大郎对骑马很感兴趣，但他阿父跟太尉别气，总不让他骑。二郎骑术这样好的话，明天我约个时间，大家出来玩？”

李晔心里快速地血液沸腾了：丞相家的郎君！正好能借丞相大郎的口，跟丞相对上话!

今年会稽雪灾还能应付，就怕明年再紧接着旱涝水灾……长安这边什么都不给的话，会稽应付起来实在困难。

还得靠他二哥用武艺征服去!

李晔快速地赔起笑脸，与郎君们你来我往地互相试探起来。比起他二哥的长刀直入很少迂回，他还是喜欢这种绵里藏针的方式。

当这会儿，李信已经带着闻蝉，去马场另一头的小树林中去了。出马场有两条道，他们显然走得是一条荒僻的路。四方都是松柏树，在冬日也青翠如春，绿意盎然。闻蝉跟在李信身后，伸出手指头戳戳他的肩：“哎，你刚才怎么没发火，没跟程漪对上呢？我还以为你会打她呢？”

李信随口道：“我不对付女人。”

闻蝉挑高眉：“哟，瞧不起女人啊？”

李信回头，对她轻佻一笑，学着她那副挑衅的说话口吻：“哟，舍得跟我说话了？”

闻蝉：“……”

立刻想起来李信如何浑蛋！

她停了步子，不跟他走了，还板起了脸：“花酒！解释！道歉！”

李信他真是嘴贱，拿什么转移话题不好，拿这个转移话题呢。他认真地想，他重新把话题转回去，跟闻蝉讨论他是不是瞧不起女人，不知道还行不行？

闻蝉见他半天没吭气，重重哼了他一鼻子，扭头就往树林外走。李信追上去：“你哼什么哼，惯得你毛病越来越多了……”

反正李信说什么，闻蝉就不理。舞阳翁主平时软绵绵的，但是偶尔跟人怼起来，还真挺麻烦的。李信心想造孽，长腿一跨，手勾住女孩儿的肩，把她压在了一棵树上，堵住了她的路。

李信比他们初见时，已经长高了好些。他高高瘦瘦，把娇弱的小娘子往树上一压，两手堵住她的路。这般强硬的姿势，但他现在做来，居然对闻蝉一点影响力都没有了。

闻蝉还敢仰着头，继续不露声色地瞪他。

李信：“……”

他长叹一口气，跟她认输：“好了好了，我败给你了。我错了，别不理我好不好？”

闻蝉纡尊降贵地开了口：“那你跟我发誓你以后再不去喝花酒！”

李信说：“我不能跟你发誓，因为我还是要去的。知知，我又不是天皇老子，非要社会规则顺着我的意走。在我足以影响一切前，我还得照着规则走。全天下的郎君都这样，你非要我与众不同，这般孤立，坏大于好。”

闻蝉愣了愣。

她没听过人这么认真地跟她解释过这些事。

平时她有疑问，但是又不方便她知道的，大家都糊弄她，随意就把她瞒过去。李信这么诚恳地跟她解释他不能听她的话，闻蝉心里非但不怪他，还比以前更喜欢了他一分。

所有人都当她是小孩子，只有她表哥，把她当大人一样。

闻蝉想了想李信的话，于是降低标准：“那你不能跟那些女人做、做……做不好的事。”

他赶紧跟闻蝉保证自己不会碰女人，他都不想跟她开玩笑了，就怕她拉着他继续说这个话题。但是显然这个话题揭过去后，闻蝉仍然对他喝花酒一事耿耿于怀：“可是你为什么要去那种地方？谁带你去的！你都摸不清长安的街坊，你怎么可能找得到……我一定不放过带你做坏事的这个人！”

李信随意道：“没人带，我自己去的。好了你别多想了。”

闻蝉看他：没人带？明明是她大兄带他去的。他们一家人都知道了呢，只有大兄和李家两位表哥不知道他们已经知晓事情。明明把事情推到她大兄头上，她就不会总拿他说事了。她知道这个道理，李信必然也知道。但是他一口咬定是自己去的，就是不肯供出来大兄。

做坏事不对，但做完坏事后为了减刑供出同伙来，更让人不齿。

哪怕她表哥是个混混，他也依然讲义气。

闻蝉心中情意似涓涓细流，她初初对一个郎君这样喜欢，看着他发着光一般的魂魄，便觉得他那张貌不惊人的脸，也变得好看了很多。他清清瘦瘦的，低头跟她说话。他蹙眉的时候，眉眼距离极近，浓黑一片，轩昂无比……闻蝉伸出手臂，在猝不及防下，搂住了李信的腰。

她扑入李信的怀里，觉得少年身子好像僵硬了一下。

闻蝉疑惑抬头看他。

看他烦躁低头："你干什么？！"

闻蝉结巴："我没干什么啊。"

李信看着她，心中那带着羞赧之意的磅礴感情，在看着女孩儿干净的眼睛时，他真是说不出口。他怎么能告诉闻蝉，她一抱她，他就有点受不了呢？就想压她，就想亲她，就想对她做不好的事……

·看他俯下来，手摩挲着她的下巴。他的指间粗茧，磨得她有点儿痒，又酥酥的，东不着西不落。年少娘子的脸颊绯红，睫毛颤抖，像是蛾翅纤纤，振翅欲飞。她眼眸羞涩地看着他，看他耳根也慢慢红了。

李信是要亲她吧。

闻蝉害羞地等着，她有点怕，有点犹豫，但是又不太想反抗。她虽然觉得表哥的亲吻每次都狂热得让她有点受不了……

李信手在她下巴上碰了碰，忽然站直身子，移开了手。

闻蝉茫然看他。

看表哥眼神恢复清明，对她道歉般地一笑："差点忘了，我说过不碰你的。"

闻蝉："……"

骄傲又矜持的舞阳翁主，她的心都快飞出来了，又堵在了嗓子眼里。上不上下不下，闻蝉恨不得扑倒李信，自己亲过去……然而她是翁主，然而是他喜欢她的，然而她还有点放不开。

闻蝉想哭鼻子。她不知道当她纠结时，李信看她的眼神，充满了揶揄笑意。李信要再逗引她说话，忽然之间听到了树林里另一道慢慢走来的脚步声。他对闻蝉嘘一声，就拉着闻蝉，在树林里绕了几下，轻易地绕出了对方的必经路。

而少年们躲在树后，往声源处一看，见边走边说话的男女，竟然是江三郎与程漪。

闻蝉诧异满满：他们两个！

江三郎声音温温淡淡："程家军派死士刺杀我的事，宁王殿下已经知道了。你背后是定王，还有只你不知道的手在推着这件事。宁王回京，定会让人彻查此事。你恐怕给定王惹了麻烦，或者这也许正是定王的意思……无论你们到底是什么想法，我能做的，也只是提醒你一句。"

程漪说："宁王？我怎么敢杀他？我要对付的，从来都只是你而已。"

江照白淡声："但是有人想借你之手，招惹宁王。反正你好自为之吧。"

程漪停了步子。

她抬头看他冷淡的侧脸，冷声：“江三郎你还真是有情有义！我派人杀你，不想你进京，你还愿意跟我说这些事，让我做好准备。你对你的旧情人，都这么好吗？你对新情人，也这么照顾吗？”

江三郎看她一眼：“我和翁主没什么关系，你和我之间的事，不要引到她身上。我也不想跟你说这些，但你紧跟着我，我又能说什么呢？”

他提醒说：“你还是少与我见面吧。毕竟你是要做定王妃的人，不要被有心人发现你我的关系。”

他们已经停下来，已经不走了。树叶哗哗哗在头顶吹动，四面风声，空气冷冽。程漪站得端正：“你我的关系？你我有什么关系？不过是你抛弃我的关系而已！”

江照白望着她，沉默良久。她是很美丽的女郎，高贵清耀，自来如是。但她现在看他的样子，又充满恨意，称不上什么冷静。江照白默了片刻后，才说：“原来你一直觉得是我抛弃了你。”他停顿了一下，“程漪，我没有抛弃你，我们只是理念不合，好聚好散而已。”

程漪说：“你差点就娶我！当然是你抛弃我！”

她又说：“理念不合？好啊，我就要入局，来跟你搅一搅。我走我的路，你寻你的道。且看盛世太平，是如我意，还是如你意！”

江照白皱着眉看她。

她忽而往前一步，抓住他手腕，将他往身后树上迫。江三郎恍神的片刻，被她大力压到树上。看她踮起脚，眼中有疯狂之意，凑过来的样子何等决然。江照白猛地伸出手，捂住她靠过来的口鼻。

他说：“不要这样。”

怀里的女郎瑟瑟发抖，她的一腔崩溃之情，在他温和的声音中，溃不成军。她多想他，多眷恋这个怀抱……但是三年了。他还在长安时，就与她形同陌路。他后来走了，也没跟她告别。他是没有心的人，轻松地抛下过去，只有她放不下。

程漪猛地拉下他的手，带着哭腔冲他喊：“我还没有嫁人！你也没有娶舞阳翁主！我为什么不能亲你？！”

江照白低头看她。

程漪蓦地推开他，带着泪水的眼，此时又有寒冰浮现：“不要用这种眼神看我！”

她望他明玉般的面孔半天，她终是拿他没办法。每看他一眼，心中又酸涩一分。她心中告诉自己这是最后一次，以后绝不手软，以后绝不跟他低头。他不选她，她也永远仇视他，永远不选择他！

程漪掉头就走，她走了几步，听到后方江三郎的声音：“你是为了报复我，才要嫁定王的？”

程漪没吭气。

江三郎淡声：“拿自己的一生，换你想要的地位，好用来制衡我。你不觉得可笑吗？你觉得，我会为此心软，还是为此感动？”

“你闭嘴！”程漪怒而转头大喊一声。她发着抖，看那靠在树上的玉面郎君，他带着怜悯又劝慰的目光看她，隐隐的，还有丝不屑。他瞧不起她这样做，瞧不起她的行事风格……程漪头好晕，觉得眼前一片黑一片白。

好像从来都是这样。

好像他从来都瞧不上她。

好像她永远不配跟他并肩而立似的。

在程漪与江照白决裂争吵的时候，李信就冲闻蝉招了招手，不动声色地带她用轻功纵出了那片树林。大约明白那两人在吵什么，却和两个少年没有关系。李信更是不希望闻蝉受到程漪的影响，变成那种偏激的女郎，于是便带着闻蝉悄悄走了。

少年领小娘子去逛街。

拿马场上赢的钱，给她买些好玩的。

闻蝉从来不缺钱，不过她自己一个人逛街，当然没有表哥陪她玩有趣了。何况她表哥本身就是非常好玩的人，与他在一起，平时一倍的乐趣，都能增加到十倍。闻蝉很快忘记了在小树林里旁听的惊心动魄感情撕裂的故事，专心致志地跟她表哥玩耍了。

后面有人高声叫了一声。

两个少年没有在意。

又喊了一声。

是用蛮族语，喊着同一个意思。

少年们扭头，看到人群中，高兴无比地向两人挤过来的高个蛮族青年。那青年人口里着急地喊着一个词，看两个蹲在地上看鱼的少年都很茫然，意识到自己说的话对方没听懂。青年忙换了大楚的官话，重复道："舞阳翁主！"

"阿信，小蝉！是我啊！"青年人的大楚官话，比几个月前有了大进步。

此人正是从马场上，一路追着两个少年过来的蛮族人的王子殿下，赫连离石。

王子身后，还跟随着数来个随从。其中一个随从看到闻蝉妍丽的面孔，被雷劈中一般惊呆了：她、她、她，与……长得实在好像！莫非是亲父女？！

（未完待续，更多精彩内容请关注《青山见我多妩媚·少年情》……

日常小剧场（1）

女子一生，郎君甚为重要。更早的时候，李信在会稽经营自己的事业，闻蝉于长安，看父母为她挑选合适郎君。但长公主夫妻不知，私下里，关于哪家郎君比较可靠，翁主应该选择哪家郎君，闻蝉和自己的侍女青竹深入讨论过。

闻蝉怔怔然："如果非要选择的话，自然是我二表哥好些了。"

青竹："为什么？以奴所见，二郎出身又不好，还是登徒子，只喜欢翁主美色。翁主不要被他哄骗了去。其他郎君皆比他有权有势，比他可靠呢。"

闻蝉托着腮："别的郎君都爱我的身份，爱我的权势，爱我的内涵。他们看的不光是我，还看我阿父是谁，阿母是谁。只有我二表哥与众不同，我二表哥从头到尾自始至终，爱的都是我的美貌，跟外面那些妖艳贱胚们都不一样。而我权势易逝，美貌却不逝。"

青竹："以色事人者，色衰而爱驰。"

闻蝉："你不懂。美色是我的，权势却不是我的。二表哥爱的是我本人，不是我身上的附属品。所以……若是非要选择，我最喜欢二表哥。"

她垂着目含笑，此时她心中已然为李信所动，只是不肯对青竹承认。她初初对一个郎君动心，如立岸边，望水波澜横生。三千弱水，她翘首以待！

后来，自然不是那非要选择。

闻蝉也爱上了李信，如他一般，爱他本人，不管他是皇帝，还是民间混混。

日常小剧场（2）

李信在长安初次和蛮族人打架时，惹上几位蛮族人，舞阳翁主曾帮他脱罪——

官吏在旁记录，闻蝉问：“你与那几个蛮族人打架时，知道他们是蛮族人么？”

李信：“废话，深目挺鼻，特征明显，我当然知道啊。”

闻蝉让官吏写：“我表哥不知道他们是蛮族人。”

官吏们和李信：“……”

闻蝉再问：“你当时扑过去，是脚崴了，还是冲着他们去的？”

李信：“我当然是冲着他们去的啊！”

闻蝉让官吏写：“表哥他脚崴了，不是冲着打架去的。”

官吏们和李信：“……”

闻蝉：“你是主动打他们，还是他们算计你先打的你？”

李信：“你打架还等别人先打呢？我肯定是先动手的啊。”

闻蝉娇滴滴地让官吏写：“是那些蛮族人算计我表哥，我表哥不得不防卫。”

官吏们和李信：“……”

闻蝉仰脸：“唔，问完了，我表哥不是故意的。你们还有问题么？没有的话我就和表哥先回家了。”

官吏们：“……”

没有了没有了，你们赶紧回侯府去吧。